U0052806

型世言

陸人龍　著
侯忠義　校注

三民書局

型世言 總目

引言

侯忠義

明代是中國小說極為繁榮的時期，它代表了明代文學的主要成就。就短篇話本小說而言，明代也是豐收的年代。明中葉以後，特別是明末天啟年間，馮夢龍編輯出版了「三言」（喻世明言、警世通言、醒世恒言）、崇禎時凌濛初刊刻了自己創作的「兩拍」（初刻拍案驚奇、二刻拍案驚奇）。此外，尚有話本小說集石點頭（天然痴叟）、西湖二集（周清源）、醉醒石（東魯狂生）及型世言（陸人龍）等。

型世言國內久佚，一九八七年陳慶浩先生發現於韓國漢城大學奎章閣（藏書樓）。書題「崢霄館評定通俗演義型世言」，十卷四十回，即四十篇。明陸人龍演，明刻本。這是一個重大的發現。它的出現進一步豐富了明代短篇話本小說的題材和內容，也使我們認識了一位傑出的小說作家——陸人龍。

型世言刊刻於明末天啟、崇禎年間，與「三言」、「兩拍」幾乎是同一時期的作品，是明代又一部重要的短篇話本小說集。其書國內不存，或因明末書成，未幾入清，內容多所禁忌，故產生多種選刊，而原本反而不彰，幾至湮沒、流佚。選刊中收有型世言篇目的有幻影（殘本八篇）、三刻拍案驚奇（三十篇，實存二十七篇）、別本二刻拍案驚奇（三十四篇，後二十四篇取之型世言）。幻影係明刊，殘本八篇都包括在三刻拍案驚奇中，可視作一書；三刻拍案驚奇與別本二刻拍案驚奇均刊刻於清初。由此可見，型世言在當時的傳播和影響，應該是廣泛而深入的。

現存型世言韓國本，未見總序、總目和插圖，但各回前均有翠娛閣主人陸雲龍的序、小序、引、小引、題詞等；又有署名的回末評、眉批，間或正文內有雙行夾批。各回的回前，均有署名錢塘陸人龍君翼的演、撰、輯、編不一，但皆是著作的意思。但選刊本已刪去回前小敘及回末評語、眉批，重撰了回目名稱，可謂部分已作改動。別本二刻拍案驚奇保存有型世言插圖十四葉，二十八面，彌足珍貴。

作者陸人龍，字君翼，又號平原孤憤生，錢塘（今杭州）人。生卒年不詳。平原在山東，此係假託。他是著名小說家、出版家、翠娛閣主人陸雲龍之弟。他以平原孤憤生名義，於崇禎三年（西元一六三〇年）寫下了慷慨激昂的長篇小說遼海丹忠錄（八卷四十回），同時創作了短篇小說集型世言，奠定了他在中國小說史中的地位。其兄陸雲龍，字雨侯，號翠娛閣主人。又號草莽臣、木強人、至性人、女史氏、酒徒、狂人、赤憨、奇男子、明眼人、冷眼郎等。生於萬曆十五年（西元一五八七年）左右（一說萬曆二十五年左右）。他和其弟陸人龍相差兩三歲。他主持的崢霄館書坊，出版了小說：禪真後史、魏忠賢小說斥奸書、遼海丹忠錄、型世言、清夜鐘等。前兩種是他的作品。他用「吳越草莽臣」的名義，以批判現實的精神，及時編寫和出版了揭露太監魏忠賢專權誤國的小說魏忠賢小說斥奸書，抒發了他愛國憂民的情思。

他們兄弟均活躍在天啟、崇禎年間，卻家境貧寒，生活清苦。他們姐弟五人，幼年喪父，由嫡母和生母撫養成人：「予生母身生予姊弟凡五人，而嫡母倪，悉視猶己出，各覲其成人。兩母又茹荼飲苦，稱未亡者二十餘年。」（型世言第十六回）他們兄弟能相濡以沫，此唱彼和，雖屢困場屋，頻遭挫折，難施治國抱負，卻在刻書、選書、著書中，盡顯才華。他們兄弟都是有作為的作家，並列明末文壇，毫不遜色。

型世言的題材內容，與其他明末話本小說集相較，無疑有它自己的特點。一是作品都是作者個人的創作；二是均取材於明代現實生活，最晚的一篇寫在崇禎元年，均有強烈的現實性和針對性；三是作者對社會具有明確的揭露和批判的立場；四是宣揚忠孝節義，主張友愛誠信。為世風立型，樹立世風的標準和榜樣；為世立言，「樹型今世」，起到曉喻、警醒世人的作用，這就是書名的含意，也是作者創作此書的目的和動力。

小說故事背景多發生在江浙地區，人物多種多樣，有皇上、大臣、官員、僧道、舉子、商人、農民、百姓、孝子、節婦、海盜、妓女、俠客、義士、流氓、惡棍等，組成了一幅廣闊的社會生活畫卷。在這個政治最黑暗、政權最腐朽的年代，作者表現出強烈的批判精神。他揭露了明代社會下層百姓民不聊生、一貧如洗的慘狀；官府腐敗、官員貪瀆的惡行；科場舞弊、是非顛倒的黑暗狀況。同時，他也看到了存在於人間的正義和善良。他要為「善善惡惡」留影，達到「可以正清」、「可以悟真」的目的。

譬如第七回就生動地描繪了財主放債盤剝農民的情況：「每年冬底春初，將米借人，糙米一石，蠶罷還熟米一石。四月放蠶帳，熟米一石，冬天還銀一兩，還要五分錢起利。借銀九折五分錢，來借的寫他田地房產，到田地房產盤完了，又寫他本身。每年納帮銀，不還便鎖在家中吊打，打死了，原寫本身只作義男，不償命。」第十九回寫鄒副使家重利盤剝之下，竟逼得貧女投河；有的竟在貧病之下，田地荒蕪，無以為生，逼妻改嫁。第二十五回更寫到崇禎元年浙江七府水災的慘狀：

各處狂風猛雨，省城與各府縣山林被風害，堋墻壞屋，拔木揚砂；木石牌坊俱是風擺，這一兩擺，便是山崩也跌倒，壓死人畜數多。那近海更苦……便是通海的江河浦港，也都平長丈餘，竟自穿房入戶，飄櫈流箱，那裡遮攔得住？走出去，水淹死；在家中，屋壓殺，那箇迯躲得過？還有遇着夜間時水來，睡夢之中，都隨着水赤身露體氽去。凡是一箇野港荒灣，少也有千百箇屍首，弄得通海處水皆腥赤。

寫官府昏憒，官吏貪贓，更是書中的一個亮點。第十六回揭露官場和吏治的弊端，形象而露骨，細緻而具體：「這吏員官是個錢堆，除活切頭、黑虎跳、飛過海，這些都是個白丁。……還吏員自己作弊，是央人代考、貼桌等項。捷徑是部院效勞。最快的是一起效勞堂官親隨。吏部折衣服的，叫做『漁翁撒網』；一起班官，隨出入扛衣箱的，叫做『二鬼爭環』；提夜壺的，叫做『劉海戲蟾』；報門引進的，叫做『白日見鬼』。這些可以作考中，免省祭，還可超選得好地方。」評語一針見血指出：「洞灼吏弊」。第三十回記一個縣衙門子張繼良，與上司沆瀣一氣，包攬公事，貪贓索賄，無惡不作，人稱「拆屋斧頭」、「殺人劊子」，就這樣一個蠹蟲敗類，卻官運亨通，無人懲治。吏治之黑暗，一至於此！官場如此，科場也好不到哪裡去。第二十七回記有人「徃來杭州代考。包覆試三兩一卷，止取一名，每篇五錢；若只要黑黑卷子，三錢一首。」考中秀才，每名收銀三百兩。評語曰：「此價遍聞天下矣。」在這個「只論銀子，那論文才」的時代，爭相奪名，也就不奇怪了。哪有以才取士之世風！

世風之日下，正是作者抨擊的對象之一。第二十回、第二十六回、第二十七回、第二十八回、第三十二回等，作者就揭露和抨擊了各色各樣的無賴流氓以及害人騙子的行徑，主張人間的正義。第二十七回，秀才錢公布身為師尊，心術不正，設局詐騙學生錢財，事發受懲，可謂「巧計害人，終久自害」，令人警醒。第二十八回，道士、尼姑一干奸人，人品低下，迷戀「酒色財氣」，騙人成性，最終「致死致禍」，不得善果。第三十二回，通過一只鼎失而復得的故事，告訴人們：財物不能橫得，用強使術，「奪人所好」，終究雞飛蛋打，一無所有。第三十三回，宣揚善有善報，惡有惡報，用天譴的手段，讓天雷霹死七個竊財害命賊，以表達作者的善惡、是非觀。

同時，作者在書中塑造了一系列正面的、值得肯定的形象，為世垂範。其中包括忠臣義士、孝子節婦、清官廉吏、友愛誠信者等。

第一回就歌頌了「靖難」時期，兵部尚書鐵鉉對建文帝的忠貞不二。他固守城池，抗拒北軍，兵敗被俘，慷慨就義。同時又讚揚了賢寧高秀才之義。他冒死收斂鐵公骸骨，安置小公子，救出鐵公二女，堪稱「義士」。鐵公二女亦學其父，落難時「堅貞自守」，終得赦宥。此篇情節感人，激情澎湃，是寫得最好的一篇。第八回寫程濟護主，伴隨建文帝逃難，歷經磨難，始終不悔。第十七回的項忠，曾身陷土木城之役，後仍破石城，抒忠靖賊，這都是忠臣的榜樣與楷模。第十二回寫官員李時勉，「持身謹嚴」、「語言鯁直」，對朋友貧病相助，亦是俠肝義膽。第五回的錦衣衛校尉耿埴，義殺淫婦，並主動承認其行，類似唐傳奇馮燕傳中之馮燕，故人也稱他「是箇漢子」。

孝子節婦，是書中作者著力表彰的對象，也是此書的主旋律。作者在明清話本小說中，開啟孝子千里尋父的先例。王原三歲失父，面龐不識，以一件破道袍、一件裙衫，千里尋父，精忱感格，使父復回，確是孝子。評者問道：「高堂有親而不能養，視此何如？」頗有示教意義。第二回寫孝子王世名，不惜觸律身死，為父報仇；第四回寫孝女陳妙珍，為祖母「孝心格天」，「割股刲肝」，以療祖母之病。這都是孝子、孝女感人的故事。第十回頌烈婦從夫而殉死，第十六回則讚揚三個寡婦吳氏、陳氏、李氏守節教子，是節、德雙馨的榜樣。作者說：「節是不為情欲所動，貧賤所移，豪強所屈，堅貞自守；德是不淫、不盜、不貪、不悍、不妒。」第六回寫的是烈婦唐貴梅的故事。唐貴梅在丈夫死後，以死明志，「斷不做失節婦人。」唐貴梅事，舊有文人明楊慎作傳，又見於明李贄焚書唐貴梅傳，在明代流傳甚廣。第七回寫妓女王翠翹，委身海盜徐明山，勸其抗倭降明，後徐被冤死，翠翹投江，以死報徐，義也。情節委婉動人，為後來清代中篇白話小說金雲翹傳所本。

在暴露官場普遍存在的貪污受賄、營私舞弊的同時，作者也塑造了許多清官廉吏形象，使社會生活透出一線光彩、正義與善良。如第二十一回、第二十三回、第二十二回、第三十六回，均屬公案故事，是歌頌清官的。前兩回是命案，後兩回是竊案。第二十一回的石璞為死者伸冤，為生者脫罪，「江西一省都仰石廉使如神明，稱他做『斷鬼石』。」第二十三回寫殷知縣審明謀財殺人案，評語言其「至殷中尊之發伏，不愧青天之謠。」第二十二回裡的張知縣，沉著應對劫匪的威脅，「除盜保身」，終脫險境；擒賊伏法，表現了他的膽識和睿智。而第三十六回竊案最終真相大白，卻令人唏噓感嘆不已。此篇的立意，作者不在於歌頌包公、海公式的清官，而是讚揚知府知錯必改、實事求是的精神。作品以人為鑒，對知府作了委婉的批評。廉吏中，突出的如夏忠靖公，治河誅凶，鋤強扶弱，拒絕報恩，高風亮節，殊為可貴。而第二十回寫的秦鳳儀，潔身自律，不苟言行，勵志尚義，堪為官員垂範。

作者讚揚那些講友情和誠信，有擔當的人物。第十九回記林森甫尚義，竟將講課一年的薪俸八兩銀子，全部拿出來救助了投水婦人，也挽救了她全家人性命，總得好報。第十四回說在元末明初風雲變幻之際，王冕重視友情，不忘承諾，「于朋友分誼，則已無少遺恨」，堪稱楷模。而第十五回則寫義僕忠主，重振家事的故事，十分感人。第三十四回寫明初僧人周顛，忠心護救朱元璋平定天下，充滿了神異的傳奇色彩。朱元璋曾親撰周顛仙傳，明史亦有記載，惟此篇中的周顛形象，最是丰采。

小說不僅寫了眾多的性格鮮明的藝術形象，同時也保留著大量的具有濃厚地方色彩的社會生活史料。如第五回寫永樂時的北京崇文門、棋盤街、玉河橋、玄寧觀、十王府、大緞鋪；第二十回揚州鈔關、碑街、梅花嶺等，各風物習俗，都十分生動，真實可信，有一定的史料價值。而所記錄的販鹽（第二十回）、販米（第三十八回）、販布（第三回、第五回）、釀酒（第三回）等活動，亦可有助於了解當時商業和經濟情況，十分可貴。

小說藝術上，頗具話本小說的傳統特色，寫人物，三言兩語就勾勒出人物面貌。如寫杭州市場的店家婦女：「都身上着得紅紅綠綠，臉上搽得黑黑白白，頭上插得花花朵朵」，十分簡約而形象；唯語言更別加詼諧幽默，多有民間俗語，生動有趣。如第二十五回鄰居勸說朱小官與所救鄭女趕緊成親時說：「不要狗咬骨頭乾嚥唾。」頗有口語特點。寫景狀物，亦直觀明瞭。作者生動直白地描寫了一幅「極秀才圖」：「……眾人情急，等得他回時，遠遠扯住轎損，也有求的，也有嚷的，也有把手本夾臉甩的，只不放他進門。」（第三十二回）寫秀才爭名，赤裸如畫，毫無體面和遮掩。第三十四回裡的周顛，是個半人半仙的人物。作為人，他不拘小節，卻又正派；不邪不濁，富有正氣，寫得令人信服。比如他斥責淫僧就挖苦說：「你（念經）悟得甚麼？悟得婆娘那箇標致、銀子仔麼賺？」冷面冷語，而沒有任何修飾。而作為仙，他喝酒無度：「一杯復一杯，兩碗又兩碗。那管甕頭乾，不怕鍾中滿。何須餚和饌，那問冷和煖？放開大肚喫，開着大口嚥。篩的不停篩，灌的不停灌。面皮不見紅，身子不見軟。人道『七石缸』，我道『漏竹管』。人道『醉酩酊』，他道『才一半』！李白讓他海量，劉伶輸他沉湎。他定要吸乾瀚海濤千尺，方得山人一醉眠。」仍然是成功的直觀描寫。

本書整理的底本，係據臺北中央研究院一九九二年影印的漢城大學奎章閣藏本。書中除正文加以注釋外，尚有回前小序、回末評、眉批等，均按原樣保留，不加改動。明清小說中，借音字是普遍現象，型世言亦不例外。如（括號內為原書借音字）：原（元）、疑（遺）、到（倒、道）、養（樣）、堤（提）、挪（那）、教（叫）、賠（倍）、怒（駑）、辨（辦）、怜（鄰）、棹（調）、睬（采）、遍（偏）、晦（悔）、竟（竞）、買（賣）等，大都做了說明。原文明顯置誤之處，必要時加了圓括號注在下面；闕文則用別本二刻拍案驚奇、三刻拍案驚奇加以校補。如有無法校補的文字，則用方框代之。回前插圖，係採自別本二刻拍案驚奇，共計十四葉，二十八面，內容與型世言有關，十分珍貴。原集書前，現分別插入型世言有關回目中，以供欣賞。

校注中不當之處，敬請批評指正。

二〇一九年春節，於北京

回目

卷一

卷二

卷三

卷四

卷五

卷六

卷一

叙

食人之祿，忠人之事。忠，何必殺身，亦何必不殺身；忠，何必覆家，亦何必不覆家。唯以凜然不受磨滅之心，可以質天地，可以動鬼神，可以靖君父，可以對家庭。嗚呼，已矣！死猶生矣！即今日之筆舌，尤足見當日之鬚眉。彼景隆之身亦死，家亦□（覆），不夭壤哉！留取丹心照汗青，鐵尚書丹心從今當更耿耿耳！

翠娛閣主人撰

第一回　烈士不背君　貞女不辱父

不兢嘆南風，徒抒捧日功。
堅心誠似鐵，浩氣欲成虹。
令譽❶千年在，家園一夕空。
九嶷❷遺二女❸，雙袖濕啼紅。

大凡忠臣難做。只是一箇身家念重，一時激烈，也便視死如歸。一想到舉家戮辱，女哭兒啼，這箇光景難當，故畢竟要父子相信。像許副使逵，他在山東樂陵做知縣時，流賊劉六、劉七作反，南北直隸、山東、河南、湖廣府州縣官，或死或逃，只有他出兵破賊，超陞僉事，後轉江西副使。值寧王❹謀反，

❶令譽：美好的名聲；崇高的聲譽。
❷九嶷：九嶷山，在今湖南寧遠南，相傳為舜所葬處。
❸二女：即娥皇、女英。相傳她們是古帝王唐堯的兩個女兒，同嫁帝舜為妃。後舜外巡死於蒼梧，二女趕至，亦死於江湘之間，其淚染竹成斑，稱「瀟湘竹」。
❹寧王：此指朱宸濠。明宗室，襲封寧王。正德十四年（西元一五一九年）起兵，謀奪帝位。從南昌出鄱陽湖，直取南京，兵敗被殺。

好父。

好子。

一看就沒決然光景，忠臣是學人的麼？要學，史冊上也有無數。

逼脇各官從順，他抗義不從，道：「天無二日，民無二王（主）。」解下腰間金帶打去，眾寡不敵，為寧王所擒。臨死時，也不肯屈膝。此時他父親在河南，聽得說江西寧王作亂，殺了一箇都堂、一箇副使。他父親道：「這畢竟是我兒子！」就開喪受弔，人還不肯信他。不期過了幾時，凶報到來，果然是他死節。又如他同時死的，是孫都堂燧。他幾次上本，說寧王有反謀，都為寧王邀截去了。到了六月十三日，寧王反謀已露，欲待除他，兵馬單弱，禁不得他勢大；欲待從他，有虧臣節。終夜彷徨，在衙中走了一夜。到五更，大聲道：「這斷不可從！」此時他已將家眷打發回家，止剩得一箇公子、一箇老僕在衙內。孫都堂走到他房裡道：「你們好睡！我走了一夜，你知道麼？」公子道：「知道。」孫都道：「你知道些甚麼？」公子道：「為寧王的事。」孫都道：「這事當仔麼？」公子道：「我已聽見你說『不從』了。你若從時，我們也不顧你先去。」孫都却也將頭點了一點。早間進去，畢竟不從，與許副使同死。忠義之名，傳于萬古。

若像靖難❺之時，胡學士廣❻與解學士縉❼，同約死國。及到國破君亡，解學士着人來看胡學士光景，只見胡學士在那廂問：「曾餵猪麼？」看的人來回覆，解學生（士）笑道：「一箇猪捨不得，捨得

❺ 靖難：平定禍亂，清除奸臣。此指燕王朱棣（朱元璋第四子）以「清君側」名義，起兵攻破南京，從他侄兒惠帝朱允炆手中奪取帝位，此為明成祖。

❻ 胡學士廣：胡廣，字光大，江西吉水人。建文帝時進士第一，授翰林院編修。永樂時，累官至文淵閣大學士兼左春坊大學士。

❼ 解學士縉：解縉，字大紳，江西吉水人。洪武進士，授中書庶吉士，後罷官，建文帝時出仕。永樂時任翰林學士，主持纂修永樂大典。

的是。

性命？」兩箇都不死。後來解學士得罪，身死錦衣衛獄，妻子安置金齒❽。胡學士有箇女兒，已許解學士的兒子，因他遠戍，便就離親，逼女改嫁。其女不從，割耳自誓，終久歸了解家。這便是有好女無好父。又像李副都士實，平日與寧王交好，到將反時來召他，他便恐負從逆的名，欲尋自盡。他兒女貪圖富貴，守他不許。他後邊做了箇逆黨，身受誅戮，累及子孫。這便是有了不肖子孫，就有不好父母。誰似靖難時，臣死忠，子死孝，妻死夫？又有這一班好人，如方文學孝孺❾不肯草詔，至斷舌受剮，其妻先自縊死；王修撰叔英的妻女，黃侍中觀的妻女，都自溺全節。曾鳳韶御史，夫妻同刎；王良廉使，夫妻同焚。胡閏少卿，身死極刑，其女發教坊司❿，二十年毀形堊面⓫，終為處女。真箇是有是父，有是子。但中更有鐵尚書⓬，挺挺雪中松栢；他兩箇女兒，瑩瑩水裡荷花。終動聖主之憐，為一時杰出。

話說這鐵尚書名鉉，河南鄧州人。父親喚做仲名，母親胡氏，生這鐵鉉。他為人瑋梧卓犖，慷慨自

❽ 金齒：地名。明代指永昌城，今雲南保山。

❾ 方文學孝孺：方孝孺，明著名文人。西元一三五七—一四〇二年，浙江寧海人。字希直，又字希古，人稱正學先生，宋濂弟子。惠帝時任侍講學士。因拒絕起草成祖登極詔書被殺，凡滅十族（九族加學生），死者達八百二十餘人。著有遜志齋集。

❿ 教坊司：古代管理宮廷音樂的官署，專管雅樂以外的歌唱、舞蹈、百戲的教習、排練、演出等。明代設有教坊司，是管理教坊的官署，隸屬禮部。

⓫ 堊面：用白土塗面。堊，音ㄜˋ。白土。

⓬ 鐵尚書：即鐵鉉。西元一三六六—一四〇二年。明河南鄧州（今鄧縣）人。惠帝時任山東參政、兵部尚書，屢破燕兵。兵敗，被燕王（明成祖）處死。

不愧守巡。

許，善弓馬，習韜畧。太祖⑬時，自國子監監生，除授左軍都督府斷事。皇侄孫靖江王守謙，他封國在雲南，恣為不法，笞辱官府，擅殺平民，強佔人田宅、子女。召至京勘問，各官都畏縮不敢問，他却據法詰問，擬行削職。洪武爺⑭見他不苛不枉，斷事精明，賜他字教做「鼎石」。後來陞作山東參政。他愛惜百姓，禮貌士子。地方有灾傷，即便設處賑濟。鋤抑強暴，不令他虐害小民。生員有親喪，畢竟捐俸賙給。時嘗督率生儒做文會、講會。會中看得一箇濟陽學秀才，姓高名賢寧，青年好學，文字都是錦心繡腸，又帶銅肝鐵膽。聞他未娶，便捐俸，着濟陽學教官王省為他尋親事。不料其年高賢寧父死丁憂，此事遂已。鐵參政却又助銀，與營喪葬。在任年餘，軍民樂業。恰遇建文君⑮即位，覃恩⑯封了父母。鐵參政製了冠帶，率領兩箇兒子福童、壽安，兩箇女兒孟瑤、仲瑛，恭賀父母。只見那鐵仲名受了道：

賢哉，父。

「我受此榮封，也是天恩。但我老朽不能報國，若你能不負朝廷，我享此封誥也是不愧的。」鐵參政道：「敢不如命！」本日家宴不題。

荏苒半年，正值靖難兵起，朝廷差長興侯耿炳文領兵征討，着他管理四十萬大軍糧草。他陸路車馬搬運，水路船隻裝載，催趲召買。民也不嫌勞苦，兵馬又不缺乏。後來長興侯戰敗，兵糧散失。朝廷又差曹國公李景隆，督兵六十萬進征。他又多方措置，支給糧草。又道濟南要地，僱倩民夫，將濟南城池

⑬ 太祖：即朱元璋，明代開國皇帝。

⑭ 洪武爺：即指明太祖朱元璋。洪武，乃朱元璋年號，西元一三六八—一三九八年。

⑮ 建文君：朱元璋之孫朱允炆。朱元璋死後嗣立，稱惠帝，年號建文（西元一三九九—一四〇二年）。

⑯ 覃恩：廣布恩澤。指帝王對臣下的廣行封賞或赦免。

築得異常堅固，挑得異常深濶。不料李景隆累次戰敗，在白溝大為永樂⑰爺所破。

此時鐵參政正隨軍督糧，也只得南奔。到臨邑地方，遇着贊晝（畫）⑱舊同僚、五軍斷事高巍，兩箇相向大哭。時正端午，兩箇無心賞午，止計議整理兵馬，固守濟南。正到濟南，與守城參將盛庸三人，打點城守事務方完，李景隆早已逃來，靖難兵早已把城圍得鐵桶相似。鐵參政便與盛參將背城大戰，預將噴筒裹作人形，縛在馬上，戰酣之時，點了火藥，趕入北兵⑲陣中。又將神機銃、佛狼機，隨火勢施放，大敗北兵。

永樂爺大惱，在城外築起高壩，引濟水浸灌城中。鐵參政却募善游水的人，暗在水中撬坍堤岸，水反灌入北兵營裡。永樂爺越惱，即殺了那失事將官，從新築壩灌城，弄得城中家家有水，戶戶心慌。那鐵參政與盛參將、高斷事，分地守禦，意氣不撓。但水浸日久，不免坍頹。鐵參政定下一計，教城上插了降旗，分差老弱的人，到北營說「力盡情愿投降」，却于甕城內掘下陷坑，城上堆了大石，兵士伏于墻邊，高懸閘板。只要引永樂爺進城，放下閘板，前有陷坑矢石，後又有閘板，不死也便活捉了。曹國公道：「奉旨不許殺害，似此恐有傷誤。」鐵參政道：「閫外⑳之事，專之可也。」議定。只見成祖因見有決斷。

⑰永樂：明成祖朱棣年號（西元一四〇三——一四二四年）。

⑱贊晝：參贊謀劃。

⑲北兵：同「燕兵」，均指燕王朱棣的部隊。因朱棣兵從北方來金陵（今江蘇南京），故稱「北兵」，或「燕兵」。

⑳閫外：都門之外，引申為統兵在外。史記馮唐傳：「閫以內者，寡人制之；閫以外者，將軍制之。」閫，音ㄎㄨㄣˇ。

天祚。

累年戰爭，止得北平一城，今喜濟南城降，得了一箇要害地方，又得這干文武官吏兵民，不勝忻喜，便輕騎張着羽蓋，進城受降。剛到城下，早是前驅將士多攧下陷坑。成祖見了，即策馬跑回。城頭上鐵參政袍袖一舉，刀斧齊下，恰似雷响一聲，閘板閘下。喜成祖馬快，已是回轡，打不着。反是這一驚，馬直攛起，沒命似直跑過弔橋。城上鐵參政叫放箭，橋下伏兵又起，成祖幾乎不保。那進得甕城這干將士，已自都死在坑內了。正是：

不能附翼遊天漢，贏得橫屍入地中。

成祖大惱，分付將士負土塡了城河，架雲梯攻城。誰知鐵參政知道，預備撐竿，雲梯將近城時，撐竿在城垛內撐出，使他不得近城。一邊火器亂發，把雲梯燒燬，兵士跌下，都至死傷。成祖怒極道：「不破此城，不擒此賊，誓不回軍！」北將又置攻車，自遠推來城上，所到磚石坍落。鐵參政預張布幔當他，車遇布就住，不得破城。北將又差軍士頂牛皮抵上矢石，在下挖城。鐵參政又將鐵索懸鐵砲在上碎之。相持數月，北軍乃做大砲，把大石礮藏在內，向著城打來，城多崩陷。鐵參政計竭，却寫太祖高皇帝神牌掛在崩處。北兵見了，無可奈何，只得射書進城招降。其時高賢寧聞濟南被圍，來城中赴義，也寫一篇周公輔成王論，射出城去。大意道：「不敢以功高而有藐孺子之心，不敢以尊屬有輕天子之意。爵祿可捐，寄以居東之身，待感于風雷；兄弟可誅，不懷無將之心，擅興夫斨斧。誠不貪一時之富貴，滅千古之君臣。」成祖見了，却也鑒賞他文詞。此時師已老，人心懈弛。鐵參政又募死士，乘風雨之夕，多帶大砲，來北營左側施放，擾亂他營中。後來，北兵習做常事，不來防備。他又縱兵砍入營，殺傷將士。北兵軍師姚廣孝㉑在軍中道：「且回軍。」鐵參政在城上，遙見北軍無意攻城，料他必回，忙揀選軍士，準備器械、糧食，乘他回軍，便開門同盛總兵一齊殺出，大敗北兵。直追到德州，取了德州城池。朝廷論功，封盛總兵為歷城侯，充平燕將軍；鐵參政陞山東左布政使，再轉兵部尚書，參贊軍務。召還李景隆。

孺子何以不殺？

盛總兵與鐵尚書自督兵北討，十二月與北兵會在東昌府地方。盛總兵與鐵尚書先殺牛釀酒，大開筵席犒將士。到酒酣痛哭，勸將士戮力報國，無不感動。戰時盛總兵與鐵尚書分做兩翼，屯在城下，以逸待勞。只見燕兵來衝左翼，盛總兵抵死相殺。燕兵不能攻入，復衝中軍，被鐵尚書指揮兩翼，環遶過來，成祖被圍數重。鐵尚書傳令：「拿得燕王有重賞！」眾軍盡皆奮勇砍殺。北將指揮張玉力護成祖，左右突圍，身帶數十箭，刀鎗砍傷數指，身死陣中。真是屍橫遍野，血流成河。燕兵退回北平㉒。三月，又在夾河大戰。盛總兵督領眾將莊得等，戮力殺死了燕將譚淵，軍聲大振。不料，角戰之時，自辰至未，勝負未定，忽然風起東北，飛沙走石，塵埃漲天。南兵逆風，咫尺不辦（辨），立身不住。北兵却乘風大呼縱擊，盛總兵與鐵尚書俱不能抵敵，退保德州。後來北兵深入，盛總兵又回兵徐州戰守。鐵尚書雖在

天意，非人力。

㉑ 姚廣孝：燕王朱棣心腹謀士。蘇州長洲（今江蘇吳縣）人。勸燕王起兵並為籌劃軍事。成祖即位，授太子少師，參與修纂太祖實錄、永樂大典等。

㉒ 北平：地名，即今北京。其時明朝都城在金陵，即今南京。永樂十九年（西元一四二一年）遷都北平，並改名北京。

一木豈能支大廈。

濟南，飛書各將士要攻北平，要截他糧草，並沒一人來應他。逕至金川失守，天下都歸了成祖。

當時文武都各歸附，鐵尚書還要固守濟南，以圖興復。爭奈人心漸已渙散，鐵尚書全家反被這些貪功的拿解進京。高秀才此時知道，道：「鐵公為國戮力最深，觸怒已極，畢竟全家不免，須得委曲救全得他一箇子嗣，也不負他平日賞識我一場。」棄了家，扮做箇逃難窮民，先到淮安地方，在驛中得他幾箇錢，與他做夫。等了十來日，只見鐵尚書全家已來。他也不敢露頭面，只暗中將他小公子認定，夜間巡邏時，在後邊放上一把火，趁人嚷亂時，領了他十二歲小公子去了。這邊救滅火，查點人時，却不見了這箇小孩子。大家道：「想是燒死了。」去尋時，又不見骨殖。有的又解說道：「骨頭嫩，想都燒化了。」鐵尚書道：「左右也是死數，不必尋他！」這兩位小姐也便哭泣一場。管解的就朦朧說「中途燒死」，止將鐵尚書父母併長子、二女，一行解京。

程嬰勝杵臼。

却說高秀才把這小公子抱了便跑走了，這公子不知甚事，只見走了六七里到一箇曠野之地，放下道：「鐵公子，我便是高賢寧，是你令尊門生。你父親被拿至京，必然不免，還恐延及公子。我所以私自領你逃走，延你鐵家一脉。」鐵公子道：「這雖是你好情，但我如今雖生，向何處投奔？不若與父親、姐姊死做一處到好。」高秀才道：「不是這樣說。如今你去同死，也不見你的孝處。何如苟全性命，不絕你家宗嗣，也時常把一碗羹飯祭祖宗、父母，使鐵氏有後，豈不是好？」鐵公子哭了一場。兩箇同行，認做了兄弟。公子道：「哥哥，我雖虧你苟全，但不知我父親、祖父母、兄姐，此去何如，怎得一消息？」高秀才道：「我意原盜了你出來，次後便到京看你父親，因一時要得一箇安頓你身子人家，急切沒有，故未得去。」公子道：「這却何難？就這邊有人家，我便在他家傭工，你自可脫身去了。」高秀才道：「只是你怎喫得這苦？」兩箇計議，就在山陽地方，尋一箇人家。行來行去，天晚，來到一所村庄：

朗朗數株榆柳，疎疎幾樹桑蔴。低低小屋兩三間，半瓦半茅；矮矮土墻四五尺，不泥不粉。兩扇柴門扃落日，一聲村犬吠黃昏。

村庄佳境。

兩箇正待望門借宿，只見「呀」一聲門响，裡面走出一箇老人家，手裡拿着一把瓦壺兒，想待要村中沽酒的。高秀才不免向前相喚一聲道：「老人家拜揖！小人兄弟是山東人，因北兵來，有幾間破屋兒都被燒燬，家都被擄掠去了，止剩得箇兄弟，要徃南京去投親，天晚求在這廂胡亂借宿一宵。」只見那箇老人道：「可憐是箇異鄉避難的人！只是南京又打破了，怕沒找你親戚處哩！」高秀才道：「正是。只是家已破了，回不得了，且方便尋箇所在，寄下這兄弟，自己單身去看一看再處。」老人道：「家下無人，止有一箇兒子，僉去從軍，在峨眉山大戰死了。如今止一箇老妻、一箇小女兒，做不出好飯來喫。若要借宿，誰頂着房兒走？便在裡面宿一宵。」兩箇到了裡邊，坐了半晌，只見那老兒回來，就煖了那瓶酒，拿了兩碟醃葱、醃蘿蔔，放在桌上，也就來同坐了。兩邊閑說，各道了姓名。這老子姓金，名賢。高秀才道：「且喜小人也姓金，叫做金寧；這兄弟叫做金安。你老人家年紀高大，既沒了令郎，也過房一箇伏侍你老景纔是。」老人道：「誰似得親生的來？」高秀才道：「便僱也僱一箇兒。」老人道：「那得閑錢。」說罷，看鐵公子道：「好一箇小官兒，甚是嬌嫩，怎喫得這風霜？」高秀才道：「正是。也無可奈何，還不曾丟書本兒哩！」老人道：「也讀書？適纔聽得客官說要寄下他，徃南京看箇消息。真麼？」高秀才道：「是真的。」老人道：「寒家雖有兩畝田，都僱客作耕種，只要時常送送飯兒，家中關閉門戶。客官不若留下他在舍下，替就老夫這些用兒，使在這裡喫些家常粥飯，待客官回來再處，何如？只是出不起僱工錢。」高秀才道：「誰要老人家錢？便就在這裡伏侍老人家終身罷。」只見老人家又拿些晚粥出來喫了，送他一間小房歇下。高秀才對鐵公子道：「兄弟，幸得你有安身之處了。此去令尊如有不幸，我務必收他骸骨，還打聽令祖父母、令兄、令姊消息來覆你。時日難定，你可放心在此。不可做出公子態度，又不可說出你的根因，惹禍！」一箇說，一箇哭，過了一夜。次早高秀才起來，只見那老人道：「你兩人商量的通麼？」高秀才道：「只是累你老人家。」便叫鐵公子出來，請媽媽相見，拜了道：「這小子還未大知人事，要老奶奶教道他。」老媽媽道：「咱沒箇兒，便做兒看待，客官放心。」高秀才又喫了早飯，作謝起身，又分付了鐵公子纔去。正是：

婆氣可掬。

已嗟骨肉如萍梗，又向天涯話別離。

高秀才別了鐵公子，星夜進京。此時鐵尚書已是先到，向北立不跪。成祖責問他在濟南府用計圖害，幾至殺身，鐵尚書道：「若使當日計成，何有今日？甚恨天不祚耳！」要他一見面，不肯。先割了鼻，大罵不止。成祖着剮在都市。父親仲名安置海南，子福童戍金齒，二女發教坊司。正是：

鐵漢之名不枉。

名義千鈞重，身家一羽輕。
紅顏嗟薄命，白髮泣孤征。

高秀才聞此消息，逕來收他骸骨，不料被地方拿了。五城奏聞，成祖問：「你甚人，敢來收葬罪人骸骨？」高秀才道：「賢寧濟陽學生員，曾蒙鐵鉉賞拔。今聞其死，念有一日之知，竊謂陛下自誅罪人，臣自葬知己，不謂地方遽行擒捉。」成祖道：「你不是做周公輔成王論的濟陽學生員高賢寧麼？」高秀才應道：「是。」成祖道：「好箇大膽秀才！你是書生，不是用事官員，與奸黨不同。作論是諷我息兵，有愛國恤民的意思，可授給事中。」高秀才道：「賢寧自被擒受驚，得患怔忡㉓，不堪任職。」成祖道：「不妨，你且調理好了任職。」出朝，有箇朋友姓紀名綱，見任錦衣指揮，見他拿在朝中時，為他喫了一驚。見聖上與官不受，特來見他說：「上意不可測，不從恐致召禍。」高秀才道：「君以軍旅發身，我是箇書生，已曾食廩，于義不可。君念友誼，可為我周旋。」他又去送別鐵尚書父母、兒子，人曉得成祖前日不難為他，也不來管。又過了幾時，聖上問起，得紀指揮說果病怔忡，聖上就不強他，他也不復學，只往來山陽、南京，看他姊妹消息不題。

義士，義士。

詞嚴義正。

話說鐵小姐，聖旨發落教坊，此時大使㉔出了收管，發與樂戶崔仁，取了領狀，領到家中。那龜婆見了，真好一對女子。正是：

㉓ 怔忡：音ㄓㄥ ㄔㄨㄥ。驚慌恐懼；驚恐的樣子。
㉔ 大使：官名。係低級官吏的名稱，這裡是指教坊司的主管。

蓬島分來連理枝，妖紅媚白壓當時。
愁低湘水暮山碧，淚界梨花早露垂。
幽夢不隨巫峽雨，貞心直傲栢松姿。
閑來屈指誰能似，二女含顰在九嶷。

那虔婆滿心歡喜道：「好造化，從天掉下這一對美人來，我家一生一世喫不了。」叫丫鬟收拾下一所房子，却是三間小廳，兩壁廂做了他姊妹臥房，中間做了客座。房裡擺列着錦衾繡帳、名畫古爐、琵琶絃管；天井內擺列些盆魚異草、修竹奇花。先好待他一待，後邊要他輸心依他。只見他兩姊妹一到房中，小小姐見了道：「姐姐，這豈是我你安身之地？」大小姐道：「妹妹，自古道『慷慨殺身易，從容就死難』。發我教坊，正要辱我們祖、父，我偏在穢污之地，竟不受辱，教他君命也不奈何我，卻不反與祖、父爭氣！」兩箇便將艷麗衣服、樂器玩物，都堆在一房，姊妹兩箇同在一房，穿了些縞素衣服，又在客座中間立一紙牌，上寫：

卓識。

明忠臣兵部尚書鐵府君靈位

兩箇早晚痛哭上食㉕。那虔婆得知，喫了一驚，對龜子子道：「這兩箇女人，生得十分嬌媚，我待尋箇

㉕ 上食：獻食。

捨錢姐夫與他梳櫳，又得幾百金。到後來再尋箇二姐夫，也可得百十兩。不料他把一箇爹的靈位立在中間，人見了，豈不惡厭？又早晚這樣哭，哭壞了，却也裝不架子起，騙得人錢！」龜子道：「他須是箇小姐性兒，你可慢慢搓挪他。」那虔婆只到那廂去安慰他，相叫了，道：「二位小姐，可憐你老爺是箇忠臣受枉，連累了二位，落在我們門戶人家。但死者不可復生，二位且省些愁煩，隨鄉入鄉，圖些快樂，不要苦壞身子。」那二小姐只不做聲。後邊又時常着些妓女，打扮得十分艷麗，來與他閑話，說些風情。

不為利動。

有時說道：「某人財主，慣捨得錢，前日做多少衣服與我，今日又打金簪、金鐲，倒也得他光輝。」有時道：「某人標緻，極會幫襯，極好德性，好不溫存，真箇是風流子弟，接着這樣人也不枉了。」又時直切到他身上道：「似我這嘴臉，尚且有人憐惜，有人出錢，若像小姐這樣人品，又好骨氣，這些子弟怕不揮金如土，百般奉承！」小姐只是不採。十分聽不得時，也便作色走了開去。

不為情誘。

延捱了數月，虔婆急了，來見道：「二位在我這廂，真是有屈！只是皇帝發到這廂，習絃子、簫管、歌唱，供應官府，招接這六館監生、各省客商。如今只是啼哭，並不留人，學些彈唱。皇帝知道，也要難為我們，小姐也當不箇抗違聖旨罪名起。」小姐道：「我們忠臣之女，斷不失節！況在喪中，也不理音樂！便聖上知道難為我，我們得一死，見父母地下，正是快樂處。」虔婆道：「雖只如此，你們既落教坊，誰來信你貞節？便要這等守志，我教坊中也沒閑飯養你！朝廷給發我家，便是我家人，教訓憑我，莫要鮮的不喫，喫醃的！」大聲發付去了。

不為威屈。

兩小姐好不怨苦。他後邊也只是麄茶淡飯，也不着人伏侍，要他們自去搬送。又常常將這些丫頭起水叫罵道：「賤丫頭！賤淫婦！我教坊裡守甚節，不肯招人，倒教我們闌飯與你喫！」或時又將丫頭們剝得赤條的，將皮鞭毒打，道：「奴才！我打你不得？你不識擡

明于利害，此龜可鑽以七十二鑽。

舉，不依教訓，自討下賤！」明白做箇榜樣來逼迫。鐵小姐只是在靈前痛哭。虔婆又道：「這是箇樂地，嚎甚麼！」奚落年餘，要行打罵。虧的龜子道：「看他兩箇執性，是打罵不動的，若還一逼，或是死了，聖上一時要人，怎生答應？況且他父親同寮、親友還有人，知道我們難為他，要來計較，也當不起。還勸他的是。若勸不轉，他不過喫得我碗飯，也不破多少錢討他，也只索罷了。」虔婆也只得耐了火性。

兩年多，只得又向他說：「二位在我這教坊已三年了，孝也滿了，不肯失身，我也難強。只是我門戶人家，日趁日喫，就是二位日逐衣食，教我也供不來。不若暫出見客，得他憐助，也可相幫我們些，不辜負我們在此伏侍你一塲。或者來往官員，有憐你守節苦情，奏聞聖上，憐放出得教坊，也是有的事。不然老死在這廂，誰人與你說清？」果然兩小姐見他這三年伏侍，也過意不去，道：「若要我們見客，這斷不能！只我們三年在此累你，也曾做下些針指，你可將去貨賣，償你供給。」他兩箇每日起早睡晚，併做女工，又曾做些詩詞。嘗有人傳他的四時詞：

自喻。

翠眉慵畫鬢如蓬，羞見桃花露小紅。遙想故園花鳥地，也應芳草日成叢。

滿徑飛花欲盡春，飄楊一似客中身。何時得逐天風去，離却桃源第一津。右春詞

柳稍鶯老綠陰繁，暑逼紗窗試素紈。每笑翠筠辜勁節，強塗剩粉倚朱欄。右夏詞

亭亭不帶浮沉骨，瑩潔時堅不染心。獨立波間神更靜，無情蜂蝶莫相侵。右荷花

淚浥容偏淡，愁深色減妍。好將孤勁質，獨傲雪霜天。右梅花

霜空星淡月輪孤，字亂長天破雁鴣。隻影不知何處落，數聲哀怨入葦蘆。

輕風簌簌碎芭蕉，遶砌蛩聲倍寂寥。歸夢不成天未曉，半窗殘月冷花稍。右秋詞
強把絲桐訴怨情，天寒指冷不成聲。更饒淚作江氷（水）落，滴處金徽相向明。
如絮雲頭剪不開，扣窗急雪逐風來。愁心相對渾無奈，亂撥寒爐欲燼灰。

無聊極矣。

當時他兩姊妹雖不炫才，外邊却也紛紛說他才貌。王孫公子那一箇不羨慕他？便是千金也不惜。有一箇不識勢的公子，他父親是禮部尚書，倚着教坊是他轄下，定要見他。鴇兒再三回覆不肯。只見一箇幫閑上舍㉖白慶道：「你這婆子不知事體，似我這公子，一表人才，他見了料必動情招接。你再三攔阻，要搭架子，起大錢麼？這休想！」只見這公子也便發惡道：「這婆子可惡，拿與大使，先拶㉗他一拶！」這鴇兒驚得不做聲，一起逕趕進去，排門而入。此時他姊妹正在那邊做針指，見一箇先驀進來：

玄紵巾垂玉結，白紗襪襯紅鞋。薄羅衫子稱身裁，行處水沉烟靄。未許文章領袖，却多風月襟懷。朱顏綠鬢好喬才，不下潘安㉘丰采。

㉖ 上舍：對讀書人的尊稱；明清時稱監生。
㉗ 拶：音ㄗㄢˇ。一種刑具。以繩穿五根小木棍，套入手指，用力收緊，叫「拶指」，或簡稱「拶」。
㉘ 潘安：即潘岳。西晉文學家。西元二四七－三〇〇年。字安仁，省稱潘安。滎陽中牟（今屬河南）人。曾官河陽令、著作郎等職。詩辭華麗，長相美貌。

側邊陪着一箇：

矮巾籠頭八寸，短袍離地尺三。舊紬新染作天藍，幫襯許多模樣。兩手緊拳如縛，雙肩高聳成山。
俗譚信口極腌臢，道是在行白想。

那白監生見了，便拍手道：「妙，妙！真是娥皇、女英！」那公子便一眼釘箇死，口也開不得。這些家人見了，也有咬指頭的，也有喝采的。大小姐紅了臉，便往房裡躲。小小姐坐着不動身，道：「你們不得囉唣！」白監生道：「這是本司院裡，何妨？」小姐道：「這雖是本司院，但我們不是本司院裡這一輩人！」白監生道：「知道。你是尚書小姐，特尋一箇尚書公子相配。」小姐道：「休得胡說！便聖上也沒奈何我，說甚公子！」白監生道：「你看這一表人才，也配得你過，不要做腔。做了幾遍腔，人就老了。」小小姐聽了大惱，便立起身也走向房中，把門撲地關上，道：「不識得人的蠢材，敢這等無禮！」這些家人聽了，却待發作，那白監生便來兜收道：「管家，這事使不得勢的。下次若來，他再如此，撏他的毛，送他到禮部，拶上一拶，屎都拶他的出來！」却好鴇兒又來，撮撮哄哄，出了門去。那小姐對妹子道：「我兩人忍死在此，只為祖父母與兄弟遠戍南北，欲圖一見。不期在此遭人輕薄，不如一死，以得清白。」小小姐道：「不遇盤根錯節，何以別利器？正要令人見我們不為繁華引誘，不受威勢迫脇，如何做匹婦小諒？如這狂且再來，妹當手刃之，也見轟烈。姐姐不必介意。」正說之間，鴇兒進來道：「適纔是禮部大堂公子，極有錢勢，小姐若肯屈從，得除教坊的名也未可知。如何却惱了他去，

自是關調。

好箇會稱量的保山。

在行白想。

又進一籌。

日後恐怕貽禍老身。」鐵小姐道：「這也不妨，再來我自有處。」正是：

已拚如石礪貞節，一任狂風擁巨濤。

語有刀劍氣。

不隔數日，那公子又來。只見鐵小姐正色大聲數他道：「我忠臣之女，斷不失身！你為大臣之子，不知顧惜父親官箴，自己行撿，強思污人。今日先殺你，然後自刎，悔之晚矣！」那公子欲待涎臉，去陪箇不是餂進去，只見他已掣刀在手。白監生與這些家人先一哄就走，公子也驚得面色皆青，轉身飛跑，又被門檻絆了一交，跌得嘴青臉腫。似此名聲一出，那箇敢來？三三兩兩，都把他來做笑話，稱誦兩小姐好處。又況這時尚遵洪武爺舊制，教坊建立十四樓，教做：

來賓　重譯　清江　石城　鶴鳴　醉仙　樂民
集賢　謳歌　鼓腹　輕烟　淡粉　梅妍　柳翠

許官員在彼飲酒，門懸本官牙牌，尊卑相避。故院中多有官來，得知此事。也是天憐烈女，與他機會。

一日，成祖御文華殿，錦衣衛指揮紀綱已得寵，站在側邊。偶然問起：「前發奸臣子女在錦衣衛、浣衣局、教坊司各處，也還有存的麼？也盡心服役，不敢有怨言麼？」紀綱道：「誰敢怨聖上？」成祖道：「在教坊的，也一般與人歇宿麼？」紀綱道：「與人歇宿的固多，聞道還有不肯失身的。」成祖道：

雖是有為，語却正氣。

箕子佯狂。

「有這等貞潔女子，却也可憐，卿可為我查來。」紀綱承旨，回到私衙，只見人報高秀才來見。這高秀才就是高賢寧。他先時將鐵尚書伏法與子女、父母遣謫，報與鐵小公子，不勝悲痛。因金老愛惜他，要他在身邊作子，故鐵公子就留在山陽。高秀才就在近村處箇蒙館，時來照顧。後邊公子念及祖父母年高，說：「父親既沒，不能奉養，我須一往海南省視，以了我子孫之事。」金老苦留不定，高秀才因伴他，到南京分手，來訪兩小姐消息，因便來見紀指揮。紀指揮忙教請進相見。見了，敘寒溫，紀指揮說自己得寵，聖上嘗向他詢問外間事務，命他緝訪事件。因說起承命查訪教坊內女子事。高秀才便嘆息道：「這干都是忠臣，殺他一身彀了，何必辱及他子女，使縉紳之女，為人淫污，殊是可痛！今聖上有憐惜之意，足下何不因風吹火，已失身的罷了，未失身的為他保全，也是陰隲。」紀指揮道：「我且據實奏上，若有機括，也為他方便。」因留高秀才酌酒，又留他宿在家中。

次日，紀指揮自家到坊中查問。有鐵家二小姐、胡少卿小姐，尚不失身。紀指揮俱教來，因問他：「怎不招人？」小姐含淚道：「不欲失身以辱父母。」其時胡少卿女故意髡髮跣足，以烟煤污面，自毀面目。鐵氏小姐雖不粧飾，却也任其天然顏色，光艷動人。紀指揮道：「似你這樣容貌，若不事人，也辜負了你。三人也曉得做甚詩麼？」胡小姐推道：「不會」，鐵小姐道：「也曉得些，只是如今也無心做他。」紀指揮道：「你試一作。」只見小小姐口占一首呈上，道：

教坊脂粉污鉛華，一片閒心對落花。
舊曲聽來猶有恨，故園歸去已無家。

雲鬟半挽臨粧鏡，雨淚空流濕絳紗。
今日相逢白司馬㉙，尊前重與訴琵琶。

紀指揮看了，稱贊道：「好才！不下薛濤㉚。」因安慰了一番。回家與高秀才說及這幾位貞節，高秀才因備說鐵尚書之忠，要他救脫這二女。紀指揮也點頭應承。第二日早朝具奏，因呈上所做詩。成祖看了道：「有這等才貌，不肯失身，却也不愧忠臣之女。卿可擇三箇士人配與他罷。」紀指揮得旨，到家又與高秀才對酌。因問高秀才道：「兄別來許久，已生有令郎麼？」高秀才道：「我無家似張儉㉛，並不娶妻。」紀指揮道：「這樣，我有一頭媒，為足下做了罷。這女子我親見來，才貌雙絕，儘堪配足下。」高秀才道：「流落之人，無意及此。」紀指揮道：「不孝有三，無後為大。這親又不要費半分財禮，我自擇日與足下成親罷。」因自到院中宣了聖諭，着教坊與他除名。因說聖上賜他與士人成婚。鐵小姐道：「不愿！」紀指揮道：「女生有家，也是令先公地下之意，況小姐若不配親，依倚何人？況我為你已尋下一人，是你先公賞識的秀才，他為收你先公骸骨，幾乎被刑，也是義士。下官當為小姐備粧奩成婚。」

機緣。

武夫調文，談是常態。

㉙白司馬：即唐代大詩人白居易。他貶江州（今江西九江）司馬時，曾作長篇歌行琵琶行，詩中既感嘆琵琶女的身世淪落，也抒發了自己政治上的失意之情。

㉚薛濤：唐代女詩人。字洪度，長安（今屬陝西）人。幼時隨父入蜀，曾為樂妓，能詩，時稱「女校書」。寫詩所用紅色小箋，人稱「薛濤箋」。

㉛張儉：東漢山陽高平（今山東鄒縣）人。字元節，以彈劾宦官侯覽及其家屬罪行而著名。人重其名行，破家相容。

骨肉相依，卒難割捨。

莫欺他不識一丁。

語有條理，非庸常武夫。

大小姐又辭，小小姐道：「既是上意，又尊官主裁，姐姐可依命。」大小姐道：「骨肉飄零，止存二人，若我出嫁，妹妹何依？細思之有未妥耳。不如妹妹與我同適此人，庶日後始終得同。」紀指揮道：「當日娥皇、女英曾嫁一箇大舜，甚妙，甚妙！」紀指揮就為高秀才租了一所房屋成親。高秀才又道：「與鐵尚書有師生之誼，不可。」紀指揮道：「足下曾言鐵公曾贈公婚貲，因守制不娶。他既肯贈婚，若在一女，應自不惜，兄勿辭。」遂擇日成了親，用費都出紀指揮。三日，紀指揮來賀，高秀才便請二小姐相見。紀指揮道：「高先生豪士，二小姐貞女，今日配偶，可云奇事，曾有詩紀其盛麼？」高秀才道：「沒有。」紀指揮道：「小姐多有才，一定有的！」再三請教，小姐乃又作一詩奉呈：

骨肉凋殘產業荒，一身何忍去歸娼。
淚垂玉筯辭官舍，步斂金蓮入教坊。
覽鏡幸無傾國色，向人休學倚門粧。
春來雨露深如海，嫁得劉郎勝阮郎㉜。

紀指揮不勝稱賞，去了。

鐵小姐因問高秀才道：「觀君之意，定不求仕進了。既不求仕，豈可在此輦轂㉝之下？且紀指揮雖

㉜ 劉郎、阮郎：即劉晨、阮肇。據傳二人入天台山採藥與仙女結合。其故事見南朝宋劉義慶幽明錄。

㉝ 輦轂：舊時指稱京都。輦，君、后所乘之車。轂，音ㄍㄨˇ。

有識女子。

是下賢，聞他驕恣，後必有禍，君豈可作處堂燕雀㉞！倘故園尚未荒蕪，何不同君歸耕？」高秀才道：「數日來我正有話要對二小姐講。前尊君被執赴京，驛舍失火，此時我挈令弟逃竄，欲延鐵氏一脉。今令弟寄跡山陽，年已長成，固執要往海南探祖父母，歸時于此相會，帶令先尊骸骨歸葬，故此覊遲耳。」小姐道：「向知足下冒死收先君遺骸，不意復脫舍弟，全我宗祀，我姊妹從君尚難酬德。但不知舍弟何時得來？」高秀才道：「再停數月，一定有消息了。」

過了數月，恰好鐵公子回來，暗訪教坊消息，道因他守貞不屈，已得恩赦，歸一秀才。他又尋訪，却是高秀才。逕走到高家，却好遇着高秀才，便邀進裡邊，與姊妹相見，不覺痛哭。問及祖父母，道已身故，將他骨殖焚燬，安置小匣，藏在竹籠裡帶回。兩小姐將來供在中堂，哭奠了。又在卞忠貞墓側取了鐵尚書骸骨，要回鄧州。高秀才道：「二位小姐雖經放免，公子尚未蒙赦，未可還鄉。公子在山陽，金老待你有情，不若且徃依之。我彼處曾有小館，還可安身。」高秀才就別了紀指揮，說要歸原籍。紀指揮又贈了些盤纏，四箇一齊歸到山陽。金老見了大喜，也微微知他行徑。他女兒年已及笄，苦死要與鐵公子，高秀才與二位小姐也相勸，畢了姻。就于金老宅後空地上築一墳，安葬祖父母及鐵尚書骸骨。高秀才也只隣近居住，兩家烟火相望，徃來甚密。

亦是樂境。

向後年餘，鐵公子因金老已故，代他城中納糧，在店中買飯喫。只見一箇行路的，也在那邊買飯喫。兩箇同坐，那人不轉眼把公子窺視。公子不知甚，却也動心，問道：「兄仙鄉何處？」那人道：「小可

㉞ 處堂燕雀：比喻身處險境而不自知。或曰「燕雀處堂」。語出孔叢子論勢：「燕雀處屋，子母相哺，煦煦然，其相樂也，自以為安矣；灶突炎上，棟宇將焚，燕雀顏不變，不知禍之及己也。」

奇逢。

鄧州人，先父鐵尚書，因忠被禍，小弟也充軍。今天恩大赦，得命還鄉，打這邊過。」鐵公子知道是自己哥子了，故意問道：「家還有甚人？」那人道：「先有一弟，中途火焚了。兩箇妹子，發教坊司，前去望他，道已蒙恩赦，配人去了。我也無依，只得往舊家尋箇居止。」鐵公子道：「兄這等便是鐵尚書長公子了，他令愛現在此處，兄要一見麼？」那人道：「怎不要見？」鐵公子道：「這等待小弟引兄同往。」鐵公子就為他還了飯錢，與他到高秀才家，引他見了姐姐，又弟兄相認了。姊妹們哭了又哭，說了又說，都謝高秀才始終周旋，救出小公子；又收遺骸；又在紀指揮前方便，兩小姐出教坊。真是箇程嬰㉟再見。

後邊大公子往鄧州時，宗姓逃徙已絕，田產大半藉沒在官；尚有些未藉的，已為人隱占。無親可依，無田可種，只得復回山陽。小公子因將金老所遺田讓與哥哥，又為他娶了親，兩箇耕種為事。後來小公子生有二子，高秀才道：「不可泯沒了金老之義！」把他幼子承了金姓，延他一脈。金老夫婦墳與鐵尚書墳並列，教子孫彼此互相祭祀。至今山陽有金、鐵二氏，實出一源。

總之，天不欲使忠臣斬其祀，故生出一箇高秀才；又不欲忠臣污其名，又生這二女。故當時不獨頌鐵尚書之忠，又且頌二女之烈。有二女之烈，又顯得尚書之忠有以刑家，誰知中間又得高秀才維持調護，忠臣、烈女、義士，真可鼎足，真可並垂不朽！嘗作古風咏之：

蚩尤㊱南指兵戈起，義旗靡處鼓聲死。

㉟程嬰：春秋時晉國義士。據史記載，春秋晉景公時，趙朔之友程嬰，因保存其遺孤趙武，被譽為「義士」。

錚錚鐵漢據齊魯，隻手欲回天步圮。
皇天不祚可奈何，淚洒長淮增素波。
刎頭斷舌良所樂，寸心一任鼎鑊磨。
山陽義士膽如斗，存孤試展經綸手。
忠骸忍見犬彘飽，抗言竟獲天恩宥。
宗祊一綫喜重續，貞姬又藉不終辱。
純忠奇烈世所欽，維持豈可忘高叔。
拈彩筆，發幽獨，熱血紛紛染簡牘。
寫盡英雄不朽心，普天盡把芳規勗。

雨侯曰：革除之際，方侍講經文而迂疏無當；齊尚書、黃少卿緯武而速釁寡謀，適足發成祖之蟄，高飛帝畿。齊、黃成祖之功臣，建文君之罪首也。若屢抗王師，殫謀報國，人不能勝天，卒以死殉，是為公。而高賢寧之作論，又不食祿，見之史冊。鐵氏二女之詩，見之傳聞，固宜合紀之，以為世型也。至夫後之能全與否，事尚未可知。總之，忠良有後，固亦人所快聞耳。

木強人曰：嘗讀世說，見孔北海之兒女，酸詞慘語，令人悲憤。然孔氏巢覆而卵不完，鐵氏猶有遺育者，聖主與奸雄自異也。

㊱ 蚩尤：神話中九黎族首領。善戰，能呼風喚雨。後與黃帝戰於涿鹿（在今河北涿鹿東南），戰敗被殺。

叙

死忠死孝，皆得所之死也。丈夫亦何惜捐一生？然報仇之心歷久不移，復深沉不露，卒親仇殪而親嗣全，恐激烈者無此委婉，深籌者又難此勇斷也。知神而勇沉，仁至而義盡，千古寡儔，是宜書以金管耳。

翠娛閣主人題

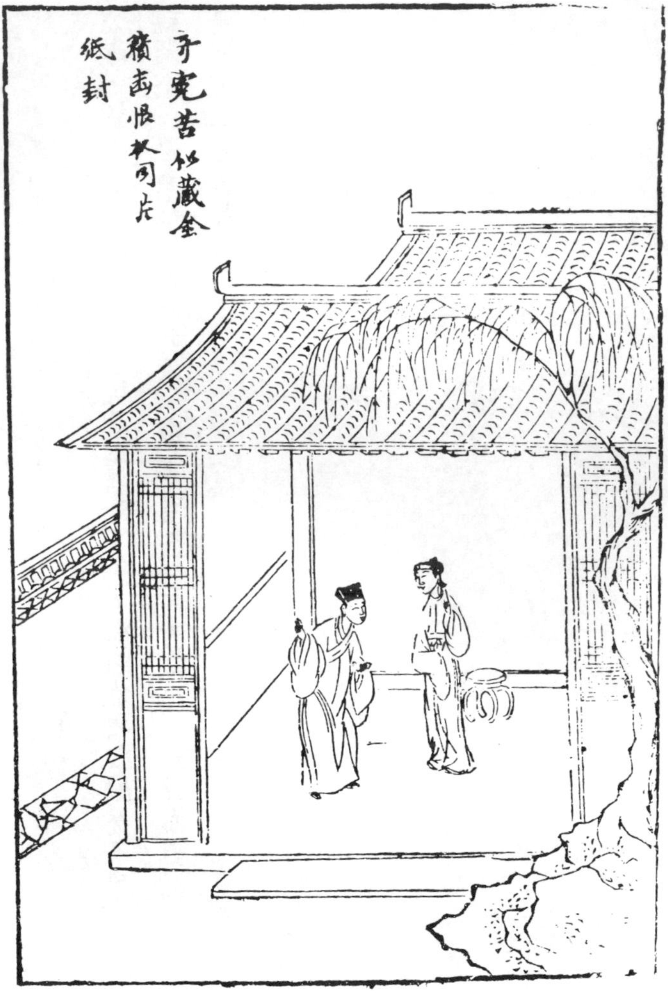
奇冤苦似藏金
櫝齒恨枉同片
紙封

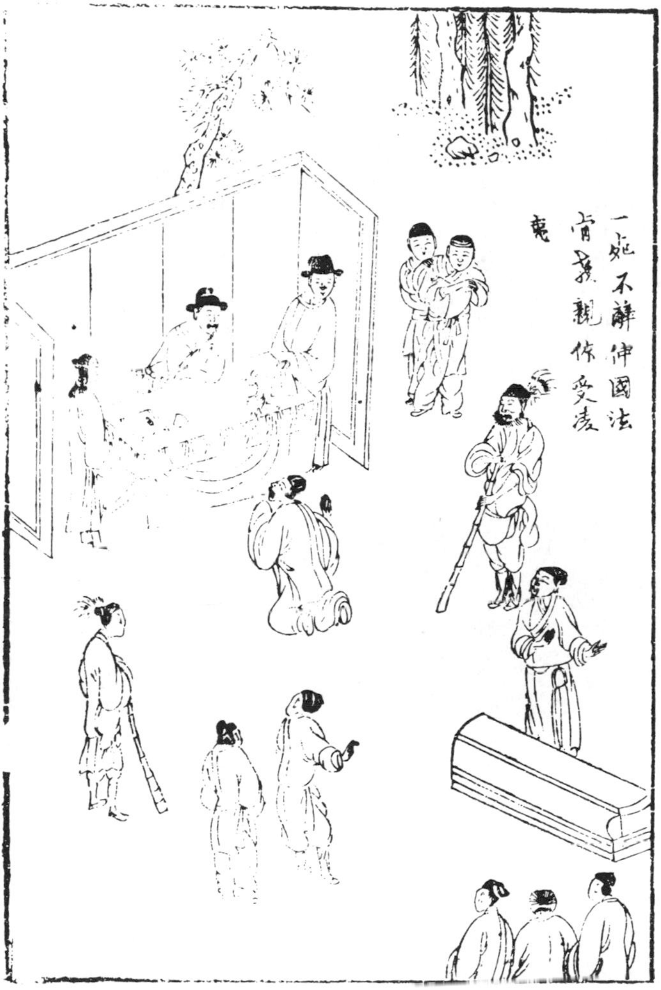
一死不辭伸國法
肯教親作受凌冤

第二回 千金不易父仇 一死曲伸國法

怒聲雷吼。

長鋏頻彈，飛動處、寒鋩流雪。肯匣中、徒作龍吟，有冤茹咽。怨骨沉沉應欲朽，兇徒落落猶同列。猛沉吟、怒氣滿胸中，難摧滅！ 妻雖少，心氷冽；子雖稚，宗堪接。讀書何事，飲羞抱觖。碎擊髑顱飛血雨，快然笑釋生平結。便膏身鐵鉞亦何辭，生非竊。

右調滿江紅

含冤飲恨知多少。

做人子，當父母疾病之時，求醫問卜，甚至割股，要求他生。及到身死，哀哭號踊，尚且有終天之恨。若是被人殺害，此心當如何悲憤？自然當捹一生，向上司控告。只是近來官府糊塗的多，有錢的便可使錢，外邊央一箇名色分上❶，裡邊或是書吏，或是門子❷，貼肉揌，買了問官。有勢的又可使勢，或央求上司分付，或央同年故舊關說，拗制問官。又買不怕打、不怕夾的潑皮做硬証，上呼下應，厚賄那仵作❸，重傷報輕傷。在那有人心問官，還葫蘆提擱起，留與後人；沒人心的反要坐誣。以此誓死報

---

❶ 分上：人情；面子。
❷ 門子：官衙中從事看門、傳達、站班等雜務的差役。
❸ 仵作：舊官署中檢驗死傷的吏役。仵，音ㄨˇ。

得孝子心事。

寧餓氣□。

親仇的，已是喫了許多苦。那沒用的，被傍人撺哄，也便把父母換錢，得他些銀子，也了帳。只有那有志氣的，他直行其是，不向有司乞憐。當父親被害時，豈不難挺劍刃仇？但我身殉父危，想老母無依，後嗣無人，是我一家賠他一身。若控有司，或者官不如我意。不如當飲忍時飲忍，當激烈時激烈。只要得報親仇，不必論時先後，是大經緯❹人。

話說浙江金華府，有箇武義縣。這縣是山縣，民性獷悍，故招集兵士，多于此處。凡有爭兢，便聚族相殺。便是自家族中爭兢，也畢竟會合親枝黨羽鬪毆。本縣有箇王家，也是一箇大族。一箇王良，少年也曾讀書，不就，就做田庄。生有一箇兒子，叫做世名，生得眉清目秀，性格聰明。在外附學讀書，十二歲便會做文字，到十七歲府縣俱前取，但道間不錄，未得進學。父親甚是喜他，期他大成。其年，他的住屋原是祖遺，侄子王俊是長房，居左，他在右，中間都是合用。王俊有了兩分村錢，要行起造，因是合的，不能。常叫族長王道來說與他價錢，要他相讓。王良道：「一般都是王家子孫，他買產，我賣產，豈不令人笑話？幸家中略可過活，我且苦守。」後邊又央人來說，願將產換，王良畢竟不肯，成了仇。

自古私己的常是齊整，公眾的便易坍❺損。各人自管了各人得分的房屋，當中的用則有人用，修却沒人修。王俊暴發財主，甚要修餙體面，如何看得過？只得買了木料，叫些匠人，將右首拆造。拆時，同樑合柱，將中間古老房屋震坍了。王良此時看見，道：「這房子須不是你一箇的，仔麼把來弄坍了？」

---

❹ 經緯：喻規劃治理。

❺ 坍：意為「坍」，坍塌；崩壞。

自然動氣。

光景疑畫。

王俊道：「這二三百年房子，你不修，我不修，自然要坍，關我甚事！」只見泥水定磉❻，早已是間半開間。他是有意弄坍，預先造下了。王良見了，不勝大怒，道：「這畜生恁般欺人！怎見那半間是你的，你便自做主？況且又多尺餘。如今坍的要你造還！」王俊道：「你有力量自造，怎我造賠你？」你一聲，我一句，爭競不了。那王良便先動手，劈臉一掌。這王俊是箇蠢牛，怎生寧耐？便是一頭把王良撞上一交。王良氣得緊，爬起便拾一根折木椽來打王俊。王俊也便扯一根木梢道：「老入娘賊，故意魘魅❼我！」也打來。來得快些，早把王良右肩一下。王良疼了一閃，早把手中木椽落下。王俊得手，一連幾木梢，先是脇下兩下，後來頭上一下，早暈在地。他家人并他妻來看，只見頭破脇折，已是懨懨待盡，連忙學中叫王世名來。王良止掙得一聲道：「兒，此仇必報！」早已氣絕。正是：

第宅依然在，微軀不可留。
空因尺寸土，尚氣結冤仇。

此時世名母子，捧着王良屍首，跌天撞地痛哭，指着王俊名兒哭罵，王俊也不敢應，躲在家中。一班助興的便勸道：「小官人不必哭得，到縣間去告，不怕不償命的！」王俊聽得慌了，忙去請了族中族長王道、一箇叫做王度、村中一箇慣處事的單邦、屠利、魏拱，一干人來，要他兜收。王道道：「小官，

❻ 磉：音ㄙㄤˇ。柱下石。

❼ 魘魅：音ㄧㄢˇ ㄇㄟˋ。這裡是恐嚇、詛咒的意思。魘，夢中呻吟、驚叫。魅，鬼魅；精怪。

不是請來尊意。

一箇老外。

口吻妙絕。

奇。

俗子好通文。

劫制巧甚。

動之以

這事差了！叔父可是打得的？如今敵拳身死，償命說不過的！」魏拱道：「若是這樣說，也不必請你來了，還是你與他做主和一和。」王度道：「一箇人活活打死，隨你甚人，忍不過，怎止得他？」屠利道：「當今之世，惟錢而已，償命也無濟死者，兩邊還要費錢。不若多與他些錢財，收拾了罷。」王道道：「父母之仇，不共載（戴）天，私和人命，天理上難去。」又一箇單邦道：「如今論甚天理！有錢者生，無錢者死。若和，是兩利之道。若王大官不肯依我們出錢，這便是錢財性命，性命卵袋，我們憑他。」王俊道：「一憑列位。」單邦道：「這等，若是王小官不肯，我自有話說。同去！同去！」一把扯了王道、王度，屠、魏兩箇隨了來。

到王世名家，只見母子正在痛哭，見了王道一干，正待告訴，單邦道：「不消說得，我們親眼見的。只是聞得你兩家要興訟，故來一說。」王世名母親道：「我正要告他，他有甚訟興？」單邦笑道：「他有話，道因屋堋壓死，你圖賴他，闔家去將他打搶。」王世名道：「這一尺天，一尺地，人是活活打死的，怎說得這話！」便痛哭起來。魏拱道：「這原是誣之以理之所有，若差官來相驗，房子堋是真。如今假人命常事，人死先打搶一番，官府都知道的。」王世名母親道：「有這等沒天理的，搡老性命結識他！」屠利道：「不要慌！如今虧得二位族長道『天理上去不得』，所以我們來處。」王世名道：「正是！二位公公極公道的。」單邦道：「是公道的。七老八十，大熱天，也沒這氣力為你府縣前走。如今我們商議，你們母子去告，先得一箇坐視不救的罪名了。又要盤纏使費。告時，他央了人情，爭是壓死，仵作處用了錢，報做壓死傷，你豈不坐誣？」王世名道：「有証見。」屠利道：「你這小官！官有分上，反道是硬証，誰扯直腿替你夾？便是你二位族尊也不肯。況且到那撿驗時，如今初死還好，天色熱，不

慘。

語語入妙。

主意定了。

步步緊，着着殺。

久潰爛，就要剔骨撿，筋肉盡行割去，你道慘不慘？」世名聽到此，兩淚交流。魏拱見他，曉得他可以此動，道：「不撿不償，也不止一次，還要蒸骨撿哩！」母子二人聽得，哭得滿地滾去，眼睜睜止看這兩箇族長。不期他兩人聽了這片歪語，氣得聲都不做。單邦道：「如今我們計議，一邊折命，一邊折錢。不若叫他從重斷送，七七做，八八敲❽，再處些銀子養贍你母子，省得使在衙門中。與你們不是與別人。你們母子出頭露面去告一場，也不知官何如，不若做箇人情，讓他們不是讓別人。不然貧不與富鬬，命又不償得，你母子還被他拖死了。」這片話，他母親女流，先是矬了。王世名先是箇恐零落父親屍骸，也便持疑。屠利道：「你兩老人家也做一聲，依我只是銀子好。」王道道：「父母之仇，也難強你不報的。」魏拱道：「又來撒❾。」王道道：「只你們母子也要自度力量，怕沒有打官司家事、打官司手段。」王度道：「自古饒人不是痴，你也自做主意。」屠利道：「官司斷不勸你打。」魏拱道：「命斷償不成，只是和為貴。」單邦道：「和不可強他，只是未到官，兩箇老人家做得主，是可為得你，還可多處些；到官，燒埋有限。」世名母親聽了，便叫世名到房中計議。世名道：「這仇是必報的。」母親道：「這等不要和了？」世名道：「且與他和，再處。」世名便走出來道：「論起王俊親毆殺我父親，畢竟告他箇人亡家破方了。只是我父亡母老，我若出去打官司，家中何人奉養？又要累各位。」魏拱道：「這決定奉隨。只家下離縣前遠，日逐奉擾不當。」世名道：「如今列位分付，我沒有箇不依的，只憑

---

❽ 七七做二句：指舊時有錢人家做許多天喪事。七七做，做四十九天喪事。七天做一次，共做七次；或做更多天，故云。

❾ 撒：胡說；撒潑。

互相讚助，小人的泒。極態。

到家。

深心人不識。

列位處。父親我自斷送，不要他斷送。」魏拱道：「這等纔圓活。不要他斷送，更有志氣！」屠利道：「若不要他斷送，等他多出些錢與你罷。」單邦道：「一言已定，去！去！去！」一齊起身，到王俊家來。

屠利道：「原沒箇不愛錢的。」魏拱道：「也虧得單老爹這一片話頭。」單邦道：「你幫襯也不低。」只有王道心裡暗轉：「這小官枉了讀書。父親被人打死，便甘心和了！」坐定，王俊慌忙出來道：「如何？」魏拱道：「他甚是不肯。」王俊道：「這等待要去告？」屠利道：「虧單公再三解勸，如今十有八就了。」屠利道：「只是要大破鈔。」王俊道：「如今二位伯祖如何張主？」王道道：「我手掌也是肉，手心也是肉，難主持，但憑列位。」魏拱道：「這單老爹出題目。」單邦道：「還是族尊。依我少打不倒，五十兩助喪，三十畝田供他子母。」屠利道：「處得極當！處得極當！」王俊道：「來不得。」王度道：「你落水要命，上岸要錢，沒一、二百金官司。」魏拱道：「王大郎，不要不識俏！這些不彀打發仵作差使錢。」屠利笑道：「這是單老爹主意，還不知他意下何如？」王俊只得拿出三十兩銀子，二十兩首飾，就寫一紙賣田文書。單邦又道：「這事要做得老，這銀子與契都放在族長處。一位與屠愛泉去簽田寫租契，一位與魏趨之去幫扶王小官人落材燒化，然後交付銀產。」王道道：「他有墳地，如何肯燒？只他妻子自行收殮，便無後患了。」魏拱道：「單兄，足下同往王小官處去，何如？」單邦道：「這邊里遞也要調停，不然動了飛呈，又是一番事了。」果然分頭去做。王道與魏拱到王世名家，世名原無心在得財，也竟應了。王道道：「有這樣小官！再說兩句，也可與你多增幾兩銀子。」魏拱也心裡道：「這是見財慌的。」世名自將己貲，將父親從厚收殮。兩箇族長交了銀產，單邦收拾里隣，竟開了許多天窓。後邊王俊捐出百金，謝他們一干。單邦得了四十兩，魏、屠也各得銀十五兩，王道與王度不收。鄉里間便都道：「只要有錢，阿叔也可打殺的！」也都笑王世名柔懦。不知王世名他將銀子與契俱封了，上邊寫得明白，交與母親收執。私自畫一軸父親的神像，側邊畫着自己形容，帶着刀站立隨了。三年之間，寧可衣麄食淡，到沒銀子時，寧可解當，並不動王俊一毫銀子。每年收租，都把來變了價封了，上邊寫「某年某人還租幾石，賣價幾兩。」一一交與母親。

痛切思親瘦骨岩，幾回清淚染青衫。
奇冤苦是藏金積，幽恨權同片紙緘。

武義一帶地方，打鐵頗多。一日赴舘，往一鐵店門前過，只聽得𡰪𡰪𦘕𦘕⑩，兩箇人大六月立在火爐邊打鐵。王世名去看道：「有刀麼？」道：「有打起的厨刀。」世名道：「不是。」鐵匠道：「可是腰刀？」世名看了看道：「太長，要帶得在身邊的匕首。」鐵匠道：「甚麼匕首？可是解手刀？」遞過一把。世名嫌鈍。鐵匠道：「這等打一把純鋼的。」論定了價錢，與了他幾分作定。鐵匠果然為他打一把好刀：

瑩色冷冷傲雪霜，剸犀截象有奇鋩。

⑩ 𡰪𡰪𦘕𦘕：狀聲詞，形容打鐵聲音。

何須拂拭華陰⓫土，牛斗時看起異光。

世名拿來把玩，快利之極。找了銀子，叫他上邊鑿「報仇」二字。鐵匠道：「這是尊號麼？」世名道：「你只為我鑿上去罷了。」鐵匠道：「寫不出。官人寫，我鑿罷。」世名便將來楷楷⓬的寫上兩箇字。鐵匠依樣鑿了，又討了兩分酒錢。世名就帶在身邊，不與母親知道。閑時拿出來看玩，道：「刀！刀！不知何時是你建功的時節？是我吐氣的時？我定要拿住此賊，碎砍他頭顱，方使我父親瞑目泉下！」在館中讀書，空時便把古來忠孝格言，楷寫了帶在身邊，時常諷咏，每每淚下。那同窓輕薄的道：「父親喫人打死，得些財物便了，成甚麼孝？枉讀了書。」只有他的先生盧玉成，每夕聽他讀那格言，或時悲歌悽惋，或時奮迅激昂。每日早起，見他日間時有淚痕，道：「此子有深情，非忘親的。」

到了服闋⓭，適值宗師按臨，府縣取送，道問與進了。王俊聽得，心下驚慌，便送銀二兩，與他做藍衫⓮。他也收來，封了。有箇本縣一財主，來見他新進，人品整齊；二來可以借他遮蓋門戶，要來贅他。他不敢輕離母親，那邊竟嫁與他。王俊也有厚贈，他也收了。

示之以不疑。

苒荏年餘，不覺生下一子。到了彌月⓯，晚間，其妻的抱在手中，他把兒子頭上摸一摸道：「好了，

⓫華陰：縣名。縣南有西嶽華山，傳說華陰土赤紅，以之拭劍，劍光「倍益精明」。

⓬楷楷：非常正規、端正地用楷體字書寫。

⓭服闋：舊制，父母死後守孝三年，期滿除服，稱為「服闋」。闋，音ㄑㄩㄝˋ。終了。

⓮藍衫：亦作「襤衫」、「襴衫」，儒生所穿的服裝。色藍。後亦稱秀才穿的袍子。

我如今後嗣已有，便死也不怕絕血食⑯了。」其妻把他看了道：「怎說這樣不吉利話？」他已瞞了母親，暗暗的把刀藏在襪桶內，要殺王俊。這是正月十二，王俊正在單邦家喫酒，喫得爛醉回，踉踉蹌蹌，將近到家，只聽得一聲道：「王俊，還我父親命來！」王俊一驚，酒早沒了，睜開醉眼，却見王世名立在面前，手拿着一把刀，兩隻脚竟不能移動，只叫：「賢弟，憑你要多少，只饒我性命罷！」王世名道：「胡說！有殺人不償命的麼？」就劈頭一刀砍去。王俊一閃，早一箇「之」字。王世名便乘勢一推，按在地，把刀就勒。王俊把脚踭得兩踭，只見醉後的人，血如泉湧。王世名又復上幾刀，眼見得王俊不得活了。正是：

幸假金錢逃國法，竟隨霜刃喪黃泉。

此時世名便在村中叫道：「王俊殺我父親，我如今已殺他報仇，列位可隨我明日赴官正法。」村中聽得，只見老少男女一齊趕來，早見王俊頭顱劈碎，死在血中。行兇刀插在身傍，王世名立在那裡。屠利趕來看了道：「爺呀，早知終久死在他手裡，不如省了這百來兩銀子！」單邦也帶着酒走來，道：「這小官造次，再央我們講一講，等他再送些銀子，怎便做出這事？」世名道：「誰要他銀子？可同到舍下。」到得家中，母、妻聽得世名殺了人，也喫了一驚。王道、王度也到。王道道：「一報還他一報，

⑮ 彌月：亦稱「滿月」，嬰兒足月。彌，音ㄇㄧˊ。

⑯ 血食：受祭祀。古人祭祀用牲牢，故稱「血食」。

還畢竟是公道人說話。

只遲死得六年。」王度道：「若他主這意六年，也虧他耐心。」世名早從房中將向來銀拿出，一封五十兩，是買和銀；又十餘小封，都是六年中收的租息，併王俊送的銀子。又有一張呈子，上寫道：

金華府武義縣生員王世名，首為除兇報父事：獸兄王俊，逞強佔產，嗔父王良不從，于萬曆六年五月，毒毆身死，掗⓱銀賣（買）和，族長王道等証。經今六年，情實不甘，于今月　日，是某親手殺死，刀仗現存，理甘伏法。為此上呈。

當面拿出來，于空處填了日時。王道道：「他已一向辦定報仇的了。我們散去，明日同去出首。」眾人趦趄不肯就去。世名道：「我原搛一死殉父，斷不逃去，貽累母親！」又有幾箇捏破屁里遞⓲道：「只是小心些，就在府上借宿罷。」當晚，王世名已安慰母親，分付了妻子，教他好供奉母親，養育兒子。

次日絕早，世名叫妻子煮飯，與眾人喫了，同到縣中，早已哄動一城。知縣姓陳，坐了堂，世名與眾人遞上呈子，併將刀仗放在案前。陳知縣看了道：「你當日收他銀子，如今又殺他，恐別有情。」世名道：「前日與和，原非本心，只因身幼，母老無人奉養，故此隱忍。所付銀兩併歷年租銀，俱各封識不動。只待娶妻可以奉母，然後行世名之志。今志已行，一死不惜！」陳知縣再叫親族里隣，說來都是一般。陳知縣道：「這是孝子，我這裡不監禁你，只暫在賓館中，待我與你申請。其餘干連，暫放寧

⓱ 掗：音ㄧㄚˋ。強要人接受不願要的東西。

⓲ 里遞：古代鄉里的執役者。

慷慨。

家。」就連夜為他申詳守、巡二道，把前後事俱入申中。守、巡俱批金華汪知縣會問。那汪知縣聞他這光景，也甚憐他，當時叫他上去，問他有甚麼講。世名道：「世名復何言？今事已畢，只欠一死。」汪知縣道：「我如今且撿你父親的屍，若有傷，可以不死。」世名道：「世名能刃王俊于今日，怎不能愬王俊于當日？忍痛六年始發，只為不忍傷殘父屍。今只以世名抵命，也不須得撿。若台臺憐念，乞放歸田里，拜父辭母，撫子囑妻，絕吭柩前，獻屍臺下。」汪知縣道：「我撿屍正是為你。若不見你父親屍傷，誰信你報仇？」遂便寫一審單申府道：

審得王世名，宿抱父冤，潛懷壯志。強顏與讐同室，矢志終不共天。封買和之貲，不遺錙銖⑲；鑄報仇之刃，懸之繪像。就理，恐殘父屍；即死，慮絕親後。歲序屢遷，剛腸愈烈。及甫生男一歲，謂可從父九原⑳。遂揮刃于仇人，甘投身于法吏。驗父若果有傷，擅殺應從末減。但世名誓不毀父屍以求生，唯求即父柩而死。一撿世名且自盡，是世名不撿固死，撿亦死也。捐生慷慨，既難卒保其身，而就義從容，是宜曲成其志。合無放歸田里，聽其自裁。

絕好審語。

通申府、道。若是府、道有一箇有力量道：「王俊買和有金，則殺叔有據，不待撿矣。殺人者死，夫亦何辭？第不死于官而死于世名，恐孝子有心，朝廷無法矣；若聽其自裁，不幾以俊一身，易世名父子與？

⑲ 錙銖：錙、銖都是古代很小的重量單位，以比喻極微小的數量。

⑳ 九原：春秋時晉國卿大夫的墓地，後亦泛指墓地。

擬罪以伸法，末減以原情。」這等汪知縣也不消拘把檢屍做世名生路了。上司也只依擬。汪知縣便把他放去，又分付道：「你且去，我還到縣來，你且慢死，我畢竟要全你。仔麼苦惜那已枯之骨，不免你有用之身？」世名道：「死斷不惜，屍斷不願撿。」汪知縣看了他，又嘆息道：「浮生有涯，令名無已。」世名聽了，又正色道：「這豈圖名？理該如此！」汪知縣也不差人管押他，他自到家。母親見了，哭道：「兒，我不知道你懷這意，你若有甚蹉跌，叫我如何？」世名道：「兒子這身是父生的，今日還為父死。雖不得奉養母親，也得見父地下，母親不要痛我！」其妻也在側邊哭。世名道：「你也莫哭，只是善事婆婆，以代我奉養；好看兒子，以延我宗嗣。我死也瞑目了！」去見陳知縣，知縣仍舊留他在賓館，分付人好好看待，不要令他尋自盡。

正速其死。

兒得定。

只見過了幾日，汪知縣來了。滿城這些仗義的，併他本村的里隣，都去迎接，道：「王俊殺叔是實，世名報仇也是理之當然。」要求汪縣尊保全這孝子。汪縣尊已申了上司，見上司沒箇原免他的意思，唯有撿驗，可以為他出脫，只得又去取他父親屍棺。世名聽了，把頭亂撞道：「他們只要保全我的性命，苦要殘我父親的骸骨，我一死可以全我父了。」那看守的因陳知縣分付，死命抱住，不能得死。到了次日，通學秀才都衣巾簇擁着世名，來見汪縣尊，道：「王俊殺叔，去今六年，當日行賄之人尚在，可一鞫而得，何必殘遺骸、致殘孝子？況且王俊可銀產償叔父之死，今世名亦可返其銀產，以償族兄之死。今日世名，還祈太宗師玉全。」汪縣尊道：「今日之驗，正以全之。」此時適值棺至，世名望見，便以頭觸堦石，噴血如雨，地都濺得火赤的。眾秀才見了，抱的抱，扯的扯，一齊都哭起來。衙役與看的人，無不下淚。兩縣尊也不覺為之泣下。

快語。

低徊往事只生悲，欲語淒淒雙淚垂。
一死自甘伸國法，忍教親體受凌夷。

兩縣婆氣之可恨。

太過。

眾秀才又為他講，汪縣尊叫把棺木發回。孝子暈了半日方甦，又到灘邊看棺木上船，又慟哭了一番，仍至兩縣尊前就死。兩縣叫人扶起，又着醫生醫治。兩箇縣尊商議，要自見司、道面講，免他檢屍，以延他的生；再為題請，以免他的死。孝子道：「這也非法。非法無君，我只辦了一死，便不消這兩縣尊為我周旋委婉。」回到館中，便就絕食，勺水不肯入口。這些親族與同袍都來開講，道：「如今你父仇已報了，你的志已遂了。如今縣尊百計要為你求生，這是他的好意，原不是你要苟全，何妨留這身報國？」世名道：「我斷不要人憐，斷不負殺人之名，以立于天壤間！」原是把頭磕破的，又加連日不喫，就不覺身體懨懨。這日忽然對着探望的親友長笑一聲，俛首而逝，殁在館中。死之刻雲霧昏慘，迅風折木，雷雨大作。

兩縣令着他家中領屍，只見天色開霽，遠近來看的、送的，雲一般相似。到家，他妻子開喪受弔。他妻子也守節，策勵孤子成名。當時在武義，連浙東一路，便是村夫、牧豎，莫不曉得箇王秀才是王孝子。只是有識的道：「古來為父報仇多有從末減的，況以王秀才之柔剛並用，必能有濟于世。若使以一成全之，孝子必生，生必有効于國。在王秀才為孝子，又可為忠臣，而國家亦收人才之用。即其死，良可為國家人才惜耳！」故吳縣張孝廉鳳翼高其誼，為立傳。

孝廉曰：殺人者死，律也。人命是虛，行財是實，亦律也。彼買和契贓具在，可以坐俊殺叔之罪，可以挽世名抵命之條，何必撿厥父屍，以傷孝子之心哉？蓋當事諸君子急于念孝子，反亂其方寸，而慮不及此哉！抑天意不惜孝子一死，以達其志，以彰其孝哉！

雨侯曰：丈夫氣岸，豈受人憐！憐之深，死之所以愈速也。經而不權，不能無憾于二令。

草莽臣曰：利，人之所驚；生，人之所貪。乃能不奪于利，不吝于死，籌以從容，出以慷慨。微斯人，吾誰與歸？至摹繪之工，此篇可與張孝廉傳並傳。

小引

枕上愛深，便弛堂前之慕；膝頭踪遠，竟殊被底之情。唯割愛之難，遂背恩之易，孰是？脫嬌娃疑敝屣，銘我恃如丘山。珠迴故邑，水覆當衢。運奇謀于獨創，何必襲跡古人？完天倫于委蛇，真可樹型今世。可惜（借）筆舌，以發隱幽。

翠娛閣主人識

第三回　悍婦計去孀姑　孝子生還老母

哀哀我母生我軀，乳哺鞠育勞且劬。
兒戚母亦戚，兒愉母亦愉。
輕煖適兒體，肥甘令兒腴。
室家已遂丈夫志，白髮蒙頭親老矣。
況復昵妻言，逆親意。
帷薄情恩醴❶比濃，膝前孺慕摶沙❷似。
曾如市井屠沽❸兒，此身離裏心不離。
肯躭牀第一時樂，釀就終天無恨悲。
老母高堂去復還，紅顏棄擲如等閑。
蒸黎❹何必羡曾子❺，似此高風未易攀。

語足刺心。

❶醴：甜酒。
❷摶沙：摶弄沙子，指難以收拾。
❸屠沽：屠夫和賣酒的人。言其出身微賤。

古云：「孝衰妻子。」又道：「肯把待妻子的心待父母，便是孝子。」只因人無妻時，只與得父母朝夕相依，自然情在父母上。及至一有妻，或是愛他的色，喜他的才，溺他的情，不免分了念頭。況且娶着一箇賢婦，饑寒服食，昏定晨省，兒子管不到處，他還管到。若遇了箇不賢婦人，或是恃家中富貴，驕傲公姑；或是勤喫懶做，與公姑不合；或鄙嗇愛小，嫌憎公姑費他供養；或有小姑、小叔，疑心公姑護短偏愛，無日不向丈夫耳根絮絮。或到公姑不堪，至于訶斥，一發向丈夫枕邊悲啼訴說。那有主意的男子，只當風過耳邊，還把道理去責他，道：「沒有箇不是的父母。縱使公姑有些過情，也要逆來順受。」也可漸漸化轉婦人。若是耳略軟，動了一點憐惜的念頭，日新月累，浸潤膚受齊來，也不免把愛父母稍懈。還有平日原怕他強悍，恐怕拂了他，致他尋了些短見，惹禍不小，便趁口說兩句，這婦人越長了志了。不知夫妻原當恩愛，豈可到了反目生離？但祭仲❻妻道：「人盡夫耳，父一而已。」難道不可說：「人盡妻也，母一而已？」還要是男子有主持，苦是大家恐壞了體面，做官的怕壞了官箴❼，沒奈何就中遮掩，越縱了婦人的志，終失了父母的心。倒不如一箇庸人，却有直行其是的。

這事在姑蘇一箇孝子。這孝子姓周名于倫，人都教他做周舍。他父親是周楫，母親盛氏。他積祖在閶門外橋邊開一箇大酒坊，做造上京三白、狀元紅、蓮花白，各色酒漿。橋是蘇州第一洪❽，上京船隻

數種酷盡。

如此亦是孝子。

醒豁。

歸重是。

❹ 蒸黎：亦作「黎蒸」。眾民；百姓。

❺ 曾子：孔子學生。名參，字子輿，以孝著稱。

❻ 祭仲：春秋時鄭國大夫，執政六十四年。祭，音ㄓㄞˋ。

❼ 官箴：官聲；名譽。箴，音ㄓㄣ。

必由之路，生意且是興。不料隆慶❾年間，他父親病歿了，有箇姊兒，叫做小姑，他父親在日，曾許吳江張三舍，因周楫病歿，張家做荒親❿娶了去。止剩他母子，兩身相倚，四目相顧。盛氏因他無父，極其愛惜，揀好的與他穿，尋好的與他喫，叫他讀書爭氣。那周于倫却也極依着教訓，也極管顧母親。喜的家道舊是殷實，雖沒箇人支持，店面生意不似先時，胡亂改做了辣酒店，也支得日子過。到了十五六歲，周于倫便去（丟）了書，來撐支舊業。做人乖巧和氣，也就漸漸復起父業來。母親也巴不得他成房立戶，為他尋親。

父母之心。

尋了一箇南濠開南貨店錢望濠女兒，叫做掌珠，生得且是嬌媚。一進門，獨兒媳婦，盛氏把他珍寶相似。便他兩夫妻年紀小，極和睦。周于倫對他道：「我母親少年守寡，守我長成，一箇姊姊又嫁隔縣，你雖媳婦，就是女兒一般，要早晚孝順他，不要違拗。」掌珠聽了，便也依他。只掌珠是早年喪母的，失于訓教，家中父親溺愛，任他喫用，走東家、闖西家，張親娘、李大姐，白話⓫慣的。一到周家，盛氏自丈夫歿後，道來路少，也便省使儉用，鄰舍也不來往。掌珠喫也就不得像意，指望家中挐來，家中晚娘⓬也便不甚照管。要與丈夫閒話，他也清晨就在店中，直到晚方得閒，如何有工夫與他說笑？看他

女教宜早。

亦是苦事。

---

❽ 洪：這裡是閘口（渡口）之意。

❾ 隆慶：明穆宗朱載垕年號，西元一五六七－一五七二年。

❿ 荒親：因家中變故或困難而急忙做親。

⓫ 白話：聊天。

⓬ 晚娘：繼母。

甚是難過。過了幾月，與丈夫的情誼浹洽⓭了，也漸漸說我家中像意，如今要想甚飲食都不得到口，希圖丈夫的背地買些與他。那周于倫如何肯？就有時買些飲食，畢竟要選好的與母親，然後夫妻方喫。掌珠終是不快。

似此半年，適值盛氏到吳江探望女兒，周于倫又在外做生意，意思待要與這些鄰人說一說兒，却又聽得後門外內眷且是說笑得熱鬧，便開了後門張一張⓮。不料早被左鄰一箇楊三嫂見了，道：「周家親娘，你是難得見的，老親娘不在，你便出來話一話。」掌珠便只就自己門前，與這些鄰人相見。一箇是慣忤逆公婆的李二娘，一箇是慣走街做媒作保的徐親娘，一箇是慣打罵家公的楊三嫂，都不是好人，故此盛氏不與往來。那李二娘一見便道：「向日楊親娘說周親娘標緻，果然標緻得勢，那不肯走出來白話一白話。」楊三嫂道：「老親娘原是箇獨拄門的，親娘也要學樣？只是你還不曾見親娘初嫁來時，如今也清減了些。」李二娘道：「『瘦女兒，胖媳婦』，那倒瘦了，難道嫁家公會弄瘦人？」楊三嫂道：「看這樣花枝般箇親娘，周舍料是恩愛，想是老親娘有些難為人事。」只見徐婆道：「這老娘極是瑣碎，不肯穿，不肯喫，終日䋈（絮）聒到晚。如今是他們夫妻世界，做甚惡人！」掌珠只是微笑，不做聲。忽聽得丈夫在外邊叫：「甚事？」慌忙關了門進去。

恰好渴之得漿。

女人聚談真景。

自此以後，時時偷閒，與這些人說白。今日這家拏出茶來，明日那家拏出點心來；今日這家送甚點心來，明日那家送甚果子來。掌珠也只得身邊拏些梯己錢，不敢叫家中小廝阿壽，反央及楊三嫂兒子長

⓭ 浹洽：融洽；和洽。浹，音ㄐㄧㄚˊ。

⓮ 張一張：望一望；看一看。

錢足使人。

甚哉，婆談之不可！

語語金玉。

苦心。

老生貪。

也是理。

孫，或是徐媒婆家小廝來定，買些甚果子點心回答。又多與買的長孫、來定些，這兩箇都肯為他走動。遇着李二嫂，只是說些公婆不好，也賣弄自家不怕忤逆他光景。楊三嫂只說自己鉗制家公，家公怕他的模樣。徐媒婆只是和子，時嘗說些趣話兒取笑他三人。似此熱鬧半箇月，周于倫只顧外面生意，何嘗得知？不期盛氏已自女兒家回來，說為女兒病了急心疼，在那廂看他，多住了幾日。掌珠因婆婆來，也便不敢出門。這些女伴知他婆婆撇古，也不來邀他。每日做着事時，聽他們說笑，心裏好不癢癢的。沒奈何乘早起，或盛氏在樓上時，略偷閑與這些鄰人說說兒。早已為這些人挑撥，待盛氏也有幾分懈怠，待丈夫也漸漸放出些淩駕。嘗乘周于倫與他歡笑時節，便假公濟私道：「你每日辛苦，也該買些甚將息。如今買來的只彀供養阿婆，不得輪到你，怕淘壞身子。」那周于倫極知道理，道：「一日所撰（賺），能得多少？省縮還是做人家方法。便是飲食上，我們原該省口與婆婆。嘗言道：他的日子短，我們的日子長。」或有時粧出愁苦的模樣，道：「婆婆難服事。」周于倫道：「只是小心，有甚難服事？」若再說些婆婆不好，于倫便嗔惱起來。掌珠只得含忍，只好向這些隣舍，道他母子不好罷了。

忽一日，盛氏對着周于倫道：「先時你爹生意興時，曾攢下銀子八九十兩，我當時因你小，不敢出手。如今不若拏出去經商，又可生些利息。」周于倫道：「家中酒店儘可過活，怎捨着母親又去做客？」盛氏道：「我只為你。我與媳婦守着這酒店，你在外邊營運，兩邊鬧（掙），可望家道殷實。」掌珠聽了，甚是不快，道：「顧了田頭，失了地頭。外邊去趁錢，不知何如，家中兩箇女人怕支不來。」盛氏不言語，意似怫然⑮。周于倫道：「既母親分付，我自出去。家中酒店你便撐持，不可勞動母親。我只

⑮ 怫然：猶「勃然」，臉上變色。

揀近處可做生意做，不一、二月便回來看家中便是。」與人商量道：「買了當中衣服，在各村鎮貨賣，只要眼力買得着，賣時也有加五錢。」便去城隍廟求了一籤，道「上吉」，便將銀子當中去斛了幾主，收拾起身。臨行時，掌珠甚是不快活。周于倫再三安慰，叫他用心照管母親，撐支店面，拜辭母親去了。

店中喜得掌珠小時便在南貨店中立慣了，又是會打吱喳的人，也不臉紅。銅錢極是好看，只有銀子，到難看處。盛氏來相幫，不至失眼。且又人上見他生得好箇兒，故意要來打牙撩嘴，生意越興。但是掌珠終是不老辣，有那臭吝的，纏不過，也便讓他兩釐，也便與他搭用一二文低錢，或是低銀；有那臉涎的，擂不過，也便添他些。盛氏道他手鬆做人情，時時絮聒他。又有楊家長孫與徐家來定來買時，他又不與論量，多與他些。又被盛氏看見，道：「若是來買的都是鄰舍，本錢都要折與他。」每日也瑣碎這等數次。況且每日不過是一兩箇錢小菜過一日，比周于倫在家時更酸嗇，又為生意上添了許多參差⑯。

色為酒媒。

婆態。

只見一日，盛氏身子不快，睡在樓上，掌珠獨自管店。想起丈夫不在，一身已是寂寞，又與婆婆不投，心中又加悒怏⑰。正斜靠在銀櫃上悶悶的，忽擡頭見徐親娘走過，掌珠便把手招。那徐婆走到櫃外，便張那邊布簾內。掌珠把手向上一指，道：「病在樓上，坐坐不妨。」徐婆道：「喜得親娘管店，箇箇道你做人和氣，生意比周舍時更興。」掌珠嘆口氣道：「還只不中婆婆的意。」徐婆便合着掌道：「佛爺！一箇外邊鬧，一箇家中鬧，供養着他，還得福不知！似我東走西走，做媒賣貨，養着我兒子、媳婦，還只恨少長沒短，不快活哩！虧你，虧你！」掌珠便將店中好酒斟上一甌，送與徐婆道：「沒人責茶，

也應得。

畏其所忌，媒婆賣婆的腔。摹絕。

⑯ 參差：不合諧之意。

⑰ 悒怏：憂悶不樂。

母不勝妻常坐此。

村姑心事，一筆盡之。

前言在耳。

語亦是。

當茶罷。」徐婆喫了道：「多謝！改日再來望你。嘗言道『且守』，儻這一病歿了，你便出頭了。」掌珠道：「這病不妨事。」徐婆自作謝去了。這邊掌珠也便有箇巴不得死的光景，湯水也便不甚接濟。說說，道店中生意丟不得，盛氏也無奈何他。虧得不是甚重病，四、五日好了。只是病後的人，越發兜搭⑱，兩下幾乎像箇讎家。

過了兩月，果然周于倫回家，獲有四五分錢，盛氏好不歡喜。到晚，掌珠先在枕邊告一箇下馬狀，道：「自己出頭露面辛苦，又要撐店，又要服事婆婆。生意他去做着，就把人趕走了，虧我兜收得來，又十主九憎嫌。」氣苦萬狀。周于倫道：「他做生意扣緊些，也是做家的心。服事，家中少人，你也推不去，凡事只忍耐些。如今我做了這生意，也便丟不得手。前次剩下幾件衣服，須要賣去。如今我在這行中，也會拆拽，比如小袖道袍，把擺拆出裿，依然時樣；短小道袍變改女襖，袖也有得裿。其餘裙襖，鄉間最喜的大紅大綠，如今把淺色的染木紅、官綠，染來就是簇新，就得價錢。況且我又拏了去闖村坊，這些村姑見了，無不歡天喜地，拏住不放，死命要爹娘或是老公添，怕不趁錢。若是女人白買，越發好了。這生意斷是不捨，你還在家為我一撐。」把這掌珠一團火，消做水冷，掌珠只可嘆幾口氣罷了。

次日，于倫梳洗，去到盛氏房中問安。盛氏也告訴：「掌珠做生意手鬆，又做人情與熟人，嗔我說他，病時竟不理我。」却好掌珠也進房問安，于倫道：「適纔聞得你做生意手鬆，這不慣，我不怪你。若做人情與熟人，這便不該。到病時不來理論，這便是不孝了。」掌珠道：「這店我原道女人管不來！那不長進的，銀子不肯添，酒苦要添，若畢竟刀刀見底，人須不來。熟人不過兩箇鄰舍，我也沒得多與

⑱ 兜搭：拌嘴；吵架。

他。至于病時，或是生意在手，又是單身，進裏面長久恐有失脫，畢竟又要怨我。遲些有之，也並沒箇不理的事。」于倫道：「你若說為生意，須知生意事小，婆婆病大。便關兩日店何妨？以後須要小心服事，輕則我便打罵，重則休你！」掌珠聽了，兩淚交流。欲待回家幾時，奈又與晚母不投，只得忍耐，幾日不與丈夫言語。

孝子。

不上一月，周于倫貨完了起身，只得安慰母親道：「孩兒此去兩月就回。母親好自寧耐，我已分付他，量必小心。」又向掌珠道：「老人家須不可與他一般見識。想他如何守我到今，豈可不孝順他？凡事看我面，不要記恨。」掌珠道：「誰記恨來？只是他難為人事。」周于倫兩邊囑付了再三，起身。

苦衷。

誰料這婦人道盛氏怪他做生意手鬆，他這翻故意做一箇死。一注生意添銀的決要添，饒酒的決不肯饒，要賣不賣的十主倒九不成。盛氏在裏邊見，怕打走了主顧，道：「便將就些罷。」掌珠道：「省得丈夫回來道我手鬆折本。」盛氏知是回他嘴，便不做聲。一連兩三日，見當先一日兩數生意，如今二、三錢不上；天熱恐怕酒壞，只得又叫他將就些。他便亂賣，低銀低錢，也便不揀，便兩三遭也添。盛氏見了心疼，晚間喫夜飯時道：「媳婦，我的時光短，趁錢只是你們享用。這生意死煞⑲不得，太濫汎⑳也不得。死煞人不來，濫汎要折本。你怎不顧你們趁錢折本，反與我鱉氣？」掌珠道：「初時要我做生意狠些，也是你們；如今教我將就些，也是你們。反又來怨悵，叫人也難。不若婆婆照舊去管店，我來學樣罷。」

不孝者不見己不是，但見人不是。

老作家。

⑲ 死煞：摳得緊；不靈活。

⑳ 濫汎：手鬆；隨意。

憤詞。

心事。

到次日，他便高臥不起來，盛氏只得自去看店。他聽見婆婆出去店中去了，忙起來且開了後門閑話。楊三嫂見了道：「周親娘，一向難得見面，怎今日不管店走出來？」掌珠道：「我不會做生意，婆婆自管店。」楊三嫂道：「前日長孫來打酒，說你做生意好，又興，怎不會得？他要討苦喫，等他自去，你落得自在。」正說間，只見李二娘自家中走出來，道：「快活！快活！我喫這老厭物蒿惱得不耐煩，今日纔離眼睛。」楊三嫂便道：「那裏去了？」掌珠道：「是甚人？」李二娘道：「是我家老不死、老現世阿公，七老八十，還活在這邊。好意拏食去與他，他却道鹹道酸，爭多爭少，無日不碎聒管閑事。被我鬧了幾塲，他使性往女兒家過活去了，纔得耳朵邊、眼睛裏乾淨。」掌珠道：「怕家公要怪。」李二娘道：「家公怕他做甚！他若好好來勸，還饒他打；他若幫來嚷，我便撞上一頭。只要喫鹽滷，弔殺、勒殺，怕他不來求？求得我歇，還要半月不許他上牀，極他箇不要！」楊三嫂道：「只怕你先耐不住！」掌珠聽了，嘆口氣道：「我家老人家，怎得他離眼？」不期盛氏在店中坐地，只見來的因掌珠連日手鬆，都要尋小親娘。生意做不伏，只得去叫掌珠，那裏肯來？聽他下了樓，又寂然沒箇踪影。只得叫阿壽看着店，自進裏面，却是開着後門，人不見影，唯聞得後門外有人說笑，便去張看，却是掌珠與這兩箇隣舍坐着說話。盛氏不覺紅了臉，道：「連叫不應，却在這裏閑話。」掌珠只得立起身便走。這兩鄰正起身與盛氏廝喚，盛氏折身便入，竟不答應。他進門便把掌珠數落道：「你在我家做媳婦年把，幾曾見我走東家串西家？你小小年紀，丈夫不在，却不在家裏坐，却在外邊亂闖！你看，這些人有甚好樣學？待你丈夫回來，與他說一說，該與不該？」掌珠自知欠理，不敢回答。倒是這兩箇鄰人惱了，道：「媳婦你磨得着，我們鄰舍怎廝喚不回？又道我們沒有好樣，定要計議編擺他。」

數日之間掌珠因盛氏詬罵，又怕丈夫回來得知，甚是不快。每日倒早起來開店做生意，若盛氏在外邊，自却在裏邊責茶做飯，不走開去。這日正早下樓來，只見李二娘來討火種，道：「連日聽得老親娘擊聒，想是難過？」掌珠道：「擊聒罷了，還要對我丈夫說，日後還要淘氣。」李二娘道：「怕他做甚！徐親娘極有計較，好歹我們替你央及他，尋一計較，弄送他便了。」正說間，恰好徐婆過來。李二娘道：「連日怎不見你？」徐婆道：「為一箇桐鄉人，要尋一箇老伴兒。他家中已有兒子、媳婦，不要後生生長得出的；又要中年人，生得潔淨標緻的。尋了幾箇都不中意，故此日日跑。」李二娘就把掌珠姑媳的事告訴他，道：「他婆婆不曉事，把我們都傷在裏邊。」徐婆道：「脚在你壯皮下，你偏當走出來，不要採他。嚷與他對嚷，罵與他對罵。告到官，少不得也要問我們兩鄰。」掌珠道：「怕他對丈夫講，丈夫說要休我。」徐婆道：「若休了去，我包你尋一家沒大沒小，人又標緻，家又財主的與你！我想你丈夫原與你過得好，只為這老厭物。若沒了這老厭物，你就好了。我如今有一箇計較，趁這桐鄉人尋親，都憑我作主的，不若將他來嫁與此人，却不去了眼中釘？只是不肯出錢的。」李二娘道：「脫貨罷了，還求財？」掌珠道：「只是他怎肯嫁？」徐婆道：「他自然不肯，我自與那邊說通了，騙他去。」掌珠道：「儻丈夫回來尋他，怎處？」徐婆道：「至期我自教導你，決不做出來。直待他已嫁，或者記念兒子，有信來，自身來。那時已嫁出的人，不是你婆婆了。就是你丈夫要與你費嘴時，已過的事，不在眼面前娘，比你會溫存？枕邊的家婆，自是不同，也畢竟罷了。你自依我行。」此時掌珠一來怪婆婆，二來怕丈夫回來，聽信婆婆有是非，便就應承。

好話。

一心只在做媒上。

只見到了晚，盛氏先已上樓，掌珠還在那廂洗刮碗盞。只聽有人把後門彈了一聲，道：「那人明日來相，你可推病，等你婆婆看店，他好來看。」掌珠聽了，也便上樓安息。睡到五鼓，故作疼痛之聲。天明，盛氏來看，却見掌珠蹙了眉頭，把兩手緊揉着肚子，在牀裏滾。問他，勉強應一聲：「肚疼」。盛氏道：「想一定失盖了，我沖口薑湯與你。」便下去打點湯，又去開店。將次巳牌，一箇人年紀約五十多歲，進來買酒，遞出五十箇錢來，一半是低錢，換了又換，約莫半箇時辰纔去。不知這箇人，正是桐鄉章必達，號成之，在桐鄉南鄉住，做人極是忠厚。家中有兒子叫做章着，行二。家事儘可過，向販震澤紬綾，往來蘇州。因上年喪了偶，兒子要為也（他）娶親，他道：「我老人家了，娶甚親？我到蘇州，看有將就些婦人，討箇作伴罷。」來了兩次，小的忒小，老的忒老；標致的不肯嫁他，他又不肯出錢；醜的他又不要。這番遇着徐婆，說起這樁親事，叫他來看。這章成之看他年紀雖過四十，人却濟楚能幹，便十分歡喜：

窄窄春衫襯柳腰，兩山飛翠不須描。
雖然未是文君㉑媚，也帶村庄別樣嬌。

便肯出半斤銀子。徐婆仍舊乘晚來見掌珠，說：「客人已中意，肯出四兩銀子，連謝我的都在裏邊。」掌珠道：「這也不論，只是怎得他起身？」徐婆道：「我自有計較。我已與客人說道，他本心要嫁，因有兒子、媳婦，怕人笑不像樣，不要你們的轎子迎接，我自送他到船。開了船，憑他了。料他守了一向狠手。

㉑ 文君：即卓文君，西漢武帝時辭賦家司馬相如之妻，此處言其貌美。

小人壞事。

誰知是假的？

還要管。

寡，巴不得尋箇主兒，決不尋死。好歹明早收他銀子，與他起身。」掌珠此時欲待不做，局已定了；待做了，年餘姑媳，不能無情。又恐丈夫知覺，突兀了一夜。

纔到天明，只聽得有人打門，推窗問時，道：「吳江張家，因姑娘病急心疼危篤，來說與婆婆。」盛氏聽了，便在牀上一轂碌扒起，道：「我說他這心疼病極凶的，不曾醫得，如何是好？」自來問時，見一漢子，道是他家新收家人張旺，桐鄉人，船已在河下。掌珠喫了一驚，心中想道：「他若去，將誰嫁與客人？」便道：「這來接的一面不相識，豈可輕易去？還是央人去望罷！」盛氏道：「誰人去得？這須得我自去。」掌珠道：「這等，待我央間壁徐親娘送婆婆去，我得放心。」便蹙來見徐婆道：「昨日事做不成了！古古怪怪的，偏是姑娘病重來接他，攔又攔不住。只得說央你送他，來與你計議。」徐婆笑道：「這是我的計，銀子在此，你且收了。」打開看時，卻是兩錠逼火。徐婆道：「你去，我正要送他交割與蠻子。」掌珠回來道：「徐親娘沒工夫，我再三央及，已應承了。」便去廚下做飯，邀徐親娘過來兩箇喫了起身。盛氏分付掌珠，叫他小心門戶，店便晏開早收些，不要去到別人家去。又分付了阿壽。掌珠相送出門，到了水次，只見一隻脚船泊在河邊。先有一箇人，帶着方巾，穿着天藍紬道袍，坐在裏邊。問時，道：「城中章太醫，接去看病的。」盛氏道：「閑時不燒香，極來抱佛脚。」忙叫開船。將次盤門，却是一隻小船飛似赶來，相近，見了徐婆道：「慢去！」正是徐家來定。徐婆問：「甚緣故？」來定道：「是你舊年做中，說進王府裏的丫頭翠梅，近日盜了些財物走了。告官，着你身上要。差人坐在家裏，接你回去。」徐婆道：「周親娘央我送老親娘，待我送到便來，暫躲一躲着。」來定道：「好自在生性！現今差人拏住了大舍㉒，他到官，終須當不得你！」盛氏聽了道：「這等，親娘且回去罷。」徐婆道：「這等，你與章阿爹好好去。」便慌慌忙忙的過船去了。那盛氏在船中不住盼望，道：「張旺，已來半日了，緣何還不到？」張旺笑道：「就到了。」日午，船中做了些飯來喫。盛氏道是女壻家的，也喫了些。將次晚了，盛氏着忙道：「吳江我遭番往來，只半日，怎今日到晚還不到？」只見那男子對着張旺道：「你與他說了罷。」張旺道：「老親娘，這位不是太醫，是箇桐鄉財主章阿爹。他家中已有兒子、媳婦，舊年沒了家婆，要娶一箇作老伴兒。昨日憑適纔徐老娘做媒，說你要嫁，已送銀十兩與你媳婦，嫁與我們阿爹了。你仔細看看，前日來買酒相你的不是他？我是他義男章旺，那是甚張旺！這都是你媳婦與徐老娘佈就的計策，叫我們做的。」盛氏聽了大哭，道：「我原來倒喫這忤逆潑婦嫁了！我守了兒子將二十年，怎今日嫁人？我不如死！」便走出船艙，打帳㉓向河中跳。不期那章成之忙來扯住道：「老親娘，不要短見。你從我不從我，憑你。但既來之，則安之。你媳婦既嫁你，豈肯還我銀子？就還我銀子，你在家中難與他過活。不若且在我家，為我領孫兒過活罷了。」盛氏聽了，想道：「我在家也是一箇家主婆，怎與人做奶娘？但是回家，委難合伙。死了，兒子也不知道。不若且偷生，待遇熟人，叫兒子來贖我。」便應承道：「若要我嫁你，便死也不從。若要我領你孫兒，這卻使得。」正是：

在他矮簷下，誰敢不低頭。

老章欠老，要央人說。

堪恨堪憐。

㉒ 大舍：大少爺；大公子。

㉓ 打帳：打算；準備。

只是想自家苦鬮家私，自家私囊也有些，都不能隨身，不勝悒怏。徐婆回報，掌珠知道事已成，不勝歡喜。將那銀子分一兩謝了徐婆，又放心放膽買了些下飯，請徐婆、楊三嫂、李二娘一干。徐婆又叫他將盛氏細軟都藏了，粧他做跟人逃走模樣，丈夫來問，且說他到張家。計議已定。

不期隔得六、七日，周于倫已回，買了些嘉湖品物，孝順母親。跨進門來，止只見掌珠坐在店裏，便問母親時，掌珠道：「張家去了。」周于倫道：「去張家做甚麼？」掌珠道：「我那日病在樓上，婆婆在店中，忽然走上樓道：『姑娘有病，着人接我，要去。』我道：『家中無人，又沒人跟隨。』婆婆定要去，我走不起，只得着徐親娘送到水次。如今正沒人接他。」周于倫道：「莫不你與他有甚口面㉔去的？」掌珠道：「我與他有甚口面？他回你自得知。」周于倫道：「這不打緊，明日我自去接。知道了。」次日，打點了些禮，竟到吳江。姐夫不在，先是姊姊來見，道：「母親一向好麼？」周于倫喫了一驚，道：「母親七日前說你病來接他，已來了。」姐姐聽了，也便喫一箇大驚，道：「何曾有這事？是那箇來接？」于倫道：「是隔壁徐親娘親送到水口的，怎這等說？」兩下驚疑。于倫便待起身，姊姊定要留飯。于倫也喫不下，即趕回家，對着掌珠道：「你還我母親！」掌珠道：「你好沒理。那日你母親自說女兒病來接，就在房中收拾了半日，打點了一箇皮箱，張家人拏了。我不放心，央徐親娘送去，出門時那一箇不見？」只見徐親娘也走過來道：「皇天！這是我親送到船裏的。船中還有一箇白胖的男人，方巾、天藍花紬海青㉕，道是城中太醫，來接的是甚張旺。」又問鄰舍，道：「是真出門的。」那

妙，妙。

好幫襯。

㉔口面：爭吵；拌嘴。

㉕海青：海青色寬袖長袍。

說得活現，不由人不信。

一箇不道是「果然」？有的道：「是本日未天明，果然聽得人敲門來接。」有的道：「早飯時候，的是穿着油綠紬襖、月白裙出門的。」又問：「家中曾有人爭競麼？」道：「並不曾聽得爭鬧。」細問阿壽，言語相同。周于倫坐在家中，悶悶不悅，想道：「若是爭鬧氣不忿，畢竟到親眷人家，我又沒有甚親眷。若說有甚人勾搭，他守我十餘年沒話說，怎如今守不住？」又到樓上房中看，細軟已都沒了，好生決斷不下。凡是遠年不來往親戚家裏，都去打聽問，並不曾去；凡城中城外廟宇、龜卜去處，也都走遍。在家如痴如呆，或時彈眼淚。

奇狠。

過了半箇多月，掌珠見遮飾過了，反來鬬他道：「好漢子，娘跟人走，連我如今也疑心，不知你是周家兒子不是周家兒子？」氣得箇周于倫越昏了。為體面不像，倒收拾了酒店，仍舊外邊去做生意。只是有心沒想，生意多不甚成。一日，轉到桐鄉，背了幾件衣服闖來闖去。闖到一箇村坊，忽擡頭見一箇婦人，在水口洗衣服，與母親無二。便跑近前，那婦人已洗完，左手綰着衣服，右手提着槌棒，將走到一大宅人家。于倫定睛一看，便道：「母親！你怎在這裏？」原來正是盛氏。盛氏見了，兩淚交流，哽咽不語。可（正）是：

奇緣。

大海橫風生紫瀾，綠萍飄泊信波翻。
誰知一夕洪濤息，重聚南洋第一灘。

半餉，纔道：「自你去後，媳婦怪我說他手鬆，故意不賣與人。叫他鬆時，他又故意賤賣。再說時，他

可憐。

奇策。

□□圖畫。

叫我自管店，他却日日到徐婆家。我說了他幾聲，要等你回來對你說。不料他與徐婆暗地將我賣到這章家。已料今生沒有見你的日子，不期天可憐見，又得撞見。不是你見我時，我被他借小姑病重賺我來時，眼目已氣昏了，也未必能見你。」于倫道：「我回時，他也說小姑家接去。我隨到小姑家，說不曾到。又向各親眷家尋，又沒蹤影。不知小賤人合老虔婆用這等計策。」盛氏又道：「我與媳婦不投，料難合伙。又被媳婦賣在此間，做小伏低，也沒嘴臉回去見人。但只你念我養育你，與守你的恩，可時來看我一看，死後把我這把骨殖帶回蘇州，與你父親一處罷了！」言訖，母子大痛。周于倫此時，他主意已定了，身邊拏出幾錢銀子，付與母親道：「母親且收着，在此盤纏，半月之間，我定接你回去。」兩邊含淚分手。周于倫也就不做生意，收拾了竟回。心裏想道：「我在此贖母親，這地老虎決不肯信，回家去必竟要處置婦人，也傷體面。我只將他來換了去，叫他也受受苦。」筭計了，回到家，照舊待掌珠。

掌珠自沒了阿婆，又把這汙名去譏誚丈夫，越沒些忌憚了。見他貨物不大賣去，又回得快，便問他是甚緣故。于倫道：「一來生意遲鈍，二來想你獨自在家，故此便回。」掌珠道：「我原叫你不要出去，若在家中，你娘也不得跟人走了。」于倫也不回他。過了三日，道：「我當初做生意時，曾許祠山一箇香愿，想不曾還得，故此生意不利。後日與你去同還，何如？」掌珠道：「我小時隨親娘去燒香後，直到如今，便同你去。」到第二日，催于倫買香燭。于倫道：「山邊買，只帶些銀子去罷了。」那掌珠巴明不曉。第二日梳頭洗臉，穿了件時新玄色花袖襖、燈紅裙、黑髻玉簪，斜插一枝小翠花兒。打扮端正時，于倫却又出去未回。等得半日，把扇兒打着牙齒斜立，見周于倫來，道：「有這等鈍貨，早去早回。」于倫道：「船已在河下了。」掌珠便別了楊三嫂、李二娘、徐親娘，分付阿壽照管門戶，兩箇起身。過了盤門，出五龍橋，竟走太湖。掌珠見了：「我小時曾走，不曾見這大湖。」于倫笑道：「你來時年紀小，忘了。這是必由之路。」到岸，于倫先去，道：「我去叫轎來。」竟到章家，老者不在，止他兒子二郎在家，出來相見。周于倫道：「前月令尊在蘇州，娶一女人回來，是卑人家母。是賤累㉖聽信鄰人，暗地將他賣來的。我如今特帶他來換去，望二郎方便。」二郎道：「這事我老父做的，我怎好自專？」于倫道：「一箇換一箇，小的換老的，有甚不便宜？」章二郎點頭道：「倒也是。」一邊叫他母親出來，一邊着人看船中婦人何如。這邊盛氏出來見了兒子，道：「我料你孝順，決不丟我在此處。只是如今怎生贖我？」于倫道：「如今我將不賢婦來換母親回去。」盛氏道：「這等你沒了家婆，怎處？」于倫道：「這不賢婦要他何用？」須臾，看的人悄地回覆二郎道：「且是標緻，值五七十兩。」二郎滿心歡喜，假意道：「令堂在這廂，且是勤謹和氣，一家相得。來的不知何如？恐難換。」于倫再三懇求，二郎道：「這等，且寫了婚書。」于倫寫了，依舊復到船中，去領掌珠。掌珠正在船中等得一箇不耐煩，道：「有你這樣人，一去竟不回。」于倫道：「沒有轎，扶着你去罷。」使把一手搭在于倫臂上，把鞋跟扯一扯上，上了岸。走了半晌，到章家門首。盛氏與章二郎都立在門前。二郎一見，歡喜得無極。掌珠見了盛氏，遍身痳木，雙膝跪下，道：「前日却是徐親娘做的事，不關我事。」盛氏正待發作，于倫道：「母親不必動氣。」對掌珠道：「好事新人！我今日不告官府，留你性命，也是夫妻一塲。」掌珠又驚又苦，再待哀求同回時，于倫已扶了母親，別了二郎去了。

原極便宜。

斬截！

㉖ 賤累：貶稱自己妻子的說法。

烏烏切深情，閨幃誼自輕。

隋珠還合浦㉗，和璧碎連城㉘。

掌珠只可望着流淚，罵上幾聲「黑心賊！」三郎道：「罷！你回去反有口舌，不如在我家這廂安靜。」一把扯了進去。于倫母子自回。

一到家中，徐婆正在自家門首，看見他母子同回，喫了一驚，道：「早辰是夫妻去，怎到如今母子回？禁不得是盛氏告在那衙門，故此反留下掌珠，給還他母親。後來必定要連累我！」一驚一憂，竟成了病。盛氏走進自房中，打開箱子一看，細軟都無，道：「他當初把女兒病騙我出門，一些不帶得，不知他去藏在那邊？」于倫道：「他也被我把燒香騙去，料也不帶得。」到房中看，母親的細軟一一俱在，

也要如此想。

報復之理。

㉗ 隋珠還合浦：比喻失而復得或去而復還。隋珠，隋侯之珠，古代傳說中的夜明珠。漢劉安淮南子覽冥訓：「譬如隋侯之珠，和氏之璧，得之者富，失之者貧。」高誘注：「隋侯，漢東之國，姬姓諸侯也。隋侯見大蛇傷斷，以藥敷之。後蛇於江中銜大珠以報之，因曰隋珠，蓋明月珠也。」又，東漢時傳說，合浦郡海中產珍珠，因歷任官吏貪求無厭，珍珠漸漸轉移他處。後孟嘗君為太守，革除前弊，珠乃復還。

㉘ 和璧碎連城：比喻親情無價，價值勝過連城。和璧，和氏之璧，珍貴的寶物。韓非子和氏載，春秋時楚人卞和把從山裡得來的璞玉獻給楚厲王，經玉工鑒別，說是石頭，厲王以欺君罪，砍去了卞和的左腳。後來又獻給楚武王，又說是石頭，武王又砍去了卞和的右腳。文王即位，卞和抱著玉在荊山下哭。文王派人問他，卞和說他痛心的是人不識寶玉，把誠實的人看成是說謊者。文王使人剖開璞玉，果然得到寶玉，後世稱為和氏璧。碎，意謂「超過」。

是非終定。

痛快。

他自己的房奩也在，外有一錠多些逼火，想是桐鄉人討盛氏的身銀，如今却做了自己的身銀。于倫又向鄰人前告訴徐婆調撥他妻，把阿婆賣與人家做奶母。前時隣人知道盛氏不見了，也有笑盛氏道：「守了多年，畢竟守不過。」也有的笑周于倫道：「是箇小烏龜。」如今都稱讚周于倫，唾罵徐婆，要行公呈。一急，把徐婆急死了。于倫又到丈人家，把前把事一說，道：「告官恐傷兩家體面，我故此把來換了，留他殘生。」錢望濠道：「你只贖了母親罷，怎又把我女兒送在那邊？怎這等薄情？」終是沒理，却也不敢來說。他後邊自到桐鄉去望時，掌珠遭章二郎妻子妬忌，百般凌辱，苦不可言。見了父親，只是流淚。父親要去贖他，又為晚妻阻擋，不得去。究竟被凌辱不過，一年而死。

這邊周于倫，有箇三考㉙出身做縣丞的仲德，聞他行孝，就把一箇女兒與他。里遞要舉他孝子，他道：「是孝子不是義夫！」抵死不肯。後來也納一箇三考，做了箇府經歷。夫妻兩箇奉事母親終身，至今人都稱他是箇孝子。

雨侯曰：嘗聞姑蘇有二孝子，皆隱君子也。一隱于乞，一隱于市，狂歌娛母，可匹老萊。如此之宛轉處變，真罕其比。

至性人曰：以婦賣姑，以妻易母，俱不經見之事。而鄰人之搆逗，卒至使周母流離，掌珠負慝，亦可為比匪之警。

㉙ 三考：古代官吏的考績制度。即三年考一次，九年考三次，決定降免或提升。

耳提面命，未必佔孝，而偶讀殘編剩簡，不覺淒然。此李令伯陳情一疏，識者謂是興孝之資，然而里耳弗偕也！唯夫刲肝割股，乃出十四歲之女流，吾知一人之孺慕，信足發人人之孺慕，不可知，可繇也。何必低徊於「臣無祖母，無以有今日；祖母無臣，无以終餘年」哉！是猶在報復作想，而未純也！

翠娛閣主人識

割股人曾見割
肝世未聞

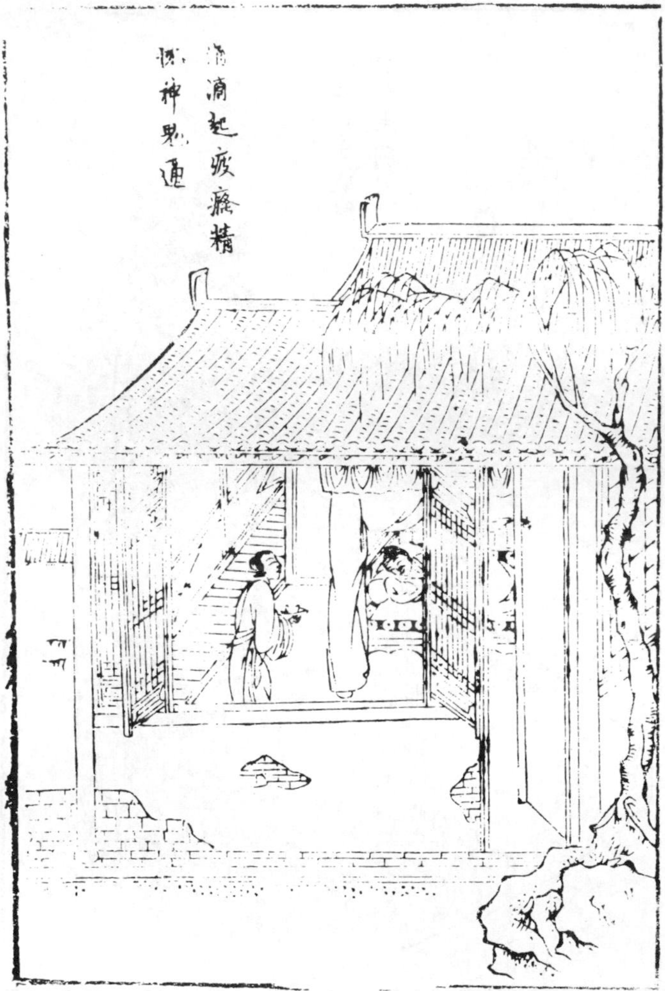
滴起疲癃精
神默通

第四回　寸心遠格神明　片肝頓蘇祖母

忠孝本同理，何緣復低昂？
死君固宜褒，死親豈非良！
朝宁有奇節，閭閻有真腸。
豈令衛弘演❶，千古名字香。

嘗閱割股救親的，雖得稱為孝，不得旌表。這是朝廷仁政，恐旌表習以成風，親命未全，子生已喪，乃是愛民之心。但割股出人子一段至誠，他身命不顧，還顧甚旌表？果然至孝的，就是不旌表也要割股；不孝的，就是日日旌表，他自愛惜自己身體。又有一種迂腐的，倒說道：「割股虧親之體。」不知若能全親之生，雖虧也與全無異。保身為置身。不義的說：「不為。」那以身殉忠孝的說：「若執這箇意見，忠孝一般。比如為官的，或是身死彊埸，斷頭刎頸；或是身死諫諍，糜骨碎身，這也都是不該的了。」古今來割股救親的也多，如通紀❷上記的，錦衣衛總旗衛整的女，刲❸肝救母，母子皆生的；近日杭州

語可破迂。

❶衛弘演：衛弘創作。衛弘，人名，東漢經學家。光武帝時為議郎。又集西漢雜事為漢舊儀四篇。演，推演；寫作。

仁和沈孝子，割心救父，父子皆亡的，都是我皇明奇事。不知還有箇刲肝救祖母，却又出十四歲的女子，這是古今希見。

此女是浙江處州府麗水縣人，姓陳名妙珍。他父親叫做陳南溪，祖傳一泒山田，併一塊柴山，一所房子，與寡母林氏窮苦度日。後來娶妻李氏，生下妙珍，不上三歲，南溪一病身故。這李氏却也有心守寡，一守三年。只是年紀止得二十六歲，甚是少年。起初時想着夫妻恩愛，難以割捨，況對着冷颼颼孝堂，觸目慘傷，沒甚他想。一到三年，恩愛漸漸忘記，淒冷漸漸難堪，家中沒箇男子，自然支持不來。雖是山中有柴，也要僱人樵砍；田中有米，也要僱人耕種。沒人照管，一工只有半工，租息年年減去一半，少柴缺米，衣衫不整，都是有的。又見這些親隣，團頭聚面，夫唱婦隨，他却止得一箇婆婆、一箇女兒，要說句知心話兒，替那箇說？秋夜春宵，也有些不耐煩之意。喜得他的哥哥李經，他道：「守節自是美事，不惟替陳家爭氣，也與我家生光。」時常去照管他。

情事宛然。

不料他的妻趙氏，是個小家子，道：「家裡這些柴米也是艱難得來。一粒米是我一點血，一根柴是一根骨頭，便是飲食之類，自家也有老婆兒女，仔麼去養別人？」常是爭爭鬧鬧。李經道：「手足之情。況且他一個老人家，年紀老了，小的又小，也是恤孤憐寡。」趙氏道：「若說妹子，也還有理。這老婆子與你何干？便是這點點小丫頭，擔柴送米養得大，嫁了人，料必不認得你了。你若憐憫他，不如叫他

❷ 通紀：書名。二十四卷。嘉靖時廣東陳建撰，是明代第一部編年體明史專著。記上起元末至正十一年（西元一三五一年），下迄明武宗正德末年的歷史。

❸ 刲：音ㄎㄨㄟ。割取。

招一個妹夫，卻不又管大管小？」李經道：「改嫁也不是我做哥哥說的。只要我掙得來，他用得我多少，仍舊要去管他。」

趙氏見丈夫不理，常是不憤。想得叔叔李權年紀又小，不大曉得道理，是個貧根，故意一日叫他拿米去與姑娘。只見李權道：「仔麼他家吃飯，倒要我家送米去？」趙氏道：「正是。你纔夢醒哩，時常拿去！我道你兩弟兄辛勤苦力做得來，怎等他一家安享？你哥道手足之情。我道既是手足之情，如今叔叔衣服也須做些，叔叔親事也須為他完就，怎只顧一邊？」李權道：「嫂嫂說得有理，我如今不要拿去。」趙氏道：「你不拿去，哥哥畢竟拿去，倒不如你拿去做個人情。左右家事不曾分，一斗你有五升在裡邊，不要把哥哥一個做好人。」李權道：「原來哥哥一向官路做人情！時常送去，也不是小算。」趙氏道：「只除他嫁得，可以免得這搬送。」李權道：「這等，我們嫁他。」趙氏道：「如今他是陳家人，也要陳家肯，又還要姑娘肯。你便可勸他一勸。」李權道：「我會說。」駝了這米，竟到陳家。

姊姊出來相見。他歇下道：「莫說種的辛苦，便駝也是煩難的。」李氏道：「真是累你弟兄。」李權道：「這是該的，怎說得累？只是如今熟年也不打緊，日長歲久，怕撞了荒年，管顧不來。」李氏留他到房中坐。那李權相了一相，道：「姊姊這房子老了，東壁打西壁，仔麼過？如今姊夫沒得二三年，已是這操箱空籠空，少長沒短，過後一發難了！」李氏道：「沒奈何，且捱去。上邊老的老，下邊小的小，叫我怎生丟得？」李權道：「姊夫都丟了，何況你？也圖個長策好。」李氏道：「餓死事小，失節事大。」李權道：「這姊姊，我那邊東村周小一老婆，老公死得半月就嫁人，也沒人說他。南向謝省祭，填房的，也是個奶奶，少穿少吃？一般也嫁了人。誰曾道他不是？忍饑受冷，甚麼要緊？就是縣里送個

憨態。

好挑撥。

淺言深情。

憨。

情見乎詞。

好樣子。

俚言，至言。

所以不能激勸。

貞節牌扁，也只送了有錢的，何曾輪着我們鄉村？姊姊還要自做主意，不要晴乾不肯走，直待雨淋頭。」李氏聽了，不覺動心，只不好答應得。李權吃了些酒回了。趙氏迎着道：「如何？」李權道：「他道『沒奈何，且捱去。』後來只是不做聲。」趙氏道：「不做聲，便是肯了。二婚頭也要做個腔，難道便說我嫁？」李權道：「話得是。如今再過半月，哥哥三十歲，一定他回來拜壽，嫂嫂再與他說，好歹要他嫁人，省了我們照管。」

不得已之詞。

說來也中人情。

只見這日，果然李氏帶女兒回來拜壽。這些親戚，你穿紅，我着綠，好不整齊。他母子兩個，也只布素衣服。當日回的回了，李氏與幾個親眷還在他家中。其時有一個胡孺人❹，是李經表嫂；一個劉親娘，是李經表妹，同在那邊閑坐。胡孺人道：「陳親娘，家下沒人，不曾來看得你，真虧你！我們這樣年紀，沒個丈夫在身邊，一日也過不得，虧你怎麼熬得這苦？」李氏道：「這也是命中所招。」劉親娘道：「說道守寡，小時好過，倒是四十邊難過；春夏好過，秋冬難過。夜長睡又睡不着，從脚尖上直冷到嘴邊來，真是難當。」趙氏便添一嘴來道：「親娘，好過難過，依我只趁這笋條樣小年紀，花枝般好臉嘴，嫁上一個丈夫，省得憂柴憂米，弄得面黃消瘦。」李氏把妙珍頭摸一摸道：「且守一守兒，等他大來。」却又李權闖到，道：「望桑樹收絲，好早哩。守寡的有個兒子，還說等他成房立戶，接立香火；若是女兒，女生外向，捧了個丈夫，那裡記掛你母親？況且遇着有公婆、叔嬸，上下兜絆，要管也不能勾。不如嫁的好！你若怕羞不好說，我替你對那老婆子說。」此時李氏聽眾人說來，也都有理，只是低頭不語。李權便着媒婆與他尋親。李經知道來攔阻時，趙氏道：「妹子要嫁人，你怎管得一世？」尋了

❹ 孺人：對婦人的尊稱。

明快。

一個人家，也是二婚，老婆死了，家裡也丟個女兒。李權見他家事過得，就應承了。來見林氏道：「姊姊年紀小，你又老了，管他不到底。便是我們家事少，也管顧不來。如今將要出身，要你做主。」林氏便汪汪淚下道：「我媳婦怕沒有這事。他若去，叫我更看何人？」李權道：「養兒子的，到今還說更着（看）何人？他養女兒，一發沒人可看！他也計出無奈，等他趁小年紀好嫁，不要老來似你。」林氏也沒奈何，只得聽他。李氏初意要帶妙珍去，那邊自有女兒，恐怕李氏心有偏向，抵死不肯。林氏又道：

道破世態。

「嘗見隨娘晚嫁的，人都叫做『拖油瓶』，與那晚爺終不親熱。初時還靠個親娘顧看，到後頭自己生了女兒，也便厭薄。這是我兒子一點骨血，怎可把人作踐？」也便留了。嫁時李氏未得新歡，也不能忘舊愛，三個都出了些眼淚。自此祖孫兩個，自家過活。正是：

孫依祖澤成翎羽，祖仰孫枝保暮年。

此時妙珍沒了娘，便把祖母做娘。林氏目下三代，止得這孫女兒，也珍寶樣看待。這林氏原也出身儒家，曉得道理。況且年紀高大，眼睛裡見得廣，耳朵裡聽得多，朝夕與他併做女工，飯食孫炊祖責，閑時談今說古，道某人仔麼孝順父母，某人仔麼敬重公姑，某人仔麼和睦妯娌，某人仔麼夫婦相得；某人仔麼儉，某人仔麼勤。那妙珍到得耳中，也便心裡明白，舉止思想，都要學好人。

結束一個。

十一歲聞得他母親因產身故，不覺哭踊欲絕。祖母慰他道：「他丟你去，你怎麼想他？」妙珍道：「生身父母，怎記他小嫌，忘他劬勞？」三年之間，行服悲哀。

到十四歲時，他祖母年高，漸成老熟❺。山縣裡沒甚名醫，百計尋得藥來，如水投石，竟是沒效。那林氏見他服事殷勤，道：「我兒，我死也該了。只是不曾為你尋得親事，叫你無人依靠，如何是好？」妙珍道：「婆婆，病中且莫閑想。」只是病日沉重，妙珍想來無策，因記得祖母嘗說有個割股救親的，他便起了一個早，走到厨下，拿了一把厨刀，輕輕把左臂上肉撮起一塊，把口咬定，狠狠的將來割下。只見鮮血迸流，他便把塊布來拴了，將割下肉放在一個沙礶內，熬成粥湯，要拿把祖母。適值一個隣人鄒媽媽，他來討火種，張見他在那裡割肉，失驚道：「勒殺不在這裡勒的，怎這等疼也不怕？」推門進來，見他已拴了臂膊，把那塊肉丟在粥裡，猛然道：「你是割肉救婆婆麼？天下有這等孝順的，一點點年紀有這樣好心！似我那天殺的，枉活了三十多歲，要他買塊荳腐，就是割他身上肉一般，不打罵我也好了。難得，難得！」相幫他把粥來扇滾了，自去。妙珍却將這碗粥來與祖母，拿到嘴邊，祖母道：「兒，那裡這米，有這一陣香？」妙珍道：「就是家中的。」將來喂了。只見祖母道：「兒，這碗粥好似幾貼藥，這一會我精神清爽起來了！」到第二日，道：「我連日睡得骨頭都疼，今日畧健，你扶我起來坐一坐。」妙珍便去扶他。祖母道：「你這衫上怎麼有這幾點血？」妙珍道：「是、是昨日出鼻血累的。」林氏道：「這一定是連日為我辛苦緣故，累了你，累了你！」又過了幾日，道：「我要門前散一散。」拄了一根拐，出走門前來。巧巧鄒媽媽手裡拾了幾根枯柴，在手裡道：「忤逆賊，柴也不肯砍担，叫我忍餓！」見了林氏道：「老孺人，好了麼？」林氏道：「虧了我孫兒。」鄒媽媽道：「真虧他。」此時妙珍也立在林氏側邊。鄒媽媽道：「你臂上好了麼？」林氏便問：「你臂上生甚東西麼？」鄒媽媽

癡得妙。

點掇也好。

祖孫相恤，光景依然。

---

❺ 老熟：言久病成痼疾。

道：「是為你割的股。」林氏忙來摸，見了臂上拴的，便哭道：「兒，只說你服事我，已極辛苦了，怎又要你割股？」一個哽咽，便暈了去。鄒媽媽道：「是我多嘴的不是了。」忙幫着妙珍扶到牀中，灌了湯水，漸漸甦醒，道：「兒子這樣孝順，我怎消受得起。」時常流淚，仍舊是這樣病了。妙珍也仍舊尋醫問卜，求神禮斗，並不見好。他便早晚臂上燃香叩天，求把身子代祖母。似此數日。一夜，不脫衣服，伏在祖母牀邊，忽見一個道者：

剪籜為冠散逸，裁雲作敞逍遙。虬髯一部逐風飄，玉麈輕招似掃。

那道者走近前來道：「妙珍，汝孝心格天❻，但林氏沉痾，非藥可愈。汝果誠心救彼，可于左脇下刳肝飲之。」將手中拂指他左脅，又與藥一丸，道：「食之可以不痛。」妙珍起謝，吞所賜藥，只見滿口皆香，醒來却是一夢。妙珍道：「神既教我，祖母可以更生。」便起焚香在庭中，向天叩拜道：「妙珍蒙神分付，刳肝救我祖母，願神天保佑，使祖母得生。」遂解衣看左脇下紅紅一縷如線，妙珍就紅處用刀割之，皮破肉裂，了不疼痛。血不出，却不見肝。妙珍又向天再拜道：「妙珍忱孝不至，不能得肝，還祈神明指示，願終身為尼焚修，以報天恩。」正拜下去，一俯一仰，忽然肝突出來。妙珍連忙將來割下一塊。正是：

奇情奇事，讀之舌橋而不放下；聞之口咋而不能言。惟

❻ 格天：感通上天。書君奭：「在昔成湯既受命，時則有若伊尹，格于皇天。」

割股人曾見，刲肝古未聞。
孝心真持異，應自感明神。

有敬服其孝而已。

把脇下來拴了，把肝細細切了，去放在藥內煎好了，將來奉與祖母吃。只見他一飲而盡，不移時便叫妙珍道：「兒，這藥那裡來的？委實好。吃下去喉嚨裡、心腹裡，都覺爽俐，精神氣力也覺旺相，手足便就運動如常。或者這病漸漸好了，也未可知。」妙珍暗暗歡喜。到後邊，也一日好一日，把一個不起的老熟病，仍舊強健起來。正是：

涓滴起疲癃⑦，精忱神鬼通。

這妙珍當日也只暗喜祖母漸有起色，感謝神天拯救，那裡還想自己瘡口難完？不意睡去，復夢見前夜神人道：「瘡口可以紙灰塞之，數日可愈。」妙珍果然將紙燒灰去塞，五、六日竟收口，瘢瘡似縷紅線一般。又再三叮囑，那當時看見的、聽得的，叫他不要說。眾人也為前日林氏因鄒四媽說了割股，哽咽復病，故此也沒人敢說。只是這節事，已沸沸傳將開去了，一時鄰里要為他具呈討扁。妙珍道：「這不過是我一時要救祖母，如此豈是邀名？」城中鄉宦、舉監生員、財主，都要求他作妻、作媳。他道：「我已許天為尼，報天之德。」都拒絕不應。林氏再三勸他，則道：「嫁則不復能事祖母，況當日已立

正氣。

□千詞言。

⑦ 疲癃：老病之狀。或曰「罷癃」。癃，音ㄌㄨㄥˊ。手足不靈活之病。

願為尼，不可食言。」

從此又三年，林氏又病不能起，便溺俱撒在牀上。他不顧穢污，日夜洗滌。林氏又道：「我這三年，都是你割肝所留。但人沒個不死的，就天恩不可再邀，你再莫起甚意了。」不數日身故。他悲哀擗踊❽，三日水漿也不入口。破產殯殮，親營墳墓，結茅柴為廬，棲止墓上，朝夕進飲食、哭泣。廬止一扉，山多猛獸，皆環繞于外不入。三年，墳上生出黃白靈芝五株，又有白鵲，在墳頂松樹上結巢。遠近都說他孝異。

服滿，因城中有一監生堅意求親，遂落髮出家無垢尼院。朝夕焚修，祈薦拔祖父母、父母。不料這院主定慧是個有算計的人，平日慣會說騙哄人。這翻把妙珍做個媒頭，嘗到人家說：「我院裡有一個孝女，不上二十歲，曾割肝救祖母，就是當日觀音菩薩剜眼斷手救妙莊王一般，真是如今活佛。若人肯供樣（養）他，供養佛一般！」哄得這些內眷，也有瞞着丈夫、公婆，布施銀錢的，米穀的，布帛的，他都收來入己。又哄人來拜活佛，聚集這些村姑、老媼，念佛做會，不論年大的、小的，都稱妙珍做佛爺，跪拜。妙珍已自覺酬應不堪，又細看這干人，內中有幾個老的，口裡念佛得幾聲，卻就扳親敘眷，彼此互問住居，問兒女。也有自誇兒女好的，也有訢說兒女貧寒，或是不肖，或是媳婦不賢。有幾個年少的，佛也不念，或是鋪排自己會當家，丈夫聽教訓；或是訢說丈夫好酒好色，不會做家，自家甘貧受苦；或又怨的是公姑瑣屑，妯娌嫉忌，叔姑驕縱。更有沒要緊的，且講甚首飾時樣帶來好看；衣服如今仔麼制度纔好，甚麼顏色及時。你一叢，我一簇，倒也不是個念佛堝，做了個講談所。甚至旛竿長十八、九歲

一局。

一又一局。

真景。

真所不解。

❽ 擗踊：亦作「辟踊」，形容極度悲哀。擗，用手拍胸。踊，用腳頓地。

大女子，不曉事三、五歲小哇子，不知甚麼緣故，也拖帶將來。又看那院主，搬茶送水，遇着捨錢的，「奶奶」、「孺人」口叫不絕，去奉承他。其餘平常，也只意思交接，甚有炎涼態度。

止有一個清庵尼姑寂如，年紀四十摸樣，看他做人溫雅，不妄言笑，只是念佛。或時把自己誦習的心經、金剛等經，與妙珍講說。妙珍禮他為師兄，像個可與語的。妙珍就想道：「我當日不要里遞申舉，正不肯借孝親立名。如今為這些人尊禮，終是名心未斷。況聚集這些人，無非講是講非，這不是作福，是造孽了。豈可把一身與他作招頭？」遂託說喧囂，就避到清庵中。真好一個庵：

松檜陰陰靜掩扉，一龕燈火夜來微。
禪心寂似澄波月，唯有疎鐘❾出樹飛。

妙珍看他房寮不惟情雅，又且深邃。一隙之地，布置委委曲曲，迴廊夾道，洞門幽室，倉卒人也不能進來。這寂如當家，帶着個女童，叫做圓明，在外邊些，妙珍直在裡邊。妙珍止是早晚到佛前焚香，除三飡外，便獨自個在房念佛誦經，甚喜得所。

不知寂如這意也是不善。他雖不抄化，不聚眾，却靠着附近一個靜室內兩和尚，師父叫做普通，徒弟叫做慧明，他時常賙給❿。相去不遠，乘着黑夜過來，輪流歇宿。初時也怕妙珍來碍眼，因見他在無

論篤是與。

念佛的聽着。

❾ 疎鐘：疏朗的鐘聲。

❿ 賙給：救濟。賙，音ㄓㄡ。

大有算計。

要慮。

垢院時，一毫閑事不管；又且施捨山積。道：「他身邊必竟有物。若後日肯和同水蜜，他年紀小，是黃花女兒，儘可接脚⑪。」故此留他在庵。閑時說些道聽塗說的經典，道：「這都是普通老爺講的，這和尚極是真誠，慱通經典，城中仕宦奶奶、小姐，沒個不拜他為師，求他取法名講解。近在這廂，師弟也該隨喜一隨喜。還有一個慧都講，一發聲音响喨，大有悟頭！」妙珍也只唯唯。他見人不得鑿，道：「且慢着。這些賊禿有些眼睛裡安不得垃圾，見了我，丟了徒弟；若見了他，一定要丟了我。引上了他，倒把一個精精壯壯的好徒弟與他，豈不搶了我的快活？如今只把來哄這兩個禿驢，等他破費兩個銀子。」他自仍舊與這兩個和尚往還，贊這妙珍摽致，打動他。不題。

一日，寂如因與慧朗（明）有約，先睡一睡，打熬精神，圓明厨下燒火。妙珍出來佛前燒晚香，只聽得門外連彈三彈，妙珍不知其意。住一會，又聽响彈三彈，妙珍只得去開門。外邊道：「怎耍我立這半日？」略開得一路門，那人從門縫裡遞進一錫罐，熱氣騰騰，道：「你接去，我打酒就來。」妙珍接了打一張時，背影却是箇和尚，喫了一驚。看罐中，是一罐爛熘狗肉，他也就拿來安在地上，往房中便跑。須臾，慧朗（明）打了酒走來，隨手拴門，看見錫罐，道：「丟在地上，豈不冷了？」一齊拿着，竟進房中。寂如只道是圓明放的，也不問他，悄悄的喫了酒肉，兩箇仍舊行事。只是妙珍倒躭了一夜干係，怕僧尼兩人知道露機，或來謀害，或圖汙浼⑫，理也有之。喜得天明，想道：「這尼姑，我道他穩重，是箇好人，不期做出這樣事。我若在此，設或事露，難分皂白，不若去了。」就略撿了些自己衣物，

⑪ 接脚：這裡是緊跟著做、跟著學的意思。

⑫ 汙浼：玷汙之意。

託言要訪定慧，離了庵中，結庵在祖母墳側。每日拾些松枝，尋些野菜度日。又喜得種他田的租戶，憐他是箇孝女，也不敢賴他的。定慧、寂如再三來邀，他道：「二位布施來的，我坐享于心不安。」不肯去。

好謝禮。

自此之後，不半年，定慧因一箇于一娘，私自將丈夫的錢米出來做佛會，被丈夫知覺，趕來院中罵了一塲；又聽兩箇光棍撥置，到縣中首他創做白蓮佛會，夜聚曉散，男女混雜。被縣裡拿出打了十五，驅逐出院。又兩年，寂如因與圓明爭風，將圓明毒打幾次，被他將私通和尚事說與娘家，娘家就會同里遞密來伺候。一日慧朗（明）進去，正在房中雲雨，圓明悄悄放了眾人，把來拿了。慧朗（明）苦要收拾，普通醋他與寂如過得綢繆，不肯出錢。送到縣去，各打二十，雙連枷，整整枷了兩月，俱發還俗。人見妙珍在兩處都不肯安身，莫不稱讚他有先見之明。

從此又十餘年，只見妙珍遍辭親隣，謝他平日看顧。回到草舍中，跏趺⑬而坐。其氣雖絕，顏色如生。正是：

幻軀不可久，真性永不磨。
超然去塵寰，趺坐靈山⑭阿。

⑬ 跏趺：佛教中修禪者的坐法，即雙足交疊而坐。
⑭ 靈山：泛指仙山。

結處警醒。

眾人看的，無不稱異，就把他草舍為龕，一把火焚化。火光之中，放出舍利如雨，有百許顆。眾人將來置在瓶中，仍將他田產賣來建塔于上，人至今稱「孝女冢」，又稱「神尼塔」。

總之，千經萬典，孝義為先。人能真實孝親，豈不成佛作祖？若捨在家父母不能供養，縱使日日看經，朝朝理懺，恐阿鼻地獄⑮，正為是人而設，豈不丈夫反出女子之下？

雨侯曰：杭有曹處女，四十不嫁，以養母。及元末兵亂，閉戶不食而死，可以相埒。簪笄中何多丈夫也！

又曰：卓老道：「四字之匾，不如名士四句之詩。」但四句詩如何描寫得一生曲盡？此篇敘其剛決明知，宛之如生，真可廉頑起懦矣。若然，又何必旌表哉？嗚呼妙珍，千古不死！

⑮ 阿鼻地獄：佛家語。亦作「阿毘地獄」。是佛家八大地獄之一，是地下最底、最苦的地獄。

卷二

小叙

丈夫與閹媚也，無寧鹵莽。蓋中無大學識，稍一沾戀，不免誤入他歧。使耿埴不斷，安知愛欲日深，身為情使，刃淫之刃，不轉為淫用乎？人且謂其不絕之，而必刃之為忍，不認於未成獄之時，認於既成獄之後，亦為怯。噫！何其繩人無已也。

翠娛閣主人

意乘雪艇夢传
幽诗句章

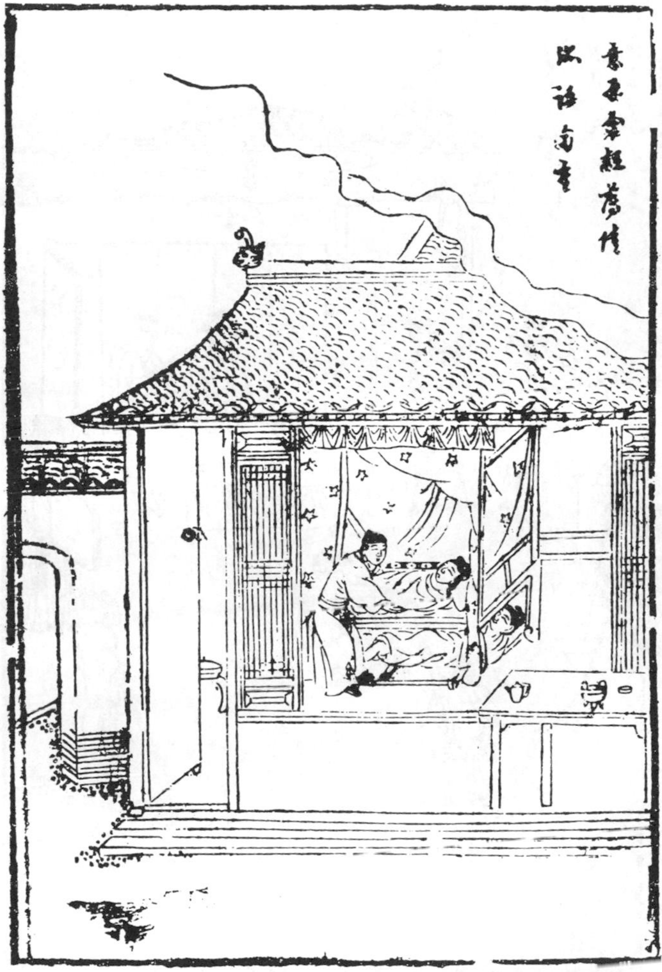

此月乞揩紅
村肯令元要
淩九厄

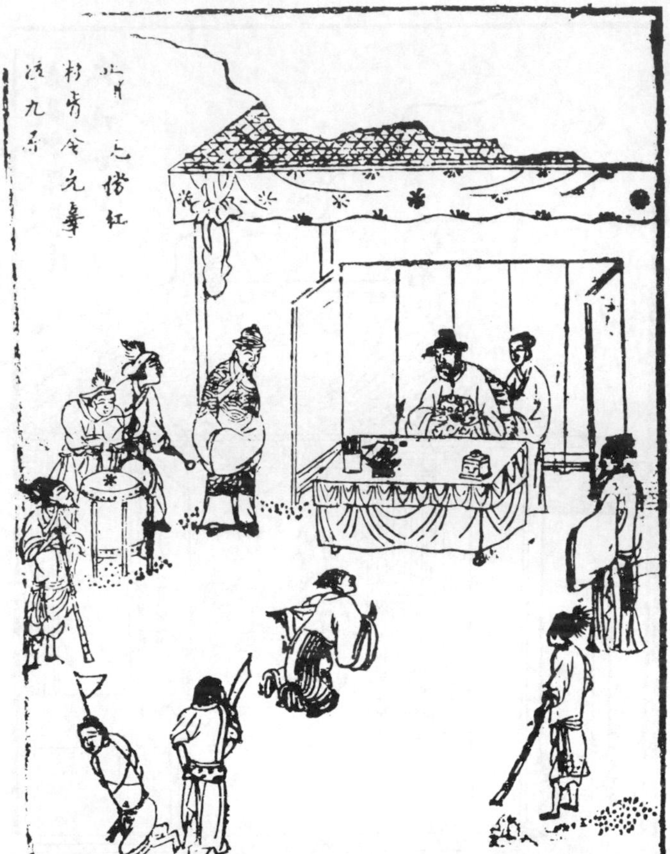

第五回　淫婦背夫遭誅　俠士蒙恩得宥

魚腸劒❶，摶❷風利，華陰土栻（拭）光芒起❸。
匣中時吼蛟龍聲❹，要與世間除不義。
媸❺彼薄情娘，不惜青瑣香。
吠龐撼帨不知耻❻，恩情忍把結髮忘。

❶魚腸劍：古寶劍名，亦稱魚藏劍，春秋專諸刺吳王僚時，藏於魚腹中而得名。一說由劍上花紋如魚腸而稱。

❷摶：音ㄊㄨㄢˊ。團聚；集聚。

❸華陰土栻（拭）光芒起：意謂寶劍由於華陰紅土的拂拭，而光芒更射，「倍益精明」。栻，應作「拭」，拂拭；擦拭。

❹匣中時吼蛟龍聲：是說匣中的寶劍也發出憤怒的不平之聲。據晉書張華傳載，豫章豐城縣令雷煥掘獄屋基，得一石匣，內有二古劍龍泉、太阿，後飛入江河，變成蛟龍。

❺媸：音ㄔ。相貌醜陋。

❻吠龐撼帨不知耻：男女有了不正當的行為而不知羞恥。吠龐，吠叫的狗。龐，音ㄇㄤˊ。撼帨，指男子對女子非禮相侵。帨，音ㄕㄨㄟˋ。佩巾。詩召南野有死麕：「舒而脫脫兮，勿感（撼）我帨兮，無使龐也吠。」鄭玄箋：「奔走失節，動其佩飾。」

不平暗觸雙眉豎，數點嬌紅落如雨。
朱顏瞬息血模糊，斷頭聊雪胸中怒。
無辜嘆息罹飛災，三木囊頭實可哀。
殺人竟令人代死，天理于今安在哉！
長跪訴衷曲，延頸俟誅戮。
節俠終令聖主憐，聲名奕奕❼猶堪錄。

昔日沈亞之❽作馮燕歌。這馮燕是唐時漁陽人，他曾與一箇漁陽牙將張嬰妻私通。一日，兩下正在那邊苟合，適值張嬰回家，馮燕慌忙走起，躲在床後，不覺把頭上巾幘落在床中。不知這張嬰是箇酒徒，此時已喫得爛醉，扯着張椅兒齁齁睡去，不曾看見。馮燕却怕他醒時見了巾幘❾，有累婦人，不敢做聲，只把手去指，叫婦人取巾幘。不期婦人差會了意，把床頭一把佩刀遞來。馮燕見了，怒從心起，道：「天下有這等惡婦！怎麼一箇結髮夫婦，一毫情義也沒，倒要我殺他？我且先開除這淫婦！」手起刀落，把婦人砍死，只見鮮血迸流。張嬰尚自醉着不知，馮燕自取了巾幘去了。

情事忙錯，筆筆如畫。

爽快！

❼ 奕奕：音一ˋ 一ˋ。高大美盛；光采閃耀。

❽ 沈亞之：唐傳奇作家。字下賢，吳興（今浙江湖州）人。唐憲宗元和十年（西元八一五年）登進士第，穆宗長慶間累進殿中丞御史，內進奉。曾作馮燕歌（傳），是描寫豪俠內容的傳奇小說。

❾ 巾幘：包頭髮的巾，或曰「纏頭」。幘，音ㄗㄜˊ。

趣趣痴痴。

直到五鼓，張嬰醉醒討茶喫，再喚不應。到天明一看，一團血污，其妻已被人殺死。忙到街坊上叫道：「夜間不知誰人將我妻殺死！」只見這隣里道：「你家妻子，你不知道，却向誰叫？」張嬰道：「我昨夜醉了一夜，那裡知得？」隣里道：「這也是好笑，難道同在一房，人都殺死了，還不醒的？分明是你殺了，却要賴人。」一齊將他縛了，解與范陽賈節度。節度見是人命重情，況且兇犯模糊未的❿，轉發節度推官審勘。一夾一打，張嬰只得招了。馮燕知道：「有這等糊塗官！怎我殺了人，却叫張嬰償命？是那淫婦教我殺張嬰，我前日不殺得他，今日又把他償命，端然是我殺他了！」便自向賈節度處出首。

大度相公。

賈節度道：「好一箇漢子，這等直氣！」一面放了張嬰，一面上一箇本道：「馮燕奮義殺人，除無情之淫蠹，挺身認死，救不白之張嬰。乞聖恩赦宥。」果然唐主赦了。當時沈亞之作歌，咏他奇俠。後人都道：「范陽燕地，人性悻直。」又道：「唐時去古未遠，風俗樸厚，常有這等人。」不知在我朝也有。

話說永樂⓫時，有一人姓耿名埴，宛平縣人。年紀不多，二十餘歲，父母早亡。生來性地聰明，意氣剛直，又且風流倜儻。他父親原充錦衣衛校尉，後邊父死了，他接了役緝事。心兒靈，眼兒快，慣會拿賊。一日，在棋盤街，見一箇漢子打箇小廝，下老實打。那小廝把箇山西客人靴子緊緊捧定，叫「救命！」這客人也苦苦去勸他。正勸得開，漢子先去，這小廝也待走。耿埴道：「小子，且慢着！」一把扯住，叫：「客官，你靴桶裡沒甚物麼？」客人去摸時，便喊道：「咱靴桶裡沒了二十兩銀子。」耿埴道：「莫慌，只問這小廝要。」一搜，却在小廝身邊搜出來。這是那漢子見這客人買貨時，把銀子放在

❿ 未的：未明瞭；不清楚。

⓫ 永樂：明成祖朱棣年號，西元一四〇三－一四二四年。

靴內，故設此局。不料被他看破送官。

又一日，在玉河橋十王府前，見一箇人喊叫道：「搶去一箇貂鼠胡帽！」在那兩頭張望。問他是甚人，道：「不見有人。」耿埴見遠遠一箇人，頂着一箇大栲栳⑫走。他便趕上去道：「你栲栳裡甚物兒？」那人道：「是米。」被耿埴奪下來，却是箇四、五歲小廝坐在裡邊，胡帽藏在身下。還有一箇光棍，粧做書辦模樣，在順城門象房邊，見一箇花子，有五十多歲，且是喫得肥胖。那光棍見了，一把捧住，哭道：「我的爺！我再尋你不着，怎在這裡？」那花子不知何故，心裡道：「且將錯就錯，也喫些快活茶飯，省得終日去伸手。」隨到家裡，家裡都叫他是老爺爺，渾身都與換了衣服，好酒好食待他。過了五、六日，光棍道：「今日工部大堂，叫咱買三、五百兩尺頭，老爺爺便同去一去。」悔氣！纔出得門，恰撞了耿埴。耿埴眼清，道：「這是箇花子，怎這樣打扮？」畢竟有些恠。遠遠隨他，望前門上一箇大段鋪內走進去。耿埴也做去扯兩尺零絹兒，這件不好，那件不好，歪纏。冷眼瞧那人，一單開了二、三百尺頭，兩箇小廝一箇駝着掛箱，一箇鉗了拜匣，先在拜匣裡拿出一封十兩雪白錠銀做樣，把店家帳畧畧更改了些，道：「銀子留在這邊，咱老爺爺瞧着。尺頭每樣拿幾件去瞧一瞧，中意了便好兌銀。」兩箇小廝便將拜匣、掛箱放在櫃上，各人捧了二、三十疋尺頭待走。耿埴向前「咄」的一聲，道：「花子，你那裡來錢？也與咱瞧一瞧。」一箇小廝早捧了段去了。這書辦也待要走時，那花子極了，道：「兒！這是工部大堂着買段子的官銀，便與他瞧！」那書辦道：「這直到工部大堂上纔開，誰人敢動一動兒？叫他有膽力拿去！」正爭時，這小廝臉都失色，急急也要跑。耿埴道：「去不得！你待把花子作

見機不覺露機。

⑫ 栲栳：音ㄎㄠˇ ㄌㄠˇ。或作「𥬠笷」，用竹或柳條編成的盛物器具。

說破機關。

當，賺他段子去麼？」店主人聽了這話，也便瞧頭留住不放。耿埴道：「有眾人在此，我使開看不妨。」打開匣子，裡邊二十封，封封都是石塊。大家哄了一聲道：「真神道！」那花子纔知道認爺都是假的。倒被那光棍先拿去二十多疋尺頭，其餘都不曾賺得去。人見他了得，起了他箇綽號，都叫他做「三隻眼耿埴」。這都是耿埴伶俐處。不知伶俐人也便有伶俐事做出來。不題。

美人圖畫。

兩項都不在假。

且說崇文門城墻下玄寧觀前，有一箇董禿子，叫名董文，是箇戶部長班⑬。他生得禿頸黃鬚，聲啞身小。做人極好，不詐人錢，只是好酒。每晚定要在外邊噇幾碗酒歸家，糊糊塗塗一覺直睡到天亮。娶得一箇妻子鄧氏，生得苗條身材，瓜子面龐，柳葉眉，櫻珠口；光溜溜一雙眼睛，直條條一箇鼻子。手如玉笋乍茁新芽，脚是金蓮飛來窄瓣。說不得似飛燕⑭輕盈，玉環⑮豐膩，却也有八九分人物。那董文待他極其奉承，日間遇着在家，搬湯送水，做茶煮飯；晚間便去鋪床叠被，扇枕捶腰。若道一聲要甚喫，便沒錢典當也要買與他喫；若道一聲那廂去，便脚瘤死掙也要前去，只求他一箇歡喜臉兒。只是年紀大了婦人十多歲，三十餘了，「酒」字緊了些，「酒」字下便懈了些。嘗時鄧氏去撩撥他，他道：「罷！嫂子，今日我跟官辛苦哩！」鄧氏道：「咱便不跟官！」或是道：「明日要起早哩，怕失了曉。」鄧氏道：「天光亮，咱叫你！」沒奈何，應卯的時節多，推辭躲閃也不少。鄧氏好不氣苦。

⑬ 長班：也叫「長隨」，是官員隨身使喚的僕人。

⑭ 飛燕：即趙飛燕，漢成帝皇后。因其「長而纖便輕細，舉止翩然，人謂之飛燕。」（飛燕外傳）

⑮ 玉環：即楊玉環。弘農華陰（今屬四川）人。天寶四載（西元七四五年）七月，被唐玄宗冊為貴妃。傳因其體豐腴而受寵。

一日回家，姐妹們會着，鄧氏告訴：「董文只噇酒，一覺只是睡到天亮。」大姐道：「這等苦了妹兒，豈不蹉跎了少年的快活？」二姐道：「下老實捶他兩拳，怕他不醒？」鄧氏道：「捶醒他，又撒懶溜痴不肯來。」大姐道：「只要問他討咱們做甚來？咱們送他下鄉去罷。」二姐道：「他捶不起，咱們捶得起來，要送老子下鄉，他也不肯去，條直⑯招箇幫的罷！」鄧氏道：「他好不粧膀兒要做漢子哩，怎麼肯做這事？」大姐道：「他要做漢子，怎不夜間也做一做？他不肯明招，你却暗招罷了。」鄧氏道：「仔麼招的來？姐，沒奈何，你替妹妹招一箇。」二姐笑道：「姐招姐自要，有的讓你？老實說，教與你題目，你自去做罷。」

鄧氏也便留心。只是隣近不多幾家，有幾箇後生，都是擔葱賣菜，不成人的。家裡一箇挑水的老白，年紀有四十來歲，不堪作養。正在那廂尋人，巧巧兒錦衣衛差耿埴去崇文稅課司討關，往城下過，因在城下女墻⑰裡解手。正值鄧氏在門前閑看，忽見女墻上一影，却是一箇人跳過去。仔細一看，生得雪團白一箇面皮，眉青目朗，鬚影沒半根，又標緻，又青年，已是中意了。不知京裡風俗，只愛新，不惜錢。比如冬天做就一身斬新紬綾衣服，到夏天典了，又去做紗羅的。到冬不去取贖，又做新的，故此常是一身新。只見他掀起一領玄屯絹道袍子，裡面便是白綾襖、白綾褲，華華麗麗，又是可愛。及至蹲在地上時，又露出一件又長又大好本錢。婦人看了，不覺笑了一聲。忙將手上兩箇戒指，把袖中紅紬汗巾裹了，向耿埴頭上朴地打去，把耿埴絨帽打了一箇凹。耿埴道：「瞎了眼，甚黃黃打在人頭上？」擡起頭一看，

怎見得苦？

大有主見。

伏老白。

便妙。

可人。

---

⑯ 條直：直接；乾脆。

⑰ 女墻：亦作「女垣」。城牆上的矮牆。

常情。

却是箇標緻婦人，還掩着口在門邊笑。耿埴一見，氣都沒了，忙起身拴了褲帶，拾了汗巾，打開，却是兩箇戒指。耿埴道：「噫，這婦人看上喒哩！」復看那婦人，還閃在那邊張耿埴。耿埴看看四下無人，就將袖裡一箇銀挑牙，連着筒兒，把白紬汗巾包了，也打到婦人身邊。那婦人也笑吟吟收了。你看我，我看你，看了一會。正如肚餓人，看着別人喫酒飯，看得清，一時到不得口。這邊耿埴官差不能久滯，只索身去心留；這邊鄧氏也便以目送之。把一箇伶俐的耿埴，攝得他魂不附體。一路便去打聽，却是箇良家婦人，丈夫做長班的。他道：「既是良家，不可造次進去。」因想了一夜道：「我且明日做送戒指去，看他怎生。」那邊鄧氏見他丟挑牙來，知是有意，但不知是那裡人，姓甚名誰。晚間只得心裡想着耿埴，身子摟着董文，雲雨一塲，畧解渴想。早間送了董文出去，絕早梳頭，就倚着門前張望。

只見遠遠一箇人來，好似昨日少年，正在那廂望他。只見這人逕闖進來，鄧氏忙縮在布簾內，道：「是誰？」簾中影出半箇身子來，果是打扮得齊整：

> 眼溜半江秋水，眉舒一點巫峯。蟬鬢微露影濛濛；已覺香風飛送。　簾映五枝寒玉，鞋呈一簇
> 新紅。何須全體見芳容，早把人心牽動。

他輕開檀口道：「你老人家有甚見教？」耿埴便戲了臉，捱近簾邊道：「昨日承奶奶賜咱表記，今日特來謝奶奶。」脚兒趄趄便往裡邊跨來。鄧氏道：「哥，不要囉唣，怕外廂有人瞧見！」這明遞春與耿埴，道內裡沒人。耿埴道：「這等，咱替奶奶拴了門來。」鄧氏道：「哥，不要歪纏。」耿埴已為他將門掩

半身圖未必能如此寫。

兩箇人都以伶

俐用事 。 又醒老 白。 還未遲。

上，復進簾邊。鄧氏將身一閃，耿埴狠搶進來，一把抱住，親過嘴去。鄧氏道：「定要咱叫喚起來？」口裡是這樣講，又早被耿埴把舌尖塞住嘴了。正伸手扯他小衣，忽聽得推門响，耿埴急尋後路。鄧氏道：「哥，莫忙，是老白挑水來，你且到房裡去。」便把耿埴領進房中。却也好箇房。上邊頂格，側邊泥壁，都用綿紙糊得雪白的。內中一張涼床，一張桌兒，擺列些茶壺、茶杯。送了他進房，却去放老白。老白道：「整整等了半日，壓得肩上生疼。」鄧氏道：「起得早些，又睡一睡，便睡熟了。」又道：「老白，今日水彀了，你明日挑罷。」打發了，依舊拴了門進來，道：「哥，恁點點膽兒，要來偷婆娘？」耿埴道：「怕一時間藏不去，帶累奶奶。」便一把抱住，替他解衣服。鄧氏任他解，口裡道：「咱那爛驢蹄，早間去直待晚纔回，親戚們咱也不大往來，便隣舍們都隔遠，不管閑事，哥要來只管來。就是他來，這竈前有一箇空米桶，房裡床下儘寬，這酒糊塗料不疑心着我。」一邊說時，兩箇都已寬衣解帶，雙雙到炕兒上恣意歡娛。但見：

一箇仰觀天，一箇俯地察。一箇輕蹺玉腿，一箇款摟柳腰。一箇笑孜孜，猛然獨進，恰似玉笋穿泥；一箇戰抖抖，高舉雙鴛，好似金蓮泛水。一箇憑着堅剛意氣，意待要直搗長驅；一箇曠蕩情懷，那怕你翻江攪海。正是：戰酣紅日隨戈轉，興盡輕雲帶雨來。

兩箇你貪我愛，整整頑勾兩箇時辰。鄧氏道：「哥，不知道你有這樣又長又大又硬的本錢，又有這等長久氣力，當日嫁得哥，也早有幾年快活！咱家忘八道着力奉承咱，可有哥一毫光景麼？哥不嫌妹子醜，

一可殺！

巧，巧。

二可殺！

三可殺！

可常到這裡來。他是早去了，定到晚些來的。」兩箇兒甚是惓惓不捨。耿埴也約他偷空必來。以後耿埴事也懶去緝，日日到錦衣衛走了一次，便到董文家來。鄧氏終日問董文要錢，買肉、買鷄、果子、黃酒喫，却是將來與耿埴同喫。耿埴也時常做東道，嘗教他留些酒餚請董文。道：「不要保他，有的多，把與狗喫。」

一日晚了，正送耿埴出門，不曾開門，只聽得董文恠唱來了。耿埴道：「那裡躲？」鄧氏道：「莫忙，只站在門背後是哩！」說話不曾了，董文已是打門。鄧氏道：「汗邪哩，這等恠叫喚！」開門，只見董文手裡拿着一盞兩箇錢買的茹桔燈籠⓲進來。鄧氏怕照見耿埴，接來往地下一丟，道：「日日夜晚纔來，破費兩箇錢，留在家買菜不得？」又把董文往裡一推，道：「拿燈來！照咱閂門。」推得董文這醉漢東磕了臉，西磕了脚。叫喚進去，拿得燈來，耿埴已自出門去。鄧氏已把門閂了。耿埴躲在簷下聽他，還忘八長，忘八短：「以後隨你臥街倒巷，不許夜來驚動咱哩，要咱關門閉戶。」董文道：「嫂子，可憐咱是箇官身，脫得空，一定早早回來。」千陪不是，萬陪不是，還罵箇不了。

第二日，耿埴又去。鄧氏忙迎着道：「哥，不喫驚麼？咱的計策好麼？」耿埴道：「嫂子，他是在官的人，也是沒奈何，將就些罷。」鄧氏道：「他不伏侍老娘，倒要老娘伏侍他麼？喫了一包子酒，死人般睡在身邊，厭刺刺看他不上眼。好歹與哥計較，閃了他，與哥別處去過活罷。」耿埴道：「罷！嫂子怎丟了窠坐兒別處去？他不來管，咱們便且胡亂着。」鄧氏道：「管是料不敢管，咱只是懶待與他合夥。」從此任董文千方百計奉承，只是不倸，還饒得些嚷罵。

⓲ 茹桔燈籠：意謂似桔形的一種燈籠。

一日，與耿埴喫酒，撒嬌撒痴的，一把摟住道：「可意哥，咱委實喜歡你，真意兒要隨着你，圖箇長久快樂。只喫這攮刀的⑲碍手碍脚，怎生設一計兒了了他，纔得箇乾淨！」逼着耿埴定計。耿埴也便假粧痴道：「你婦人家不曉事，一箇人怎麼就害得他？」這婦人便不慌不忙，設出兩條計來，要耿埴去行。道：「哥，這有何難？或是買些毒藥，放在飲食裡面，藥殺了他。他須沒箇親人，料沒甚大官司。再不或是哥拿着強盜，教人扳他，一下獄時，擺佈殺他，一發死得乾乾淨淨。要錢咱還拿出錢來使，然後老娘纔脫了箇『董』字兒，與你做一箇成雙捉對。哥，你道好麼？」那知這耿埴心裡拂然起來，想道：「怎奸了他妻子，又害他？」便有箇不爽快之色，不大答應。

不期這日，董文衙門沒事，只在外喫了箇醉，早早回來。鄧氏道：「哥，今還不曾替哥耍，且桶裡躲着。」耿埴躲了，只聽得董文醉得似殺不倒鵝一般，道：「嫂子，喫晚飯也未？」鄧氏道：「天光亮亮的喫飯？」董文道：「等待咱打酒請嫂子。」鄧氏道：「不要喫，不要你扯寡淡！」只見耿埴在桶悶得慌，輕輕把桶蓋頂一頂起。那董文雖是醉眼，早已看見，道：「活作恠！怎麼米桶的蓋，會這等動起來？」便蹱蹱⑳動要來掀看。耿埴聽了，驚箇小死。鄧氏也有些着忙，道：「花眼哩，是糴得米多，蛀蟲拱起來。噇醉了，去挺屍罷，休在這裡恠驚恠喚的，蒿惱老娘！」董文也便不去掀桶看，道：「咱去，咱去，不敢拗嫂子。」躘躘蹱蹱，自進房去。喜是一上床便雷也似打鼾，鄧氏忙把桶蓋來揭，道：「哥，悶壞了？」耿埴道：「還幾乎嚇死！」一跨出桶來，便要去。鄧氏道：「哥，還未曾替哥耍哩，怎就

俠，俠！

摹情寫態，畫工之所。

⑲ 攮刀的：挨刀的。
⑳ 蹱蹱：即撞撞。

俠氣。

去？」兩箇就在櫈兒上，做了箇騎龍點穴勢，耍殼一箇時辰。鄧氏輕輕開門放了，道：「哥，明日千定要來。」只是耿埴心裡不然，道：「董文歹不中，也是結髮夫妻，又百依百隨，便喫兩鍾酒也不碍，怎這等奚落他？明日咱去勸他，畢竟要他夫妻和睦纔是。」嘗時勸他。鄧氏道：「哥，他也原沒甚不好，只是咱心裡不大喜他。」

實苦。

一日耿埴去，鄧氏歡天喜地道：「咱與你來往了幾時，從不曾痛快睡得一夜。今日攮刀的道，明日他的官轉了員外，五鼓去伏侍到任。我道夜間我懶得開門，你自別處去歇，攛㉑了他去。咱兩箇兒且快活一夜。」兩箇打了些酒兒，在房裡你一口，我一口，喫箇爽利。到得上燈，只聽得董文來叫門，兩箇忙把酒餚收去。鄧氏去開門，便嚷道：「你道不回了，咱閉好了門，正待睡箇安躭覺兒，又來鳥叫喚！」董文道：「咱怕你獨自箇宿寒冷，回來陪你。」逕往裡邊來。耿埴聽了，記得前日桶裡悶得慌，逕往床下一躲。只見進得房來，鄧氏又嚷道：「叫你不要回，偏要回來。如今門是咱開了，誰為你冷冰冰夜裡起來關門？」董文道：「嫂子，咱記念你，家來是好事。夜間冷，咱自靠一靠門去罷，嫂子不要惱！」鄧氏道：「咱不起來！」還把一床被自己滾在身，道：「你自去睡，不要在咱被裡鑽進鑽出，凍了咱。」董文只得在脚後和衣自睡，倒也睡得着。苦是一箇鄧氏，有了漢子不得在身邊，翻來覆去不得成夢，只嘓嘓噥噥，把丈夫出氣。更苦是一箇耿埴，一箇在床上，一箇在床下，遠隔似天樣。下邊又冷颼颼起來，凍得要抖，却又怕上邊知覺，動也不敢動，聲也不敢做。捱到三更，鄧氏把董文踢上兩脚，道：「天亮了，快去！」董文失驚裡跳起來，便去煤爐裡取了火，砂鍋裡燒了些臉水，煮了些飯，安排些菜蔬。自

㉑ 攛：驅趕的意思。音、義同「趕」。

未必肯睡。

已梳洗了，喫了飯，道：「嫂子，咱去，你喫的早飯咱已整治下了，沒事便晏起來些。」鄧氏道：「去便去，只恁瑣碎，把人睡頭攪醒了。」董文便輕輕把房門拽上，一路把門靠了出去。耿埴凍悶了半夜，纔得爬出床來。鄧氏又道：「哥，凍壞了，快來趁咱熱被。」耿埴也便脫衣跳上床來。忽聽外邊推門响，耿埴道：「想忘了甚物，又來也。」仍舊鑽入床下。董文一路進門來，鄧氏道：「是誰？」董文道：「是咱。適纔忘替嫂子摁摁肩，葢些衣服，放帳子，故此又來。」鄧氏嚷道：「扯鳥淡！教咱只道是賊，嚇得一跳，恠攮刀子的！」董文聽了，不敢做聲，依舊靠門去了。可是：

意厚衾疑薄，情深語自重。
誰知不賢婦，心向別人濃。

所重在此。

□佛。

這邊耿埴一時惱起，道：「有這等恠婦人，平日要擺佈殺丈夫，我屢屢勸阻不行，至今毫不知悔，再要何等一箇恩愛丈夫，他竟只是嚷罵，這真是不義的淫婦了，要他何用！」常時見床上掛着一把解手刀，便掣在手要殺鄧氏。鄧氏不知道，正揭起了被道：「哥快來，天冷凍壞了！」那耿埴並不聽他，把刀在他喉下一勒，只聽得跌上幾跌，鮮血迸流。可憐：

情衷結髮戀私夫，謬謂恩情永不殊。
誰料不平挑壯士，身亡一劍血糢糊。

若論前船就是後船眼。他今日薄董文，就是後日薄耿埴的樣子。只是與他斷絕往來也彀了，但耿埴是箇一勇之夫，只見目前的不義，便不顧平日的恩情，把一箇惜玉憐香的情郎，換做了殺人不斬眼的俠士，那惜手刃一婦人以舒不平之氣！此時耿埴見婦人氣絕，也不驚忙，也不顧慮，將刀藏在床邊門檻下，就一逕走了出門來，人都不覺。

老實的常是喫虧。

悔（晦）氣是這白老兒，挑了擔水，推門直走進裡邊，並不見人。他傾了水，道：「難道董大嫂還未起來？若是叫不應，停會不見甚物事，只說咱老白不老實。叫應了去！」連叫幾聲，只是不應。還肩着這兩箇桶在房門叫，又不見應。只得歇下了，走進房中，看見血淋淋的婦人死在床上，驚得魂不附體，急走出門，叫道：「董家殺了人！」只見這些隣舍一齊趕來道：「是甚麼人殺的？」老白道：「不知道。咱挑水來，叫不人應，看時已是殺死了。」眾人道：「豈有此理！這一定是你殺的了。」老白道：「我與他有甚冤仇來？」眾人一邊把老白留住，一邊去叫董文。董文道：「我五鼓出去，誰人來殺他？這便是你挑水進去，見他孤身，非姦即盜，故此將人殺了。」一齊擁住老白，道：「講得有理有理，且到官再處。」一直到南城御史衙門來。免不得投文唱名，跪在坍墀，聽候審理。

那御史道：「原告是董文，叫董文上來。你怎麼說？」董文道：「小的戶部浙江司于爺長班，家裡只有夫妻兩口，並無別人。今早五皷伏侍于爺上任，小的妻子鄧氏好好睡在床裡。早飯時，忽然小的挑水的白大，挑水到家來，向四隣叫喚，道小的妻子被殺。眾隣人道小的去後，並無人到家，止有白大。這明明是白大欺妻子孤身，輒起不良之心，不知怎麼殺了。只求青天老爺電察。」這御史就叫緊隣上來問道：「董文做人可兇暴麼？他夫妻平日也和睦麼？」眾人答應道：「董文極是本分的，夫妻極過得和

問處都好。

怕老婆的供狀，卻在審人命時遮出。

睦。」御史又道：「他妻子平日可與人有姦麼？他家還有甚人時常來往麼？」眾人道：「並沒有。」御史道：「可有姿色麼？」眾人道：「人極標緻的。」御史叫：「帶着，隨我相驗。」果然打了轎，眾人跟隨，擡到城下。看時，果然這婦人生得標緻，赤着身體，還是被兒罩着的。揭開上半截，看項下果是刀傷。御史便叫：「白大！你水挑在那邊？」白大道：「挑在竈前。」御史便叫帶起回衙門審。

一到衙門，叫董文：「你莫不與鄧氏有甚口舌殺了他，反卸與人？」董文道：「爺爺，小的妻子，平日罵也不敢罵他一聲，敢去殺他？實是小的出門時，好好睡在床上，怎麼不多時就把他殺死了？爺爺可憐見。」御史道：「你出去時節，還是你鎖的門，婦人閂的門？」董文道：「是小的靠的門，推得進去的。」御史便叫：「白大！你挑水去時，開的門，關的門？」白大道：「是掩上的。」御史道：「你挑水到他竈前，緣何知他房裡殺了人？」白大道：「小的連叫幾聲不應，待要走時，又恐不見了物件，疑是小的，到房門口尋箇人閂門，只見人已殺死。小的怎麼敢去行兇？」御史「咄」的一聲，道：「胡說！他家有人沒人，于你甚事，要你去尋？這一定你平日貪他姿色，這日乘他未起，家中無人，希圖強姦，這婦人不從，以致殺害，還要將花言巧語來抵賴。夾起來！」初時老白不招，一連兩夾棍，只得認了，道：「圖姦不遂，以致殺死。」做一箇「強姦殺死人命」，參送刑部，發山西司成招，也只仍舊。追他凶器，道是本家厨刀所殺，取來封貯了。書一箇審單，道：

審得白大以賣水之傭，作貪花之想。乘董文之他出，瞯鄧氏之未起，圖姦不遂，兇念頓生，遂使紅顏碎玆白刃。驚四隣而祈嫁禍，其將能乎？以一死而謝貞姬，莫可逭㉒也！強姦殺人，大辟何辭！監候。具題處決。

呈堂奏請，不一日奉旨處決。免不得點了監斬官，寫了犯由牌，監裡取出老白，花綁了，一簇押赴市曹。鬧動了三街六市，紛紛也有替鄧氏稱說貞節以致喪命的，也有道白大貪色自害的。那白大的妻子一路哭向白大道：「你在家也懶幹這營生，怎想這天鵝肉喫，害了這命？」那白大只是流淚，也說不出一句話兒。

妻子也不相諒，老白又添出一層冤屈。

單是耿埴聽得這日殺老白，心上便忿激起來。想道：「今日法場上的白大，明明是老耿的替身！我們做好漢的，為何自己殺人，要別人去償命？況且那日一時不平之氣，手刃婦人是我，今日殺這老白，又是替我。倒因我一箇人殺了兩箇人。今日陽間躲得過，陰間也饒不過。做漢子的人，怎麼愛惜這顆頭顱，做這樣縮頸的事？」就趕到法場上來。正值老白押到，兩箇劊子手按住，只要等時辰到了。週圍也都是軍兵圍住。耿埴就人背後，平空一聲「屈」叫起來。監斬官叫：「拿了！」問時，他道：「小人耿埴，向與董文妻通姦。那日躲在他家，見董文極其恩愛，鄧氏恣情淩辱，小人忿他不義，將刀殺死，刀現藏董文房中床邊檻下。小人殺人，小人情愿認罪典刑。小人白應抵命，求老爺釋放白大。」監斬官道：「這定是真情了，也須候旨定奪。」將兩人一齊監候。本日撤了法場，備述口詞，具本申請。正是：

俠腸俠語。

是是非非未易論，笑他廷尉號無冤。

㉒ 逭：音ㄏㄨㄢˋ。避；逃。

飴廿一死償紅粉，肯令無辜泣九原。

此時永樂爺礪精求治，批本道：「白大既無殺人情蹤，准與釋放。耿埴殺一不義，生一不辜，亦饒死。原問官讞獄㉓不詳，着革職。欽此。」此時滿京城纔知道白大是箇老實人，遭了屈官司；鄧氏是箇不長進淫婦，也該殺的；耿埴是箇漢子。若不是他自首，一箇白大莫說人道他強姦殺人，連妻子也信他不過；一箇鄧氏，莫說丈夫道他貞節，連滿京人也信他貞節。只是這耿埴得蒙聖恩免死，自又未曾娶妻，他道：「只今日我與老白一件事，世上的是非無定，也不過如此了；人生的生死無常，也不過如此了。今日我活得一日，都是聖恩留我一日，為何還向是非生死場中去混帳！」便削了髮為僧，把向來趲的家私，約有百餘金，將一半贈與董文，助他娶親；一半贈與白大，謝他受累。就在西山出家，法名智果。其時京城這些風太監，有送他衣服的，助道糧的，起造精舍的。他在西山住了三年，後來道：「近着京師，受人供養，不是箇修行的。」轉入五臺山，麄衣淡食，朝夕念佛。人與他譚些佛法，也能領悟。到八十二歲，忽然別了合寺僧行，趺坐禪牀，說偈道：

生平問我修持，一味直腸直肚。
養成無垢㉔靈明，早證西方淨土。

聖主作用。

苦海茫茫，回頭是岸。

㉓讞獄：審判案件並定罪。讞，音一ㄢˋ。

㉔無垢：佛家語。謂清淨無垢染，多指心地潔靜。

言訖合掌而逝，蓋已成正果云。

劍誅無義心何直，金贈恩人利自輕。
放下屠刀成正覺，何須念佛想無生。

雨侯曰：棄家雞羨野鶩，淫婦類然。安得耿埴者盡刃此不義婦，庶幾令淫風少息。

小引

嘗觀事當轇轕之際，偏束能人之手，而不驚愚夫婦之心。能人，死生利害大明也；若夫愚夫婦，則直行其是而已。故如貴梅，欲激亢以全其節，而孝不成；欲委阿以全其孝，而節不完。唯是一死而局已竟，不必著潔於一時，不必顯名于千秋。使道學者處此，曰：「汶汶一死，何以表我孝？」嗟嗟，似此便死不成。是故予嘗曰：「真愚婦勝假道學！」

翠娛閣主人書

第六回　完令節冰心獨抱　全姑醜冷韻千秋

獨聳高枝耐歲寒，不教蜂蝶浪摧殘。
風霜苦涴如冰質，烟霧難侵不改肝。
麗色瑩瑩縷片玉，清香冉冉屑旃檀❶。
仙姿豈作人間玩，終向羅浮❷第一磐。

五倫❸之中，父子、兄弟都是天生的；夫婦、姑媳、君臣、朋友，都是後來人合的。合的易離。但君臣不合，可以隱在林下；朋友不合，可以緘口自全。只有姑媳、夫妻，如何離得？況夫妻之間，一時反目，還也想一時恩愛；到了姑媳，須不是自己肚裏生的。或者自家制不落不肖兒，反道他不行勸諫；兒子自不做家，反道他不肯幫扶。還有妯娌相形，嫌貧重富；姑叔憎惡，護親遠疎；婢妾挑逗，偏聽信讒。起初不過纖毫的孔隙，到後有了成心，任你百般承順，只是不中意，以大凌小，這便是媳婦的苦了。含冤天地。

❶ 旃檀：梵文「旃檀那」的省稱。即檀香。
❷ 羅浮：即羅浮山。東晉葛洪曾在此修煉，係粵中著名的旅遊勝地。
❸ 五倫：即「五常」，為君臣、父子、夫婦、兄弟、朋友。

在那媳婦也有不好的。或是倚父兄的勢，作丈夫的嬌；也有結連妯娌、婢僕，故意抗拒婆婆；也有窺他陰事，挾制公婆；背地飲食，不顧公姑；當面抵觸，不惜體面。這便是婆婆口頑，媳婦耳頑，弄得連兒子也不得有孝順的名。真是人家不願有的事，却也是常有的事，到寧可一死，既不失身，又能全孝，這便亘古難事。

□在目中。

這事出在池州貴池縣。一個女子姓唐名貴梅，原是個儒家女子。父親是個老叫（教）書，一向在外處個鄉館，自小兒叫（教）他讀些甚孝經❹，看些烈女傳❺。這貴梅也甚領意。不料到十二歲，母親病死了，他父親思量：「平日他在家，母子作伴，今日留他家中，在家孤恓；若在鄰家來去，恐沒有好樣學，也不成體面。若我在家，須處不得館。一時要糾合些鄰舍子弟就學，如今有四五兩館，便人上央人，或出荐館錢圖得，如何急卒可有？若沒了館，不惟一身沒人供給，沒了這幾兩束修，連女兒也將甚養他？只除將來與人。我斯文之家，決無與人作婢妾之理！送與人作女兒，誰肯賠飯養他，後來又賠嫁送？只好送與人作媳婦罷！」對媒婆說了，尋了幾日，尋得箇開歇客店的朱寡婦家。有個兒子，叫做朱顏，年紀十四歲。唐學究看得這小官兒清秀，又急于要把女兒，也不論門風，也不細打聽那寡婦做人何如，只收他兩個手盒兒，將來送他過門。在家分付道：「我只為無極奈何，將你小小年紀與人作媳婦。你是乖覺的，切要聽婆婆教訓，不要惹他惱，使我也得放心。」送到他家，又向朱寡婦道：「小女是沒娘女兒，

父母深心。

父子至情。

---

❹ 孝經：儒家經典，十八章，孔門後學所撰。漢代列為七經之一。有十三經注疏本。

❺ 烈女傳：是一部介紹中國婦女行為的書，舊題西漢劉向編，共七卷，記載上古至西漢一百零五位具有通才卓識、奇節異行的女子。

實情。

倩。

相形更

苦。

不曾訓教，年紀又小，千萬親母把作女兒看待。不要說老夫感戴，連老妻九泉之下也得放心。」送了，自去處館去了。

只是這寡婦有些欠處。先前店中是丈夫支撐，他便躲在裡面，只管些茶飯，並不見人。不期那丈夫病了弱病❻，不能管事，兒子又小，他只得出來承值，還識羞怕恥。到後邊丈夫死了，要歇店，捨不得這股生意讓人，家中又沒甚過活，只得呈頭露臉，出來見客。此時已三十模樣，有那老成客人，道是寡婦，也避些嫌疑；到那些少年輕薄的，不免把言語勾搭他，做出風月態度悅他。乍聽得與乍見時，也有個嗔怪的意思，漸漸習熟，也便科牙撩嘴。人見他活動，發來引惹他。他是少年情性，水性婦人，如何按捺得定？嘗有一賦，敘他苦楚：

吁嗟，傷哉！人皆歡然于聚首，綦我獨罹夫暌乖❼。憶繾綣之伊始，矢膠漆之靡懈。銀燈笑吹，羅衣羞解。襯霞頰兮芙蓉雙紅，染春山兮柳枝初黛。絮語勾郎憐，嬌痴得郎愛。醉春風與秋月，何憂腸與愁債？乃竟霜空，折我雁行。悲逝波之難迴，搴繐幃而痛傷。空房亦何寂？遺孤對相泣。角枕長兮誰同御，錦衾班而淚痕濕。人與夢而忽來，旋與覺而俱失。睠彼東家隣，荷戟交河濱，一朝罷征戍，杯酒還相親。再閱綠窗女❽，良人遠服賈，昨得寄來書，相逢在重午❾。彼有離兮

❻ 弱病：精力不足，缺乏生育能力。或曰「少精子症」。

❼ 暌乖：分離。暌，音ㄎㄨㄟ。

❽ 綠窗女：貧家女。

酸楚。

錢可動人。

含情無限。

終相契合，我相失兮憑誰重覩？秋風颼颼，流黃影搖，似伊人之去來，竟形影之誰招？朱顏借問為誰紅，雲散巫山⑩鬟欲鬆。寥落打牕風雨夜，也應愁聽五更鐘。

想那寡婦怨花愁月，夜雨黃昏，好難消遣。欲待嫁人，怕人笑話，兒女夫妻，家事好過，怎不守寡？待要守寡，天長地久，怎生熬得？日間思量，不免在靈前訴愁說苦，痛哭一場；夜間思量起，也必竟搗枕搥床，咬牙切齒，番來覆去，嘆氣流淚。

忽然是他緣湊，有個客人姓汪名洋，號涵宇，是徽州府歙縣人。家事最厚，常經商貴池地方，積年在朱家歇，却不曾與寡婦相見。這翻相見，見他生得濟楚可愛，便也動心。特意買了些花粉、膝褲等物送他。已在前邊客樓上住下，故意嫌人嘈雜，移在廂樓上，與寡婦樓相近。故意在那廂唱些私情的歌曲，希圖動他。不料朱寡婦見他是個有錢的，年紀纔近三十，也像個風月的，也有他心。眉來眼去，不只一日。一日，寡婦獨坐在樓下，鎖着自己一雙鞋子，那汪涵宇睃見，便一步跨進來，向寡婦肥叫一聲道：「親娘，茶便討碗喫。」那寡婦便笑吟吟道：「茶不是這裏討的。」涵宇笑道：「正要在宅上討。」隨即趲上前，將鞋子撮了一隻，道：「是甚段子？待我拿一塊來相送。」寡婦道：「前日已收多禮，怎再要朝奉⑪送？」涵宇道：「親娘高情，恨不得把身子都送在這裏！」把手指來量一量，道：「真三寸

---

⑨ 重午：端午。

⑩ 巫山：神山名。傳說楚王遊高唐，夢見巫山神女「願薦枕席」，「王因幸之」。神女化雲化雨於陽臺。後遂以巫山為男女歡會之處。宋玉高唐賦、神女賦都是寫楚王與巫山神女夢中相會的愛情故事。

真。
雅調。
有光景
了。

三分！」又在手上擷一擷，道：「真好在手掌上拏！」寡婦怕有人來，外觀不雅，就擘手來搶。涵宇早已藏入袖中，道：「這是你與我的表記，怎又來搶？」把一個朱寡婦又羞又惱，那汪涵宇已自走出去了。走到樓上，把這鞋翻覆看了一會，道：「好針線！好樣式！」便隨口嘲出個駐雲飛道：

金剪携將，剪出春羅三寸長。艷色將人愰，巧手令人賞。嗏！何日得成雙？鴛鴦兩兩，行雨行雲，對浴清波上。沾惹金蓮瓣裏香。

把這曲輕輕在隔樓唱。那婦人上樓聽見，道：「嗅死這蠻子！」却也自己睡不成夢。到了五更，正待合眼，只聽汪涵宇魘將起來，道：「跌壞了！跌壞了！」却是他做夢來調這婦人，被他推了一跌，魘起來。兩下真是眠思夢想。

等不得天明，那汪涵宇到段舖內，買了一方蜜色彭段，一方白光絹，又是些好絹線，用紙包了。還向寶籠上，尋了兩粒雪白滾圓、七八釐重的珠子二粒，併包了，藏入袖中。乘人空走入中堂，只見寡婦呆坐在那邊，忽見汪涵宇走到面前，吃了一驚。汪涵宇便將段絹拿出來道：「昨日所許，今日特來送上。」寡婦故意眼也不看，手也不起道：「這斷不敢領，不勞費心！」汪涵宇便戲着臉道：「親娘！這是我特意買來的。親娘不收，叫我將與何人？將禮送人，殊無惡意。」寡婦道：「這段絹決是不收的，只還我昨日鞋子，省拆了對。」汪涵宇道：「成對不難，還是不還了。」把段絹丟在婦人身上。婦人此

⑪ 朝奉：官名。本是一種政治待遇，叫「奉朝請」，後世用作富戶、商人和店鋪管事人等的稱呼。

時心火已動，便將來縮在袖中，道：「不還我，我着小妹在梁上扒過來偷！」汪涵宇道：「承教！承教！」也不管婦人是有心說的，沒心說的，他卻認定真了。在房中仔細一看，他雖在廂樓上做房，後來又借他一間樓堆貨。這樓卻與婦人的房同梁合柱，三間生。這間在右首，架梁上是空的，可以扒得。他等不得到晚，潛到這房中，聽婦人上了樓，兒子讀晚書，婦人做針指。將及起更，兒子纔睡，丫頭小妹也睡了。婦人也吹了燈上床，半餉不見動靜。他便輕輕的扒到梁上，身子又胖，捱了一會，渾身都是灰塵。正待溜下，却是小妹起來解手，又縮住了。又停半刻，一脚踹在廂上，纔轉身樓板上，身子重，把樓板振了一振。只聽得那兒子在睡中驚醒道：「是甚麼動？」婦人已心照，道：「沒甚動，想是貓跳。」汪涵宇只得把身子蹲在黑處，再不敢響。聽他兒子似有鼾聲，又那（挪）兩步，約莫到床邊，那兒子又醒，道：「恰似有人走。」婦人道：「夜間房中有甚人走？」兒子道：「怕是賊！」婦人道：「沒這等事！」那兒子便叫小妹點燈。汪涵宇聽得，輕脚輕手縮回。比及叫得小妹夢中醒起來，撥火點燈，汪涵宇已扒過去了。婦人起來，假意尋照道：「我料屋心裏原何有賊？這等着神見鬼！若我也似你這等大驚小怪，可不連隣里也驚動？你尋這賊來！」兒子被罵得不做聲，依舊吹燈睡了。婦人又道：「安你在身邊，栖栖聳聳，攪人困頭。明日你自東邊樓上去睡，我着小妹陪你，我獨自清淨些。」此時汪涵宇在間壁聽得，事雖不成，曉得婦人已有心了。只是將到手，又被驚散，好生不快活。

奇緣。

點綴亦佳。

敘事處是寫生手。

捱到天明，甚是悶悶，走出去想道：「這婦人平日好小便宜，今晚須尋甚送他，與他個甜頭兒。」去換了一兩金子，走到一個銀店裏去，要打兩個錢半重的戒指兒，七錢一枝玉蘭頭古折簪子，夾了樣金，在那廂看打。不料夜間不睡得，打了一個盹，銀匠看了，又是異鄉人，便弄手脚，空心簪子足足灌了一

文心如

焚。

錢密陀僧⓬。打完，連回殘一稱，道：「準準的，不缺一釐。」汪涵宇看了簪，甚是歡喜，接過等子來一稱，一稱多了三釐。汪涵宇便疑心，道：「式樣不好，另打做荷花頭罷。」銀匠道：「成工不毀，這樣極時的！」汪涵宇定要打過：「我自召工錢！」匠人道：「要打明日來。」汪涵宇怕明日便出門不認貨，就在他店中，夾做兩段，只見密陀僧都散將出來。汪涵宇便豹跳，要送官。匠人道：「是煠藥。」汪涵宇道：「難道煠藥裝在肚裡的？」說不理過，走出兩個隣舍來，做好做歹，認賠。先扯到酒店吃三鐘賠禮，一面設處銀子。汪涵宇因沒了晚間出手貨，悶悶不悅。因等銀子久坐，這兩個隣舍自家要吃，把他灌上幾鐘，已是酩酊。這邊朱寡婦絕早起來，另鋪了兒子床，小妹鋪也移了。到晚分付兒子，就在那邊讀書，自在房中，把床裡收拾得潔淨，被薰香了，只不聽得汪朝奉來。斜坐燈前，心裡好不熱。須臾起更，喜得兒子、丫鬟睡了，還不見到，只得和衣睡了。直到二更，聽得打門，是汪朝奉來。婦人叫小廝阿喜開門，起來模得門開，撞了他一個瓶口木香，吐了滿身。闖到床中，也不能上床，倒在地下。到得四更醒來，却睡在吐的中間，身子動撣不得，滿身酒臭難聞，如何好去？那朱寡婦在床上，眼也不合，那得人來？牙齒咬得齕齕响。天明小廝說起，那寡婦又惱又笑，惱的是貪盃悞事，笑的是沒福消受。

好事多磨。

那壁汪涵宇懊惱無及，託病酒預先將息，睡了半日。怕醉，酒一滴不吃。晚間換了一身齊整衣裳，袖了一錠十兩重白銀，正走過堆貨樓上，只聽得房門亂敲响，却是客夥內尋他往娼家去。只得復回來，睡在床上，做夢中驚醒般道：「多謝，身子不快，已早睡了。」再三推辭，只不開門。那人去了，折身起來，再到隔樓輕輕扒將過去，悄悄摸到床前。婦人只做睡着，直待汪涵宇已脫了衣服，鑽入被來，輕

其樂融融。

⓬ 密陀僧：礦物名，即氧化鉛。

輕道：「甚人？好大膽！」汪涵宇也不回答，一把摟住。正是：

蛺蝶穿花，鴛鴦浴水。輕勾玉臂，軟溫溫煖映心脾；緩接朱唇，清郁郁香流肺腑。一個重開肉食店，狼攀主顧，肯令輕回？一個乍入錦香叢，得占高枝，自然恣採。舊滋味今朝再接，一如久旱甘霖；新相思一筆都勾，好似乾柴烈火。只是可惜：貪却片時雲雨意，壞教數載竹松心。

兩個還怕兒子知覺，不敢暢意。到天明，仍舊扒了過去。似此夜去明來，三月有餘。朱寡婦得他衣餙，也不下百兩。到臨去時，也百般留戀，洒淚而別，約去三、四個月便來。誰知汪涵宇回去，不隄渾家去收拾他行囊，見了這隻女鞋，道：「他在外闞⑬！」將來砍得粉碎，大鬧幾塲，不許出門。

朱寡婦守了半年，自古道「寧可沒了有，不可有了沒。」吃了這野食，破了這羞臉，便也忍耐不住，又尋了幾個短主顧，隣舍已自知覺。那唐學究不知，把個女兒送入這齷齪人家。進門憐他沒娘的女兒，也着實愛惜他。管他衣食，打扮一枝花一般，外邊都道朱寡婦有接脚的⑭了。那更貴梅性格溫柔，舉止端雅，百說不（千）隨，極其孝順。朱寡婦怎不喜他？後邊也見寡婦有些脚蹋手歪，只做不曉，只做不見。寡婦情知理虧，又來收羅他，使不言語，並不把粗重用使他。屋後有一塊空地，有一株古梅，并各色花，任他在裡澆植、閑玩。到了十六歲，兩下都已長成，此時唐學究已歿，自接了幾個親眷，與他合

得□手在鞋子上，阻□也在鞋上。

⑬ 闞：同「嫖」。

⑭ 接脚的：跟著做；走一條道。

香。真好一對少年夫妻：

綠鬟妖嬈女，朱顏俊逸郎。
池開雙菡萏⓯，波泛兩鴛鴦。

兩個做親之後，綢繆恩愛，所不必言。只是兩三年前，朱寡婦因兒子礙眼，打發他在書館中歇宿，家中事多不知。到如今因做親在家，又值寡婦見兒子、媳婦做親鬧熱，心裡也熱，時時做出妖嬈態度，與客人磕牙撩嘴，甚是不堪。又道自己讀書人家，母親出頭露面做歇家，也不雅。一日，對母親道：「我想，我虧母親支撐，家事已饒裕了。但做這客店，服事也甚辛苦，不若歇了，叫阿喜開了別樣店，省得母親勞碌。」寡婦聽了拂然道：「你這饒裕，是那裡來的？常言道『捕生不如捕熟』，怎捨着這生意另尋？想是媳婦怕辛苦，立這主意？」那兒子只說聲「不關事」，就歇了。自此寡婦便與貴梅做盡對頭。廚竈上偏要貴梅去支撐，自坐在中堂，與客人攀話；偏討茶、討水，要貴梅送來，見有人躲避，便行叱罵。

一日，恰好在堂前，汪涵宇因歇了幾年，託人經營，帳目不清，只得要來結帳；又值他孺人死了，沒人阻攔，又到貴池。寡婦見了，滿面堆下笑來，正在攀談，貴梅拿茶出來與婆婆，見有人，便待縮脚，寡婦道：「這是汪朝奉，便見何妨，做甚腔！」那汪涵宇擡頭一看，這婦人呵：

善處。

好鉗法。

⓯ 菡萏：音ㄏㄢˋ ㄉㄢˋ。荷花。

眉彎新月，鬟綰新雲。櫻桃口，半粒丹砂；瓠犀齒，一行貝玉。銖衣怯重，停停一枝妖艷醉春風；桃靨笑開，盈盈兩點秋波澄夜月。正是當壚來卓女⑯，解珮有湘靈⑰。

那汪涵宇便起來一個深揖，頭上直相到脚下：一雙脚又小又直，比朱寡婦先時又好些。雖與寡婦對答，也沒甚心想，仍舊把行李發在舊房，兩個仍行舊法。

不期這日兒子也回來，夜間聽得母親房中似有人行動，仔細聽去，又似絮絮說話，甚是疑惑。次早問小廝：「昨日又到甚人？」道：「是徽州汪朝奉。」問：「在那廂下？」道：「在廂樓上。」朱顏只做望他，竟上樓。已早飯時候，還睡了纔起。就在樓上敘了些寒溫，吃了盃茶。一眼睃去，他堆行李的樓，與母親房止隔一板，就下了樓。又到自己樓上看，右首架樑上，半邊灰塵有寸許厚，半邊似揩淨的一般，一發是了。因說風沙大，要把樓上做頂格。母親拗他不住，他把自己樓上與母親樓上，上邊都幔了天花板，樑上下空處，都把板鑲住。把那母親焦得沒好氣處，只來尋貴梅出氣。貴梅並不對丈夫說。丈夫惱時，道：「母子天性之恩，若彰揚，也傷你的體面。」但是客夥中，見汪涵宇當日久佔，也有原與朱寡婦好的，有沒相干的，前日妬他，如今笑他，故意在朱顏面前點綴，又在外面播揚。朱顏他自負讀書裝好漢的，如何當得？又加讀書辛苦，害成氣怯，睡在樓上，聽得母親在下面與客人說笑，好生不

夜間辛苦。

緝探絕精。

真景。

---

⑯ 卓女：即卓文君。西漢臨邛（今四川邛崍）人。富賈卓王孫女。善鼓琴，喪夫後居家，與司馬相如相戀，一同逃回成都，不久又回臨邛，當壚賣酒。其故事廣為流傳。

⑰ 湘靈：湘水女神。

凄楚可
泣。

孝子，
孝子。

忿。那寡婦見兒子走不起，便放心叫汪涵宇挖開板過來。病人沒睡頭，偏聽得清，一氣一個死。道：「罷！罷！我便生在世間，也無顏。」看看懨懨待盡。貴梅衣不解帶，這等服事。日逐雖有藥餌，却不道「氣真藥假」。到將死先一日，叫貴梅道：「我病諒不能起。當初指望讀書顯祖榮妻，如今料不能了。只是你雖本分端重，在這里却沒好樣，沒好事做出來，又無所出，與其日後出乖露醜，不若待我死後，竟自出身。」又嘆口氣道：「我在日尚不能管你們，死後還管得來？只是要為我爭氣，勉守三年。」言罷，淚如雨下。貴梅也垂淚道：「官人，你自寬心將息，還有好日。脫或不好，我斷不作失節婦人。」朱顏道：「只怕說便容易。」正說，母親過來，朱顏道：「母親，孩兒多分不濟。是母親生，為母親死。只是孩兒死後，後嗣無人，母親掙他做甚麼？可把店關了，清閑度日。貴梅並無兒女，我死聽他改嫁。」又對貴梅道：「我死母親無人侍奉，你若念我恩情，出嫁去還作母子往來，不時看顧，便我九泉瞑目。」那寡婦聽了，也滴了幾點眼淚，道：「還不妨，你好將息。」到夜，又猛聽得母親房中笑了一聲，便恨了幾恨，一口痰塞，登時身死。可憐：

夜窻羞誦凱風篇⑱，病結膏肓嘆不痊。

夢斷青雲迷去路，空餘紅袖泣旻天⑲！

---

⑱凱風篇：詩經篇名。見詩邶風凱風。這是一首子女思念母親的詩。原文為：「凱風自南，吹彼棘心，棘心夭夭，母氏劬勞。凱風自南，吹彼棘薪，母氏聖善，我無令人。爰有寒泉，在浚之下，有子七人，母氏勞苦。睍睆黃鳥，載其好音，有子七人，莫慰母心。」

此時幾哭死了一個貴梅。那寡婦一邊哭，一邊去問汪涵宇借銀子，買辦衣衾棺槨，希圖絆住汪涵宇。那汪涵宇得隴望蜀，慨然借出三十兩與他使用。又時時用錢賞賜小廝阿喜、丫頭小妹，又叫寡婦借喪事名色，把這些客人茶不成茶，飯不成飯，客人都到別店去了。他竟做了喬家主⑳，公然與朱寡婦同坐吃酒。貴梅自守着孝堂，哭哭啼啼，那理來管他？只是汪涵宇常在孝堂邊，張得貴梅滿身縞素，越覺好看，好不垂涎。一日乘着醉，對寡婦說：「我有一事求着你，你不要發惱。我家中已沒了娘子，你如今媳婦也沒了丈夫，若肯作成我，與我填房，我便頂作你兒子，養你的老，何如？」寡婦道：「他須還有親戚，我怎好嫁他到異鄉？」汪涵宇道：「我便做個兩頭大㉑，娶在這邊。」只見寡婦笑道：「若是這等，有了他，須不要我。」汪涵宇道：「怎敢忘舊！」寡婦道：「這等先要起媒。」兩個便滾到一處雲雨，不題。

次日，果然對貴梅道：「媳婦，我想兒子死了，家下無人支撐，你又青年，不可辜負你。如今汪朝奉家中沒了娘子，肯入贅在這裡，倒也是樁美事。」貴梅聽了，不覺垂淚道：「媳婦曾對你孩兒說誓死不嫁，怎題起這話？」寡婦道：「我兒，我是過來人，『節』是極難守的。還依我好，他有錢似我萬倍。」貴梅道：「任他有錢，孩兒只是不嫁。」寡婦道：「你夜間自去想，再計議。」到晚，汪涵宇過來，道：「媒人，姻事何如？」寡婦道：「做腔哩！」汪涵宇道：「莫管他做腔不做腔，你只不吃醋，

好趕法。

徽人所謂入娘賊。

老實話。

立定主意。

⑲ 旻天：上天。旻，音ㄇㄧㄣˊ。天空。

⑳ 喬家主：假冒、硬充家長。

㉑ 兩頭大：原指不分妻妾。引申為與妻子同等地位的妾。

決絕。

好騙法。

狠。

光景摹畫。

此等念頭，不知誤了多少人！

色胆天大。

聽我括上罷！」寡婦道：「這等，先兌財禮一百兩與我，聽你們暗裡結親，不要不老到，出了喪討材錢。」汪涵宇道：「六十兩罷！」寡婦不肯，逼了他八十兩銀子，放他一路。只是貴梅見了汪涵宇便躲開去，那裡得交一言？無極奈何，又求朱寡婦。寡婦道：「待我騙他。」又對貴梅道：「媳婦，前日說的想得何如？」貴梅道：「這也不必想，是決不可的！」寡婦道：「媳婦不必過執，我想這汪鑾是個愛色不愛錢的，不嫁他便與他暫時相處，得他些財物可以度日。」貴梅道：「私通苟合，非人所為。」寡婦聽了，便惱道：「怎就不是人所為？小小年紀，這樣無狀！」便趕去要打，得小妹勸了方住。貴梅自去房中哭泣，不題。

過了兩日，寡婦為這八十兩銀子只得又與他說：「我不是定要你從他，只是前日為兒子死，借他銀子三十兩，遭他逼迫。你若與他好了，他便題不起，還有賫助。若不，將甚還他？」貴梅道：「他若相逼，幸有住房可以典賣，償他。若說私通，斷然不可。」寡婦聽了，平跳起來，將貴梅一掌道：「放屁！典了房子，教我何處安身？你身子值錢，我該狼藉的麼？」貴梅掩着臉，正待靈前去哭，又被一把頭髮撏去道：「你敢數落我麼？」貴梅連聲道：「不！」又已打了幾下，走得進房。小妹來看，道：「親娘如今已在渾水裡，那個信你清白？不若且依了婆婆，省些磨折，享些快樂。」貴梅道：「這做不得。」

一連幾日，沒個肯意。汪涵宇催寡婦作主，寡婦道：「家中都是憑你的，你撞着只管蠻做，我來沖破，便可作久長之計。」果然汪涵宇聽了。一日，乘他在後園洗馬桶，他闖進去，強去抱他，被他將刷箒潑了一身穢污去了。一日，預先從寡婦房中過去，躲在他床下，夜間正演出來，被他喊叫「有賊！」涵宇欺他孤身，還來抱他，被他抓得滿臉是血。底下小廝又趕起來，要上樓，寡婦連忙開了自己房，等他溜走。

妙，妙。

打得好！

好撥置。

硬。

百鍊金。

外邊鄰舍漸漸已曉得朱寡婦有落水拖人的意思。一個汪涵宇弄得傷了臉，半月不得出門，也待罷了。倒是寡婦為銀子分上，定要將這媳婦道他不孝，將來打罵。汪涵宇乘機來做好相勸，捏他一把。貴梅想起是為他姑媳參商㉒，便一掌打去，他一閃，到把寡婦臉上指尖傷了兩條。汪涵宇便道：「你這婦人怎麼打婆婆？這是我親眼見的。若告到官，你也吃不起！」寡婦得了這聲，便道：「惡奴！你這番依我不依我？若不依我，告到官去打你個死！」貴梅便跪下道：「貴梅失誤，得罪，但憑打罵。若要與這光棍私通，便死不從！」寡婦道：「有這樣強的！」便向門前喊叫道：「四隣八舍，唐貴梅打婆婆，列位救命！」便往縣前走。汪涵宇對貴梅道：「從了我，我與你勸來。」貴梅道：「光棍，你攪亂我家裏，恨不得咬你的肉！我肯從你？」汪涵宇做勸的名色，也到縣前來。這些隣舍，打團團道：「一定婆媳爭風，廝鬧了。」有的道：「想是看得阿婆動火鬧嫁。」恰好小妹走到門前來，好事的便一把扯住，道：「貴梅為甚打婆婆？」小妹把頭搖一搖。這人道：「想是鬧嫁？」小妹道：「肯要嫁，倒不鬧了。」這人道：「是甚人來說親？」小妹道：「汪朝奉。」這些人便道：「古怪！這蠻子你在他家，與老寡婦走動罷了，怎又看想小寡婦，主唆婆婆逼他？我們要動公舉了！」

誰料那邊婆子已在縣前叫屈，縣裏已出了差人來拿。只是汪涵宇到心焦：「起前撥置，只說婦人怕事，驚他來從。如今當了真。若貴梅說出真情，如何是好？」打聽得縣官是個掌印通判，姓毛，極是糊塗，又且手長。尋了他一個過龍書手㉓陳愛泉，是一名水手㉔，說道：「此婦潑悍，要求重處，拿進

㉒ 參商：星座名。因此二星此出彼沒，彼此互不相見，比喻人分離而不能重逢。

捏不着，詐不錢多，絕勝一味詐錢的。

好守。

得銀功在此。更妙。

還是銀子分上。

好個毛鐵匠。

可憐。

悔不同死，是好悔。

去！」只見這通判倒也明白，道：「告忤逆，怎麼拿銀子來？一定有前親、晚後偏護情弊，我還要公審。」不收。汪涵宇極了，又添一名，又與書手三兩，道：「沒甚情弊。只是婦人潑悍，婆婆本分，不曾見官，怕一時答應不來，寬了他，他日後一發難制。故此送來，要老爺與他做主。」毛通判道：「這等，落得收的，曉得了！」

須臾，貴梅到，正是晚堂。一坐堂，帶過去，先叫朱寡婦。寡婦道：「婦人守寡二十年了，有個兒子兩月前已死，遺下這媳婦唐貴梅，不肯守制，日逐與婦人廝鬧。昨日竟把婦人毆打，現有傷痕可證。」毛通判聽了，便叫唐貴梅，不由他開口，道：「你這潑婦，怎夫死兩月便要嫁？又打婆婆？拶起來！」貴梅道：「婦人原不願嫁。」毛通判也不來聽，把貴梅拶上一拶，拶了又敲，敲了又打二十，道：「你這樣潑婦，還叫你坐一坐，耐耐性。」發了女監。其時鄰舍來看的，都為他稱屈。

朱寡婦且是得志。一到家中，與汪涵宇沒些忌憚，兩個喫酒說笑，道：「好官！替我下老實處這一番，這時候不知在監裏仔麼樣苦哩！」汪涵宇道：「生鐵下爐也軟，這番一定依你了。消停一日，保他出來。」兩個公然携燈上樓睡了。只可憐貴梅，當日下了女監，一般也有座頭，汪涵宇又用了錢，叫眾人挫折他，將來拴在柱上，並無椅卓倚靠，那有舖蓋歇宿？立時禁不得兩腿疼痛，要地下坐時又穢汙殺人，只是兩淚交流，一疼欲死。聽那獄裏一更更這等捱將來，篩鑼、搖鈴、敲梆，好不恓惶。貴梅自想：「當日丈夫叫我與他爭氣，莫要出乖露醜，誰知只為守節，反到吃打、吃拶、吃監。早知如此，丈夫死

㉓ 書手：官衙中抄寫文件的抄員。

㉔ 水手：指稱「銀兩」。此處是指他是一個貪利之人。

時自縊，與他同死，豈不決烈！」千思萬想，到得天明。禁子又來索錢，道：「你這婦人，只好在家中狠，打公罵婆。這裏狠不出的。有錢可將出來！座頭㉕可將我們舊例與他說。」座頭來對貴梅說，貴梅道：「我身邊實是無錢。」座頭道：「身邊曉得你無錢，但你平日攢下私房，藏在那邊？或有親眷可以那借，說來等禁子哥與你喚來。」貴梅道：「苦！我父母早亡，又無兄弟、親戚，在家幫家做活，那有私房？」禁子聽了，叫道：「看這樣潑婦，平日料應親隣鬧斷，身邊有錢料也背阿婆賣（買）喫。沒有是真，只叫他喫些苦罷！」炒一陣去了。去得又一陣，故意來輕薄，捏腳捏手，逼得貴梅跌天撞地，痛哭號啕。這干又道：「不承擡舉！」大罵而去。水米不打牙。

毛通判的禁子，慣會屈問人。

一日，忽見一個禁子拿了兩碗飯、兩樣菜來，道：「是你姓汪的親眷送來的，可就叫他來替你了落我們。」貴梅知是汪涵宇，道：「我沒這親眷。」竟不來吃。等了一會，禁子自拿去了。又捱一日，只見外邊有票取犯婦唐氏，離了監門。却是汪涵宇必竟要他，故意用錢叫禁子凌辱他；後來送飯，以恩結他。又叫老寡婦去遞呈子，道：「老年無人奉養，唐氏已經責罰知改，懇乞釋放養老。」通判道：「告也是你，要饒也是你，官是你做麼？」還要拘親隣，取他改過結狀釋放。汪涵宇恐怕拘親隣，惹出事來，又送了一名水手，方得取放回來。

只見這些鄰舍，見他拶打狼狽，也都動憐，道：「你小年紀，平日聽得你極本分孝順，怎麼打婆婆？」貴梅道：「貴梅也知事體，怎敢打婆婆？」只見一個旺尖嘴，是左鄰吳旺，道：「昨日他家說來，是要他嫁汪鑾，不肯告的。」又一個老鄰舍張尚義，道：「這等，你死也掙兩句，說個明白，怎受這

㉕座頭：首席；首位。此處是指犯人的頭。

好人情。

苦？」貴梅道：「這是我命運，說他怎麼？」一個對門的李直，又道：「他不仁，你不義，這樣老淫婦，自己養漢，又要圈局媳婦，謊告！汪鑾謀占人家婦女，教唆詞訟，我們明日到道爺處替他伸冤！」貴梅道：「我如今已得放，罷了！不敢勞列位費心。」一步步那到家中。

朱寡婦正在那邊與汪涵宇講話，見了道：「惡奴，若不是汪朝奉勸，監死你！不是他送飯，餓死你！」汪涵宇道：「罷，罷，將就些。」貴梅不敢做聲，兩淚汪汪。到了房裏，小妹進來，見了道：「爺呀！怎樛做這樣膧的？想是打壞了。你從不曾喫這苦，蚤知這樣，便依了他們罷。」貴梅道：「丈夫臨終，我應承守他，斷不失節，怎怕今日苦楚忘了？只是街坊上隣舍，為我要攻擊婆婆，是為我洗得個不孝的名，却添婆婆一個失節的名，怎好？我不能如丈夫分付奉養他，怎又汙衊他？」說了一番，夜間穿了幾件縞素衣服，寫四句在衣帶上。道：

親名不可汙，吾身不容浼。
含笑向九泉，身名兩無愧。

趁家人睡，自縊在園中古梅樹下。正是：

節勁偏宜雪，心堅不異冰。
香魂梅樹下，千古仰遺馨。

次早，老寡婦正又來罵他、逼他，只見房中悄然，道：「這惡奴，想逃走了？」忙走下樓看時，前門尚閉，後門半開。尋去，貴梅已氣絕在梅樹下了。驚得魂不附體，來見汪涵宇。涵宇道：「有事在官，只是懼罪自盡，不妨！」拿出五七兩銀子來，與寡婦買材，哄得出門，他自忙到婆子房內，把平日送他的席卷而去。婆子回來尋汪涵宇時，已是去了。又看自己樓上箱籠又空，真是人財兩失，放聲大哭。鄰舍們見汪涵宇去得慌忙，婆子又哭，想是貴梅撈打壞死了。那吳旺與李直，悄地趕到水口，拿住汪涵宇，

會得。有報應。

道：「蠻子，你因奸致死人命，待走到那裏去？」汪涵宇極了，買求，被二個身邊擠了一空。婆子又吃地方飛申，虧毛通判回護自己，竟着收葬，也費了幾兩銀子。房子也典與人。似此耽延，貴梅三日方歛，顏色如生，見者無不嘆息稱羨。後來毛通判為貪罷職，貴梅冤抑不伸，淒風淡月時節，常現形在古梅樹下。四川喻士積㉖有詩弔之，楊升庵㉗太史為他作傳。

末曰：嗚呼！婦生不辰，遭此悍姑。生以梅為名，死于梅之林，氷操霜清，梅乎何殊！既孝且烈，汗青㉘宜書。有司失職，咄哉可吁！乃為作傳，以附露筋碑之跗。

㉖ 喻士積：楊升庵舅父。喻曾遊貴池，親聞其事，以詩弔之，並告知楊升庵，楊於是為之作傳。

㉗ 楊升庵：即楊慎，明代文學家。字用修，號升庵，四川新都人。正德間試進士第一，授翰林編修。著作達百種，後人輯有升庵集。

㉘ 汗青：烤炙過的竹簡。此謂成書、史冊之意。

李卓吾曰：「孝烈」二字，楊太史特筆也。夫貴梅之死烈矣，于孝何與？蓋貴梅所以寧死而不自白者，以姑之故也。不然，豈其不切齒痛恨于賄囑之商，而顧忍死為之諱哉！書曰「孝烈婦」，當矣！死三日而尸猶懸，顏如生，眾人雖知，而不敢舉，每日之暮，白月照梅，隱隱如見，猶異有知之者乎？楊太史當代名流，有力者百計欲借一言以為重而不得，今孝烈獨能得太史之傳，以自昭明于百世，孝烈可以死矣！設使當其時貴池有賢者，果能慨然白之于當道，亦不過賜額挂匾，了一故事耳矣！其誰知重之乎？自此傳出，而孝烈之形，吾知其不復重見于梅月之下也。

雨侯曰：上行下效，相習而失身者多矣，不孝者更挾姑短以制姑。有憐而譽之者，身彰而姑汙矣！孰若貴梅，巧為兩全。

題詞

自夷光奏治吳之功，祖其謀者為和戎。委紅袖於腥羶，瘁玉顏於沙漠，曰：「吾以柔其悍也。」吁嗟！非智術之姝，則雖盡中國之妖艷，祇作其伎樂耳，何濟於事！故必才如翠翹，方可云粉黛中干城。至其一死殉人，忠義彪炳一世。

翠娛閣主人題

第七回　胡揔制巧用華棣卿　王翠翹死報徐明山

鹿臺❶黯黯烟初滅，又見驪山❷血。館娃❸歌舞更何如，唯有舊時明月滿平蕪❹。　笑是金蓮
消國步，玉樹迷烟霧。潼關烽火徹甘泉❺，由來傾國遺恨在嬋娟。　右虞美人

這詞單道女人遺禍。但有一班，是無意害人國家的，君王自惑他顏色，荒棄政事，致喪國家。如夏桀的妹喜❻，商紂的妲己，周幽王褒姒，齊東昏侯潘玉兒❼，陳後主張麗華❽，唐明皇楊玉環。有有意

---

❶ 鹿臺：古臺名。商紂王所建之宮苑，故址在今河南湯陰朝歌鎮南。周武王伐紂，商紂王兵敗，在鹿臺自焚而死。

❷ 驪山：一稱酈山。在陝西臨潼東南。山上有烽火臺，傳說周幽王在這裡「烽火戲諸侯，一笑失天下」。周幽王為博愛妃褒姒一笑，曾點燃烽火，戲弄各諸侯來救。後當犬戎攻入驪山時，再燃烽火，諸侯就不再出兵了。結果幽王被殺，褒姒被擄，西周滅亡。

❸ 館娃：古宮名。吳王夫差為西施建造。後借指西施。

❹ 平蕪：雜草叢生的平曠原野。

❺ 甘泉：漢代古宮殿。秦始皇始造甘泉宮前殿，通於驪山，漢代更加擴建，漢武帝建成。

害人國家，似當日的西施❾。但昔賢又有詩道：

謀臣自古係安危，賤妾何能作禍基？
但願君臣誅宰嚭❿，不愁宮裏有西施。

却終是怨君王不是。我試論之，古人又有詩道昭君⓫：

語有云：伍胥之髑髏不下苧蘿之姬，適為吳娛。

❻ 夏桀的妹喜：夏桀的寵妃。夏桀，夏朝最後一個君主，被商湯所滅，傳十三代、十六王。妹喜，一作「妹喜」。有施氏之女。有施氏以女嫁桀，為夏桀所親。商湯滅夏，與桀同奔南方而死。妹，音ㄇㄛˋ。

❼ 齊東昏侯潘玉兒：齊東昏侯寵妃。齊東昏侯，南齊明帝第二子，名寶卷。性奢侈。嘗鑿金為蓮花以帖地，令潘妃行其上，曰此步步生蓮花也。在位三年，年號永元。

❽ 陳後主張麗華：南朝陳皇帝陳叔寶寵妃。陳叔寶，西元五八二－五八九年在位。在位時大建宮室，生活奢侈，制作豔詞，後被隋所滅。

❾ 西施：春秋末年越國美女，字夷光，苧蘿（今浙江諸暨）人。由越王句踐獻給吳王，成為寵妃。傳說吳亡後，與范蠡偕入五湖。

❿ 宰嚭：春秋時吳國大臣。伯氏，名嚭。以功任太宰，故又稱「宰嚭」。善逢迎，深得吳王寵。吳破越後，他受越賄賂，許越媾和，並屢進讒言，譖殺伍子胥。

⓫ 昭君：即王昭君。西漢南郡秭歸（今屬湖北）人。名嬙，字昭君，又稱明君或明妃。元帝時被選入宮，竟寧元年（西元前三三年）自願入匈奴和親，稱寧胡閼氏。

孫武之刀。

漢恩自淺胡自深，人生樂在相知心。

當日錦帆遨遊，蹀廊閑步，採香幽徑，鬬雞山坡；清歌妙舞館娃宮中，醉月吟風姑蘇臺畔。不可說恩不深，不可說不知心。怎衽席吳宮，肝膽越國，復隨范蠡⑫遨遊五湖⑬？回首故園麋鹿，想念向日歡娛，能不愧心？世又說范蠡沉他在五湖，沉他極是！是為越去這禍種，為吳殺這薄情婦人，不是女中奇俠！

獨有我朝王翠翹，他便是個義俠女子。這翠翹是山東臨淄縣人。父親叫做王邦興，母親邢氏。他父親是個吏員，三考滿聽選，是雜職行頭，除授了個浙江寧波府象山縣廣積倉大使。此時叫名翹兒，已十五歲了。

眉欺新月鬢欺雲，一段嬌癡自軼羣。

柳絮填詞疑謝女⑭，雲和斜抱壓湘君⑮。

---

⑫范蠡：春秋末政治家。越國大夫。後助越滅吳，遊齊國，到陶（今山東定陶），改名陶朱公，經商致富。

⑬五湖：泛指太湖流域一帶的所有湖泊。

⑭謝女：即謝道韞。謝奕女，謝安侄女，晉左將軍王凝之妻。有才名。世說新語言語篇載，寒雪日，曾答謝安：「白雪紛紛何所似？」曰：「未若柳絮因風起。」傳為佳話。

⑮湘君：湘水之神，與湘夫人為配偶之神。或指舜與二妃之神。

隨父到任不及一年，不料倉中失火，延燒了倉糧。上司坐倉官、吏員，斗級⑯賠償。可憐王邦興盡任上所得，賠償不來。日久不完，上司批行監比。此時身邊並無財物，夫妻兩個，慌做一團。倒是翹兒道：「看這光景，監追不出，父親必竟死在獄中。父親死，必竟連累妻女，是死則三個死。如今除告減之外，所少不及百担，不若將奴賣與人家，一來得完錢糧，免父親監比；二來若有多餘，父親、母親還可將來盤纏回鄉，使女兒死在此處，也得瞑目。」兩老口也還不肯。延捱幾日，果然縣中要將王興邦監比，再三哀求得放，便央一個慣做媒的徐媽媽來尋親。只見這媽媽道：「王老爹，不是我沖突你說，如今老爹要將小姐與人，但是近來人，用了三五十兩娶個親，便思量賠嫁。如今賠是不望的，還怕老爹倉中首尾不清，日後貽累，那個肯來？只除老爹肯與人做小，這便不消賠嫁，還可多得幾兩銀子。」王興邦道：「我為錢粮，將他丟在異鄉，已是不忍的；若說作小，女人有幾人不妬忌的？若使撚酸喫醋，甚至爭鬧打罵，叫他四顧無親，這苦怎了？」不肯應聲。媒婆自去了。

便有經緯。

明見至情。

那誆捱了兩限不完，縣中竟將王興邦監下。這番只得又尋這媒婆道：「情愿做小。」那媽媽便為他尋出一個人來。這人姓張名大德，號望橋。祖父原是個土財主，在鄉村廣放私債。每年冬底春初，將米借人，糙米一石，蠶罷還熟米一石。四月放蠶帳，熟米一石，冬天還銀一兩，還要五分錢起利。借銀九折五分錢，來借的寫他田地房產，到田地房產盤完了，又寫他本身。每年納帮銀，不還便鎖在家中吊打，打死了，原寫本身只作義男，不償命。但雖是大戶，還怕徭役，生下張大德到十五六歲，便與納了個吏，在象山又謀管了庫。他為人最嗇吝，假好風月，極是惧內。討下一個本縣舟山錢仰峯女兒，生得：

⑯斗級：逐級；層層。

面皮靛樣，抹上粉猶是烏青；嘴唇鐵般，塗盡脂還同深紫。稀稀踈踈，兩邊蟬翼鬓半黑半黃；歪歪踹踹，雙隻牽蒲脚不男不女。圓睜星眼，掃箒星天半高懸；倒豎柳眉，水楊柳提邊斜掛。更有一腔如斗胆，再饒一片破鑼聲。人人盡道鳩盤荼⑰，箇箇皆稱鬼子母⑱。好個撮合山。

他在家裡，把這丈夫輕則抓撏嚷罵，重便踢打拳槌。在房中服侍的，便醜是（似）他十分，還說與丈夫偷情，防閑打鬧。在家裡走動，便大似他十歲，還說是丈夫勾搭，絮聒動喃。弄得個丈夫在家安身不得，只得借在縣服役，躲離了他。有個不怕事庫書趙仰樓道：「張老官，似你這等青年，怎挨這寂寞？何不去小娘家一走？」張望橋道：「小娘兒須比不得渾家，沒情！」趙書手道：「似你這獨坐，沒人服事相陪，不若討了個兩頭大罷！」張望橋只是搖頭。後邊想起渾家又醜又惡，難以近身，這邊娶妾，家中未便得知，就也起了一個娶小的心。

却好湊著，起初只要十來兩省事些的，後來相見了王翹兒，是個十分絕色，便肯多出些。又為徐婆撮合，趙書手攛哄，道：「他不過要完倉粮，為他出個浮收，再找幾兩銀子與他盤纏，極是相應。」張望橋便也慨然。王邦興還有未完谷八十石，作財禮錢三十二兩；又將庫內銀那（挪）出八兩找他，便擇日來娶。翹兒臨別時，母子痛哭。翹兒囑付叫他早早還鄉，不要流落別所，不要以他為念。王邦興已自去了。

---

⑰ 鳩盤荼：佛經語。或作「拘辨茶」、「弓盤茶」，言瓮形似冬瓜，或作「瓮形鬼」，以此為喻，狀容之醜。

⑱ 鬼子母：原為婆羅門教中的惡神，或稱「母夜叉」，後為保護兒童的護法神。

妬婦得瞞。

貪便宜折便宜。

這邊翹兒過門，喜是做人溫順勤儉，與張望橋極其和睦，內外支持，無個不喜，故此家中人不時往來。一則怕大娘子生性憊賴，恐惹口面，不敢去說；二則因他待人有恩，越發不肯說，且是安逸。爭柰張望橋是個鄉下小官，不大曉世務。當日接管，被上首哄弄，把些借與人的作帳，還有不足，眾人招起，要他出結。後邊縣官又有那（挪）應，因壞官去，不曾抵還。其餘衙門工食，九當十預先支去，雖有領狀，縣官未曾剳放。鋪戶料價，八當十預先領去，也有領狀，沒有剳庫。還有兩廊吏書那（挪）借，差人承追紙價未完，恐怕追比，倩出虛收。況且管庫時是個好缺，與人爭奪，官已貼肉揌，還要外邊討個分上，遮飾耳目。兼之兩邊家伙，一旦接管官來，逐封兌過，缺了一千八百餘兩，說他監守自盜，將來打了三十板。再三訴出許多情由，那官道：「這也是作弊侵刻，我不管你。」將來監下。重復央分上，准他一月完贓，免申上司。可憐張望橋不曾吃苦慣的，這一番監併，竟死在監內。又提妻子到縣，那錢氏是個潑婦，一到縣中，得知娶王翹兒一節，先來打鬧一場，將衣飾盡行搶去，到官道：「原是丈夫將來娶妾，并那借與人，不關婦人事！」將些怕事來還銀的，却抹下銀子鱉在腰邊；把些不肯還銀冷租帳、借欠開出；又開王翹兒身價一百兩。縣官憐他婦人，又要完局，為他追比，王翹兒官賣，竟落了娼家。正是：

紅顏命薄如鵜翼，一任東風上下飄。

可憐翹兒一到門戶人家，就逼他見客。起初羞得不奈煩，漸漸也閃了臉，陪茶陪酒。終是初出行貨，

□腹是銅□兒，原難□朝居。

真，真。

快事，快事！也不可少。

不會捉客，又有癖性。見些文人，他也還與他說些趣話，相得時也做首詩兒；若是那些蠢東西，止會得酣酒行房，捨了這三五錢銀子，喫酒時摟抱，要歌要唱，摸手摸腳，夜間顛倒騰那，不得安息，不免撒些嬌痴，倚懶撒懶待他。那在行的不取厭，取厭的不在行，便使性或出些言語，另到別家撒漫。那鴇兒見了，好不將他難為，不時打罵。似這樣年餘。

恰一個姓華名萼字棣卿，是象山一個財主，為人仗義疎財，鄉里都推尊他。雖人在中年，却也耽些風月。偶然來嫖他，說起，憐他是好人家兒女，便應承借他一百兩贖身。因鴇兒不肯，又為他做了個百兩會，加了鴇兒八十兩，纔得放手。為他尋了一所僻靜房兒，置辦家伙。這次翹兒方得自做主張，改號翠翹。除華棣卿是他恩人，其餘客商俗子，盡皆謝絕。但只與些文墨之士聯詩社，彈棋鼓琴，放浪山水；或時與些風流子弟清歌短唱，吹簫拍板，嘲弄風月。積年餘，他雖不起錢，人自肯厚贈他。先倍（賠）還了人上會銀，次華棣卿銀。日用存留，見文人苦寒、豪俊落魄的，就周給他。此時浙東地方，那一個不曉得王翠翹！

到了嘉靖三十三年⑲，海賊作亂，王五峯這起寇掠寧紹地方：

樓舡十萬海西頭，劒戟橫空雪浪浮。
一夜烽生廬舍盡，幾番戰血士民愁。
橫戈浪奏平夷曲，借著誰舒滅敵籌。

⑲嘉靖三十三年：西元一五五四年。嘉靖，明世宗朱厚熜年號，西元一五二二—一五六六年。

滿眼淒其數行淚，一時寄向越江流。

一路來，官吏嬰城⑳固守，百姓望風奔逃，抛家棄業，挈女抱兒。若一遇著男婦老弱的都殺了，男子強壯的著他引路，女婦年少的，將來姦宿，不從的，也便將來砍殺。也不知污了多少名門婦女，也不知害了多少貞節婦女。此時真是各不相顧之時。翠翹想起：「我在此風塵，實非了局。如今幸得無人拘管，身邊頗有資蓄，不若收拾走回山東，尋覓父母，就在那邊適一個人，也是結果。」便僱了一個人，備下行李，前往山東。沿途聞得浙西南直都有倭寇，逡巡進發，離了省城。叫舡將到崇德，不期海賊陳東、徐海又率領倭子殺到嘉湖地面，城中恐有奸細，不肯收留逃難百姓。北兵參將宗禮領兵殺賊，前三次俱大勝，後邊被他伏兵橋下突出，殺了。倭勢愈大。翠翹只得隨逃難百姓再走鄉縣，路上風聲鶴唳。纔到東，又道東邊倭子來了，急奔到西方；到西，又道倭子在這廂殺人，又奔到東。驚得走頭沒路。行路強壯的淩虐老弱，男子欺弄婦人，恐嚇搶奪，無所不至。及到撞了倭子，一個個走動不得，要殺要縛，只得憑他。翠翹已是失了挑行李的人，沒及奈何，且隨人奔到桐鄉。不期徐海正圍阮副使在桐鄉，一彪兵撞出，早已把王翠翹拿了。

可憐真是喪家狗。

夢中故國三千里，目下風波頃刻時。
一入雕籠難自脫，兩行清淚落如絲。

⑳嬰城：猶言「據城」。嬰，繞城自守。

平地顯高山。

奴亦具眼。

此時翠翹年方纔二十歲，雖是布服亂頭，却也不減妖艷。解在徐海面前時，又夾著幾個村姑，越顯得他好了。這徐海號明山，插號徐和尚。他在人叢中見了翠翹道：「我營中也有十餘個子女，不似這女子標致！」便留入營中。先前在身邊得寵的婦女，都叫來叩頭。問他，知他是王翠翹，分付都稱叫他做「王夫人」。

已將飄泊似虛舟，誰料相逢意氣投。
虎豹寨中鴛鳳侶，阿奴老亦解風流。

初時翠翹尚在疑懼之際，到後來見徐和尚輸情輸意，便也用心籠絡他。今日顯出一件手段來，明日顯出一件手段來，吹簫唱曲，吟詩鼓琴，把個徐和尚弄得又敬又愛，魂不著體。凡擄得珍奇服玩，俱揀上等的與王夫人。凡是王夫人開口，沒有不依的。不惟女侍們尊重了王夫人，連這干頭目們，那個不曉得王夫人！他又在軍中勸他少行殺戮凡是被擄掠的，多得釋放。又日把歌酒歡樂他，使他把軍事懈怠，故此雖圍了阮副使，也不十分急攻。只是他與陳東兩相掎角，聲勢極大。總制胡梅林要發兵來救。此時王五峯又在海上，參將俞大猷等兵又不能輕移；若不救恐失了桐鄉，或壞了阮副使，朝廷罪責，只得差人招撫，緩他攻擊，便差下一個旗牌。這旗牌便是華萼。他因倭子到象山時，糾合鄉兵，驅逐得去。縣間申他的功次，取在督府聽用，做了食粮旗牌。領了這差，甚是不喜，但總制軍令，只得帶了兩三個軍伴，來見陳東、徐海。一路來，好凄涼光景也。

厥功多矣。

村村斷火，戶戶無人。頹垣敗壁，經幾多瓦礫之場；委骨橫尸，何處是桑蔴之地？凄切凄切，時聽怪禽聲；寂寂寥寥，那存雞犬影。

正打著馬兒慢慢走，忽然破屋中突出一隊倭兵。華旗牌忙叫：「我是總制爺差來見你大王的！」早已揪翻馬下。有一個道：「依也其奴瞎咀郎！」華言：「不要殺。」各倭便將華旗牌與軍伴一齊綑了，解到中軍來，却是徐明山部下巡哨倭兵。過了幾個營盤，是個大營，只見密密匝匝的，排上數萬髡頭跣足倭兵，紛紛紜紜的列了許多器械。頭目先行稟報道：「拿得一個南朝差官。」此時徐明山正與王翠翹在帳中彈著琵琶喫酒，已自半酣了，瞪著眼道：「拿去砍了！」翠翹道：「既是官，不可輕易壞他。」明山道：「抓進來！」外邊應了一聲，却有帶刀的倭奴約五七十個，押著華旗牌到帳前跪下。那旗牌偷眼一看，但見：

左首坐著個雄糾糾倭將，綉甲錦袍多猛勇；右首坐著個嬌倩美女。翠翹金鳳絕妖嬈。左首的怒生鐵面，一似虎豹離山；右首的酒映紅腮，一似芙蕖出水。左首的腰橫秋水，常懷一片殺人心；右首的斜擁銀箏，每帶幾分傾國態。兼（蒹）葭玉樹㉑，穹廬中老上醉明妃；丹鳳烏鴉，錦帳內虞姬陪項羽㉒。

㉑ 兼（蒹）葭玉樹：言不同質的兩物。蒹葭，一種蘆葦。詩經有蒹葭篇很有名：「蒹葭蒼蒼，白露為霜，所謂伊人，在水一方。遡洄從之，道阻且長，遡游從之，宛在水中央。」（第一章）

權臣在內，大將難于立功。

人生何處不相逢。

那左首的雷也似問一聲道：「你甚麼官，敢到俺軍前緝聽？」華旗牌聽了，準準掙了半日，出得一聲道：「旗牌是總制胡爺㉓差來招大王的。」那左首的笑了笑道：「我徐明山不屬大明，不屬日本，是個海外天子，生殺自由。我來就招，受你這干鳥官氣麼？」旗牌道：「胡爺鈞語，道兩邊兵爭，不免殺戮無辜，不若歸降，胡爺保奏與大王一個大官。」左邊的又笑道：「我想那嚴嵩㉔弄權，只論錢財，管甚功罪？連你那胡總制，還保不得自己，怎保得我？可叫他快快退去，讓我浙江。如若遲延，先打破桐鄉，殺了阮鶚㉕，隨即踏平杭州，活拿胡宗憲。」旗牌道：「啟大王：勝負難料，還是歸降。」只見左邊道：「哇！怎見勝負難料？先砍這廝！」眾倭兵忙將華旗牌簇下。喜得右首坐的道：「且莫砍！」眾倭便停了手。他便對左首的道：「降不降自在你，何必殺他來使，以激惱他！」左首的聽了道：「且饒這廝。」華旗牌得了命，就細看那救他的人，不惟聲音廝熟，卻也面貌甚善。那右邊的又道：「與他酒飯壓驚。」

㉒ 虞姬陪項羽：意謂一主一從。虞姬，項羽姬妾，常隨其出征。項羽被漢軍圍困垓下（今安徽靈璧南），傳曾以歌和項羽。項羽，名籍，字羽，下相（今江蘇宿遷西南）人。秦末起兵反秦，秦亡後，自立為西楚霸王，後敗於劉邦，自殺而亡。

㉓ 胡爺：即胡宗憲，明將。字汝貞，號梅林，徽州績溪（今屬安徽）人。嘉靖十七年（西元一五三八年）進士。三十三年出任浙江巡按御史，三十九年以平海盜汪直功加太子少保，晉兵部尚書。

㉔ 嚴嵩：明代奸相。生卒年為西元一四八〇－一五六七年。字惟中，號勉庵，江西人。嘉靖二十一年（西元一五四二年）入閣為相，專權二十年，與其子世蕃貪汙受賄，誤國虐民，為奸相之首。

㉕ 阮鶚：明將。南直隸桐城縣（今安徽桐城）人。嘉靖二十三年（西元一五四四年）進士，歷官南京刑部主事、浙江提學副使等。始主張抗倭，後依附嚴黨趙文華、胡宗憲等，轉而主和。嘉靖三十七年遭革職。

華旗牌出得帳，便悄悄問饒他這人，通事道：「這是王夫人，是你那邊名妓。」華旗牌纔悟：「是王翠翹！我當日贖他身子，他今日救我性命。」

這夜王夫人乘徐明山酒醒，對他說：「我想你如今深入重地，後援已絕，若一蹉跌，便欲歸無路。自古沒有個做賊得了的，他來招你，也是一個機括。他欵你，你也欵他，使他不防備你，便可趁勢入海，得以自由。不然桐鄉既攻打不下，各處兵馬又來，四面合圍，真是勝負難料。」明山道：「夫人言之有理。但我殺戮官民，屠掠城池，罪惡極重。縱使投降中國，恐不容我，且再計議。」次早王夫人攛掇，賞他二十兩銀子，還他鞍馬、軍伴，道：「拜上胡爺，這事情重大，待我與陳大王計議。」華旗牌得了命，星夜來見胡總制，備說前事。胡總制因想：「徐海既聽王夫人言語，不殺華蕚，是在軍中做得主的了，不若賄他做了內應，或者也得力。」又差華旗牌賫了手書、禮物，又取絕大珍珠、赤金首飾、彩粧洒線衣服，兼送王夫人。此時徐明山因王夫人朝夕勸諭，已有歸降之意。這番得胡總制書，便與王翠翹開讀道：

語足聳動。

知人善任。

君雄才偉畧，當取侯封如寄。奈何擁眾異域，使人名之曰「賊」乎？良可痛也！倘能自拔來歸，必有重委。皦日在上，斷無負心。君其裁之！

真是可痛。

兩人看罷，明山遂對王夫人道：「我日前資給，全靠擄掠，如今一歸降，便不得如此，把甚養活？又或者與我一官，把我調遠，離了曲部，就便為他所制了。」王夫人道：「這何難！我們問他討了舟山

可以破疑。

屯劄，部下已自不離；又要他開互市，將日本貨物與南人交易，也可獲利。況在海中，進退終自由我！」明山道：「這等，夫人便作一書荅他。」翠翹便援筆寫：

海以華人，乃為倭用，屢逆顏行，死罪，死罪。倘恩臺曲賜湔除，許以洗滌，假以空銜，屯牧舟山，便當率其部伍，藩輔東海，永為不侵不畔之臣，以伸啣環吐珠之報。

又細對華旗牌說了，叫他來回報，方纔投降。

這邊正如此往來，那廂陳東便也心疑，怕他與南人合圖謀害，也着人來請降，胡總制都應了，自輕騎到桐鄉受降，約定了日期。只見陳東過營來見徐明山，計議道：「若進城投降，恐有不測。莫若在城下一見，且先期去，出他不意。」計議已定。王翠翹對徐明山道：「督府方以誠招來，斷不殺害。況聞他又着人招撫王五峯，若殺了降人，是阻絕五峯來路了。正當輕裘緩帶，以示不疑。」至日，陳東來約，同到桐鄉城，俱着介冑㉖。明山也便依他，在于城下，報至城中。胡總制便與阮副使併一班文武，坐在城樓上。徐海、陳東都在城下叩頭。胡總制道：「既歸降，當貸汝死，還與汝一官，率部曲在海上，為國家戮力，勿有二心。」兩個又叩了頭，帶領部曲各歸寨中。

胡總制與各官道：「看這二酋桀驁，部下尚多，若不隄備他，他或有異志，反為腹心之患。若隄備他，不惟兵力不足，反又起他畔端。棄小信，成大功，勢須剪除方可。」回至公署，定下一策，詐做陳

老謀。

㉖ 介冑：盔甲。

東一封降書，說：「前日不解甲、不入城、不從日期，都是徐海主意。如今他雖降，猶懷反側，乞發兵攻之，我為內應。」叫華旗牌拿這封書與明山看，道：「督府不肯信他讒言，只是各官動疑，可速辨明，且嚴為防禦，恐他襲你。」明山見了，大罵道：「這事都是你主張，緣何要賣我立功！」便要提兵與他廝殺。王翠翹道：「且莫輕舉！俗言先下手為強，如今可說胡爺有人在營，請他議事，因而拿下。不惟免禍，還是大功！」明山聽了，便着人去請陳東，預先埋伏人等他。果是陳東不知就裏，帶了麻、葉等一百多人來。進得營，明山一個暗號，盡皆拿下，解入城中。陳東部下比及得知來救，已不及了。從此日來報仇廝殺，互有勝負。王翠翹道：「君屠毒中國，罪惡極多，但今日歸降，又為國擒了陳東，功罪可以相準。不若再懇督府，離此去數十里有沈家庄，四圍俱是水港，可以自守。乞移兵此處，仍再與督府合兵，盡殺陳東餘黨。如此則功愈高，儘可自贖。然後併散部曲，與你為臨淄一布衣，何苦擁兵，日受驚恐？」去求督府，慨然應允，移往沈家庄。又約日共擊陳東餘黨，也殺個幾盡。只是督府恐明山不死，禍終不息，先差人賚酒米犒賞他部下，內中暗置慢藥；又賞他許多布帛、飲食，道陳東餘黨尚有，叫他用心防守。這邊暗傳令箭，乘他疏虞，竟差兵船，放火攻殺。這夜明山正在熟寢，聽得四下砲响，火光燭天。只說陳東余黨，便披了衣，携了翠翹，欲走南營。兂奈四圍兵已殺至，左膊中了一鎗。明山情急，便向河中一跳。翠翹見了，也待同溺，只聽得道：「不許殺害王夫人！」又道：「收得王夫人有重賞！」早為兵士扶住，不得投水。次日進見督府，叩頭請死。督府笑道：「亡吳伯越，皆卿之功。方將與卿為五湖之游以償子，幸勿怖也。」因索其衣裝還之，令華旗牌驛送武林。

王翠翹嘗怏怏，以不得同明山死為恨。華旗牌請見，曰：「予向日蒙君惠，業有以報。今督府行且

落其計中。

涸轍窮魚，遠思江海。好愚弄。

扶得妙。若死于此時，何以

顯其烈
？
是。
思之痛
心。

賞君功，亦惟妾故。」拒不納。因常自曰：「予嘗勸明山降，且勸之執陳東，謂可免東南之兵禍。予與明山，亦可藉手保全首領，悠游太平。今至此，督府負予，予負明山哉！」盡棄絃管，不復為艷粧。不半月，胡總制到杭，大宴將士，差人召翠翹。翠翹辭病，再召纔到，憔悴之容可掬。這時三司官外，文人有徐文長、沈嘉則；武人彭宣慰九霄。總制看各官，對翠翹道：「此則種、蠡㉗，卿真西施也！」坐畢，大張鼓樂。翠翹悒鬱不解。半酣，總制叫翠翹到面前道：「滿堂宴笑，卿何向隅？全兩浙生靈，卿功大矣！」因命文士作詩稱其功。徐文長即席賦詩曰：

仗鉞為孫武㉘，安攘役女戎㉙。
管絃消介胄，杯酒殪梟雄。
歌奏平夷凱，釵懸却敵弓。
當今青史上，勇不數當熊。

沈加則詩：

㉗ 種、蠡：即文種、范蠡，均為春秋時越國大夫。
㉘ 孫武：春秋時軍事家。齊國人。曾為吳王闔閭上將，攻破楚國。
㉙ 女戎：女軍士；女兵。此處指王翠翹。

灰飛烟滅冷荒灣，伯越平湖㉚一笑間。

為問和戎漢公主，阿誰生入玉門關？

胡梅林令翠翹誦之，曰：「卿素以文名，何不和之？」翠翹亦援筆曰：

數載飄搖瀚海萍，不堪回盼淚痕零。

舞沉玉鑑腰無力，笑倚銀燈酒半醒。

凱奏已看歡士庶，故巢何處問郊坰。

無心為覓平吳賞，願洗塵情理貝經。

督府酣甚，因數令行酒，曰：「卿才如此，故宜明山醉心。然失一明山矣，老奴不堪贖乎？」因遽擁之坐，逼之歌三詩。三司起避，席上鬨亂。彭宣慰亦少年豪雋，屬目翠翹，魂不自禁，亦起進詩曰：

轉戰城陰滅猰梟，解鞍孤館氣猶驕。

功成何必銘鐘鼎，願向元戎借翠翹。

風流人豪。

㉚平湖：縣名。明宣德五年（西元一四三〇年）從海鹽縣析治，屬嘉興府。

英雄本色。
可憐。
更可憐。

督府已酩酊，翠翹與諸官亦相繼謝出。次早督府酒醒，殊悔昨之輕率，因閱彭宣慰詩曰：「奴亦熱中乎？吾何惜一姬，不收其死力！」因九霄入謝酒，且辭歸，令取之。翠翹聞之不悅。九霄則艤舟錢塘江岍，以輿來迎。翠翹曰：「姑少待。」因市酒餚，召徐文長、沈加則諸君，曰：「翠翹幸脫鯨鯢巨波，將作蠻夷之鬼，故與諸君子訣。」因相與轟飲。席半，自起行酒，曰：「此會不可復得矣！妾當歌以為諸君侑觴！」自弄琵琶，抗聲歌曰：

妾本臨淄良家子，嬌痴少長深閨裡。
紅顏直將芙蕖欺，的的星眸傲秋水。
十三短咏弄柔翰，珠璣落紙何珊珊。
洞簫夜响纖月冷，朱絃曉奏秋風寒。
自矜應貯黃金屋，不羨石家[31]珠十斛。
命輕逐父宦江南，一身飄泊如轉軸。
倚門慚負妖冶姿，淚落青衫聲撳撳。
雕籠幸得逃鸚鵡，輕軻遠指青齊土。
干戈一夕滿江關，執縛竟自羈囚伍。

---

[31] 石家：即石崇，西晉官僚。渤海南皮（今河北南皮東北）人。字季倫。初為修武令，累遷至侍中。永熙元年（西元二九〇年）為荊州刺史。以劫掠客商致富，財產無數。與貴戚王愷、羊琇鬥富。

龍潭倏成鴛鴦巢，海濱寄跡同浮泡。
從胡蔡琰㉜豈所樂，靡風且作孤生茅。
生靈塗炭良可測，彀弓擬使烽烟熄。
封侯不比金日磾㉝，誅降竟折雙飛翼。
北望鄉關那得歸，征帆又向越江飛。
瘴雨蠻烟香骨碎，不堪愁絕減腰圍。
依依舊恨縈難掃，五湖羞逐鴟夷老。
他時相憶不相親，今日相逢且傾倒。
夜闌星影落清波，遊魂應繞蓬萊島。

歌竟欷歔，眾皆不懌。罷酒，翠翹起，更麗服，登輿，呼一樽自隨，抵舟，漏已下。彭宣慰見其朱裳翠袖，珠絡金纓；修眉淡拂，江上遠山；鳳眼斜流，波心澄碧；玉顏與皎月相映，真天上人！神狂欲死，遽起迎之，欲進合巹之觴。翠翹曰：「待我奠明山，次與君飲。」因取所隨酒灑于江，悲歌曰：

星隕前營折羽旄，歌些江山一投醪。

恨恨無極。

敘致容色，令人心動。

㉜ 蔡琰：漢末女詩人。字文姬，蔡邕之女。曾居匈奴十二年，後歸。有悲憤詩、胡笳十八拍等。

㉝ 金日磾：西漢大臣。昭帝即位，因功封秺侯。日，音ㄇㄧˋ。磾，音ㄉㄧ。

英魂豈逐狂瀾逝，應作長風萬里濤。

又：

紅樹蒼山江上秋，孤蓬片月不勝愁。
鎩翎未許同遐舉，且向長江此目游。

歌竟，大呼曰：「明山，明山，我負爾！我負爾！失爾得此，何以生為？」因奮身投于江。

紅顏冉冉信波流，義氣蓬然薄斗牛。
清夜寒江湛明月，冰心一片恰相儔。

彭宣慰急呼撈救，人已不知流在何處，大為驚悼。呈文督府，解維而去。正是：

掃興。

孤蓬祇有鴛鴦夢，短渚誰尋鸞鳳羣？

督府閱申文，不覺淚下，道：「吾殺之！吾殺之！」命中軍沿江打撈其尸。尸隨潮而上，得于曹娥渡㉞，面色如生。申報督府曰：「娥死孝，翹死義，氣固相應也！」命葬于曹娥祠右，為文以祭之。曰：

嗟乎翠翹，爾固天壤一奇女子也！冰玉為姿，則奇于色；雲霞為藻，則奇于文；而調絃弄管，則奇于技。雖然，猶未奇也。奇莫奇于柔豺虎于衽席，蘇東南半壁之生靈，竪九重安攘之大烈；息郡國之轉輸，免羽檄之徵擾。奇功未酬，竟逐逝波不反耶！以寸舌屈敵，不必如夷光㉟之蠱惑；以一死殉恩，不必如夷光之再逐鴟夷。爾更奇于忠，奇于義。爾之聲譽，即決海不能寫其芳也！顧予之功，維爾之功。爾之死，實予之死。予能無憮然歟！聊荐爾觴，以將予忱，爾其享之！大哉偉勛，翠翹不死！不蔽其功。

時徐文長有詩弔之曰：

彈鋏江皐一放歌，哭君清淚惹衣羅。
功成走狗自宜死，誼重攀髯定不磨。
香韻遠留江渚芷，冰心時映晚來波。
西風落日曹娥渡，應聽珊珊動玉珂。

㉞ 曹娥渡：渡口名。曹娥，東漢上虞人。投江尋父，譽為「孝女」。

㉟ 夷光：即西施本名。

沈加則有詩曰：

羞把明璫漢渚邀，却隨片月落寒潮。
波沉紅袖翻桃浪，魂返蓬山泣柳腰。
馬鬣常新青艸色，鳳臺難覓舊丰標。
穹碑未許曹瞞㊱識，聊把新詞續大招㊲。

又過月餘，華旗牌以功陞把總。渡曹娥江，夢中恍有召，疑為督府。及至，璚樓玉宇，瑤堦金殿，環以甲士。至門，二黃衣立於外，更二女官導之，金鈿翠裳，容色絕世。引之登堦，見一殿入云，玳瑁作樑，珊瑚為棟，八窗玲瓏，嵌以異寶。一簾半垂，綴以明珠。外列女官，皆介冑，執戈戟；殿內列女史，皆袍帶，抱文牘。捲簾，中坐一人，如妃主。側遶以霓裳羽衣女流數十人，或棒劍印，或執如意，或秉拂麈，皆艷絕。真牡丹傲然，名花四環，俱可傾國。俄殿上傳旨，曰：「旗牌識予耶？予以不負明山，自湛羅剎㊳巨濤。上帝憫予烈，且嘉予有生全兩浙功德，特授予『忠烈仙媛』，佐天妃主東海諸洋。

壯哉，金屋之貯。

㊱曹瞞：即曹操。小字阿瞞，故稱。

㊲大招：屈原詩歌篇名。是一篇招魂之歌。

㊳羅剎：惡鬼名。梵文音譯，全名「羅剎娑」。一切經音義第二十五：「羅剎此云惡鬼也，食人魚肉，或入飛雲或地行，捷疾可畏也。」

胡公誅降，復致予死，上帝已奪其祿，命斃于獄。爾其識之！」語訖，命送回。夢覺，身在蓬窗，寒江正潮，纖月方墜，正夜漏五鼓。因憶所夢，盖王翠翹僅以上帝封翠翹事泄于人。後胡卒以糜費軍資被劾，下獄死。言卒驗云。

雨侯曰：予嘗讀唐書，見時溥送黃巢姬妾至。帝臨軒責問，其為首者對帝有云：「帝以不能死節責婦女，置公卿于何地乎？」帝命殺之市，臨刑無戚容。盖薄命紅顏，如風飄殘蕚，那能自主？卒能以死酬恩，宜其光史冊也。

叙

嗟乎！補天無計，捧日猶有心乎？成敗論人，必謂從亡者能復重耳於十八年後，此不過依棲避人。噫嗟！知不可復，而猶依依棲棲者四十年，此其心何如心歟？夫不能暴其心，盡顯其迹，聊少傳其事，以留其心。翹首金馬荒煙，巫山冷雨，猶見一片英雄肝胆飛躍其上。

翠娛閣主人識

水明離宮恨
山樓失國眉

第八回　矢智終成智　盟忠自得忠

風雨綿山❶陌上田，凄凄猶帶舊時烟；
羞將辛苦邀君寵，甘喪遺骸野水邊。

這首詩單道戰國時一個賢士，姓介名子推❷，他原在晉獻公❸朝中做下大夫之職。他見獻公寵了個妃子，叫做驪姬❹，却把幾個兒子：一個叫做申生，一個叫做重耳❺，一個叫做夷吾❻，都打發在外邊

❶綿山：山名。在山西介休東南。古時山下有綿上之田，故稱綿山。亦稱介休山、介山。相傳為春秋時晉國介之推隱遁焚身處。

❷子推：介子推，又作介之推，春秋時晉國貴族。曾陪同晉公子重耳流亡。公子回國後，沒有賞賜到他，遂與母隱居綿上山中而死。

❸晉獻公：春秋時晉國國君。西元前六七六—前六五一年在位。生子：太子申生、重耳、夷吾、奚齊。

❹驪姬：晉獻公夫人，驪戎之女。生子奚齊，立為太子，譖殺太子申生，逐公子重耳、夷吾。晉獻公死，被殺。

❺重耳：晉獻公子，即晉文公，春秋五霸之一。西元前六三六—前六二八年在位。出奔在外十九年，由秦送回國即位。

❻夷吾：晉獻公子，即晉惠公。西元前六五〇—前六三七年在位。

忠臣心事。

鎮守，他心中甚是不平。後來驪姬用下計策，差人對申生說，夢見他母親求食，叫他去祭祀。那申生極孝，果然依他，備了祭祀祭獻母親，就來獻胙❼。驪姬暗將毒藥放在裡邊。獻公打帳❽要喫，驪姬道：「食自外邊來，還該他人嘗之。」獻公便將來與個小臣喫，不料喫下便死。獻公見了大駑（怒）大惱，驪姬即便譖說：「這是申生要毒死父親，希圖早早即位。」又道：「他兄弟重耳，畢竟同謀。」獻公其時就差軍馬捉拿三人。申生道：「父要子死，不敢不死。」竟不辨明，自縊在新城。重耳、夷吾各自逃往外國。當日介子推棄了官，隨着重耳奔竄。周流日久，缺了盤費，到在五鹿山中，糧食俱絕。重耳是公子出身，喫慣膏粱，怎禁得這苦楚？便也餓倒。同行的人，都面面相看，沒有計策。獨有子推在背地，將自己股肉割來，烹與重耳喫，稍得存濟。落後經歷十八年，重耳虧秦國相助，得了晉國，做了諸侯，重賞那從行的人，倒忘了子推。子推也不言語。只是同事的却不安，道：「當先在五鹿時，主上絕食，虧得子推，捨着性命，割股供他，這是首功，如今怎不賞他？」要與他理論。只見子推想道：「我當日割股，也只要救全主上，全我為臣的事，並沒個希望封賞意思。若依着他們，畢竟要報我，恰是放債要還模樣，豈是個君臣道理！」便逃入綿山去了。

這邊晉文公忽然想起，要召他來與他官爵，却尋不見。四面差人體訪，道在綿山，去找尋時又沒踪影。這些愚夫跑了幾日，沒做理會。裡邊有一個人道：「我想這山深曠，甚是難尋得到，不若放上一把火燒了山，他怕死，必竟出來，却不省了一番找探工夫？」眾人道聲「有理」，便四下去尋了些枯枝折

❼ 胙：祭祀用的肉。
❽ 打帳：打算。

究竟貪名。

樹、敗葉乾柴，放起火來。烟焰四合，那些深山中住的人，與藏的野獸，那一個不趕出來？子推見了道：「這定是要逼我出去的緣故了。我當日不走是貪利，今日出去是貪生，世上安可着我這貪夫？不如死了罷！」便走入茅屋之中，任他烟焰逼迫身死。只見這些人守了兩日，並不見有個介子推出來，只得又尋。直到窮谷之中，只見一個人一堆兒燒死在那壁，看來不是別人，正是介子推。這些人見了互相怨暢，互相歎息，只得報與晉公。晉公聽了，也不勝悲傷，着有司以禮殯葬，仍立廟在綿山。死時是三月三日，仍禁民間，每年這三日不許舉火，叫做禁烟。這便是當先一個不避艱難、不貪利祿、一味為君的豪傑。不料我朝靖難時，也有這樣一個好男子。

話說此人姓程名濟字君楫，朝邑人氏。他祖曾仕宋。入元，與兒子却躬耕為業，不願為官。生下此子自小聰明，過目成誦。弱冠時，與一個朋友，姓高名翔，字仲舉，同在里中維摩寺讀書。高翔為人慷慨髒髒，程濟為人謙和委婉，兩人生性不同，却喜意氣甚合。忽日有箇西僧遊方到這寺安下，那高仲舉道他是異端，略不禮貌；只有程君楫道他是遠方僧家，却與他交接，與他談論。高仲舉見了道：「程兄，這些遊方和尚一些經典不識，有時住在寺裡，刮佛面上的金子，盜常住的花息換酒換食；有時坐在人家門前看他路徑，誘他婦女，非盜即姦。若只抄化騙人錢財的，也還是上品，兄理他做恁？」程君楫笑道：「好歹自是不同。」一日，兩人正在房中閑論，只見那西僧入來，對着程君楫道：「貧僧在此盤桓許久，明日欲往川中，來此話別。」高仲舉便附程君楫耳道：「是要化盤纏了。」程君楫便自起烹茶，留他清話。那西僧又對高仲舉道：「檀越⑨亦是國器，但與此間程檀越，功名都顯而不達。程檀越還可望令

⑨ 檀越：佛教名詞。又稱「施主」。對施捨財物人的尊稱。

奇男子語。

未出草茅，其品已定。

終。」仲舉笑道：「功名是我們分內事，也不愁不顯達。若說令終，大丈夫生在世間，也須磊磊咢咢，為子死孝，為臣死忠，便刎頸決脰⑩，也得名標青史，何必老死牖下。」此時程君楫正烹茶來，聽了道：「高兄，我道士榮殺身無濟于衛，倒不如甯武子⑪，忍死全君。」高仲舉又待開言，西僧又道：「二位檀越，一為忠臣，一為知士，不惟今日志向已定，後來所遇恰符。」茶罷，高仲舉先去了。那西僧尚兀自坐着，對程君楫道：「檀越，老僧之言不誣，後當自驗。」因在袖中模出一卷書來，遞與程君楫道：「熟此，不能匡扶時艱，也可保全身命。」言罷起身，道：「三十年後，還與君相見。」兩下作別。

程君忙啟書來一看，却是觀星望氣、奇門遁甲之書。道：「如今天下太平，要此何用？」又想此僧言語奇怪，也時嘗有意無意去看他；遇曉得些的人，也虛心去問他。每日早晚暗暗去觀星象、望氣色，也都累累有驗。只是時正在洪武末年，海內宴安，可是英雄無用武之地。未幾，纔娶得一個妻子，又值了雙親交病，日間湯藥不離，晚夕告天祈代，那有工夫到書上。到歿時，把一個新娶的媳婦衣裝都變賣了，來備衣棺。一哭每至暈絕。廬墓三年，並不與媳婦同房，也無心出仕了。

不期詔舉明經⑫，有司把他與高仲舉都薦入京。程君楫授了四川岳池縣教諭，高仲舉授了試御史。仲舉留京，程君楫自攜了妻子到任。此時天下遭元韃子搔擾，也都染了夷人風習，又是兵爭之後，都尚

⑩ 決脰：猶「刎頸」，砍頭。脰，音ㄉㄡˋ。頸項。

⑪ 甯武子：人名。春秋衛國大夫寧俞，諡武子。論語公冶長：「子曰：寧武子，邦有道則知，邦無道則愚。其知可及也，其愚不可及也。」後以寧武子為國家有道則進用其智能，國家無道則佯愚以全身的政治家典型。

⑫ 明經：明清時對貢生的敬稱。

□得。

定音之論。

武不尚文。這些生員都里遞報充的，那個有意在文字上？他卻不像如今的教官，只是收拜見，索節錢，全不理論正事的。日逐拘這些生員在齋房裡，與他講解，似村學究訓蒙一般。有親喪，又與周給，加意作興。還有一種奇處，他善能行遁法，每日在岳池與諸生講談，却又有時在朝邑與舊相知親友議論。每晚當月白風清時，仍舊去觀察天象。到了一夕，是洪武甲戌十月間，忽見熒惑星守在心度上。這熒惑星為執法之星，出則有兵，心度是天子正位，金火犯之，占為血光不止，火來守之，占為國無主。程君楫見了失驚道：「不好了，國家從此多事了，這不可不對朝廷說知，令他預防。」只見他夫人道：「天道渺茫，那可盡信？你又不是司天監，說甚麼星象？」程教諭道：「這事眾人不知，我獨曉得，怎麼不說？若得聽信，免起干戈，豈不是南北生靈大幸？」即便上本道：「熒惑為蚩尤旗，所在兵興，竊恐明年北方有暴兵起，乞固邊防，飭武備，杜不虞，以安新祚⑬。」本上，只見這些當國的道：「有這樣狂生，妄言禍福。」又有幾個心裡皆在那廂要處置燕王的，疑心他來游說，即差官召他至京廷問。使命到來，其妻的道：「教你莫做聲，果然今日惹出事來。」程教諭道：「何妨，我正要面闕一說。」其妻道：「你既去，我孤身也難回家，不若隨你入京，看個下落。」兩個一路到京。只見建文君責問他妄言惑眾，要把他來處死。程教諭也不慌忙，叩頭道：「臣，小臣，據所見直言，期聖上消彌，不意反見罪，今且囚臣，若明年不驗，殺臣未晚。」建文仁慈之君，便命囚于刑部。可憐程教諭：

直聲擬作朝陽鳳，囊首嗟同檻內猿。

⑬ 新祚：指建文帝朱允炆即帝位。祚，音ㄗㄨㄛˋ。帝位；國統。

入得刑部來，這獄卒詐錢，日間把來鎖在東廝側邊，穢污触鼻；夜間把來上了柙床⓮。有幾個捉猪兒，罵狗兒，擺佈他要錢。有幾個作好道：「程老爹也是體面中人，不可沖撞他！」管獄老爹要見面錢，提控要紙筆錢：「我們有些常例，料必曉得，料必拿來。難道肯愛幾個錢，把身子吃苦？」又有幾個來激的道：「他這些酸子官，拿得甚錢出，不過把身子與面皮捱捱罷。」做好做歹，甚是難聽。及至程奶奶着人來望，送些飯來，這些獄卒見他不來使用，故意着牢中死囚都搶去吃了。正在難過，喜得高御史知道程教諭被監，恐怕獄中人難為他，便也着長班來分付獄官、獄卒，叫不許囉唣。又不時差人送飲食、衣服來與他。又知他夫人在京，也不時送與柴米。夫人又自做些針指，足以自給。囚禁半年。

不料永樂爺封為燕王，在北平。因朝中齊尚書、黃太常慮諸王封國太大，兵權太重，要削他們封國，奪他們兵。廢了周王、齊王，漸次及燕，以致起兵「靖難」。取了薊州，破了居庸，攻下懷來，天下震動。其時朝廷差長興侯耿炳文為將，督兵三十六萬，前往征討。高御史因上本道：「教諭程濟，明于占候，諳于兵機，乞放他從軍自效。」建文君准奏，即便差官召他入朝，陞他為翰林院編修，充軍師，護諸將北征。程編修謝了恩回家，夫妻相見，猶如夢中，各訴苦楚，共說高御史好處。正欲去拜謝，只見高御史已來拜望。程編修即忙出見，謝他周給。高御史道：「這是朋友當然，何必稱謝。但只是北方兵起，已如兄言，不知干戈幾時可息？」程編修嘆息道：「仁兄，小弟時觀星象，旺氣在北，南方將星闇汶無色，勝負正未可知。」高御史道：「以兄大才，借着帷幄，必能決勝，勿負國家。」程編修道：「知而不言，罪在小弟；言如不用，弟亦無如之何。」兩個別了。

⓮ 柙床：重犯所睡的囚床。扣其手腳，不能轉動。柙，音ㄒㄧㄚˊ。

這廂自聽耿總兵擇日出師，隨軍征討，大兵直抵真定。程編修進見道：「敵兵雖屢勝，然人心尚未歸；況遼東楊總兵、大寧劉總兵，各擁重兵，伺其附腋，未敢輕動。公不若乘此兵威，直抵北平，三面受敵，可以必勝。」不知這耿總兵長于守城，怯于迎戰，且道自是宿將，耻聽人調度，止將兵分屯河間、鄭州、雄縣等處。不料清（靖）難兵乘中秋，我兵不備，襲破雄縣，并取鄭州，直攻真定，殺得耿總兵大敗入城。朝中聞知，召回耿總兵，另用曹國公李景隆。不知這曹國公又是個膏粱子弟，不諳兵機，又且愎諫自用、忮刻忌人。始初聞知耿總兵不聽程編修，以致失律，便依他言語，乘靖難兵在大寧，乘虛攻他北平。及至都督瞿能攻破張掖門，反又恐他成功，傳令候大兵同進。一夜之間，被燕兵把水淋了城上，凍得鐵桶一般，如何攻打？軍士們又日在雪中，凍得手足都僵，如何會戰？那些靖難兵馬都是北人，受慣寒苦，全不在心上。先是燕王提攻，大寧兵來救；次後城中殺出，內外夾攻，景隆大敗而走。後復戰于白溝河，先勝後敗，隨走濟南，被圍三月。程編修與鐵參政、盛統兵出奇戰卻。內召還景隆，以盛庸為將，編修遂與景隆還京師。四年正月，復與魏國公徐輝祖率師援山東。四月，在齊眉山下大破清（靖）難兵，魏國公與何總兵福、平總兵安，都議勒石紀功，建碑齊眉山下，以壯軍威。碑上盡載當日總兵與參贊力戰官員姓名。竪碑的晚些，程編修獨備牲醴，暗暗去祭那石碑。眾人都道他不知搗甚鬼，不料就是這年，朝中道京師無人，召魏國公與程編修還朝。何總兵無援，不能守禦，靖難兵長驅過此山。燕王爺見這新碑，問是甚麼碑，左右答道：「是南兵紀功碑。」燕王爺聽了大怒，道：「這廝們妄自矜誇，推碎了！」只見帳前力士飛也似來。纔椎得一下，又一個內侍跑來道：「不要敲，爺叫抄碑上名字哩。」書寫的來抄，碑上早已敲去一片，沒了一個名字，却正是程編修的。後邊這些碑上有名的，都不

最壞事。

忘家殉國。

得其死，却不知有程編修。六月，各處兵降的降，敗的敗，靖難兵直至龍潭，又至金川門。曹國公谷王獻了門，京師大亂。此時程編修在京，忙對夫人說：「我將顧君，勢不能顧卿矣，卿自為計。」夫人道：「妾計在一死，斷不貽君之羞，煩君內顧。」言罷，掩淚進房，解下繫腰絲絛，懸樑自縊身死。正是：

莫因妾故縈君念，孰識吾心似若堅。
一死敢隨陵母⑮後，好披忠赤亟回天。

此亦有理。

這邊程編修竟奔入宮，只見這些內侍，多已逃散，沒人攔擋，直入大內。恰是建文君斜倚宮中柱上，長吁浩嘆道：「事由汝輩作，今日俱棄我去，叫我如何？」望見程編修，道：「程卿何以策我？」編修道：「燕兵已入金川門，徐、常二國公雖率兵巷戰，料也無濟于事了，陛下宜自為計。」建文君道：「有死而已。」只見裡面馬皇后出來道：「京城雖破，人心未必附他；況且各處都差有募兵官員，又有勤王將士，可走往就之，以圖興復，豈可束手待斃！」建文君道：「朕孤身如何能去？」程編修道：「陛下如決計出遜，臣當從行。」馬后便叫宮人裡邊取些金珠，以備盤費。建文君便將身上龍衮脫去，早宮人已拿一匣來至，打開一看，却是揚應能度牒一張、剃刀一把。建文君見了道：「這正是祖爺所傳，誠意伯⑯所留，道『後人有大變開此』，想端為今日，朕當為僧了。急切得何人披剃？」程編修道：「臣去召

⑮ 陵母：漢將王陵之母。項羽得陵母，置軍中，欲以招王陵。陵母知漢必興，伏劍而死，被世所稱。

⑯ 誠意伯：即明初大臣劉基（西元一三一一－一三七五年）。字伯溫，浙江青田人。元末進士，明初封誠意伯。

語奇切。

來。」這邊馬后另取金珠，那邊程編修竟奔到興隆寺，尋了主僧溥洽，叫他帶了幾件僧行衣服，同入大內，與建文君落了髮，更了衣。建文君對溥洽道：「卿慎勿泄。」溥洽叩首道：「臣至死不言。」先出宮去了。建文君對馬后垂淚道：「朕不能顧卿了。但北兵入城，尋朕不得，必至研求，卿何以隱之？」馬后道：「聖上只顧去，臣妾當作誑楚之韓成⑰，斷不作事文之懷嬴⑱。」兩下痛哭分手。建文君為僧，程編修改粧作一道人，從宮中地道裡，出天壇去了。可是：

天意潛移不可留，袞衣難駐舊神州。
飄零一似雲無蒂，冉冉隨風度嶺頭。

這廂馬后送了建文君，便回入宮中，將當時在側邊見聞的宮人，盡驅入宮，閉了宮門，四下裡放起火來。馬皇后着了袞冕，端坐火中而死。

有誠意伯文集二十卷傳世。

⑰ 韓成：明將。從朱元璋起義的部將，據說與朱元璋面貌相似，故朱元璋攻陳友諒之鄱陽湖一戰，代朱元璋死，追贈高陽郡侯。

⑱ 事文之懷嬴：意謂不做沒有節操的女人。事，事奉，這裡是出嫁的意思。文，指晉文公重耳。懷嬴，秦穆公女。始嫁晉惠公夷吾，後又嫁晉文公重耳。

幾年碩德正中宮，誰料今來國運終。

一死不辭殉國事，化烟飛上祝融⑲峰。

一人向隅。

此時靖難兵已入城，見宮中火起，都道是建文君縱火自焚，大家都去擁立新君，護從成祖謁了陵，登極。當日羣臣有不肯歸附自盡的，有邦周是修一起；不肯歸附逃去的，有御史葉希賢一起；成祖所指名做奸黨族滅的，方文學⑳一起。還有高御史翔，他知北兵入城，着人去尋程編修，只見回復道：「程編修不知去向，只有夫人自縊在房，尚未收斂。」高御史道：「程君果以智自全了。」拿出幾兩銀子，着人去殯斂程夫人，葬于燕子磯隙地，立石紀名。聞道宮中火發，建文君自焚，就製了斬衰，入宮哭臨。恰遇着成祖登極之日，成祖見了大惱，道：「你這十奸臣，作此舉動，殊是可怪！」高御史道：「先君初無失德，今日賓天，在殿下雖云叔侄，猶是君臣，當為舉哀發喪；自不行禮，反責行禮之臣。」成祖道：「他今日之死，俱是你們奸黨陷他，還來強詞！」叫驅出斬首。高御史道：「我之此來，自分必死。但我死正從先君于九泉，日後你死何以見祖宗于地下？」便放聲大罵。成祖越惱，傳旨剮在都市，還又將他九族誅滅。可憐高御史：

⑲ 祝融：傳說中的古帝王。或謂帝嚳時的火官，後世尊為火神。

⑳ 方文學：即方孝孺。明思想家。浙江寧海人。因不肯草擬成祖登基詔書被殺，滅十族（九族及弟子），死者達八百七十餘人。

酬君寧惜死，為國不知家。
義氣凌雲直，忠肝伴日斜。

不說高御史身死。話說建文君與程編修兩個離了京城，還拜辭了皇陵，好生悽慘。兩個商議，建文君主意道：「齊、黃二人在外徵兵，又蘇州知府姚善、寧波知府王璡、徽州知府陳彥回俱各起兵，不若投他以圖恢復。」程編修道：「北兵入京，聖上出遜，上下人心解體，小人貪功害正，臣還慮此數人不免，如何能輔助？聖上不若且避向湖廣不被兵之處，徐圖機會。」建文君道：「似此僅可苟免一身，何如一死為愈。」兩個只得向湖廣進發。那建文君在路上呵：

神識。

水瀉辭宮淚，山攢失國眉。
野花皆惹恨，芳草盡生悲。

淒其可憐。

只見建文君對程編修道：「如今我你在路，也須避些嫌疑，已後你只稱我師父，我只叫你做程道者，君臣二字再休題起了。」說罷，淚如雨下。道者見了說：「人都道出家離煩惱，師父這煩惱是離不得的，但似這等悲哀鬱抑，也是惹人疑處，師父還宜節哀。」建文道：「當日龍樓鳳閣，今日水宿山棲；當日弁冕袞衣，今日緇衣皂笠。憂愁之極，也不想珍羞百味，粉黛三千，但想起祖爺百戰，掙這天下，我又不曾像前代君王荒淫暴虐，竟至一旦失了！雲水為僧，纔一念及，叫我如何消遣？」兩個反又悲傷了一

念至此，悲來滿胸。

純心。

番。于路一應肩挑行李，借宿買飯，俱是程道者支撐。後邊建文君知道馬皇后死于火，程道者訪知他妻自縊，高御史不屈被刑，草草備了些祭禮，深夜在曠野之處，祭奠了一番。以後凡遇春秋，高皇、太后、懿文太子、皇妃忌辰，俱各把些麥飯山蔬祭獻。

行至黃州，建文君因為憂鬱，感成一病，那程道者便借下個小庵歇宿，贖藥調理，無所不至。建文君終是皇帝生性，自在慣了，有些需索不得，不免不快，形之詞色。程道者畧不在意，越加小心。忽一日，對程道者道：「我這淪落，于理應該。以你的才，若肯敗節，怕不得官？就不然回到家鄉，田園還在，也可得個快樂。不若你去罷！」道者道：「一自入宮，臣妻已是自縊，絕無家累相牽，師父若無我，一步也如何去得？此後只願恢復得成，同歸金闕。恢復不成，也同老草莽，再無退悔之心。」建文君道：「看此光景，恢復難望了，只是累你受苦，于心不安。」道者道：「師父且將息身體，莫把閑事在念。」一病數月，漸已痊安。道者見庵中人是有厭煩的意思了，便扶持建文君離了小庵，把些銀子謝了他，再往武昌進發。正是：

難同皎日中天麗，却作遊雲海角浮。

行至長沙，有干無藉的人，倡為白蓮教，擁一個妖僧為主。有一妖鏡，妖僧照時，就見他頭帶平天冠，身穿袞龍袍，其餘或是朝衣朝冠，或是金盔金甲，文武將吏；也有照出驢馬、畜生，都求妖僧懺悔，信從了他。那妖僧道：「天數我當為中原天子，汝等是輔弼大臣，汝等當同心合意，共享富貴。」當日山野愚民，為他誑惑，施捨山積，聚作糧餉，結有黨與（羽）數萬，意將欲作亂。建文君要徃相從，道者道：「這干人斷不能濟事，況他已擁立妖僧作主，必不為師父下，若去徃從，徒取其辱。」建文君道：「與其泯泯死在道路，還是猛烈做他一番。」道者說：「不若待他作紅巾之類，先擾亂了天下，離亂了人心，師父乘勢而起。」建文君不聽。到那地方，只見妖僧據一個大寺中，先有一來禮拜女人，生得標致，曾在鏡中照得他帶着皇后冠服，便立做皇后。還有好些婦女，做了嬪妃。兩個徒弟湛然、澄然，做宰相，只是叫人念佛布施。兩箇村夫張鐵、周逞做將軍，也只取他身體瑰偉，形狀兇猛。入火（伙）的先備禮見了宰相，後見妖僧，要稱臣舞蹈。程道者對建文君說：「師父，你甘心麼？」兩個就不入伙。不多幾時，他兵不是訓練的，又沒個隊伍，不上一月，已被官兵勦除。還行州縣捉拿餘黨，凡是遊食僧道，多遭拘執。多虧得有了度牒，又是程道者遇着盤詰，或是用錢，或是用術，脫身入川。

聞得重慶府大善慶里有一個僧人，極奇怪，好飲酒狂哭，不念經典，只是讀易經㉑、乾卦㉒、離騷㉓，里人為他建有叢林。必竟是靖難遺臣，不若投他，暫時息肩。不期到得白龍山，此僧又已圓寂。有幾個和尚，恰似祖傳下的寺宇，那肯容留人？兩人只得又離了，徃來蜀中。一日，在成都市上，遇着一個箍桶的，一見建文君，便扯住大哭，拜倒在地，迎他回家，一市驚怪。及到家，却是一斗之室，不

老謀。

不離本色。

奇遇。

㉑ 易經：也稱周易，古代的占卜書，儒家的重要經典。內容包括經、傳兩部分。六十四卦、三百八十四爻，附卦辭、爻辭為經；十翼為傳。

㉒ 乾卦：為六十四卦之首卦。

㉓ 離騷：楚辭篇名。戰國楚國大夫屈原所作。抒發個人志向與抱負不得實現的苦悶和愛國情懷。

細膩。

能容留。且因市上驚疑，勢難駐足，只得又往別縣。

在江油時，借宿正覺禪寺。薄晚，只見一個補鍋的挑了個担兒，走入來，一見便掩了房門，倒地哭拜道：「臣于市中已見陛下，便欲相認。恐召人物色，故特晚間來見，願隨陛下雲遊。」建文君垂淚道：「此來足徵卿忠藎，但我二人衣食嘗苦不給，嘗累程道者飡粗忍凍，多卿又恐為累。且三人同行，踪跡難隱，卿可在此，朕已銘卿之忠矣。」補鍋匠再三要隨行，建文君再三謝却。補鍋匠只得將身邊所有工銀，約五七錢，却有百十餘塊，遞上道者說：「權備中途一飯之費。」垂淚叩辭去訖。

此時微微聽得朝廷差胡尚書㉔訪求張三丰㉕，自湖廣入川。程道者道：「此行專為帥父。」兩人又捨了蜀中，往來雲貴二省，十餘年，或時寄居蕭寺，遭人厭薄；或時乞食村夫，遭他呵罵；或時陰風宿雨，備歷顛危；或時受凍忍饑，備嘗凄楚。嘗過金竺長官司，建文君作一詩題在石壁上道：

其一

風塵一夕忽南侵，天命潛移四海心。
鳳返丹山紅日遠，龍歸滄海碧雲深。
紫微有象星還拱，玉漏無聲水自沉。
遙想禁城今夜月，六官（宮）猶望翠華臨。

㉔ 胡尚書：人名，即胡惟庸。明初曾任宰相，專權樹黨，以謀逆罪被誅。

㉕ 張三丰：明道士。名全一。曾在武當山幽栖，成道家武當派太祖師。英宗時封為「通微顯化真人」。

其二

閱罷楞嚴[26]磬懶敲，笑看黃屋寄雲標。

南來瘴嶺千層迴，北望天門萬里遙。

款段久忘飛鳳輦，袈裟新換袞龍袍。

百官此日知何處，惟有羣烏（鳥）早晚朝。

程道者也作一詩相和道：

其一

吳霜點點髮毛侵，不改唯餘匪石心。

作客歲華應自知，避人岩壑未曾深。

龍蛇遠逐知心少，魚鵬依稀遠信沉。

強欲解愁無可解，短笻高岫一登臨。

其二

竈冷殘烟擇石敲，奔馳無復舊丰標。

迢迢行脚隨雲遠，炯炯丹心伴日遙。

[26] 楞嚴：佛經名，即楞嚴經，十卷。全稱大佛頂如來密因修證了義諸菩薩萬行首楞嚴經，簡稱首楞嚴經。

倦倚山崖成石枕，閑尋木葉補寒袍。
金陵回首今何似，烟雨蕭蕭似六朝㉗。

建文君忽對程道者說：「我年已老，恢復之事，竟不必言。但身死他鄉，誰人知得？不若尋一機會回朝，歸骨皇陵，免至泯沒草野。」兩個就也嘗在鬧市往來，却無人識認。一朝在雲南省城遊行，見有頭踏㉘過來，兩人便站在側邊，偷眼一看，那轎上坐的却是舊臣嚴震直，奉使交趾㉙過此。建文君即忙突出道：「嚴卿何處我？」那時嚴尚書聽見，愕然忙跳下轎道：「臣不知陛下尚存，幸陛下自便，臣有以處。」等建文君去了，上轎回到驛中，暗想道：「今日我遇了建文君，不禮請他回去，朝廷必竟嗔我；倘同他回去，朝廷或行害了，恰是我殺害他了，如何是好？」又歎息道：「金川失守，我當為他死節，就如今為他死，已多活幾十年了。」便于半夜自縊身死。次早，這邊建文君又往見他，要他帶回京，只見驛前人沸沸騰騰，道：「不知甚原故，嚴爺自縊身死了。」縣官在驛裏取材取布，忙做一團。建文君聽了，喫了一驚道：「我要去不得去，又害了他一條命。」只得與程道者隱入深山。

又是年餘，是正統庚申㉚，決計要回。走至雲南省城大靈禪寺中，對住持道：「我是建文皇帝。」良心。

㉗ 六朝：朝代名。三國的吳、東晉、南朝的宋、齊、梁、陳，均以金陵（今江蘇南京）為都，史稱六朝。
㉘ 頭踏：舊時官員出行時前導的儀仗。佛僧辦法事前導的儀仗也稱頭踏。
㉙ 交趾：古省名。明永樂五年（西元一四〇七年）置，治所在交州府（今越南河內）。
㉚ 正統庚申：西元一〇四〇年。正統為明英宗朱祁鎮年號（西元一四三六－一四四九年）。

這些和尚盡皆驚怪，報與撫按三司，迎接到布政司堂上坐定。程道者相隨。對各官道：「我朱允炆，前胡給事名訪張儠㑩，實是為我。今我年老，欲歸京師，你們可送我至京。」三司只得將他供給在寺中，寫本奏上。着馳馹進京。在路作詩曰：

牢落西南四十秋，蕭蕭白髮已盈頭。
乾坤有恨家何在，江漢無情水自流。
長樂宮中雲氣散，朝元閣下雨聲收。
新蒲細柳年年綠，野老吞聲泣未休。

迤邐而來，數月抵京，奉旨暫住大興隆寺。朝廷未辨真偽，差一個曾經伏事的太監吳亮來識認。只見建文君一見便道：「吳亮，你來了麼？」那吳太監假辨道：「誰是吳亮？我是太監張真。」建文君道：「你哄誰來？當日我在便殿，正喫子鵝，撇一片在地上賜汝。那時你兩手都拿着物件，伏在地下，把舌餂來喫了，你記得麼？」吳亮聽得，便拜在地下，嚎啕大哭，不能仰視。自行覆命去了。

十年辭鳳輦，今日拜龍顏。

只見當晚程道者走到禪堂，忽見一個胡僧，眉髮如雪，有些面善。仔細去看他，只見那胡僧道：「程

是。
大事。

先生，你大事了畢，老僧待你也久了。」程道者便也醒悟，是維摩寺向遇胡僧，就向前拜見了，道：「勞師少待，我當隨行。」時已初更，程道者來對着建文君道：「吳亮此去，必來迎聖上了。臣相從四十年，不忍分手，但聖上若往禁中，必不能從，故此先來告辭。」建文君道：「我這得歸骨京師，都是你的功，我正要對官裏道你忠勤，與你還鄉，或與你一大寺住持，怎就飄然而去？」程道者道：「臣已出家，名利之心俱斷，還圖甚還鄉、住持？只數十年相隨，今日一旦拜別，不覺悵然。」兩個執手痛哭，道者拜了幾拜，相辭。這邊建文君入宮，那邊程道者已同胡僧去了。其時朝中已念他忠，來召他；各官也慕他忠，來拜，也不知他已與胡僧兩個飄然長往，竟不知所終。這便是我朝一個不以興廢動心，委曲全君，艱難不避的知士麼。這人真可與介子推並傳不朽。

雨侯曰：國破君亡，更望誰憐？其忠，請難中一干死節行遁諸君子，真忠臣也。然業為君臣，聽其流離道路，每一念及，能無憮然乎？則程編修之間關衛主，固一忠之尤耳。

卷三

忱不動金石，忱不精；思不通鬼神，思不深。忱精思深，鬼神作使。夢亦吾神，迫為破昧；戀亦吾神，自為聯聚。不尔，一膝下境若山河者，多矣。然遐荒而合之，膝下而離之，若人何心？真不堪與王君作奴，真不得不借此作爐錘也。

翠娛閣主人撰

第九回　避豪惡懦夫遠竄　感夢兆孝子逢親

殘日照山塢，長松覆如宇。
啾啾宿鳥喧，欣然得所主。
嗟我獨非人，入室痛無父。
跋踄寧辭遠，櫛沐甘勞苦。
朝尋魯國山，暮宿齊郊雨。
肯令白髮親，飄泊遠鄉土？

哀哀父母，生我劬勞；父母之恩，昊天罔極。若使父母飄泊他鄉，我却安佚故土，心上安否？故此宋時有個朱壽昌，棄官尋親。我朝金華王侍制禕❶，出使雲南，被元鎮守梁王殺害，其子間關萬里，覓骸骨而還。又還有個安吉嚴孝子，其父問軍遼陽，他是父去後生的，到十六歲，孤身往遼陽尋問。但他父子從不曾見面，如何尋得？適有一個乞丐問他求乞，衣衫都無，把蓆遮體。有那輕薄的道：「這莫不是你父親？」孝子一看，形容與他有些相似，問他籍貫、姓名，正是他父親。他便跪拜號哭，為他沐浴

點醒處神助。

❶王侍制禕：王禕，明人。以文章名世，曾撰修元史，為總裁之一。書成，擢翰林侍制，以招諭雲南死節。

竊負而逃固碍于為君之子，而今碍于當軍之父，其孝一也。

更衣，替父充役，把身畔銀子故意將來借與同伴，像個不思量回鄉意思，使人不疑。忽然他駝了爺回家，夫婦子母重聚。這雖不認得父親，還也曉得父親在何處。如今說一個更奇特的，從不曾認得父親面龐，又不知他在何處，堅心尋訪，終久感格神明，父子團圓的。

這事出在山東青州府。本府有個安丘縣，縣裏有個棄金坡，乃漢末名士管寧❷與華歆❸在此鋤地得金，華歆將來擲去，故此得名。坡下有個住民，姓王名喜，是個村農，做人極守本分。有荒地十餘畝，破屋兩三椽。恰是：

幾行梨棗獨成村，禾黍陰陰綠映門。
墻壘黃沙隨雨落，椽踈白荻逐風翻。
歌餘荷耒時將晚，聲斷停梭日已昏。
征繕不煩人不擾，瓦盆沽酒樂兒孫。

他有一妻霍氏，有一個兒子叫做王原，夫耕婦饁，儘可安居樂業。但百姓有田可耕，有屋可住，胡

---

❷ 管寧：三國魏國人。管仲之後。他篤志好學，淡泊名利。魏文帝徵為大中大夫，固辭不就。

❸ 華歆：三國平原高唐（今山東禹城西南）人。字子魚。東漢末年，舉孝廉，任尚書郎。漢獻帝時任豫章太守，魏文帝時任司徒。一生熱衷名祿。管寧、華歆兩人少年遊學時，「共園中鋤菜，見地有黃金，管揮鋤與瓦石無異，華捉而擲去之。」（見世說新語德行）表現了兩人對金錢的不同態度。

根究流徙之源，流民圖之所未到。

亂過得日子，為何又有逃亡流徙的？却不知有幾件弊病：第一是遇不好時年，該雨不雨，該晴不晴；或者風霜又壞了禾稼，蝗蟲喫了苗麥；今年田地不好，明年又沒收成，百姓不得不避荒就熟。第二是遇不好的官府，坐在堂上，只曉得罰穀、罰紙、火耗、兌頭，縣中水旱也不曉得踏勘申報；就勘報時，也只憑書吏胡亂應個故事。到上司議賑濟，也只當賑濟官吏，何曾得到平人？百姓不得不避貪就廉。第三是不好的里遞，當十年造冊時，花分詭寄，本是富戶，怕產多役重，一戶分作兩三戶，把產業派向鄉官舉監名下，那小戶反沒處那移，他的徭役反重。小民怕見官府，畢竟要託他完納：銀加三，米加四，還要津貼使費。官遲他不遲，官饒他不饒，似此咀嚙小民，百姓也不能存立。這王喜却遇着一個里蠹，姓崔名科。他是個破落戶，做了個里胥❹，他把一家子都要靠着眾人養活。王喜此時是個甲首❺，該有丁銀；有田畝，該有稅粮。他却官府不曾徵比，便去催他完納。就納完了，他又說今年加派河工錢粮哩，上司加派兵餉哩，還要添多少。窮民無錢在家，不免延捱。他兩個日子，一發好不時時去騷擾。一到要他酒飯喫，肉也得買一斤，燒刀子也要打兩瓶，請他。若在別家喫了來時，雞也拿他隻去準折。畧一違拗，便頻差撥將來。其時正是國初典作之時，築城鑿池，累累興師北伐；開河運米，正是差役極多、極難時節。王喜只因少留了他一遭酒，被他撥得一個不停脚，並不曾有工夫輪到耕種上，麥子竟不曾收得。到夏，恰值洪武十八年❻，是亢旱時節，連茹茹都焦枯了，不結得米，便有幾株梨棗，也生得極少。家中

❹ 里胥：古代鄉官。胥，小吏，泛指供官府役使之人。

❺ 甲首：戶籍中十戶之首。洪武十四年規定，一百十戶為一里，其中十大戶為里長；餘百戶，十戶為一甲，每甲有甲首。歲役，里長一人、甲首一人。

甚難過活。

村中有一個張老三，對王喜道：「王老大，如今官府差官賑濟，少也好騙他三五錢銀子，你可請一請崔科，叫他開去。」王喜為差撥上，心上原也不曾喜歡他，只是思量要得賑濟，沒奈何去伺候他。他道：「今日某人請我吃飯，某人請我吃酒，明日也是有人下定的，沒工夫。」王喜回來對妻子道：「請他他又道沒工夫，怎處？」霍氏道：「這明白是要你拿錢去。」王喜道：「要酒吃，還好去賒兩壺，家裏宰隻雞，弄塊荳腐，要錢那裏去討？」霍氏道：「咱身上還有件青綿布衫，胡亂拿去當百來文錢與他罷。」王喜拿了去半日。荒時荒年，自不典罷了，還有錢當人家的？走了幾處，當得五十錢。那王原只得兩歲兒，看了又哭，要買饝饝喫。王喜也顧他不得，連忙拿了去見崔科。他家裏道：「南村抄排門冊去了。」到晚又去，道：「五里舖趙家請去喫酒去了。」一連走了七八個空，往回，纔得見崔科。遞出錢去，道：「要請你老人家家去吃盃酒，你老人家沒工夫，如今折五十個錢，你老人家買斤肉吃罷。」那崔科笑了笑道：「王大，我若與你造入賑濟冊，就是次貧也該領三錢銀子，加三也該九分，這幾個錢，叫老子買了肉沒酒，買了酒沒肉，當得甚來？好歹再拿五十錢來，我與你開做次貧罷。」王喜回去，悶悶不快。霍氏問時，他道：「攮刀的嫌少哩！道次貧的有三錢，加三筭，還要我五十文。」霍氏道：「適纔拿錢來，原兒要個買波波不與他，還嫌少！哥罷，再拿我這條裙去，押五十個與他。若得三錢銀子贖了當，也還有一二錢多，也有幾日過。」王喜只得又去典錢，典了送崔科。却好崔科不在，嫂子道：「他在曹大戶家造冊，你有甚話？回時我替你講。」王喜便拿出五十個錢道：「要他開次貧。」嫂子道：「知

裝憨。

婦人家專□打未來□。

❻ 洪武十八年：西元一三八五年。洪武，明太祖朱元璋年號，西元一三六八－一三九八年。

捧粗腿
口角。

道了，我教他開。」王喜道：「奶奶不要忘了。」他嫂子道：「我不忘記，分付他，料不敢不開。」王喜歡天喜地自回。那嫂子果然錢雖不曾與崔科，這話是對他話的。曾奈崔科噇了一包子酒，應了却不曾記得。

到賑濟時，一個典史擡到鄉間，出了個曉諭，道：「極貧銀五錢，穀一石；次貧銀二錢，穀五斗。照冊序次給散。」只見鄉村中扶老攜幼，也有駝條布袋的，也有拿着栲栳的，王喜也把腰苧裙聯做丫口趕來。等了半日，典史坐在一個古廟裡，唱名給散。銀子每錢可有九分書帕，穀一斗也有一升凹穀，一升沙泥。先給極貧。王喜道：「這咱不在裡邊的。」後邊點到次貧，便探頭伸腦去伺候，那裡叫着？看看點完，王喜還道：「錢送得遲，想填在後邊。」不知究竟沒有。王喜急了，便跪過去。崔科怕他講甚麼道：「你有田有地的，也來告貧？」那典史便叫趕出去。王喜氣得個不要，趕到崔科家裏。他家裡倒堆有幾石穀，都是鬼名領來的，還有人上謝他的。他見了，不由得不心頭火發，道：「崔科，忘八羔子！怎詎了人錢財，不與人造冊？」崔科道：「咄！好大錢財哩！我學騙了你一個狗抓的來。」王喜道：「我有田有地，不該告貧，你該詎這許多穀在家裏麼？我倒（到）縣裏首你這狗攮的。」崔科道：「你首，不首的是咱兒子！」便一掌打去。王喜氣不過，便一頭撞過來，兩個結扭做一處。只見眾人都走過來，道王喜不是，道：「他歹不中也是一個里尊，你還要他遮蓋，怎生撞他？」那崔科越跳得八丈高，道：「我叫你不死在咱手裏不是人，明日就把好差使奉承你！」那王喜是本分的人，一時間尚氣，便傷了崔科。一想想起後邊事，他若尋些疑難差使來害我，怎生區處？把一天憤氣都冰冷了。便折身回家。

霍氏正領了王原立在門前，見王喜沒有穀拿回，便道：「你關得多錢好買饝饝與兒子喫。」王喜道：

「有甚錢！崔科囚攮的，得了咱錢，又不巳（與）咱造冊，咱與他角了口，他要尋甚差使擺佈咱哩！」霍氏道：「前日你不請得他喫酒，被他差撥了半年；如今與他角了口，料也被他騰倒個小死哩！」兩個愁了一夜。清早起來，王喜道：「嫂子，如今時世不好，邊上達子常來侵犯，朝廷不時起兵征勦，就要山東各府運粮接濟。常見大戶人家點了這差使，也要破家喪身的。如今惡了崔科，他若把這件報了我，性命就斷送在他手裏，連你母子也還要受累。嫂子，咱想咱一時間觸突了崔科，畢竟要淘他氣，不若咱暫往他鄉逃避，過一二年回來，省得目前受害。」指着王原道：「只要你好看這孩子。」霍氏道：「哥，你去了，叫咱娘兒兩個靠着誰來？你還在家再處。」王喜道：「不是這般說。我若被他筭計了，你兩個也靠我不得，這纔是三十六着，走為上着！」且喜家徒四壁，沒甚行囊，收拾得了，與妻子大哭了一場，便出門去了。正是：

> 黷吏威如虎，生民那得留。
> 獨餘清夜夢，長見故園秋。

王喜起了身，霍氏正抱着王原坐在家裡愁悶。那張老三因為王喜沖突了崔科，特來打合他去陪禮，走來道：「有人在麼？」霍氏道：「是誰？」張老三還道王喜在，故意逗他耍道：「縣裏差夫的。」那霍氏正沒好氣，聽了「差夫」，只道是崔科，忙把王原放下，趕出來一把扭住張老三道：「賊忘八！你打死了咱人，還來尋甚麼？」老三道：「嫂子，是咱哩！」霍氏看一看，不是崔科，便放了。老三道：「哥

張老三為陪崔科之禮而來，復唆詐崔科之銀而去，市井反覆，如是如是。

窮愁無告，稍為吐氣。

生、旦、淨、丑，脚色俱備。

在那廂？」霍氏道：「說與崔科相打，沒有回來。」老三道：「豈有此理！難道是真的？」霍氏道：「怎不真？點點屋兒，藏在那裏？不是打死，一定受氣不過，投河了。」張三老道：「有這等事！嫂子，你便拴了門，把哥兒寄隣舍家去，問崔科要尸首，少也詐他三五担穀。」果然霍氏依了趕去，恰好路上撞着崔科，一把抓住道：「好殺人賊哩！你誆了咱丈夫錢，不與他請粮，又打死他！」當胸一把，連崔科的長鬍子也扭了，崔科動也動不得。那霍氏帶哭帶嚷，死也不放。張老三却洋洋走來，大聲道：「誰扭咱崔老爹？你喫了獅子心來哩！」霍氏道：「這賊忘八打死咱丈夫，咱問他要屍首！」老三道：「你丈夫是誰？」霍氏道：「王喜！」老三道：「是王喜，昨日沖撞咱崔老爹，我今日正要尋他陪禮。」霍氏道：「這你也是一起的！你閻羅王家去尋王喜，咱只和你兩個縣裏去！」扯了便走。張老三道：「嫂子，他昨兩個相打，須不干咱事。」霍氏道：「你也須是証見。」霍氏把老三放了，死扭住崔科，大頭撞去。老三假勸，隨着一路，又撞出一個好攬事的少年，一個慣劈直的老者，便叢做一堆。霍氏道：「他騙咱丈夫一百錢，不與丈夫請粮。」崔科道：「誰見來？」霍氏便一掌打去，道：「賊忘八！先是咱一件衫當了五十錢，你嫌少；咱又脫了條裙當五十錢，你瞎裡！不瞧見咱穿着單褲麼？」這老者道：「崔大哥，你得了他錢，也該與他開。」霍氏道：「是晚間咱丈夫氣不憤的，去罵他，他一家子拿去，一盪子打死，如今不知把尸首撩在那裏？」指着老三道：「他便是証見，咱和他縣裏去講。」崔科道：「昨日是他撞咱一頭，誰打他來？」老者道：「這等，打是實了。嫂子，我想你丈夫也未必被他打死，想是粮不請得，又喫他打了兩下，氣不憤，或者尋個短見，或者走到那廂去了。如今依咱處，他不該得你錢不與你粮，待他處幾担穀與你罷。」少年連叫「是！」「是！」霍氏道：「你老人家不知道，他一向賣富差貧，如今上司散荒，他又詐人酒食，纔方報冊；沒酒食的，寫他票子，領出對分。還又報些鬼名，冒領官錢。咱定要官司結煞！」少年道：「這嫂子也了得哩！嫂子，官司不是好打的，憑他老人家處罷。」那老者道：「你當了裙衫，也只為請糧；今日丈夫不見，也只為請糧。我們公道處，少也說不出，好歹處五名極貧的糧與你，只好二兩五錢銀子，五担穀罷。」霍氏道：「誰把丈夫性命換錢哩？」崔科還在那裏假強，張老三暗地對他道：「哥，人命還是假的，冒糧詐錢是真，到官須不輸他婦人。」崔科也便口軟，處到五兩銀子、八担穀。霍氏道：「列位老人家，我丈夫不知仔麼，他日後把些差撥來，便這幾兩銀子也不彀使用，咱只和他經官立案，後邊還有成說。」張老三道：「你如今須是女戶，誰差得着？」霍氏還不肯倒牙，張老三道：「嫂子，這老人家處定了，崔老爹也一釐加不得了，你怕他後邊有事，再要他寫個預收條糧票，作銀子加你。」眾人團局⑦，崔科也只得依處。霍氏也便假手脫，散了火，自與兒子過活。這邊崔科勞了眾人處分，少不得置酒相謝，又沒了幾兩銀子。不題。

人命抵償是死罪，冒糧詐錢是充軍。兩路夾攻，好個說客！

老到。語語妙絕。

却說王喜也是一味頭生性⑧，只筭着後邊崔科害他，走了出去，不曾想着如何過活。隨身止帶一個指頭的刷牙，兩個指的筋兒，三個指頭的抿子，四個指頭的木梳，却不肯做五個指頭伸手的事。苦是不帶半厘本錢，又做不得甚生理。就是闖州縣，走街坊，無非星相、風水、課卜。若說筭命，他曉得甚麼是四柱⑨，甚麼是大限⑩、小限⑪、官印、刃殺？要去相面，也不知誰是天庭⑫，誰是地角⑬，何處管

⑦ 團局：了局；完局。

⑧ 頭生性：毛手毛腳欠考慮。

⑨ 四柱：即人出生的年、月、日、時之干支組合，共八個字，俗稱「八字」。或稱四柱八字。

何限？風水又不曉得甚來龍過脉、沙水龍虎。就起課，也不曾念得個六十四卦熟，怎生騙得動人？前思後想，想起一個表兄，是個吏員，姓莊名江，現做定遼衛經歷，不若且去投他。只是沒盤纏，如何去得？不如挨到臨清，扯粮舡縴進京再處。果然走到臨清，頂了一個江西粮舡的外水缺，一路扯縴到通灣。吃了他飯，又得幾錢工銀，作了路費。過了京師，也無心觀看，趲過了薊州、昌平，出了山海關，說不盡千辛萬苦，纔到得定遼衛。走到那邊，衙門人道：「目下朝廷差宋國公征納哈出，差去催趲軍粮不在。」等了兩日，等得回來，去要見，門上道：「你若是告狀的，除了帽，拴了裙進去；若是來拜，須着了公服，待我替你投帖。若肯見，請見。」王喜道：「我只有身上這件衣服，你只替我說『表弟王喜拜』就是了。」門上道：「這裏不准口訴，口裏拜帖兒是行不通的。」王喜見他做腔，道：「不打緊，我自會見。」自在那邊伺候。恰值他出來，便向前一個喏，道：「表兄，小弟王喜在這裏。」那莊經歷把頭一別，打傘的便把傘一遮去了。王喜大沒意思，又等他回，便趕過去，把轎撌攀住道：「表兄，怎做這副臉出來？」手下幾掀掀不開，莊經歷只得叫請進私衙來。兩個相見，做了許多腔，道：「下官誤蒙國恩，參軍邊衛，止喫得這廂一口水，喜得軍民畏伏。」王喜備細告訴，遭崔科蔽抑。莊江道：「敝治幸得下官體察民隱，却無此輩。」留了一箸飯，道：「請回寓，下官還有薄程。」走到下處，只見一個人忙忙

⑩ 大限：死期；壽數。

⑪ 小限：一年；歲數。

⑫ 天庭：人的面相。舊指兩眉之間、前額的中央。

⑬ 地角：人的面相。舊指人面兩頰骨之下端，亦曰「地閣」。

官腔。

鋪排政治，自贊清廉，嚴驅鄉親，螞蟻官也學虎頭牌做作。

的送一封書帕，說：「老爺拜上，道老爺在此極其清苦，特分俸餘相送，公事多，不得面別。」去了。王喜上手便折，稱來先先二錢六分，作三錢。王喜呆了半日，再去求見，門上不容他；又着人分付店主人催起身，只得嘆了幾口氣出門。

思量無路可投，只得望着來時這條路走。行了兩日，過了廣寧，將到寧遠地方，却見征塵大起，是宋國公兵來。他站在大道之傍，看他一起起過去。只見中間一個管哨將官，有些面善，王喜急促記不起，那人却叫人來請他去營中相見。見時，却是小時同窓讀書的朋友全忠。他是元時義兵統領，歸降做了燕山指揮僉事，領兵跟臨江侯做前哨。一見便問他緣何衣衫藍縷，在這異鄉？他備細說出來的情由，併莊表兄薄情。全忠道：「賢兄，如今都是這等薄情的，不必記他。但你目今沒個安身之所，我營中新死了一個督兵旗牌，不若你暫吃他的粮。若大軍得勝，我與你做些功，衣錦還鄉罷。」王喜此時真是天落下來的富貴，如何不應允？免不得換了一副纏粽大帽，紅曳撒，捧了令旗、令牌，一同領兵先進。過了三岔河，却好上司撥莊經歷解粮餉到前軍來。見了王喜，吃一大驚，就來相見。說他榮行，送了三兩贐禮，求他方便，收了粮。王喜道寧可他薄情，也便為他周旋。自隨全先鋒進兵。進兵時，可奈這些鴉雀日日在頭上盤繞，王喜也便心上不安。那主將臨江侯陳鏞，又是個膏粱子弟，不曉得兵事，只顧上前，不料與大兵相失了。傳令道：「且到金山屯兵，抓探大兵消息。」離金山還有百餘里，一派林木甚盛，忽聽得林子裏一聲銅角，閃出五六百韃子來。臨江侯倚部下有兵萬餘，叫奮勇殺上去。全指揮便揮刀砍殺。誰知這是他出哨的兵，初時也勝他一陣，不料還有四五萬大兵在後。追不過一二里，他大兵已到，跑得個灰塵四起，天地都黑。兩邊亂砍，全指揮馬已中箭跌倒了，王喜便把自己的馬與他騎。爭奈寡不勝眾，

兵行鴉雀隨者敗。

南兵越殺越少，韃兵越殺越多，全軍皆死。

王喜因沒了馬，也走不遠，與一起二三百人只逃到林子邊，被追着砍殺。王喜身中一鎗，暈倒在地。兩個時辰醒來，天色已晚，淡月微明。看一看地下時，也有折手的，折脚的，斷頭的，馬踹的，都是腥血滿身。那死的便也不動了，那未死的還在那里掙跳，好不慘傷。自己傷了鎗，也不能走動，坐在林子裏。只見遠遠有人來，王喜道：「可可還剩得一個人，好歹與他走道兒罷。」到面前時，却是個婦人，穿着白，道：「王喜你大難過了，還有大驚，我來救你。」便拾一枝樹枝，在地下畫一個丈來寬大圈子，道：「你今夜只在此圈裏坐，隨甚人鬼，不能害你。異日還在文登與你相會。」說罷，這婦人去了。王喜道：「這所在有這婦人，非仙即佛；又道文登相會，這話也不解。但坐在這圈中，若有韃子來，豈不被他拿去？且坐了試一試看。」坐到初更，只聽得林子背後，唰唰風起，跳出一個夜叉來。但見：

悽悽慘慘，可該括一篇弔古戰場文。

兩角孤峯獨聳，雙睛明鏡高懸，硃砂鬒髮火光般，四體猶如藍靛。　臂比剛鈎更利，牙如快刃猶銛，吼聲雷動小春天，行動一如飛電。

竟望着王喜撲來。王喜不是不要走，却已驚得木呆，又兼帶傷，跑不動了。只見那夜叉連撲幾撲，到圈子邊就是城墻一般，只得把王喜看上幾眼，吼了幾聲，回頭見地上無數的死人，他便大踏步趕去，把頭似吃西瓜般，嘘搜嘘搜，一連抓來，啃上幾十個；手足似吃藕般，嘓嗽嘓嗽，吃了幾十條。那王喜看了，魂都沒了。那夜叉吃飽了，把胸前揉上兩揉，放倒頭睡了。一覺，跳將起來，雙爪把死人胸膛挖開，把

安得此夜叉將世上不

義如崔科，反覆如張老三，薄情如莊經歷者，盡挖其心肝而食之。
三變。
還是人情。

心肝又吃上幾十副，纔去。漸漸天明，王喜道：「若沒這圈，咱一個也當不得點心哩。若得到家，咱也只拜佛看經，謝神聖罷了。」又到戰場上看時，看見個人，身邊一個鈔袋，似有物的。去捏一捏，倒也有五七兩兵粮。他就去各人身邊都搜一搜，到搜得有七八十兩。咲了咲道：「慚愧⑭！雖受了驚險，得這橫財，儘好還鄉度日了。」

一個人孤孤影影，躭飢受餓了幾日，走到遼陽恰好撞見莊經歷，只道他差回，忙請他到衙。問起却是軍敗回來。他就道：「足下如今臨陣逃回，是有罪的了，下官也不敢出首，也不好留足下，還須再逃到別處。若再遲延，恐我衙門人知得不便。」王喜只得辭了，道：「他原是薄情的，只是我身邊雖有幾兩銀子，回家去怕崔科來查我來歷，我且到京師去做些生意，若好時，把妻子移來便是。」一路向着京師來，已不差得一日路。在路上叫驢，集兒上已沒了，只得走着。看見遠遠一個掌鞭的騎着驢來，他便叫了。不料上驢時，掌鞭的把他腰邊一插，背後一攙，曉得他有物了，又欺他孤身客人，又不曾趕着隊，挨到無人處所，猛地把驢鞭上兩鞭，那驢痛得緊，把後脚一掀，把個王喜撲地一聲，跌在道兒上。那掌鞭的將來按住，搜去暖肚內銀兩，跳上驢去了。比及王喜爬得起來，只見身邊銀子已被拿去，兩頭沒處尋人，依然剩得一個空身。正是：

薄命鄧通⑮應餓死，空言巴蜀有銅山。

---

⑭ 慚愧：感嘆之詞，有多謝、難得、僥幸之意。

⑮ 鄧通：西漢人。漢文帝時官至上大夫。所鑄鄧氏錢遍天下。後人常用他的名字比喻富有。

得橫財的，到底是空，可為殷鑒。

人到死時，妻兒老小原濟得甚事？不過添兩點眼

王喜站在道兒上，氣了一回，想了一回，道：「枉了死裏逃生，終弄得一錢沒有，有這等薄命。」走了半餉，見一個小火神廟，道：「罷，罷，這便是我死的所在了。只是咱家妻子怎生得知？早知如此，便在家中，崔科也未便奈何得我死。」坐在神前，嗚咽哭了半日。正待自縊，只聽得「呀」地一聲，裏邊門响，道：「客官不可如此，人身難得。」却是五十來歲一個僧人。王喜把從前事告訴這僧人，僧人勸慰了一番，道：「小僧大慈，是文登縣成山慧日寺和尚，因訪知識回來，不期抱病在此兩月。今幸稍痊。不若檀越與小僧同行，到敝寺，小僧可以資助檀越還鄉。」王喜道：「小可這性命都是師父留的，情願服事師父到寶剎。」過了兩日，大慈別了管廟道人，與王喜一路回寺，路上都是大慈盤纏。到得寺中，原來這大慈是本寺主僧，那一個不來問候？大慈說起途中抱病，路上又虧這檀越扶持得回，就留王喜在寺中安寓。

一日，大慈與王喜行到殿後，白衣觀音寶閣，王喜見了，便下老實叩上十來個頭，道：「佛爺爺，果然在這裏相會。」大慈道：「檀越說救夜叉之患的便是此位菩薩麼？敝寺原是文登縣地界。」王喜因道：「前日原有願侍奉菩薩終身，如今依了菩薩言語，怕在此出了家罷。」大慈道：「檀越有妻有子，也要深慮。」王喜道：「沙塲上、火神廟時，妻子有甚幹？弟子情願出家。」大慈道：「若果真心，便在此與老僧作個伴兒，也不必落髮。前許資助盤費，今你不回，老僧就與你辦些道衣，打些齋，供佛齋僧罷。」隨即擇了個好日。不兩日，點起些香燭，擺列些蔬果，念了些經文，與他起個法名叫做「大覺」，合寺因叫他大覺道者。自此王喜日夕在大慈房中搬茶運水，大慈也與他講些經典，竟不思家了。

家中霍氏，雖知他是逃在外邊，却不知是甚所在，要問個信，也沒處問，只是在家與兒子熬清受淡，

淚。王喜已窺其大。

過了日子。光陰迅速，王喜去時，王原纔得兩週三歲，後邊漸漸的梳了角兒讀書，漸漸蓄了髮。到十五六歲時，適值連年大熟，家中到也好過了，常問起父親。霍氏含着淚道：「出外未回。」到知人事時，也便陪着母親涕泣思想。只是日復一日，不見人來，又沒有音信。他問母親道：「爺在外做甚，怎再不見他？」霍氏細把當日說起。王原道：「這等爹又不是經商，他在外邊仔麼過？我怎安坐在家，不去抓尋？」便要起身。霍氏道：「兒，爹、娘一般的，你爹去了，你要去尋，同在一家的，反不伴我？你若又去了，叫我看誰？」王原聽了，果是有理，就不敢去，却日日不忘尋爹的念頭。到十八歲時，霍氏因他年紀已大，為他尋了個鄰家姓曾的女兒做媳婦，雖是小戶人家，男家也免不得下些聘物，女家也免不得賠些粧奩。兩個做親纔得一月，那王原看妻子却也本分孝順，便向母親道：「前日要去尋爹，丟母親獨自在家裡，果是不安。如今幸得有了媳婦，家中又可以過得，孩兒明日便起身去尋父親。」霍氏道：「你要去，我也難留你，只是沒個定向，叫你那廂去尋？尋得見，尋不見，好歹回來，不要使我計念。」又拿一件破道袍、一條裙，道：「這布道袍因你爹去時是秋天，不曾拿得去；這裙是我穿的，你父親拿去當錢與崔科。這兩件他可認得，你兩邊都不大認得，可把這個做一執照。」姑媳兩個與他打點了行李，曾氏又私與他些簪珥之類道：「你務必尋了回來，解婆婆愁煩。」王原便拜別起身。正是：

比春戀新婚的何如？

夫婦同心，那得不感動天地？

矢志尋喬木，含悲別老萱⑯。
白雲飛繞處，瞻望欲消魂。

⑯ 萱：萱堂的省稱。指母親的居室，亦指母親。

此不怨與凱風之不怨不同，固是純孝。

想道他父親身畔無錢，不能遠去，故此先在本府益都、臨淄、慱興、高苑、樂安、壽光、昌樂、臨朐諸城，蒙陰、莒州、沂水、日照各縣，先到城市，後到鄉村，人烟湊集的處在，無不尋到。又想道：「父親若是有個機緣，或富或貴，一定回來。如今久無音信，畢竟是淪落了。」故此僧道星卜、下及傭工乞丐裏邊，都去尋訪。訪了幾月，不見踪跡，又向本省濟南、兗州、東昌、萊州各府抓尋，也不知被人哄了幾次。聽他說來有些相似，及至千辛萬苦尋去，却又不是。他並沒個怨悔的心，見這幾府尋不見，便轉到登州，搭着海舡行走。只見這日忽然龍風大作，海浪滔天，曾有一首黃鶯兒咏他：

砂石走長空，响喧闐，戰鼓轟，銀墻一片波濤湧。看摧檣落蓬，苦舟欹楫橫，似落紅一點隨流送。叫天公，任教舴艋，頃刻飽魚龍。

那舡似蝴蝶般東飄西側，可可裡觸了礁，把舡撞得粉碎。王原止抱得一塊板，憑他淴來淴去。上邊雨又傾盆似倒下來，那頭髮根裏都是水，胸前都被板磨破了。虧得一軟浪，打到田橫島沙上閣住了。他便望岸不遠，帶水拖泥，爬上岸來。只見磨破的胸前經了海裏鹹水，疼一個小死。只得強打精神走起，隨着路兒走去，見一個小小廟兒：

荒徑蓬蒿滿，頹門薜荔纏；
神堂唯有板，砌地半無磚。

鬼使趾欲斷，判官身不全；
苔遮妃子臉，塵結大王鬚。
几折餘支石，爐空斷篆烟；
想應空谷裏，冷落不知年。

王原只得走進裏邊暫息，向神前拜了兩拜，道：「願父子早得相逢。」水中淹了半日一夜，人也困倦，便扯過拜板少睡。恍惚夢見門前紅日啣山，止離山一尺有餘，自己似喫晚飯一般，拿着一碗莎米飯在那裏喫，又拿一碗肉汁去淘。醒來却是一夢。正是：

故鄉何處暮雲遮，漂泊如同逐水花。
一枕松風清客夢，門前紅日又西斜。

正身子睡着想這夢，只聽得祠門籔籔，似有人行走。定睛看處，走進一個老者來。頭帶東坡巾，身穿褐色袍，足着雲履，手携笻杖，背曲如弓，鬢白如雪，一步步那來，向神前唱了一個喏。王原見了，也走來作上一個揖。老者問：「少年何來？」王原把尋親被溺之事說了。老者點頭道：「孝子，孝子。」王原又將適纔做的夢請教。那老者一想道：「恭喜，相逢在目下了。莎米根為附子，義取父子相見；淘以肉汁，骨肉相逢。日為君父之象，啣山必在近山。離山尺餘，我想一尺為十寸，尺餘十一寸，是一寺字。

托夢解夢，固神所致。龍風飄至文

登，又孰非神所致乎？

足下可即山寺尋之。」王原謝了老者，又喜得身上衣衫已燥，行李雖無，腰邊還有幾兩盤纏，還可行走。便辭了老者，出了廟門，望大路前進。因店中不肯留沒行李的單身客人，只往祠廟中歇宿。

一路問人，知是文登縣界，他就在文登縣尋訪。過了文登山、召石山、望海臺、不夜城，轉到成山。成山之下，臨着秦皇飲馬池，却有一座古寺，便是王喜在此出家的慧日寺。王原尋到此處，擡頭一看，雖不見壯麗閎瑋，却也清幽莊雅。爭奈天色將晚，不敢驚動方丈，就在山門內金剛脚下，將欲安身。只見一個和尚，摟着一個小沙彌，兩個一路笑嘻嘻走將出來，把小沙彌親了一個嘴。小沙彌道：「且關了門着。」正去關門，忽回頭見一個人坐在金剛脚下，也喫了一驚。小沙彌道：「你甚麼人？可出去，等我們關門。」王原道：「我也是個安丘書生，因尋親渡海，在海中遭風失了行李，店中不容，暫借山門下安宿一宵，明日便行。」這兩個怪他阻了高興，狠狠趕他。又得裡面跑出一個小和尚來，道：「你兩個來關門這多時，幹得好事，我要捉個頭兒。」看他兩個正在金剛脚邊催王原出門，後來的便把沙彌肩上搭一搭道：「你是極肯做方便的，便容他一宵，那裏不是積德處？」沙彌道：「這須要稟老師太得知。」沙彌向方丈裏跑來，說：「山門下有個人，年紀不上二十歲，說是尋親的，路上失了水，沒了行李，要在山門借宿，催逼不去，特來稟知。」師太大慈道：「善哉！是個孝子了。那裏不是積善處？怕還不曾喫夜飯，叫知客留他茶寮待飯，與他在客房宿。」只見知客陪吃了飯，見他年紀小，要留他在房中。那關門的和尚道：「是我引來的，還是我陪。」王原道：「小生隨處可宿，不敢勞陪。」獨自進了客房。這小和尚對着知客道：「羞！我領得來，你便來奪。」知客道：「你要思量他，只怕他翻轉來要做倒騎驢哩！」次早，王原梳洗了，也就在眾僧前訪問。眾僧沒有個曉得。將欲起身，來方丈謁謝大慈。

樂。

含蓄得趣。

善謔。

大慈看他舉止溫雅，道：「先生尊姓，貴處？」王原道：「弟子姓王名原，青州府安丘縣人。有父名為王喜，十五年前避難出外，今至未回，弟子特出尋訪。」大慈道：「先生可記得他面龐麼？」王原道：「老父離家時，弟子止得三歲，不能記憶。家母曾說是柑子臉，三綹鬚，面目老少不同，與弟子有些相似。」大慈道：「既不相識，以何為証？」王原道：「有老父平日所穿布袍，與家母布裙為驗。」大慈聽了半餉，已知他是王喜兒子了，便道：「先生且留在這邊，與老僧一觀。」正看時，外邊走進一個老道人，手裏拿着些水，為大慈汲水養花供佛。大慈道：「大覺道者，適纔有一個尋親的孝子，因路上缺欠盤纏，將兩件衣來當，你可當了他的？」那道人看了一看，不覺淚下。大慈道：「道者緣何淚下？」那道人道：「這道袍恰似貧道家中穿的，這裙恰是山妻的，故此淚下。」大慈道：「你仔麼這等認得定？」那道者道：「記得在家時，這件道袍胸前破壞了，貧道去買尺青布來補，今日胸前新舊宛然。又因沒青線，把白線縫了，貧道覺得不好，上面把墨塗了，如今黑白相間。又還有一二寸，老妻把來接了裙腰，現在裙上，不由人不覩物凄然。」大慈道：「這少年可相認麼？」道者說不曾認得。大慈道：「他安丘人，姓王名原。」因指那道者對王原道：「他安丘人，姓王名喜。」王原聽了道：「這是我父親了。」便一把抱住，放聲大哭，訴說家中已自好過，母親尚在，自己已娶妻，要他回去。

莫向天涯怨別離，人生誰道會難期。
落紅無復歸根想，萍散終須有聚時。

鄧氏只說他認得舊物，那知王喜滿肚皮窮愁，寸寸都是心事所寄。

王道人起初悲慘，到此反板了臉道：「少年莫誤認了人，我並沒有這個兒子！」王原道：「還是孩兒不誤認。天下豈有姓名、家鄉相對，事迹相同如此的？一定要同孩兒回去。」王道人道：「我自離家一十五年，寄居僧寺，更有何顏復見鄉里？況你已成立，我心更安，正可修行，豈可又生俗念？」王原道：「天下沒有無父之人，若不回家，孩兒也斷不回去。」又向大慈并各僧前拜謝道：「老父多承列位師父看顧，還求勸諭，使我一家團圓，萬代瞻仰。」只見大慈道：「王道者，我想修行固應出家，也有個在家出家的。你若果有心向善，何妨復返故土？如其執迷，使令嗣係念，每年奔走道途，枉費錢財，于心何安？依我去的是。」眾僧又苦苦相勸，王喜只得應允了。王原歡喜不勝，就要即日起身。大慈作偈相送道：

艸舍有淨土，何須戀蘭若❶❼？
但存作佛心，頓起西方鑰。

又送王原道：

方寸有阿彌❶❽，爾惟忠與孝。

---

❶❼ 蘭若：寺廟。原為梵文「阿蘭若」的省稱，比丘習靜修行之處所，後也用來稱一般佛寺。

❶❽ 阿彌：即阿彌陀，意為「無量」。此即指無量壽佛。

常能存此心，龍天自相保。

父子兩個別了眾僧，一路來到安丘。親隣大半凋殘，不大有認得的了。到家夫妻相見，猶如夢裏。媳婦拜見了公公，一家甚是歡喜。此時崔科已故，別里遞說他以三歲失父，面龐不識，竟能精忱感格，使父復回，是個孝子，呈報縣中。王原去辭，都道已開報上司了。其年正值永樂初年，詔求獨行之士，本省備開王原尋親始末，將他起送至京。聖上嘉其孝行，擢拜河南彰德府通判。王原謝恩出京，就迎了兩老口赴任祿養。後因父母不伏水土，又告養親回籍。不料數年間，父母年紀高大，相繼而歿。王原依禮殯葬，自不必說，終日悲泣，幾至喪生。服閱（闋）荐補常德通判，再轉重慶同知，所至皆能愛民報國。求忠臣必于孝子之門，有由然矣。

雨侯曰：忠必服伏官，孝則隨寓可盡。高堂有親而不能養，視此何如？讀之者愧死矣。

魯國男子曰：王原有傳，與此大同小異。而其中敘里胥之橫，失路之悲，可云曲至。

敘

昔有弔夏貴者，云：「君年七十三，胡不六十九？嗚呼夏相公，千古名不朽。」蓋以為失節之年，唯恨其多也。若夫殉夫自矢，怡然投繯，節婦不至今生，而世且謂紅顏有柔情而無俠骨，豈其然？然而一篇四六呈，一箇貞烈扁，又不如君翼數語，能播烈婦于遐荒，垂烈婦于不朽矣！

翠娛閣主人題

惟賞工妹小父
友故戸花手化
寄舞

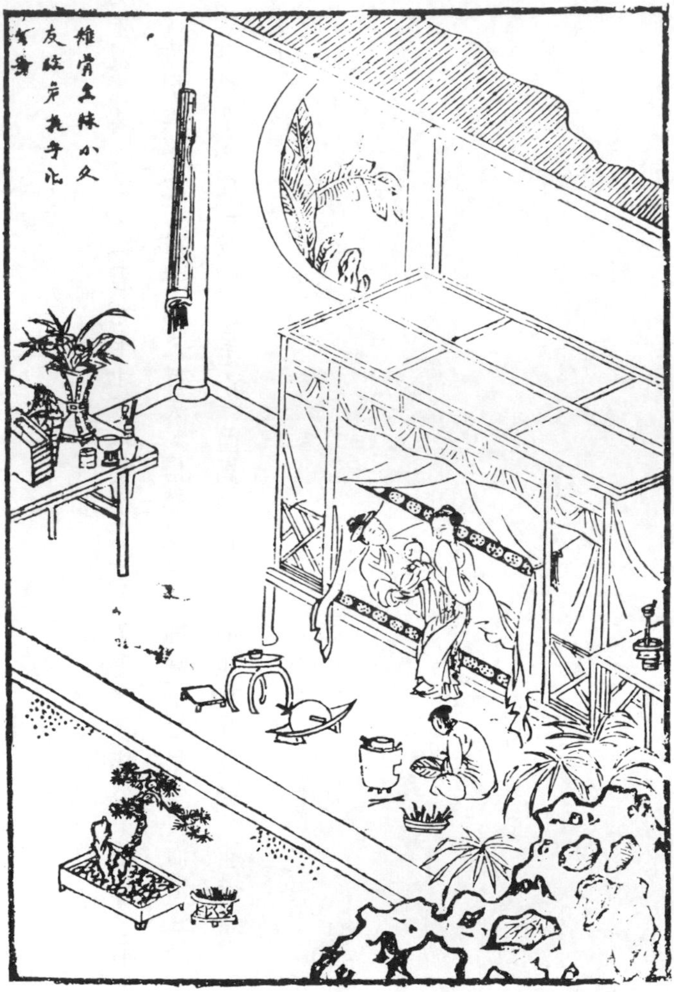

第十回　烈婦忍死殉夫　賢媼割愛成女

廉恥日頹喪，舉世修妖淫；
朱粉以自好，靡麗兢相尋。
香分韓氏❶幃，情動相如琴；
自非奇烈女，孰礪如石心。
蜉蝣❷視生死，所依在藁砧❸；
同衾固所樂，同穴亦足歆。
豈耽千古名，豈為一時箴；
一死行吾是，芳規良可欽。

❶韓氏：或指唐僖宗宮人韓夫人。她曾紅葉題詩曰：「流水何太急，深宮盡日閒。殷勤謝紅葉，好去到人間。」被宮外儒生于祐所得。于於紅葉題曰：「君恩不盡東流水，流出宮情是此溝。」置御溝上流水中，流入宮中被韓夫人所得。後二人巧成夫妻，終成佳話。事見宋張實傳奇小說流紅記。

❷蜉蝣：蟲名。成蟲生存期極短。詩曹風蜉蝣毛傳：「蜉蝣，渠略也，朝生夕死。」

❸藁砧：處死刑具。古代處死刑罪人即藁伏於砧（板）上斬之。

榷論。

似此天下無淫婦，盡節婦矣。

寧死不辱，甘心雉經，□某先兆。

婦人稱賢哲的有數種。若在處變的，只有兩種：一種是節婦。或是夫亡子幼，或是無子，或是家貧，他始終一心，歷青年皓首不變，如金石之堅。一種是烈婦。當夫之亡，便不欲獨生，慷慨捐軀，不受遏抑，如火焰之烈。如今人都道慷慨易，從容難，不知有節婦的肝腸，自做得烈婦的事業；有烈婦的意氣，畢竟做得節婦的堅貞。我太祖高皇帝首重風教，故即位未幾，旌表遼東高希鳳家，為五節婦之門；裴鐵家為貞節之門，總是要激礪人。但婦人中有可守而不守的：上有公姑，下有兒女，家事又儘可過，這時代亡夫養公始（姑），代亡夫教子嗣，豈不是好？他卻生性好動不好靜，飽暖了卻思淫慾，天長地久，枕冷衾寒，便也不顧兒女，出身嫁人。或是公姑、伯叔、自己弟兄，為體面強要留他。到後來畢竟私奔苟合，貽笑親黨。又有欲守而不能的，是立心貞靜，又夫婦過得甚恩愛，不忍忘他。但上遇公姑年老，桑榆景逼；妯娌驕悍，鶺鴒❹無依；更家中無父兄，眼前沒兒女；有一飡，沒有一飡；置夏衣，典賣冬衣；這等窮苦，如何過得日子？這便不得已，只得尋出身。但自我想來，時窮見節，偏要在難守處見守。即籌算後日，卻有一個以烈成節的榜樣，這便無如蘇州崑山縣歸烈婦。

烈婦姓陳。他父親叫作陳鼎彝，生有二女，他是第二。母親周氏。生他時夢野雉飛入牀幃，因此叫他做雉兒。自小聰明，他父親教他識些字，看些古今列女傳，他也頗甚領意。萬曆十八年❺，他已七歲。周氏忽然對陳鼎彝道：「我當日因懷雉兒時，曾許下杭州上天竺香愿。經今七年，不是沒工夫，便是沒錢，今年私己攢下得兩疋布，五七百銅錢，不若去走一代，也完了心願。」陳鼎彝道：「這兩個女兒怎

❹ 鶺鴒：亦作「脊令」，比喻兄弟。

❺ 萬曆十八年：西元一五九〇年。萬曆，明神宗朱翊鈞年號。西元一五七三－一六二〇年。

麼？」周氏道：「在家中沒人照管，不若帶了他去，也等他出一出景❻。」夫婦計議已定，便預先約定一隻香船，離了家中，望杭州進發。來至平望，日已落山，大家香舡都聯做一幫歇了。舡中內眷都捉隊兒上岸，上茅厮中方便。周氏與這兩個女兒也上涯來，遇着一個白髮老婆婆，却是有些面善。細看，正是周氏房分姑娘。他嫁在太倉歸家，十九歲喪了丈夫，他却苦守，又能孝養公姑，至今已六十五歲，有司正在表揚題請，也與兩個侄兒媳婦來杭燒香。大家都相見了，周氏也叫這兩個女兒厮叫。姑娘道：「好，好。幾年不見，生得這兩個好女兒，都喫了茶❼未？」道：「大的已喫了，小的尚未曾。」正說，只見歸家舡上跳起一個小哥兒來，穿着紗綠綿紬海青，瓜子紅襪子，毛青布鞋，且自眉目清秀。他姑娘見了道：「這是我侄孫兒，纔上學，叫做歸善世，倒也肯讀書，識得字，與你小女兒年紀相當。我作主，做了親上親罷。」周氏道：「只怕仰攀不起。」那姑娘道：「莫說這話，都是舊親。」下了舡，便把舡鑲做一塊，歸家便送些團子、果子過來，這邊也送些烏菱、塔餅過去。一路說說笑笑，打鼓篩鑼，宣卷念佛，早已過了北新關，直到松木塲，尋一個香藹❽歇下。那姑娘又談起親事，周氏與陳鼎彝計議道：「但憑神佛罷。明日上天竺祈籤，若好便當得。」

次日就上了岸，洗了澡，買了些香燭、紙馬，尋了兩乘兜轎，夫妻兩個坐了，把兩個女兒背坐在轎後。先自昭慶，過葛嶺，到岳王墳，然後往玉泉、雷院、靈隱、三竺。兩岸這些開店婦人，都身上着得

實事，非誑言。

奇緣。

扮法宛然。

真景。

一幅燒香。

❻ 出景：外出見世面。

❼ 吃了茶：吃茶，又稱行茶，訂親。舊時聘婦必以茶為禮，稱「茶禮」；女子受聘，為「受茶」。

❽ 香藹：空氣清新的寬闊之地。

都是和尚婆。

摸寫。

生死之同，佛言之矣。

紅紅綠綠，臉上搽得黑黑白白，頭上插得花花朵朵，口裏道：「客官，請香燭去？裏面洗澡去？喫飯？」再不絕聲，好不鬧熱。一到上天竺，下了轎，走進山門，轉到佛殿，那些和尚又在那邊道：「詳籤這邊來，寫疏這邊來。」陳鼎彝去點蠟燭，正點第二枝，第一枝已被吹滅拔去了。只得隨眾，把些牙降香往諸天❾、羅漢❿身上一頓撒。四口兒就地上拜上幾拜。陳鼎彝叫周氏看了兩女兒，自去求籤問婚姻之事。摸了個錢，去討籤票時，那裏六七個和尚，且是熟落，一頭扯，一頭念道：

春日暖融融，鴛鴦浴水中；
由他風浪起，生死自相同。

又道：「這是大吉籤，求甚麼的？」鼎彝道：「是婚姻。」和尚道：「正是婚姻籤。有人破，不可聽他。」又騙三五個詳籤的銅錢。鼎彝正拿着籤票來與周氏說時，只見幾個和尚也有拿緣簿的，拿椽木的，攔這些妙年婦女道：「親娘捨捨。」內中有一個被他纏不過，捨了一根椽子。和尚就在椽木上寫道：「某縣信女某氏，喜捨椽木一根，祈保早生貴子，吉祥如意。」寫的和尚又要了幾個錢。又道：「公修公德，婆修婆德。」還要眾人捨。內中一個老世事親娘道：「捨到要捨，只是你們捨了，又要鉋去哄人。」那

❾ 諸天：佛家語。謂三界（欲界、色界、無色界）總共有三十二天。

❿ 羅漢：佛家語。亦作阿羅漢。釋迦牟尼弟子中稱阿羅漢的有舍利佛等十六人。其後增至十八、百零八以至五百之數。

和尚便道：「個親娘那話？抱了你幾次？哄了你幾次？」這婦人紅了臉便走。一齊出了寺門，到飯店吃了飯。苦是在寺裏，又被和尚纏；在堦上，又被花子臥滿堦，叫的，喊的，扯的，拽的。轎夫便放箭，一溜風便往法相⓫，摸一摸長耳相真身，淨寺數一數羅漢，看一看大鍋，也不曾看得甚景致。回到舡時，轎錢、酒錢也去了。一錢伍分一乘。擡的，走的，大約傍晚都到舡中。那歸老親娘便問求得籤何如？周氏便把籤遞去，老親娘道：「大吉，是好籤了。我這裏也求得一籤，上上。」籤道：

討便宜，自然。

柳色滿河津，桃花暎水濱；
無邊好光景，行樂在三春。

沒于三十三年十月，又應小春。

歸老親娘道：「看起籤來都是好，我們便結了親罷。」一路舡上，都「親家」稱呼。到家不多幾時，歸家行了些茶，兩家定了這門親。

不料不上一年，陳鼎彝染病身亡，丟他母子三人，剩得破屋一間，薄田幾畝，三人又做鍼指湊來度日。後來長姊出嫁，止他母子二人。到萬曆三十一年，歸善世年十八，烈女已年十九了，善世父親因善世生得瘦弱，又怕他分了讀書心，還未肯做親。倒是善世母道：「兩邊年紀已大，那邊窮苦，要早收拾他。」遂做了親。烈婦自窮困來，極甘淡泊勤儉，事公姑極是孝順，夫婿極是和睦。常對善世道：「公姑老了，你須勉力功名，以報二親。」每篝燈⓬相向，一個讀書，一個做鍼指。

自不作兒女態。

⓫ 法相：佛教指宇宙一切事物的形象。

一日，將次初更，善世正讀書，忽然聽聽嗚嗚的哭聲，甚是悽慘。道：「是何處？這哭聲可憐。」烈婦道：「不讀書，又閑聽。是左鄰顧家娘子喪了丈夫，想這等哭。」細細聽去，又聽得數說道：「我的人！叫我無兒無女，看那個？」又道：「叫我少長沒短，怎生過？」善世聽了，不覺嘆息道：「這娘子丈夫叫顧諟，是我小時同窗，大我兩歲。做得三年夫妻，生有一女，又因痘子沒了。他在日，處一個鄉館，一年五七兩銀子，尚支不來，如今女人，真是教他難過。倒不如一死，完名全節。」又嘆息道：「死也是難，說得行不得。」烈婦道：「只是不決烈，不肯死，有甚難處？」

似此年餘，適值學院按臨。善世便愈加攻苦，府縣也得高取，學院也考了。只是勞心過甚，竟成弱症。始初還是夜間熱，發些盜汗。漸漸到日間也熱，加之咳嗽。爹娘慌張，請醫調治。這疾原三好兩怯的，見他好些，醫生便道：「我甚麼藥去捉着了。」不數日又如舊，道：「一定他自欠捉模。」痰疾加貝母，便買貝母；為虛加參，便買參。只是不好。可可⑬院中發案無名，越發動氣。牀頭有劍一口，拔來彈了幾彈道：「光芒枉自凌牛斗，未許延津得化龍⑭。」不覺淚下。此後肌骨漸消，㥘㥘不起，自知不好了。烈婦適送藥與他，他看了兩眼，淚落道：「娘子，從今這藥不須贖了，吃來無益，不如留這些

景□。

伏案。

□志。

醫人話口如是。

自是家常語。

⑫ 篝燈：籠燈。篝，疑同「籠」。

⑬ 可可：同「磕磕」，恰恰。

⑭ 延津得化龍：傳說故事。晉書張華傳載，豐城縣令雷煥得兩劍，一與張華，一自佩。張華死後，寶劍失落；雷煥死後，其子留之。當其過延平津，劍忽躍出墮水，化為二龍蟠縈，水浪驚沸。延津化龍傳說，即由此而來。

憤與悲皆來。

錢財，與父母及你養贍。」烈女道：「官人，你且耐心，留得青山在，不怕沒柴燒。只顧將息你病好，錢財那裏惜得。」善世又嘆息道：「誰將絳雪生岩骨，剩有遺文壓世間。讀甚麼書！功名無成，又何曾有一日夫妻、子母之樂？」說罷，又執住了烈婦的手說：「我病中曾為你思量打算：我雖與你是恩愛夫婦，料不能白頭相守了。但若是我父母年力精強，還可照管得你，我可強你守。家事充足，你衣食不憂，我可強你守。若生得一男半女，你後日還望個出頭，也可強你守。如今兩個老人家年老，我為子的不能奉養，還望你奉養。你的日子長，他的日子短，上邊照管人少了，家中原止可過日，只為我攻書，又為我病，費了好些，強你守也沒得供膳你。到子嗣上，可憐做了兩年夫妻，孕也沒一兩個月。要承繼過房，也沒一個，叫你看着何人？況且你母親年紀大，沒有兒子，你去嫁得一個有錢有勢丈夫，還可看顧你母親。故此，你只守我三年，以完我夫婦情誼便是。」烈婦道：「我與你相從二年，怎不知我心性。倘你有不幸，我即與你同死，主意已定。」善世道：「娘子，你固要全節，也要全孝，不可造次。」正是：

喁喁兒女情，衰衰腸斷聲。

雞骨空牀不久支，臨危執手淚交垂，
空思共剪牎前燭，私語喁喁午夜時。

烈婦與丈夫說後，心已知他不起，便將自己箱籠內首飾典賣，買了兩株杉木，分付匠人合了一副雙梬⑮，一副三梬的棺木。匠人道：「目下先趕那一副？」烈婦道：「都是要的。」又發銀子買布，都可

⑮ 梬：音ㄧㄥˇ。即梬棗，又名軟棗。

做兩副的料。人都道這娘子忒寬打料，不知數目，不知他自有主見。過了數日，是十月初九日，虛極生痰，喘吼不住，便請過父母來，在牀上頓首道：「兒不孝，不能奉養爺娘了，不可為我過傷。」此時烈婦母親也來看視，善世道：「岳母，你好調護你女兒，與他同居過活，我空負了個半子的名。」又對烈婦道：「你的心如金石，我已久知，料不失節，不必以死從我。」一席說得人人淚流。善世也因說到痛傷處，清淚滿眼，積痰滿喉，兩三個白眼，已自氣絕了。正是：

真知心夫婦。

忌才原造物，藥裹困英雄。
寂寞寒牕夜，遺編泣素風。

此時善世父母莫不痛哭，烈婦把善世頭捧了，連叫上幾聲，也便號淘大哭。見枕邊劍，便扯來自刎。幸是劍銹，一時僅拔得半尺多，他母親忙將他雙手抱住，婆婆的忙把劍搶去。烈婦道：「母親，休要苦我，我已許歸郎同死，斷不生了。我有四件該死：無子女要我撫育，牽我腸肚，這該死；公姑年老，後日無有倚靠，二該死；我年方二十二，後邊日子長，三該死；公姑自有子奉養，不消我，四該死。我如何求生？只是我婦人死後，母親可就為我殯斂，不可露尸。」他母親道：「我兒，夫婦之情，原是越思量越痛傷的，這怪不得你。況如今正在熱水頭上，只是你若有些山高水低，你兄弟又無一個，姊姊又嫁着個窮人，叫我更看何人？況且你丈夫臨終有言，叫你與我過活，你怎一味生性，不願着我？」烈婦道：「母親，你但聽得他臨終之言，不知他平日說話。他當日因顧家寡婦年紀小，沒有兒女，獨自居住守寡，

言井井有緒。

情亦可動。

偶尔之言便盟于心，恩愛夫妻。

是女，是母。何以堪之！

亦是至情。

他極哀憐，道『似他這樣守極難，若是一個守不到頭，反惹人笑，倒不如早死是為妙事。』這語分明為我今日說，怎麼辭一死？」他母親見他一日夜水米不打牙，恐怕他身子狼狽，着人煎些粥與他喫。他拿來放在善世面前，道：「君喫我亦喫。」三日之間，家中把刀劍之類，盡行收藏過了，凡是行處、住處、坐時、臥時，他母親緊緊跟隨。烈女道：「母親何必如此，兒雖在此，魂已隨歸郎。活一刻，徒使我一刻似刀刺一般。」未殮時，撫着尸哭道：「我早晚決死，將含笑與君相會九泉，這哭只恐我老母無所歸耳。」殮時，出二玉珥，以一納善世口中以為含，一以與母道：「留為我含，九泉之下，以此為信。」復寬慰母曰：「我非不憐母無人陪侍，然使我在，更煩母周恤顧管，則又未有益母親。」其母聞言，見他志氣堅執不移，也泫然流淚道：「罷，罷！你死少不得我一時痛苦，但我年已老，風中之燭，倒也使我無後累。」便將原買的布疋，都將來裁剪做烈婦衣衾，母子兩個，相對縫紉。只見他姑見了道：「媳婦如此，豈不見你貞烈？但數日之間，子喪婦喪，叫我如何為情？」烈女道：「兒亦何心求貞烈名？但已許夫以死，不可紿之以生。」他姑又對他母親道：「親母，媳婦光景似個決烈的，但我與你，豈有不委曲勸慰？看他這等死，畢竟止他纔是。」周氏便淚落如雨道：「親母，你子死還有子相傍，我女亡並無子相依，難道不疼他，不要留他？」說了，便往裡跑，取出一把釘棺的釘，往地下一丟，道：「你看，你看此物他都已打點了，還也止得住麼？」其姑亦流淚而去。到第五日，家中見不聽勸慰，也便聽他。他取湯沐浴，穿了麻衣，從容走到堂上見舅姑，便拜了四拜道：「媳婦不孝，從此不復能事舅姑了。」公姑聽了，不勝悲痛。他公姑又含淚道：「你祖姑當日十九歲，也死了丈夫，也不曾有子，苦守到今，八十多歲，現在旌表，這也是個寡居樣子，是你眼裏親見的。你若學得他，也可令我家門增光，丈夫爭氣，何必一死？」烈婦道：「人各有幸有不幸，今公姑都老，媳婦年少，歲月迢遙，事變難料，媳婦何敢望祖姑？一死決矣。」正是：

九原無起日，一死有貞心。

眾親戚聞他光景，也都來看他，也有慰諭他的，也有勸勉他的，他一一應接，極其欵曲。到晚間拿飯與他母親，他也隨分喫些。這些家中人，也便私下議論道：「他原道郎喫我喫，怎如今又喫了？莫不有些回心轉意麼？」一個趁口長的道：「便是前兩日做着死衣服甚是急，今日到懈懈的，衾褥之類還不完，一定有不死光景了。」又一個道：「死是那一個不怕的？只是一時間高興說了嘴。若仔細想一想，割殺頸痛，吊殺喉痛，就是去拿這刀與索子也手軟，你看他再過三頭五日，便不題起死了。巴到三年，又好與公姑、叔嬸尋鬧頭，說家中容不得，吃用沒有，好想丈夫了。你看如今一千個寡婦裏邊，有幾個守，有幾個死？」只見到晚來，他自携了燈，與母親上樓，家中人都已熱睡。烈婦起來，悄悄穿了入殮的衣服，將善世平日繫腰的線縧，輕輕綰⑯在牀上自縊。正是：

俗眼原如是。

小人之腹。

赤繩恩誼綰，一縷生死輕。

---

⑯ 綰：音ㄨㄢˇ。繫；綁。

此時咽喉間氣不達，擁起來，吼吼作聲。他母親已是聽得他，想道：「這人是不肯生了。」却推做不聽得，把被來狠狠的嚼。倒是他婆婆在間壁房中聽了，忙叫親母。這裏只做睡着，他便急急披衣趕來，叫丫環點火時，急卒點不着，房門又閉着，虧得黑影子被一條小櫈絆了一絆，便拿起來，兩下撞開了門。隨着聲兒聽去，正在牀中，摸去却與烈婦身子撞着，道：「兒，再三勸你，定要如此短見。」急切解不得繩子，忙把他身子抱起。身子不墜下，繩子也便鬆些。須臾燈來，解的解，扶的扶，身子已是軟了。忙放在牀上，灌湯度氣，他母親纔來。眾人道：「有你這老人家，怎同房也不聽得？」停了半日，漸漸臉色稍紅，氣稍舒，早已甦了。張眼把眾人一看，蹙着眉頭道：「我畢竟死的，只落得又苦我一番。」大家亂了半夜，已是十四日。到了早辰，烈婦睡在牀中，家中眾親戚都來勸他，你長我短，說了半日。他母親道：「他身子極是困倦，不要煩了他。」眾人漸漸出來。烈婦便把被蒙住一個頭，只做睡着。到午間，烈婦看房中無人，忙起來把一件衣服捲一捲，放在被中，恰似蒙頭睡的一般，自己却尋了一條繩，向牀後無人處自縊死了。正是：

智勇具備。

同穴有深盟，硜硜⑰不易更，
心隨夫共死，名逐世俱生。
磨笄應同烈，頹城自並貞，
愧無金玉管，拂紙寫芳聲。

⑰ 硜硜：亦作「硜硜」，淺見固執。

歲寒知松栢。

飯後，人多有來的，看一看道：「且等他睡一睡，不要驚醒他。」坐了半日，並不見他動一動。他母親上前去，意待問他一聲，恐他要甚湯水，覺得不聞一些聲息，便揭被看時，放聲大哭。眾人一齊擁來，還只道死在牀中，誰知被葢着一堆衣服。眾人就尋時，見烈婦縊在牀後，容貌如生，怡然別無悲苦模樣，氣已絕了半日了。這番方知他署飲食，是緩人防閑的肚腸；又伏他視死如歸，坦然光景。遂殯斂了，與其夫一同埋葬在祖墳上。

其時文士都有詩文，鄉紳都來祭奠，里遞備述他貞烈呈縣，縣申府，府申道院，待旌。歸子慕為立傳。如此烈婦，心如鐵石，即使守，豈為飢寒所奪，情慾所牽，有不終者乎？吾謂節婦不必以死豎節，而其能死者，必其能守者也。若一有畏刀避劍肚腸，畢竟可以搖動後來，必守不成。

雨侯曰：婦人最恨勇于妬而怯于守，勇于制夫而怯于殉夫。奇哉，烈婦！一死鴻毛，不笄而冠歟！

至（下缺）

敘

自世以挑琴為趣，折齒為達，後生多相如、幼輿自負矣。抑知白頭有怨，其為女子累固多。然有終，則偶此不廉之女，中棄則有薄倖之譏，何似作一時堅忍哉！試一讀之，可作斬淫之干將，愈淫之參朮。

翠娱閣主人題

第十一回　毀新詩少年矢志　訴舊恨淫女還鄉

香徑留烟，蹀廊籠霧，箇是蘇臺❶春暮。翠袖紅妝，銷得人亡國故。開笑靨夷光何在，泣秦望夫差❷誰訴？嘆古來傾國傾城，最是蛾眉把人誤。　丈夫峻嶒俠骨，肯靡靡繞指，醉紅酣素。劍掃情魔，任笑儒生酸腐。媸相如綠綺閑挑，陋宋玉❸彩箋偷賦。須信是子女柔腸，不向英雄譜。

右調綺羅香

病根。

老到。

吾家尼父❹道：「血氣未定，戒之在色。」❺正為少年不諳世故，不知利害，又或白矜自己人才，自奇自家的學問，當着鰥居消索，旅館凄其，怎能寧奈？況遇着偏是一箇奇妙女，嬌吟巧咏，入耳牽心；媚臉妖姿，刺目掛膽。我有情，他有意，怎不做出事來？不知古來私情，相如與文君是有終的，人都道

❶蘇臺：又名胥臺。春秋吳王闔閭所築。在蘇州西南姑蘇山上。夫差於臺上立春宵宮，作長夜之飲。

❷夫差：春秋末年吳國國君，吳王闔閭之子。西元前四五九－前四七三年在位。

❸宋玉：戰國楚辭賦家。其流傳作品有風賦、高唐賦、登徒子好色賦、九辯等，以九辯最可靠。這裡是說司馬相如、宋玉都是風流人物。

❹尼父：即孔丘，對孔子的尊稱。孔子名仲尼，加「父」字以示尊敬。

❺血氣未定二句：語見論語季氏第十六。

無初鮮終。

他無行。元微之❻、鶯鶯是無終的，人都道他薄情。人只試想一想，一箇女子我與他苟合，這時你愛色，我愛才，惟恐不得上手，還有甚麼話說？只是後邊想起當初鼠竊狗偷的，是何光景？又或夫婦稍有釁隙，道這婦人當日曾與我私情，莫不今日又有外心麼？至于兩下雖然成就，却撞了一箇事變難料，不復做得夫婦，你絆我牽，何以為情？又或事覺，為人嘲笑，致那婦人見薄于舅姑，見惡于夫婿，我又仔麼為情？故大英雄見得定，識得破，不偷一時之歡娛，壞自己與他的行止。

少年難得事。

話說弘治❼間有一士子，姓陸名容，字仲含，本貫蘇州府崑山縣人。少喪父，與寡母相依，織紝自活。他生得儀容俊逸，舉止端詳，飄飄若神仙中人。却又勤學好問，故此胸中極其該博，諸子百家無不貫通。他父在時，已聘了親，尚未畢姻。十八歲進了崑山縣學。凡人少年進學，未經折挫，看得功名容易，便易懈于研墨，入于遊逸；他却少年老成，志向遠大。若說作文講學，也不辭風雨，不論遠近。若是尋花問柳，飲酒遊山，他便裹足不入。當時有笑他迂的，他却率性而行，不肯改易。

這四字人品定了。

進學之後，有箇父親相好的友人，姓謝名琛，號度城，住在馬鞍山下。生有一子一女。女名芳卿，年可十八歲，生得臉如月滿，目若星輝，翠黛初舒楊柳，朱唇半吐櫻桃。又且舉止輕盈，丰神飄逸。他

---

❻ 元微之：作家名。即唐代著名詩人、作家元稹。字微之，河南河內（今河南沁陽）人。德宗貞元十八年（西元八〇二年）中進士，任右拾遺、監察御史。穆宗長慶元年（西元八二一年）拜相。其詩歌與白居易齊名，時稱「元、白」，傳奇小說僅有鶯鶯傳一篇。鶯鶯是小說的主人公。小說寫她與張生的愛情故事，最後以悲劇結局。

❼ 弘治：明孝宗朱祐樘年號，西元一四八八—一五〇五年。

父親是箇老白想❽起家，吹簫、鼓琴、彈棋、做歪詩，也都會得，常把這些教他，故此這女子無件不通。倒是這兄弟謝鵬，十一歲却懵懂痴愚，不肯讀書。謝老此時有了幾分家事，巴不得兒子讀書進學。來賀陸仲含時，見他家事蕭條，也有憐他之意，道：「賢契家事清淡，也處舘麼？」陸仲含道：「小侄淺學，怎堪為人師？」謝老道：「賢契着此念頭，便前程萬里，自家見得不足，常常有餘。老夫有句相知話奉瀆：家下有箇小犬，年已十一歲了，未遇明師，尚然頑蠢，若賢侄不棄，薄有幾間書房，敢屈在寒舍作箇西席❾，只恐麄茶淡飯，有慢賢侄。束修不多，不成一箇禮，只當自讀書罷。」陸仲含道：「極承老伯培埴，只恐短才不勝任。」謝老起身道：「不要過謙，可對令堂一說，學生就送關書❿來。」仲含隨與母親計議。母親道：「家中斗室原難讀書，若承他好意，不唯可以潛心書史，還可省家中供給，這該去。只是通家教書要當真，他飲食伏侍不到處，也將就些，切不可做腔⓫。」果然隔了兩日，謝老來送一箇十二兩關，就擇日請他赴舘。陸仲含此時收拾了些書史，別了母親，來到謝家。只見好一箇庭院：

遶戶溪流蕩漾，覆墻柳影橫斜。
簾捲滿庭草色，風來隔院殘花。

自想講道學。

說出時弊。

❽ 白想：即白相，同「薄相」，遊玩的意思。

❾ 西席：教師。古代尊師面向東坐，故稱「西席」。後凡家塾教師或幕友，均可稱「西席」。

❿ 關書：聘書。契約的一種。

⓫ 做腔：裝腔作勢。或謂故意做作，做出出格之舉。

到得門，謝老與兒子出來相迎。延入中堂相揖，遜仲含上坐。仲含再三謙讓，謝老道：「今日西賓，自應上坐了。」茶罷，叫兒子拜了，送了贄⑫，延入書房。此老是在行人，故此書房收拾得極其精雅：

小檻臨流出，疎窗傍竹開。
花陰依曲徑，清影落長槐。
細草含新色，卷峯帶古苔。
纖塵驚不到，啼鳥得頻來。

果然幽雅。

三間小坐憩，上掛着一幅小單條。一張花梨小几，上供一箇古銅瓶，插着幾枝時花。側邊小桌上，是一盆細葉菖蒲，中列太湖石。黑漆小椅四張，臨窗小癭木桌，上列棋枰、磁爐。天井內列兩樹茉莉，一盆建蘭。側首過一小環洞門，又三間小書房，是先生坐的。曲欄綺窗，清幽可人。來舘伏侍的，却是一箇十一、二歲小丫鬟。謝老道：「家下有幾畝薄田，屋後又有箇小圃，有兩箇小廝，都在那邊做活，故此着小鬟伏侍，想在通家不碍。」晚間開宴，似有一、二女娘窺笑的，仲含並不窺視他。自此之後，只是盡心在那廂教書，這謝鵬雖是愚鈍，當不得他朝夕講說，漸漸也有亮頭。每晚謝老因是愛子，叫入內室歇宿，陸仲含倒越得空齋獨扃，恣意讀書。十餘日一回家，不題了。

先生模樣。

只是謝老的女兒芳卿，他性格原是瀟洒的，又學了一身技藝，嘗道是蘇小妹⑬沒我的色，越西施少

⑫贄：送人或教師的禮物的稱謂。

我的才。几頭有本朱淑真⑭斷腸集，看了每為他嘆息道：「把這段才色配箇庸流，豈不可恨？到不如文君得配着相如，名高千古。」況且又因謝老擇配，高不成，低不就，把歲月蹉跎。看他冬夜春宵，好生悒怏，曾記他和斷腸集韵，有詩道：

初日暉暉透綺窗，細尋殘夢未成粧。
柳腰應讓當時好，綉帶警看漸漸長。

亦清新。

平日也是無聊無賴。自那日請陸仲含時，他在屏風後蹴來蹴去看他，見他丰神秀爽，言語溫雅，暗想：「他外貌已這如此，少年進學，內才畢竟也好，似這樣人可是才貌兩絕了。只不知我父親今日揀，明日擇，可得這樣箇人麼？」以此十分留意。

自謝老上年喪了妻，中饋⑮之事俱是芳卿管。那芳卿備得十分精潔，早晚必取好天池松蘿苦茗與他。那陸仲含道他家好清的，也是常事，並不問他。芳卿倒向丫頭采菱問道：「先生曾道這茶好麼？」采菱

辜負文君一片心。

---

⑬ 蘇小妹：文學故事人物。相傳為蘇老泉（洵）之女、蘇東坡（軾）之妹。新婚之夜以詩和聯語考其夫秦少游。故事見醒世恒言卷十一蘇小妹三難新郎。

⑭ 朱淑真：北宋女作家名。錢塘（今浙江杭州）人。生於仕宦之家，因對婚姻不滿，抑鬱而終。能畫，通音律，善詩詞。詞多幽怨，流於傷感，有斷腸集傳世。

⑮ 中饋：妻室。

痴態可掬。

情濃則事佳。

不敢說，不敢說。

頭巾語。

道：「這先生是村的，在那厢看了這兩張紙，嗚嗚的，有時拿去便喫，有時擱着冰冷的。何曾把眼睛去看一看青的、黃的，把鼻子聞一聞香的、不香的？」芳卿道：「痴丫頭！這他是一心在書上，是一箇狠讀書秀才。」采菱道：「狠是狠的，來這一向，不曾見他笑一笑。」芳卿道：「你不曉的，做先生要是這樣。若對着這頑皮，與他戲顛顛的，便沒怕懼了。這也是沒奈何，那一箇少年不要頑耍風月的？」采菱道：「這樣說起來是假狠了。」

處舘數月，芳卿嘗時在樓上調絲弄竹，要引動他，不料陸仲含少年老成得緊，却似不聽得般，並不在采菱、謝鵬面前問一聲是誰人吹彈。那芳卿見他這光景，道他致誠可托終身，偏要來惹他。父親不在時，常到小坐憩邊採花，來頑耍，故意與采菱大驚小怪的，使他得知。有時直到他環洞門外，聽他講書。仲含却不走出來。即或撞着，避嫌，折身轉了去。謝鵬要來說姐姐時，自娘沒後，都是姐姐看管，不敢惹他；却又書講不出時，又虧姐姐把竊聽的教道他，他也巴不得姐姐來聽。芳卿又要顯才，把自己做就的詩，假做父親的，叫兄弟拿與他看。那陸仲含道：「這詩，是戴了紗帽，或是山人、墨客做的，我們儒生，只可用心在八股頭上。脫有餘工，當博通經史，若這些吟詩作賦，彈琴着棋，多一件是添一件累，不可看他。」謝鵬一箇掃興而止。芳卿道：「怎小小年紀，這樣腐氣。」幾番要寫封情書，着采菱送去，又怕兄弟得知。要自乘他歸省時，到房中留些詩句，又恐怕被他人或父親到舘中看見，不敢。

一日，又到書房中來，聽他講書。却見他窓外晒着一雙紅鞋兒，正是陸仲含的。芳卿道：「看他也是好華麗的人，怎不躭風月？」忙回房中寫了一首詩，道：

日倚東牆盼落暉，夢魂夜夜繞書幃。
何緣得遂生平願，化作鸞凰相對飛。

細心。叫采菱道：「你與我將來藏在陸相公鞋內，不可與大叔見。」又怕采菱哄他，又自隨着他，遠遠的看他藏了方轉。

綺閣痛形孤，墻東有子都⑯。
深心憐隻鳳，寸緘託雙凫。

賊丫頭又着采菱借送茶名色，來看動靜。那采菱看見天色陰，故意道一句：「天要下雨了。」只見陸仲含走出來，將鞋子彈上兩彈，正待收拾，却見鞋內有一幅紙在，扯出來時，上面是一首詩。他看了又看，想道：「這筆仗柔媚，一定是箇女人做的，怎落在我鞋內？」拿在手中，想了幾回，也援筆寫在後首道：

陰散閑庭墜晚暉，一經披玩靜垂幃。
有琴怕作相如調，寄語孤凰別向飛。

⑯子都：古美男子名。即司馬子都，春秋時鄭國人。原名公孫閼，字子都，姬姓，與周王同宗。春秋第一美男，武藝高超，相貌出眾。孟子告子上：「至於子都，天下莫不知其姣也。不知子都之姣者，無目者也。」

一時高興寫了，又想道：「我詩是拒絕他的，却不知是何人作，又倩何人與他？」留在書笥中，反覺不雅，竟將來扯得粉碎。采菱在窓外張見，忙去回覆。

芳卿已在那邊等信，道：「仔麼了？」采菱：「我在那邊等了半日，不見動靜，被我哄道『天雨了！』他却來收這鞋子，見了詩兒，復到房中，一頭走，一頭點頭播腦，輕輕的讀。讀了半日，也在紙上寫上幾句，後邊又將來扯碎了。想是做姐姐不過，故此扯壞。」芳卿道：「他扯是惱麼？」采菱道：「也不歡喜，也不惱。」芳卿道：「他若是無情的，一定上手扯壞。他又這等想看，又和，一定也有些動情。扯壞時，他怕人知道，欲滅形跡了，還是箇有心人。」不知那陸仲含在那邊廢了好些心，道：「我嘗聞得謝老在我面前說兒子愚蠢，一女聰明，吹彈寫作，無所不能。這一定是他做的。詩中詞意，似有意于我，但謝老以通家延我，我却淫其女，于心何安？況女子一生之節義，我一生之行簡，皆係于此，豈可苟且。只是我心如鐵石，可質神明，但恐此女不喻，今日詩來，明日字到，或至洩漏，連我也難自白。不若棄此舘而回，可以保全兩下，却又沒箇名目。」正在擺劃不下時，不期這日值謝老被一箇大老挈往虎丘不在家中，那芳卿幸得有這機會，待至初更，着采菱伴了兄弟，自却明粧艷餙，逕至書房中來。

走至洞門邊，又想道：「他若見拒，如何是好？」便縮住了。又想道：「天下沒有這等膠執的，還去看。」乘着月光，到書房門首，輕輕的彈了幾彈。那陸仲含讀得高興，一句長，一句短，一句高，一句低，那裡聽得？芳卿只得咬着指頭等了一回，又下堦看一回月，不見動靜。又彈上幾彈，偏又撞他响讀時。立了一箇更次，意興索然。正待回步，忽聽得「呀」地一聲，開出房來，却是陸仲含出來解手。遇着芳卿，喫了一驚，定睛一看，好一箇女子：

奇功。

善于詞令。

猜得大有理。

有本心。

羞惡之心，人皆有之。

摹畫精工。

肌如聚雪，鬓若裁雲。彎彎翠黛，巫峯兩朵入眉頭；的的明眸，天漢⑰雙星來眼底。乍啟口，清香滿座；半含羞，秀色撩人。白團斜掩賽班姬⑱，翠羽輕投疑漢女。

不得不閃。

老臉。

一火一水，是為未濟。

好道學。

仲含道：「那家女子，到此何幹？」那芳卿閃了臉，逕望房中一闖。仲含便急了，道：「我是書館之中，你一箇女流走將來，又是暮夜，教人也說不清，快去！」芳卿道：「今日原也說不清了。陸郎，我非他人，即主人之女芳卿也。我自負才貌，常恐落村人之手，願得與君備箕箒⑲。前芳心已見于鞋中之詞，今值老父他往，舍弟熟睡，特來一見。」仲含道：「如此，學生失瞻了。但學生已聘顧氏，不能如教了。」芳卿即淚下道：「妾何薄命如此！但妾素慕君才貌，形之寤寐，今日一見，後會難期，願借片時少罄欵曲，即異日作妾，亦所不惜。」遽牽仲含之衣。仲含道：「父執之女，斷無辱為妾之理！請自尊重，請回！」芳卿道：「佳人難得，才子難逢，情之所鍾，正在我輩，郎何恝然⑳？」眉眉吐吐，越把身子捱近來。陸仲含便作色道：「女郎差矣！『節義』二字不可虧。若使今日女郎失身，便是失節；我今日與女郎苟合，便是不義。請問女郎設使今日私情，明日洩露，女郎何以對令尊？異日何日對夫婿？

⑰ 天漢：銀河。

⑱ 班姬：人名，即班昭，東漢史學家。史學家班彪之女，班固之妹。其夫曹世叔，故又稱曹大姑。著有東征賦、女誡等。

⑲ 箕箒：指家中洒掃之事。後因以指妻。

⑳ 恝然：不經心；無動於衷。恝，音ㄐㄧㄚˊ。

利害井然。

那時非迯則死，何苦以一時貽千秋之臭！」芳卿道：「陸郎，文君、相如之事，千古美譚，怎少年風月襟期，作這腐儒酸態？」仲含道：「寧今日女郎酸我腐我，後日必思吾言。負心之事，斷斷不為！」遂踏步走出房外。

這解不好了。

果然。

芳卿見了，滿面羞慚道：「有這等拘儒！我才貌作不得你的妾？不識好！不識好！」還望仲含留他，不意仲含藏入花陰去了，只得怏怏而回。一到房中，和衣睡下。一時想起好羞，怎兩不相識，輕易見他，被他拒絕，成何光景？一時好惱：「天下不只你一箇有才貌的，拿甚班兒！」又時自解道：「留得五湖明月在，不愁無處下金鈎。好歹要尋箇似他的！」思量半夜，到天明反睡了去。采菱到來，道：「親娘辛苦！」芳卿道：「撞着呆物，我就回了。」采菱道：「親娘謊我，那箇肯呆？」芳卿道：「真是。」把夜來光景說與他。采菱道：「有這樣不識擡舉的。親娘捱半年，怕不嫁出箇好姑夫？要這樣呆物，料也不溜亮的。」芳卿點了點頭。

此老猶是可取。

仲含這廂怕芳卿又來纏，託母老抱病，家中無人，不便省親，要辭館回家。謝度城道：「怎令堂一時老病起來？莫不小兒觸突，家下伏侍不周？」仲含道：「並不是，實是為老母之故。」謝度城見他忠厚，兒子也有光景，甚是戀戀不釋。問女兒道：「你一向供看他，何如？」芳卿道：「極好，想為館穀少，一箇學生坐不住他身子。」謝度城見仲含意堅，只得聽他，道：「先生若可脫身，還到舍下來終其事。」仲含唯唯。到家，母親甚是驚訝，道：「你莫不有甚不老成處，做出事回來？」仲含道：「並沒甚事，只為家中母親獨居，甚是懸念，故此回來。」母親道：「固是你好意，但你處館，身去口去，如今反要喫自己的了。」

書生着眼。

過幾時，謝度城着人送束修，且請赴館，只在附近僧寺讀書。次年，聞得謝老女隨人逃走，不知去向。後又聞得謝老撿女兒箱中，見有情書一紙，却是在他家伴讀的薄喻義。謝度城執此告官，此時薄喻義已逃去，家中止一母親，拖出來見了幾次官，追不出，只得出牌廣捕。陸仲含聽了，嘆息道：「若是我當日有些苟且，若有一二字脚，今日也不得辨白了。」

苒荏三年，恰當大比。陸仲含遺才進場，到揭曉之夕，他母親忽然夢見仲含之父道：「且喜孩兒得中了。他應該下科中式，因有陰德，改在今科，還得聯捷㉑。」母親覺來，門前報的已是來了。此時仲含尚在金陵，隨例飲宴參謁，躭延月餘。這些同年也有在新院耍，也有舊院耍；也有挾了妓女在桃葉渡、燕子磯遊船的，也有乘了轎，在雨花臺、牛首山各處觀玩的。他却無事靜坐，蕭然一室，不改寒儒舊態。這些同年都笑他。事畢到家謁母親、親友，也去拜謝度城。度城出來相見，道及：「小兒得先生開導，漸已能文，只是擇人不慎，誤延輕薄，遂成家門之醜。若當日先生在此，當不至此。」十分悽愴。仲含在家中，母親道及得夢事，仲含道：「我寒儒有甚陰德及人？」

十月啟行北上，謝老父子也來相送。一路無辭，抵京，與吳縣舉人陸完、太倉舉人姜昂，同在東江米巷作寓。兩箇扯了陸仲含，同到前門朝窩內頑耍。仲含道：「素性怕到花叢。」兩箇笑了笑道：「如今你纔離家一月，還可奈哩！」也不強他。兩箇東撞西撞，撞到一家梁家，先是鴇兒見客，道：「紅兒有客！」只見一箇妓者出來，年紀約有十七八歲，生得豐膩，一口北音，陪喫了茶，問了鄉貫、姓字。須臾，一箇妓女送客出來，約有二十模樣，生得眉目疎秀，舉止輕盈。姜舉人問紅兒道：「這是何人？」

㉑ 聯捷：接連中舉。

中了，認的。

應對宛然。

善解交。

穩是贏的。

故是書獃景。

趣。

紅兒道：「是我姐姐慧哥，他曉得一口你們蘇州鄉譚，琴棋詩寫，無件不通。」正說時，慧兒送客已回，向前萬福。紅兒道：「這一位太倉姜相公，這位吳縣陸相公，都是來會試的。」慧兒道：「在那廂下？」姜舉人道：「就在東江米巷。」慧兒道：「兩位相公俱在姑蘇，崑山有一位陸仲含，與陸相公不是同宗麼？」姜舉人道：「近來，同宗。」陸舉人道：「他與我們同來會試，同寓。慧哥可與有交麼？」慧兒覺得容貌慘然道：「曾見來。」姜舉人道：「這等我停會挈他同來。」姜舉人叫小廝取一兩銀子，與他治酒，兩箇跳到下處，尋陸仲含時，拜客不在。等了一會來了，姜舉人便道：「陸仲含，好箇素性懶入花叢，却日日假拜客名頭，去打獨坐！」陸仲含道：「並不曾打甚獨坐。」陸舉人道：「梁家慧哥託我致意。」仲含道：「並不曾曉得甚梁家慧哥。」姜舉人道：「他却曉得你崑山陸仲含。」仲含道：「這是恠事。」姜舉人道：「何恠之有？離家久，旅邸蕭條，便適興一適興何妨？」陸仲含道：「這原不妨，實是不曾到娼家去。」正說間，又是一箇同年王舉人來，聽了，把陸仲含肩上拍一拍道：「老獃，何妨事？如今同去。若是陸兄果不曾去，姜兄輸一東道請陸兄；如果是舊相與，陸兄輸一箇東道請姜兄，何如？」姜舉人連道：「使得，使得！」陸仲含道：「這一定你們要激我到娼家去了，我不去。」姜舉人便拍手道：「辭餒了。」只見王舉人在背後把陸仲含推着道：「去，去！飲酒宿娼，提學也管不着。就是不去的，也不曾見賞德行，今日便帶挈，我吹一箇木屑罷！」三箇人簇着便走。

走到梁家，紅兒出來相迎，不見慧哥。王舉人道：「慧哥呢？」紅兒便叫：「請慧哥！姜相公眾位在這裡！」一去了一會，道：「身子不快，不來。」益因觸起陸仲含事，不覺淒惻，況又有些慚惶，不肯出來。姜舉人道：「這樣病得快？定要接來。」王舉人道：「我們今日東道都在他一見上，這決要出來

舉腔。

訬語。

的。」姜舉人道：「若不是陸相公分上，就要撏㉒毛了。」逼了一會，只得出來，與王舉人、陸仲含相見了。陸仲含與他彼此相視，陸仲含也覺有些面善，慧兒却滿面通紅，低頭不語。姜舉人道：「賊，賊，賊！」一箇眼色丟大家，都不做聲了。王舉人道：「兩箇不相識，這東道要姜兄做。」姜舉人道：「東道我已做在此了，實是適纔原問陸仲含。」須臾酒到，姜舉人道：「慧娘，你早間道曾見陸仲含，果是何處見來？」只見慧哥兩淚交零，哽咽不勝。正是：

一身飄泊似遊絲，未語情傷淚雨垂。

今日相逢白司馬，重抱琵琶訴昔時。

薄生不似陸生呆。

與非逃，則死言應。

失路光景，逼真。

向着陸仲含道：「陸相公，你曾在馬鞍山下謝家處館來麼？」陸仲含道：「果曾處來。」慧兒不覺失聲哭道：「妾即謝度城之女芳卿也。記當日曾以詩投君，君不顧。復乘夜奔君，君不納。且委曲訓諭，妾不能用。未幾君辭館去，繼之者為洪先生，挈一伴讀薄生來。妾見其年少，亦以挑君者挑之，不意其欣然與妾相好。夜去明來，垂三月而妾已成孕矣。懼老父見尤，商之薄生為墮胎計，不意薄生愚妾以逃，駭妾謂：予弟聞之予父，將以毒藥殺予，不迯難免。因令予盡挈予粧奩，併竊父銀十許兩，迯之吳江伊表兄于家。不意于利其有，偽被盜，盡竊予衣裝，薄生方疑而踪跡之，于遽蹴隣人，欲以拐帶執薄生。予駭，調所竊父銀尚在枕中，可以少資饘粥，遂走金陵。生傭書以活，予寄居斗室。隣有惡少，時窺予，

㉒撏：音ㄒㄩㄣˊ。拔。

之故。不正始生每以此疑，始之詬詈，繼以捶楚，曰：『爾故態復萌耶？』雖力辨之，不我聽。尋以貧極，暗商之媒，賣予娼家。詭曰：『偕予徃楊，投母舅。』予甫入舟，生遽挈銀去，予竟落此，倚門獻笑，何以為情于君？昔日之言俱驗。使予當日早從君言，嫁一村庄痴漢，可為有父兄夫妻之樂，豈至飄泊東西，辱親虧體？老父、弱弟相見何期？即此微軀終淪異地。」言罷，淚如雨注。

四人亦為悒怏。姜舉人道：「陸兄，此人誠亦可憐，兄試宿此，以完宿緣。」陸仲含道：「不可！我不亂之于始，豈可亂之于終？」陸舉人道：「昔東人之女，今陌上之桑，何碍？」陸仲含俛首道：「于心終不安。」亦躊躕，殊有不能釋然光景。芳卿又對仲含道：「妾當日未辱之身尚未能當君子，況今日既垢之身敢污君子？但欲知別來鄉國景色，願秉達旦之燭，得盡未罄，斷不敢有邪想也。」眾共贊成。陸仲含道：「今日姜兄有紅哥作伴，陸兄、王兄無偶，可共我三人清譚。」

酒闌，姜舉人自擁紅兒同宿，二陸與王舉人俱集芳卿房中。芳卿因叩其父與弟，仲含道：「我上京時，令尊與令弟俱來相送。令尊甚健，令弟亦已能文。」芳卿因開篋出詩數首，曰：「妾之愧悔，不在今日，但恨脫身無計。」三人因讀其自艾詩。有曰：

嫋嫋清音。月滿空廊恰夜時，書窓清話儘堪思。

無端不作韋絃佩，飄泊東西無定期。

又：

客窓風雨只生愁，一落青樓更可羞。

惆悵押衙㉓誰箇是，白雲重見故園秋。

憶父：

白髮蕭森入夢新，別時色笑儼然真。

何緣得似當壚女，重向臨邛謁老親。

憶弟：

喁喁笑語一燈前，玉樹瓊葩各自妍。

塞北江南難再合，怕看雁陣入寒烟。

王舉人道：「覯子之詩，怨悔已極，到思親想弟，令人憐憫。但只恐脫得身去，又悔不若青樓快樂。」芳卿道：「憶昔吳江迯時，備極驚怖；金陵流寓，受盡饑寒。今入風塵，靦顏與賈商相伍，遭他輕侮，所不忍言。詈有厭薄，假母又鞭策相逼，真進退不得白快，惟恨脫之不早，怎還有戀他之意？」此時夜已三皷，王、陸兩人已被酒，陸伏几而臥；姜倚于椅上，亦鼾聲如雷。惟陸仲含自斟苦茗，時飲時停，與芳卿相向而坐。芳卿因蹙膝至仲含道：「妾有一言相懇，亦必難望之事。妾之落此，心甚厭苦，每求自脫，故常得人私贈，都密緘藏，約五十金。原欲遘有俠氣或致誠人托之，離此陷穽。但當日薄生所得止五十金，龜子從中尚有所費，恐五十金尚不足。君能為我，使得返故園，生死啣結。」仲含道：「僕亦有此意，但以罄行囊不過五十金，恐不足了此事。芳卿若有此，僕不難任之。」仲含因與圍碁達曙。

佈置紗絕。

激人語，亦是鈎人語。

㉓押衙：管理儀仗的官名。後用以稱仗義捨生的義士。

老到。

早歸，命僕人把一拜匣，內藏包頭併線絛及梳掠送芳卿。芳卿隨將所蓄銀密封放匣中，且與僕人一百錢，令與仲含，勿令人見。陸仲含便央姜、陸兩人與龜子說，要為芳卿贖身。那龜子道：「我為他費銀三百多兩，到我家不上一年，怎容他贖？」王舉人知道，也來為他說，自八十兩講到一百兩，只是不肯。陸仲含意思要贖他，向同年親故中，又借銀百兩湊與他。龜子還作腔，虧得姜舉人發惡道：「這奴才！他是崑山謝家女子，被隣人薄喻義誆騙出來，你買良為娼，他現告操江廣捕，如今先送他在舖裡，

縛牛須用縛牛法。

明日我們四箇與城上講，着他要薄喻義，問他一箇本等充軍！」王、陸二人在中兜收，只一百六十兩贖了。眾同年都來與他作慶，他却于寓中，另出一小房，與他居住，僱一箇婆子伏侍，自己並不近他。陸舉人道：「陸兄，既來之，則安之，豈有冷落他在這邊之理？」仲含道：「陸兄，當日此女奔我時，也願為我妾，我道：『父執之女，豈可辱之為妾？』所以拒絕。若今日納之，是負初心了。但謝翁待我厚，

纔是丈夫。

此女于我鍾情，今日又有悔過之意，豈可使之淪落風塵？正欲乘便寄書，令其父取回耳。」姜舉人聽了，暗笑道：「強辭！且看後來。」陸舉人與他同寓，果然見他一無苟且。將及月餘，各處朝覲官來，忽然一日，有箇江山縣典史來賀陸仲含，且送卷子錢。仲含去答拜，却是同鄉人，曾于謝老家會酒，姓楊名春，是謝老之舅，芳卿母舅。說話之間，仲含道：「令甥女在此，老先生知道麼？」楊典史道：「不知。」仲含道：「已失身娼家，學生助他贖身，見在敝旅。」楊典史道：「學生來時，曾見家姐夫。他為此女又思又惱，已致成病。老先生若如此救全，不惟出甥女于風塵，抑且救謝度城于垂死，感謝不盡。」仲含道：「這何足謝，但是目下要寫書達他令尊，教他來接去，未得其便。如今老先生與他是甥舅，不若

也善調

帶他回去，使他父子相逢。」楊典史道：「以學生言之，甥女已落娼家，得先生捐金贖他，不若學生作

停。

主，送老先生為妾。如今一中舉，娶妾常事。」仲含道：「豈有此理！即刻就送來。」回寓對芳卿說了，叫了一乘轎，連他箱籠一一都交與楊典史。又將芳卿所與贖身五十金，也原封不動交還。芳卿道：「前日先生為我費銀一百六十餘金，尚未足償，先生且收此，待賤妾回家補足。」仲含道：「前銀不必償還，此聊為卿歸途用費。」芳卿謝了再三，別去。

這番姜、陸兩人與各同年，都讚他不為色慾動心，又知他前日這段陰德。未幾聯捷，殿在二甲，做了兵部部屬。告假省親。一到家中，此時謝鵬已進學，芳卿已嫁與一附近農家，父子三人來拜謝，將田產寫契一百六十兩，送還他贖身之銀。陸仲含道：「當日取贖，初無求償之意。」畢竟不收。芳卿因設一生位在家，祝他功名顯大。後轉職方郎，嘗沮征安南之師，止內監李良請乞。與內閣庸輔劉吉相忤，外轉參政。也都是年少時持守定了。若使他當時少有苟且，也竟如薄生客死異地，貽害老親，還可望功名顯大麼？正是：

煦煦難斷是柔情，須把貞心暗裡盟。
明有人非幽鬼責，可教旦夕昧平生。

雨侯曰：以魯男子通下惠之變，拒人私奔，類亦能之。所難者，謝舘而終不露耳，是真謂陰行善。

小引

今之木天，養高之木天也，不復問箴規矣。今之上庠，藪稼之上庠也，不復解分誼矣。今之緹帥，貪摯之緹帥也，不復知軫恤矣。誰意三高來于一時，誰謂三高不可再于一時？雖然，無李公之忠忱則不生，又是陸萬鐘一流也，何足污筆端，而王生亦未肯作今之劉僑。

翠娛閣主人題

役而黃金藏此
偶因醫患有誰
戚械

烏江廟折證冤親
寫意婦屋

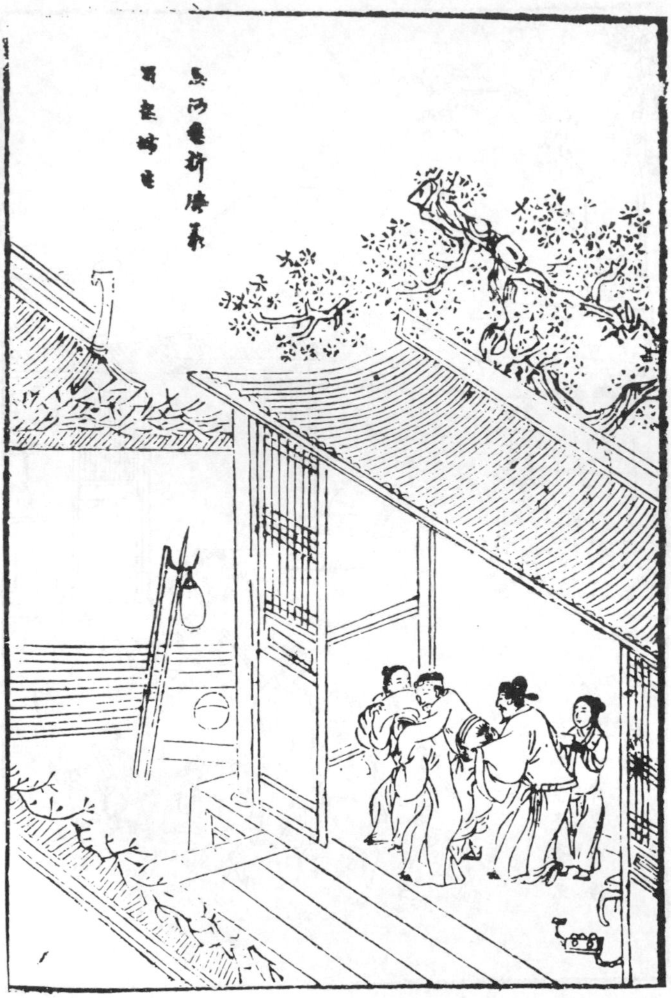

第十二回　寶釵歸仕女　奇藥起忠臣

勁骨連山立，孤忱傲石堅。素餐時誦伐檀篇❶。忍令聖朝多缺，效寒蟬。　脇折心偏壯，身危國自全。就中結個小因緣。恰遇酬恩義士，起危顛。

右調南柯子

昔日南村輟耕錄❷中載着一人，路見錢三百文，拾了藏在懷中。只見後邊一個人趕上，道：「兄拾得甚麼？」此人道：「不曾拾甚麼。」這人道：「我不要你的，只說是甚麼。」此人在懷中摸出來，是三百青錢。那人嘆息道：「莫說幾千幾百，怎三百文錢，也有個數？我適纔遠看是一串錢，彎腰去拾時，却是一條小蛇，不敢拾。這該你的，不消講了。」可見錢財皆有分限。但拾人遺下的，又不是盜他的，似沒罪過。只是有得必有失，得的快活，失的畢竟憂愁。況有經商辛苦得來，貧困從人借貸，我得來不過銖錙❸，他却是一家過活本錢，一時急迫所係。或夫妻、子母至于怨暢，憂鬱成病有之；甚至有疑心

道盡俗情，喚醒人世。

❶ 伐檀篇：詩經篇名。見詩魏風伐檀。詩序說：「伐檀，刺貪也。」詩中對不勞而獲的統治者提出了控訴。

❷ 南村輟耕錄：書名。元代筆記，三十卷。元末陶宗儀撰。書中雜記元代掌故、文物、典章制度及歷史、時事、地理和文學藝術等。

僮僕，打罵至于傷命。故此古來有還帶得免餓死的，還金得生兒子的，正因此事也是陰德。即世俗所傳羅狀元赴試京中，一路憂缺盤費，家人道：「前日在下處拾得金環一雙，換來可以濟用。」羅狀元道：「不可！他家失了，追尋無獲，不知做出甚事來，速可轉去還他。」家人道：「要還，待回來時還罷，如今若往返也須費六、七日工夫，不惟悞了場期，越沒有盤費了。」羅狀元不聽，定要轉去。到得主家，家裏道是個丫鬟盜了，已打個垂死。後來羅狀元到京，恰場（恰）場中被火，另改了場期，放榜時正中了狀元。又有個姓李的，曾拾了四兩銀子，只見一個婦人要來投江，說丈夫遭債逼，賣個女兒得銀四兩，我一時失却，若是丈夫回來，必竟打死，不如自盡，也得乾淨。李君聽他說得淒楚，便將原銀還了。過一年後，正要渡江，却遇那婦人抱了個小兒，一見李君道：「虧你前年捄❹我，今日母子完全，乞到家裏淡酒表意。」一扯扯到家中，吃酒未完，忽然風暴，那先過江的都被渰❺死，李君得免。這都是行陰德的報。人都道是富貴生死，都是天定，不知這做狀元的，不渰殺的，也只是一念所感，仔麼專聽于天得？我只說一個「人生何處不相逢」，還叙得命之事。

大見解。

可云全人。

我朝有位官人，姓李名懋先，字時勉，原藉金陵人氏。後邊移居江西安福縣，把表字改做名字，中了江西鄉試，會試中永樂二年朱縉❻榜進士。做人極其忠厚，待物平恕，持身謹嚴，語言鯁直。到了三

❸銖錙：均為重量單位。銖、錙是古代最小的重量單位，比譬最微小的數量。有「錙銖必較」的說法。錙，音ㄗ。

❹捄：「救」的異體字。

❺渰：通「淹」。

隆重極矣！

好度。

年正月，聖旨命解縉❼學士將新進士才識英敏的，選文淵閣進學。當時喜得選在裏邊，授官庶吉士，司禮監供紙墨筆，光祿寺供早晚膳，禮部供油燭，工部擇第宅。五日一出外宅，內官隨侍，校尉籠馬，好不榮耀。往常翰林不過養相度，終日做詩、吃酒、圍棋。此時聖上礪精，每日令解學士教習。聖上閑時，也來試他策論，或時召至便殿，問經史、史乘，弢誤中道。庶吉士中有個劉子欽，也是名人，一日只因吃了兩鍾酒，睡在閣中。適值聖上差內侍來看，見了奏與聖上。聖上大怒，道：「我閣中與他睡覺的麼？」發刑部充吏。劉吉士便買了吏巾，到刑部中，與這些當該一體參謁，與這些人談笑自如。聖上又着人去看，回覆。又傳旨着他充皂隸。劉吉士也做起皂隸來。時人曾有幾句道頭巾夥中扮打：

黑漆盔，四個凹。孔雀毛，光皎潔。青戰袍，細細折。紅裹肚，腰間歇。毛竹刀，頭帶血。線捍鎗，六塊鐵。來者何人？兀的力。

聖上又着人來看，回覆他在皂隸中毫無介意。聖上也賞他是個榮辱不驚的度量，假說道：「劉子欽好無恥，還他官職。」依然做了吉士。聖上如此勸懲，那一個不用心進業？況李吉士又是一個勤學的人麼！似此年餘，不料丁了母憂回籍。三年服闋，止授刑部主事。明冤雪滯，部中都推他明決。九年，奉旨充纂修官，重修太祖實錄❽。事完例有陞賞，從部屬復陞翰林侍講。這時節依舊是：

❻ 朱縉：人名。明代第七代肅王。在位十七年，萬曆十六年（西元一五八八年）去世。

❼ 解縉：明初政治家。江西永吉人。洪武進士，永樂初任翰林學士，主持纂修永樂大典。後死於獄。

香含雞舌趨蘭省⑨，燭賜金蓮入玉堂⑩。

忽作北音，入情入趣。看官勿得艸艸。

話分兩頭。本京蘇州衚衕，有一個錦衣衛王指揮，年紀纔得三十來歲，娶一個嫂子，姓司，年紀也纔二十八歲，夫妻兩個極其和睦。忽一日，永樂爺差他海南公幹，沒奈何只得帶了兩個校尉起身。那嫂子道：「哥，你去了，叫咱獨自的，怎生過？」王指揮道：「服侍有了采蓮這丫頭，與勤兒這小廝，若沒人作伴，我叫門前余姥姥進來陪你講講兒耍子。咱去不半年就回了。」嫂子道：「罷，只得隨着你。只是海南有好珠子，須得頂大的，尋百十夥（顆）稍來巳咱。」王指揮道：「知道了。」起了夫馬前去。

這余姥姥也時常進來相陪。爭奈王嫂子只是長吁短嘆，呆坐不快的。余姥姥道：「王奶奶，你這樣懶懶的，想是想王爺來？他是欽差官，一路有夫馬，有供給。若是坐，便坐在各官上頭；若是行，便走各官前頭，那個不奉承？好不快活哩！想他作甚？你若不快，待咱陪着你，或是東嶽廟、城隍廟去燒香，就去看做市兒消遣。正是這兩日燈市裏極盛，咱和你去一去來。」王奶奶道：「咱走不得。」余姥姥道：「着勤兒叫兩個驢來，咱和奶奶帶了眼紗去便了。」在家裏悶得慌，果然帶了個升籠大髻兒，穿了件竹

---

⑧ 太祖實錄：明官修。二百五十七卷。起元至正十一年（西元一三五一年），迄洪武三十一年（西元一三九八年），首尾三十八年。實錄凡三修，一修於建文元年（西元一三九九年）；二修於永樂之初；三修於永樂九年（西元一四一一年）。總裁官為解縉者，為第二次撰修。

⑨ 蘭省：即蘭臺。御史臺也稱蘭臺。後世也稱史官為蘭臺。

⑩ 玉堂：泛稱富貴之宅。

儼然。為髻鬆墜埋伏。根青段子襖兒，帶了眼罩兒，恰似：

淡霧籠花蕚，輕烟罩月華。

神姬來洛浦⓫，雲擁七香車⓬。

王奶奶叫勸兒攙上驢子，那掌鞭的「豁」上一聲响鞭，那驢子撲刺刺怪跑，却似風送雲一般，顛得一個王奶奶幾乎墜下驢來。可可的走出大街，又撞着巡城御史，幾聲「下來！」叫王奶奶好沒擺佈。虧的掌鞭的趕到，扶得下驢。等他去了，又撮上驢，騎到燈市。余姥姥叫勸兒已（給）了他錢，兩個在燈市上閑玩。只見：

東壁舖張珠玉，西攤佈列綾羅。商彝周鼎與絨紈，更有蘇杭雜貨。

異寶傳來北虜，奇珍出自南倭。牙籤玉軸擺來多，還有景東⓭奇大。

⓫ 洛浦：洛水之濱。浦，水濱。傳說為洛神的出沒處。

⓬ 七香車：車名。用多種香木製作的車，最早現於商周時期，是西岐三寶之一，是一種法寶般的交通工具，它能逢凶化吉。

⓭ 景東：地名。在雲南省。

王奶奶見了景東人事，道：「甚黃黃，這等怪醜的！」余姥姥道：「奶奶，這是夜間消悶的物兒。」正看時，只見一陣風起：

一片驚塵動地來，蒙頭撲面目難開。
素衣點染成緇色，悔上昭王⑭買駿臺。

王奶奶正吹得頭也擡不得，眼也開不得，又沒處扯余姥姥時，又聽得「開道」，便慌張張閃到人家房簷下去躲。風定，却見一個官騎着匹痴馬，後邊掌着黑扇過來。正是李侍講拜客，在那廂過。此時王奶奶尋得余姥姥，見時頭上早不見了一隻金釵。正是：

釵溜黃金落路隅，亡簪空有泣成珠。

心上着忙，急要去尋。余姥姥道：「知道調在那邊?半尺厚灰沙，那裏去尋?」只得渾帳尋了半日，也沒心想再看，忙叫了兩個驢回家。一到家中，好生不快。余姥姥道：「爺呀！這老媳婦叫你去的不是了，怎在你頭上調下，一些兒也不知道?」王奶奶道：「是騎了驢，把髻子顛得鬆鬆的，除眼紗時，想又招動了，故此溜下來也不知道。」余姥姥道：「好歹拿幾兩銀子，老媳婦替你打一隻一樣的罷。」王奶奶

口吻宛然。

⑭ 昭王：即周昭王。姬姓，名瑕。西周第四代國君。在位十九年。生活養尊處優，酷愛奇花異草，飛禽走獸。

道：「打便打得來，好金子不過五七換罷，內中有一粒鴉青、一粒石榴子、一粒洒黃，四五顆都是夜間起光的好寶石，是他家祖傳的，那裏尋來？」說一會，焦躁一會。這一晚，晚飯也不喫，夜間睡也睡不着，直到晌午，還沒有起來。

不知這釵兒，却是李侍講馬夫拾得，又是長班先看見，兩個要分，爭奪起來。且鬧得李侍講知道，分付取來看。只見釵兒金光耀目，寶色映人。李侍講心下便想道：「這釵兒料不是小戶人家有的，也料不是幾兩銀子價值的，為遺失了釵兒，畢竟不知幾人受冤，幾人吃苦？怨暢的不不知幾時得了，憂鬱的不知幾時得舒。若是這兩個花子拿去吃酒賭錢，不消一日就花費個罄盡，不如我與這釵兒一個明白。」便對馬夫與長班道：「釵兒我收在這裏，與你兩個二兩銀子，去買酒。」兩個只得叩頭而出。馬夫道：「這金子少也值伍兩。如今入了官，一是老鼠養兒子，替猫鬧。」長班道：「譬如不拾得。却不道漁人得利。」側邊的道：「老爺討了些便宜，只當三脚分了。」那眶這李侍講走進去，却寫出一條紙來，道：「十三日，燈市內拾金釵一隻，失者說明來取。」貼了幾日。只見這日余姥姥見王奶奶連日愁得飲食少喫，叫勤兒拿錢去買合汁。正在那邊買時，却見一個婆子走來，那賣合汁的道：「認得來麼？」婆子道：「咱媳婦家中不見的釵子，是嵌珠子的，他是欠寶石的，不對。」勤兒忙問時道：「是東角頭李翰林拾得隻釵兒，叫人去認領。」勤兒聽了，飛跑到家，道：「奶奶！釵兒有哩！」王奶奶道：「在那哩？」勤兒道：「在東角頭李翰林家，奶奶去認。」王奶奶道：「我說了，你與余姥姥去認罷。」勤兒道：「適纔一個說不對，他不肯，還是奶奶去。」王奶奶只得和余姥姥顧了驢來，到東角頭。正值李侍講送客出來，余姥姥過去見了個禮，李侍講忙叫請起。余姥姥道：「十三日是老媳婦與錦衣衛王指揮奶奶，在燈市失下釵兒一隻，道是爺收得，特來說明，求爺給發。」李侍講便叫說來，王奶奶過去一說，並沒一毫兒差。李侍講忙取來發與他。王奶奶見了淚下，忙過來叩頭稱謝。李侍講道：「仕宦妻女，不消。」余姥姥道：「這等，待他丈夫回時謝爺罷。」李侍講道：「一發不消。」兩個領了釵兒，一路快活回去。

不半年，王指揮回京，夫妻歡會，所不必言。問丈夫道：「你在廣南曾帶甚珠子來麼？」丈夫道：「我已帶得百十粒與你。」王奶奶道：「還有甚送得人的麼？」因說自己同余姥姥燈市失釵，虧李侍講給還，不然幾乎憂愁病死。王指揮道：「這釵是我家祖傳下來的，上邊寶石值銀數百，他清冷官，肯還與你，我明日去謝他。」就備了些禮，是端硯、血竭、英石、玳瑁帶、紅藤蕈、沉速香、花梨文具、荔枝、龍眼、海味，來見李侍講。李侍講不知為些甚麼，坐定，說起失釵原故，道：「若非大人，房下愁慮，必致成病。今日夫妻重會，皆大人所賜。」李侍講道：「這小事，何勞致謝？」送上禮單，李侍講並不肯收，再三央求，李侍講只是不肯。王指揮道：「餘物也不值甚，只有血竭也是一時難得之物，大人可勉收了。」李侍講見他苦苦的說，收了這一件進裡邊。李夫人道：「你這樣冷氣官，誰人來送禮？」李侍講說起謝釵緣故。李夫人道：「這不該收他的。」李侍講道：「他苦苦要我收，又說道這血竭也是難得的，治金瘡絕妙。」李夫人笑道：「正是。如今聖上殺韃子，正要你去做前鋒哩！」兩個也說笑了一會。

恩有大于救妻子乎？該謝。

過後數年，是永樂十九年，只見四月初八，這夜大內火光燭天，却是火焚了奉天殿、謹身殿、華蓋殿三殿。聖上傳旨求直言，李侍講條陳一個本，是「停工作、罷四夷朝貢、沙汰冗官、賑濟饑荒、清理刑獄、黜貶官、罷遣僧道、優恤軍士」，共十五事，聖上也都施行。又到洪熙元年⑮五月，李侍講又上兩

不亢不激。

個時政闕失的本，激怒了聖上，道他出位言事，叫武士把金瓜打。此時金瓜亂捶下來，李侍講道：「陛下納諫如流，不意臣以諫死。」聖上傳旨叫住時，已打了十八瓜，脇下骨頭已折了三條。聖旨着扶出，改他作御史。李侍講已是話都說不出了，擡到家中，昏暈欲絕。李夫人忙去請醫買藥。這些醫人道：「凡傷皮肉的可治，不過完他瘡口，長肉。傷在骨，已就難活了，況且脇骨折了三條，從那一個所在把手與他接？這除非神仙了。」李夫人聽了，無計可施，唯有號泣，與他備辦後事。不期過得一日，聖旨又着拿送錦衣衛。常言道：「得罪權臣必死，得罪天子不死。」只是到了衛，少不得也要照例打一套，管你熬得熬不得，打了落監。管監却是王指揮。見了李御史道：「我聞得今日發一李御史來，不知正是恩人。」忙叫收拾獄廳邊一間小房，把他安下，又着人去請醫生。管監的做主，獄卒誰敢掯勒？連忙請到醫生。醫生道：「這位李爺，學生已看了，脇骨已斷，不可醫治了。」王指揮道：「你再瞧一瞧。」王指揮去把衣裳掀起看，只見半邊紅腫，腫得高高的。醫生纔把手去模，李御史大聲叫起疼來。醫生道：「奇事！昨日看時，脇骨三條都斷的，怎今日却都相接？」李御史又有絲腸沒力氣道：「兩日被脇骨不接，交擦得疼不可言，今早是用挺棍一閃，忽然接了。」醫生道：「都是老爺精忠感格上天保祐，不然醫生也難治，但須得好血竭纔妙。」王指揮道：「有，我在廣南曾帶來，着小廝去取。」去了一餉，回報道：「尋得沒有，想送了翰林李爺了。」王指揮想了想，道：「果是送了李爺。」就着人去李御史家取。夫人撿了半日，撿得出來，拿到獄中。王指揮着醫生如法整治，將來敷上。可是：

亦有理。

旱中逢雨。

老實話。

⑮ 洪熙元年：西元一四二五年。洪熙，明仁宗朱高熾年號。

忠何愁折脇，義欲起殘生。

當時王指揮又着人對李夫人道：「李爺儒官，久處冷局，又在客邊，獄中供給醫藥，都不要費心，我這裡自備。」自此之後，無日不來看視，自為敷藥，與他講些白話慰安他。李御史伏枕一個多月，纔得安痊。時常虧得王指揮在獄中照管，却也不大煩惱。或時與王指揮說些忠臣、孝子、義士、高人的典故，王指揮也時常來說些朝中新政，堦市上時事，消遣時日。

王郎也得力。

本年洪熙爺宴駕，宣德⑯爺登基，次年改元，也不赦得。直至十月，例有冷審。刑部、錦衣衛都有獄囚冊獻上，內開李御史名字。聖上見了，想起他當日觸怒先帝的事。次日設朝，傳旨拿來面訊。此時一個錦衣衛官領了旨，飛也似到衛監取出李御史來，縛了，從東華門押解進來。李御史此時全無悔懼模樣，一邊起解，一邊聖旨宣過王指揮道：「李時勉不必縛來，你可竟押至西角頭處決。」那王指揮接了這旨，却似心頭上有個鹿兒突突地撞，脚下一條繩兒絆住，走不去一般，道：「纔方旨意拿來，還可辦上幾句，在死裏求生；如拿去殺，再沒救了。」走出西華門，便叫一個校尉到李衙去叫李夫人，可到西角頭與李爺一面，一邊着人尋上好棺木，道：「不能勾救他，只好把他從厚殮殯，賫助他妻子回鄉去罷。」走到監門口，簌簌調下淚來，道：「李先生，再要與你在這邊講些天話，也不能勾了。」忙問李爺時，獄卒道：「適纔許爺領旨抓去了。」王指揮道：「這等，我且覆旨，看他消息。」來覆旨時，李御史已蒙聖恩，憐他翰院儒臣，却能言人所不敢言，不可深罪，不惟不殺，反脫去他枷，仍舊着他做翰

纔是忠臣。

義薄雲天。

⑯ 宣德：明宣宗朱瞻基年號。西元一四二六—一四三五年。

林院侍讀，纂修永樂爺實錄。此時李夫人聽了報，正悲悲咽咽，趕到西角頭，只見家僮沒命似跑來道：「奶奶！爺回家了！」李夫人聽得滿心歡喜，忙回家時，却是從天落下一個李侍講一般。正是：

三載囹圄困儀羽，各天幽恨夢魂知。
今朝忽得金雞放，重向窻前訴別離。

真，真。

不貪天功。奇品，奇品。

一個訴不盡獄中苦楚，一個說不盡家中消條，兩下又都同稱揚王指揮知恩報恩，這數年管顧。正說間，王指揮又來恭賀，李侍講與夫人都出來拜謝。王指揮道：「這是大人忠忱天祐，學生有甚功？」李侍講留了飯。後邊有這些同年、故舊來望，李侍講只得帶了幾年不曾帶白梅頭紗帽，穿了幾年不曾穿顯氣圓領，出去相見。王指揮家從此竟作了通家往還。本年因纂修，陞了學士。正統⓱改元，陞了春坊大學士。其時王指揮因弱症病亡。先時李侍講為他迎醫，也朝夕問候，歿時親臨哭奠。遺下一子一女，一子年已十六，為他就勛戚中尋了一頭親事，也捐俸助他行聘。一女為他擇一個文士，也捐俸為他嫁送。末後他兒子蔭襲時，為他發書與兵部，省他多少使費。

七年十一月，李學士陞了北京祭酒。這國子監是聚四方才俊之地，只因後邊開個納粟例，雜了些白丁，祭酒都不把這些人介意，不過點卯罰班。就是季考，也假眼瞎，任這些人代考抄竊，止取幾個名士，放在前列罷了。還有些無恥的，在外面說局詐人。李祭酒一到任，便振作起來，凡一應央分上、討差、

⓱ 正統：明英宗朱祁鎮年號。西元一四三六－一四四九年。

如今那得這等司成！

免歷與要考試作前列的，一槩不行，道：「國學是天下的標準，須要風習恬雅，不得寡廉鮮恥。」待這些監生，真是相好師生。有貧不曾娶妻的，不能葬父母的，都在餐錢裡邊省縮助他；有病的，為他醫藥；勤讀的，大加獎賞。一個國學，弄得燈火徹夜。英國公聞得他規矩整飭，特請旨帶侯伯們到國子監聽講。李祭酒着監生把四書五經各講一張。留宴，只英國公與祭酒抗禮，其餘公侯都傍坐。監生歌鹿鳴詩⑱，真是偃武修文氣象。

爭奈這時一個太監王振，專用着一個錦衣衛指揮馬順，因直諫支解了一個翰林侍講劉球，因執法陷害了一個大理寺少卿薛瑄。那些在朝文武，也弄得「巡撫叩頭如搗蒜，侍郎扯腿似燒葱」，那一個不趨炎附勢？只這李祭酒，便要元旦一個拜帖角兒，也是不肯的，道：「我是國學師表，豈可先為奔兢？」王振惱了，着人緝訪他的過失，那裡有一些事迹？只因是他作興士子，這些士子來得多了，庭前枯栢倒了，碍住庭中，不便行禮，將來砍了去，王振就奏他擅伐官樹，將來枷在國子監前。王振意思道：「李侍講年紀已大，枷了幾日，不是氣死，也應累死。」只見國學數千監生，都穿了這一套兒衣巾，都在紫金城外午門號哭，乞聖上恩赦。內中獨有一個監生姓石名大用，獨在通政司上本，請以身代。大意道：

臣不敢謂祖宗有枷大臣之制，亦不敢謂伐樹罹枷項之法，更不敢謂時勉為四朝耆舊宜赦。獨念時勉景入桑榆，勢有不堪，忝為師表，辱有不可；而臣誼在師生，理應身代。伏乞聖恩憐准，庶臣

---

⑱鹿鳴詩：詩經篇名。見詩小雅鹿鳴。明清之時，於科考放榜次日，宴請得中舉子，時歌此詩，故又稱「鹿鳴宴」。

得伸師弟之情，國亦無殺老臣之名，士亦無可辱之體。

本上去，聖上看了，傳旨放免。李祭酒道：「士可殺不可辱，我亦何面目復對諸生？」遂上本乞致仕，與家眷回家。行李蕭條，不及二三扛。諸生涕泣奔送，填街塞道。李祭酒回家，正統元年病卒，賜謚「文毅」。至成化⑲中，又贈禮部侍郎，改謚「忠文」。大都李公忠肝義膽，歷久不磨；薑性桂質⑳，至老不變。以忠激義，至于相成，兩兩都各傳于後。

雨侯曰：王指揮結于恩，武夫伎倆。石監生激于義，文士肝腸。皆可為忠之助，託忠並傳。

石隱曰：成祖時，翰林諫者有羅汝敬暨公，正統時劉球，天順時羅一峯，成化時章懋、黃仲昭，弘治時鄒智、莊昶，正德時舒芬，嘉靖時郭希顏、楊慎，萬曆初吳中行、趙用賢，此後則寥寥矣。向非繆西谿，幾成絕響。

---

⑲ 成化：明憲宗朱見深年號。西元一四六五—一四八七年。

⑳ 薑性桂質：指優良的品質和性格。比譬剛強、堅毅、正直。

卷四

序

鴒原至今日而可慨，極矣！利濃而情淡，勢軋而心離，閨中有豺虎，而一室成參商，可勝言哉！豆然同根，比比而是。若今之師生，更不如友朋，荒陸氏之庄，為邊生之誚，誰復作恤孤之想？落落寰中，乃有若人，悌悌師師，真東流之砥矣！願借寡情者一讀，當泚盈面而汗滌背。

翠娛閣主人題

第十三回　擊豪強徒報師恩　代成獄弟脫兄難

冷眼笑人世，戈矛起同氣。
試問天合親，倫中能有幾？
泣樹有田真❶，讓肥有趙禮❷。
先哲典型存，歷歷可比數。
胡為急相煎，紛紛室中鬩。
池艸徒縈夢，杕杜實可倚。
願堅不替心，莫冷傍人齒。

四海之內皆兄弟，實是寬解之詞。若論孩稚相攜，一堂色笑，依依栖栖，只得同胞這幾個兄弟。但

❶ 田真：小說故事人物。見於吳均續齊諧記紫荊樹故事。言京兆田真兄弟三人分（家）而復合，紫荊樹亦枯而榮故事，諷喻了田真兄弟的爭產分家行為，讚揚了和睦相處、和衷共濟思想。馮夢龍醒世恒言三孝廉讓產立高名入話，亦復述了這個故事。

❷ 趙禮：漢代人，趙孝之弟。相傳兄弟二人十分友愛，幾同體共生，休戚相關。

其中或有釁隙，多起于父母愛憎，只因父母妄有重輕，遂至兄弟漸生離異。又或是妯娌牴忤，枕邊之言日逐譖毀，畢竟同氣大相乖違。還又有友人之離間，婢僕之挑逗。嘗見兄弟起初嫌隙，繼而爭競，漸成搆訟，甚而仇害，反不如陌路之人，這也是奇怪事。本是父母一氣生來，倒做了冰炭不相入。試問人：這弟兄難道不是同胞，難道不同是父母遺下的骨血，為何顛倒若此？故我嘗道，弟兄處平時，當似司馬溫公❸兄弟，都到老年，問兄的飢，問兄的寒，煦煦似小兒相恤。處變當似趙禮兄弟。漢更始❹時，年飢盜起，拿住他哥子要殺，他知道趕去，道：「哥子瘦，我肥，情願我替兄。」賊也憐他義氣，放了。至于感紫荊樹枯，分而復合，這是田家三弟兄。我猶道他不是漢子，人怎不能自做主張，直待艸木來感動？即一時間性分，或有知愚，做兄的當似牛弘，弟射殺駕了車的牛，竟置之不問；做弟的當似孫蟲兒，任兄惑邪人，將他凌辱不怨。不然王祥❺、王覽同父異母兄弟，王祥臥冰之孝，必能愛弟。那王覽當母親要藥死王祥時，他奪酒自喫，母親只得傾了。凡把疑難的事與他做，他都替做。不同母的也如此，況同父母的弟兄。我朝最重孝友。洪武初，旌表浦江鄭義門，坐事解京，聖旨原宥，還擢他族長鄭璉為福建參政。以後凡有數世同居的，都蒙優異。今摘所同一事，事雖未曾旌表，其友愛自是出奇。

苛于論人。

□鍾極醒。

❸司馬溫公：即司馬光（西元一〇一九—一〇八六年），北宋大臣、史學家。字君實，陝州夏縣涑水鄉（今屬山西）人，世稱涑水先生。寶元進士，官至宰相。死後追封溫國公。著有資治通鑑二百九十四卷。遺著尚有司馬文正公集、稽古錄等。

❹更始：年號。新莽末年，西元二三年，劉玄稱帝，年號更始，更始三年亡。

❺王祥：晉人，孝子。官至太保，事母至孝。民間傳有王祥為母臥冰求鯉的故事。

友着匪人，一生受害，擇交不可不慎。

筆筆畫意。

話說浙江台州府太平縣，宣德間有個姚氏弟兄，長名居仁，次名利仁，生得儀容豐麗，器度溫雅，意氣又激烈，見義敢為，不惟性格相同，抑且容貌如一。未冠時，從一個方方城先生。這先生無子，止得妻馬氏，生得一個女兒慧娘，家事貧寒。在門還有個胡行古，他資質明敏，勤于學問。一個富爾穀，年紀雖大，一來倚恃家事充足，無心讀書；又新娶一妻，一發眷戀，不肯到館。一個夏學，學得一身奸狡，到書上甚是懵懂，與富爾穀極其相合。先生累次戒諭他，他兩人畧不在意。五人雖是同門，意氣猶如水火。後來兩姚連喪父母，家事蕭條，把這書似讀不讀。止有胡行古進了學，夏學做了富爾穀幫閑。

一日，方方城先生歿了，眾門生約齊送殮，兩姚與胡行古先到，富爾穀與夏學後來。那富爾穀原先看得先生女兒標致，如今知他年已長成，兩眼只顧向孝堂裏看。那女兒又因家下無人，不住在裏邊來往，或時一影，依稀見個頭，或時見雙腳。至哭時，嚶嚶似鸝聲輕囀，弄得個富爾穀耳忙眼忙，心裏火熱，雙隻眼直射似螃蟹，一個身子酥軟似蜒蝣。這三人原與他不合，不去采他。只有夏學，時與他掗❻家懷說話，他也不大接談。事完散酒，只見夏學搭了富爾穀肩頭走，道：「老富，你今日為甚麼出神？」富爾穀道：「我有一句心腹對你說。方先生女兒，我見時尚未蓄髮，那時我已看上他，只是小，今日我算他已年十六了。我今日見他孝堂裏一雙腳，着着白鞋子，真是笋尖兒；又虧得風吹開布幃，那一影真是個素娥仙子，把我神魂都攝去了！老夏，怎弄個計議，得我到手，你便是個活古押衙❼！」夏學道：「這有何難？你只日日去幫喪，去嗅他便了！」富爾穀道：「只今日已是幾乎嗅殺，若再去，身子一定回來

❻ 掗：音一ㄚˋ。強人接受不願要的東西。這裡是指強與人說話。

❼ 古押衙：小說人物。用以稱仗義捨生的義士。見唐薛調無雙傳。押衙，管領儀仗官名。

怕老婆的奧妙處，一盤托出。

先贊師母，後荐爾穀，透出填房為娶妾根本。張儀之舌，蘇秦之口。

不成了！你只仔麼為我設法弄來作妾。」夏學道：「罷了！我還要在你家走動，若做這樣事，再來不成了，作成別個罷！」富爾穀道：「房下❽極賢。」夏學道：「我日日在你家，說這話，你尊臉為甚麼破的？昨日這樣熱，怎不赤剝？」富爾穀把夏學一拳，道：「狗獃！婦人們性氣，不占些強不歇。我們着了氣，到外消遣便罷了，他們不發洩得，畢竟在肚中，若還成病，又要贖藥，你道該讓不該讓？」夏學道：「是！是！只是如今再添個如夫人，足下須搬到北邊去，終日好帶眼罩兒，遮着這臉嘴！」兩個笑了一回。夏學道：「這且待小弟緩圖。」

次日，夏學就借幫喪名色，來到方家。師母出來相謝，夏學道：「先生做了一生老學究，真是一窮徹骨，虧了師母這等斷送，也是女中丈夫。」師母道：「正是。目下雖然暫支，後邊還要出喪營葬，毫忽無抵。」夏學道：「這何難！在門學生，除學生貧寒，胡行古提不起個『窮』字；兩姚雖是過得，嗇吝異常；只有富爾穀極甚揮洒。師母若說一聲，必肯資助。」師母道：「他師生素不相投，恐他不肯。」夏學道：「只因先生酸腐，與他豪爽的不同。不知他極肯周濟，便借他十來兩，只當牯牛身上拔根毛。他如今目下因他娘子弱症，不能起床，沒人管家，肯出數百金尋填房的，豈是個不肯捨錢人？只是師母不肯開口，若師母肯下氣，學生當得效勞。」師母道：「若肯借三五兩，也勾了。」

夏學別了，來見富爾穀道：「老富，我今把這嗇鬼竟擡做了大豪俠了！我想他是孤兒寡婦，可以生做。不若擇一個日，拿五十兩銀子、幾個段子，盡說借他。他若感恩，一說便成，這就罷了；若他不肯，生扭做財禮，只憑我這張口，何如？」富爾穀道：「二十兩罷！」夏學道：「須說不做財禮，畢竟要依

❽ 房下：妻室。

「寧可清貧」，可謂有先見之明，真女中之慧也。

箴片口角宛然。

我。我這強媒，也還該謝個五十兩哩！」富爾穀只得依說，拿了五十兩銀子、兩個段子、兩個紗與他。他落了十兩，叫小廝一拜匣捧定，來見師母，道：「師母，我說他是大手段人，去時恰好有人還他本銀四十兩，把四個尺頭作利錢。我一談起，他便將此宗付我。我叫他留下四個尺頭，他道『一發將去，怕不彀用。』學生特特送來。」師母道：「我只要三五兩，多餘的勞大哥送還。」夏學道：「先生腐了一生，又有師母，物自來而取之，落得用的。師母條直收了。」這邊馬氏猶豫未決，夏學一邊就作了個揖，辭了師母，一徑出門去。只是慧娘道：「母親，富家在此讀書，極其鄙吝，怎助這許多？寧可清貧，母親只該還他的是。」馬氏便央人去請夏學，夏學只是不來，馬氏也只得因循着。

不一日，舉殯日子到了，眾人鬨分祭奠。富爾穀不與分子，自做一通祭文來祭。道：

嗚呼！先生！我之丈人。半生教書，極其苦辛。早起晏眠，讀書講經。腐皮藍衫，石衣頭巾。芊頭鬚絛，儉樸是真。不能高中，金榜題名。一朝得病，嗚呼命傾！念我小子，日久在門。若論今日，女婿之稱。情關骨肉，汪汪淚零。謹具薄祭，表我微情。烏猪白羊，代以白銀。嗚呼哀哉，尚饗❾！

夏學看了道：「妙，妙！說得痛快！」富爾穀道：「信筆掃來，叶韻而已。」姚居仁道：「只不知如何做了先生之婿？」姚利仁道：「富兄你久已有妻，豈有把先生的女的（兒）作妾之理？」夏學道：「堯

❾ 尚饗：亦作「尚享」，意謂希望死者來享用祭品。舊時祭文，常用作套語。饗，音ㄒㄧㄤˇ。

以二女與舜，一個做正妻，一個也是妾，這也何妨！」姚居仁道：「胡說！這事怎行得通！」只見裏邊馬氏聽得，便出來道：「富爾穀，先生纔死得，你不要就輕薄我女兒！先生臨終時，已說定要招胡行古為婿，因在喪中，我不題起，你怎麼就這等輕薄？」姚居仁道：「不惟辱先生之女，又佔友人之妻，一發不通。」富爾穀道：「姚居仁，關你甚事？」姚利仁道：「你作事無知，怎禁得人說？」富爾穀道：「我也用財禮聘的，仔麼是佔？」馬氏道：「這一發胡說了，誰見你聘禮？」夏學道：「這是有因的。前日我拿來那四十兩銀子、四個尺頭，師母說是借他的，他道却是聘禮。」馬氏道：「你這兩個畜生，這樣設局欺我孤寡！」便向裡邊取出銀、段，撒個滿地。富爾穀道：「如今悔？遲了，遲了！」與夏學兩個跳起身便走。被姚利仁一把扯轉。夏學瘦小些，被姚利仁一扯，扯得猛，扯個番觔斗，道：「這那個家裏，敢放刁？好好收去，讓胡兄行禮；若不收去，有我們在這裏，學生的銀子，師母落得用的。過幾時，我們公眾償還。」夏學見不是頭，道：「富兄原不是，怕那裏沒處娶妾？做這樣歪事！」拾起銀、段來，細細合數，比原來時少了五兩一定。夏學道：「師母既是要乾淨與胡兄，這五兩須胡兄召，他如今如何肯折這五兩？」胡行古自揣身邊沒鈔，不敢做聲，又是姚居仁道：「我代還。」夏學：「這等，兄兌一兌出，省得掛欠。」姚居仁道：「怎這樣慌？五日內我還便罷了。」夏學道：「求個約兒。」姚居仁道：「說出就是了。」夏學道：「寄服人心。」姚利仁道：「便寫一約與他何妨！」夏學就做個中人，寫得完，也免不得着個花字，富爾穀收了，各人也隨即分散回家。

夏學一路怨暢富爾穀：「這事慢慢等我摶來，買甚才？弄壞事！」富爾穀道：「我說叫先生阿愛也曉得有才，二來敲一敲實。」夏學道：「如今敲走了，這不關胡行古事，都是兩姚作梗，定要出這口氣！

大題面。

假罪老富怕沒處娶妾，輕薄之尤。

□□賣

弄□□的大□可是老□一流人，可愧可省。

殺人害

佈得二姚倒，自然小胡拱手奉讓了。」富爾穀道：「何難！我明日就着小廝去討銀子，出些言語，他畢竟不忿，趕來嚷罵，關了門，打上一頓，就出氣了。」

果然，第二日就着小廝去討銀子，恰好撞着姚居仁。居仁道：「原約五日，到五日你來。」小廝道：「自古道『招錢不隔宿』，誰叫你做這好漢？」居仁道：「這奴才這等無狀！」那小廝道：「誰是你奴才？沒廉耻，欠人的銀子，反罵人。」居仁聽了，一時怒起，便劈臉一掌道：「奴才，這掌寄在富爾穀臉上，叫他五日內來領銀子。」那小廝氣噴噴自去了。此時居仁弟兄服已滿，居仁已娶劉氏在家月餘，利仁也聘定了縣中茹環女兒，尚未娶回。劉氏聽得居仁與富爾穀小廝爭嚷，道：「官人，你既為好招銀子，我這邊將些首餙當與他罷。」居仁道：「偏要到五日與他，我還要登門罵他哩！」晚間利仁回來，聽得說，也勸：「大嫂肯當了完事，哥哥可與他罷，不要與這蠢材一般見識。」第二日，劉氏絕早將首餙把與利仁，叫他去當銀子。那富家小廝又來罵了，激得居仁大怒，便趕去打。那小廝一頭走，一頭罵；居仁住了脚，他也立了罵。居仁激得性起，一直趕去。這邊利仁當銀回來，聽得哥哥趕到富家，他也趕來。不知那富爾穀已定下計了。

昨日小廝回時，學上許多嘴，道居仁仔麼罵爾穀，又借他的臉打。富爾穀便與夏學商議，又去尋了一個久慣幫打官司的，叫做張羅，與他定計。富爾穀道：「我在這裏，是村中皇帝，連被他兩番凌辱，也做人不成，定要狠擺布他纔好！」張羅道：「事雖如此，苦沒有一件擺布得他倒的計策。」正計議時，恰好一個黃小廝送茶進房，久病起來，極是伶仃。放得茶下，那夏學提起戒尺，劈頭兩下，打個昏暈。富爾穀吃了一驚，道：「他病得半死的，怎打他？」夏學道：「這樣小廝，死在眼下了，不若打死，明

人都是自殺自害之地，天下伶俐人盡是痴人。

日去賴姚家。你的錢勢大，他兩個料走不開。」張羅連聲道：「有理！有理！」富爾穀聽了，便又添上幾拳幾脚，登時斷氣。只是這小廝是家生子⑩，他父親富財知道，進來大哭。夏學道：「你這兒子病到這個田地，也是死數了，適纔拿茶，傾了大爺一身。大爺惱了，打了兩下，不期死了。家主打死義男，也沒甚事。」富財道：「就是傾了茶，却也不就該打殺！」張羅道：「少不得尋個人償命，事成時，還你靠身文書⑪罷。」富爾穀道：「他喫我的飯養大的，我打死也不碍。你若胡說，連你也打死了！」富財不敢做聲，只好同妻子暗地裏哭。

三人計議已定，只要次日哄兩姚來，落他圈套。不料居仁先到，嚷道：「富爾穀，你怎叫人罵我？」富爾穀道：「你怎打我小廝？」正爭時，利仁趕到，道：「不必爭得，銀子已在此了。」那富爾穀已做定局，一把將姚居仁紐住廝打，姚居仁也不相讓。利仁連忙勸時，一時間那里拆得開？張羅也趕出來假勸，鬨做一團。只見小廝扶着那死屍，往姚居仁身上一推，道：「不好了，把我們官孫打死了！」大家吃了一驚，看時，一個死屍，頭破腦裂，挺在地下。富爾穀道：「好！好！你兩兄弟仔麼打死我家人？」居仁道：「我並不曾交手，怎圖賴得我？」富爾穀道：「終不然自死的？」姚利仁道：「這要天理！」張羅道：「天理，天理，到官再處！」兩姚見勢不像，便要往家中跑。富爾穀已趕來圈定，叫了隣里，一齊到縣。正是：

⑩ 家生子：賣身奴婢在主家所生子女。其子女世代為奴，永遠服役，沒有人身自由。

⑪ 靠身文書：自願投靠官宦人家當奴僕而立的賣身文契。有時不要身價，也要一個文契。

坦途成坎坷，淺水蹙洪波。
巧計深千丈，雙龍入網羅。

縣中是個歲貢⓬知縣，姓武，做人也有操守、明白。正值晚堂，眾人跪門道：「地坊人命重情！」叫進問時，富爾穀道：「小人是苦主。有姚居仁欠小的銀子五兩，怪小的小廝催討，率弟與家人沿路趕打，直到小的家裏，登時打死，里隣都是証見。」知縣叫姚居仁：「你仔麼打死他小廝？」姚居仁道：「小的與富爾穀俱從方方城同窗讀書。方方城死時，借他銀五兩，他去取討，小的見他催迫，師母沒得還，小的招承代還。豈期富爾穀日着小廝來家炒鬧，小的拿銀還他，雖與富爾穀相爭，實不曾打他小廝。」富爾穀道：「終不然我知道你來，打殺等的？」知縣叫隣里。其時一個隣舍竹影，也是富爾穀行錢的，跪上去道：「小的里隣叩頭。」知縣道：「你仔麼說？」這邊就開口道：「小的在富爾穀門前，只見這小廝哭了在前邊跑，姚居仁弟兄後邊趕，趕到裏邊，只聽得爭鬧半餉，道打死了人。」知縣道：「趕的是這個小廝麼？」道：「是。」知縣道：「這等是姚居仁趕打身死的情實了！把居仁、利仁且監下，明日相驗。」那富爾穀好不快活，對張羅道：「事做得成狠了些！」不知張羅的意思，雖陷了姚家弟兄，正要逐儅兒做富爾穀。頭一日，已自暗地叫富財藏了打死官孫的戒尺，如今又要打合他買仵作，就回言道：「狠是狠了，但做事留空隙把人，明日相驗，仵作看見傷痕，不是新傷，是血汙兩三日，報將出來，如何是好？你反要認個無故打死家僮，圖賴人命罪了！這要去摁撒⓭纔好。」富爾穀道：「這

齒牙跌宕，孰知正是真情。

言語波瀾，孰

⓬ 歲貢：明清時每年從府、州、縣學中選送廩生入升國子監肄業，稱歲貢。

知正是定案。

狠心。

便伏弟兄調換之根。

一團友愛，豈是行兇之人！

等我反要拿出錢來了？」夏學道：「要贏官司，也顧不得銀子。」吃他一打合，只胡盧提叫他要報傷含糊些，已詐去百餘兩。富財要出首，還了他買身文書，又與他十兩銀子。張羅又叫他封起，留作後來詐他把柄。富爾穀好不懊恨。

只是居仁弟兄落了監，在裏邊商議。居仁道：「看這光景，他硬証狠，恐遭誣陷。我想事從我起，若是定要逼招，我一力承當。你可推開，不要落他穽中。」利仁道：「哥哥，你新娶嫂嫂，子嗣尚無。你一被禁，須丟得嫂嫂不上不落。這還是我認，你還可在外經營。」到了早飯後，知縣取出相驗，此時仵作已得了錢，報傷道：「額是方木所傷，身上有拳踢諸傷。」知縣也不到尸首邊一看，竟填了尸單，帶回縣審。兩個一般面貌，連知縣也不知那一個是姚居仁，那一個是姚利仁，叫把他夾起來要招。利仁者（道）：「趕罵有的，實不曾打。就是趕的，也不是這小廝。」知縣又叫竹影道：「這死的是富爾穀小廝麼？」竹影道：「是他家義男富財的兒子。」知縣道：「這等是了。」要他兩兄弟招。居仁、利仁因富爾穀用了倒捧錢，當不得刑罰，居仁便認是打死。利仁便叫道：「彼時哥哥與富爾穀結紐在一處，緣何能打人？是小的失手打死的。」居仁道：「是小的怪他來幫，打的。」利仁道：「小人打死是實，原何害哥哥？只坐小的一人！」知縣道：「姚利仁講得是。」叫富爾穀：「他兩人是個同窗，這死也是失手誤傷，坐不得死罪。」富爾穀道：「老爺，打死是實，求爺正法！」知縣不聽。此時胡行古已與方方城女兒聘定了，他聽得姚居仁這事，拉通學朋友為他公舉冤誣。知縣只做利仁因兄與富爾穀爭鬥，從傍救護，以致誤傷。那張羅與夏學又道騎虎之勢，攛哄富爾穀用錢，把招眼弄死了，做了文書解道。道

⑬ 揌撒：有動作、放開之意。揌，音ㄙㄞ。

單辭易誣陷人。

妯娌中之聖人，罕見其匹。

決計定謀，女中之陳平。

中駁道：「據招趕逐是出有意，尸單多傷，豈屬偶然？無令白鏹有權，赤子抱怨也！」駁到刑廳。刑廳是個舉人，沒甚風力，見上司這等駁，他就一夾一打，把姚利仁做「因官孫之毆兄，遂拳挺之交下」，比「鬪毆殺人，登時身死」律絞，秋後處決；還要把姚居仁做「喝令」。姚利仁道：「子弟赴父兄之鬪，那裏待呼喚？小的一死足抵，並不干他事。」每遇解審，審錄時上司見他義氣，也只把一個抵命，並不深求。

姚居仁在外，竟費了書耕種，將來供養兄弟。只是劉氏在家，嘗嘗責備居仁道：「父母遺下兄弟，不說你哥子照管他，為何你做出事，叫他抵償？」居仁道：「我初時在監計議，他道因你新嫁，恐丟你，誤你一生。說我還會經營，還可支撐持家事，故此他自認了，實是我心不安。如今招已定，改換也改不得了。」劉氏道：「你道怕誤我一生，如今叔叔累次分付，叫茹家另行嫁人，他並不肯，豈不誤了嬸嬸一生？」倒是居仁在外奔忙，利仁在監有哥哥替他用錢，也倒自在。倒是富爾穀，却自打官司來，嘗被張羅與富財串詐，家事倒蕭條了。

日往月來，已是三年，適值朝廷差官恤刑。此時劉氏已生一子，週歲。因茹氏不肯改嫁，茹家又窮，不能養活，劉氏張主接到家中，分為兩院，將家事中分，聽他使用。聞得恤刑將到，劉氏道：「這事雖云誣陷，不知恤刑處辦得出辦不出。不若你如今用錢邀解子⓮到家，你弟兄面貌一般，你便調了，等他在家與嬸嬸成親。我你有一子，不教絕後了！」居仁連聲道「是」。果然邀到家中，買了解子，說要緩兩日，等他夫婦成親。解子得錢應了。利仁還不肯做親，居仁道：「兄弟，弟婦既不肯改嫁，你不與成親，

⓮ 解子：解差。

豈不辜負了他？若得一男半女，須不絕你後嗣。」利仁纔方應承。到起解日，居仁自帶了枷鎖，囑付兄弟道：「我先代你去，你慢慢來。」正是：

相送柴門曉，松林落月華。
恩情深棣萼⑮，血淚落荊花。

恤刑情事如此也，辜□□恤大□。

解人也不能辨別，去見恤刑也不過憑這些書辦，該辨駁的所在駁一駁，過堂時唱一唱名，他下邊敲緊了，也只出兩句審語了帳。此時利仁也趕到衙門前，恐怕哥受責。居仁出來，便分付利仁：「先回，我與解人隨後便到。」不期居仁與劉氏計議已定，竟不到家，與解人回話就監。解人稍信到家，利仁大哭，要行到官稟明調換。解子道：「這等是害我們了，首官定把我們活活打死。你且擔待一月，察院按臨時，必然審錄，那時你去便了。」利仁只得權且在外。他在家待嫂，與待監中哥子，真如父母一般，終是不能一時弄他出來。

但天理霎時雖昧，到底還明。也是他弟兄有這幾時災星。忽然一日，張羅要詐富爾穀，假名開口借銀子。富爾穀道：「這幾年來，實是坎坷，不能應命。」張羅道：「老兄強如姚利仁坐在監裏，又不要錢用。」富爾穀見他言語不好，道：「且喫酒再處。」因是盪酒的不小心，飛了點灰在裏邊，斟出來覺

⑮ 棣蕚：比喻兄弟。唐杜甫至後詩：「梅花一開不自覺，棣蕚一別永相望。」清仇兆鰲注：「棣蕚，以比兄弟也。」

世安得盡翻成案之進賢冠乎？又何愁冤之終不白也！

有些黑星星在上，張羅用指甲撩去。富爾穀又見張羅來許，心裏不快，不喫酒，張羅便疑心。不期回家，為多喫了些食，瀉個十生九死，一發道是富爾穀下藥。正要發他這事，還望他送錢，且自含忍不發。不期富爾穀實拿不出，擔閣了兩月，巧巧這年大比，胡行古中了。常對家裏道：「我夫婦完聚，姚氏二兄之力，豈期反害了他！」中時自去拜望，許周濟他，不題。

一日，赴一親眷的席，張羅恰好也在坐。語次談起姚利仁之冤，張羅拱濶⑯道：「這事原是冤枉，老先生若要救他，只問富財便了。」胡行古也無言，次日去拜張羅請教。張羅已知醉後失言，但是他親來請教，又怪富爾穀薄他，竟把前事說了。胡行古道：「先生曾見麼？」張羅道：「是學生親眼見的。」又問：「有甚指証麼？」道：「有行凶的戒尺，與買囑銀子，現在富財處。」胡行古聽了，便辭了，一竟來與姚利仁計議。又值察院按臨，他教姚利仁把這節事去告，告富爾穀殺人、陷人。胡行古是門生，又去面講。按院批：「如果冤誣，不妨盡翻成案。」批台、寧二府理刑官會問。幸得寧波推官却又是胡行古座師，現在台州查盤。胡行古備將兩姚仗義起釁，富爾穀結黨害人，開一說帖去講。那寧、台兩四府就將狀內干連人犯，一齊拘提到官。那寧波四府叫富財道：「你這奴才，怎麼與富爾穀通同，把人命誣人麼？」富財道：「小的並不曾告姚利仁。」四府道：「果是姚利仁打死的麼？」那富財正不好做聲。四府道：「夾起來！」富財只得道：「不是。原是夏學先將戒尺打暈，後邊富爾穀踢打身死。是張羅親眼見的。」四府道：「你怎麼不告？」富財道：「是小的家主，小的仔麼敢告？」又叫張羅，張羅也只得直說。四府就着人追了戒尺、買求銀兩，尸不須再撿，當日買仵作以輕報重，只當自耍自了。夏學與

⑯ 拱濶：挑事。

天道本乎人情，只這以輕報重，便見大概。

富爾穀還要爭辯，富財與張羅已說了，便難轉口。兩個四府喝令各打四十，富爾穀擬「無故殺死義男，誣告人死罪未決，反坐律」，徒。夏學加工殺人，與張羅前案硬証害人，亦徒。姚利仁無辜，釋放寧家。解道院時，俱各重責。胡行古又備向各官說利仁弟兄友愛，按院又為他題本翻招。居仁回家，夫婦、兄弟完聚，好不歡喜。外邊又知利仁認罪保全居仁，居仁又代監禁，真是個難兄難弟。那夏學、富爾穀設局害人，也終難逃天網。張羅反覆挾詐，也不得乾淨。雖是三年之間，利仁也受了些苦楚，却也成了他友愛的名。至于胡行古之圖報，雖是天理必明，却也見他報復之義。這便是：

錯節表奇行，日久見天理。
笑彼奸獪徒，終亦徒為爾。

雨侯曰：丈夫意氣，當為人排難解紛，況在師弟，況在昆季乎？吾所取者，兩姚皆持必死之心。

赤憨曰：無義氣男子，天下益多，奸詭無終定。天理人世，更多不平。此回大可懲勸。

引

此道今人棄如土，寧復向淪落中問友人哉！然友不在淪落中見，于何處見？祗在盃酒趨附中歟？故論友者當以此為法。即如周蓼洲以託孤得禍，蘇即中以急友得死，亦是友誼宜然，不欲令王參軍獨有千古耳！彼勢在膠漆，勢去搏沙，既殺其身，尋覆其家，亦獨何心！亦獨何心！

翠娛閣主人題

第十四回　千秋盟友誼　雙璧返他鄉

屈指交情幾斷魂，波流雲影幻難論。
荒墳樹絕徐君❶劍，暮市蛛羅翟相❷門。
誰解綈袍憐范叔❸，空傳一飯贈王孫❹。
扶危自是英雄事，莫向庸流浪乞恩。

世態炎涼。俗語嘗道得好：只有錦上添花，沒有雪中送炭。即如一箇富人，是極吝嗇，半箇錢不捨的，却道我儘意奉承他；或者也憐我，得他資給。一箇做官的，是極薄情不認得人的，却道我盡心鑽拱可笑。

❶徐君：人名，春秋徐國國君。據史記吳太伯世家載，吳公子季札使晉，過徐國，徐君見季札佩劍喜之，未敢言。季札心知，因出使之需未獻。歸還至徐，徐君已死，季札將劍繫之冢樹而去，以完其願。

❷翟相：人名。下邽人。西漢文帝時任廷尉，其時賓客盈門。及官廢，門可羅雀。

❸范叔：即范雎。戰國魏國人，字叔。在魏受須賈毀謗，逃到秦國，改名張祿，得秦昭王重用，任為相。秦攻魏，須賈使秦。范雎扮成窮人去見他，須賈憐其寒，贈一綈（絲織）袍。後見秦相張祿乃范雎，肉袒以謝罪。范雎念其尚有故人之意，赦而釋之。事見史記范雎蔡澤列傳。

❹王孫：指漢淮陰侯韓信。韓信未得志時，曾受漂母贈飯療飢，後以千金為報。

可恨。

真俠。

毒罵。

他；或者也喜我，得他提攜。一介窮人，還要東補西折，把去送他。若是箇處困時，把那小人圖報的心去度量他，年幼的道這人小沒長養，年老的道人老沒回殘。文士笑他窮酸，武夫笑他白木；謹慎的說道沒作為，豪爽的道他忒放縱。高不是，低不是，只惹憎嫌，再沒憐惜。就是錢過北斗，任他堆積；米爛成倉，任他爛却，怎肯扶危濟困？況這箇人，又不是我至親至友。不知豪俠漢子，不以親疎起見，偏要在困窮中留意。昔日王文成陽明先生❺，他征江西桃源賊，問賊首：「如何聚得人攏？」他道：「平生見好漢不肯放過，有急周急，有危解危，故此人人知感。」陽明先生對各官道：「盜亦有道。」若是如今人，見危急而坐視，是強盜不如了。

國初❻曾有一箇杜環，原籍江西廬陵，後來因父親一元游宦江南，就住居金陵。他父親在日，曾與一箇兵部主事常允恭交好，不期允恭客死九江府，單單剩得一箇六十歲母親張氏，要回家，回不得，日夕在九江城下哭。有人指引他道：「安慶知府譚教先是你嘉興人，怎不去見他？」張氏想起，也是兒子同筆硯朋友，當日過安慶時，他曾送下程❼、請酒，稱他做伯母，畢竟有情。誰料官情紙薄，去見時門上見他衣衫襤褸，侍從無人，不與報見。及至千難萬難得一見，却又不理，只得到金陵來。其時一元已歿，這張氏問到杜家，說起情事，杜環就留他在家。其妻馬氏，就將自己衣服與他，將他通身襤褸的盡

❺ 陽明先生：即王守仁（西元一四七二－一五二八年），明代哲學家、教育家。曾築室故鄉陽明洞中，故世稱陽明先生。官至南京兵部尚書。他的「知行合一」和「知行並進」說，影響很大。

❻ 國初：指明朝初年。

❼ 下程：贈送給行人的盤纏和禮物。

譚知府一人便可知人情矣，又□□家婦人見淺。

是何世界。

皆換去。住了一日，張氏心不死，又尋別家，走了幾家，並沒人理，只得又轉杜家。他夫婦就是待父母般，絕無一毫怠慢。那張氏習久了，却忘記自己流寓人家，還放出舊日太奶奶躁急求全生性來。他夫妻全不介意，屢寫書叫他次子伯章，決不肯來。似此十年，杜環做了奉祀，差祭南鎮，與伯章相遇，道他母親記念，伯章全不在心。歇了三年方來，又值杜環生辰，母子抱頭而哭，一家驚駭，他恬然不動。不數月，伯章哄母親，道「去去來接母親」，誰知一去竟不復來。那杜環整整供他二十年，死了又為殯殮。夫以愛子尚不能養母，而友人之子反能周給，豈不是節義漢子！

不知還有一箇。這人姓王名冕字孟端，浙江紹興府諸暨人。他生在元末，也就不肯出來做官，夫耕婦織，度這歲月。却讀得一肚皮好書，便韜略星卜，無所不曉。做得一手好文字，至詩歌柬札，無所不工。有一箇吉進，他見他有才學，道：「王兄，我看你肚裏來得，怎守着這把鋤頭柄？做不官來，便做箇吏。你看如今來了這些韃官❽，一些民情不知，好似山牛憑他牽鼻。告狀叫准便准，叫不准便不準；問事說充軍就充軍，說徒罪就徒罪，都是這開門接鈔，大秤分金。你怎麼守死善道？」王孟端仰天哈哈大笑道：「你看如今做官的甚樣人，我去與他作吏？你說吏好，不知他講公事談天說地，輪比較縮腦低頭。得幾貫枉法錢，嘗拚得徒、流、絞、斬；略惹着風流罪，也不免夾、打、敲、捶。挨挨擠擠，每與這些門子、書手成群；擺擺搖搖，也同那起皂隸、甲首為伍。日日捧了案卷，似艸木般立在丹墀，何如我或笑或歌，或行或住，都得自快。這便是燕雀不知鴻鵠志❾了。」

---

❽ 韃官：元人官吏。

❾ 燕雀不知鴻鵠志：平凡的人不知道有理想之人的遠大志向。秦末起義領袖陳涉曾言：「燕雀安知鴻鵠之志

後邊喪了妻，也不復娶，把田產託了家奴管理，自客游錢塘，與一箇錢塘盧太字大來交好，一似兄弟一般。又聯着箇詩酒朋友青田劉伯溫❿。他嘗與伯溫、大來，每遇時和景明，便縱酒西湖六橋之上，或時周遊兩峰、三竺，登高陟險，步履如飛。大來嬌怯不能從，孟端笑他道：「只好做箇文弱書生。」一日，席地醉飲湖堤，見西北異雲起，眾人道是景雲，正分了箇「夏雲多奇峰」韻，要做詩。伯溫道：「甚麼景雲，這是王者氣，在金陵，數年後，吾當輔之。」驚得坐客面如土色，都走了去，連盧大來也道：「兄何狂易如此？」也嚇走了。只有王孟端陪着他，捏住酒鍾不放。伯溫跳起身，歌道：

雲堆五彩起龍紋，下有真人自軼群。
願借長風一相傍，定教麟閣⓫勒奇勛。

王孟端也跳起來，歌道：

哉！」（史記陳涉世家）鴻鵠，鳥名，即「鵠」。因其飛得高，常用以比喻志向遠大之人。

❿ 劉伯溫：明初大臣。即劉基，字伯溫，浙江青田人。元末進士，明初任御史中丞兼太史令，封誠意伯，諡文成。有誠意伯文集存世。

⓫ 麟閣：即麒麟閣，漢代閣名。漢武帝建於未央宮中，係藏歷代圖籍之處。漢宣帝為表彰歷代對漢朝有功的功臣，將霍光等十一名功臣畫像存放其中，以表供奉之意。

胸濯清江現蕌紋，壯心寧肯狎鷗群。
茫茫四宇誰堪與，且讓兒曹浪策勛。

勇氣軒舉。

兩箇大醉而散。閑中兩人勸他出仕，道：「兄，你看，如今在這邊做官的，不曉政事，一味要錢的，這是貪官；不惟要錢，又大殺戮，這是酷官；還又嫉賢妬能，妄作妄為，這是蠢官。你道得行我的志麼？丈夫遇合有時，不可躁進。」

韃子如此，固不足深罪，可惜不是韃子，也是如此。

更數年，盧大來因人薦入京，做了灤州學正，劉伯溫也做了行省都事。只是伯溫又為與行省丞相議論台州反賊方國珍⓬事，丞相要招，伯溫主勦，丞相得了錢，怪伯溫阻撓他，劾道「擅作威福」，囚禁要殺他。王孟端便着家人不時過江看視，自己便往京師為他申理。此時脫脫⓭丞相當國，他間關到京，投書丞相道：

法戒無將，罪莫加于已著。惡深首事，威豈貸于創謀。枕戈橫搠，宜伸忠義之心；臥鼓敧弓，適長奸頑之志。海賊方國珍，蜂蝨餘蠕，瘡痏微毒，揭竿斥滷，疑如蟻鬭牀頭；弄楫波濤，恰似漚漂海內。固宜剪茲朝食，何意愎彼老謀。假以職銜，是畔亂作縉紳階級；列之仕路，衣冠竟盜賊品流。欲彌亂而亂彌增，欲除賊而賊更起。況復誤入敵彀，堅拒良圖。都事劉基，白羽揮奇，欲

議論風華兩勝，可入表選。

⓬ 方國珍：人名。元末黃巖（今屬浙江）人。世以浮海販鹽為業。曾任海道漕運萬戶。後降朱元璋。

⓭ 脫脫：人名。元大臣。蔑兒吉䚟氏。曾率軍到高郵圍攻張士誠。主修宋史、遼史、金史。

晝舟中之敵；赤忱報國，巧運几前之籌。止慷慨而佐末談，豈守閫而妄誅戮。坐以「擅作威福」，于法不倫；竟爾橫付羈囚，有冤誰雪？楚棄范增⑭，孤心脊將無似之；宋殺岳飛⑮，快仇讎諒不異也！伏願相公秤心評事，握髮下賢。謂畔賊猶賜之生全，寧幕寮混加之戮辱。不能責之勦捕，試一割于鉛刀，請得放之田里，使洗愆于守劍。敢敷塵議，乞賜海涵。

書上，脫脫丞相看畢，即行文江浙丞相，釋劉伯溫。又薦他做翰林承旨。王孟端道：「此處不久將生荊棘，走狐兔，排賢嫉正，連脫公還恐不免，我緣何在此？」且往灤州探望盧大來。只見盧大來兩邊相見。盧大來訴說：「此處都是一班韃子，不省得我漢人言語，又不認得漢人文字，那箇曉尊師重傅？況且南人不服水土，一妻已是病亡，剩下兩箇小女，無人撫養。我也不久圖南回，所苦又是盤費俱無，方悔仕路之難！」王孟端道：「兄，你今日纔得知麼？比如你是箇窮教職，人雖不忌你的才，却輕你。甘清受淡，把一箇豪杰肚腸、英雄的胸次，都磨壞了。你還有志氣，熬不過求歸。有那些熬不過，便去干求這些門生，或是需索這些門生，勒拜見，要節禮，瑣瑣碎碎，成何光景！又如劉伯溫，有志得展，人又忌他的才；本是為國家陳大計，反說他多事，反說他貪功。這箇髒骯之身，可堪得麼？我如今去便遨遊五岳三山，做箇放人。歸只飲酒做詩，做了廢士甚要緊？五斗折腰，把這笑與陶淵明⑯笑！兄且寧耐，我

需、勒二字，至今日竟習鱣堂而不察矣。

把笑與陶淵明

⑭ 范增：人名。秦末楚項羽主要謀士，尊稱「亞父」。

⑮ 岳飛：南宋抗金名將。字鵬舉，相州湯陰（今屬河南）人。曾率軍收復建康、鄭州、洛陽等地，後被迫害而死。寧宗時追封鄂王。有著作岳武穆遺文等。

笑，千古一言。

楚楚欲悲。

目下呵，遍走齊魯諸山，再還錢塘，探望伯溫。」就別了盧大來，大來不勝淒愴。他走登州看海市，登太山上南天門，過東西二天門，摩秦無字碑。踞日觀觀日出，倚秦觀望陝西，越觀望會稽。上丈人、蓮花諸峰，石經、桃花諸峪；過黃峴、雁飛眾嶺；入白雲、水簾、黃花各洞；盥漱玉女、王母、白龍各池；又憩五大夫松下，聽風聲。然後走闕里⑰，拜孔廟⑱，遨遊廣陵、金陵、姑蘇，半載方到家。劉伯溫已得他力，放歸青田隱居。

不期盧大來在灤州，因喪偶，悲思成了病，不數月，懨懨不起。想起有兩箇女兒，一箇馨蘭，一箇傲菊，無所依託，只得寫書寄與王孟端道：

弟際蹇運，遠官幽燕，復遘危疾，行將就木，計不得復奉色笑矣。弱女馨蘭、傲菊，倘因友誼，曲賜周旋，使縉紳之弱女不落腥羶⑲，則予目且瞑，唯君圖之。

孟端回杭，不過數日，正要往看伯溫，忽接這書，大驚道：「這事我須為了之！」便將所有田產，除可

---

⑯ 陶淵明：東晉大詩人。一名潛，私諡靖節，潯陽柴桑（今江西九江）人。曾任江州祭酒、鎮軍參軍、彭澤令等。不願為五斗米的俸祿而折腰侍上官，掛冠而去。有陶淵明集傳世，散文以桃花源記最有名。

⑰ 闕里：街名。孔子故里在今曲阜城內闕里街。孔子在此講學，因有兩石闕，故云。

⑱ 孔廟：廟名。祭祀孔子的廟宇。曲阜孔廟，原為孔子故居。

⑲ 腥羶：謂遭遇不幸。

義能急友，智能明決，只數言道破脫公情事，孟端詢人杰。

以資給老僕，餘盡折價與人，得銀五十餘兩，盡帶了往灤州進發。行至高郵，適值丞相脫脫率大兵往討張士誠，為邏兵所捉。捉見贊畫龔伯璲，孟端道：「我諸暨王冕也，豈肯從賊作奸細乎？」伯璲連忙下階相迎，道：「某久從丞相，知先生大名。今丞相統大兵至此，正缺參謀，是天賜先生助我丞相，願屈先生共事，同滅劇賊！」王孟端道：「先生，焉有權臣在內，大將能立功于外？今日功成則有震主之威，不成適起讒譖之口，方為脫公進退無據。雖是這般說，小生辱脫公有一日之知，當為效力。但是我友人歿在灤州，遺有二女，託我攜歸杭。脫公此處尚有公等，二女灤州之託，更無依倚，去心甚急，不可頃刻淹滯。」龔伯璲道：「這等，公急友誼，小生也不能淹留。」就在巡哨士卒裡邊追出王孟端原挈行李，又贈銀三十兩。王孟端不肯收，龔伯璲道：「公此去灤州，也是客邊，怕資用不足，不妨收過。」還贈他鞍馬、上都公幹火牌一張，道：「得此，可一路無阻。」又差兵護送一程。

果然王孟端得鞍馬、火牌，一路直抵灤州。到州學探訪時，只見道：「盧爺已歿，如今新學正孛羅忽木已到任了。」問他家眷時，道：「他有兩箇小姐，一箇小廝。一箇大小姐，十三歲，因盧爺歿了，沒有棺木。州裡各位老爺，一位是蒙古人，一位色目人，一位西域，大都與盧爺沒往來。停了兩日，沒有棺木，大小姐沒極奈何，只得賣身在本州萬戶忽雷⑳博家，得他棺木一口、銀一兩、米一石，看殯殮盧爺去了。還有一箇小廝，一位十歲小姐，守着棺木。新爺到任，只得移在城外，搭一箇艸舍安身。說道近日也沒得喫用，那小廝出來求乞，不知真不真。」王孟端便出城外尋問。問到一箇所在，但見：

⑳ 忽雷：稱勇暴過人者。

茹茹㉑梗編連作壁，盡未搪泥；蘆席片搭蓋成篷，權時作瓦。繩樞欲斷，當不得刮地狂風；柴戶偏疎，更逢着透空密雪。內停一口柳木材，香煙久冷；更安一箇破沙礶，粒米全無。艸衣木食，那裡似昔日嬌娥？鵠面鳩形，恰見箇今時小廝。可是逢人便落他鄉淚，若箇曾推故舊心。

王孟端一問，正是盧大來棺木、家眷，便撫棺大哭道：「仁兄，可惜你南方豪士，倒做了北土游魂！」那小姐與小廝，也趕來嚶嚶的哭了一塲。終是舊家規模，過來拜謝了。王孟端見他垢面鬔頭，有衫無袴，甚是傷感。問他姐姐消息，道：「姐姐為沒有棺木，自賣在忽雷萬戶家。前日小廝乞食到他家，只見姐姐在那廂，把了他兩碗小米飯。說府中道他挐得多了，要打，不知仔麼？」王孟端便就近尋了一所房兒住下，自到忽雷府中來。

這忽雷是箇蒙古人，祖廕金牌萬戶，鎮守灤州。他是箇勝老虎的將軍，家中還有箇賽獅子的奶奶。大凡北方人，生得身體長大，女人纔到十三歲，便可破身。當日大小姐自家在街上號泣賣身，忽雷博見他好箇身分兒，又憐他是孝女，討了他，不曾請教得奶奶。付銀殯葬後，領去參見奶奶，只得叩了箇頭，問他那裡人，小姐道：「錢塘人。」他也不懂，倒是側邊丫鬟道：「是南方人。」問道：「幾歲了？」荅應十三歲。只見那奶奶顏色一變，只為他雖然哭泣得憔悴了些，本來原是修眉媚臉，標致的。又道是在時年紀，怎不妬忌？巧巧兒忽雷博回家來，問奶奶道：「新討的丫鬟來了麼？他也是箇仕宦之女。」奶奶道：「可是門當戶對的哩！」忽雷道：「咱沒甚狗意，只憐他是箇孝心女兒。」奶奶道：「咱正怪

病根。

恁你着意奉承，却不道話不

㉑茹茹：柔然。

投機半句多。

言道是的，人大約如是如是。

你憐他哩！」分付新娶丫鬟叫做「定奴」，只教他灶前使用。苦是南邊一箇媚柔小姐，却做了北虜粗使丫鬟。南邊燒的是柴，北邊燒的煤，先是去弄不着；南邊食物精緻，北邊食物粗糲，整治又不對絡。要去求這些丫鬟教道，這邊說去那邊不曉，那邊說來這邊不明，整治的再不得中意。南邊妝扮是三柳梳頭，那奶奶道：「咱見不得這怪樣。」定要把來分做十來路，打細細辮兒披在頭上。韃扮都是赤脚，見了他一雙小小金蓮，他把自己脚伸出來，對小姐道：「咱這裡都這般，走得路，你那纏得尖尖的甚麼樣？快解去了！」小姐只得披了頭，赤了脚，在廚下做些粗用。晚間着兩箇丫頭伴着他宿，行坐處有兩箇奶奶心腹丫頭貴哥、福兒跟定，又常常時搬嘴弄舌。去得半年，不知打過了幾次。若是忽雷遇着來討了箇饒，更不好了，越要脫剝了衣裳，打箇半死。虧得一箇老丫頭都盧，凡事遮蓋他，也只是遮蓋的人少，搠舌頭的多。幾番要尋自盡，常常有伴着，又沒箇空隙，只是自怨罷了。

一日在灶前，聽得外面一做小花子，叫喚聲音廝熟，便開後門一看，却是小廝琴兒，看了兩淚交流。可是：

相見無言慘且傷，青衣作使淚成行。
誰知更有堪憐者，灑泣長街懷故鄉。

忙把自己不曾喫的兩碗小米飯與他。湊巧福兒見了，道：「怪小浪淫婦！是你孤老來？怎大碗飯與他？」小姐道：「是我不喫的。」福兒道：「你不喫，家裡人喫不得？」又虧得都盧道：「罷，姐姐！他把與

斷腸之言。

奶奶帳下也有許多謀客。

人，須餓了他，不餓我，與他遮蓋咱。」那琴兒見了光景，便飛跑，也不曾說得甚的，小姐也不曾問得。常想道：「我父親臨歿，曾有話道：『我將你二人託王孟端來搬取回杭，定不流落。』不知王伯伯果肯來麼？就來還恐路上兵戈阻隔，只恐回南的話也是空。但是妹兒在外，畢竟也求乞，這事如何結果？」

不料王孟端一到，第二日便拏一箇名帖，來拜忽雷萬戶。相見，孟端道：「學生有一甥女，是學正盧大來女，聞得他賣身在府中，學生特備原價取贖，望乞將軍慨從，這便生死感激的事！」忽雷道：「待問房下。」就留王孟端在書房喫茶，着人問奶奶。只見貴哥道：「怕是爺使的見識，見奶奶難為了他，待贖了出去外邊快活。」奶奶道：「怕不敢麼？」福兒道：「爺料沒這膽氣！奶奶既不喜他，不若等他贖去，也省得咱們照管，只是多要他些罷了。」奶奶聽了，道：「要八兩原價，八兩飯錢，許他贖去。」忽雷笑道：「那要得許多？」王孟端道：「不難。」先在袖中取出銀子八兩，交與忽雷，道：「停會學生再送四兩，取人便了。」隨即去時，那奶奶不容忽雷相見，着這兩箇丫鬟傳話，直勒到十六兩，纔發人出來。王孟端叫乘轎子，擡了到城下。小姐向材前大哭，又姊妹兩箇哭了一場，然後拜謝王孟端，道：「若非恩伯，姊妹二人都向他鄉流落！」王孟端道：「這是朋友當為之事，何必致謝。」就為他姊妹、小廝做些孝服，僱了人夫、車輛。車至張家灣僱船，由會通河回。此時脫脫丞相被讒譖謫死，贊畫龔伯璲棄職歸隱。前山東、江淮一帶，賊盜仍舊蠭起，山東是田豐㉒，高郵張士誠㉓，其餘艸竊，往往而是。

㉒ 田豐：人名。元末山東紅巾軍首領。

㉓ 張士誠：人名。泰州白駒場（今江蘇大豐）人。元末起兵割據，曾自稱「吳王」。後被朱元璋擊敗被俘，自縊死。

也不知擔了多少干係，喫了多少驚恐，用了多少銀兩，得到杭州，把他材送到南高峰祖墳安葬了。先時盧大來長女，已許把一箇許綵帛子。後邊聞他死在灤州，女兒料不得回來，正要改娶人家，得王孟端帶他二女來，也復尋初約。次女，孟端也為他擇一士人。自己就在杭州，替盧大來照管二女。

不覺五年，二女俱已出嫁。金華、嚴州俱已歸我太祖。江南參知政事胡大海㉔，訪有劉伯溫、宋景濂㉕、章溢㉖，差人資送至建康。伯溫曾對大海道：「吾友王孟端，年雖老，王佐才也，不在吾下，公可辟置帳下。」留書一封。胡參政悄悄着人來杭州請他。這日王孟端自湖上醉歸，恰遇一人送書，拆開看時，乃是劉伯溫書，道：

弟以急于吐奇，誤投盲者，微兄幾不脫虎口。雖然，躁進招尤，懷寶亦罪。以兄王佐之才，與艸木同腐，豈所樂歟？幕府好賢下士，倘能出其底蘊，以佐蕩平，管、樂㉗之勛，當再見今日。時不可失，唯知者亟乘之耳！

㉔ 胡大海：明初將領。從朱元璋起兵，死後追封「越國公」。

㉕ 宋景濂：即宋濂，字景濂，明初文學家。明初奉命主修元史。官至學士承旨知制誥。有宋學士文集存世。

㉖ 章溢：人名。浙江龍泉人。元末組織地主武裝抗元。後被朱元璋重用，官至御史中丞。

㉗ 管、樂：即管仲、樂毅。管仲，春秋時齊國名相，使齊桓公成春秋五霸之一。樂毅，戰國時燕國名將。燕昭王時，曾破齊國，攻下七十多城。

便思夾輔，纔是好友。

王孟端得書道：「我當日與劉伯溫痛飲西湖，見西北天子氣，已知金陵有王者興。今金陵兵馬，所向成功，伯溫居內，我當居外，共興王業。」就棄家來到蘭谿。聞得金華府中變，苗將蔣英、劉震作亂，刺死胡參政，他便創議守城。自又到嚴州李文忠左丞處，借兵報讎，直抵城下。蔣英、劉震連夜奔降張士誠。李左丞便辟他在幕下，凡一應軍機進止，都與商議。此時張士誠聞得金、處兩府都殺了鎮守，大亂。他急差大將呂珍領兵十萬攻打諸、全。孟端與李左丞計議，先大張榜文，虛張聲勢，驚恐他軍心；又差人進城，關合守將謝再興，內外夾攻，殺得呂珍大敗而走。次年四月，諸、全守將謝再興把城子畔降張士誠，攻打東陽。他又與李左丞來救東陽，創議要在五指巖立新城，可與謝再興相拒。李左丞就着他管理。他數日之間，早已築成高城深池，是一箇雄鎮。張士誠差李伯昇領兵攻城，那邊百計攻打，他多方備禦，李左丞親來救應，李伯昇又是大敗。後來李左丞奉命取杭州，張士誠平章潘原明，遣人乞降。孟端勸左丞推心納之。因與左丞輕騎入城受降，左丞就着孟端協同原明鎮守杭州，時已六十餘。未幾，以勞卒于杭州。盧氏為持三年喪，如父喪一般。識者猶以孟端有才未盡用，不得如劉伯溫共成大業，是所深恨。然于朋友分誼，則已無少遺恨，豈不是今人之所當觀法？

雨侯曰：友道之衰，與得反覆子，不如得皮面交。若夫間關脫友人于囹圄，脫友人子女于淪落，真今之晏平仲。而一種傲骨，更自可嘉！用雖未究，誼足千古！

題詞

萬曆癸巳春題

人有貴賤，天之賦性無貴賤。家之老僕，國之耆臣，一也。第新進易親，老成易遠，遂有不能伸其志之時。若因志不伸，遂爾斂手，則亦非僕之負。夫以必忱必恪者矢心，以疑顛疑狂者正主，覺費禕止除黃皓，猶是失着也。誰謂奴隸中無人，不堪入人筆扎？

翠娛閣主人識

第十五回　靈臺山老僕守義　合溪縣敗子回頭

天生豪杰無分地，屠沽每見英雄起，馬前曾說衛車騎❶。難勝紀，淮南黔（黥）面開王邸❷。
偶然淪落君休鄙，滿腔義俠人相似，赤心力挽家聲墮。真堪數，箇人絕勝童縫士。

右調漁家傲

如今人鄙薄人，便罵道：「奴才！」不知忘恩負義，貪利無耻，冠蓋中偏有人奴；抱赤披忱，傾心戮力，人奴中也多豪杰。人說他是奴，不過道他不知書，不曉道理，那道理何嘗定在書上？信心而行，偏有利不移、害不奪的光景。古來如英布、衛青，都是大豪雄，這當別論。只就平常人家說，如漢時李善，家主已亡，止存得一箇兒子，眾家奴要謀殺了，分他家財，獨李善不肯；又恐被人暗害，反帶了這小主逃難遠方。直待撫養長大，方歸告理，把眾家奴問罪，家財復歸小主。元時又有箇劉信甫，家主順

❶衛車騎：即西漢名將衛青，因他做過車騎將軍，故云。河東平陽（今山西臨汾）人，字仲卿，衛皇后弟。本是平陽公主家奴，後受漢武帝重用，屢抗匈奴有功，官至大將軍，封長平侯。

❷淮南黔（黥）面開王邸：是說英布。他是秦末漢初名將。六安（今安徽六安）人。因觸秦律被黥（即墨刑），又稱黥布。漢朝建立後封淮南王，西元前一九六年，起兵反漢被殺。

錢財入手，便是已物，有如此不昧心人。

嬌養之不可。

妙絕形容。

比匪之不可。

風曹家，也止存一孤，族叔來佔產，是他竭力出官告理清了。那族叔之子，又把父親藥死，誣他。那郡守聽了分上，要強把人命坐過來。信甫却挺身把這人命認了，救了小主，又傾家把小主上京奏本，把這事辨明，用去萬金。家主要還他，他道：「我積下的原是家主財物，仔麼要還？」這都是希有的義僕。

我如今再說一箇。話說四川保寧府合溪縣，有一箇大財主，姓沈名闐，是箇監生。他父也曾做箇舉人同知，家裡積有錢財。因艱于得子，娶有三箇妾：一箇李氏、一箇黎氏、一箇楊氏。後來黎氏生得一箇兒子，此時沈闐已四十餘歲了。晚年得子，怎不稀奇？把來做一箇珍寶一般，日日放在錦綉叢中，肥甘隊裡。到六歲時，也取了箇學名，叫做沈剛，請一箇先生開蒙，只是日午纔方二箇丫頭隨了出來。那先生便是箇奶公。他肯讀，便教他讀幾句，若不肯，不敢去強他；肯寫，與他寫幾箇，不肯，再不敢去教他。一日出來沒一箇時辰，又要聽幾刻與他喫果子，緣何曾讀得書？到了十三歲，務起名來，請一箇經學先生，又尋上兩箇伴讀，一箇是先生兒子花紋，一箇是鄰家子甘毳。有了一箇老陪堂，又加上兩箇小幫閑，也不曉得什麼樣的是書，什麼樣的是經，什麼樣的是時文。輪着講書，這便是他打盹時候，酣酣的睡去了。輪着作文，這便是他嚼作時節，午後要甚魚麪、肉麪，晚間要甚金酒、荳酒。夢也不肯拈起書，纔拈起，花紋道：「哥，有了三百兩，怕不是箇秀才？討這等苦！」纔捉着筆，甘毳道：「哥，待學典吏❸麼？塲中不看字的！」這沈剛略也有些資質，都不叫他把在書上，倒教他下得好棋，鋪得好牌，擲得好色子。先時拋磚引玉，與他賭東道，先輸幾分與他，後邊漸漸教他賭起錢來。先時在館中，兩箇人把後庭拱他，到後漸漸引他去闖寡門，喫空茶❹。那沈剛後生家，怎有箇見佛不拜之理？這花紋、

❸ 典吏：知縣下的屬官。

不如此說，如何騙得去？

如此也應心。

「胡亂」二字最害事。

幫閑之可恨！

甘毳兩箇本是窮鬼，却偏會說大話道：「錢財臭腐，仔麼戀着他做箇守錢虜？」沒主意的小夥子，被這兩箇人一扛❺，扛做揮金如土。先時娘身邊要，要得不如意，漸漸去偷。到後邊沒得偷，兩箇叫去借，人不肯借，叫他把房屋作戤❻，一時沒利還，都寫一本一利借票，待父天年後還足。

此時他家有箇家人，叫做沈實。他也是本縣宋江口人，父親沈儉，也是沈家家人。他從小在沈閬書房中伏事。沈閬見他小心忠厚，却又能幹，自己當家後，把一箇當鋪，前後房產，還有隔縣木山，俱着他掌管。只是這人心直口快，便沈閬有些不好，他也要說他兩句。沈閬曉得他一團好心，再不責備他，越好待他。只是沈閬年紀有了，只在家中享福，那知兒子所為？到是沈實耳躲（朵）兜着，眼睛抹着，十分過意不去，嘗在沈閬面前勸他教沈剛讀書。沈閬道：「我獨養兒子，讀出病來怎處？好歹與他納箇監罷！」後邊又勸他擇箇好先生，又道：「左右是讀書不成的，等他胡亂教教罷！」沈實見老家主這等將就，在外嫖賭事，也不敢說了。只是沈剛已是十七歲，在先一週時，也曾為他用了三百兩，定下一箇樊舉人女兒，平日嘗來借貸，會試一次，送一次禮，所費也不下數百兩了。這番去要做親，還不曾尋得箇女兒到手，也不知故意揩勒，道：「有幾箇連襟都是在學，且進學做親。」再三去說，只是不肯。沈剛見未得做親，越去嫖。先生怕失了館，也不來管他。這兩箇伴讀的，只圖喫酒插趣，也不管他銀子怎麼來的。東道歇錢之外，還又攛掇他打首飾、做衣服，借下債負，豈止千金？只瞞得箇沈閬。

❹ 闖寡門二句：舊指不花錢逛妓院。

❺ 扛：加扛，故意說刺激的話。

❻ 戤：音ㄍㄞˋ。抵押；冒充；仿造。

結交原沒用。

似此半年，喜得學道按臨，去央樊舉人開公摺。樊舉人道：「我有了親子，又是七八箇女壻，那裡開得許多？」只好託同袍轉封。開端只出了三四十金。沈閬怕這時不進，樊舉人還要作難，去尋分上。尋得一箇，說是宗師母舅，三面議成，只等進見，應承了封物。按臨這日，親見他頭巾圓領進去，便就信了。不知他是混在舉人隊裡一見，宗師原不細查，正是一起脫空神棍。見了宗師出來，便說：「已應承了，先封起銀子，待考後，我與送破題進去查取。」沈閬聽了，一發歡喜得緊，連忙兌了三百兩足紋，又帶了些使費，到他下處城外化生寺去封。正兌時，不防備一班光棍趕進來一打，盡行搶去。沈閬喫打了一頓，只饒得不送官，氣得整整病了兩箇月，出案也料得沒名了。不期這宗師又發下五名不通及白卷童生，提父兄，恭喜却在裡邊。流水央了箇分上，免解，又罰了三十兩修學。沈閬這一氣，竟不起了。

果如所料。

沈實每日也進來問病，沈閬道：「我當日只為晚年得此一子，過于愛惜，不聽你勸，不行教訓，不擇先生，悔無及矣！但他年幼，宗族無人，那樊舉人料只來剝削，不來照管，你可盡心幫扶，田產租息當中利銀，止取足家中供給，不可多與浪費。」沈實哭泣受命，不知沈剛母子在側邊，已是含恨了。

沈閬一歿，棺殮是沈實打點，極其豐厚。又恐沈剛有喪，後邊不便成親，着人到樊家說，那樊家趁勢也便送一箇光身人過來。數日之間，婚喪之事，都是沈實料理。只是沈剛母子甚是不悅，道：「我是主母，怎不（麼）用錢，反與家奴作主？」又外邊向借債負，原約「待父天年」，如今來逼討，沈實俱不肯付。沈剛與母親自將家中存下銀兩，一一抵還。只是父喪未舉未葬，正在那裡借名兒問沈實要銀子，却又聽信花、甘兩箇攛哄，道「祖墳風水不好」，另去尋墳。串了一箇風水厲器，道：「尊府富而不貴，只為祖墳官星不顯，祿陷馬空。雖然砂水環朝，但是砂抱而不貴，水朝而不秀，以此功名淹蹇，進取艱

沈剛也思一思稱得否？

難。若欲富貴稱心，必須另尋吉地。」沈剛聽了也有幾分動心，又加上花、甘雨（兩）箇攛掇，便一意尋風水。丟了自家山偏不用，偏去尋別處山。尋了一塊荒山，說得龍真穴正，水抱山迴；又道是「亥龍落脉，真水到堂，定是狀元、宰相，朱紫滿門之地。」用價三百多兩，方纔買得。倒是他三箇回手，得了百兩。又叫他發石造墳，不下百金，兩箇又加三扣頭除。及至臨下葬，打金井時，風水叫工人把一箇大龜預先埋在下邊，這日掘將起來，連眾人都道是箇稀奇之地了，少不得又撮了他一塊禮。這時沈實雖知他被人哄騙，但殯葬大事不好攔阻，也付之無可奈何。就是他母親黎氏，平日被沈閬制住，也有些不像意。如今要做箇家主婆腔，却不知家伙艱難，亂使亂用，只顧將家裡積落下的銀了（子）出來使，那沈實如何管得？

護短女人之態。

葬了沈閬，不上百日，因沈剛嫌樊氏沒賠嫁，夫妻不和，花、甘兩箇一發引他去嫖箇暢快。見他身邊拏得出，又哄他放課錢，從來不曾有去嫖的放借，可得還麼？又勾引幾箇破落戶財主，到小平康❼與他結「十弟兄」：一箇好穿的，姓糜名麗；一箇好喫的，姓田名伯盈；一箇好鬫（闞）的，姓曹名日移；一箇好賭的，姓管名缺；一箇好頑耍的，姓游名逸；一箇貪懶的，姓安名所好；一箇好歌唱的，姓侯名亮，連沈剛、花、甘共十人，飲酒賭錢。他這小官家，只曉得好闊快樂，自己摟了箇妓女小銀兒，叫花紋去擲。花紋已是要拆拽他的了，況且贏得時，這些妓者你來搶，我來討，何曾有一分到家？這正是贏假輸真。沈實得知，也忍耐不住，只得進見黎氏，道：「沒的相公留這家當，也非容易，如今終日浪費、嫖賭，與光棍騙去，甚是可惜！」黎氏道：「從來只有家主管義男，沒有箇義男管家主。他爺掙下了，

❼平康：妓家。唐代長安里名，亦稱平康坊，為妓女聚居之所。故舊時泛稱妓家為平康。

忠孝之言。

幫閑的口角。

借助于僕，詭極。

他便多費幾箇錢，須不費你的，我管他不下，你去管他！」沈實喫了這番搶白，待不言語，捨不得當日與家主做下鐵箒家私，等閑壞了。

一日，沈剛與花紋、甘毳在張巧兒家喫早飯回來，纔到得廳上，沈實迎着，廝叫一聲，就立在側邊。沈剛已是帶酒，道：「你有甚說？」沈實道：「小人原不敢說，聞得相公日日在妓女人家，老相公纔沒，怕人笑話。」沈剛正待回答，花紋醉得眼都反了，道：「此位何人？」沈剛道：「小价❽。」花紋道：「我只道足下令親，原來盛价倒會得訓誨家主！」甘毳道：「老管家自要壓小家主。」沈剛也就變臉道：「老奴才，怎就當人面前剝削我？你想攢足了，要出去，這等作怪！」沈實道：「我生死是沈家老奴，再沒此心，相公休要疑我。」連忙縮出去。花紋與甘毳便撥嘴道：「這樣奴才是少見的！」便攛掇逐他。此時沈剛身伴兩個伏事書房小廝，一箇阿虎，一箇阿獐，花、甘兩箇原與他苟且的，一日叫他道：「我想你們兩箇，正是相公從龍舊臣，一朝天子一朝臣，怎麼還不與你管事？你請我一箇東道，我叫去了那沈實，用你。」這阿虎、阿獐聽了，兩箇果然請上酒店，喫了一箇大東。花紋道：「然雖如此，也還要你們搬是鬭非，搠得沈實腳浮，我好去他薦你。」兩箇小廝果然日日去黎氏與沈剛面前說他不是。家中銀子漸漸用完，漸漸去催房租，又來當中支銀子。沈實道：「房租是要按季收的，當中銀子也沒箇整百十支的理。」少少應付些住了。爭奈那沈剛，見靡麗穿了幾件齊整衣服，花紋一嘴鼓舞他去做，便也不顧價錢，做來披掛。田伯盈家裡整治得好飲食，花紋、甘毳極口稱讚道：「這是人家安排不出的。」沈剛便賭氣認貴，定要賣（買）來廝賽。侯亮好唱，他自有一班串戲的朋友，花紋幫襯，沈剛家裡做箇囊

❽ 小价：亦作「小介」。僕人，或對己僕的謙稱。

敗家子如是如是。

家⑨，這一干人就都嚼着他，肉山酒海，那裡管嚼倒太山？或是與游逸等輪流，尋山問水，傍柳穿花，有時轎馬，有時船隻。那些妓者作嬌，這兩箇幫閑吹木屑，轎馬、船隻都出在沈剛身上。至于妓者生日，媽兒生日，都攛哄沈剛為他置酒慶賀，眾人乘機白嚼。還又撥置他與曹日移兩箇爭風，他五錢一夜，這邊便是八錢；他私贈一兩，這邊二兩。便是銀山也要用盡！正是這些光棍呵：

舌尖似蜜骨如脂，滿腹戈矛人不知。
縱使鄧通⑩錢百萬，也應星散只些時。

極爽利事，只是難為東家。

一日，正在平康巷，把箇吳嬌兒坐在膝上，叫他出籌馬，自己一手摟着，一手擲，與管缺相賭。花紋捉頭兒，且是風騷得緊：

懷有紅顏手有錢，呼盧⑪得雉散如煙。
誰知當日成家者，拮据焦勞幾十年。

⑨ 囊家：舊指設局聚賭抽頭取利之人。囊家什一而取，謂之乞頭。

⑩ 鄧通：人名。漢文帝時官至上大夫，許其鑄錢，鄧通錢遍天下。後人常用他的名字比喻富有。

⑪ 呼盧：賭博。這種賭博遊戲共有五子，五子全黑叫「盧」，得頭彩。擲子時高聲喊叫，希望得全黑，故曰「呼盧」。

清廉潔己，這纔是老臣風度。

似是而非者，惡利口之覆邦

不期一輸輸了五十兩，翻籌又輸廿兩，來當中取。沈實如何肯發？阿虎去回道：「沒有！」吳嬌兒道：「沒有銀子成甚當？」甘毳道：「老家主不肯。」花紋便把盆來收起，道：「沒錢扯甚淡？」弄得沈剛滿面羞慚，竟趕到當中。適值沈實不在，花紋更聳一嘴道：「趁他不在，盤了當，另換一箇人罷。」甘毳道：「阿虎儘伶俐，聽教訓，便用他管更好。」沈剛便將銀櫃、當房鎖匙，都交與阿虎；叫管帳的與收管衣飾的，一一點查，並不曾有一毫差池。沈實回來，得知在裡廂盤當，自恃無弊，索性進去，交典箇明白。點了半日一夜，也都完了。那花紋暗地叫沈剛道：「一發問他討了房租帳簿，交與阿獐，封了他臥房，趕他出去，少也他房中有千百兩！」沈剛果然問他要了帳簿，趕到家中，把他老婆、兒女都攆出房去。看時，可憐房中並不曾有一毫梯己錢財、有一件當中首餙衣服。沈剛看了也沒意思，道：「我雖浪費銀子，也是祖父的，怎麼要你留難？本待要送你到官，念你舊人，聞得雲臺、離堆兩山，我家有山千來畝，向來荒蕪，不曾斫伐，你去與我清埋、召佃，房裡什物衣服我都不要，你帶了妻小快去，不要惱我！」此時裡邊黎氏怪他直嘴；李氏只是念佛看經，不管閑事；楊氏擄了一手，看光景不好，便待嫁人，却又沈剛母子平日不作他的。沈實帶了老婆秦氏、兒子關保，在靈前叩了幾箇頭，又辭別了三箇主母，又別了小主母樊氏，自到山中去了。

不上三月，當中支得多，阿虎初管也要用些，轉撤不來，便將當物轉戤大當酬應。又兩月，只取不當了。房租原是沈實管，一向相安的，換了阿獐，家家都要他酒喫，喫了軟口湯，也就討不起，沒得收來。花紋道：「怕有銀子，生不出利錢？」又要納糧當差。討不起租，攛掇他變賣嫖賭，交結朋友。自己明得中人錢，暗裡又打偏手。樊氏聞這兩箇光棍引誘嫖賭，心裡也怪他，當時勸沈剛不要親近這些人，

家者。

奸計出于意料之外。

只是說不入。父親沒不三年，典當收拾，田產七八將完，只有平日寄在樊舉人戶下的，人不敢買，樊家却也就認做自己的了。嘗言道：「敗子三變：始初蛀蟲壞衣飾；次之蝗蟲喫產；後邊大蟲喫人。」他先時當人的，收人利錢，如今還債，拏衣飾向人家當，已做蛀蟲了。先時賤價買人產，如今還債，賤賣與人，就蝗蟲了。只是要做大蟲時，李氏也挈了囊橐，割宅後一箇小花園，裡邊三間書房，在中出家了。楊氏嫁人去了，奴婢逃走去了，止得母親與老婆。母親也因少長沒短，憂愁病沒了。外邊酒食兄弟漸也冷落，妓女也甚怠慢，便是花、甘二箇也漸踪跡稀疎，只得家中悶坐。樊氏勸他務些生理，沈剛也有些回頭，把住房賣與周御史，得銀五百兩，還些債，剩得三百兩。先尋房子，只見花、甘這兩箇又來弄他。

巧巧的，花紋舅子有所冷落房屋，人移進去便見神見鬼，都道裡邊有藏神。花紋道：「你這所房子沒人來買的了，好歹一百兩到你，餘外我們得。」他便與甘毳兩箇去見沈剛，領他去看。不料花紋叫舅子先將好燒酒潑在廂房，待沈剛來看時，暗將火焠着，只見徧（遍）地陰陰火光。沈剛問道：「那地上是甚麼？」花紋與甘毳假做不看見，道：「有幾件破坛與缸，買了他便移出去。」沈剛心裡想：「地下火光，畢竟有藏。眾人不見，一定是我的財。」暗暗歡喜。成契定要二百五十兩，花、甘兩箇打合二百兩，沈剛心裡貪着屋中有物，也就不與較量。除中人酒水之外，着實修理，又用了五十餘兩，身邊剩得百餘金。樊氏甚是怨悵，道他沒筭計。沈剛道：「進門還你一箇財主！」兩箇擇日過屋，便把這節事告訴樊氏，樊氏道：「若有這樣福，你也不到今日了。」捱得人散，約莫一更多天氣，夫妻兩箇動手，先在廂房盡頭掘了一箇深坑，不見一毫；又在左側掘了一箇深坑，也不見動靜。一發鋤了兩箇更次，掘了五六處，都二三尺深，並不見物。身體困倦得緊，只得歇了高臥。到得天明，早見花紋與舅子趕來，沈

做好做歹，語語尖冷。世人能于此中識破□□便是□□人一□□人活□□。

格言。

剛還是夢中驚醒，出來相見。花紋道：「五鼓我舅子敲門，說昨日得一夢，夢見他母親說，在廂房內曾埋有銀子二坛，昨夜被兄發掘，今日要我同來討。我道鬼神之事不足深信，他定要我同來，這一定是沒有的事。」那人一邊等他二人說話，一邊便潛到廂房裡一看，道：「姐夫，何如？現現掘得七坑八坎在此！」花紋也來一張，道：「舅子也說不得，寫契時原寫『上除片瓦，下連基地，俱行賣出』，這也是他命。」沈剛說：「實是沒有甚物。」花紋說：「沈兄也不消賴，賣與你今日是你的了，他怎麼要得？」那人便變起臉來道：「你捧粗腿，奉承財主麼？目下聖上為大工⑫，差太監開採，我只出首，追助大工，大家不得罷！」沈剛驚得木呆，道：「恁憑你裏邊搜！」那人道：「便萬數銀子，也有處藏，我怎麼來搜？只是出首罷。」花紋道：「狗獃！若送了官，不如送沈兄，平日還好應急。沈兄，你便好歹把他十之一罷！」沈剛道：「我何曾得一釐？」花紋道：「地下坑坎便是證見，兄可處一處，到官就不好了。」那人開口要三千，花紋打合要五百，後來改做三百。沒柰何還了他這所房子，又貼他一百兩。

夫妻兩箇無可棲身，樊氏道：「我且在花園中依着小婆婆，你到靈臺山去尋沈實，或者他還憐你有之。」沈剛道：「我不聽他好話，趕他出去，有甚臉嘴去見他？還尋舊朋友去。」及至去尋時，有見他纔跨脚進門，就推不在的；又有明聽他裡邊唱曲、喫酒，反道拜客未回的。花紋轎上故意打盹不見；甘毳尋着了，假做忙，一句說不了就跑。走到家中，嘆氣如雷。樊氏早已見了光景，道：「凡人富時來奉承你的，原只為得富，窮時自不相顧；富時敢來說你的，這是真為你，貧時斷肯周旋。如今我的親也沒幹，你的友也沒幹，沈實年年來看望，你是不採他，依我還去見他的是。」樊氏便去問李氏借了二錢盤

⑫ 大工：大工程。

費與他，顧了箇驢，向靈臺山來。

問沈實時，沒人曉得，問了半日，道：「此處只有箇沈小山，他兒子做木客的，過了小橋，黃土墻裡便是。」沈剛騎着驢過去，只見一箇墻門，坐着許多客作，在裡邊喫飯。沈剛不敢冒實進去，只在那邊張望。却見一箇人出來，眾人都站起來，這人道：「南邊山上木頭已砍完未？」只見幾箇答道：「完了。」又問道：「西邊山上木頭曾發到水口麼？」又有幾箇答道：「還有百餘株未到。」這人道：「你們不要偷懶纔是。」沈剛一看，正是沈實。分付完了，正待進去，沈剛極了，忙趕進去，把沈實一扯道：「我在這裡。」這人回頭道：「你是誰？」一見道：「呀！原來是小主人！」忙請到廳上，插燭似拜下去。沈剛連忙還禮。沈實就扯一張椅，放在中央，叫老婆與媳婦來叩頭。沈剛看一看，上邊供養着沈閬一箇牌位，與他亡母牌位，就也曉得他不是負義人了。眾客作見了他舉家這等尊禮，都不解其意。倒是沈剛見人在面前，就叫沈實同坐。沈實抵死不肯，便問小主母與沈剛一向起居。沈剛羞慚滿面道：「人雖無恙，只是不會經營，房產盡賣，如今衣食將絕。」此時沈實更沒一句怨悵他的說話，道：「小主莫憂，老奴在此兩年，已為小主積下數百金在此，儘可供小主用費。」就將自己房移出，整備些齊整牀帳，自己夫妻與以下人都「相公」不離口。沈剛想道：「這箇光景，我是得所了，只我妻兒怎過？」過了一晚，只見早早沈實進來見，道：「老奴自與相公照管這幾座山，先時都已蕪荒，却喜得柴艸充塞，老奴僱人樵砍，本年已得銀數十兩。就把這庄子興造，把各處近地耕種取息，遠山木植。兩年之間，先將樹木小的、遮蓋在大樹陰下不能長的，先行砍伐，運到水口發賣。兩年已得銀七百餘兩，老奴都一一封記。目下有商人來買皇木，每株三錢，老奴已將山中大木盡行判與，計五千株，先收銀五百兩，尚欠千兩，

冷煖存亡，至此嘗遍，而沈實不忘主之恩如一，是僕中之聖。

都是人情所難。

調度經理，方

略井井，可補致富奇書之漏。

□□凜然。

□□□夫□□。

待木到黃州抽分主事處，關出脚價找還，已着關保隨去。筭記此山，自老奴經理，每年可出息三百餘兩，可以供給小主。現在銀千餘，還可贖產，小主勿憂！」就在裡邊取出兩箇拜匣，一箇小廂，點與沈剛。果是租錢、賣錢，一一封記。沈剛道：「我要與娘子在此，是你住塲，我來估了，心上不安。要贖祖房，不知你意下何如？」沈實道：「我人是相公的人，房產是相公房產，這些銀兩也是相公銀兩。如今便同相公去贖祖房，他一時尚未得出屋，主母且暫到這邊住下。餘銀先將好產贖回，待老奴為相公經理。」沈剛道：「正是！我前日一時之誤，把當交與阿虎，他通同管當的人，把衣飾暗行抵換，反抵不得本錢來。阿獐管房產，只去騙些酒喫，分文不討。如今我把事都託你，一憑你說。」兩箇帶了銀子，去贖祖房。喜得周家不作住居，肯與回贖，只召了些中人酒水之費，管家、陪堂在裡邊攛掇的要錢，共去七百兩之數。只見花、甘兩箇與這些「十弟兄」聞他贖產，也便來探望，沈剛也極冷落待他。因房子周家已租與人，一時未出，夫婦兩箇仍到靈臺山下山庄居住。花、甘兩箇見了他先時弄得精光，如今有錢贖產，假借探望來到山庄。沈剛故意闊他，領他看東竹林、西桑地、南魚池、北木山，果是好一派產。這兩箇就似膠樣，越要拈攏來，灑不脫了。沈剛在山庄時，見他夫妻、媳婦自來服事，心也不安。他始終如一，全無懈怠之意。關保回帶有銀千餘，沈實都將來交與沈剛。沈剛就與沈實，將來仍贖典當衣物，置辦家伙，仍舊還是一箇財主。只是樊氏怕沈剛舊性復發，定要沈實一同在城居住，沈實只得把山庄交與關保，叫他用心管理。以後租息，一應俱送進城，與主人用度。

一到城，出了屋，親眷也漸來了。十弟兄你一席，我一席，沈剛再三推辭不住，一連煖屋十來日。末後小銀兒、張巧、吳嬌，也來煖屋置酒。就是這班十弟兄，直喫到夜半，花、甘兩箇一齊又到書房內，

「我們擲一回，耍一耍！」這也是沈剛向來落局常套，只是沈實不曾見。這回沈實知道，想說：「前日主人被這干哄誘，家私蕩盡，我道他已回心，誰知却又不改！這幾年租穀他幾日用？須得我撒一箇酒風了。」就便拏了一把刀，一脚踢進書房。此時眾人正擲得高興，花紋嚷道：「還我的順盆！」聽得門響，急擡頭看時，一箇人惡狠狠拏了刀，站在面前，劈腦揪翻花紋在地，一脚踏住；又把甘毳劈領結來拏住，把刀擱在頸項裡。這兩箇已喫得酒多，動撣不得，只是叫「饒命！」其餘十弟兄，見沈實行兇，急促要走時，門又喫他把住了。有的往卓下躲，有的拏把椅子遮，小銀兒便蹲在沈剛胯下，張巧閃在沈剛背後，把沈剛推上前。吳嬌先鑽在一張涼牀下，曹日移也鑽進去，頭從他的胯下拱。吳嬌道：「這時候還要取笑！」東躲西縮。只有田伯盈坐在椅上動不得，只兩眼看。那沈實大聲道：「你這干狗男女，當先哄弄我官人，破家蕩產也罷。如今我官人改悔，要復祖遺業，你們來煖屋，這也罷。怎做美人局，弄這些婆娘上門？又引他賭，這終不然是賭房？我如今一箇箇殺了，除了害！」把刀「蕩」的一聲，先在田伯盈椅上一敲，先把箇田伯盈翻觔斗跌下椅來，要殺甘毳。沈剛道：「小山！你為我的意兒，我已知道，只是殺了人，我也走不開！」沈實道：「這我自償命！」甘毳極了，沸反叫「饒命」，道：「以後我再不敢來了！若來，跌折孤拐！」花紋道：「再來爛出眼珠！」沈剛也便跪下賭誓道：「我再與他們來往鬪（鬪）賭，不逢好死！」死命把刀來奪。那沈實流淚道：「罷！罷！我如今聽相公說，饒你這干狗命！再來引誘，我把老性命結識你！」一掀，甘毳直跌倒壁邊。花紋在地下爬起來，道：「酒都驚沒了！」田伯盈也在壁邊立起身來，道：「若沒椅子遮身，了不得！」只見卓底下走出糜麗，牀底下鑽出曹日移、吳嬌，糜麗推開椅子，管缺擄得些籌馬，却又沒用。沈實道：「快走！」只見這幾箇跌脚絆倒飛跑，那

一團忠義激發。

是一幅狡兔奸藏圖畫。

極聲！

小銀兒、張巧、吳嬌也拐也拐，你牽我扯，走出門。

劍挺青萍意氣豪，紛紛鬼膽落兒曹。
休將七尺昂藏骨，却向狂夫換濁醪。

沈剛也不來送，只得箇沈實在裡邊趕，丫頭、小廝門掩了嘴笑。

樊氏見這干人領些妓者在家喫酒，也有些怪他。坐在裡邊，聽得說道沈實在外邊要殺，也趕出來，看見人去，便進書房道：「原不是前翻被這干光棍哄箇精光，後邊那箇理你？如今虧得他為你贖產支持，怎又引惹這些人在家胡行？便遲窮些兒也好，怎麼要霎時富，霎時窮？」沈剛道：「前日這些人來，我也不理。說煖屋，我也苦辭。今日來了，打發不像。我也並不曾與妓者取笑一句，骰子也不曾拈着。」樊氏道：「只恐怕見人喫飯肚腸癢，也漸要來。」沈剛道：「我已賭下誓了。」正說，那沈實趕進，就沈剛身邊叩下四箇頭，道：「老奴一點鯁直，驚觸相公，這不是老奴不存相公體面，恐怕這些人只圖騙人，不惜羞耻，日逐又來纏繞，一敗不堪再復！如今老奴已得罪相公，只憑相公整治。」樊氏道：「相公平日只是女兒臉，踢不脫這干人，至于如此。你這一趕，大是有功！」沈剛道：「這些人我丅難絕他，你這恐嚇，正合我意。我如今閑，只在房中看書，再不出去了。」

果然，沈剛自此把家事託與沈實，再不出外。這些人要尋，又不敢進來，竟斷絕了。後來沈實又尋一箇老學究，陪他在家講些道理，做些書柬。又替他納了監，跟他上京援例，幹選了長沙府經歷，竟做

樊氏之言，切實痛快，可謂房中之畏友。

前有撒風之奮發，後有認罪之柔下，真是純忠純

義。

了箇成家之子。沈實也活到八十二歲纔死，身邊並無餘財。兒子也能似爺，忠誠謹慎。沈剛末後也還了他文書，作兄弟般看待。若使當日沒有沈實在那廂經營，沈剛便一敗不振；後邊若非他杜絕匪人，安知不又敗？今人把奴僕輕賤，誰知奴僕正有好人！

雨侯曰：楚大夫鬻拳，因其主荒于酒色，劫之以兵，曰「兵諫」。兵諫也是諫，若拘拘主僕之分，雖可曰「謹飭」，却亦終是庸奴。

題詞

昔張靖之無子，自省曰：「予有何咎？」群妾曰：「即多置予輩，亦咎也。」靖之笑而遣之。獨二人不去，時正妙年。公歿，即自閉閤中，年白方出。蓋其能守，即不去時已定，誰謂妾媵中無人？若夫撫孤于窮，難矣，更撫正室之孤，不更難歟？卓哉，三夫人！知不辱吾弟之筆。

翠娛閣主人撰

第十六回　內江縣三節婦守貞　成都郡兩孤兒連捷

峽雲黯黯巫山陰，岷源❶汩汩江水深。
地靈應看產奇傑，勁操直欲凌古今。
有箋不寫薛濤咏，有琴豈鼓文君音。
石鏡纖月照夜抒，白帝❷輕風傳秋砧。
凄然那惜茹蘖❸苦，鏗爾益堅如石心。
白首松筠幸無愧，青雲蘭桂何蕭森。
我今謾寫入彤管❹，芳聲永作閨中箴。

❶ 岷源：指岷江。發源於岷山。在四川省。

❷ 白帝：城名。在今重慶奉節東。李白早發白帝城詩：「朝辭白帝彩雲間，千里江陵一日還。兩岸猿聲啼不住，輕舟已過萬重山。」

❸ 茹蘖：蔬菜和樹芽。茹，蔬菜之謂。蘖，音ㄋㄧㄝˋ。樹芽。

❹ 彤管：赤管筆。詩邶風靜女：「靜女其孌，貽我彤管。」毛傳及鄭玄箋，彤管，赤管筆也。古代女史以彤管記事。

可謂之女鑑，亦可謂之女律。

這首詩，單咏幾個蜀中女子。蜀中舊多奇女子。漢有卓文君，眉若遠山，面作桃花色；能文，善琴。原是寡居，因司馬相如彈鳳求凰一曲挑他，遂夜就相如。有識的人道他失節。又有昭君，琵琶寫怨，墳草獨青，也是個奇女子。但再辱于單于，有聚麀❺之恥。唐有薛濤，人稱他做「女校書」，却失身平康，終身妓女。蜀有兩徐妃❻，宮詞百首，却與子荒淫逸遊，至于失國。還有花蕊夫人，蜀亡入宋，他見宋太祖❼，有詩道：「二十萬人齊解甲，並無一個是男兒。」才、色都可稱。後來又寵冠宋宮，都有色、有才，無節、無德。不知女子當以德與節為主。節是不為情欲所動，貧賤所移，豪強所屈，堅貞自守；德是不淫、不盜、不貪、不悍、不妬。驕奢懶惰，利口輕狂，但內中淫泆、竊盜、悍潑、懶惰，不是向上事，都婦人所羞。獨貪嗇就託言說是做人家，驕就託言說是存體面，輕狂便託言風逸，利口便託言伶俐，這不易除。然一個朴實，都可免得。只是一個妬字最難，一個相形，便不能禁遏。如晉謝安石❽夫人，子弟稱咏關雎❾詩，說他不妬。夫人問：「此詩是誰人作的？」道：「是周公❿。」夫人道：「若

❺ 聚麀：指兩代間的亂倫行為。聚，共。麀，音ㄧㄡ。牝鹿，也指牝獸。本指獸類父子共一牝。在這裡借指王昭君在其夫死後，又嫁給其子（異母）的行為。

❻ 兩徐妃：兩妃名。五代前蜀主王建之妃，姓徐，稱小徐妃，又號花蕊夫人，為後唐莊宗所殺。後蜀主孟昶之妃，亦姓徐，又號花蕊夫人，被擄宋宮，為宋太祖所寵。

❼ 宋太祖：即趙匡胤（西元九二七—九七六年），宋王朝的開國皇帝。西元九六〇—九七六年在位。

❽ 謝安石：即謝安，字安石。陳郡陽夏（今河南太康）人。東晉政治家。孝武帝時位至宰相。曾力拒前秦軍，指揮淝水之戰，獲勝。

❾ 關雎：詩經篇名。見詩周南關雎。經第一篇詩，共五章，每章四句，共二十句。第一章：「關關雎鳩，在河

是周婆，畢竟不作了。」就是我朝有個楊侍郎，因妻妒忌殺妾，至于下獄。一個朱知縣，因後妻妒忌，殺前妻之子，至于身死杖下。真有妒悍之婦，夫不能制，遂為所累的。若是視妾如姊妹，視他人子如己子，能死守不變，豈不是有節有德？

這事也只在蜀中。成都府內江縣，縣中有一個大族，姓蕭名騰字仲升。一個兄弟名露，字季澤，也是孝友人家。兩個少年都讀書，後邊不能成就，蕭仲升改納了吏，蕭季澤農庄為活。仲升娶的是陰氏，已有一子世建。季澤娶的是吳氏。吳氏因見自己成親已久，尚無子息，一日對季澤道：「人說無官一身輕，有子萬事足。如今我尚無子息，不若娶一個妾，使有生長。」季澤道：「我與你夫婦甚是恩愛，不要生這餘事。況且你年尚少，安知你不生長？倘討一個不知做人何如，或至生氣。」吳氏道：「生氣與不生氣都在我。」便著媒婆與他尋親，自己去相，要人物齊整的。只見吳氏妹子知道，來見道：「姐姐，從來男子沒個好人，都好的是憐新棄舊。若與他名色娶妾，尋個醜頭怪惱的與他，還恐怕他情人眼內出西施；若尋了個年紀又小，又標緻，好似你的，丈夫必竟喜他。況且夫妻們叫做君子夫妻，定沒那些眉來眼去、粧妖撒痴光景，覺得執板。這些人只要奉承家主，要他歡喜，那件不做出來？自然他親你疎。起初時還服你教訓，到後來一得寵，或是生了兒子，他就是天蝴蝶，有了靠山，料不服你！姐姐，你只

「生氣與不生氣都在我」，一言可垂千古。

之洲。窈窕淑女，君子好逑。」本是一篇民間情歌，但毛傳卻認為，關雎為周公所作，頌「后妃之德」，「樂得淑女，以配君子。」故說周婆就不會如此作的話。

⑩ 周公：西周初年政治家。姬姓，名旦，亦稱叔旦，周武王之弟。因采邑在周（今陝西岐山北），稱為周公。武王死後，由他攝政。相傳他制禮作樂，建立典章制度，主張「明法慎罰」，其言論多見於尚書。

妻妾搆禍，心口都肖。

家庭之變，多起于旁人唆聳，而吳氏任耳邊瑣瑣而不聽，真賢良之神聖矣。

惡，惡！

洞灼史

想一想，他在那邊，他兩個調情插趣，或是他兩個在床裏歡笑，你獨自一個冷冷清清，怎生過得？你若說為生兒子，別人的肉，須貼不在自己身上！你若生一個兒子出來，豈不反被他劈去一半家私？姐姐，你莫聽姐夫騙，他們未討小一樣臉，討了小又一樣臉，後來悔得遲了！」吳氏不聽。

相來相去，相了一個本縣梧桐里住的李家女兒，十八歲。吳氏便把自己釵梳賣來娶了。娶到家中，為他打點一間房，動用床帳都與自己一般。妹子又來道：「姐姐，你這樣為姐夫娶妾，人都道你賢惠了，便裡邊兜搭些，人也不信。你如今須把他一個下馬威，不要好顏待他，做個例。一月或是許姐夫去一遭，或是兩遭，日裡須捉他坐在面前，出親眷人家去，須帶了去，晚間鎖了他房門，不要等姐夫不聽你分付，偷去慣了。」吳氏笑道：「漢家自有制度，不須妹妹費心。」妹子道：「姐姐，不是我多說，三朝媳婦、月裡孩兒，是慣不得的！人說好是假，自淘氣是真。你不聽得我那邊朱監生老婆，做人本分，只為一時沒主意，應了丈夫討小，後來見丈夫意思偏向，氣不忿弔死了。還有個党公子，撇了大娘子，與小住在庄上，不回去，家裡用度不管。這都是前船，就是背後眼！」無奈吳氏執定主意。到後來，蕭季澤雖是兩下溫存，不免顧此失彼，吳氏絕不介意。喜得李氏又極篤實，先沒那些作態哄老公局度，又謹飭待吳氏極其小心。不半年有了娠，吳氏就不把家中用叫他做，臨產十分調護，喜得生了個兒子。妹了又叫他把李氏嫁了：「這兒子後來只認得你，當得親生。」又不聽。與他做三朝，做滿月，僱奶子撫養，並不分個彼此。到六歲上學讀書，取名世延，小世建兩歲，生得且是聰明伶俐。

這年蕭仲升因兩考滿，復疎通三考又滿，要赴京。考功司辨了事，送文選司題與冠帶。這吏員官是個錢堆，除活切頭、黑虎跳、飛過海，這些都是個白丁。吏部書辨作弊，或將遠年省祭、咨取不到人員，

弊。

必是死亡，并因家貧、路遠、年高，棄了不來，竟與頂補；或是偽印，將劄上填有實歷考滿起送，并援納行欵題請冠帶；或將卯薄那移，藉冊走撈，使得早選。這是吏部作弊了。還吏員自己作弊，是央人代考、貼桌等項。捷徑是部院效勞。最快的是一起效勞堂官親隨。吏部折衣服的，叫做「漁翁撒網」；一起班官，隨出入扛衣箱的，叫做「二鬼爭環」；提夜壺的，叫做「劉海戲蟾」；報門引進的，叫做「白日見鬼」。這些可以作考中，免省祭，還可超選得好地方。蕭騰也只隨流平進，選了一個湖廣湘陰巡檢候缺，免不得上任繳憑。因妻陰氏自生世建後，身體多疾，不惟不復生育，又不能管家。娶一個妾同行，是富順縣陳見村之女，年十九歲，却也生得有些顏色，還又曉得一手女工針指，更性格溫柔，做人謹慎。陰氏因自己多病，喜靜，竟不因陳氏摽艶，怕他專寵，有忌嫉的肚腸。陳氏也並不曾有一毫撒嬌作痴，在丈夫前討好，在背後間離光景。兩個（個）似姊妹般在任，真是一雙兩好。

風細嬌荷對語，日晴好鳥和鳴。
不數湘靈二女，一雙傾國傾城。

至任候缺。幸得新來一個知府，是他舊服事的縣尊，就作興，差委着他署事。混了兩年，後來實授，拿了一起江洋強盜，不曾送捕廳，竟自通中。惱了捕廳，那強盜又各處使錢，反說他貪功生事。任滿了，不准考滿，只得回家。弟兄相會，季澤道：「哥哥，我們都有田可耕，有子可教，做這等卑官作甚？」便家中請了一個先生，教世建、世延讀書。兩個在家只是訓子務農，甚是相安。

「貪功生事」四字，天下事

受冤于此中者多矣！為人上者不可不察。醫且不可執方用藥，安得執意見而以人試乎？

不期此年天災流行，先病了一個蕭騰，請了一個醫生來，插號叫做「李大黃」，慣用大黃。他道：「胸膈有食，所以發熱，下邊一去，其熱自清。」不知他下早了，邪熱未清，反據於中，一連五六日不好。只得又請一個，叫「甘麻黃」，喜用麻黃。問道：「今日是七日了麼？」道：「是七日。」他道：「這等該發汗！」一大把麻黃，只見是吃大黃多的，便汗出不止。蕭仲騰自知不好，忙討筆硯，寫得幾個字道：「世建年已十一，已有頭角，將來必竟成人，賢妻可為我苦守。陳氏隨我七年，無了，年紀尚小，可與出身。家中田畝租稅，賢弟為我料理。」寫畢氣絕。其時陰氏母子哭做一團，蕭季澤為他料理殯殮。正是：

風雨蕭條破鶺鴒⓫，不堪淒咽淚交零。
人生聚散渾難定，愁見飄飄水上萍。

蕭季澤料理仲升喪事，不上十餘日，不期這病最易纏染，却又病倒。家中見那兩個醫人不濟，又去請兩個醫人。一個叫顧執。他來一見他一妻一妾立在側邊，都有些顏色，道：「這不消說得內傷外感，是個陰証。」撮藥是「附子理中湯」。又一個任意又到。看了脉，道：「是少陽。」經家裡說「適纔顧大醫道是陰症」，任意道：「胡說！他曉得看甚病！」也撮了一帖「加減小柴胡湯」。家中倒不知用那一帖好，

⓫ 鶺鴒：比喻兄弟。亦作「脊令」，鳥名。詩小雅常棣：「脊令在原，兄弟急難。」言脊令失所，飛鳴求其同類。後世因以脊令比喻兄弟。

一病而屢換醫人，十傷其八九，此一証也。

次日只得都接來，兩個爭得沸反。顧執道：「你破我生意！」任意道：「你一竅不通！」正爭時，喜得李氏家裡荐得一個醫生何衷來，道：「二位不是這樣了，人家請我們看病，怎請我來爭？須要虛心。如今第二日了，當用些發表攻理的藥。拿箱來，我們各出幾種。」一個認定太陰，一個認定少陽，一個放些菓子藥，你一撮，我一撮，一扶也到十四日。如今又為要用人參、不用人參爭了。昔日有個大老，極會說笑話。一日有個醫者，定要請教，大老道：「沒甚得說。只我家一個小廝，他把一個小坛裝些米在裡面。一個老鼠走了進去，急卒跳不出來。小廝把火筯燒紅了去刺他，只見一火筯下去，那老鼠『噫』這樣一聲；又一火筯，又一聲；又一火筯，又一聲。」那大老便不言語了。醫者又問道：「後來如何？」大老道：「三個『噫』，醫死了，還有甚麼講？」這便是蕭家故事了。幸得蕭季澤已預料不起，先已分叫吳氏、陰氏一同守寡，看管蕭氏的這兩兒。李氏雖有子，但年紀止廿六歲，恐難守節，聽他改嫁，不可索他的錢。可憐一月間兩弟兄呵：

樹摧謝氏玉，枝折田家荊。
剩有雙珠在，呱呱夜泣聲。

吳氏也少不得盡禮殯殮埋葬。兩邊寡婦，彼此相倚。

決烈！

過了百餘日，陰氏因遺言，叫陳氏出嫁。陳氏揮淚道：「我生作蕭家人，死作蕭家鬼。況大娘多病，我願相幫願管小郎，斷無二心。」陰氏道：「我亦久與你相依，不忍言，但你無子，恐悞你青春，不若出嫁。」兩個都涕淚交流，哭了一場。那邊吳氏怕李氏年小，不肯守，又蕭季澤遺命，叫他出嫁，日日看了世延痛哭，道：「你小小兒子，靠誰照管？」李氏聽了，便罰誓道：「天日在上，我斷不再醮，決老死蕭家牖下！」與吳氏兩個朝夕相傍，頃刻不離，撫育兒子，不分彼此。

其時陳、李兩家父母，因兩人年小，蕭家又窮，都暗地裡來勸他出嫁。勸陳氏的道：「他家貧寒，怕守不出，況且你無子，守得出時也是大娘兒子，須不親熱。你到老來沒個親兒倚靠，不如趁青年出嫁，還得個好人家。」勸李氏的道：「結髮夫妻，說不得要守。你須是他妾，丟了兒子，吳氏要這股家私，怕弟男子侄來奪，自然用心管他，何苦熬清受淡，終身在人喉下取氣？」又有一干媒婆，聽得說蕭家有兩個小肯嫁人，就思量撮合撰錢來說。媒婆道某家喪了偶，要娶個填房，本等人已四五十歲，道只得三十多歲，人又生得標致，家事又好，有田有地。本有上五六個兒女，却說止得一兩個兒女，又沒公婆，去時一把撩繩都任手裡。還有人服事，纖手不動，安躭快活。某家鄉宦，目下上任，不帶大奶奶，只要娶個二奶奶同去。這是現任，一路風騷，到任時只他一個，就是大奶奶一般，收的禮，括的鈔，怕走那裡去？還沒有公子，生出來便是公子，極好！還有一家大財主，因大娘子病，起不得床，家中少了個管家人，要娶個二娘。名雖做小，實是做大。還有個木商，是徽州人，拿了幾千銀子，在這裡判山發木，不回去的，要娶兩頭大。這都是好人家！兩三個媒婆，撞着便道：「這是我認得的。」也不曾問這邊肯不肯，便道：「替你合做了，你管女家，我管男家。」或至相爭，都把這些繁華富貴來說。還又爭道：「我說的好，他說的不好。」陰氏與吳氏還看陳氏、李氏光景，不拒絕他。倒是他兩個決烈道：「任你甚人家，我是不嫁！以後不須來說。」一個快嘴的便道：「二娘嫁字心裡肯，口裡不說的。這只是大娘

曉之以理，動之以情，不知貞潔人固不可輕易動搖也！

做媒的個個誇能，多有些言不相應。

以小人

之心，度君子之腹。

賢哉，母氏！只恐蓼莪□□劬勞□□也。

身任蕭家斷續之脈，置榮辱窮困于不顧，何等力量！憐惜出

主張，不須問得二位。便守到三年，也終須散場，只落得老了年紀。」纏着不去。直待陳氏、李氏發怒，還洋洋的走去，道：「且看，只怕過幾個月還要來請我們哩！不要假強。」似此都曉得他兩個堅心守寡，都相安了。

不期陰氏原生來怯弱，又因思夫，哀毀過度，竟成了個弱症。陳氏外邊支持世建讀書，內理調停陰氏藥餌，並無倦怠。吳氏、李氏也不時過望。陰氏對陳氏道：「我病已深，便藥餌也不能好，這不須費心了。況我死得見夫君地下，也是快事。只是世建尚未成立，還要累你。若得他成人，不唯我九泉瞑目，便是你丈夫也感你恩德！」又叫世建道：「你命蹇，先喪了父，如今又喪我。你平日我多病，全虧親娘管顧，如今我死，止看得他了。你須聽他教誨，不可違拗，大來要盡心孝順，不要忘了他深恩。努力功名，為父母爭氣。」又向吳氏，託他照管。彼此□□飲泣。不數日，早已命終。陳氏又行殯斂。他家裡父母又來說：「他蕭家家事，原甚涼薄，如今又死了一個，斷送，越發支持不來了。就是世建，得知他後來何如？生他的尚且管不了，沒了，你怎管得？不若趁早蕭家無人，也沒人阻擋得你。若再遲延，直到家產日漸零落，反道你有甚私心，不能為他管守。或是世建不成人，忤逆不肖，不能容你。那時人老花殘，真是遲了！」陳氏聽了，痛哭道：「世建這個小兒，關係蕭家這一脉斷續，若丟了他，或至他不能存活，或至他流於下賤，是蕭家這脈無望了。我看得世建身子重，就看得我這身子不輕。如今任他仔麼窮苦，我自支撐，決不相累！我自依着二房兩個寡婦，儘好作伴，不要你管！再不要你胡纏！」他自與吳氏、李氏互相照顧，產上條粮，親族間婚喪禮儀，纖毫不缺。也經過幾個荒歉年程，都是這三個支持。每日晚必竟紡紗績麻，監督兒子讀書至二三更。心裡極是憐惜他，讀書不肯假借他。不是如今人家，

于真愛，假借他是護短病根，紡績課兒，真不減斷機畫荻之賢。

筆犢有權，文章無色。

動口說是他爺沒了將就些，在家任他做嬌作痴，或是逞狂撒潑，一字不識，如同牛馬。一到十四、五歲，便任他在外交結這些無藉棍徒，飲酒宿娼，東走西蕩，打街閙巷，流于不肖。正是：

畫荻⑫表節勁，丸熊⑬識心苦。
要令衰微門，重振當年武。

至於兩人出外附學束脩，朋友交際，會文供給，這班寡婦都一力酬應。

這兩個小兒從小聰明勤讀，加之外邊擇有明師，家中又會教訓，十二、三歲便會做文字。到十五、六歲，都文理大通。其時還是嘉靖⑭年間，有司都公道，分上不甚公行。不似如今一考，鄉紳、舉人有公單，縣官荐自己前列；府中同僚，一人荐上幾名；兩司各道，一處批上幾個；又有三院批發、本府過往同年親故，兩京現任。府間要取二百名，却有四百名分上。府官先打發分上不開，如何能令孤寒吐氣？他兩個撞了好時候，都得府間取了送道。道中考試，又沒有如今做活切頭、代考，買通場傳遞、夾帶的弊病，裡邊做文字，都是硬砍實鑿，沒處躲閃，納卷又沒有衙役割卷面之弊。當時宗師都做得起，三院不敢批發，同僚不敢請託，下司不敢干求，撓他的權。故此世建、世延兩個都小小兒進了學。其時內江

⑫ 畫荻：宋歐陽修母鄭氏，以荻畫地，教修寫字。荻，蘆葦桿。事見宋史歐陽修傳。
⑬ 丸熊：唐柳仲郢母韓氏，以熊膽和丸，令仲郢咀嚼，以助勤讀。事見新唐書柳仲郢傳。
⑭ 嘉靖：明世宗朱厚熜年號，西元一五二二－一五六六年。

撫子而又能撫孫，蕭氏之忠臣矣。

一縣哄然，都稱揚他三個，不唯能守節，又能教子。有許多豪門貴族，都要將女兒與他。他三人不肯，道：「豪貴人家，女多嬌痴，不能甘淡薄，失教訓。」止與兩家門戶相當的結了親。世建娶了個余氏，世延娶了個楊氏，都各成房立戶。這三個寡婦又不因他成了人、進了學，自己都年紀大便歇，又苦苦督促他，要他大成。不期世建妻余氏生得一個兒子，叫做蕭蘅，余氏又沒了。陳氏怕後妻難為他，又道眼前止得這個孫兒，又自行撫養他，不教繫兒子讀書的心。果然這兩個兒子都能體量寡母的心腸，奮志功名，累累考了優等，又都中了舉。登堂拜母，親友畢集。過數日，又去墳上豎旗立匾。其時這三個方纔出門，到山中時，道：「如今我們可不負他三人于地下矣！」冬底，兩弟兄到京，也後先中了進士。回來省親祭墓，好生熱鬧。正是：

廿載深閨痛未亡，那看收效在榆桑⑮。
堂前松柏欣同茂，堦下芝蘭喜並芳。

洵為絕代罕見。

後來世建做了知縣，世延做了御史，都得官誥封贈父母。生的拜命，死的焚黃。這三節婦都各享有高年。里遞公舉，府縣司道轉申，請旨旌表。李南洲少卿為他作雙節傳，道：「堂前之陳，斷臂之李，青史所紀，彤管有煒焉！然皆為人妻者也，而副室未之前聞也。皆異地者也，而一門未之前見也。皆異時者也，而一代未之前紀也。歉其難乎？亶其傳乎？」而楊升庵太史又為立傳。

⑮ 榆桑：比喻晚年。

兩侯曰：嗟乎！妻妾之際，生死之間，非其度溟渤而能柔，操松筠而能剛，其將處之而咸宜乎？然而始終不為讒間所奪，始不失歡，終不失守，畢竟得力在剛，決不得謂婦德專主柔也！

又曰：予生母身生予姊弟凡五人，而嫡母倪，悉視猶己出，各觀其成人。兩母又茹荼飲苦，稱未亡者二十餘年。三遷斷機不殊孟，截髮剉荐不殊陶。乃蕭氏有記，而兩母泯泯也。讀之不勝泫然，知草埜而湮沒者益多矣！

卷五

引

男兒不死成大功，非如俗言「大難後當有大福」，只是動心忍性，識透膽雄，置身生死之外。故白刃交前而不驚，浮議交撓而不動。豈若王昭遠孺子，以鐵如意指揮三軍，自比武侯，竟作亡虜哉！雖然，襄毅知獻，文端知人，不然一本兵撓之，一紈袴佐之，其不壞國事幾希矣！

翠娛閣主人題

一語扼要。

第十七回　逃陰山運智南還　破石城抒忠靖賊

仗鉞西陲意氣雄，斗懸金印重元戎。
沙量虎帳籌何秘，罌渡鯨波計自工。
血染車輪螳臂斷，身膏齊斧兔羣空。
歸來奏凱麒麟殿，肯令驃騎獨擅功！

大凡人臣處邊陲之事，在外的要個擔當，在內的要個持重。若在外的手握強兵數十萬，不敢自做主張，每每請教裡邊取進止，以圖免後來指摘，豈不悞了軍機？在內的身隔疆埸千百里，未嘗目擊利害，往往遙制閫外❶，憑識見以自作禁中頗收，豈不牽制了軍事？故即如近年五路喪師，人都說是奴兒哈赤❷

❶ 閫外：都門之外，引申為統兵在外。史記馮唐傳：「閫以內者，寡人制之；閫以外者，將軍制之。」閫，音ㄎㄨㄣˇ。都城之門。

❷ 奴兒哈赤：人名，即清太祖（西元一五五九－一六二六年）。他創建了八旗制度，統一了女真各部。明萬曆四十四年（西元一六一六年）建立後金，稱金國汗，割據遼東，建元天命。天命十年（西元一六二五年）遷都瀋陽，次年兵敗受傷而亡。

人馬驍勁，喪我的將帥，屠我士卒。後來遼廣陷沒，人都說是孫得功❸奸謀詭計，陷我城池。不知若能經撫和衷，文武效力，朝中與閫外同心應手，如古時卒知將意，將知帥意，謀有成局，而後出師，那得到這喪師失地的田地！故此，若是真有膽力的人，識得定，見得破，看定事，做得來，何必張張皇皇驚嚇裡邊，張大自己的功？看定這人做得來，何必紛紛紜紜撓亂外邊，圖分人的功？內外協心，內不專制，外不推委，又不忌功嫉能，愎諫任意，不惜身家，不辭艱苦，就是滅虜而後朝食的事情，也是容易做的。

我曾想一個榜樣來。我朝有個官人，姓項名忠，字藎臣，浙江嘉興府嘉興縣人。中正統七年❹進士，選刑部主事，陞員外。正統十四年七月，北虜也先❺犯邊，太監王振創議御駕親征，舉朝諫阻，王振不從。留了御弟郕王❻監國，與幾個大臣居守。凡朝中大小官員，有才力謀畧的，都令從駕。十七日出師。但見：

陣列八方，隊分五色。左衝雄，右突武，前茅英，後勁勇，都擁着天子中央；赤羽日，白旄月，青蓋雲，皂纛霧，都簇着聖人黃鉞。浩蕩蕩雪戟霜戈，行如波湧；威凛凛雷鉦霆鼓，勢若山移。但只是頂盔貫甲，不免是幾個紈袴兒郎；挺劍輪鎗，柰何皆數萬市井子弟。介冑雖然鮮朗，真羊

破斧之三年乎？祁山之六出乎？

❸ 孫得功：人名。明將，後降建州（清）。

❹ 正統七年：西元一四四二年。正統，明英宗朱祁鎮年號（西元一四三六－一四四九年）。

❺ 也先：人名。明代瓦剌（蒙古）部首領。明正統十四年土木堡之役，明英宗即為其所俘。

❻ 郕王：即明代宗（景帝）朱祁鈺。土木堡之役，英宗被俘後，被于謙等人擁立繼位。

質而虎皮；戈矛空自鋒銛，怕器精而人弱。正是平日貪他數斗糧，今朝難免陣前亡。爹娘妻子走相送，只恐骸骨何年返故鄉！

凄絕。

大駕出了居庸關，過懷來，到宣府。那邊報警的雨也似來，這閹奴王振，倚着人馬多，那裡怕他？還作威福，騰倒得戶、兵二部尚書，日日跪在草裡。百官上本請回駕的，都叫他掠陣，督兵上前。先是一個先鋒西寧侯宋謨、武進伯朱貴，遇着虜兵，殺得片甲不還。附馬井源接應，也砍得個七零八落。每日黑雲罩在御營頂上，非風即雨，人心惶惑。欽天監道：「天象不吉。」這閹奴纔思想還京。到雞鳴山，韃兵追來，遣成國公朱勇斷後，被他趕到鷂兒嶺，殺個精光。八月十四，將到懷來城，他又不就進城，且在土木地方屯札人馬。只見一夜韃兵已團團圍定，各管兵官只得分付排下鹿角，地上舖了些鐵蒺藜、釘板，韃子也不敢來沖營。只是營中沒了水，穿井到二丈，沒個水影兒。一連三日，韃子勢大，救兵又不敢來。那閹奴荒得沒法處。却是韃子太師也先，差人講和，這閹奴便叫大學士曹鼐寫勅與和。也不待講和的回，他竟叫拔營。這一個令傳下，這些兵士便跑，那裡分個隊伍。那韃兵早已趕到了，也不管官員、將士亂砍。這些兵士只顧逃去，那一個願來迎敵與護駕。可憐一望裡呵：

輕舉妄動，棄生靈于一擲。

白草殷紅，黃沙腥赤。血瀉川流，屍橫山積。馬脫鞍而悲嘶，劒交臥而枕藉。創深血猶滴，傷寡氣猶息。首碎駝蹄勁，軀裂霜鋒劇。將軍頸斷，空金甲之流黃；元輔身殂，徒玉帶之耀碧。弔有烏鴉，泣唯鼪鼯。夢遶金閨，魂離故國。浪想珠襦，空思馬革。生長綺羅叢，零落陰山磧。恨化

是弔戰場賦。

鬼燐飄，愁緒濃雲濕。試風雨于戰場，聽嗚嗚之哀泣。

莫說二十萬軍，王振這閹奴，把內閣曹鼐、張益，尚書鄺埜、王佐，國公張輔一干文武官員，不知是車輾馬踏，箭死刀亡，都沒了。還弄得大駕蒙塵❼，聖上都入于虜營。後邊也虧得于忠肅❽定變，迎請還朝❾。

只是當時韃兵撩亂，早以把項員外抓了去，因首垢面，發他在沙磧裡看馬。但見項員外原是做官的，何曾受這苦楚，思想起來好惱好苦：「若論起英雄失志，公孫丞相❿也曾看猪，百里大夫⓫也曾牧牛，只是我怎為羯奴⓬管馬，到不如死休。」又回想道：「我死這邊，相信的道我必定死國，那相忌的還或者道我降夷，皂白不分，還要死個爽快。」在那沙磧裡，已住了幾日。看這些膟子，每日不見一粒大米，

❼蒙塵：蒙受風塵。指帝王或大臣在外流亡之意。此指英宗被俘。

❽于忠肅：即于謙（西元一三九八－一四五七年），明大臣。杭州錢塘人。土木堡之役後，由兵部侍郎升任兵部尚書，擁立景帝，力拒瓦剌軍。官至少保，世稱于少保。英宗復辟被殺。萬曆時謚忠肅，有于忠肅集。

❾還朝：指被俘的英宗被放回事。由於于謙堅決抵抗，瓦剌也先無隙可乘，被迫於英宗被俘次年，即景泰元年釋放。

❿公孫丞相：即戰國政治家公孫鞅。公孫氏，名鞅，衛國人，亦稱衛鞅。秦孝公時任左庶長、大良造，兩次主持變法。後因戰功封於商（今陝西商縣東南），號商君，稱商鞅。有商君書存世。

⓫百里大夫：春秋時秦國大夫。被秦穆公用五張羊皮從楚國贖回，被稱「五羖大夫」，助秦穆公成就霸業。

⓬羯奴：侮辱的稱呼。指韃韃（蒙古）人。羯，音ㄐㄧㄝˊ。

只是把家裡養的牛羊騾馬，又或是外邊打獵捉來的狐兔黃羊、麞麅熊鹿，血瀝瀝在火上炙了喫，又配上些牛羊乳駱。喫罷，把手在胸前衦子上揩抹。這搭衦子，可也有半寸厚光耀耀的油膩，却無一些兒輪到他。項員外再三想：「罷，在這裡也是死，逃去拿住也是死，大丈夫還在死裡求生。」便就在管的馬中，相上了兩疋壯健的在眼裡，乘着夜間放青，悄悄到皮帳邊。聽他這些韃子鼾聲如雷，他便偷了鞍轡，趕來拴上，慌忙跳將起去；又為肚帶拴不緊，溜了下來，只得重又拴緊。騎了一匹，帶了一匹，加上兩鞭，八隻馬蹄，撲碌碌亂翻銀盞，只向着南邊山僻處所去。日間把馬拴了喫草，去山凹裡躲，夜間便騎了往外跑。偏生躲在山裡時，這些臊子與韃婆、小韃，騎了馬山下跑來跑去。又怕他跑進山來，好不又驚又怕。却又古怪，那邊馬嘶，這邊馬也嘶起來，又掩他的口不住，急得個沒法，喜是那邊韃子也不知道。似此三日，他逃難的人不帶得糧，馬也何嘗帶得料。一片暸地，不大分辨，東跑西跑，一日也三百餘里，雖是輪流騎，却都疲了，伏倒了。任你踢打，只是不肯走起來。沒及奈何，只得棄馬步走，晝伏夜行：

不為苟死，而必生存以濟國，便是見定識透處。

山險向人欹，深松暗路歧。
驚麞舞飛處，何處辨東西。

不一日闖到一個山裡，一條路走將進去，兩邊石塊生得狼牙虎爪般。走到山上一望，四圍石壁有數十丈，更無別路可來。山頂平曠，可以住得。前邊還有坐小山，山空中都築着墻，高二三丈，有小門，宛然是個城。城中有幾個水池。項員外看了道：「這是個死路了。」喜得無人，身子困倦，便在松樹下

天賜機緣，得

觀石城形勝，日後破賊之功，全基于此。

枕了塊石頭睡去。只見一個人道：「項尚書，這是石城山，你再仔細看一看，可下山北去。」項員外驚醒，擦擦眼，却見那壁樹根傍一個青布包。拿來看時，却是些棋炒肉脯，他道「天賜之物」，將來喫了些，又在石池內掬了些水喫。多餘棋炒肉脯藏了，便覺精神旺相，就信步下山，往北行走。又是兩日，漸漸望見墩臺⑬，知道近邊了，便走將近去。只見墩上軍道：「咄！甚漢子，敢獨自這厢走？」項員外道：「這是甚麼地方？」墩軍道：「是宣府。」項員外道：「我是中國隨駕官，被韃子拿去，逃回的。」墩軍道：「你是官，你紗帽、員領呢？」項員外道：「拿了去，還有哩！」墩軍道：「你不要哄我，停會出哨的回，我叫帶你去。」項員外在墩下坐了半日。果然出哨的來，墩軍與他講了，就與他馬騎，送到捴兵府。回哨，就禀了總兵郭登。這總兵是文武兼全的，又好賢下士，聽說是個刑部員外，就請相見。只見這項員外日日在樹林中躲閃，身上衣服就扯得條條似的；頭不見木梳，面可也成了個餅；臉不見水，面又經風日，憔黑可憐。郭總兵叫取冠帶，梳洗相見。及至着靴時，腿上又是鮮血淋漓，蒺藜刺滿脚底，也着不得靴。行了禮，送在客館，着人為他挑去。向來只顧得走，也不知疼痛，這番挑時，幾至暈去。將息了半月餘，郭総兵為備衣裝，資送到京。上本面闕，蒙聖恩準復原職。此時家眷在京，正欲得一實信，開喪回南，不意得見，真是喜從天降。後來陞郎中，轉廣西副使，潔己愛民，鋤強抑暴，道：「當日我為虜擒去，已拚一死報國。如今倖生，怎不捨生報國！」

忠臣肝胆，烈士皮膚。

純臣之言。

天順三年⑭，因他曾在虜中，習知邊事，陞陝西廉使，整飭邊事，訓練士卒，修築墩臺，積穀聚糧，

⑬ 墩臺：用大而厚的木頭、石頭，或用磚、石砌成的基礎。

⑭ 天順三年：西元一四五九年。天順，明英宗朱祁鎮年號（西元一四五七—一四六四年）。

士民悅服。適丁母艱，士民赴京上民本請留，奪情起復，陞大理卿。又奏留，改巡撫陝西右副都御史。成化元年⓯，韃賊挖延綏邊墻搶擄，二年來犯邊，都被項副都設奇制勝，大敗韃賊，一省士樂民安。不期到三年間，固原鎮有個土韃滿四，他原是個韃種。他祖把丹，率眾歸降，與了個平涼衛千戶。宗族、親戚隨來的，精壯充軍，其餘散在平涼、崇信各縣，住牧、耕種、射獵。徭役極輕，殷富的多。滿四是個官舍家事，又有收羅一班好漢揚虎力、南斗、火敬、張把腰，常時去打圍射獵。一日趕到石城，身邊見一個雪色狐狸，滿四一箭射去，正中左腿。滿四縱馬趕去，直趕入深山，一條路追去，只是追不着。剛趕到平地上，馬一個前失，落下馬來，狐狸也不見了。只見張把腰一馬趕到，道：「哥，跌壞了麼？好個所在，咱每不知道，這番韃子來，咱們只向這廂躲。」火敬一起也到了，道：「韃子是咱一家人，他來正好，趕着做事，咱們怎去躲？」大家一齊下馬去瞭看，道：「這高山上喜得又有水。」盤桓了一回下來，不題。

狼子野心。

只是這張把腰是個窮土韃，滿四雖常照管他，也不勾他用，嘗時去收拾些零落牛羊兒，把手弄慣了。一日往一個庄子上，見人一隻牛，且是肥壯，他輕輕走去把牛鼻上插上一個大針，自己一條線，遠遠牽着走。不上半里，撞着一班人，田裡回來，道：「這是我家牛，怎走在這裡？」去一看，道：「是那人偷牛羊！」趕上把張把腰拿住，打上一頓。正是雙拳敵不得四手，怎生支撐。回去告訴火敬，火敬大惱：「你尋牛去罷，怎打我兄弟？明日處他。」過得五、六日，火敬與南斗一干人，裝做𦏺子，趕將來。弓上弦，刀出鞘，一嚇的把這些人嚇走，一家牛羊都趕去了。不知這個是致仕張摠兵的庄子，被他訪知，

⓯成化元年：西元一四六五年。成化，明憲宗朱見深年號（西元一四六五—一四八七年）。

具狀在陳撫臺。其時適有個李俊，是通渭縣人，他包攬錢糧，侵用了不完。縣中來拿，他拒歐公人，逃在滿四家中。又有個馬驥，是安東衛軍餘，醉後與人爭風，把人打死，逃迸滿四。各處訪知，都來提拘。兵道蘇燮，着他族中指揮滿璹要人。滿璹只得帶了二十多個家丁去拿。滿四便聚了眾人計議。南斗道：「兵爺來拿，此去九死一生，沒個投死之理。」李俊道：「大丈夫就死，也須攪得天下不太平，怎束手就縛？」滿四道：「憑着咱胆氣，料沒得與他拿去，只他官兵來奈何？」馬驥道：「大哥長他人志氣。便這些官兵，只好囔飯，韃子來驚得不敢做聲，待他去了十來里，放上一個砲，去趕一趕兒，有甚武藝？若來定教他片甲不回！」滿四道：「咱這裡須人少！」楊虎力道：「目今劉參將到任，馮指揮在咱們人家要磕頭禮。不若着人假他一張牌，每戶加銀多少，又着去催促，要拿去追比，人心激變，那時我們舉事，自然聽從。前日看的石城山，是個天險，我們且據住了，再着人勾連套虜，做個應手。勢大攻取附近城池，不成逃入套去，怕他怎生？」滿四連聲：「有理！」先着楊虎力督領各家老少、牛羊家產，走入石城山。

這廂滿璹已是來了，擺了幾對執事，打了把傘，自騎了匹馬，帶了二十餘家丁，走到堡裡。滿四歡然出來相見，道：「上司來提，這須躲不去。」就分投着人領他的家丁去吃酒飯，一面喚人那邊佈定了局。到一家，一家殺，二十多個家丁執事，不消半個時辰，都開除了。滿璹喫吃了兩鍾酒，等到日斜，不見人來，叫滿四去催促，滿四道：「就來了。」只見火敬一干提了血淋淋二、三十顆首級進來，驚得滿璹魂不赴體。滿四道：「從咱則生，不從則死。」一把扯滿璹上馬，同入石城山，把堡子一把火燒了罄盡，都在石城山頂安身。那時李俊又去煽哄這些土韃，便有千餘之眾。參將劉清知道，便領兵趕來。

邊兵情狀如畫。

進退有成局，孰知天心惡叛乎？

惡！

只見這一枝兵：

　　介胄銹來少色，刀鎗鈍得無鋩。旌旗日久褪青黄，破鼓頻敲不响。　零落不成部伍，蕭疎那見剛強。一聲砲响早心忙，不待賊兵相抗。

正行時，那廂滿四道：「不要把他近山，先與他一個手段。」自己騎了匹白馬，挺鎗先行。這班馬驥、南斗一齊隨着。遠遠見了，劉參將忙叫：「扎住！」滿四一條鎗，侄兒滿能一捍刀，直衝過來。劉參將見兵勢兇銳，無心戀戰，撥回馬便走。其餘軍士也只討得個會跑，早已被他殺死百數，搶去衣甲、刀鎗數百。滿四歡喜回兵。劉清雪片申文告急，陳巡撫便會了任總兵，着都司邢端、申澄領各衛兵討捕。這邊滿四探聽這消息，更集眾商議。揚虎力道：「咱兵少，他兵多，不要與他對敵。且等他進山來，只須如此如此，便可全勝。」擺布已定。那邢都司哨見無人，果然直抵山下。只聽得一聲喊起，石頭如雨點下來。申澄督兵救援，早被一石塊打着面門，死在山下。邢都司帶着殘兵逃之夭夭了。賊復整兵出城追趕，大贏一陣。賊勢大震，窮民都去隨他。

　　鎮巡只得題本，請兵勦殺。奉旨着陳巡撫、任総兵，會同寧夏吳総兵、延綏王都堂，合兵征討。先是吳総兵到，他道：「這等小賊，何必大兵齊集？只與固原兵馬連夜前進，便可取賊首如探囊。」一面照會了王巡撫、任総兵，便浩浩蕩蕩望前征進。不上走得數十里，只見南斗領了一千人，說情愿投降。吳総兵不聽，只顧進兵。參謀馮信進見道：「我兵連夜兼行，不免疲敝，不若且屯兵少息。」吳総兵道：

輕敵所

以取敗。

「胡說！賊是假降，以欵我兵，豈可遲滯，以緩軍心！」傳令且殺上去。前面早是滿能領精兵接戰，正是以逸待勞之法。只是南兵多，賊兵少，人心還要求勝，未便退後。正在那裡大戰，只見山兩邊一聲砲响，又殺出兩隊人馬。一邊是火敬、李俊，一是馬驥、南斗。這兩支生力兵，如從天降，我兵三面受敵，如何抵敵得住？便大敗而歸。殺得任、吳兩総兵直退守東山，纔得札住。遺下軍資器械，不計其數，都被滿四等搬去。這翻滿四越得志，山下札了幾個大寨，山路上築了兩座關，分兵攻打靜寧州，搶奪糧餉。賊勢猖獗，連連進京報警。

聖旨便拿了陳巡撫、任、吳兩総兵，併劉参將、馮指揮，俱以軍令失機聽勘。隨陞項副都做了総督，劉玉做了総兵，督率甘州、涼州、延綏、寧夏、陝西各鎮官兵証討。

佈置有成局，非淺人所易及。

項総督一到固原，大會文武，議進兵方畧。人都道石城險峻，不易攻打，止宜坐困。総督道：「石城形勢，我已知道。若說坐困，屯兵五萬，日費數千，豈可令師老財匱！」分兵六路，自屯中路；延綏鎮巡屯酸棗溝，伏羌伯毛忠屯木頭溝，京軍參將夏正屯打剌赤，寧夏総兵林勝屯紅城子，陝西都司張英屯羊房堡，各路都着先鋒出兵。延綏兵進攻的，正值着滿能寨柵，兩邊合戰，被滿能殺死二十多人，只得暫退。過了三日，総督傳令：六路齊舉。此時賊見官兵勢大，都撤了營寨，都入石城。先是伏羌伯兵到，奮勇攻殺，破他山路上兩座關隘。山路窄狹，被他兩邊飛下亂石、弩箭，又傷了一個伏羌伯。劉玉聞報大怒，與項総督督兵直抵城下大戰，被賊兵抵死拒戰，圍在中間。眾兵惶惶，都思逃竄。劉総兵身中飛箭，家丁已折了幾個，一個千戶房旌，見賊勢兇勇，自己支撐不來，折身便走。早被項総督伏劍斬于馬前，取頭號令。眾將士見了，莫不拚命砍殺，殺退賊兵，反斬了他首級數百。遺人奏捷，就奏伏羌

語語擔當，所謂外不推委也。

有胆有識。所謂看定做得來，而不撓亂于外，內不專制也。

莽，莽！

仁心仁

伯毛忠戰死，又揭報內閣與兵部，道：「各鎮兵俱集，分為六路困賊，賊已歛兵入城，猶如釜中之魚。止慮叛賊鈎連北虜，救援入寇。喜得時雖仲冬，黃河未凍，虜兵不能渡河。又已不時差人哨探，撥兵防禦，可以無虞。」此時內閣大學士彭時，他看了揭，已曉得項總督甚有經緯，滅賊有日了。只是兵部程尚書，擔扶不住，道：「滿四原是韃種，必竟要去降虜。那時虜兵一合，關中不保了。」題本要差撫寧侯朱永領京兵四萬，前往幫助。撫寧侯就把事來張大，要厚給糧餉，大定賞格。正像近年李如楨總兵往救開鐵時，不曾會得在外邊爭先殺戰，只曉得在裡邊競氣爭賞。那彭閣老票旨，只叫撫寧侯整飭戎裝，待報啟行。一時官員都紛紛道：「彭閣老輕敵，定要送了陝西纔歇。」奉旨與兵部會議，彭學士道：「滿四若四散出掠，他勢還大，還要慮他。他如今退入山中，我兵分了六路，團團困定。要通虜時，插翅也飛不出。不過一月，料一個個生擒獻俘了。京軍只有空名，都不堪戰陣。目今四萬人一動，工部便要備器械銀兩，戶部便要備行糧，貴部便要措馬價，出師之日，還要犒賞。震動一番，無益于事，不若且止。」其時商學士輅道：「看項藎臣布置，力能滅賊，不必張皇。」程尚書道：「人只知京軍不行，可以惜費，若使關中震搖，不知那用費更大，且至悞國！」彭學士道：「足下計京軍何時可到固原？」程尚書道：「在明年二、三月。」彭學士道：「這等緩不及事。看這光景，歲終必能破賊。且據項總督所奏，止須朱永率宣大精兵五千，沿邊西來，賊平自止。若使未平，當恊力進勦。明明已示一個不必發兵的意思了。」程尚書忿然出閣道：「不斬數人，兵不得出！」

不知項總督把賊已困住，機會不可錯過，每日與陝西巡撫馬文升，率兵圍城，身坐矢石之卜，並不畏怯。有將士拿防牌與他遮護，總督道：「人各有性命，何得只來衛我？」麾而去之。

征衫滿戰塵，破險入嶙峋。
滅賊全憑膽，忠君豈惜身！

又對眾官道：「我昔年被擄韃中，備觀城形勝，山頂水少，止靠得幾個石池，不足供他數千人飲食。又上邊少柴，分付撥兵斷他採樵、汲水。若是道路遇着，擒拿追殺。」真把個滿四困得是甕中之鱉。每日統兵到城下搦戰，他又不敢出來，及至日暮鳴金收軍，他又出兵追來。項揔督差指揮孫璽，領兵八百屯駐東山，若城中賊出，便截其歸路，前後夾攻。賊兵看了，半個不敢出城。又來請降，要項総督親至城下。項総督便單騎前往。劉総兵恐有不測，將兵屯着，自全裝貫帶，陪着総督。馬巡撫也到。那賊在門邊排下許多精銳，都帶着盔甲，拿着兵器，耀武揚威。馬巡撫叱他收斂進城。滿四與馬驥訴說遭劉参將、馮指揮激變，原非本心，求天爺免死投降。項総督分付道：「劉、馮二人激變，朝廷已扭解進京，已正法了。爾要降，速降可保你命。」又對滿璹道：「你原非反賊，為何尚自崛強？」滿璹便叩頭道：「當日被他刼來，今日教人進退兩難，只求都爺赦宥。」項総督就准降，帶了滿璹歸營。到次日，那賊又在城下立起木柵，討戰不降。項総督與馬巡撫計議，道：「兵屯城下月餘，師已老了。倘或黃河水凍，虜兵南來，若兩處抵敵，勢分力薄。若他或是乘我懈怠，連兵合虜，勢更猖獗。這功要速成！」與馬巡撫計議，伐木做廂車攻城，又用大將軍礮攻打，城中震得山搖地動，脅從賊人漸漸出降。総督都給與執照，許他近地安插，不許人生事。降者無日沒有，滿四軍勢漸漸衰弱。楊虎力見勢頭不好，心裡想道：「當初謀反，竟該結隊逃入套中，可以存活。如今這山中是個死路，四下兵圍住，料不能脫身，不如投降。」

術。

遠謀深慮，何功不成，何敵不克？

及至項総督營中，又自思他是與滿四一起首惡，恐不肯饒他，好生驚恐。只見項総督叫近前來道：「你為滿四謀主，本不該饒你，但我誓不殺降，倘你若能獻計，生擒得滿四出來，原有賞格：擒獲滿四，賞銀五百兩、金一百兩，子孫世襲指揮。這賞與官，我一一與你，斷不相負！」劉総兵使刮刀與他賭誓。揚虎力思量半日，道：「滿四黨與雖然降的多，還有個侄兒滿能，驍勇絕倫；馬驥、南斗一干當在左右。要在城中擒他不能，不若哄他出城，天爺自行擒獲，這個便可。」総督道：「這等，明日你可着他到東山口，我這裡用計擒他。」與了他酒食，着他歸城。有兩個兩司道：「虎力，滿四親信，今日來降，是假降看我兵勢，正該斬首，孤他羽翼，不該放他回營。」総督道：「賊勢大則相依，勢敗則相棄，有甚親信？他如今見我兵勢，從則必死，投降誘擒滿四，可以得生，還有官賞，怎不依我？真否明日便見！」東山口是延綏兵信地，総督帶兵五千，到他信地，道：「你這枝兵，連日厮殺辛苦，今日我代你守。」將兵分為左右翼，只待滿四出來。

全以忠誠待人，雖蠻貊之邦行矣。

那邊揚虎力逃去，見了滿四，以手加額道：「恭喜！我們有了生路了。」滿四忙問時，道：「適纔到項総督營邊探聽，見他兵心都已懈怠；又聽得韃子殺到延綏地方，延綏將官怕失守，要撤兵回去，進軍中來辭他，說自要分兵來守東山口。不若乘他兵馬新來，營寨未定，沖他一陣，殺他一個膽寒。若殺了他総督，其兵自退，俺們乘勢殺出，投了韃子，豈不得生！」滿四道：「有這機會？」馬驥道：「我們一齊殺出去！」滿四道：「割雞焉用牛刀？只我領一千精兵去勾了，你們守城，怕有別路兵來攻打。」次日喫了些飯，整點一枝人馬，殺出城來。只見：

娓娓可聽。

白馬飛如雪，蛇矛色耀霜。
繡旗招颭處，羅剎出旻蒼⑯。

甚麼人，怎比張三哥威武？

立馬山上一望，果然一枝兵遠遠離開，又有一枝兵到，打着皂纛旗。滿四道：「這是老項了，我且做個張翼德⑰，百萬軍中取上將頭！」拍馬下山，竟至東山口。官軍中瞭望見一個騎白馬的出城，也知是滿四來了，各作準備。滿四到了軍前，挺鎗直進，劉総兵也舞刀來迎。兩邊部下：

撩亂舞旌旗，轟轟振鼓鼙。
愁雲連漢起，殺氣壓城低。
血染霜戈赤，塵揚馬首迷。
戰餘誰勝算，折戟滿沙堤。

何異十面埋伏

此時項総督拔劍督戰，延綏王巡撫見賊兵出城，也督兵相接。馬巡撫指揮伏兵齊起，截住賊兵後路。滿四大叫：「中計了！大家努力殺出！」殺到前，是項総督兵；殺到左，王巡撫兵；殺到右，劉総兵兵；

⑯羅剎出旻蒼：羅剎，梵文譯名，惡鬼。慧琳一切經音義第二十五：「羅剎此云惡鬼也，食人血肉，或飛空或地行，捷疾可畏也。」旻蒼，蒼天；上蒼。旻，音ㄇㄧㄣˊ。天。

⑰張翼德：三國蜀漢大將。名飛，字翼德，一作益德，涿郡（今河北涿縣）人。

後邊馬巡撫兵。往前，後又到；右首殺去，右邊又兵來。箭如雨發，先射倒了白馬。城裡要發兵救援，又怕別路官兵乘虛襲城，只得聽他。殺到兩個時辰，滿四漸漸力乏，官兵如潮似來，不能抵當。滿四被項總督標下把總常得勝拿了，其餘盡行殺死。馬巡撫道：「賊首已擒，城中喪膽，可乘勢攻城。」項總督道：「戰了半日，士卒皆疲，石城險峻，一時難破，且待明日。」就將滿四上了囚車，差人奏捷，止住撫寧侯兵馬。次日攻城，城中聞得滿四被擒，都心慌撩亂。只有馬驥、南斗道：「我們當在死中求活，還殺出去，破圍逃命。怎住在城裡，滾湯潑老鼠，一窠兒死？」拚死殺將出去。這邊兵見總督捉了滿四，也都要立功，一齊攢住。把這兩個要殺殺不出，要回回不得，一個個都被生擒活捉，各在總督處報功。城裡李俊、張把腰都戰死，尚有火敬，他還在那裡要守。劉總兵道：「自這幾番戰陣，已擒三個賊首，擒殺從賊數千，所存不多，不若撤兵聽他散去。不然，五萬人屯在此，每日錢糧費大。」項總督道：「賊殺我一伯、三都司，官兵死者數千，若縱他去，後日必為陝西後患。且賊不過守一二日自散。」下令：「凡賊人逃出城，向南的罷了，往北投虜的，俱要擒拿。」此時城中人住馬不住，你守我不肯，只顧得自己，那裡顧家屬？一夜一齊逃出，被總督分兵擒殺，都不得漏脫。只有滿能逃在青山洞，被官兵把火熏出來，也拿了。先行搜山，又拿得賊五百多名。破城捉獲他家屬數千，內中揚虎力的家屬，就行給還虎力。總督自到山上一看，只見當日枕石臥夢之處，并石池石墻，宛然如故，也不免覩今悲昔。又恐留這地勝，還是後患，傳令撥兵萬名，把石城險阻盡行平去。拆毀古墻，立石山頂紀功，寫當日平賊日月并征討的各官。又將諸軍士的骸骨，起一個大塚，殺猪羊祭他。回兵固原，犒賞各處將士。生擒賊有千餘，除將滿四、馬驥、南斗、火敬并罪大的二百名，囚車獻俘京師，其餘都斬首軍門。又增設一千戶所

籌筭後患，智出萬全。

澤及枯骨矣。

防守。捷奏。朝廷旨下，項總督與馬、王二巡撫，各陞一級，劉玉陞左都督，其餘有功官員以次陞賞。楊虎力也得蒙恩免死。

後項總督仍回院辦理朝事。至成化六年，荊襄流民李鬍子作亂，項總督又奉命往討平，發流民還鄉，計四十餘萬。八年，討平野王賊王洪，十年陞刑部尚書。十一年轉兵部尚書，適值汪直⑱開西廠，荼毒縉紳、士民。項尚書上疏奏劾，反為中傷，廷勘削藉。汪直敗，仍復官。家居二十六年，悠優山水，卒贈太子太保，賜謚「襄毅」，與祭葬。蓋唯公有此多福，自不湮沒于胡沙。然亦唯公歷盡艱苦，有不惜死之心，故卒能成大功于關中，荊楚所在尸祝⑲。天之福豪傑者多矣！

雨侯曰：當日本兵之處固原，小題大做；天啟中本兵之處遼左，大題小做。然今日本兵曰戰，經撫亦曰戰，寧若襄毅之不肯順本兵益師？至彭文憲之內主，洞中機宜亦內閣所難也！

⑱汪直：明宦官名。明憲宗成化十三年（西元一四七七年）領西廠，屢興大獄，多置重法，後被貶逐而死。

⑲尸祝：祭祀；崇拜。

題詞

世嘗為婦人恨者，曰妬。妬直為富貴人恨，窮酸止得一妻，朝夕相守，何妬之有？所可恨，直見小耳。此出異紀，君翼衍而成書。如不以出於富貴而有傲心，暫落貧賤而有餒心，俱可作閨中女範。至如王守擇壻，亦云具眼，是宜與並傳。

翠娛閣主人題

第十八回　拔淪落才王君擇婿　破兒女態季蘭成夫

怪是裙釵見小，幾令豪傑腸柔。夢雨酣雲消壯氣，滯人一段嬌羞。樂處治（治）容銷骨，貧來絮語添愁。誰似王娘見遠，肯躭衾枕風流。漫解釵金供菽水❶，勗郎好覓封侯。鵬翮勁摶萬里，鴻聲永著千秋！

右調菩薩蠻

世上無非富貴、貧賤兩路。富貴的人，思衣得衣，思食得食，意氣易驕，便把一箇人放縱壞了；貧賤的人，衣食經心，親朋反面，意氣易灰，便把一箇人折挫壞了。這其中須得一提醒，一激發。至于久居驕貴，一旦寥落，最是難堪；久在困苦，一旦安樂，最是易滿，最不可少這提醒、激礪一着。如蘇秦❷，他因妻、嫂輕賤，激成遊說之術，取六國相印。後就把這激法激張儀❸，也為秦相。這都是激的

知室家之累。

其則不遠。

❶ 菽水：豆和水，指最平凡的食物，常用作孝敬父母之稱，如「菽水承歡」。

❷ 蘇秦：戰國縱橫家。東周洛陽（今河南洛陽）人，字季子。齊湣王時任齊相，趙封其為武安君。主張合縱說。其事跡見史記蘇秦列傳。

❸ 張儀：戰國縱橫家。魏國貴族後代。秦惠文君十年（西元前三二八年）任秦相。封武信君。主張連橫說。史

兩項光景，描寫筆畫。

效驗。但朋友中好的，過失相規，患難相恤。其餘平交，不過盃酒往還，談笑度日，那箇肯要成他後日功名，反惹目前疎遠？至到父兄之間，不免傷了天性。獨有夫妻，是最可提醒激發的。但是這些婦人，遇着一個富貴良人，穿好、喫好，朝夕只是撒些嬌痴，或是承奉丈夫，誰曉得說他道他？若是貧的，或是粗衣淡飯，用度不克，生男育女，管顧不到；又見親戚鄰里富厚的來相形容，或相諷笑。本分的還只是怨命，陪他哭泣怨嘆，丈夫知得已自不堪。更有那強梁的，便來炒鬧，絮聒柴米，打罵兒女，尋死覓活，不恤體面，叫那丈夫如何堪得？怕不頹了志氣！是這些沒見識女子內，不知斷送了多少人。故此人得賢妻，都喜得內助，正喜有提醒、激發處，能令丈夫的不為安逸，困苦中喪了氣局，不得做功名中人。像戰國時，樂羊子妻❹，因其夫游學未成回來，他將自家織的布割斷，道：「為學不成，如機之斷，不得成布。」樂羊子因這一點醒，就努力為學，成了名儒。又唐時有個杜羔妻劉氏，他因夫累舉不第，知他將回，寫一首詩寄去，道：

郎君的的有奇才，何事年季（年）被放回？

如今妾面羞君面，郎若回時近夜來。

杜羔得詩，大慚大憤，竟不歸家，力學舉了進士。這皆賢哲婦人能成夫的。

---

❹ 樂羊子妻：不知何氏之女，河南人。其事跡入後漢書列女傳，而非戰國時人。記有張儀列傳。

到我朝也有個好女子，落在江西南昌府豐城縣中。這豐城有一個讀書的，姓李名實甫。他父親姓李號瑩齋，曾中進士，初選四川內江知縣。那時實甫只七八歲，其時父親回家祭祖，打點上任。凡是畧沾些親的，那一個不牽羊、擔酒來賀？今日接風，明日送行，那一日不笙歌聒耳，賀客盈門？正是：

堂前痴客方沾寵，堦下高朋盡附炎。

好笑一個李實甫，那一個豪門宦族，除沒女兒的罷了，有女兒的便差上兩三歲，也都道好個公子，要與他結親。李知縣道：「兒子小！」都停着。待後日，自擇吉赴任去了。一到，參謁上司，理論民詞，真個是纖毫不染，視民如傷。徵收錢糧，止取勾轉解上司，並不加耗。給發錢粮，實平實兌，並不扣除。准理詞訟，除上司的定罪，其餘自准的，願和便與和，並不罰穀、要紙。情輕的竟自趕散。勢豪強梗的，雖有分上，必不肯聽，必竟拘提，定要正法。堂上狀好准好結，弄得這二、三、四衙❺生意一毫也沒。不是他不肯批去事大，衙頭揹勒他呈堂。這人犯都情願呈堂，或是重問他罪，重罰他穀，到堂上又都免了，把甚麼頭由詐人？至于六房❻，他在文書牌票上，極其詳細，一毫朦朧❼不得。皂甲不差，俱用原告，衙門裏都一清如水，百姓們莫不道好。

如今一中舉，沒女兒的也收聘禮，是如此。

古之循吏，今之痴官。

❺ 二、三、四衙：縣吏。指除知縣以外的縣丞、主簿、典史。

❻ 六房：一縣吏役的總稱。猶中央朝廷吏、戶、禮、兵、刑、工六部，各分管縣吏由縣令指派小官吏擔任。

❼ 朦朧：馬虎；不清楚。

誰料好官不住世，在任不上兩年，焦勞過度，一病身故。臨終對夫人道：「我在任雖無所得，家中薄田還有數畝，可以耕種自喫。實甫年小，喜得聰明，可叫他讀書，接我書香一脈。我在此原不妄要人一毫，除上司助喪水水（手）❽，有例的可收他，其餘鄉紳、里遞、衙役祭奠，俱不可收，玷我清名。」說罷氣絕。正是：

謾有口碑傳德政，誰將大藥駐循良。
魂歸故國國偏遠，淚落長江江共長。

此時衙內哭做一團，二衙❾便為他申文上司，為他經理喪事。可憐庫中既無紙贖，又無兌頭，止得些俸粮、柴薪、馬丁銀兩未支，不過百兩。將來備辦棺木、衣衾，併合衙孝衣。此時本縣粮里，憐他清廉，都來助喪。夫人傳遺命，一概不收。止是撫院司道、府間有些助喪水手銀兩，却也展轉申請批給，反躭延了許久，止彀得在本縣守候日用、路上盤纏。

母子二人扶柩下舡，本縣衙官免意思來一祭，倒是百姓哭送了二十餘里。一路回來，最沒威勢的是故官家小舡，雖有勘合❿，驛遞裏也懈懈的來支應，水手們也撒懶不肯趕路。母子淒淒守着這靈柩。

---

❽ 水手：指稱「銀兩」。

❾ 二衙：縣丞的別稱。

❿ 勘合：亦作「勘契」。驗證契符和印信。

集唐：

亭亭孤月照行舟，人自傷心水自流。
艷骨已成蘭麝⓫土，雲山漫漫使人愁。

迤逦來到家中，親隣內有的道：「是可惜，是個好官！天沒眼！」有的道：「做甚清官，看他妻子怎生樣過活？」他母子經營殯葬，葬時止不過幾個鄉紳公祭，有幾個至親來送？也止是來應故事，那得似上任時鬧烘，送上船或送一兩程纔散光景？

可憐。

逡巡年餘，鄉紳中分子，初時還來搭他，到後來李夫人漸漸支應不來，不能去；便去，公子小，不入達，沒人來理他。他率性竟不去了。家中有幾個能幹家人，原是要依勢擢些錢來靠的，見公子小，門戶冷落，都各生心。大管家李榮，他積攢些私房，央人贖身去了。還有個李貴，識得字，在書房中服事的，他投靠了張御史，竟自出去。一個小廝來福，他與李夫人房中丫鬟秋香勾搭，掏摸一手逃去，告官追尋，也沒踪跡。止有個老蒼頭李勤，只會噇飯，不會支持。遺下田有百餘畝，每畝也起租一石，租戶欺他孤寡，拖欠不完。老蒼頭去催討，吃他兩瓶酒，倒為他說窮說苦。每年反要納粮當差，不免典衣戤飾⓬，日漸支撐不來。故此公子先時還請先生，後來供膳不起，也便在外附讀。且喜他聰明出人，過目

管家常態。

⓫ 蘭麝：蘭與麝香，皆香料。
⓬ 典衣戤飾：靠典賣衣服來裝飾自己。戤，音ㄍㄞˋ。冒充；仿造。

豪氣激人，每陷輕薄。

英雄失志類如此，莫把吹塤笑伍胥。

成誦，把父親留下子、史、詩、賦，下到歌曲，無不涉獵。

守得孝滿，年紀十五、六歲，夫人也為他尋親，但只是低三下四人家。公子又道：「自家宦門舊族，不屑要他。」至鄉宦富家，又嫌李公子窮，不肯。起初也有幾個媒媽子走來走去，落後酒沒得噇，飯沒得吃，便也不肯上門。逢着考試，公子雖是聰明，學力未到，未必能取。要年家們開填，撇不面情過的，將來後邊搭一名。府間價重，就便推托，尚未得進。公子見功名未成，姻親未就，家事又寥落，大是不快。只是豪氣未除，凡是文會上、酒席上，遇着這干公子富家郎，他恃着才勝他，不把他在意。見這些人去趨承，他偏要去掃他，或是把他文字不通處着實塗抹，或是故意在人前聯詩，作耍難他。所以這干人都道他輕薄，並不肯着他。他也便自放，常白做些詩歌、詞曲，有時在館中高歌，有時在路上高唱。甚而市井小人也與他喫酒歌唱，道：「我目中無非這一流，還是這起率真，不粧腔！」滿城中不曉得他是發洩一種牢騷不平之氣，盡傳他是狂蕩之士。以耳為目的鄉紳，原沒有軫恤故舊的肚腸，聽得人謗他，都借來推道：「是不肖子，不堪培埴。」那李公子終不望他們提携。

似此又年餘。忽一日，一個王翊庵太守，也是豐城人，與他父親同舉進士，同在都察院觀政。他父親做知縣病故，王太守初任工部主事，轉抽分員外，陞河道郎中，又陞知府。因在任直諒，忤了上司，申文乞休。回到家中，在鄉紳面前問起：「李年兄去後，家事何如，後人何如？」這些鄉紳都道：「他家事淩替，其子狎近市井游棍，飲酒串戲，大壞家聲。」王太守聽了，卻也為他嘆息。次日就去拜李夫人，公子不在，請年嫂相見。王太守問了些家事，又問公子，夫人道：「苦志攻書，但未遇時。」王太守也道他是護短的言語，也不相信，送了些禮，又許後邊周濟，自去了。李公子回，夫人叫他答拜。李公子次早也便具帖來王太守宅中，不料王公不在。門上見他面生，是不大往來的了；又是步行，一個跟隨的老倉頭又龍鐘藍褸，接帖時甚是怠慢。公子不快，止投一帖，不候見就回。彼此不題。

門公類如此。

偶然一晚，王太守在一鄉紳家喫酒回家，其時大月，只聽遠遠一個人在月下高唱，其聲清雅。王太守在轎中細聽，却是一個桂枝香：

雲流如解，月華舒彩，吐清輝半面窺人，似笑我書生無賴。笑。婆娑影單！婆娑影單！愁如天大，悶盈懷。何日獨把蟾宮桂，和根折得來？

學深湖海，氣凌恒岱⑬。傲殺他綉虎雕龍，寫向傍人怎解？笑。侏儒與羣！侏儒與羣！還他窮債，且開懷。富貴原吾素，機緣聽天付來！

王太守聽了，道：「這一定是個才人，落魄不偶的。」着人去看來。那小廝便趕上前，把那人一瞧，那人見了，道：「誰不認得李相公，你瞧甚麼？」那小廝轉身便跑，對王太守道：「那人道是甚李相公，細看來，似前日老爺不在家，來拜老爺的李公子。」王太守道：「一定是李家年侄了，快請來相見。」家人忙去相請，王太守便也下轎步來，擡頭一看，却也好個儀表：

昂藏骨格，瀟洒丰神。目搖岩下電，灼爍射人；臉映暮天霞，光輝奪目。亂頭粗服，不掩那年少

⑬恒岱：山名，即恒山、泰山。恒，北嶽恒山。岱，泰山的別稱。

風流；不履不衫，越顯出英雄本色。正是美如冠玉輕陳孺⑭，貌若荷花似六郎⑮。爽氣逼人。

王太守與那人相揖了，便道：「足下莫非李瑩齋令郎麼？」那人便道：「卑末正是。不敢動問老先生是何人？」王太守道：「老夫便是王翊庵。」那人便道：「這等是王年伯了。小侄一時失于迴避。」王太守道：「老夫與令先尊同第時，足下尚是垂髫，故老夫尚未識荊。可喜賢侄如許豪爽，應能步武前人⑯。」李公子道：「慚愧！功名未成，箕裘未紹⑰。」王太守道：「前見年嫂，道賢侄力學攻文，不勝欣快。更日還要屈過，與小兒、小婿會文。」李公子道：「當得趨赴。」說畢，兩下分手。李公子笑道：「可笑這年伯，你那兒子、女婿只好囊酒袋飯，做得甚文字！却要我去同作文，到作文時可不羞死了他？」仍舊高歌步月而回。

次日，王太守因前日曾應承周濟，着人送白銀五兩、白米五石，就請公子明日赴會。李公子至日，

⑭ 陳孺：人名。以「美如冠玉」而言，當非指南宋的陳孺，而是指西漢的陳孺子，即陳平。陳平，西漢陽武（今河南原陽）人。漢惠帝、呂后時任丞相。史記陳丞相世家：「平為人長，美色。」說他長得高大、漂亮。又「長老曰：善，陳孺子之為宰。」宰，社宰，言其辦事公平。

⑮ 六郎：即唐人張宗昌，因行六，又貌如蓮花，故稱蓮花六郎。受武后的寵愛。

⑯ 步武前人：緊跟前人的足跡走。比喻模仿、效法。

⑰ 箕裘未紹：未能繼承祖先留下的事業。箕，取柳和軟以成器，引申為「良弓」。裘，補續裘袍，以引申為「良冶」。良弓、良冶為善於造弓和冶金之人，意即子承父業。故以「箕裘」比喻祖先的事業。未紹，未能繼承。

便欣然前去。一到，王太守便出相見。公子致謝。王太守道：「此須不足佐菽水，何煩致謝。」喫了茶，延進花園裡面，却是三間廠廳，朱欞綠檻，粉壁紗窗。廳外列幾行硃硃粉粉的妖花，廳內擺幾件班班駁駁的古董。只見裡邊早有先生，姓周號公溥，是南昌府學一箇有名廩生，引着兩王太守公子：長字任卿，次字櫄之；兩箇王太守女婿：一箇劉給事公子字君遹，一箇曹副使公子字俊甫。一齊都相見了。家童早已列下幾箇坐兒，鋪下筆硯。王太守便請周先生出題。周先生再三謙讓，出了兩箇題目。王太守還要出，周先生道：「只兩埶⑱罷。」那王任卿把一本四書翻了又翻；王櫄之便想得面無人色，坐在椅上，動也不動；劉君遹在廠廳外走來走去，再不停足；那曹俊甫似箇做得出的模樣，在那廂寫了幾行，扯去了又寫，寫了又扯，也不曾成篇。只有李公子點了幾點頭，伸開紙來，一筆掃去，午飯後，兩篇已完了。正是：

恐怕來不得。今日作文圖。

入甕攢眉笑苦吟，花磚日影又移陰。
八叉誰似溫郎⑲捷，擲地還成金石音。

王太守遜周先生看，周先生不肯。推了半日，周先生看了，道：「才氣橫軼，詞調新雅，這是必售之

⑱ 埶：技藝；才能。

⑲ 溫郎：即溫嶠。字泰真，一字太真，太原祁縣（今山西祁縣）人。東晉政治家。官拜驃騎將軍，加散騎常侍，封始安郡公。溫嶠有玉鏡臺，謀取從姑女的故事，見世說假譎。

這先生不愁沒館。

是，是。

賢惠夫人。

也是至情。

知人哉！

老到，不是慣做媒的。

技⑳。」王太守也接過去看了一看，道：「果然筆鋒犀利，英英可愛！」收在一邊。那四箇也有有了些草的，也有一字未成的，王太守恐妨眾人文思，邀李公子到水閣上去，問道：「一向失問，賢侄令岳何人？」公子道：「小侄尚未有親。」王太守又沉吟了一會。將晚，裡面已備下酒餚，先生忙幫襯道：「列位相公有未完的，喫酒後清罷！」眾人便都坐了。席上那李公子應對如流，弄得四位公子好似泥塑木雕一般。酒罷，李公子自去了。王太守回來討文字看，一箇篇半，是來得去不得的文字；兩箇一篇，都也是庸談；一箇半篇，煞是欠通。王太守見了，也沒甚言語，到叫先生有些不安。

王太守進內見了夫人，道：「今日邀李家年侄與兒子、女婿作文，可笑我兩兒、女婿枉帶這頂頭巾，文理俱不甚通，倒是李郎，雖未進，卻大有才氣，看來不止一青衿㉑終身！」夫人道：「你兒子、女婿都靠父親騙的這頂頭巾，原不曾會做文字。既你看得他好，可扶持他進學，也不枉年家分誼。」王太守道：「正是。適纔問他尚未有親，我兩箇女婿都是膏粱子弟、愚蠢之人，我待將小女兒與他得一箇好女婿，後邊再看顧他。夫人意下何如？」夫人道：「李郎原是宦家，骨氣不薄。你又看得他好，畢竟不辱門楣。但二女俱配豪華，小女獨歸貧家，彼此相形，恐有不悅。」王太守道：「我那小小姐識見不凡，應不似尋常女流。不妨！」次日，竟到書房對周先生道：「昨見李生文字、學力尚未充，才華儘好。」周先生道：「是進得的。」王太守道：「豈止進而已！意待招他作婿，敢煩先生為我執柯！」先生道：「曾與夫人相商麼？後邊恐厭他清貧，反咎學生。」王太守道：「學生主意已定，決不相咎。」去後，

⑳ 必售之技：言有中舉的才能。

㉑ 青衿：亦作「青襟」，讀書人的服飾。明清時代專指秀才。

只見劉君遹道：「我丈人老腐，不知他那裡抄得這幾句時文，認他不出，便說他好，輕易把箇女兒與他。」曹俊甫道：「若是果然成親，我輩中着這箇窮酸，也覺辱沒我輩。」王檈之道：「不妨。我只見母親說他又窮，又好喫酒、串戲，自然不成。」先生道：「令尊要我去說，怎生是好？」王任卿道：「先生自去，料他不敢仰攀。」先生去見了李公子，又請見李夫人，說及親事。公子推卻，夫人道：「既承王大人厚意，只是家貧，不能成禮。」先生去回覆。王太守道：「聘禮我並不計。」這邊李夫人見他意思好，便收拾些禮物，擇日納采。那王任卿兄弟，狠狠的在母親前破發。母親道：「你父親主意定了，若說他不轉。」兩兄弟見母親不聽，却去妹子前怨暢父母，道：「沒來由害你，家又貧寒，人又輕狂，成親，這苦怎了？」王小姐只不言語。後邊兩箇嫂嫂與兩箇姐姐，又假做憐惜來挑撥他，道：「人又尚未進，不知讀得書成麼？又家中使喚無人，難道嬌滴滴一箇人，去自做用麼？小姐可自對爹爹一說。」小姐聽得不柰煩，道：「這事我怎好開口？想爹爹必有主見。」兩嫂嫂與姐姐見他不聽，便番轉臉來，當面嘲笑，背地指搠他。小姐略不介意。

過了數月，李家擇日畢姻。王太守與夫人加意贈他，越惹得哥嫂不喜歡。所喜小姐過門，極其承順孀姑，敬重夫婿。見婆婆衣粗食淡，便也不穿華麗衣服。家裡帶兩房人來，他道他在宦家過，不甘淡薄，都發回了，止留一箇小廝、一箇丫鬟。家中用度不給，都不待丈夫言語，將來支給，並沒一些嬌痴驕貴光景。只是李公子他見兩箇舅子與連襟，都做張致，粧出宦家態度，與他不合，他也便傲然，把他為不足相交。倒是舊時歌朋酒友，先日有豪氣無豪資，如今得了粧奩，手頭寬裕，嘗與他往還。起初王小姐恐拂他意，也任他。後來見這干人也只無益有損，微微規諷他，李公子也不在心上。一日，王太守壽日，賢惠。

丈夫語。

斬截！

一沾滯便不斬截。

王小姐備了禮先往。到得家中，父母歡悅如故，只是哥嫂與姐姐，不覺情意冷落。及至賓客來報劉相公、曹相公來，兩箇哥便起身奉迎。報李公子來，道：「甚貴人麼，要人迎接？」直至面前，纔起身相揖。這李公子偏古怪，小姐來時，也留下甚闊服、綾襪朱履，與他打扮。他道：「我偏不要這樣外邊華美。」止是尋常衣服，落落穆穆走來。相揖時，也只冷冷不少屈。但是小姐見了，已大不然，又見哥哥與劉、曹兩姐夫說笑，俱有立做一團。就是親友與僮僕，都向他兩人虛撮腳，到李公子任他來去，畧不加禮。及至坐席，四人自坐一處，不與同席。李公子想也有不堪，兩眼只去看戲，不去理他。看到得意之處，偶然把箸子為他按拍。只見他四人一齊哄笑起來。裡面大姨道：「想心只在團戲上，故此為他按拍。」二位嫂嫂道：「做一齣與丈人慶壽也可。」小姐當此，好生不快，不待席終，託言有疾，打轎便行，母親苦死留他不肯。此時李公子聞得小姐有疾，也便起身，兩箇舅子也不強留。行到芒湖渡口，只見小姐轎已歇下，叫接相公一見。便作色道：「丈夫處世，不妨傲世，却不可為世傲！你今日為人奚落，可為至矣，怎全不激發，奮志功名？」因除頭上簪珥，可值數十金，道：「以此為君資斧，可勉力攻書，為我生色。且老母高年，河清難待，今我為君奉養，菽水我自任之，不縈君懷。如不成名，誓不相見！」遂乘轎而去。李公子收了這些簪珥道：「正是！炎涼世態不足動我，但他以宦室女隨我，甘這淡薄，又叫他受人輕笑，亦是可憐！我可覓一霞帔報母親，荅他的貧守。」因就湖傍永福庵賃下一小房讀書。王小姐已自着人將鋪陳、柴米送來了。此後果然謝絕賓朋，一意書史，吟哦翻閱，午夜不休。每至朔望，歸家定省，王小姐相見，猶如賓客一般，止問：「近日曾作甚功課麼？」如此年餘，恰值科考。王太守知他力學，也暗中為他請託。縣中取了十名，府中也取在前列，道中取在八名，進學。入學之日，王太

（眉批：好岱峯。）

守親自來賀，其餘親戚也漸有攏來的了。正是：

　　螢光生腐草，蟻輩聚新羶。

（眉批：好罵。）

（眉批：考弊盡矣。）

不隔數日，王小姐對公子道：「你力學年餘，諒不止博一青衿便了。今正科舉已過，將考遺才，何不前往？功名正未可知！」公子道：「得隴足矣，怎又望蜀？」小姐不聽，苦苦相促，只得起身。府間得王太守力，取了。宗師考試，却是遺才數少，宗師要收名望府縣前列，撫按觀風批首，緊要分上。又因時日急迫，取官看卷又在裡邊尋自己私人，緣何輪得他着？只得空辛苦一塲。回時天色尚未暮，忽然大雨驟至，頃刻水深尺許。遙見一所古廟，恰是：

　　古木蕭森覆短垣，野苔遮徑綠無痕。
　　山深日暮行人絕，唯有蛙聲草際喧。

到得廟中，衣衫盡濕。看看昏黑，解衣獨坐，不能成寐。將次二更，只聽得廟外喧呼，公子恐是強人，甚是驚恐，却是幾盞紗燈，擁一貴人，光景將及到門。聽得外邊似有人道：「李天官在內，暫且迴避。」又聽分付道：「可移紗燈二盞送回。」忽然而散。公子聽了，却也心快。只是單身，廟中凄冷，坐立不住，又失意而回，怕人看見，且值雨止，竟跣足而回。到家，老僕與小廝在庄上耘田不回，止得一箇從

出語如鋒，出輒動心。

嫁來粗婢，又熟睡，再也不醒。王小姐只得自來開門，見了道：「是甚人拿燈送你？」公子道：「停會對你說。」進了門，就把廟中見聞一一說知。小姐道：「既然如此，沒有箇自來的天官，還須努力去候大收。」

幽谷從來亦有春，螢窓休自惜艱辛。
青燈須與神燈映，暫屈還同蠖屈伸。

儘多。

極熱天氣，小姐自篝燈績麻，伴他讀書。將次到七月盡，逼他起身。公子道：「罷了，前日人少，尚不見收，如今千中選一，一似海底撈針，徒費盤纏無益。」小姐道：「世上有不去考的秀才麼？」到晚間，還逼他讀書，叫他看後塲。公子笑道：「那裡便用得他着？」逼不過，取後塲來看，是篇蛟龍得雲雨論，將來讀熟了。

次早起身，跟的小廝挑了行李，趕不得路。一路行來，天色已晚。捱城門進得，各飯店都已關了，無處棲止。公子叫小廝暫在人家簷下，看着行李，自到按院前打聽。清辰尋歇家。在院前行來行去，身子困倦，便在西廊下打盹。不期代巡夢中，夢見一條大黑龍，蟠在西廊下。驚醒道：「必有奇人。」暗暗傳出，道：「凡有黑夜在院前潛行打聽的，着巡捕官羈留，明日解進。」此時深夜，緣何有人？四下看，止得一箇秀才，就便在睡中拿住。李公子急切要脫身時，又無錢買脫，只得隨他。明辰解進，只見御史在堂上，大聲道：「你是甚人，敢黑夜在我衙前打點？」公子對道：「生員是豐城新進生，闖得太

奇湊。

宗師大收遺才，急於趨赴，過早，在院前打盹，別無他情。」御史見是箇秀才，已道他是夢中龍了。問了名字，分付一體考試。及至到考時，因夢中夢龍，便出蛟龍得雲雨論題，李公子便將記的略加點竄，趕先面教。其餘這些人，有完得早的，只用錢買得收在卷箱內好了；還有捱不上，不得收的。他却得御史先看，認得他，竟批取了。後邊取官來，看見是代巡所取，也便不敢遺落，出案有名。王太守便着人送卷子錢，送人參，邀去與兩箇公子同寓。頭場遇得幾箇做過題目，他便一掃出來。二、三場，兩箇王公子道他不諳，畢竟貼出。不期他天分高，略剽竊些兒，裡邊却也寫得充滿，俱得終場。人都為他喫驚。

雀羅去顏戶，龍門有新客。

歸家，親友們就有來探望、送禮的了。

到揭曉之夜，李公子未敢信道決中，便高臥起。只見五更之時，門外鼎沸，來報中了三十一名。王衙是他丈人，也有人去報。裡邊忙問：「是大相公？是二相公？」道：「是李相公。」王家兄弟正走出來時，吃了一箇掃興。王太守倒喜自家有眼力，認得人。此時李衙裡，早是府縣送捷報旗竿。先時冷落

達人。

親戚都來慶賀，李夫人不欲禮貌，王小姐道：「世情自是冷煖，何必責備他。但使常如此，等他趨承便好。」還有贖身去李榮，依舊回家，李夫人不許，又是王小姐說：「他服事先邊老爺過，知事，便留他罷。」內外一應支費，王小姐都將自己粧奩支持，全不叫李夫人與丈夫費心。旗匾迎回，李公子拜畢母親，深謝岳丈提攜，小姐激勸。此後鬧烘烘吃賽鹿鳴㉒，祭祖。人都羨李知縣陰德，產這等好子孫。有道李夫人忍苦教子成名，有道王太守有識見，知人得婿。誰得知王小姐這等激發勸勉？既中後，王氏弟兄與劉、曹兩連襟不免變轉臉來親熱，鬮分子賀他，與他送行。李公子也不免因他向來輕玩，微有鄙薄

㉒ 賽鹿鳴：超過鹿鳴宴，言其熱鬧、水平不低於官家的鹿鳴宴。

之意。又是王小姐道：「當日你在貧窮，人來輕你，不可自摧意氣；今日你得進身，人來厚你，也不可少帶驕矜，舉人、進士也是人做來的。」又為他打點盤纏，賫發上京。

凡人志氣一頹，便多扼塞；志氣一鼓，便易發楊。進會塲便中了進士，殿試殿了二甲十一名。觀政了，告假省親。回來，捐資修戢了向日避雨神祠。初選工部主事，更改禮部，又轉吏部，直至文選郎中。掌選完，遷轉京堂，直至吏部尚書，再加宮保。中間多得夫人內助。夫妻偕老，至八十餘歲。生二子，一承恩蔭，一箇發了高魁，不惟成夫，又且成子，至今江右都傳做美談。

雨侯曰：嗟乎！丈夫不能自奮，乃必借助裙釵乎？然得婦如此，可無北門之賦，知裨益不淺也。

序

予嘗自笑有俠腸而無俠才，負俠氣而無俠資。觀此，何人不可作俠哉？第恐一帶紗帽，便不為濟人而為迫人耳！固宜君翼之喜談而樂道之。

翠娱閣主人識

第十九回　捐金有意憐窮　卜毛（兆）無心得地

幹濟吾儒事，何愁篋底空。
脫驂❶非市俠，贈麥豈貪功。
飯起王孫❷色，金憐管叔❸窮。
不教徐市媼❹，千載獨稱雄。

天下事物，儘有可以無心得，不可有心求。自錢財至女色、房屋、官祿，無件不然。還有為父母，思量利及一身；為一身，思量利及後嗣。這是風水一說。聽信了這些堪輿❺，道此處來龍好，沙水好，

❶脫驂：無拘無束；特立獨行。是說馬從駕車中脫離出來自由了。驂，音ㄘㄢ。指一車三馬或四馬中的兩旁兩匹。
❷王孫：指韓信。言「王孫」，尊稱。這是指漂母飯韓信之事。當韓信言將來「必以重報」時，漂母怒曰：「大丈夫不能自食，吾哀王孫而進食，豈望報乎！」「王孫」，猶言公子。事見史記淮陰侯列傳。
❸管叔：人名。一作關叔，西周初人。姬姓，名鮮，周武王之弟。武王滅商後封於管（今河南鄭州），是周初第一個被予方伯地位諸侯。後因不滿周公攝政，叛亂被殺。
❹徐市媼：即指贈食韓信的漂母。媼，老婦人。其時其地（淮陰）當屬徐州，故云徐媼。

前有案山，後有靠，合甚格局，出甚官吏，捐金謀求，被堪輿背地打偏手。或是堪輿結連富戶做造風水，囤地騙人。甚至兩邊俱係富家，不肯歸併一家；或是兩人都謀此地，至于爭訟，後來富貴未見，目前先見不安。還有這些風水，見他喜好風水，都來騙他。先一箇為他造墳，已是說得極好，教他費盡錢財；後邊一箇又來破發，道是不好，復行遷改。把箇父母搬來搬去，骨殖也不得安閑。不知這風水，却有自然而來的。如我朝太祖葬父，舁至獨龍岡，風雨大至，只聞空中道：「誰人奪我地？」下邊應道：「朱某。」太祖因雨暫回，明日已自成墳。這是帝王之地，所不必言。就如我杭一大家，延堪輿看風水，只待點穴，忽兩堪輿自在那廂商議道：「穴在某處。他明日禮厚，點與他；不厚，與他右手那塊地。」不期為一箇陪堂聽了。次日見堪輿所點，却是右手的，他就用心。後來道：「如今生時與你朝夕，不知死後得與你一塊麼？」因問他求了這塊地，如今簪纓不絕。一家亦因堪輿商議，為女兒聽了，道：「在楊梅樹下。」後來也用計討了，如今代代顯宦。這都有鬼使神差般。但有一人，却又憑小小一件陰隲，却得了一塊地，後來也至發身。

話說福建三山有一箇秀才，姓林名茂，字森甫。他世代習儒，弱冠進了一箇學。只是破屋數椽，磽田數畝，僅可支持，不能充給。娶了一箇妻黃氏，做人極其溫柔，見道理，甘淡泊。嘗道：「這些秀才一入了學，便去說公話事，得了人些錢財，不管事之曲直，去貼官府的臉皮，稱的是老父師、太宗師，認的是舍親敝友。」不知若說為人伸冤，也多了這些俠氣；若是黨邪排正，也關陰隲。鎮日府縣前奴顏婢膝，也不惜羽翎。若為窮所使，便處一小館，一來可以藉他些束修，資家中菽水，二來可以益加進修。

是好婦人。讀之想亦汗顏。

❺ 堪輿：風水。

處館有功，那得不讚？

可醜！可醜！

益人做了一箇先生，每日畢竟要講書，也須先理會一番，然後可講與學生。就是學生庸下，他來問，也須忖量與他開發。至于作文，也須意見、格局、詞華勝似學生，方無愧于心，故此也是一件好事。只是處館也難。豪宦人家，他先主一箇意要尋好先生，定要平日考得起的。這些秀才見他豪宦可擾，央人上央人去謀。或是親家，或是好友，甚是出薦館錢與他陪堂，要他幫襯，如何輪得到平常人？況且一捱進身，雖做些名士模樣，却也謙卑巽順籠絡了主翁；猫鼠同眠，收羅了小廝；又這等和光同塵，親厚了學生。道人都是好奉承的，講書有句像，便道「特解」；作文有一句「是」，便與密圈，在人前與他父母前稱揚。學生怎不喜他？這便是待向上學生了。還有學生好嬾惰的，便任他早眠晏起，讀書也得，不讀書也得；作文也可，不作文也可。就是家中有嚴父，反為他修飾，自做些文字與他應名。若父親面試，畢竟串他小廝，與他傳遞。臨考，畢竟掇哄主人，為央分上，引領學生，為尋代考。甚至不肖的，或闞或賭，還與幫閑。只要固目下館，那顧學生後來不通，後來不成器。故此闊館也輪不着林森甫，僅在一箇顏家，處一箇半斤小館。是兩箇小鬼頭兒，一箇聰明些，却要頑；一箇本分些，却又讀不出書。喜得一箇森甫有坐性，又肯講貫，把一箇頑的拘束到不敢頑，那鈍的也不甚鈍。學生雖是暫時苦惱，主翁甚是懽喜。捱到年，先生喜得脫離苦根，又得束修到手。辭了東家起身，東翁整了一卓相待。臨行送了修儀，着箇小廝挑了行李，相送回家。

處館苦

一窗燈影映青氈，書債今宵暫息肩。
不作鳳皇將九子❻，且親鴛鷺學雙騫。

樂圖。

牀頭聲斷歌魚鋏，囊底欣餘潤筆錢❼。
莫笑書生鎮孤另，情緣久別意偏堅。

雉朝飛操。

敲緊。

媒婆動人，類如此。

不說森甫在路，且說廂葉渡口，有箇農庄，姓支名佩德，年紀已近三十歲。父母蚤亡，遺得幾畝荒山，兩畝田地，耕種過活。只是沒了妻室，每日出入，定要鎖門；三飡定要自家炊煮；年年春夏衣服，定要央人，出些縫補錢、漿粉錢，甚是沒手沒脚。到夜來，雖是辛苦的人，一覺睡到天亮，但遇了冬天長夜，也便醒一兩箇更次，竟翻覆不寧。脚底上一冷，直冷到腿上；脚尖一縮，直縮到嘴邊。甚是難過。一日回來喫飯，同伴有人鋤地，他就把鋤頭留在地上，回了去時，却被人藏過。問人，彼此推調。他叫道：「是那箇兒子藏過我的？」一箇尖嘴的道：「你兒子還沒有娘哩！」眾人一齊笑將起來。他就認真，說人笑他沒有老婆，他一發動情起來，回去坐在門前納悶。一箇隣舍老人家巫婆，見了他道：「支大官，一發回來得蚤。你為煑粥煑飯，一日生活只有半日做，況又沒箇洗衣補裳的，甚不便當，何不尋箇門當戶對的，也完終身一件事？」支佩德道：「正要在這裡尋親，沒好人家。」巫婆道：「你真要尋親？我倒有箇好頭代❽。是北鄉鄭三山的女兒，十八歲，且是生得好，煑茶、做飯、織布、績麻，件件會得。匡得一箇銀子，他娘有私房，他自有私房，到有兩箇銀子賠嫁。極好，極相應。」支佩德道：「他肯把

❻ 鳳皇將九子：謂朱雀、大風、大鵬、九雀、雷鳥、青鳥、畢方、鸞鳥、重明鳥。其中以鸞鳥最為厲害。
❼ 牀頭聲斷歌魚鋏二句：那些清貧文士，通過教書寫作獲取些餘報酬，故倍感欣慰。
❽ 頭代：指女子。

我這窮光棍？」巫婆道：「單頭獨頸，有甚不好？」支佩德道：「還沒有這許多銀子。」巫婆道：「有底樁的，便借兩兩何妨？」支佩德聽了，心花也開。第二日，安排箇東道，請他起媒。巫婆道：「這虧你自安排，若一討進門，你就安閒了。」喫了箇媽媽風回去，擇日去到那邊說。鄭家道他窮，巫婆道：「他自己有房子住，有田，有地，走去就做家主婆，絕好人家。他並不要你賠嫁，你自打意，不過與他些，他料不爭你。」鄭三山聽得不要賠嫁，也便應承。他來回報，支佩德也樂然。問他財禮，巫婆道：「多也依不得，少也拏不出，好歹一觔銀子罷。」支佩德搖頭道：「來不得。我積攢幾年，共得九兩。如今那裡又得這幾兩銀子？」巫婆道：「有他作主，便借些。上一箇二婚頭，也得八九兩，他須是黃花閨女，少也得十二兩。還有謝親、轉送、催粧、導日，也要三四兩。」支佩德自度不能。巫婆道：「天下沒有娘兒兩箇嫁爺兒兩箇事！你且思量，若要借，與你借。除這家再沒相應親事了！」支佩德思量了一夜，道：「不做得親，怕散了這宗銀子，又被人笑沒家婆。說有賠嫁，不若借來湊了，後來典當還他。」筭計定了，來見巫婆道：「承婆婆好意，只是那家肯借？」巫婆道：「若要借，我房主鄒副使家廣放私債，那大管家嘗催租到我這裡，我替你說。」果然一說就肯，九折五分錢，借了六兩，約就還。巫婆來與他做主，先是十兩，後來加雜項二兩，共十二兩。多餘二三兩，拿來安排酒席，做了親。廿七八光棍，遇了十八九嬌娘，你精我壯，且是過得好。但只是鄭家也只是箇窮人家，將餅捲肉，也不曾賠得。拏來時，兩隻黑漆箱、馬桶、脚桶、梳卓、兀櫈，那邊件件都筭錢，這邊件件都做不得正經。又經支佩德先時只顧得自己一張嘴，如今兩張嘴，還添妻家人情面分，只可度日，不能積落還人。鄭衙逼討，起初指望賠嫁，後來見光景也只平常，也不好說要他的典當。及至逼得緊，去開口，女人也欣然，却不

口吻宛然。

想未來錢。

俗情都括盡。

成錢，當不得三五兩。只得那些利錢與他。管家來，請他喫些酒，做花椒錢。

拖了三年，除還，積到本利八兩。那時年久，要清，情愿將自己地一塊寫與，不要。又將山賣與人，都不捉手。也曾要與顏家，顏家道逼年無銀。先時管家日日來炒，裡邊有箇管家看他女人生得甚好，欺心佔他的，串了巫婆，嚇要送官。巫婆打合，女人準與他。正在家逼寫離書，那女人極了，道：「我是好人家兒女，怎與人做奴才？我拚一箇死，叫鄒家也喫場官司。」外邊爭執，不知裡邊事，他竟開了後門，趕到渡頭，哭了一場，正待投水。這原是娶妻的事，先時要娶妻，臨渴掘井；後來女家需索，挑雪填井；臨完債逼，少不得投河奔井。不期遇了救星。林森甫看見婦人向水悲哭，也便疑心，就連忙趕上，見他跳時，一把扯住，道：「不要短見。」女人只得住了。問他原故，他將前後細訴。

只是沒緣。

羞向豪門曳綺羅，一番愁絕蹙雙蛾。
恨隨流水流難盡，拚把朱顏逐綠波。

森甫道：「娘子，你所見差了！你今日不死，豪家有你作抵，還不難為你丈夫。如你死，那債仍在你丈夫身上還，畢竟受累了。你道你死，你丈夫與母家可以告他威逼，不知如今鄉宦家逼死一箇人，那箇官肯難為他？也是枉然。喜得我囊中有銀八兩，如今贈你，你可將還人，不可作此短見。」便篋中去檢此銀。只見主家僕拏住道：「林相公，你辛苦一年，纔得這幾兩銀子，怎聽他花言，空手回去？未免不是做局哄你的，不可與他！」森甫道：「我已許他。你道他是假，幸遇我來，若不遇我，他已投河了，還

僕見。

趣。

俊眼。

同心之侶。

賢婦。

哄得誰？」竟取出來，雙手遞與。這娘子千恩萬謝接了，又問：「相公高姓？後日若有一日，可以圖報。」森甫笑而不對。倒是僕人道：「這是三山林森甫相公，若日後有得報他，今日也不消尋死了。」兩邊各自分手。

森甫分了手，回到家中，却去問妻子覓得幾分生活錢，犒勞僕人。僕人再三推了不要，自回家去。到晚，森甫對其妻趦趄❾的道：「適纔路上遇着一箇婦人，只為丈夫欠了官家銀八兩無還，要將他準折，婦人不欲，竟至要投水，甚是可憐！」那黃氏見他回時不拏銀子用，反向黃氏取，還道或者是成錠的，不捨得用。及半餉不見拏出來，也待問他，聽得此語，已心會了。道：「何不把束修濟他，免他一死？」森甫道：「卑人業已贈之，也曉得娘子有同志，只是年事已逼，恐用度不敷。」黃氏道：「官人既慨然救人，何故又作此想？田中所入，足備朝夕，薪水之費，我女工所得，足以當之。切勿介意。」森甫聽了，也覺欣然。

捱到除夜，一物不買。宗族一箇林深，送酒一壺與他，他夫妻收了他的，沖上些水，又把與小斯不收的銀子，買了半斤蝦，把糟汁煑了，兩箇分歲。森甫口占兩句道：

江蝦糟汁煑，清酒水來淘。

兩箇大笑了一塲，且窮快活。外邊這些隣人親族，見他一件不買，道：「好兩箇苦做人家的，忙了一年，

❾ 趦趄：音ㄗ ㄐㄩ。且進且退，猶豫不前。

魚肉不捨得買！」後邊有傳他濟人這節事，有的道：「虧他這等慷慨，還虧他妻子倒也不絮聒他。」有的道：「沒筭計窮儒！八兩銀子生放一年，也得兩數利錢，怎輕易與人？可不一年白弄卵！便分些兒與他也罷，竟把一主銀子與人。這婦人倒不落水，他銀子倒落水了。」他也任人議論，毫無追悔。除夜睡時，却夢到一箇所在，但見：

俗見應如是。

宇開白玉，屋鑄黃金。琉璃瓦沉沉耀碧，翡翠舒翎；玳瑁樓的的飛光，虬龍脫海。碧闌干外，列的是幾多瑤艸琪花；白石街中，種的是幾樹怪松古柏。觸目是朱門瑤戶，入耳總仙樂奇音。却如八翼扣天門⑩，好似一靈來海藏。

信步行去，只見柱上有聯，鐫着金字，道：

門關金鎖鎖，簾捲玉鈎鈎。

須臾，過了黃金堦，漸上白玉臺，只見廊下轉出一箇道者，金冠翠裳，貝帶朱履，道：「林生何以至

⑩ 八翼扣天門：言志願不遂。晉書卷六十六陶侃傳：「侃少時漁於雷澤，網得一織梭掛于壁。有頃雷雨自化為龍而去。又夢生八翼，飛而上天，見天門九重，已登其八，唯一門不得入。閽者以杖擊之，因墜地折其左翼。」

此？」森甫就躬身作禮。那道者將出袖中一紙，乃詩二句，道：

鷓鴣之地不堪求，麋鹿眠處是真穴。

是。

道：「足下識之！」言訖，相揖而別。醒來，正是三更。森甫道：「這夢畢竟有些奇怪。」次日，即把「門開」二句寫了做春聯，粘在柱上。只見來的親友見了都笑：「有這等文理不通秀才，替你家有甚相干，寫在這邊？」又有一箇輕薄的道：「待我與他換兩句。」是：

蓬戶遮蘆席，葦簾挂竹鈎。

有這樣狂人，那森甫自信是奇兆。

到了正月盡，主家來請，他自收拾書籍前往。當日主人重他真誠，後來小廝回去說他捨錢救人，就也敬他箇尚義，着實禮待他。一日，東翁因人道他祖墳風水庸常，不能發秀，特去尋一箇楊堪輿來。他自稱「楊救貧」之後，他的派頭與人不同。他知道人說風水先生常態是父做子破，又道攛哄人買大地、打偏手。他便改了這腔，看見這家雖富，却是臭吝不肯捨錢，風水將就去得，他便極其讚揚，道：「不消遷改。」見有撒漫，方纔叫他買地造墳，却又叫他兩邊自行交易，自不沾手。不知那賣主怕他打退船鼓，也聽與他。又見窮秀才闒茸，便也與他白出力一番，使他揚名。故此人人都道他好。顏家便用着他。

大手眼堪輿。

鋪排絕是。

仁人之言。

揺家懷。

實話。

他初見，賣弄道：「某老先生是我與他定穴，如今乃郎又發。某老先生無子，是我為他修改，如今連生二子。某宅是我與他遷葬，如今家事大發。某宅是我定向，如今乃郎進學。如今顏老先生見愛，須為尋一大地，可以發財、發福的。」說得顏老好生歡喜，就留在書房中歇宿。森甫也因他是個方外，也禮貌他。

一日間與顏老各處看地，晚間來宿歇，顏老與楊堪輿、林森甫三箇兒一卓兒喫晚飯。顏老談起森甫至誠有餘，又慈祥慷慨：「舊歲在舍下解館回去，遇見一婦人將赴水，問他是為債逼，丈夫要賣他，故此自盡。先生就把束修盡行贈他，這是極難得事。」楊堪輿道：「這婦人可曾相識麼？」森甫道：「至今尚不知他是何等人家，住在何處，叫甚名字。」楊堪輿道：「若不曾深知，怕是設局。」森甫道：「吾盡吾心，也不逆他詐。」堪輿道：「有理，有理！如此立心，必發無疑。但科第雖憑陰隲，也靠陰地。佳城何處，可容一觀麼？」森甫不覺顏色慘然道：「學生家徒四壁，亡親尚未得歸淺土。」楊堪輿道：「何不覓一地葬之，學生當為效勞，包你尋一催官地，一葬就發。」森甫道：「只恐家貧不能得大地。」楊堪輿道：「這不在大錢纔有。人用了大錢，買了大片山地，却不成穴。就是看來，左右前后環拱，關鎖儘好，穴不在這裡。人偶然一、二兩得一塊地，却可發人富貴。這只在有造化，巧遇着。」顏老道：「先生若果尋得，有價錢相應的，學生便買了送先生。」楊堪輿道：「這也不可急遽，待我留心尋訪便了。」那楊堪輿為顏家尋了地，為他定向、點穴。事已將完，因閑暇在山中閑步，見一塊地，大有光景。歸來道：「今日看見一地，可以腰金⑪，但未知是何人地，明早同往一看，與主家計議。」次日森甫與

⑪ 腰金：高官。古代朝官的腰帶，按品級鑲以不同的金飾。後因以泛指品級顯要。

楊堪輿同去，將到地上，忽見一箇鹿劈頭跳來，兩人喫了一驚。到地上看時，艸都壓倒，是鹿眠在此，見人驚去。楊堪輿道：「這是金鎖玉鈎形，那鹿眠處正是穴。若得來為先生一做，包你不三年發高魁，官至金紫。得半畝之地也便彀了。但不知是誰家山地？」林森甫心中暗想：「地形與夢中詩暗合，穴又與道者所贈詩相券。」便也歡喜。

佳氣鬱菁葱，山迴亥向龍。
牛眠開勝域，折臂有三公⑫。

正在那邊徘徊觀看，欲待問，只見這隔數畝之遠，有箇人在那邊鋤地，因家中送飯來，便坐地上喫飯。森甫便往問他，將次走到面前，那婦似有些認得，便道：「相公不是三山林相公麼？」堪輿道：「怎這婦人認得？」婦人便向男子前說了幾句。那男子正是支佩德，丟了碗，與婦人向森甫倒身下拜，道：「舊年歲底，因欠宦債，要賣妻抵償。他不願，赴水，得恩人與銀八兩，不致身死。今日山妻得生，小人還得山妻在這廂送飯，都是相公恩德。」森甫扶起道：「小事何足挂齒。」因問：「相公因何事到此？」森甫道：「因尋墳地到此。」佩德道：「已有了麼？」堪輿道：「看中此處一地，但不知是誰家

說來殊深感激。

⑫ 折臂有三公：指貴官墜馬。晉代的羊祜，曾墜馬折斷手臂，然位至三公。晉書卷三十四有羊祜傳。世說新語術解：「人有相羊祜父墓，後應出受命君。祜惡其言，遂掘斷墓後以壞其勢。相者立視之曰：猶應出折臂三公。俄而祜墜馬折臂，位果至公。」

極仁不知者，必迂之矣。

的。」支佩德道：「此山數畝，皆我產業。若還可用，即當奉送。」堪輿便領着他，指道：「適纔鹿眠處，是這塊地，畧可。」支佩德道：「自此起，正我的地。」便着妻先歸，烹了家中一隻雞。隨苦苦邀了森甫與楊堪輿到家，買了兩坛水酒，道：「聊為恩人點飢。」喫完，即當面紙一張，寫了山的四至都圖，道出買與林處，楊堪輿作中，送與森甫。森甫決不肯收。楊堪輿把森甫捏一把，道：「這地是難得的，且將機就機。」森甫再三堅拒道：「當日債逼，使你無妻。今日白收你產，使你必致失所。這斷不可！」支佩德道：「這邊山地極賤，都與相公，不過值得七八兩，怎還要價？」森甫道：「我當日與你，原無心求償。你肯賣與我，必須奉價收契。」楊堪輿道：「林先生不必過執。」森甫不肯。

次日，支佩德自將契送到顏家，恰遇顏老問，兩箇有些面善，道：「我是有些認得你，那裡會來？」支佩德道：「是舊年少了鄒副使債，他來追逼，曾央間壁鍾達泉，來要賣產與老爹，連見二次，老爹回覆。後來年底，催逼得緊，房下要投河，得這邊林相公救了，贈銀八兩。昨日林相公同一位楊先生看地，正是小人的，特寫契送來。」顏老道：「舊歲林相公贈銀的，正是你令正⑬？」又嘆息道：「我遍處尋地，舊年送地來不要。他無心求地，却送將來。可見凡事有數，不可強求。」領進來見了森甫。顏老道：「既是他願將與先生，先生不妨受他的。況前已贈他銀子，不為白要他產。」森甫只是不肯，兩邊推了半日。顏老道：「老夫原言助價。」到裡邊拏出銀三兩付他，遂收了契。楊堪輿便與定向、點穴，支佩德却又一力來營造。擇了日，森甫去把兩口棺木移來，掘下去，果然熱氣如蒸。人人都道：「是好墳，楊堪輿有眼力！」不知若沒有森甫贈銀一節，要圖他地也煩難哩！

⑬ 令正：用以稱對方嫡妻（正室）的敬稱。

森甫此時學力已到，本年取了科舉，次年弘治戊午⑭，中了福建榜經魁。己未連捷，自知縣陞主事，轉員外，又遷郎中，直至湖廣按察司副使。歷任都存寬厚仁慈，腰了金。這雖是森甫學問足以取科第，又命中帶得來，也因積這陰功，就獲這陰地，可為好施之勸。

雨侯曰：酸儒惜錢如膏，欲以周人難。辛苦年餘，方（以下原缺）

⑭ 弘治戊午：西元一四九八年。弘治，明孝宗朱祐樘的年號（西元一四八八－一五〇五年）。

題詞

因友及友，庚斯千古美譚。然孺子一時之真情，亦足以感激其惻隱。唯紅顏相向，了不動其熱心，納之帳中，歷以歲月，真耐久之朋也。讀之應笑柳下惠猶只是瞬息之矜持，魯國男子全不濟事！

翠娛閣主人撰

第二十回　不亂坐懷終友託　力培正直抗權奸

易著如蘭❶，詩❷咏鳥鳴。滌瑕成嫩，厥唯友生。貧賤相恤，富貴勿失。勢移心貞，迹遐情密。淡疑水而固疑潦，斯不愧五倫❸之一。

右朋友箴

當初劉孝標❹曾做廣絕交論，着實說友道的薄，財盡交疎，勢移交斷；見利相爭，見危相棄。忽然相與，可叫刎頸，一到要緊處，便只顧了自己。就如我朝閹宦李廣得寵，交結的便傳奉與官。有兩個好偏是道學會鑽。

❶易著如蘭：此句言周易似香草。易，書名，即周易的簡稱，亦稱易經，儒家經典之一。內容包括經和傳兩部分。經主要是六十四卦和三百八十四爻，卦、爻各有說明，作為占卜之用。舊傳為孔子作，當為戰國或秦漢之間儒家作品。蘭，蘭草；香草。

❷詩：書名，即詩經的簡稱。儒家經典之一。中國最早的詩歌總集。分為風、雅、頌三大類。風有十五國風；雅有大雅、小雅；頌有周頌、魯頌、商頌，共有三百零五篇，編成於春秋時期。

❸五倫：也稱「五常」，舊時所提倡的五種倫理關係。即：君臣、父子、夫婦、兄弟、朋友。

❹劉孝標：人名。即劉峻，南朝梁學者、文學家。字孝標，平原（今屬山東）人。曾注世說新語，為世所重。明人輯有劉戶曹集。

朋友，平日以道學自勵的，談及李廣得寵之事，一箇道：「豈有向閹奴屈膝之理！」到次日，這箇朋友背了他去見時，不料已先在那裏多時了。此是趨利。就是上年逆璫❺用事時，攻擊楊、左❻的，內中偏有楊、左知交；彈射崔、魏❼的，內中偏有崔、魏知巳。此豈故意要害人，不過要避一時之害。不知這些人原也不堪為友，友他的也就是沒眼珠、不識人的人。若是我要友他，畢竟要信得他過。似古時范、張❽，千里不忘雞黍之約；似今時王鳳洲❾與楊焦山，不避利害，托妻寄子。我一為人友，也要似古時龐德公❿與司馬徽⓫，彼此通家，不知誰客誰主；似今時馬士權⓬待徐有貞⓭，受刑瀕死，不肯妄招。

確論。

寧人負我，毋我負人。

❺ 逆璫：倒行逆施的宦官。璫，宦官的冠飾，因以指代宦官。

❻ 楊、左：即楊漣、左光斗。明萬曆中同舉進士，因彈劾宦官魏忠賢而被害。

❼ 崔、魏：即崔呈秀、魏忠賢。崔呈秀，薊州人，萬曆進士，天啟初擢御史，附逆魏黨。魏忠賢，明宦官，河間肅寧（今屬河北）人。萬曆時即入宮，熹宗時擅權，結黨營私，迫害忠直之士，無惡不作。崇禎即位，始黜職，自縊死。

❽ 范、張：即漢范式（巨卿）與張劭（元伯）為信義之友的故事。范巨卿準時赴張元伯兩年的雞黍之約；後亦精神感應而千里為張赴葬。事見晉書范式傳、搜神記卷十一。馮夢龍喻世明言范巨卿死生雞黍交，已非故事原貌。

❾ 王鳳洲：人名。即王世貞。明代文學家。字元美，號鳳洲、弇州山人，太倉（今屬江蘇）人。嘉靖進士，官至南京刑部尚書。卒贈太子太保。曾作詩揭露嚴嵩父子罪惡。有弇州山人四部稿等著作。

❿ 龐德公：隱士。東漢襄陽（今湖北襄樊）人。曾稱諸葛亮為「臥龍」，司馬徽為「水鏡」，龐統為「鳳雛」，被譽為知人。

⓫ 司馬徽：隱士。東漢末潁川陽翟（今河南禹縣）人。由於知人，或稱「水鏡」。首推諸葛亮、龐統於劉備。

獄中許親，便非真許。

一眼覷破，便跳出此圈，知士豪士。剎假山人之面

到後來徐有貞在獄時，許他結親，出獄悔了，他全不介意。這纔不愧朋友。若說一箇因友及友，不肯負託，彼此相報，這也是不多見的人。

如今却說一箇人，我朝監生姓秦名翥，字鳳儀，湖廣嘉魚人氏。早年喪母，隨父在京，做箇上林苑監付，便做京官子弟，納了監在北京。後邊丁憂回家，定了箇梅氏，尚未做親。及至服滿，又值鄉試，他道待鄉試回來畢姻，帶了一箇家人，叫做秦淮；一箇小廝，叫做秦京。收拾了行李，討了一雙船，自長江而下。只見：

水連天去白，山夾岸來青。
葦浦喧風葉，漁舲聚晚星。

一路來，不一日已到揚州。秦鳳儀想起有一箇朋友，姓石名可礪，字不磷，便要去訪他。不知這石不磷也是嘉魚人，做人高華倜儻，有膽氣，多至誠，與人然諾不侵。少年也弄八股頭做文字，累舉不第，道：「大丈夫怎麼隨這幾箇銅臭小兒，今日拜門生，明日討薦書，博這虛名？」就撇了書，做些古文詩歌，彈琴擊劍，寫字畫畫。雖不肯學這些假山人、假墨客，一味奴顏婢膝的捧粗腿、呵大卵胞；求薦書，

⑫ 馬士權：人名。明徐有貞門客。

⑬ 徐有貞：人名。明宣德八年（西元一四三三年）進士，授翰林編修。因謀劃英宗復位，封武功伯兼華蓋殿大學士。誣陷、殺害于謙。

皮，正所以振山人之雅韻。

樂事。

東走西奔；鑽管家，如兄若弟。只因他有了才，又有俠氣，縉紳都與他相交。嘗往來兩京，此時僑寓在揚州城磚街上。秦鳳儀到鈔關邊停了船，叫秦淮看船，帶了秦京，拿了些湖廣土儀：蓮肉、湘簟、鱘鰉、魚鮓之類，一路來訪石不磷。却也有人曉得他，偶然得箇人說了住處。尋來，湊巧石不磷在家。數間廳事，幾株花木，雖無車馬盈門，却也求詩的、乞畫的、拜訪的，高朋滿座。一見鳳儀，兩箇是至交，好生歡喜。忙送了這些人，延入書齋留飯，問些故鄉風景，平日知交，并鳳儀向來起居。隨即置了酒，拉了兩箇妓，同遊梅花嶺。盤桓半餉，秦鳳儀別了要下船。石不磷道：「故人難得相遇，便在此頑耍數日何妨？」秦鳳儀道：「怕舟子不能擔待。」只見石不磷停了一會，似想些甚麼，道：「這等，明日兄且為我暫住半晌，小弟還有事相托。」鳳儀道：「拱候。」

次日，船家催開船，鳳儀道：「有事，且慢！」將次早飯時，石不磷却自坐了一乘轎，又隨着一乘轎，家人挑了些箱籠行李之類，來到船邊，恰是石不磷和一箇二八女子。這女子生得：

> 花疑妖艷柳疑柔，一段輕盈壓莫愁⑭。
> 試倚蓬窗漫流盼，却如范蠡五湖遊。

下了船，叫女子見了秦鳳儀，就在側邊坐了。石不磷道：「這女子不是別人，就是敝友竇主事所娶之妾。

⑭ 莫愁：古樂府中所傳女子名。一說為石城（今湖北鍾祥）人。樂府詩集莫愁樂：「莫愁在何處？莫愁在城西。」一說為洛陽人。

揚州地方，人家都養瘦馬⑮，不論大家小戶，都養幾箇女兒，教他吹彈歌舞，索人高價。故此娶妾的都在這裏，尋了兩箇媒媽子，帶了五七百開元錢封做茶錢，各家看轉。出來相見，已自見了他舉動，身材、眉眼都是一目可了的。那媒媽子又掀他唇，等人看他牙齒；捲他袖，等人看他手指；挈起裙子，看了腳。臨了又問他年紀，女子答應一聲，聽他聲音。費了五七十箇錢，渾身相到。客冬在北京，過臨清，有箇在京相與的內鄉竇主事，見管臨清鈔關，託我此處娶妾。小弟為他娶了此女，但無人帶去，擔延許久，只道小弟負託。如今賢弟去，正從臨清過，可為小弟帶一帶去？」秦鳳儀聽了，半日做不得聲，心裏想道：「他是寡女，我是孤男，點點船中，怎麼容得？況此去路程二千里，日月頗久，恐生嫌疑。」止在應不得、推不得時節，只見石不磷變色道：「此女就是賢弟用了，不過百金，仔麼遲疑！」取出一封與竇主事書，放在卓上，他自登岸去了。

不輕諾，所以不苟行。

一葉新紅託便航，雨雲為寄楚襄王。
知君固是柳下惠⑯，白璧應完入趙邦⑰。

⑮ 瘦馬：貧女。明清時期養「瘦馬」是一種行業和投資。有人先出資把貧苦家庭中面貌姣好的女孩買回來後，教習她們歌舞，琴棋書畫，長大後賣與富人家作妾，或入秦樓楚館，以此從中謀利。因貧女多疲弱，故曰「瘦馬」。

⑯ 柳下惠：人名。即展禽。春秋時魯國大夫。傳說他夜宿城門，遇到一個無家女子，怕她凍傷，將她抱在懷中，用衣裹住，坐了一夜，沒有發生非禮行為。故世稱柳下惠「坐懷不亂」，是個君子。

⑰ 白璧應完入趙邦：即完璧歸趙。比喻原物完整無損地歸還原主。史記廉頗藺相如列傳載，戰國時趙國得到了

這時秦鳳儀要推不能，却把一箇濕布衫穿在身上，好生難過。就在中艙另鋪下一箇鋪，與他歇宿，自己也就在那邊，一張卓兒上焚香讀書。那女子始初來，也嬌羞不安，在船兩日，一隙之地，日夕在面前，也怕不得許多羞，倒也來傳茶送水，服事秦鳳儀。鳳儀好生不過意。行不過一、二日，早是高郵湖。這地方有俗語道：「高郵湖，蚊子大如鵞。」湖岍上有一座露筋廟，這廟中神道是一箇女子。生前姑、嫂同行，避難借宿商人船中。夜間蚊子多，其嫂就宿在商人帳中，其姑不肯。不期蚊子來得多，自晚打撲到五鼓，身子弱，弄得筋骨都露，死在舟中。後人憐他節義，為他立廟，就名為「露筋娘娘」。秦鳳儀到這地方，正值七月天氣，一晚船外飛得如霧，響得似雷，船裏邊磕頭撞腦都是。秦鳳儀有一頂紗帳，趕了數次，也不能盡絕。那女子來船慌促，石不磷不曾為他做得帳子，如何睡得？鳳儀睡了，聽他打撲，再不停手。因想起露筋娘娘之事，恐怕難為了他，叫他牀中來宿。女子初時也作腔，後邊只得和衣來睡在脚後。那家僮聽得道：「我家主今日也有些熬不過了，這女兒子落了靛缸，也脫不得白了。」倒在那裡替主人快活，替女子擔憂。似此同眠宿起，到長淮，入清河，過呂梁洪，向閘河，已去了許多日子。

到此恐人也難禁持。

來到臨清，只見秦鳳儀寫了箇名帖，叫小廝拏了石不磷這封書，來見竇主事。小廝把書捏捏道：「只怕不是原封了。」到了衙門，伺候了半餉，請相見。見了送上石不磷這封書。留茶，問下處，說在船中。竇主事就來回拜。看見是隻小舟，道：「先生寶眷也在舟中麼？」秦鳳儀道：「學生止一主一僕，沒有家眷。」只見那主事臉色一變，喫了一鍾茶就回。坐在川堂，好生不快。心裡想道：「這石不磷好沒來

「只怕不是原封」，趣甚！趣甚！

和氏璧，秦昭王欲用十五城來換璧。其時秦強趙弱，趙王不敢拒絕，又怕上當，藺相如自願帶璧往秦，表示：「城入趙而璧留秦，城不入，臣請完璧歸趙。」

由，這等一箇標致後生，又沒家眷，又千餘里路，月餘日子，你保得他兩箇沒事麼？」也不送下程⑱請酒，只是悶坐。到晚想起，石不磷既為我娶來，沒箇不收的理。分付取一乘轎，到水次擡這女子。這女子別時甚不勝情，把秦鳳儀謝了上轎。到衙，那主事一看，果然是箇絕色，又看他舉止，都帶女子之態。冷笑道：「我不信！」便收拾臥房安下，這夜就宿在女子房中。夜間一試，只見輕風乍觸，落紅亂飛；春意方酣，嬌鶯哀囀。那竇主事好不快活。又想道：「天下有這樣人？似我老竇見了這女子，也就不能禁持，他却月餘竟不動念，真是聖人了！」不曾起牀，便分付叫秦相公處送雙下程一副，下請書，午間衙中一敘。

趣。

這邊家人見竇主事怠慢，道：「我說想有些不老成，竇爺怪了。」天明，秦鳳儀也催開船，家人又道：「再消停，竇爺不歡喜，或者小奶奶還記念相公。」正開船，不上一里，只見後邊一隻小船飛趕來，道：「竇爺請秦相公！」趕上送了下程。秦鳳儀不肯轉去，差人死不肯放，只得轉去。相見時，竇主事好生感謝，道：「學生有眼不識先生，今之柳下惠了！學生即寫書謝石不磷，備道足下不辜所託。就是足下此行，必定連捷。學生曾記敝鄉有一節事：一箇秀才探親，泊船潤河，夜間崖上火起，一女子赤身奔來，這秀才便把被與他擁了，過了一夜而去。後來在塲中，有一箇同號秀才做成文字，突然病發，道：『可惜了這幾篇中得的文字，用不着！』竟與了這秀才。揭曉時，這秀才竟高中了。那時做文字的秀才來拜道：『生平在文字上極忌刻，便一箇字不肯與人看，怎那日竟欣然與了足下？雖是足下該中，或者還有陰德。』再三問他，那舉人道：『曾記前歲泊船潤河，有一女因失火，赤身奔我，我不敢有一毫輕

又說出一樁奇事。

忌刻的恐不止一人。

⑱ 下程：道別時贈送給行人的盤纏或禮物。

薄，護持至曉送還。或者是此事。』那秀才便走下來，作上兩箇揖，道：『足下該中！該中！便學生效勞，也是應該的。前日女子正是房下。當日房下道及，學生不信，天下有這好人，今日却得相報。』自學生想起來，先生與小妾同舟月餘，纖毫不染，絕勝那孝廉。但學生不知何以為報耳！」隨着妾出來拜謝，送兩名水手作贐禮。鳳儀堅辭，竇主事道：「聊備京邸薪水，不必固辭。」又叫：「秦相公管家，也賞銀二兩。」自寫書謝不磷去了。正是：

有此幾句，前段就非閑話。

臨岐一諾重千金，肯眷紅顏負寸心。
笑殺豫章殷傲士，尺書猶自付浮沉。

豫章不宜受人之寄而浮沉之。

秦鳳儀到京，恰值司成考試，取了前列。在西山習靜了幾時，一體入場。他是監生，這「皿」字號中，除向已發歷掛選，這是只望小就，無意中式的。又有民間俊秀，裝體面應名，雖然進場，寫來不成文字的；還有怕遞白卷被貼出，買了管貢院人，整整在土地廟裡坐一日一夜的。實落可中的也不多。秦鳳儀便中了箇經魁，順天府中喫了鹿鳴宴，離家遠也不回去，仍舊在西山裡習靜。恰好竇主事回京，轉了員外，不時送薪米。到得春試時，又中了進士。竇主事授他秘訣道：「卷子有差失，不便御覽，可帶海螵蛸骨進去，遇差錯可以擦去。又『皇帝陛下』四字，畢竟要在幅中，可以合式。」秦鳳儀用這法，果然得了二甲賜進士出身。未及選官，因與同鄉李天祥進士、同年鄒智吉士交往。彼此都上疏論時政，道「進君子，退小人，清政本，開言路」，觸忤了內閣，票本道：「秦鳳儀與李天祥俱授繁劇衙門縣丞，使老成歷練。」吏部承旨，天祥授陝西咸寧縣縣丞，鳳儀授廣西融縣縣丞。鳳儀也便辭了朝，別了竇員外。竇員外着實安慰一番，道：「煙瘴之地，好自保重。暫時外遷，畢竟陞轉。年少仕路正長，不可介意。」又為他討了一張勘合，送了些禮。

一路出來，路經揚州，秦鳳儀又去見石不磷。石不磷道：「賢弟好操守，不惟于賢弟行撿無玷，抑且于小弟體面有光。當賢弟沉吟時，已料賢弟必能終託。」因問他左遷之故。鳳儀備道其事。石不磷道：「賢弟，官不論大小好歹，總之要為國家幹一番事。如今一衙不過是水利、清軍、管糧三事。若是水利，每年在農工歇時，督率流通堤防，使旱時有得車來，水時有得洩去，使不至饑荒，是為民，也是為國。清軍為國家足軍伍，也不要擾害無辜。管糧不要縱歇家包納，科歛小民；不要縱斗斛、踢斛、淋尖，魚肉納戶，及時起解，為國也要為民。如今謫官，還要做前任模樣。倨傲的討差回家，或是輕侮同列；懶惰的尋山問水，不理政事；不肖的謀差謀印，恣意擾民。這須不是素位而行的事，賢弟莫作腐話看。」因送他在金、焦兩山，登眺了兩日。不磷又見柳州在蠻煙瘴雨中，怕他不堪，路上還恐有險阻，要同他到任。秦鳳儀道：「小弟浮名所使，兄何苦受此奔涉？」不磷不聽，陪他到家，做了親，相幫他僱了一隻大船之任。

至言。如此相勗，纔是好友。

行了幾日，正過洞庭，兩箇坐在船上，縱酒狂歌。只見上流飛也似一隻船來，水手一齊失色。道：「不好了！賊船來了！」石不磷便掣刀在手。那船已是傍將過來，一撓鈎早搭在船上，一箇人便跳過船來。那石不磷手快，一刀砍斷撓鈎。這邊順風，那邊順水，已離了半里多路。這強盜已是慌張了，石不磷却又一刀剁去，此人一閃，不覺跌入艙中。石不磷舉刀便劈，秦鳳儀說道：「不可！不可！這些人儘

仁人之言。

有迫于饑寒，不得已為盜的。況且他也不曾劫我，何必殺他？」石不磷道：「只恐我們到他手裡，他不肯留我！」便扶他起來。只見這人呵：

闊額突然如豹，疎眸炯炯如星。髯鬚一部似鋼針，啟口聲同雷震。

並無一毫懼怯。秦鳳儀道：「好一箇好漢！快取酒與他壓驚。」秦淮道：「這是謝大王不殺之恩了！」喫酒時，只見他狼吞虎嚼，也沒有一毫羞耻。秦鳳儀道：「我看兄儀度應非常人，但思兄在此胡行，不知殺了多少人，使人妻號子哭。若使方纔兄一失手，恐兄妻子亦復如此。兄何不改之？」那人道：「我廣西熟苗，每年夏秋之交，畢竟出來劫掠。今承分付，便當改行。」正飲酒時，船上人又反道：「賊又來了！」却是賊船道賊首被殺，齊來報讎。四櫓八槳，飛似趕來。將近船，那人道：「不得無禮！」這干人只把船傍攏來，都不動手。這人便揮手向秦鳳儀、石不磷謝了，一躍而過，其船依舊箭般去了。石不磷道：「饒人不是痴。若方纔砍了他，如今一船也畢竟遭害。還是鳳儀遠見。」鳳儀道：「偶然一哀憐他，也不曾慮到此事。」

就現前情事點化人，語語入佛。

行了許久，到了湘潭，那邊也打發幾箇人、一隻船來迎接。石不磷便要辭回，秦鳳儀定要他到任上。不一日到了任，只見景色甚是蕭條。去謁上司，有的重他一箇新進士；有的道他纔得進步就上本，是箇狂生，不理他；還有的道他觸忤內閣，遠選來的，要得奉承內閣，還凌轢⓳他。一箇衙宇，一發齊整，

極人情之變。

⓳ 凌轢：傾軋；欺壓。轢，音ㄌㄧˋ。

形容極盡。

但見：

爛柱巧鑲墨板，頹椽強飾紅簷。破地平東缺西穿，舊軟門前摚後補。川堂巴斗大，紙糊窓，每扇剩格子三條；私室廟堂般，朽竹笆，每行擱瓦兒幾片。古卓半存漆，舊牀無復紅。壁欹難碍日，門缺不關風。

還有一班衙役更好氣象：

門子鬚如戟，皁隸背似弓。管門的向斜陽捉虱，買辦的沿路尋葱。衣穿帽破步龍鍾，一似卑田院⑳中都統。

每日也甚興頭：

立堂的一庭青艸，吆妖喝的兩部鳴蛙。告狀有幾箇噪空庭烏雀嘴喳喳，跪拜有一隻騎出入搖鈴餓馬。

⑳ 卑田院：養濟院，收容乞丐的地方。

秦鳳儀看了這光景，與石不磷倒也好笑，做下一首詩，送石不磷看。道：

青青艸色暎簾浮，官舍無人也自幽。
應笑儒生有寒相，一庭光景冷于秋。

石不磷也作一首：

堪笑浮生似寄郵，漫將淒冷惱心頭。
相攜且看愚溪晚，傲殺當年柳柳州㉑。

不數日，石不磷是箇豪爽的人，看這衙齋冷落，又且拘局得緊，不能歌笑，竟辭秦鳳儀去了。鳳儀已自不堪，更撞柳州府缺堂官，一箇署印二府，是箇舉人，是內閣同鄉。他看報，曉得鳳儀是觸突時相選來的，意思要借他獻箇勤勞兒，苦死去騰倒他。委他去採辦大木，到象山、烏蠻山各處。這山俱是人跡罕到處所，裡邊蚺蛇大有數圍，長有數十丈；虎豹猿猱，無件不有。被秦鳳儀一火燒得飛走，也只數月，了了這差。他又還憎嫌他糜費，在家住得不上五七日，又道各峒熟苗累年拖欠糧未完，着他

只圖自己樂，寧識他人苦。

㉑ 柳柳州：即柳宗元。唐文學家、哲學家。字子厚，河東解（今山西運城）人，世稱柳河東。與韓愈倡導古文運動，並稱「韓柳」，列入唐宋八大家。因做過柳州刺史，故又稱柳柳州。

却不道財與命連。

□□之際，如此如此。

到峒徵收。這些苗子有兩種：一種生苗，一種熟苗。生苗是不納糧當差的，熟苗是納糧當差的。只是貪財好殺，却是一般。衙門裡人接着這差委的牌，各人都喫一驚。道：「這所在沒錢撰，還要賠性命。這所在那箇去？」你告假，我托病，都躲了。只有幾箇喫點定了，推不去的，共四箇皁隸，一箇馬夫、一箇傘夫、一箇書手、一箇門子。出得城，一箇書手不見了。將次到山邊，一箇傘夫把傘「撲」地甩在地下，粧肚疼，再不起來。只得叫門子打傘，那開路的皁隸又躲了。沒奈何，自帶了轡，叫馬夫喝道。那門子道：「老虎來了！」喊了一聲，兩箇又躲了，魆靜。秦鳳儀看了，又好惱，又好笑。落落脫脫，且信着馬走去。那山且是險峻：

谷暗不容日，山高常接雲。
石橫紆馬足，流瀑濕人巾。

秦鳳儀正沒擺撥時，只聽得竹篠裡簌簌響，鑽出兩箇人來。秦鳳儀道：「你是靈巖峒熟苗麼？我是你父母官，你快來與我控馬，引我峒裡去。」這苗子看了不動。秦鳳儀道：「我是催你糧的，你快同我走。」只見這苗子便也為他帶了馬進去。過了幾箇山頭，漸有人家，竹籬茅舍，也成村景。走出些人來，言語侏㒧㉒，身上穿件雜色綵衣，腰繫一方布，後邊垂一條，似狗尾一般。女人叫夫娘，穿紅着綠，耳帶金環，也有顏色。見這兩箇人為他牽馬，道：「是你爺娘來？」這兩箇回道：「道是咱們父母官。」

㉒ 侏㒧：形容語言難辨。

一路引去，聽得人紛紛道：「頭目來了！」却是一箇苗頭走來。看了秦鳳儀便拜，道：「恩人怎到這箇所在來？」鳳儀一看，正是船上不殺他的強盜。秦鳳儀跳下馬道：「我在此做了箇融縣縣丞，府官委我來催糧。」這苗目道：「催糧再沒一箇進我峒來的！如今有我在，不妨，且到我家坐地，我催與父母。」到他家裡，呼奴使婢，不下一箇仕宦之家。擺列熊掌、鹿脯、山雞、野彘與村酒。秦鳳儀叫那人同坐，那人道：「同坐，父母體便不尊了。」便去敲起銅鼓，駝鎗弄棒，趕上許多人來。他與他不知講些甚麼，又着人去各峒說了。不三日之間，銀子的、布的、米穀的，都挐來。那人道：「都要送出峒去。」自己與秦鳳儀控馬，引了這些人，相隨送到山口，灑淚而別。

秦鳳儀自起地方夫搬送到府，積年糧米都消。二府又道他得峒苗的贓，百般難為。恰喜得一箇新太府來，這太府正是竇員外。臨出京時，去見內閣，內閣相見道：「這地方是箇煙瘴地方，當日曾有一箇狂生妄言時政，選在那邊融縣，做箇縣丞。這箇人不知還在否？但是這箇不好地方，怎把先生選去？且暫去年餘，學生做主，畢竟要優擢足下。」竇知府唯唯，連聲而退，心下便想道：「怎老畜生！你妨賢病國，阻塞言路，把一箇言官弄到那廂，還放他不過！」想起正是秦鳳儀，又怕他有小人承內閣之意，或者害他，即起身上任。只見不曾出城，有一箇科道送書，道：「秦生狂躁，唯足下料理之。」竇知府看了大惱。路經揚州，聞石不磷不在，也不尋訪。未到任，長差來迎，便問：「融縣秦縣丞好麼？」眾人都道他好。到了任，同知交盤庫藏文卷，內有「各官賢否」，只見中間秦鳳儀的考語道：

恃才傲物，黷貨病民。

誠能動物，孰謂苗子皆貪財好殺也？

□□□相。

「賢否」二字，纔得明白。

竇知府看了一笑，道：「老先生，秦生得罪當路，與我你何干？我們當為國惜才，賢曰賢，否曰否，豈得為人作鷹犬！」弄得一箇二府㉓羞慚滿面，倒成了一箇讎隙。

數月後，秦鳳儀因差到府，與竇知府相見，竟留入私衙，秦鳳儀再三不肯，道是轄下。竇知府道：「我與足下舊日相知，豈以官職為嫌？」秦鳳儀只得進去。把科道所託的書與秦鳳儀看了，又把同知的考語與看。秦鳳儀道：「縣丞在此，也知得罪時相，恐人承風陷害，極其謹飭。年餘奔走，不能親民事，何嘗擾民？況說通賄！」竇知府道：「奸人橫口誣人，豈必人之實有。但有不佞㉔在，足下何患？考語我這邊已改了。」道：

一勤涖事，四知盟心。

秦鳳儀道：「這是台臺培植窮途德意，但恐為累。」竇知府笑道：「為朋友的死生以之。他嗔我，不過一削奪而已，何足介懷！足下道這一箇知府，足增重我麼？就今日也為國家惜人材，增直氣，原非有私于足下。」因留秦鳳儀飲。

作客共天涯，相逢醉小齋。

㉓ 二府：指同知，府衙中的第二把手。

㉔ 不佞：不賢。自謙之詞。

趨炎圖所醜，盛德良所懷。

兩箇飲酒時，又道：「前娶小妾，已是得子。去歲喪偶，全得小妾主持中饋。」定要接出來相見。自此，各官見府尊與他相知，也沒人敢輕薄他。只是這二府與竇知府合氣，要出血在秦鳳儀身上。巡按按臨時，一箇揭帖，單揭他「採木冒破，受賄緩糧。」過堂時，按院便將揭內事情扳駁得緊。竇府尊力爭，道：「採木不能取木，虛費工食，是冒破；他不半年採了許多木頭。徵糧不能完糧，是得錢緩；他深入苗峒，盡完積欠，還有甚通賄？害人媚人，難為公道！」這會巡按也有箇難為秦鳳儀光景，因「害人媚人」一句，簽了他心，倒避嫌不難為他。

停了半年，秦鳳儀得陞同州州同。竇知府反因此與同知交訐㉕，告了致仕，同秦鳳儀一路北回。秦鳳儀道：「因我反至相累！」竇知府道：「賢弟！官職人都要的，若為我要高官，把人排陷，便一身暫榮，子孫不得昌盛！我有田可耕，有子可教，罷了。這不公道時世，還做甚官！」後來秦鳳儀考滿，再轉彰德通判，做了竇知府公祖，着實兩邊交好。給由陞南工部主事，轉北兵部員外，陞郎中，陞揚州知府。恰好竇知府又薦地方人材，補鳳翔知府，陞淮揚兵道。此時石不磷方在廣陵，都會在一處。兩箇厚贈石不磷，成一箇巨富人。

嗚呼！一言相託，不以女色更心，正是「賢賢易色」㉖。一日定交，不以權勢易念，真乃貧賤見交

仁心，

仁言。

㉕ 交訐：交相揭發別人的短處或陰私。訐，音ㄐㄧㄝˊ。

㉖ 賢賢易色：尊重賢人，看輕女色。語見論語學而第一。

情。若石不磷非知人之杰，亦何以聯兩人之交？三人豈不足為世間反面寡情的對証！

雨侯曰：交不難一時之熱，而難于到底如初。舟中同帳而不亂，權貴相逼而不移，更何事能寒其盟而奪其志？世有若人，當甘為執晏生之鞭。

卷六

國家刑名，在內寄法司，在外寄臬司。府州縣刑獄，率先讞臬司，而臬司上之三法司。臬司正執要之地。乃府為不日之同僚，知推又他日之言路，則有據其成牘而已。覆盆之冤，有誰與燭？第為上不可輕示其意，使下有希旨之人，而亦終不可不精為研求，祈悉其情也。使世得石廉使百輩布天下，當使東海不旱，燕臺不霜。

翠娛閣主人

楊花漂泊滯人
衣怪殺春風

託信許成姻眷
出其不意應自縱
重墜

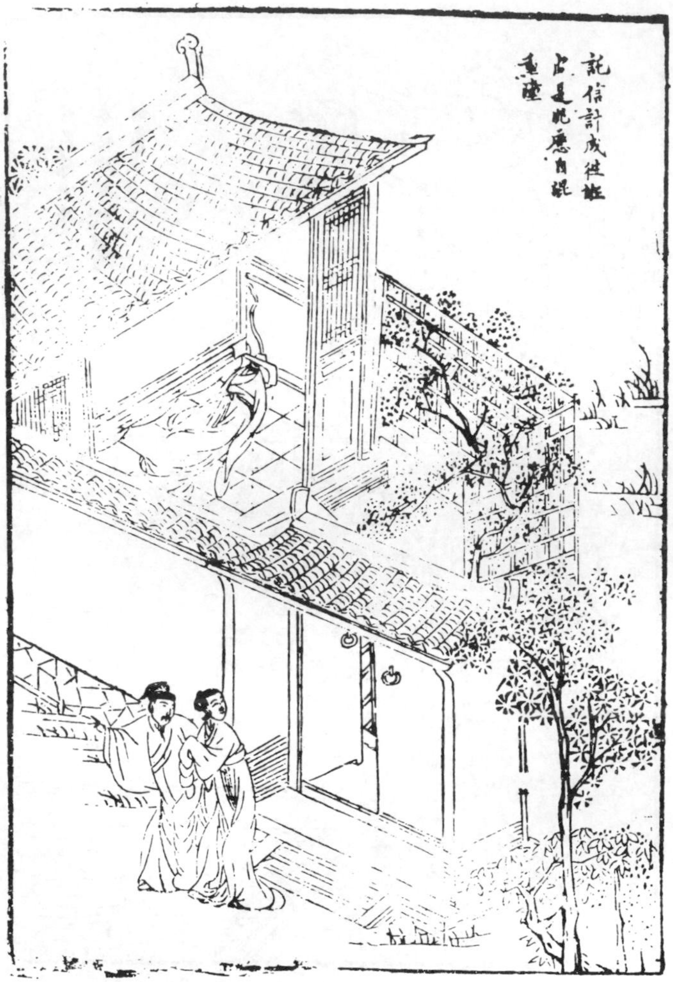

第二十一回　匿頭計佔紅顏　發棺立蘇呆婿

金魚紫綬❶拜君恩，須念窮簷急撫存。
麗日中天清積晦，陽春遍地滿荒村。
四郊盜寢同安盂，一境冤空少覆盆。
亹亹❷絃歌歌化日，循良應不愧乘軒❸。

讀聖賢書，所學何事？未做官時，須辦有匡濟之心，食君之祿，忠君之事；一做官時，更當盡展經綸❹之手。即如管撫字❺，須要興利除害，為百姓圖生計，不要尸位素飡❻；管錢穀，須要搜奸剔弊，愛民潔己，富國明刑，纔是讀書人作用。

---

❶ 金魚紫綬：高級官員的服飾。唐制，三品以上服紫，佩金符，刻鯉魚形，謂之金魚。
❷ 亹亹：音ㄨㄟˇ ㄨㄟˇ。同「娓娓」，勤勉；不倦。
❸ 乘軒：出仕做官。軒，古代大夫所乘車。
❹ 經綸：整理絲縷。引申為治理國家大事，也指政治才能。
❺ 撫字：對百姓的安撫和體恤。
❻ 尸位素飡：官員空占其位不作為，而白拿俸祿。尸位，言其空占職位，不盡職守。素飡，白吃飯，指白拿俸祿。

為國家足帑藏，不要侵官剝眾；管刑罰，須要洗冤雪枉，為百姓求生路，不要依樣葫蘆。這方不負讀書，不負為官。若是戴了一頂紗帽，或是作下司憑吏書，作上司憑府縣，一味准詞狀，追紙贖，收禮物，豈不負了幼學壯行的心？但是做官多有不全美的，或有吏才未必有操守，極廉潔不免太威嚴，也是美中不美。

我朝名卿甚多，如明斷的有幾箇？當時有箇黃紱，四川參政。忽一日，一陣旋風在馬足邊刮起，忽喇喇只望前吹去。他便疑心，着人隨風去，直至崇慶州西邊寺，吹入一箇池塘裡纔住。黃參政竟在寺裡，這些和尚出來迎接。他見兩箇形容兇惡，他便將醋來洗他額角，只見洗出網巾痕來。一打一招，是他每日出去打劫，將尸首沉在塘中。塘中打撈，果有尸首。又有一位魯穆，出巡見一小蛇隨他轎子，後邊也走入池塘。魯公便乾了池，見一死屍縋⑦一磨盤在水底。他把磨盤向附近村中去合，得了這謀死的人。還有一位郭子章，他做推官，有猴攀他轎損。他把猴藏在衙中，假說衙人有椅，能言人禍（禍）福，哄人來看。駝猴出來，扯住一人，正是謀死弄猢猻花子的人。這幾位都能為死者伸冤。不知更有箇為死者伸冤，又為生者脫罪的。

我朝正統中，有一位官，姓石名璞仕至司馬，討貴州苗子有功。他做布政時，同寮夫人會酒，他夫人只荊釵布裙前去，見這各位夫人穿了錦繡，帶了金銀，大不快意。回來，石布政道：「適纔會酒，你坐第幾位？」道：「第一位。」石布政道：「只為不貪贓，所以到得這地位。若使要錢，怕第一位也沒你坐分！」正是一箇清廉的人，誰曉他却又明決。

⑦ 縋：音ㄓㄨㄟˋ。繫在繩子上放下去。

話說江西臨江府峽江縣，有一箇人家，姓柏名茂，號叫做清江，是箇本縣書手。做人極是本分，不會得舞文弄法，瞞官作弊，只是賺些本分錢兒度日。抄狀要他抄狀錢，出牌要他出牌錢，好的便是喫三鍾也罷。眾人講公事，他只酣酒，也不知多少堂眾，也不知那箇打後手。就在家中，飯可少得，酒脫不得。喫了一醉，便在家中胡歌亂唱，大呼小叫。白了眼是處便撞，垂着頭隨處便倒，也不管卓，也不管櫈，也不管地下。到了年紀四十多歲，一發好酒。便是見官，也要喫了鍾去，道：「是壯膽。」人請他喫酒，也要潤潤喉嚨去，道：「打脚地。」十次喫酒，九次扶回，還要吐他一身作謝。多也醉，少也醉，不醉要喫，醉了也要喫，人人都道他是酒鬼。娶得一箇老婆藍氏，雖然不喫酒，倒也有些相稱，不到日午不梳頭，有時也便待明日總梳；不到日高不起牀，有時也到日中爬起。鞋子常是倒跟，布衫都是油膩。一兩蔴績有二十日，一疋布織一月餘。喜得兩不憎嫌。單生一女，叫名愛姐，極是出奇，他却極有顏色，又肯修飾：

眉蹙湘山雨後，身輕垂柳風來。
雪裡梅英作額，露中桃蕚成腮。

人也是箇數一數二的。只是爹娘連累，人都道他是酒鬼的女兒，不來說親。蹉跎日久，不覺蚤已十八歲了。愁香怨粉，泣月悲花，也是時常所有的。

一日，有箇表兄姓徐叫徐銘，是箇暴發兒財主。年紀約莫二十六七，人物兒也齊整。極是好色，家

沒個不作弊書手，只是才短。

好酒心事盡矣。

父嗜酒而母嗜嬾，稟其精氣而生者，安得幽閑貞靜乎？

根脚。

中義兒媳婦、丫頭，不擇好醜，沒一箇肯放過。自小見表妹時，已有心了。正是這日，因告兩箇租戶，要柏清江出一出牌。走進門來道：「母舅在家麼？」此時柏清江已到衙門前，藍氏還未起，愛姐走到中門邊，回道：「不在。」那藍氏在樓上，聽見是徐銘，平日極奉承他的，道：「愛姐，留裡邊坐，我來了。」愛姐就留來裏邊坐下，去煮茶。藍氏先起來，牀上纏了半日腳，穿好衣服，又去對鏡子掠頭。這邊愛姐蚤已拏茶出來了。徐銘把茶放在卓上，兩手按了膝上，低了頭，痴痴看了道：「愛姑，我記得你今年十八歲了。」愛姐道：「是。」徐銘道：「說還不曾喫茶哩！想你嫂嫂十八歲已養兒子了。」愛姐道：「哥哥，是兩箇兒子麼？」徐銘道：「還有一箇懷抱兒，僱奶子奶的，是三箇。」愛姐道：「嫂嫂好麼？」徐銘故意差接頭道：「醜，趕不上你箇腳指頭。明日還要娶兩箇妾。」正說時，藍氏下樓，問：「是為官司來麼？」喫了茶，便要別去。藍氏道：「明日我叫母舅來見你。」徐銘道：「不消，我自來。」次日果然來，竟進裡邊，見愛姐獨坐，像箇思量甚麼的。他輕輕把他肩上一搭，道：「母舅在麼？」愛姐一驚，立起來道：「又出去了。昨日與他說，叫他等你。想是醉後忘了。」徐銘道：「舅母還未起來？」愛姐道：「未起。我去叫來。」徐銘道：「不要驚醒他。」就一把扯愛姐同坐。愛姐道：「這甚麼光景？」徐銘道：「我姊妹們何妨？」又扯他手道：「怎這一雙笋尖樣的手，不帶一雙金鐲子與金戒指？」愛姐道：「窮，那得來？」徐銘道：「我替妹妹好歹做一頭媒，叫你穿金戴銀不了。只是你怎麼謝媒？」靦靦覥覥的纏了一會，把他身上一箇香囊扯了，道：「把這謝我罷。」隨即起身，道：「我明日再來。」去了。

此時愛姐被他纏擾，已動心了。又是柏清江每日要在衙門前尋酒喫，藍氏不肯蚤起，這徐銘便把官

呼情挑逗，便把奶子入話，奶子便有死無生矣。

欣之以利。

語語含趣。

執持到得底，便是好女了。

肯意已在。

□發酷

事做了媒頭，日日早來，如入無人之境。忽一日，拏了枝金簪、兩箇金戒子，走來道：「賢妹，這回你昨日香囊。」愛姐道：「甚麼物事，要哥哥回答！」看了甚是可愛，就收了。徐銘道：「妹妹，我有一句話，不好對你說。舅舅酒糊塗，不把你親事在心，把你青年悞了。你嫂嫂你見的，又醜又多病，我家裡少你這樣一箇能幹人。我與你是姊妹，料不把來做小待。」愛姐道：「這要憑爹娘。」徐銘道：「只要你肯，怕他們不肯？」就把愛姐捧在膝上，把臉貼去道：「妹妹，似我人材、性格、家事，也對得你過。若憑舅老這酒糟頭，尋不出好人。」愛姐道：「兄妹沒箇做親的。」徐銘道：「儘多，儘多。明做親多，暗做親的也不少。」愛姐笑道：「不要胡說！」一推，立了起身。只聽得藍氏睡醒，討臉湯。徐銘去了。自此來來往往，眉留目戀，兩邊都弄得火滾。

一日，徐銘見無人，把愛姐一把抱定，道：「我等不得了。」愛姐道：「這使不得。若有苟且，我明日仔麼嫁人？」徐銘道：「原說嫁我。」愛姐道：「不曾議定。」徐銘道：「我們議定是了。」愛姐只是不肯。徐銘便雙膝跪下，道：「妹子，我自小兒看上你到如今，可憐可憐。」愛姐道：「哥哥不要歪纏，母親聽得不好。」徐銘道：「正要他聽得，聽得強如央人說媒了。事已成，怕他不肯？」愛姐狠推，當不得他懇懇哀求，略一假撇呆，已被徐銘按住，拏在櫈上。愛姐怕母親得知，只把手推鬼廝鬧，道：「罷，哥哥饒我罷，等做小時憑你。」徐銘道：「先後一般，便早上手些兒更妙。」愛姐只說一句：「羞答答成甚模樣？」也便俯從，早一點着。愛姐失驚，要走起來，苦是怕人知，不敢高聲。徐銘道：「因你不肯，我急了些。如今好好兒的，不疼了。」愛姐只得聽他再試，柳腰輕擺，修眉半蹙，嚶嚶甚不勝情。徐銘也只要略做一做破，也不要定在今日盡興。愛姐已覺煩苦極了，鮮紅溢于衣上：

嬌鶯佔高枝，搖蕩飛紅萼。
可惜三春花，竟在一時落。

至。

凡人只在一時錯，一時堅執不定，貞女、淫婦只在這一念關頭。若一失手，後邊越要挽回越差，必至有事。自此一次生，兩次熟，兩箇漸入佳境，興豪時也便不覺丟出一二笑聲，也便有些動盪聲息。藍氏有些疑心。一日，聽得內坐起邊竹椅咯咯有聲，忙輕輕蹙到樓門邊一張，却是愛姐坐在椅上，徐銘站着，把愛姐兩腿架在臂上，愛姐兩隻手摟住徐銘頸子，下面動盪，上面親嘴不了。藍氏見了，流水跑下樓來。兩箇聽得響，丟手時，藍氏已到面前。要去打愛姐時，徐銘道：「舅母不要聲張，聲張起來你也不像。我們兩箇已約定，我娶他做小，只不好對舅母說。如今見了，要舅母做主調停了。十八、九歲，還把他留在家裡，原也不是。」愛姐獨養女兒，藍氏原不捨難為的，平日又極趨承這徐銘，不覺把這氣丟在東洋大海，只說得幾聲：「你們不該做這事。叫我怎好？酒糊塗得知怎了？」只是嘆氣連聲。徐銘低聲道：「這全要舅母遮蓋調停。」這日也弄得一箇愛姐躲來躲去，不敢見母親的面。第二日徐銘帶了一二十兩首飾來送藍氏，要他遮蓋。藍氏不收。徐銘再三求告，收了，道：「這酒糊塗沒酒時，他做人執泥，說話未必聽；有了酒，他使酒性，一發難說話。他也只為千擇萬選，把女兒留到老大，若說做你的小，怕人笑他，定是不肯。只是你兩箇做到其間，讓你暗來往罷。」三箇打了和局，只遮柏清江眼。甥舅們自小往來的，也沒人疑心，任他兩箇倒在樓上行事，藍氏在下觀風。

鉗制決。

不能禁絕奸人

日往月來，半年有餘。藍氏自知女兒已破身，怕與了人家有口舌，凡是媒婆，都借名推却。那柏清

之足，而反為遮蔽，母道何在？

實証。

江不知頭，道：「男大須婚，女長須嫁，怎只管留他在家，替你做用？」藍氏乘機道：「徐家外甥說要他。」那柏清江帶了分酒，把卓來一掀，道：「我女兒怎與人做小？姑舅姊妹嫡嫡親，律上成親也要離異的。」藍氏與愛姐暗暗叫苦。又值一箇，也是本縣書手簡勝。他新喪妻，上無父母，下無兒女，家事也過得。因尋柏清江，見了他女兒，央人來說。柏清江道他單頭獨頸，人也本分，要與他。娘兒兩箇執拗不定，行了禮，擇三月初九娶親。徐銘知道也沒柰何。一日走來望愛姐，愛姐便扯到後邊一箇小園裡。胡牀上，把箇頭眠緊在他懷裡，道：「你害我！你負心！當時我不肯，你再三央及許娶我回去，怎竟不說起？如今叫我破冠子，怎到人家去？」徐銘道：「這是你爹不肯。就是如今你嫁的是簡小官，他在我後門邊住，做人極貧極狠，把一箇花枝般妻子，叫他熬清守淡，又無日不打鬧，將來送了性命。如今把你湊第二箇。」愛姐道：「爹說他家事好。」徐銘道：「你家也做書手，只聽得你爹打板子，不聽得你爹撰銀子。」愛姐聽了，好生不樂，道：「適纔你說在你後門頭，不如我做親後，竟走到你家來。」徐銘道：「他家沒了人，怕要問你爹討人，累你爹娘。」愛姐道：「若使我在他家裡，說是破冠子，做出來到官，我畢竟說你強奸。」徐銘道：「強奸可是整半年奸去的？你莫慌，我畢竟尋箇兩全之策纔好。」

楊花漂泊滯人衣，怪殺春風驚欲飛。
何得押衙輕借力，頓教紅粉出重圍。

愛姐道：「你作速計議，若我有事，你也不得乾淨。」徐銘一頭說，一頭還要來頑耍，被愛姐一推道：

「還有甚心想纏帳？我嫁期只隔得五日，你須在明後日定下計策覆我。」

徐銘果然回去，粥飯沒心喫，在自己後園一箇小書房裡，行來坐去，要想箇計策。只見一箇奶娘王靚娘，抱了他一箇小兒子進園來耍，就接他喫飯。這奶娘臉兒雖醜，身材苗條，與愛姐不甚相遠，也鬭得一雙好小脚。徐銘見了道：「這妮子，我平日尋尋他，做殺張致。我與家人媳婦、丫頭有些帳目，他又來緝訪我，又到我老婆身邊挑撥，做他不着罷。」籌畫定了，來回覆愛姐。愛姐歡喜，兩箇又溫一溫舊回來。

好機緣却是死機緣。

做親這日，自去送他上轎。那簡小官因是填房，也不甚請親眷，到晚，兩箇論起都是輕車熟路，只是那愛姐却怕做出來，故意的做腔做勢。見他立攏來，臉就通紅，略來看一看，不把頭低，便將臉側了，坐了燈前，再也不肯睡。簡小官催了幾次，道：「你先睡。」他却：

錦抹牢拴故獮郎，燈前羞自脫明璫。
香消金鴨❽難成寐，寸斷蘇州刺史腸。

新官人情急。

漏下二鼓，那簡小官在牀上摸擬半日，伸頭起來張一張，不見動靜。停一會又張，只見他雖是卸了妝，裡衣不脫，靠在卓上。小簡道：「愛姑，夜深了。你困倦了，睡了罷。」他還不肯。小簡便一抱抱到牀裡，道：「不妨得，別箇不知痛癢，我老經紀伏事箇過的，難道不曉得路數？」要替他解衣。扭扭捏捏，

❽ 金鴨：金屬之鴨形香爐。

不拒之拒，妙法。

來得去不得了。

又可一箇更次。到主腰帶子與小衣帶子，都打了七八箇結，定不肯解。急得小簡情極，連把帶子扯斷。他道：「行經。」小簡道：「這等蚤不說，叫我喫這許多力。」只得摟在身邊，乾調了一會，睡了。三朝，女壻到丈人家去拜見。家中一箇小廝，叫做發財。愛姐道：「你今做新郎，須帶了他去，還像模樣。」小簡道：「家中須沒人做茶飯與你。」愛姐道：「不妨，單夫獨妻，少不得我今日也就要做用起。」小簡聽了，好不歡喜。

出門半餉，只見一箇家人挑了兩箇盒子，隨了一箇婦人進門。愛姐也不認得。見了道：「是徐家着人來望，送禮。」愛姐便歡天喜地，忙將家中酒餚待他。那奶子道：「親娘，我近在這裡，常要來的，不要這等費心。」愛姐便扯來同坐，自斟酒與他。外邊家人正是徐豹，是箇蠻牛，愛姐也與他酒喫。喫了一會，奶娘原去得此貨，又經愛姐狠勸，喫箇開懷，醉得動不得了。外邊徐豹忙趕來道：「待我來伏事他。」將他衣服脫下，叫愛姐將身上的衣服脫了與他，內外新衣，與他穿札停當。這奶子醉得哼哼的，憑他兩箇搏弄。徐豹叫愛姐快把卓上酒餚收拾，送來禮併奶子舊衣，都收拾盒內，怕存形迹，被人識破。他早將奶子頭切下，放入盒裡。愛姐扮做奶子，連忙出門：

紛紛雨血洒西風，一葉新紅別院中。
紀信❾計成能誑楚，是非應自混重瞳❿。

❾紀信：人名。漢初劉邦部將。秦末閬中縣（今四川西充）人。紀信在滎陽被圍時，假扮劉邦出城投降，讓劉邦逃脫，自己被項羽燒死。即為「紀信誑楚」故事。

徐銘已開後門接出來，挽着愛姐道：「沒人見麼？」愛姐道：「沒人。」又道：「不喫驚麼？」愛姐道：「幾乎驚死，如今走還是抖的。」進了後園，重賞了徐豹。又徐銘便一面叫人買材，將奶子頭盛了，倔仵作擡出去。只因奶子日日在街上走東家跑西家的，怕人不見動疑，況且他丈夫來時，也好領他看材，他便心死。一面自叫了一乘轎，竟趕到柏家。小簡也待起身，徐銘道：「簡妹丈，當日近鄰，如今新親，怎不等我陪一鍾？」扯住又灌了半日，道：「罷，罷。晚間有事做，十分醉了，不惟妹丈怪我，連舍妹也恠我。」大家一笑送別了。

趣而奸。

只見小簡帶了小廝到家，一路道：「落得醉，左右今日還是行經。」踉踉蹌蹌走回，道：「愛姑，我回來了。你娘上覆你，叫你不要記挂。」正走進門，忽見一箇屍首，又沒了頭，喫上一驚，道：「是，是那箇的？」叫愛姑時，並不見應，尋時並不見人，仔細看時，穿的正是愛姐衣服。他做親得兩三日，也認不真，便放聲哭起「我的人」來，道：「甚狠心賊，把我一箇標標致致、的的真真黃花老婆殺死了！」哭得振天吟。鄰舍問時，發財道：「是不知甚人，把我們新娘殺死。」眾人便跟進來，見小簡看着箇沒頭屍首哭。眾人道：「是你妻子麼？」小簡道：「怎不是？穿的衣服都是，只不見頭。」眾人都道：「奇怪。」幫他去尋，並不見頭。眾人道：「這等，該着人到他家裡報。」小簡便着發財去報。柏清江喫得箇沉醉，藍氏也睡了。聽得敲門，藍氏問時，是發財。得了這報，放聲大哭。把一箇柏清江驚醒，道：「女大須嫁。這時他好不快活在那裡，要你哭？」藍氏道：「活酒鬼！女兒都死了。」柏清江

趣。

⑩ 重瞳：眼中有兩個瞳子。蓋指項羽。史記項羽本紀：「吾聞之周生曰，舜目蓋重瞳子，又聞項羽亦重瞳子。」故云。

道：「怎就弄得死？我不信。」藍氏道：「現有人報。」柏清江這番也流水趕起來，道：「有這等事？去去去！」也不戴巾帽，扯了藍氏，反鎖了門，一徑趕到簡家。也只認衣衫，哭兒哭肉，問小簡要頭。小簡道：「我纔在你家來，我並不得知。」柏清江道：「你家難道沒人？」小簡道：「實是沒人。」藍氏道：「我好端端一箇人嫁你，你好端要還我箇人。我只問你要，斧打鑿，鑿入木。」小簡對這些鄰舍道：「今日曾有人來麼？」道：「我們都出外生理，並不看見。」再沒一箇人捉得頭路着。大家道：「只除非是賊，他又不要這頭，又不曾拏家裡甚東西，真是奇怪。」胡猜鬼混，過了一夜。

天明一齊去告，告在本縣鈕知縣手裡。知縣問兩家口詞，一邊是嫁來的，須不關事；一邊又在丈人家纔回，賊又不拏東西，奸又沒箇蹤影，忙去請一箇蒙四衙計議。四衙道：「待晚生去相驗便知。」知縣便委了他。他就打轎去看了。先把一箇總甲道：「是地方殺死人命大事，不到我衙裡報？」打下十板發威。後邊道：「這人命奇得緊，都是償得命，都是走不開的。若依我問，平白一箇人家，誰人敢來？一定新娘子做腔不從，撞了這簡勝酒頭上，殺死有之。或者柏茂夫妻縱女通奸，如今奸夫喫醋，殺死有之。只是豈有箇地方不知？這是鄰里見他做親甚齊備，朋謀殺人劫財也是有的。如今并里長一齊帶到我衙中，且發監，明日具個由兩請。」果然把這些人監下。柏茂與簡勝央兩廊人去講，典史道：「論起都是重犯。既來見教，柏茂夫妻略輕些，且與討保。」這些隣舍是日趁日喫窮民，沒奈何，怕作人命干連，五斗一石，加上些船兒錢、管家包兒、小包兒、直衙管門包兒，都去求放，抹下名字。他得了，只把兩箇緊鄰解堂。里長他道不行救護，該十四石，直詐到三兩纔歇。次日解堂，堂尊道：「我要勞長官問一箇明白，怎端然這等葫蘆提？我想這人，柏茂嫁與簡勝，不干柏茂事了。若說兩鄰，他家死人，怎害別

拏住一個。

又一個。一網都來。

好仁慈

縣尊。

人？只在簡勝身上罷！」把箇簡勝雙夾棍。簡勝是箇小官兒，當不過，只得招：「酒狂，一時殺死。」問他要頭，他道：「撇在水中，不知去向。」知縣將來打了二十監下。審單道：

簡勝娶妻方三日耳，何讎何恨，竟以酒狂手刃，委棄其頭，慘亦甚矣！律以「無故殺妻」之條，一抵不枉。里鄰邴魁、榮顯坐視不救，亦宜杖懲。

多問幾箇罪，奉承上司，原是下司法兒。做了招，將一干人申解按察司。正是石廉使。他審了一審，也不難為，駁道：「簡勝三日之婚，愛固不深，讎亦甚淺，招曰酒狂，何狂之至是也？首既不獲，証亦無人，難擬以辟。仰本府刑廳確審解報。」這刑廳姓扶，他道：「這廉憲好多事，他已招了水渃頭去，自

好問官。

然沒處尋；他家裡殺，自然沒人見。」取來一問，也只原招。道：

手刃出自簡勝口供，無人往來，則吐之邴魁、榮顯者，正自殺之証也。雖委頭于水，茫然無跡，豈得為轉脫之地乎！

誰有此心？

解去，石廉使又不釋然，道：「捶楚之下，要使沒有含冤的纔好。若使枉問，生者抱屈，那死的也讎不曾雪，終是生死皆恨了。這事我親審，且暫寄監。」他親自沐浴焚香，到城隍廟去燒香。又投一疏道：

妙。

璞以上命，秉憲一省；神以聖恩，血食一方。理冤雪屈，途有隔于幽明，心無分于顯晦。倘使柏氏負冤，簡勝抱枉，固璞之罪，亦神之羞。唯示響邇，以昭誣枉。

石廉使燒了投詞，晚間坐在公堂，夢見一箇「麥」字。醒來道：「字有兩箇『人』字，想是兩箇殺的。」反覆解不出，心生一計，弔審這起事。

人說石廉使親提這起，都來看。不知他一捱直到二鼓纔坐，等不得的人都散了。石廉使又逐箇箇問。簡勝道：「是冤枉。實是在丈人家喫酒，並不曾殺妻。」又叫發財，恐嚇他，都一樣話。只見石廉使叫兩箇皁隸上前，密密分付道：「看外邊有甚人，拏來。」皁隸趕出去，見一箇小廝，一把捉了，便去帶進。石廉使問他：「你甚人家，在此窺伺？」小廝驚得半日做不得聲，停了一會道：「徐家。」石廉使問道：「家主叫甚名字？」小廝道：「徐銘。」石廉使把筆在紙上寫，是雙立人，一箇夕字，有些疑心，道：「你家主與那一箇是親友？」小廝道：「是柏老爹外甥。」石廉使想道：「莫非原與柏茂女有奸，怪他嫁殺的？」叫放去這起犯人，且另日審。外邊都鬨然笑道：「好箇石老爺，也不曾斷得甚無頭事。」

過了一日，又叫兩箇皁隸：「你密訪徐銘的緊鄰，與我俏地拏來。」兩箇果然做打聽親事的，到徐家門前去。問他左鄰賣鞋的謝東山，折巾的一箇高東坡，又哄他出門，道：「石爺請你。」兩箇死掙，皁隸如何肯放？到司，石廉使悄悄叫謝東山道：「徐銘三月十一的事，你知道麼？」謝東山道：「小的不知。」石廉使道：「他那日曾做甚事？」道：「沒甚事。」石廉使道：「想來。」想了一會，道：「三月他家曾死一箇奶子。」石廉使道：「誰人殯殮、扛擡？」道：「仵作盧麟。」石廉使即分付，登時叫仵作盧麟即刻赴司，候檢柏氏身屍。差人飛去叫來。石廉使叫盧麟：「你與徐銘家擡奶子身屍在何處？」道：「在那城外義塚地上。」石廉使道：「是你入的殮麼？」道：「不是小人。小人只扛。」石廉使道：「有些古怪麼？」盧麟道：「輕些。」石廉使就打轎，帶了仵作到義塚地上，叫仵作尋認。認了一會，認出來。石廉使道：「仍舊輕的麼？」仵作道：「是輕的。」石廉使道：「且掀開來。」只見裡邊磞碌碌滾着一箇人頭。石廉使便叫人速將徐銘拏來，一面叫柏茂認領屍棺。柏茂夫妻望着棺材哭，簡勝也來哭。誰知天理昭昭，奶子陰靈不散，便這頭端然如故。柏茂夫妻兩箇哭了半日，揩着眼看時，道：「這不是我女兒頭。」石廉使道：「這又奇怪了。莫不差開了棺？」叫仵作，仵作道：「小人認得極清的。」石廉使道：「只待徐銘到便知道了。」

兩箇差人去時，他正把愛姐藏在書房裡，笑那簡勝無辜受苦，連你爹還在哭。聽得小廝道：「石爺來拏！」他道：「一定為小廝去看的緣故。說我打點，也無實迹。」愛姐道：「莫不有些脚蹋？」徐銘笑道：「我這機謀，鬼神莫測，從那邊想得來？」就挺身來見。不期這兩箇差人不帶到按察司，竟帶到義塚地，柏茂、簡勝一齊都在。一口材掀開，見了喫上一驚，道：「有這等事？」帶到，石廉使道：「你這奴才，你好好將這兩條人命，一一招來！」徐銘道：「小的家裡三月間，原死一箇奶子，是時病死的。完完全全一箇人，怎止得頭？這是別人家的。」盧璘道：「這是你家擡來的三摶松板材。我那日叫你記認，見你說不消，我怕他家有親人來不便，我在材上寫箇『王靚娘』，風吹雨打，字跡還在。」石廉使叫帶回衙門。一到，叫把徐銘夾起來。夾了半箇時辰，只得招是「因奸不從，含怒殺死。」石廉使道：「他身子在那裡？」徐銘道：「原叫家人徐豹埋藏。徐豹因嘗見王靚娘在眼前，驚悸成病身死，不知所在。」

倒也不然。

石廉使道：「好胡說！若埋都埋了，怎分作兩邊？這簡勝家身子定是了。再夾起來，要招出柏氏在那裡，不然兩箇人命都在你身上。」夾得暈去，只得把前情招出，道：「原與柏氏通奸，要娶為妾，因柏茂不肯，許嫁簡勝。怕露出奸情，乘他嫁時，假稱探望，着奶子王靚娘前往，隨令已故義男徐豹將靚娘殺死，把柏氏衣衫着上，竟領柏氏回家。因恐面龐不對，故將頭帶回。又恐王氏家中人來探望，將頭殮葬，以圖遮飾。柏氏現在後園書房內。」石廉使一發叫人拘了來，問時供出與徐銘話無異。石廉使便捉筆判：

徐銘奸神鬼蜮，慘毒虺蛇。鏡臺未下，遽登柏氏之牀；借箸偏奇，巧作不韋⓫之計。紀信誑楚，而無罪見殺；馮亭⓬嫁禍，而無辜受冤。律雖以傭工從寬，法當以故殺從重。仍于名下追銀四十兩，給還簡勝財禮。柏茂怠于防禦，藍氏敢于賣奸，均宜擬杖。柏氏雖非預謀殺人，而背夫在逃，罪宜罰贖官賣。徐豹據稱已死，姑不深求，餘發放寧家。

判畢，將徐銘重責四十板。道：「柏氏，當日人在你家殺，你不行阻滯，本該問你同謀纔是。但你是女流，不知法度，罪都坐在徐銘身上。但未嫁與人通奸，既嫁背夫逃走，其情可惡！」打了廿五。「柏茂本

⓫ 不韋：即呂不韋，衛國人。戰國末期秦莊襄王相國，封文信侯。秦王政繼位，繼任國政，稱為「仲父」。令門客編呂氏春秋二十六篇。他將懷孕的趙姬獻給秦公子子楚（秦莊襄王），其所生子即為秦王政，也就是說他是秦始皇的生父。

⓬ 馮亭：戰國時韓國人，上黨郡守。秦攻上黨不能守，乃入上黨於趙，轉移了目標，使秦攻趙。後戰死於長平。

該打，你主家不正，還可原你箇不知情，已問罪，姑免打。」「藍氏縱女與徐銘通奸，釀成禍端」，打了十五。徐豹取兩鄰結狀：「委于五月十九身死。」姑不究。盧璘扛屍原不知情，鄰里邴魁等該問他一箇「不行覺察，不行救護」，但拖累日久，也不深罪。還恐內中有未盡隱情，批臨江府詳究。却已是石廉使問得明白了，知府只就石廉使審單敷演成招，自送文書，極贊道：「大人神明，幽隱盡燭。知府不能。」贊一辭，稱頌一番罷了。

後來徐銘解司解院，都道他罪不至死，其情可惡，都重責。解幾處，死了。江西一省都仰石廉使如神明，稱他做「斷鬼石」。若他當日也只憑着下司，因人成事，不為他用心研求，王靚娘的死冤不得雪，簡勝活活為人償命，生冤不得雪，徐銘反擁美妾快樂，豈不是箇不平之政？至于柏茂之酒、藍氏之懶，卒至敗壞家聲；徐銘之好色，不保其命；愛姐之失身，以致召辱，都是不賢，可動人之羞惡，使人警醒的。唯簡勝纔可云無妄之災，雖在縲絏⑬，非其罪也。

雨侯曰：人情險于山川，豈能盡燭！然要使折獄無不盡之心，心盡而情自出。故吾以為鈎箝之吏，勝依樣之葫蘆。如石公之不顧情面而屢行批駁，卒得其情，司道中罕有。

⑬縲絏：音ㄌㄟˊ ㄒㄧㄝˋ。拘繫犯人的繩索，引申為囚禁。

引

漢三輔多良吏，而趙廣漢見事風生，鈎箝緝奸，亦擅能稱。誠以其望哺如鷂，不可無卵翼；其摯猛如鷹，又不得不驅擊。驅擊正以為卵翼也。不然有惠可懷，無威可攝，以處常可也，御變柰何？如巉崍者，不可云貪天功為己力也。

翠娛閣主人題

淺酌荒村酒
酒館

還道錢財屬誰

第二十二回　任金剛計劫庫　張知縣智擒盜

蜂蠆❶起須臾，最束庸愚手。惟是號英雄，肯落他人囿？　笑談張險局，瞬息除強寇。共羨運謀奇，豈必皆天祐。

右調生查子

從古最不好的人，莫如強盜、竊賊，人人都是切齒的。不知原非父母生出來就是賊盜，只是饑寒難免，或是祖業原無貽留，自己不會營運，時年荒歉，生計蕭條；在家有不賢妻子瑣聒，在外有不肖朋友牽引，也便做出事來。小則為賊，大則為盜，甚而至于劫牢劫庫，都是有的。但是為官，在平時要禁游惰，行鄉約，拘他身心；遇凶年也須急蠲免❷，時賑濟，救他身家。人自學好的多，畢竟盜息民安。若是平常日子，不能鋤強抑暴，緩征薄斂，使民不安其生，是驅民為盜。不能防微杜漸，令行禁止，使民敢于作奸，是養民為盜。及至盜起，把朝廷倉庫、自己身命一齊送他，豈不可笑？

以我論之，若臨民之上，只處平靜無事時節，一味循良也彀了；若當事機倉猝，成敗治亂只在轉眼

善政安民，在今時尤為所急。

❶ 蜂蠆：蜂與蠍子。此言均為體小而有毒害的蟲子。蠆，音ㄔㄞˋ。

❷ 蠲免：免除。蠲，音ㄐㄩㄢ。

之間，畢竟要箇見機明慧，纔是做官的手段。即如先年❸諸理齋先生名爕，他被謫通判，在廣西。其年適當朝覲❹，縣無正官，上司便委他去一箇屬縣掌印❺。這日恰值守道臨府，只得離縣往府迎接。路上遇風吹折了引導藍旗，他便急回府中，且不去接官，忙進牢點押。不期牢中有幾箇海賊，與外邊的相應，被他進去一搜，搜出器械，他就拏來勘問。正勘問時，他又行牌屬縣，叫衙官整肅人役，把守獄庫。也不待問完，交與本府一箇孫推官研究，他自帶了民壯，復趕到縣。恰值強盜劫庫，在縣與人役拒敵，恰得他帶人到縣趕散。各官都稱誦他神明，他道：「強賊越獄，未有外無應而能成事者。料他畢□□□去接上司劫獄，此計不遂，故此乘□□□□□來劫庫，理之顯然，沒有神術。只是□箇還在，事尚未成，我可預防的。」據我聞見，還有箇事起于卒，終能除盜保身，這也是極能的能吏。

兵猶火也，不戢自焚。

　我朝嘉靖間，有一位官人，姓張名佳胤，號巏崍，曾在兩浙做巡撫。此時浙江因倭子作亂，設有十營兵士，每月人與糧銀一兩。後來事平，要散他，只是人多，一時難散，止把兵糧減做一半銀、一半錢給他。但當時錢不通行，他糧不彀喫，自然散去。不料這些兵中間有箇馬文英、楊廷用，作起耗❻來，擁到巡撫轅門，鼓噪進去講。這巡撫沒擔當，見人來一跑，反被他拏去。把他丟在艸韉上，還把他要上稱竿，逼得司道應許復他糧，又與他二千兩犒賞纔罷。奏上，朝廷旨下，九卿會議便會推了張佳胤，督

❸ 先年：往年；從前。
❹ 朝覲：謂臣子朝見君王。又指附屬國向中央政權的朝貢和拜謁。
❺ 掌印：掌管印信；掌權。
❻ 作耗：倒亂；為害。

撫浙江軍門。他聞報便單騎上道，未及擇日到任。

先是杭州遭兵變之後，盜賊蜂起。有幾箇好事鄉宦，因盜賊攪擾，條陳每巷口要添造更樓，居民輪流巡邏。只是鄉宦、大戶、生員、官吏俱已有例優免，止是這些小戶人家輪守。可憐這些小戶，辛苦一日，晚間又要管巡更。立法一新，官府正在緊頭裡，畢竟日夜出來查點。不造的要問罪，不巡邏的要打要申，又做了巡捕官的一箇詐局。小民便不快道：「我們穿在身上，喫在肚裏，有甚偷去？如今忙了一日，夜間又與鄉官、大戶管賊，小民該喫苦的？」便有一箇餘姚老學究丁仕卿來條陳，官府不理。又閃出幾箇來，擁了多人去告，又不理。大家便學兵樣，作起怪來，放火燒了首事鄉宦住屋，盡折毀了更樓，洶洶為變。張副都聞了這消息，兼程到省，出示禁約。這些無賴扯毀告示，反又劫勍人財物，搶奪人酒食，這邊放火，那邊劫財。張副都知道大惱，暗暗請遊擊徐景星商議已定。此時擺木營兵十營，八營出海守汛，止有兩營守省。張副都分付遊擊徐景星，率領把總哨官到轅門聽令，便與總哨隊什道：「往日激變兵心，固失于調停，不盡是爾等之罪。今日民亂，爾等若能為我討捕，便以功贖罪。只是不許恣行殺戮。」又叫楊文英、馬廷用二人，分付道：「有功不唯贖罪，還有重賞。」楊、馬兩箇隨了徐遊擊出來。亂民聽得發兵，那乖滑的，得一手躲了；還有這些不識俏的，還這等趕陣兒；一撞兵來，束手就縛。中間也有無辜的。綑到轅門，先把拒敵官兵與身邊搜有金銀的，砍了五十多人，其餘也打死百餘。省城大定。張副都特賞了這兩營，馬文英、楊廷用都與冠帶，安了他心。

汛畢，八營都回。暗着徐遊擊訪了那八營助亂的，與馬、楊共九箇，先日計議定了，擇日委兵巡顧副使下操，十營齊赴教場。這廂徐遊擊暗暗差人，將這九人擒下，解入軍門，歷數他倡亂凌辱大臣罪狀，

調停次第，敏決之才。

激亂者何人？定亂者何人？才不才竟隔雲泥。

綁出梟首，就將首級傳至教場。顧副使正操，只見外邊傳這血淋淋九箇頭進來，眾軍正在驚愕，顧副使與徐遊擊便傳令道：「你們都得命了，快些向北謝恩。」眾人沒箇主意，都面北叩頭。顧副使又分付：「當日作亂，你等都該處死。如今聖上天恩，都爺題請，止壞了為首九人，你們都免死。以後要盡心報國，不可為非。」循例頒了些賞，十營寂然。你看他何等手段！何等方略！不知他平日已預有這手段了。

當時初中進士，他選了一箇大名府滑縣知縣。這滑縣一邊是白馬山，一邊滑河，還有黎陽津、靈昌津，是古來戰爭之地。還附近高雞泊，是唐竇建德❼為盜之處。人性慓悍，盜賊不時出沒。他一到任，立意在息盜安民，訓練民壯，就裡選出十六箇好漢，輪番統領，緝捕巡警城裡四隅、城外四鄉。這十六箇人叫做：

元善　卜兆　平四夷　和顏
禹鼎　狄順　貝通　明鑑
伏戎　成治　紀績　席寵
麻直　柯執之　咎盛　經綸

都是膂力精強，武藝純熟，又伶俐機巧。每輪八箇管巡，八箇衙前聽差。且喜賊盜不生，人民樂業。不

❼竇建德：隋末河北農民起義軍領袖。清河漳南（今山東武城東北）人。曾擒殺宇文化及，稱夏王。後與李世民軍作戰，兵敗被殺。

知人不激不發，這些無賴光棍平日慣做歹事，如今弄得雞犬也沒處掏一箇，自然窮極計生。

本縣有箇慣做剪綹頭兒❽，坐地分贓的，叫做吉利。他不管你用銅皮、用銅錢，剪得來，要孝順他；若不來，他會叫緝捕拏着你。又有一箇應捕頭兒，慣養賊的，叫做荀奇。由你挖壁扒墻、撟門撥窓，他都知道是那箇手跡，一時孝順不到，他去抓來送官。一箇做响馬❾的，叫做支廣，嘗時抓得些兒，到一箇姓桑、插號「桑門神」家賭博。這桑門神家裡，是箇慣開賭塲，招引無賴，慣撮些頭兒，收管放籌，買尊買酒過日子的。這吉利、荀奇、支廣一班兒，坐落在他家耍子。忽一日賭興正高，却是你又缺管，我又無銀，賭來都不暢意。支廣道：「兄弟，我連日生意少，怎你們也像沒生意？」吉利道：「可恨張知縣，他一來，叫這些民壯在這閙市上巡綽。這些剪綹的靠是人叢中生意，便做不來，連我們也乾閣。」荀奇道：「正是，我也喫他的虧。冷了他們的生意，便絕了我衣食飯碗。」桑門神道：「生意各別，養家一般，只許他罰穀、罰紙，開門打劫，不許我們做些勾當？」支廣道：「如今我們先動手他起來，勾合一班，打人私衙，或是劫了他庫，大家快活受用一受用，便死也甘心。」吉利道：「我們這幾箇人做得甚來？還須再勾幾箇可做。」荀奇道：「我那些部下，可也有四五十箇，叫他齊來。」支廣道：「那些鼠竊狗偷的，當得甚事？須我那幾箇哥哥來纔好。」桑門神道：「尋來時，須帶挈我，不要撇了我。」支廣道：「自然。」便一箇頭口❿，趕到高雞泊前，尋着一箇好朋友，叫做張志，綽號「張生鐵」，也是

從來賭近于賊，觀此益當知戒。「開門打劫」四字，可謂紗帽的評。

❽ 剪綹頭兒：扒賊頭兒。剪綹，偷竊別人財物。綹，音ㄌㄧㄡˇ。

❾ 响馬：舊時稱在路上搶劫別人財物的強盜。因搶劫時放響箭而得名。

❿ 頭口：牲口。指騾馬等大牲畜。

响馬橫行，息盜安民，固是政事之要。

都從險來，劫其尤耳。

常出遞枝箭兒、討碗飯喫的。兩箇相見道：「哥，一向哩！」支廣道：「哥生意好麼？」張志道：「我只如常。這些客如今等了天大明纔行，也畢竟二三十箇結隊，咱一兩箇人，了他不來。已尋了幾箇兄弟，哥可來麼？」支廣道：「兄弟也要做一綹兒⓫，也只為人少，故來尋哥。」張志道：「賢弟挈帶一挈帶。是甚麼客人？」支廣道：「不是。」悄悄附耳道：「滑縣縣庫。」張志道：「這事甚大，又險！」支廣道：「我們那一主銀子不從險來？客人的貨有限，庫中是豆麥熟時，徵穀有六、七千銀子，這纔彀咱們用。」張志道：「然雖如此，你我合來不過百餘箇人，怕不濟事。我這裡還有一箇任金剛任敬。他開着箇店，外邊賣酒，裡邊下客，做些自來買賣，極有志氣。也須合着他纔好，咱與你去尋他來。」兩箇便到任敬店中來。

識得緣何忍不過？

盜扮假官乎？抑官是真盜乎？請世

任敬正立在櫃裡，見了張志，便走出來，邀進裡面一座小小三間廳上坐下。任敬道：「此位何人？」張志道：「咱朋友姓支名廣，特來拜大哥的。」任敬道：「是有何見教？」張志蹴去他耳邊，輕輕的道：「他有一主大財，特來照顧哥哥。」任敬道：「是甚麼財？」張志又近前道：「是滑縣庫裡。」任敬道：「這財在縣裡，有人，不容易要他的。哥，過得罷了，走這險做甚麼？」張志道：「哥，你過得些，咱過不得哩。銀子可有多的麼？哥不去，咱自去。」任敬道：「冒失鬼，且住着！待咱想，怎輕易把性命去博錢？」坐了一會，吃了杯茶，只見任敬走了進去。須臾，戴了一頂紗帽，繫了一條帶，走將出來。張志便趕將過去，磕一箇頭道：「爺，小人磕頭。」任敬道：「起來！」大家笑了一笑。張志道：「哥那裡來這副行頭？」任敬道：「二月間，是一箇滿任的官，咱計較了他，留下的。兄弟，咱戴了像箇官

⓫ 一綹兒：一件、一次之意。

麼？」張志道：「像，只是帶些武氣。」任敬道：「正要他帶武哩！」連忙進去脫了冠帶，來附耳與張志說了幾句。張志拍手道：「妙，妙！我道是畢竟哥有計較。」任敬道：「論起這事，只咱兩做得來。」張志道：「是。咱前年在白馬山，遇着箇現世報，他道：『拏寶來。』咱道：『哥，遞一枝箭兒來。』那廝不曉得遞甚箭，我笑道：『哥，性命恁不值錢？撞着一箇了得的，乾乾被他送了。』那廝老實道：『咱不曉得這道兒。嫂子嫌咱鎮日在家坐，教咱出來的。不利市，咱家去罷。』咱道：『哥也是恁造化。停會有一起客人，十來箇，你照樣去問他。他不肯下馬，你道且着一箇上來，咱便跑來，包你利市。』那廝道：『他來找怎生？』我道：『現世報。適纔獨自不怕，有幫手倒怕？照這樣做去，客人不下馬，喫咱上去一連三枝箭，客人只求饒命。』咱去拏了兩箇挂箱，一箇皮匾，賞一箇挂箱與他，教他已後再不可出來。這便是只兩箇做了營生。」任敬道：「怎還叫過不得？」張志道：「自古空裏來，巧裏去，不半年了在巢窠兒，并在賭場上了。」任敬道：「但這劫庫也不是小事，這也要應手。我又還尋兩箇人去。支兄不消得說，就是支兄所約的，也畢竟借重，沒有箇獨喫自痾的理。」支廣道：「多謝哥帶挈。」

須臾，只見又到了三箇虎體彪形的大漢。相見了，大家一齊在酒店中坐下。任敬指着對張志與支廣道：「這三箇都是咱兄弟。一箇步大，他家有兩箇騾子，他自己趕脚，捉空也要佈擺兩箇人。這闞老三，他雖是箇車夫，頗有本事。這箇桓福，是靈昌津渡子，也是箇河上私商。」說了姓名，就對這三人道：「後日蚤晨，咱有用着你處。」三人道：「哥有用咱處，湯火不辤。」任敬道：「明日闞老三與步老大，與咱僱一輛大車，後日蚤在南門伺候，只見咱與張大哥抓一箇人出來，都來接應。支大哥與你約的朋友，也都在南門車邊取齊。一輛車，坐了十多人，也動疑。桓大哥可帶小船一隻，與咱家丁二人應咱，以便

人一參。

算有成局。

所謂家有不賢妻子，瑣聒是也。

省着。

水陸接應，計

分路。是必不可悞事。」正是：

閑雲傍日浮，蕭瑟野風秋。
淺酌荒村酒，深籌劫庫謀。

六箇人喫得一箇你醉我飽，分手，都各幹自己的事。支廣、步大一起自在門外，桓福自在津口，不題。

只見這日，張知縣正坐堂，忽有門上報道：「外邊有錦衣衛差官見爺。」張知縣心下也便狐疑，且叫「請！」便迎下捲篷來。却是一箇官、一箇校尉，隨着行了禮。那官道：「借步到後堂有話。」張知縣只得請進後堂留茶。又道：「請避閑人。」張知縣一努嘴，這些門子、吏書都躲了。也不曾坐下，那官一把扯住張知縣道：「張爺不要喫驚。咱不是差官，咱是問爺借幾千銀子用的。」那校尉蚤已靴內搜地一聲，掣出一把刀來。張知縣見了道：「不必如此，學生斷不把銀子換性命。只下官初到，錢糧尚未追徵，庫中甚虛，怎麼好？」那官道：「爺不必賴，咱已查將來了。」拏出一箇手摺來，某限收銀若干，某限收銀若干，庫中也不下一萬。張知縣見了，侵着底子，也不敢辨，道：「是也差不遠。只是壯士不過得錢，原與學生無讎，不要壞學生官。若一時拏去這些銀子，近了京師，急卒不能解，名聲播揚，豈不我要削職？況且庫中銀子，壯士拏去也不便用，不若我問本縣大戶借銀五千，送與二位，不曾動着庫中，下官還可保全艸芥前程，二位亦可免異日發露。」那官道：「五千也不㲉咱用，你不要躭延弄咱。」張知縣道：「五千不㲉使，便加二千。若說弄二位，學生性命在二位手裡，這斷不敢。」那校尉道：「便

欲萬全。

孫龍之智，蘇、張之舌。

庫中銀胡亂拏些去罷，誰有工夫等！」張知縣道：「這不但為學生，也為二位。」那官道：「只要找截些。」

張知縣便叫聽事吏。此時衙門人已見了光景，不肯過去。叫不過，一箇兵房吏喻士奎過去，也是有筭計的人。張知縣道：「我得辠朝廷，奉旨拏問。如今二位講他裡面有親識，可以為我挽回。急要銀七千兩，你如今可為我一借。」喻外郎道：「在那廂借？」張知〔縣〕道：「拏紙筆來，我寫與你。」拏過紙筆便寫道：

丁二衙、朱三衙、劉四衙，共借銀一千兩。

吏平四夷等，共借銀六百兩。

書手元善等，共借銀四百兩。

當鋪卜兆四鋪，各借銀四百兩。

富戶狄順八戶，各借銀三百兩。

里長柯執之八名，各借銀一百兩。

公名姓的，倘此時為賊所覺，如何，如何？

又對這吏道：「這銀子我就在今年兌頭、火耗、柴薪、馬丁內扣還，決不差池。銀子不妨零碎，只要足紋。」打發了吏去。張知縣就與那官同坐在側邊一間書房內。那校尉看一看，是斗室，沒有去路，他便拏把刀只跕在門口。張知縣道：「下官蚤間出來，尚未喫午膳。二位也來久了，喫些酒飯何如？」那官

強將帳下無弱兵，智勇之士所以集于一堂。

道：「通得。」張知縣便叫備飯。只見外邊拏上兩卓飯與酒進來，遜那官，那官不喫，道：「你先用。」張知縣道：「你怕咱用藥來？多慮。」便放開肚皮，每樣喫上許多，一連斟上十來大杯酒，笑道：「何如？」這兩箇見了，酒雖不敢多喫，却喫一箇飽。

只是喻外郎見了三箇衙頭，合了這一起民壯，道：「老爺叫借銀，却寫出你們幾箇人，明白借銀子是假，要在我們身上計議救他了。如今仔麼處？」明鑑道：「如今這賊手拿着刀子，緊隨着老爺，動不動要先砍老爺，畢竟要先驅除得這賊纔好。」眾人道：「這賊急切怎肯離身？」伏戎道：「罷，做咱們不着。喻提控，這要你先借二、三百兩銀子做樣，與他看，眾兄弟料絞的、哨馬的、順袋的都裝了石塊，等咱拏着箇挂箱。先是喻提控交銀子，哄他來時，咱捉空兒照腦袋打上他一挂箱。若打交昏暈好了，或者打得他這把刀落，喻提控趁勢把老爺搶進後堂，咱們這裡短刀、石塊一齊上，怕不拏倒他？只是列位兄弟都要放乖覺些。」經綸道：「這計甚好。」三箇衙頭道：「果好，果好。」喻外郎便去庫上那出二、三百兩銀子，平四夷與元善裝了書吏，準備搶張知縣。其餘都帶了石塊，身邊也有短棍、鐵尺、短刀，一齊到縣。

上下不謀而合，可謂同心成

喻士奎到書房門口稟道：「蒙老爺分付借銀，各處已借彀了六千兩，還欠一千，沒處設處。」張知縣道：「這一箇大縣，那不出這些些銀子來？叫他們胡亂再湊些。十分不勾，便把庫裡零星銀子找上罷。如今這干人在那邊？」道：「都在堂上。」張知縣便一把扯了那官道：「我們堂上去收去。」那官也等了一會，巴不得到手，就隨出來。只見三箇衙頭都過來揖，捲篷下站上一二十箇人，都拏着拜匣、皮箱、哨馬、料絞，纍纍塊塊，都是有物的。那官道：「張爺可點八箇精壯漢子，與咱拏着，張爺自送咱到城

事者矣。

門外。」張知縣道：「這不難。只是這借來銀子，下官也到過一過眼，怕裡邊夾些鉛錫，或是缺上許多兌頭，哄了二位去，我倒還他實銀實秤。也要取幾封兌，取幾封瞧。」那兩箇見已是到手銀子，便憑他兌。張知縣叫取天秤過來，那喻士奎便將一張長卓橫在當中，請那官兒看兌，早把假官與張知縣隔做兩下。只有校尉還拏着刀，緊緊隨着。這邊喻外郎早把銀子擺上一卓，拆一封，果然好雪白粉邊細絲，那裡得知：

漫道錢歸篋，誰知鳥入樊。

伏戎也就手捧一箇順袋，是要先兌模樣，擠近校尉身邊。兌一封到也不差。張知縣對着校尉道：「你點一點收去。」校尉正去點時，那伏戎看得清，把順袋提起，「撲直」一下子，照頭往那校尉打下。一驚一閃，早打了肩上。喻士奎與平四夷一掉，早把張知縣掉入川堂，把川堂門緊緊拴好。那官兒見了慌張，拔出小刀趕來，門早已閉上。一脚踢去，止落得一塊板，門不能開。校尉流水似把刀來砍伏戎，伏戎已是走到堂下。三箇衙頭、四衙已護張知縣進後堂了。三衙走得躲在典史廳，二衙是箇歲貢，老了，走得慢，又慌，跌了一交，虧手下扶在吏房躲避。堂下石塊如雨似打來，假官便往公座後躲，校尉把張椅子遮。這邊蚤已都有器械，竟把儀門拴上，裡邊傳道：「不要走了兩箇賊人，生擒重賞！」這兩人聽了，好不焦燥。瞧着石塊將完，那官兒雷也似大吼一聲，一手持刀，一手持卓脚，趕將出來道：「避我者生，當我者死！」那校尉也挺着刀夾幫着。這些民壯原也不怕事好漢，又得了張知縣分付，如何肯放他？

奮勇擊賊，壯哉民也。

一齊攢將攏來。好塲廝殺：

劍舞雙龍，鎗攢眾蟒。紗帽斜按，怒吽吽鬧鬼鍾馗⑫；戈戟重圍，惡狠狠投唐敬德⑬。一邊的勢孤援絕，持着必死之心；一邊的戮力顯功，也有無生之氣。怒吼屋瓦震，戰酣神鬼驚。縱饒探囊取物似英雄，只怕插翅也難逃網罟。

始初堂上下來還兩持廝殺，只為要奔出門，趕下丹墀，被這些民壯一裹却圍在中央，四面受敵。刀短鎗長，那官兒料不能脫，大叫一聲道：「罷！咱中了他緩兵之計，怎受他淩辱！」就把刀來向項下一刎，山裂似一聲響，倒在堦下。

兵機戰法又備于此。

未見黃金歸槖，却教白刃隕身。

假校尉見了慌張，也待自刎，只見伏戎道一聲「着！」蚤把他腿上一鎗，也倒在地。眾人正待砍時，元

---

⑫ 鍾馗：傳說故事人物。唐代鍾馗才華出眾，科考因貌醜被黜，撞階而死。後唐明皇患病，夢中見一大鬼捉小鬼啖之，並決心消滅天下妖孽。明皇醒後，詔畫家吳道子繪成圖畫，懸於宮門，病竟痊癒。後世仿效。常在除夕和端午掛鍾馗像，以驅鬼避邪。民間尊其為門神。馗，音ㄎㄨㄟˊ。

⑬ 敬德：即尉遲恭，字敬德，唐初大將。民間尊其為門神。

善道：「老爺分付要活的。」只見一齊按住細翻，假校尉只叫：「罷了！」眾人扯向川堂，禀：「假官自刎，假校尉已拏了，請爺陞堂。」

張知縣便出來，坐了堂上，丹墀裡邊排了這些民壯，都執着刀鎗。捲篷下立了這干皁隸，都擺了刑具，排了衙。先是二三衙來作揖問安，後邊典史參見，外郎庭參，書手、門子、皁隸、甲首、民壯以次叩了頭。張知縣分付各役不許傳出去，掩了縣門，叫帶過那強盜來。張知縣道：「你這奴才，好大膽！朝廷庫，怎麼你來思量他？據你要銀七千，這也不是兩箇人拏得，畢竟有外應餘黨。作速招來！」那假校尉道：「做事不成，要殺便殺，做我一箇不着罷，攀甚人！」張知縣道：「夾起來！」他只是不做聲。張知縣一面分撥人到城外市鎮渡口，凡係面生可疑之人，暗暗巡緝，一面分付將假校尉敲夾。那校尉支撐不過，只得招承。假官叫做任敬，自己叫做張志。又要他招餘黨，只得又招原是任敬張主，要劫了庫；還要張知縣同人役送出城外，打發銀子上車先行；還要張知縣獨自送幾里纔放回。僱車輛在城外接應的有支廣、步大、闞三、吉利、荀奇、桑門神六箇。車去在昌靈津，水口接應的是桓福與任敬家裡兩箇火家絞不停、像意喫三人。張知縣即刻僉牌，兩處捉拏。

閉門拷問，恐外應者聞風而遁，着着機謀。

一路趕到城外集兒上，先是卜兆在那邊看一輛大車，幾箇騾子在那裡喫料，有幾箇人睡在車裡，有幾箇人坐在人家門首，似在那邊等人的。卜兆已去踹他，不知正是步大一起。步大與闞三叫車子五鼓前來，這廂支廣已邀了荀奇、吉利、桑門神，說道只要他來收銀子，那箇不到？只是支廣一起是本地人，怕有人認得，便睡在車中；步大、闞三兩箇坐在人家等待。初時巳牌模樣，漸漸日午，還不見影，欲待進城打聽，又怕差了路，便趕不着隊，分不着銀子，故此死定在那廂等。不期差人來拏，四衙隨着。內

死守在

車邊，只為銀子，孰知皆所以待擒？

昔賊謀時曰：財從險來。今一網打盡，止有一險字，財在何處？神斷。

中一箇做公的，怕一捉時，走了人不好回話，先趕出城，見了車子道：「是甚的車？本縣四爺要解冊籍到府，叫他來服事。」步大聽了，便趕來：「我們李御史家裡車，叫定的，你自另僱。」那公人道：「胡說！本縣四爺叫不你車動？」揪住步大便打。這些人欺着公人單身，便來發作。卜兆與眾人便來團，把這幾箇幫打的都認定了。典史到叫：「拏！」眾人已把這來爭鬧的共八箇、兩箇車夫，肯剪綁起來，起解進城。一路又來拏桓福。到河邊道：「那裡是攬載船？」各船都撐攏，問：「是要那去？」大的嫌大，小的嫌小，有一隻不來攬，偏去叫他。掀開篷，只見三箇雕青大漢，坐在船中。要叫他，他不肯，眾人曉得是桓福了，道：「任敬攀了你，你快走！」只見這三箇人臉都失色。桓福便往水中一跳，早被一撓鉤搭住。船裡一行五箇，都拏進城來。

　　一到，張知縣叫他先供名字。一箇箇供來，張知縣把張志供的名字一對，只有四箇：韓阿狗、施黑子、華阿缺、戚七，張老二、任禿子、桓小九都是供狀上沒名的。張知縣將這幾箇細審，兩箇是車夫，兩箇是船戶。這三箇：張老二是張志哥子；任禿子，任敬兄弟；桓小九，桓福兒子。張知縣道：「韓阿狗、施黑子是車夫，華阿缺、戚七船戶，他不過受僱隨來，原非知情。張老二、任禿子桓小九，這是任敬等家丁，雖供狀無名，也是知情的了。」將張志與支廣等各打四十，張老二、任禿子、桓小九各打二十。韓阿狗四箇免打，下了輕皋監，其餘下大監。分付刑房取供，把任敬、張志比照「造謀劫庫，持刀劫刺上官」律，為首。支廣、荀奇、吉利、桑門神、步大、闞三、桓福，比例「劫庫已行，而未得財者」律，為從，從重律。絞不停、像意喫、張老二、任禿子、桓小九，比「刼庫已行，而未得財者」，為從，從輕律。韓阿狗、施黑子、華阿缺、戚七，原係車夫、船戶，受僱而來，並不與謀，供明釋放。連夜成招，中解大名府。轉解守巡道、巡撫、巡按，具題參他這干：「處畿省之地，恣鬼蜮之謀，持刃凌官，擁眾劫庫，事雖未竟，為惡極深，宜照響馬例梟示。」聖旨依擬，着巡按監決，將張志梟首，支廣等斬首，絞不停等充軍。

張知縣，巡撫、巡按都道他賢能，交薦，後來陞到部屬，轉鎮江知府，再轉兩司，陞撫臺。若使當日是箇委靡的，貪了性命，把庫藏與了賊人，失庫畢竟失官；若是箇剛狠的，顧了庫藏，把一身憑他殺害喪身，畢竟喪庫。何如談笑間，把二賊愚弄，緩則計生，卒至身全，庫亦保守。這都是他膽畧機智，大出人頭地，故能倉卒不驚。他後來累當變故，能鎮定不動，也都是這廂打的根脚。似支廣一干，平日不務生理，妄欲劫掠致富。任敬家既可以自活，却思履險得財，甚至挈弟，陷了兄弟；携子，害了兒子。這也可為圖不義之財的龜鑑⑭。

雨侯曰：定生慧，唯其不驚于變故，故能出奇擒賊。雖然，若非知人，能羅此一干智勇之士？恐上呼而下不應。至長興之亂，殺身偏在心膂之人；廣寧之失，從逆正為推置之將，唯以一死了局，不能為國家擒亂賊、固城池。若此者，當無為嚁崍所笑。

⑭ 龜鑑：比喻借鑒。龜，龜卜。鑑，鏡子。

題辭

窮相親，利見背，寧獨市井然哉！名之所在，不難殺同儕以邀之；勢之所宗，何惜傾知故以附之？吾恐章奏中之白刃更慘也。況乎占氣轉身，則又嫁禍之尤歟！吾誰欺乎？倘亦難逃冰鏡耳。是宜輯之以作今日之影。

翠娛閣主人書

第二十三回　白鏹動心交誼絕　雙豬入夢死冤明

交情浪欲盟生死，一旦臨財輕似紙。何盟誓，真蛇豕，猶然嫁禍思逃死。　天理昭昭似，業鏡高懸如水。阿堵❶難留身棄市，笑冷傍人齒。

右調應天長

如今人最易動心的無如財，只因人有了兩分村錢，便可高堂大廈，美食鮮衣，使婢呼奴，輕車駿馬。有官的與世家不必言了，在那一介小人，也粧起憨來。又有這些趨附小人，見他有錢，希圖叨貼，都憑他指使，說來的沒有箇不是的，真是箇錢神。但當日有錢，還只成箇富翁，如今開了箇工例。讀書的螢窗雪案，朝吟暮呻，巴得縣取，又怕府間數窄分上多；府間取了，又怕道間遺棄。巴得一進學，僥倖考了前列，得幫補，又兢兢持守了二、三十年，沒些停降，然後保全出學門，還止選教職，縣佐貳；希有遇恩遴選，得選知縣、通判。一箇秀才與貢生何等煩難！不料銀子作禍。一竅不通，纔丟去鋤頭、匾挑，有了一百三十兩，便衣巾拜客，就是生員。身子還在那廂經商，有了六百，門前便高釘「貢元」扁額，扯上兩面大旗。偏做的又是運副運判、通判州同、三司首領，銀帶繡補，就夾在鄉紳中出分子，請可恨！

❶ 阿堵：這個；此處。阿，音ㄚˋ。

正意。

官，豈不可羨，豈不要銀子！雖是這樣說，畢竟得來要有道理。若是貪了錢財，不顧理義，只圖自己富貴，不顧他人性命，謀財害命，事無不露，究竟破家亡身，一分不得。

話說南直隸有箇靖江縣，縣中有箇朱正，家事頗頗過得。生一子叫名朱愷，年紀不上二十歲，自小生來聰慧，識得寫得，打得一手好筭盤，做人極是風流倜儻。原是獨養兒子，父母甚是愛惜，終日在外邊閑遊，結客相處，一班都是少年浪子。一箇叫做周至，一箇叫做宗旺，一箇叫做姚明，每日在外邊閑行野走，喫酒彈棋，吹簫唱曲。因家中未曾娶妻，這班人便駕着他尋花問柳。一日，三、四箇正捱着肩同走，恰好遇一箇小官兒。但見：

頗不肯羞。

額覆青絲短，衫籠玉笋長。色疑嬌女媚，容奪美人芳。小扇藏羞面，輕衫曳暗香。從教魂欲斷，無復憶龍陽❷。

那朱愷把他看了又看，道：「甚人家生這小哥，好女子不過如此。」那宗旺道：「這是文德坊裹小一裹龍的好朋友，叫陳有容，是他緊挽的。」朱愷道：「怎他這等相處得着？」姚明道：「這有甚難？你若肯撒漫，就是你的緊挽了，待我替你籌畫。」

在行語。

姚明打聽他是箇寡婦之子，極在行的。次日絕早，姚明與朱愷兩箇同到他家，敲一聲門，道：「陳一兄在家麼？」只見陳有容應道：「是誰？」出來相見了，問了姓名，因問道：「二位下顧，不知甚見

❷ 龍陽：男色。戰國時魏有寵臣食邑龍陽，號龍陽君。後因以稱男色為龍陽。見戰國策魏策四。

教？」姚明道：「朱兄有事奉瀆❸，乞借一步說話。」三箇同出了門，到一大酒店，要邀他進去。陳有容再三推辭，道：「素未相知，斷不敢相擾。」姚明便一把扯了道：「四海之內皆兄弟也，陳兄殊不脫洒。」陳有容道：「有話但說，學生實不在此。」朱愷道：「學生盡了一箇意思，方敢說。」陳有容道：「不說明，不敢領。」姚明道：「是朱敝友要向盛友裘兄處戳幾兩銀子，故央及足下。足下是箇小朋友，若在此扯扯拽拽，反不雅了。」三箇便就店中坐下。朱愷只顧叫有好下飯拿上來，擺了滿桌，陳有容只是做腔❹不喫。姚明便放開筯子來，喫一箇飽。喫了一會，那陳有容看朱愷穿得齊整，不似箇借銀的，故意道：「二位有約在這邊麼？」姚明道：「尚未曾寫，還要另日奉勞。」那朱愷迷迷吐吐，好不奉承，臨起身又捏手捏腳，灌上兩鍾，送他下樓，故意包中打開，現出三、五兩銀子，丟一塊與店家，道：「你收了，多的明日再來喫。」別了。

鈔而已矣。

次日侵早，朱愷丟了姚明自去。叫得一聲，陳有容連忙出來道：「日昨多擾。」朱愷道：「小事。前日蘇州朋友送得小弟一柄籠扇在此，轉送足下。」袖中取來，却是唐伯虎❺畫、祝枝山❻寫，一柄金面棕竹扇，又是一條白湖細汗巾兒。陳有容是小官生性，見了甚覺可愛，故意推辭道：「怎無功受祿？」

後面立功。

---

❸ 奉瀆：亦作煩瀆，請別人辦事的客氣話。

❹ 做腔：故意擺架子；裝腔作勢。

❺ 唐伯虎：即唐寅，字伯虎，號六如居士，吳縣（今屬江蘇）人。明代畫家、文學家。

❻ 祝枝山：即祝允明，字希哲，號枝山。明代書法家。與唐寅、文徵明、徐禎卿並稱「吳中四子」。

朱愷道：「朋友相處，怎這樣銖兩❼！」推了再四，朱愷起身往他袖中一塞，陳有容也便笑納，問道：「兄果是要問老裘借多少銀子？此人口雖說濶，身邊也拿不出甚銀子。且性極吝嗇，不似兄慷慨。」朱愷便走過身邊，附耳道：「小弟不才，家中頗自過得，那裡要借銀子？實是慕兄高雅，借此進身，倘蒙不棄，便拜在令堂門下，與兄結為弟兄。」此時陳有容見朱愷人也齊整，更言語溫雅，便也有心，道：「不敢仰攀。」朱愷道：「說那裡話！小弟擇日便過來拜乾娘。」朱愷自去了。

不多時，裘龍走來，見了陳有容拿着這柄扇子，道：「好柄扇兒。」先看了畫，這面字讀也讀不來，也看了半日，道：「那裡來的？」有容道：「是箇表兄送的。」裘龍道：「你不要做他表子。是那箇？」道：「是朱誠夫，南街朱正的兒子。」裘龍道：「哦，是他。是一箇浪子，專一結交這些無賴，在外邊飲酒宿娼賭錢。這人不該與他走，況且向來不曾聽得你有這們親。」有容道：「是我母親兩姨外甥。」裘龍聽了，就知他新相與了，也甚不快。從此脚步越來得緊，錢也不道肯用，這陳有容也覺有些相厭。不過兩日，朱愷備了好些禮來拜乾娘。他母親原待要靠陳有容過活，便假喫跌❽收了他禮物，與他往來。朱愷嘗借孝順乾娘名色，買些時新物件來，他母親就安排，留他穿房入戶，做了入幕之賓；又假眼瞎，任他做不明不白的勾當。朱愷又因母親溺愛，嘗與他錢財，故此手頭極鬆，嘗為有容做些衣服。兩箇恰以線結鷄，雙出雙入，真是割得頭落。

那裘龍來時，母親先回報不在家。一日，伺候得他與朱愷喫了酒回來，此時回報不得，只得與他坐

❼ 銖兩：形容數量少。這裡是計較、小氣的意思。銖，最小的金錢單位。

❽ 假喫跌：裝傻。喫跌，吃虧。

不合語語生憎。

下。那裘龍還要收羅他，與他散言碎語，說平日為他用錢，與他恩愛。那陳有容又紅了臉，道揭他頂皮。勉強扯去店中，與他作東賠禮，他又做腔不肯喫。千求萬告，要他復舊時，也不知做了多少態，又不時要丟。到後來朱愷踪跡漸密，他情誼越疎，只是不見。及至路上相遇，把扇一遮過了。裘龍偏要捉清，去叫住他，朱愷却又站在前面等，陳有容就有心沒相，回他幾句話，一逕去了。裘龍見了，怎生過得？想道：「這箇沒廉耻的，年事有了，再作腔得幾時？就是朱愷，你家事也有數，料也把他當不得老婆。我且看他。」又一回想道：「我當日也為他用幾分銀子，怎就這樣沒情？便朱愷怕沒人相與，偏來搶陳有容！」不覺氣沖沖的。

薄情圖。

一日，朱愷帶着陳有容、姚明一干弟兄在酒樓上唱曲、喫酒，巧巧的裘龍也與兩箇人走來。陳有容見了，便起身。只見裘龍道：「我這邊也坐一坐，怎就要去？」一把扯住。陳有容道：「我家中有事，去去便來。」裘龍那裡肯放。朱愷道：「實是他家有事，故此我們不留他。」裘龍道：「你不留，我偏要留。」一把竟抱來放在膝上。那陳有容便紅了臉道：「成甚麼模樣！」裘龍道：「更有甚于此者。」朱愷道：「人面前也要存些體面。」裘龍便把陳有容推開，立起身道：「關你甚事，你與他出色？」那陳有容得空，一溜風走了。朱愷道：「好扯淡！青天白日，酒又不曾照臉，把人摟抱也不像，卻恠人說？」裘龍道：「沒廉耻小畜生！當日原替我似這樣慣的，如今你為他，怕也不放你在心坎上！」又是一箇人道：「罷！不要喫這樣寡醋。」姚明道：「甚寡醋？他是乾弟兄，傍觀不忿，也要說一聲。」裘龍道：「我知道，還是人娘賊。」朱愷道：「這廝無狀！你傷我兩箇罷，怎又傷他母親？」便待起身打去，那裘龍早已跳出身，一把扭住，道：「甚麼無狀？」眾人見了，連忙來拆道：「沒要緊，為甚麼事

應對皆情。

狠□。

來傷情破面？」兩箇各出了幾句言語。姚明裹了朱愷下樓，裘龍道：「我叫你不要慌，叫你兩箇死在我手裡罷了。」兩下散了火。

朱愷仍舊自與陳有容往來，又為姚明哄誘，漸漸去賭。又帶了陳有容在身邊，沒箇心想，因為盆中不熟。自己去出錢，却叫姚明擲色，贏來三七分錢，朱愷發本得七分，姚明出手得三分。不期姚明反與那些積賭合了條兒，暗地瀉出，不該出注，偏出大注；不該接盆，翻去搶，輸出去倒四六分分，姚明得四股，却是姚明輸贏都有。朱愷只是贏少輸多，常時回家索錢。他母親對朱正道：「愷兒日日回家要錢，只見拿出去，不見拿進來，日逐花哄，怕蕩壞身子，你也查考他一查考。」果然朱正查訪，見他同走有幾箇積賭，便計議去撞破他。不料他耳目多，趕得到賭塲上，他已走了，回來不過說他幾聲「習成不改」，甚是不快。只是他母親道：「愷兒自小不拘束他，任他與這些遊手光棍蕩慣了，以後只有事生出來，除非離却這些人纔好。我有箇表兄盛誠吾，見在蘇州開段子店，不若與他十來箇銀子興販，等他日逐在路途上，可以絕他這些黨羽。」朱正點頭稱是。

次日，朱正便對朱愷道：「我想你日逐在家閑蕩，也不是了期，如今趁我兩老口在，做些生意。你是箇陣（嗹）嗻❾的人，明日與你十來箇銀子，到蘇州盛家母舅處擸販些尺頭來，也可得些利息。」朱愷道：「怕不在行。」朱正道：「上馬見路，況有人在彼，你可放心去。」說做生意，朱愷也是懶得，但聞得蘇州有虎丘，各處可以頑耍，也便不辭。朱正怕他與這干朋友計議變卦，道：「如今你去，不消置貨，只是帶些銀子去。今日買些送盛舅爺禮，過了明後日，二十日起身罷。」朱愷便討了幾錢銀子出

---

❾ 陣（嗹）嗻：應作「嗹嗻」，音ㄔㄜ ㄓㄜ。元時俗語，很；厲害。

去買禮。撞見姚明，道：「大哥那裡去？」朱愷道：「要買些物件到蘇州去。」姚明道：「是那箇去？」朱愷道：「是我去。」姚明道：「去做甚麼？」朱愷道：「去買些尺頭來本地賣。」姚明道：「幾時起身？」朱愷道：「後日早。」姚明道：「這等，我明日與大哥發路。」朱愷道：「不消，明日是我做東作別。」姚明就陪他買了些禮物，各自回家。次日果然尋了陳有容，與姚明、周至、宗旺，一齊到酒樓坐下。宗旺道：「不見大哥置貨，怎就起身？」朱愷道：「帶銀子去那邊買。」陳有容道：「多少？」朱愷道：「百數而已。」周至道：「兄回時，羊脂、玉簪、紗襪、天池茶、茉莉花，一定是要尋來送陳大兄的了。」姚明道：「只不要張公衖、新馬頭頑得高興，忘了舊人。」朱愷道：「須喫裘龍笑了，斷不，斷不。」到會鈔時，朱愷拿出銀子道：「這番作我別敬，回時擾列兄罷。」眾人也就縮手，謝了分手。宗旺道：「明日，陳兄一定送到船邊。」朱愷道：「明日去早，不消。」姚明道：「送君千里，終須一別，也便省了罷。」朱愷自回。只有姚明因沒了賭中酒，心裡不快。

好襯。

正走時，只見背後一箇人叫道：「姚二哥那裡去？」正是賭行中朋友錢十三，道：「今日趙家來了箇酒，你可去與他來一來。」姚明道：「不帶得管。」錢十三道：「你常時大主出，怕沒管？」姚明暗道：「苦！我是慷他人之慨，何嘗有甚銀子？」利動人心，也便走去。無奈朱愷不在，稍管短，也就沒膽，落塲攧着是跌八尖五，身邊幾錢碎銀輸了。強要去復，連衣帽也除光，只得回家。一到家中，迎着家婆開門，見他這光景，道：「甚模樣！前日家中沒米，情愿餓了一頓，不曾教你把衣帽來當。怎今日出去，弄得赤條條的？要賭，像朱家有爺鬮在前邊，身邊落落動，拿得出來，去賭。你有甚家計，也要學樣？我看你平日只是叨貼他些，明日去了，將甚麼去贖這衣帽？」姚明道：「沒了朱愷，難道不喫

事多起于激。

虎作威必□伏意狠□□必哀。

飯？」家婆道：「怕再沒這樣一箇酒了。」絮絮聒聒，再不住聲。弄得姚明翻翻覆覆，整醒到天明，思出一條計策。忙走起來，尋了一頂上截黑下截白的舊絨帽，又尋了一領又藍又青、一塊新一塊舊的海青⑩，抖去些顯氣穿上了。又拿了一件東西，悄悄的開了門，到朱愷家相近。

此時朱愷已自打點了箇被囊，一箇掛箱、雨傘、竹籠等類，燒了吉利紙，出門。那父親與母親送在門首，道：「一路上小心，早去早回。」朱愷就肩了這些行李走路。纔轉得箇灣，只見姚明道：「朱大哥，小弟正來送兄，兄已起身了。此去趁上一千兩。」朱愷道：「多謝金口。」姚明道：「兄挑不慣，小弟効勞何如？」朱愷道：「豈有此禮？」兩箇便一頭說，一頭走，走到靖江縣學前。此時天色黎明，地方僻靜，沒箇人往來。朱愷是箇嬌養的，肩了這些，便覺辛苦，就廟門檻上少息。姚明也來坐了。朱愷見他穿帶了這一套，道：「姚二哥怎這樣打扮？」姚明道：「因一時要送兄，起早了，房下不種得火，急率尋不見衣帽，就亂尋着穿戴來了。」隨即嘆息道：「小弟前日多虧兄維持，如今兄去，小弟實難存活！」朱愷道：「待小弟回時，與兄商量。」姚明道：「一日也難過，如何待得回來？兄若見憐，借小弟一、二十兩在此處生息，回時還兄，只當兄做生理一般。」朱愷道：「說遲了，如今我已起行，教我何處那攢？」姚明道：「物在兄身邊，何必那攢？」朱愷道：「奈是今日做好日出去，怎可借兄？」提了掛箱便待起身。姚明把眼一望，兩頭無人，便劈手把掛箱搶下，道：「借是一定要借的。」往文廟中逕走。朱愷道：「姚兄休得取笑。」便趕進去。姚明道：「朱兄好借二十兩罷。」朱愷道：「豈有此理！人要箇利市。」忙來奪時，扯着掛箱皮條，被姚明力大，只一拽，此時九月霜濃草滑，一閃早把朱愷跌

⑩ 海青：海青色寬袖長袍。

在草裡。姚明便把來按住，扯出帶來物件，卻尺把長一把解手刀。朱愷見了，便叫：「姚明殺人！」姚明道：「我原無意殺你，如今事到其間，住不得手了！」便把來朱愷喉下一勒。可憐：

夙昔盟言誓漆膠，誰知冤血濺蓬蒿。
堪傷見利多忘義，一旦真成生死交。

姚明坐在身上，看他血湧如泉，咽喉已斷，知他不得活了。便將行囊背了，袖中搜有些碎銀、鎖匙，拿來放在自己袖裡，急急出門。看見道袍上濺有血漬，便脫將來把刀裹了，放在脇下，跨出學宮，便是得命一般。只見天已亮了，道：「我又不出外去，如今背了行囊，倘撞着相識，畢竟動疑，如何是好？姊姊在此相近，便將行囊背到他家。」正值開門，姚明直走進去，見了姊姊，道：「前日一箇朋友，央我去近村幫行差使，今日五鼓回來，走得倦了，行囊暫寄你處，我另日來取。」姊姊道：「你身子懶得，何不叫外甥駝去？」姚明道：「不消得。左右沒甚物在裡邊，我自來取。」就把原搜鎖匙開了掛箱，取了四封銀子藏在袖內。還有血衣與刀，他暗道：「姊夫是箇鹽捕，不是好人。」怕他識出，仍舊帶了回去。將次走到家中，卻見一箇隣人陳碧，問道：「姚輝宇，那裡回，這樣早？」姚明失了一驚道：「適纔纔去洗澡回來。」急急到家，忙把刀與衣服塞在床下，把銀子收入箱中。家婆還未起來。喫些飯，就拿一封銀子，去贖了衣帽回來。家婆問道：「怎得這衣帽轉來？」姚明道：「小錢不去大不來，一遭折本一遭翻。今日被我翻了轉來，還贏他許多銀子。」就拿銀子與婦人看，道：「你說朱愷去了我難過，

惡。

好賣俏。

這銀子終不然也靠朱愷來的？」婦人家小意見，見有幾兩銀子，也便快活，不查他來歷了。

話說靖江有一箇新知縣，姓殷名雲霄，是隆慶辛未⓫年進士，來做這縣知縣未及一年，正萬曆元年⓬。他持身清潔，撫民慈祥，斷事極其明決，人都稱他做「殷青天」。一日睡去，正是三更，却見兩箇猪跪伏在他面前，「呶呶」的有告訴光景，醒來却是一夢。

霜冷空堦叫夜蟲，紗窗花影月朦朧。
恠來頭白遼東豕，也作飛熊入夢⓭中。

那殷知縣道：「這夢來得甚奇。」正在床中思想，只見十餘隻烏鴉咿咿啞啞只相向着他叫；這些丫鬟、小廝你也趕，我也趕，他那裡肯走？須臾出堂，這些烏鴉仍舊來叫，也有在栢樹上叫的；也有在屋簷邊叫的，還有側着頭、看着下邊叫的。殷知縣叫趕，越趕越來。殷知縣叫門子道：「你下去分付，道有甚冤枉。你去，我着人來相視。」門子掩着嘴笑，徃堂下來分付。這堂上下人也都附耳說：「好搗鬼！」不期這一分付，那鴉鬨一聲，都飛在半天。殷知縣忙叫皂隸快隨去。皂隸聽了亂跑，一齊趕出縣門。人不知甚麼緣故，問時，道：「拿烏鴉！拿烏鴉！」東張西望，見一陣都落在一箇高閣上，人道是學中尊

⓫ 隆慶辛未：西元一五七一年。隆慶，明穆宗朱載垕年號，即西元一五六七—一五七二年。

⓬ 萬曆元年：西元一五七三年。萬曆，明神宗朱翊鈞年號，西元一五七三—一六二〇年。

⓭ 飛熊入夢：謂吉兆。原意指帝王得賢臣的徵兆。史記齊太公世家言周文王夢飛熊而得遇太公望之事。

弄巧中亦是冤使。

經閣。又趕來，都沸反的在着廊下叫。眾人便跑到廊下，只見一箇先跑的，一絆一交，直跌到廊下。後邊的道：「是，原來一箇死屍！一箇死屍！」看時，項下勒着一刀，死在地下，已是死兩日的了。

忙到縣報時，這廂朱正早起開門，見門上貼一張紙，道：「是甚人把招帖粘我門上？」去揭時，那帖粘不大牢，隨手落下。却待丟去，間壁一箇隣人接去，道：「怎寫着你家事？」朱正忙來看時，上寫：「朱愷前往蘇州，行到學宮，仇人裘龍刼去。」朱正便失驚道：「這話蹺蹊。若刼去，便該回來了。近日他有一班賭友，莫不是朱愷將銀賭去，難于見我，故寫此字逃去？却又不是他的筆。且開了店，再去打聽。」又為生意纏住。忽聽堦坊上傳道：「文廟中殺死一箇人了。」朱正聽了，與帖上相合，也不叫人看店，不顧生意，跳出櫃便走。走到學，只見一叢人圍住，他努力分開人進去，看了不覺放聲大哭。

這時知縣正差人尋屍親，見他痛哭，便扯住問他。道：「這是我兒子朱愷。」眾人便道：「是甚人殺的？」朱正道：「已知道此人了。」便同差人到店中，取了粘帖。他母親得知，兒天兒地，哭箇不了。朱正一到縣中，便大哭道：「小的兒子朱愷，二十日帶銀五十兩前往蘇州，不料遭仇人裘龍殺死在學宮，刼去財物。」殷縣尊道：「誰是証見？」朱正便摸出帖子呈上縣尊，道：「這便是証見。」殷縣尊道：「是何人寫的？何處得來？」朱正道：「是早間開門，粘在門上的。」殷知縣笑道：「痴老子，若道你兒子寫的，兒子死了；若道裘龍，裘龍怎肯自寫出供狀？若是傍觀的，既見他，怎不救應？這是不足信的。」朱正道：「老爺，裘龍原與小人兒子爭手有仇，實是他殺死的。他曾在市北酒店裡說，要殺小人兒子。」殷知縣道：「誰聽見？」朱正道：「同喫酒姚明、陳有容、宗旺、周至，都是証見。」殷知縣道：「明日并裘龍拘來再審。」次日，那裘龍要逃，怕事越敲實了，見官又怕夾打，只得設處銀子。來

巧。

巧。

了班上，道打得一下一錢，要打箇出頭。夾棍長些，不要收完索子。

臨審一一唱名，那殷知縣偏不叫裘龍。看見陳有容小些，便叫他道：「裘龍仔麼殺朱愷？」有容道：「小的不知。是月初與小的在酒店中相爭，後來並不知道。」縣尊道：「叫下去，人犯都在二門伺候，待我逐名叫審。」又叫周至道：「裘龍殺朱愷事，有的麼？」周至：「小的不知。只在酒店相爭，是有的。」殷知縣道：「可取筆硯與他，叫自錄了口詞。」周至只得寫道：「裘龍原于本月初三與朱愷爭丰相鬨，其殺死事情，並不得知。」又叫宗旺，也似這等寫了。臨後到姚明，殷知縣看他有些兇相，便問他：「你多少年紀了？」道：「廿八歲，屬猪的。」殷知縣又想與夢中相合，也叫他寫。姚明寫道：「本月初三日，裘龍與朱愷爭這陳有容相鬨，口稱要殺他二人。至于殺時，並不曾見。」殷知縣將三張口詞，仔細看了又看，已知殺人的了，道：「且帶起寄鋪。」即刻差一皂隸，臂上硃標：「仰拘姚明兩隣赴審。」皂隸趕去，忙忙的拿了二箇。殷知縣道：「姚明殺死朱愷，刼他財物，你可知情？」兩箇道：「小人不知。」殷知縣道：「他二十日五鼓出去殺人，天明拿他衣囊、掛箱回家，仔麼有箇不見？」一箇還推，只是陳碧道：「二十天明，小人曾撞着，他說洗澡回來，身邊帶有衣服，沒有被囊等物。」殷知縣道：「他自學宮到家，路上有甚親眷？」陳碧道：「有箇姊姊，離學宮半里。」殷知縣又批臂着人到他姊家，上寫道：「仰役即拘姚氏，併起姚明贓物赴究，毋違。」

那差人火人火馬趕到他家，值他姊夫不在，把他姊姊一把摳住，道：「奉大爺明文，起姚明浴贓。」姊姊道：「他何曾為盜，有甚贓物在我家？」差人道：「二十日拿來的，他已扳你是窩家，還要賴。」他外甥道：「二十日早晨，他自出去回來，駝不動，把一箇掛箱、被囊放在我家，並沒甚贓。」差人道：

「你且拿出來，同你縣裡去辦。」即拿了兩件東西，押了姚氏到縣。叫朱正認時，果是朱愷行李。打開看時，止有銀三十兩在內。殷知縣便叫姚氏：「他贓是有了。他還有行兇刀仗，藏在那邊？」姚氏道：「婦人不知道。他說出外回來，駝不動，止寄這兩件與婦人。還有一件衣服，裹着些甚麼，他自拿去。」再叫陳碧道：「你果看見他拿甚衣服回家麼？」陳碧道：「小人見來。」殷知縣道：「這一定刀在裡邊。」即差人與陳碧到姚明家取刀，併這二十兩銀子。到他家，他妻子說道：「沒有。」差人道：「大爺明文，搜便是了。」各處搜轉，就是竈下，凡黑暗處、鬆的地也去掘一掘，並不見有。叫他開箱籠，止得兩隻破箱。開到第二隻，看見兩封銀子，一封整的，一封動的。差人道：「你小人家，怎有這兩封銀子？這便是贓了。」婦人聽了，面色都青，道：「這是賭場上贏來。」逼他刀仗，連婦人也不知。差人道：「這賴不過的。賴一賴，先拿去一拶子，再押來追。」婦人道：「我實不知。我只記得二十日早回，我未起，聽得他把甚物丟在床下，要還在床下看。」差人去看時，只見果有一團青衣，打開都是血污，中間捲着解手刀一把，還有血痕。眾人道：「好神明老爺！」帶了他妻，併兇器、贓銀回話。

殷知縣見了，便叫：「帶過姚明一起來！」那殷知縣便拍案大怒，道：「有你這奸奴！你道是他好友，你殺了他，刼了他，又做這匿名，把事都卸與別人。如今有甚說？」口詞與匿名帖遞下去，道：「可是你一筆的麼？」眾人纔知寫口詞時，殷知縣已有心了。姚明一看，妻子、姊姊、贓仗都在面前，曉得殷知縣已拘來問定了，無言可對。不消夾得，縣尊竟丟下八枝籤，打了四十，便援筆寫審單。道：

審得：姚明與朱愷，石交也。財利薰心，遽罙之學宮，刼其行李，乃更欲嫁禍裘龍，不慘而狡乎？

刼贓已存，血刃具在，梟斬不枉矣。姚氏寄贓，原屬無心；裘龍波連，實非其罪，各與寧家。朱愷屍棺，着朱正收葬。

審畢，申解了上司。

那姚明刼來銀子，不曾用得，也受了好些苦。裘龍也懊悔道：「不老成，為一小官爭鬧，出言輕易。若不是殷青天，這夾打不免，性命也逊不出。」在家中供了一箇殷爺牌位，日逐叩拜。只有朱正，銀子雖然得來，兒子却沒了，也自怨自己溺愛，縱他在外交遊這些無賴，故有此禍。後來姚明準「強盜得財傷人」律轉達部，部覆取旨，處決了。可是：

謾言管鮑⓮共交情，一到臨財便起爭。
到底錢亡身亦殞，何如守分過平生。

殷中尊曰：以利合者，以利而敗，豈不然哉！愷之見殺，以厚明也。故信其誘而不避，示其有而不疑。明也利有所重，愛有所輕。相與俱斃。悲夫！

⓮管鮑：即管仲、鮑叔牙。管仲，春秋初期政治家，幫助齊桓公以「尊王攘夷」相號召，使其成為春秋時第一個霸主。有管子八十六篇存世。鮑叔牙，春秋時齊國大夫，以善知著稱。他向齊桓公推薦了管仲，使齊國強大。並無償地資助過管仲，而不計得失。

雨侯曰：推食未咽，遽成推刃。愷以比匪為招，明以負心為應，奇矣！乃明之巧，在思嫁禍，而孰知奸以此露哉？總之，財不可橫得，人不可厚誣。至殷中尊之發伏，不愧青天之謠。

序

馬謖曰：攻心為上。沛公曰：吾寧鬪智不鬪力。賀若弼品第隋諸將曰：戰將勇將而非大將，大將固不于戈戟爭雄也。善於用夷者，必如范老子之用潘之羅；用間者，當如老种之間野利，何難滅夷而朝食？吾蓋于希儀深有取。

翠娛閣主人題

兵符出淮濬任
城夫同心
師

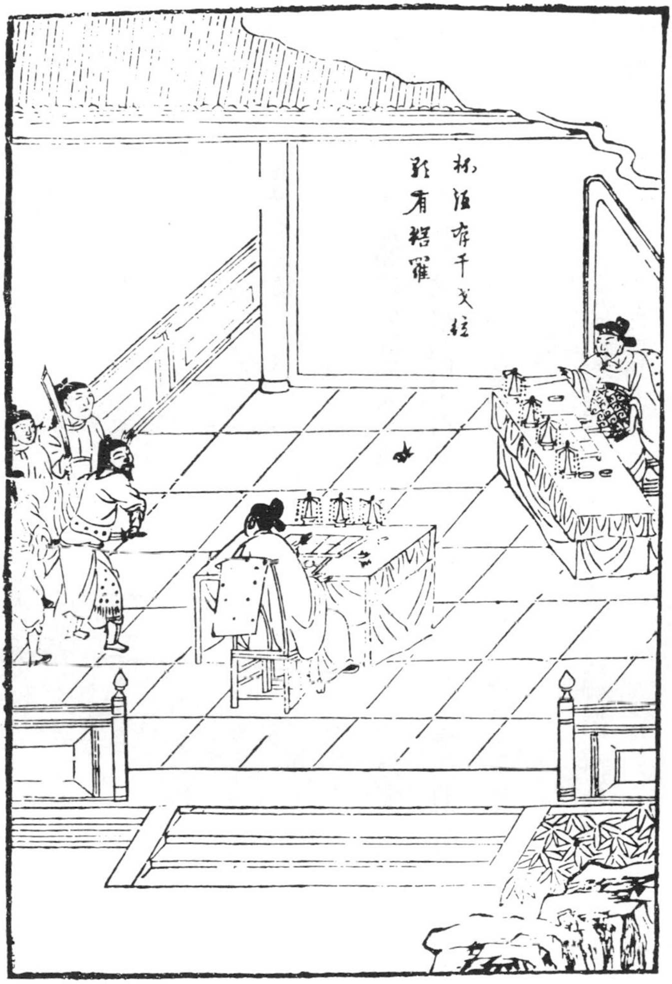
杯酒存干戈

第二十四回 飛檄成功離唇齒 擲杯授首殪鯨鯢

蓮幕吐奇籌，功成步武侯❶。
南人消反側，北闕奏勛猷。
襦袴歌來暮，旌旄捲素秋。
笑談銅柱❷立，百世看鴻流。

用兵有箇間諜之法，是離間他交好的人，孤他羽翼，沒人救應；或是離他親信的人，潰他腹心，沒人依傍。但審情量勢，決決信得他為我用，這纔是得力處。若今平遼❸倚西虜❹，西虜在奴酋❺勢不能制，奴酋在我勢不受我制，徒受要挾，徒費賞賚。只是羈哄他，難說受我間諜之計。不特西虜，我朝先

西虜不能制，奴酋又不受我制，誰謂可以夷攻夷也？

❶ 武侯：即諸葛亮。建興元年（西元二二三年），蜀主劉禪封其為武鄉侯，簡稱武侯。
❷ 銅柱：銅製之柱。喻功德、事業之成功。
❸ 遼：遼東，指被滿族統治的地區。
❹ 西虜：對西部少數民族部落的蔑稱。
❺ 奴酋：對少數民族部落首領或魁帥的鄙稱。酋，部落的首領；酋長。亦為魁帥的通稱。

以冠帶羈縻他，目今為亂，為患中國的，東有建酋❻，黔（黔）有安位、奢崇明。奴酋之事不必言，安、奢二酋，一箇殺了巡撫，攻城奪印，垂❼兩三年，困捉了樊龍、樊虎。後來崇明部下刺死崇明，獻送首級，也是內間之力。獨有安位，殺撫臣王三善，殺總兵魯欽，尚未歸命，這也只在將士少謀。西南土官最桀驁。致大興師動眾的，是播州楊應龍，還有思恩府岑濬、田州府岑猛，這幾箇都因謀反被誅。我且說一箇岑猛，見用間得力，見將官有謀。

這岑猛他祖叫岑伯顏，當初歸我朝，太祖曾有旨，岑、黃二姓，五百年忠孝之家，禮部好生看他。着江夏侯護送岑伯顏為田州土官知府，職事傳授于子孫，代代相繼承襲。也傳了岑永通、岑祥、岑紹、岑鑑、岑鏞、岑溥。每有征調，率兵效用。就是岑猛，也曾率兵攻破姚源叛苗，勦殺反賊劉召，也曾建功。其妻是歸順知州岑璋的女兒，生三箇兒子：邦彥、邦佐、邦相。名雖是箇知府，他在府中不下皇帝。說他宮室呵：

> 畫閣巧鏤虡柏，危樓盡飾沉香。花梨作棟紫檀梁，簷綴銅絲細網。　綠綺裁窻映翠，金鋪釘戶流黃。椒花泥壁暗生光，豈下阿房❽雄壯。

❻建酋：指統治建州的滿族首領努爾哈赤（西元一五五九－一六二六年）。先世受明冊封，為建州（今遼寧新賓）左衛都指揮使。後努爾哈赤逐漸統一了建州各部，受封為都督僉事、龍虎將軍等官。

❼垂：經過；延續。

❽阿房：音ㄜ　ㄆㄤˊ。即阿房宮，秦代著名建築。秦亡，也未建成，被項羽焚毀。

說他池館：

香徑細攢文石，露臺巧簇花磚。前臨小沼後幽岩，洞壑玲瓏奇險。　百卉時搖秀色，群花日弄妖妍。五樓十閣接巫天，疑是上林❾池館。

說他衣服：

裘集海南翠羽，布績火山鼠毫。鮫宮巧織組成袍，蜀錦吳綾籠罩。　狐腋煖欺雪色，駝絨輕壓風高。何須麟補玉圍腰，也是人間絕少。

說他珍寶：

珠摘驪龍頷下，玉探猛虎巢中。珊瑚七尺映波紅，祖母綠光搖動。　簾捲却寒奇骨，葉成韎韐❿神工。猫睛寶母列重重，那數人間常用。

---

❾ 上林：即上林苑，漢武帝時宮苑。周圍二百多里，苑內獸禽無數，離宮、觀、館數十處。司馬相如有上林賦，極言其侈。

❿ 韎韐：音ㄇㄟˋ ㄐㄧㄚˊ。古代祭服上的蔽膝。用茅蒐草染成赤黃色，故云。

說他古玩：

囊裡琴紋蛇腹，匣中劍柄龍文。商彝翠色簇苔茵，周鼎硃砂紅暈。　逸少⓫艸書韻絕，虎頭小景宜人。牙籤萬軸列魚鱗，漢跡秦碑奇勁。

說他器用：

簟密金絲巧織，枕溫寶玉鑲成。水晶光映一壺氷，玉斝金杯奇稱。　屏刻琉璃色淨，几鑲玳瑁光瑩。錦幃綉幄耀人明，堪與皇家爭勝。

說他姬侍：

眉蹙巫山晚黛，眼橫漢水秋波。齒編貝玉瑩如何，唇吐朱櫻一顆。　鬢鬌輕雲甪甪⓬，貌妍嬌萼猗猗。秦箏楚瑟共吳歌，燕趙輸他婀娜。

⓫ 逸少：即王羲之，東晉書法家。山東臨沂人。官至右軍將軍、會稽內史，故又稱「王右軍」。

⓬ 甪甪：音ㄌㄨˋ ㄌㄨˋ。「角」字的變體和異讀。

說他飲食：

南國猩唇燒豹，北來黃鼠駝蹄。水窮瑤柱海僧肥，膾落霜刀細細。　翅剪鯊魚兩腋，髓分白鳳雙栖。荔枝龍眼豈為奇，瑣瑣葡萄味美。

世代相沿，有增無損。又府中有金鑛，出金銀；有寶井，出寶石。府城內外有淩時、呰馬、萬洞等四十八甲，每甲有土目、盧蘇、王受等，共四十八甲。每輪一箇供他飲食支用。有事每甲出兵一百，可得四千八百，好不快活。只是這些土官像意慣了，羞的是參謁上司。凡遇差出撫巡，就差人到家送禮，古玩珍奇，不惜萬金。若是收了他的，到任他就作嬌，告病不來請見，平日還有浸潤。若是作態不收，到任只來一參，已後再不來。任滿回時，還來打劫。所以有司識得這格局，只是恐嚇，詐他些錢罷了。岑猛累次從征，見官兵脆弱，已有輕侮中國的心了。一日，只見田州江心浮出一塊大石，傾臥岸邊。民間謠言道：「田石傾，田州兵；田石平，田州寧。」岑猛怪他，差人去錘鑿。不期去得又生，似日夜長的般。又來了一箇獃道士錢一貞，原在柳州府柳侯祠⑬內守祠，祠中香火蕭條，靠着應付。始初帶了這祖傳的金冠、象簡、朱履、綉衣，做醮事甚是尊重。後來只為有了箇徒弟，要奉承他，買酒買肉。象簡當了，換了塊木片；金冠當了，換箇木的；一弄把一領道衣當去，這番却沒得弄了。常是在家中，教徒弟伏章，做些水火煉罷了。一日窮不過，尋本道經去當酒喫，檢出一本，也是祖傳抄下的書，上面有

⑬ 柳侯祠：即唐代柳宗元祠。因柳宗元做過柳州刺史，故有其祠。

□記還是好道士。

談笑。

妙，妙。

□延道士。

斬妖縛邪、祈晴禱雨的符咒。在家沒事記了，就說我會斬妖伏邪。近村中有箇婦女，有了奸夫，不肯嫁人，假粧做着邪的。爹娘不知，請他去。他去把幾塊磚攛了，說是設獄，要拏那妖怪進去。鶴兒舞，踹了半日罡；鬼畫符，寫了半日篆。趕到女人房裡，念了都天大雷公的呪。混帳到晚，那奸夫冷笑了，却乘着陰晦，背後大把泥打去，驚得他「太乙救苦天尊」不絕聲。抄近欲往樹木裡走，又被樹枝鉤住了雷巾，喊叫「有鬼！」那奸夫趕上，把他打上幾箇右手巴掌，噀了幾箇噀唾，還又詐也袖中襯錢折束，回來整整病了一月。好得，又遇府中祈雨，里遞故意要他這說嘴道士，他又不辭，花費府縣錢糧，五方設五箇壇，五隻缸注水，壇下二十四箇道士誦經，二十四箇小兒洒水，自家去打桃針。不期越打越晴，一會偶見雲起，道：「請縣官接雨。」那知一箇乾天雷，四邊雲散了。知縣跪了半日，大惱，將了打了十五，逐出境。只得丟了徒弟，出外雲遊。恰值岑猛因看田州石浮江岸，尋人魘鎮，他便趕去見了。他道：「老爺曾讀鑑，豈不聞漢宣帝⓮時山石自立麼？這正是吉兆，不須得禳⓯。且貧道善相，老爺有大日之表；又會望氣，田州有王氣，後邊必至大貴。」岑猛喜甚，就留在府中，插科打諢，已自哄得岑猛。他又平日與這些徒弟閑耍，合得些春藥，又道會採戰長生，把與岑猛，哄得岑猛與他姬妾箇箇喜歡，便也安得身。

田州原與泗城州接界，兩處土目因爭界廝打，把這邊土目打傷了。岑猛便大惱，起兵相殺。錢一真道：「我已請北斗神兵相助，往必大勝。」不知岑猛的兵是慣戰之兵，豈有不勝之理？連破泗城州兵馬

⓮ 漢宣帝：西漢第八位皇帝，武帝之孫。西元前七三—前四九年在位。

⓯ 禳：音ㄖㄤˊ。祭禱消災。

幾次。

那知州大惱，雪片中文，呈他謀反。司道拏住這把柄，來要詐他。岑猛笑道：「這些贓官，我又不殺他。朝廷的百姓，攻奪朝廷的城池，我兩家相爭要你來閑管？他要錢，我偏不與他錢！」這些官掃了興，便申到撫臺。這撫臺也有箇意兒要他收拾，他惱了不肯來；委司道勘理，他又不來相見。司道就說他跋扈不臣，不受勘理；巡撫就題本，命下議勦，議處了兵糧，分兵進討。筭計得第一路險要是工堯隘口，岑猛已差兒子邦彥，與箇土目陸綬率兵守把。眾議參將沈希儀，他謀畧超群，武勇出世，着他帶兵五千攻打。那邊岑猛聽得撫臺議勦，仰天笑道：「當初累次征討，都虧得我成功，如今料沒我的對手。我把來捉田雞似，要一箇拏一箇，怕不彀我殺。」錢一真道：「小道前日望氣而來，今日相逼，正逼老爺早成大業。江中石浮，正是老爺自下而陞的兆。」兩箇只備些房中之術快樂。聽得省中發兵，第一路沈參將領兵攻打工堯隘，便喫了一驚，道：「此老足智多謀，真我敵手。」分付陸綬只是堅守，不許出戰；一邊又差出頭目胡喜、邢相、盧蘇、王綬，各路迎敵守把。

此時沈參將已逼隘口一里下寨，分兵埋伏左右山林，自領兵出戰。無奈只是不出。沈參將在寨中與監軍田副使兩箇計議道：「岑猛自恃險固，他四面固守，以老我師。若乘兵銳氣，前往急攻，我自下仰攻，他自上投下矢石，勢甚難克。這須智取，不可力攻。」田副使道：「正是。此酋鬬力尚有餘，鬬智則不足。勢須絕他外援，還圖內間，可以有功。」沈參將道：「他外援有兩支，一支武靖州岑邦佐，是他兒子。他父子之情，難以離間。我已差兵阨住他兩下往來之路了，還虛聲說要發兵攻武靖、除逆黨，他必自守，不敢出兵。只有歸順知州岑璋，是他丈人，但聞得他女兒失寵，岑璋道是『丈人分尊』，岑猛

禍芽。

不自用而用夷，當為夷笑。

攻心為上。

文武有同心。

度時審勢原情

，真名將也。

道是『知府官尊』，兩箇不相下。近雖以兒女之情，不能斷絕，以我觀之，這支不惟不為外援，還可為我內應。」田副使道：「妙，妙！但我這邊叫他不要救援，難保不為陰助。這須以術駕馭他纔妙。」沈參將便把椅子移近，與田副使兩箇附耳低言了一會。只見叫旗牌趙能領差。趙能便過來跪下，田副使親寫一牌與他，沈參將又叫近前，悄悄分付了幾句。趙能便連夜往歸德進發。

滅寇計須深，軍中計斷金。
兵符出帷幄，狂賊失同心。

這歸德州知州是岑璋，也是箇土官。他長女與岑猛為妻，生有三子。後邊岑猛連娶了幾箇妾，恩愛不免疎了。這岑氏偏是喫醋撚酸，房中養下幾箇鬼見怕的丫頭，偏會說謊調舌：「今日老爺與某姨笑」，「今日與某姨頑」，「今日與某姨打甚首飾」，「今日與某姨做甚衣服」，「今日調甚丫頭」。這岑氏畢竟做嘴做臉，罵得這侍妾們上不得前，道他哄漢子，打兩下也有之。把一箇岑猛道：「你是有了得意人，不要近我！」不許他近身，又不與他去，數說他。弄了幾時，弄得岑猛耳頑（煩）了，索性閃了臉，只在眾妾房中，不大來。這些妾見了岑猛光景，也便不怕他，等他嚷罵哭叫，要尋死覓活，只不理帳。以此岑璋差人探望，只是告苦去，道：「他欺爺官小沒用，故此把他凌辱。」岑猛因與其妻不睦，便待岑璋懈怠，兩邊原也不大親密。

言簡意盡。

不料沈參將知這箇孔隙，就便用間。着趙能口稱往鎮安、泗城，便道過歸順。岑璋向來原託趙旗牌打探上官消息的，這日聽得趙能過，不來見，心裡大疑，便着人來追他。趙能假說限期緊急，不肯轉。這些差人定要邀住，只得去見。兩箇相揖了，岑璋道：「趙兄，公冗之極，怎過門不入？」趙旗牌道：「下官急于請教，柰迫于公事，不得羈遲。」言罷又要起身。岑璋道：「怎這等急？一定要小飯。」坐定，岑璋道：「趙兄，差往那邊？」趙能道：「就在左遠。」岑璋道：「是那邊？」趙能遲疑半日，道：「是鎮安與泗城。」岑璋聽了，不覺色變，心裡想道：「泗城是岑猛讎敵，鎮安是我讎家，怎到這邊不到我？」越發心疑。那趙旗牌又做不快活光景，只是嘆氣，不時要起身。岑璋定要留宿，又在書房中酌酒。岑璋道：「趙兄，你平日極豪爽，怎今日似有心事？」他又不做聲。岑璋道：「莫不于我有甚干碍？」趙旗牌又起身，嘆上一口氣。岑璋便不快道：「死即死耳，丈夫託在知己，怎這等藏頭露尾，徒增人疑！」趙能便垂淚道：「今日之事，非君即我。我不難殺一身以救君全家，只是家有老母、幼子，求君為我看管耳。」岑璋便道：「岑璋有何罪過，至及全家？」趙能道：「各官道你是岑猛丈人，是箇逆黨，聲勢相倚，勢當剪除，意思要鎮安、泗城發兵勦滅。今我洩漏軍機，罪當斬首。想為朋友死，我亦無辭。」就拏出牌看：

廣西分守梧州參將沈：為軍務事。看得歸順州知州岑璋，係叛賊岑猛逆黨，聲勢相倚，法在必誅。仰該府督同泗城州知州，密將本管兵馬整飭，聽候檄至進勦。如違軍法從事。倘有漏洩軍機，梟斬不貸。

右仰鎮安府經歷司准此

委任得人。

動情。

□着敲。

岑璋看了，魂不附體，連忙向趙能拜道：「不是趙兄，鎮安與我世讎，畢竟假公濟私，我全家滅絕了。只是我雖與岑猛翁壻，岑猛虐我女如奴隸，恨不殺他。今天兵討罪，我豈有助之理？今趙兄肯生我，容我申文洗雪。」趙能道：「便洗雪也沒人信你，還須得立奇功，可以保全身家。」岑璋想了一想，道：「兄說得是。若沈公生我，我先為沈公建一大功。十日之內，還取岑猛首級獻沈爺麾下。」趙能道：「做得來麼？只怕無濟于事，我你都不免。」岑璋道：「不妨。」因附耳說了一會道：「這決做得來的。三日後叫沈參將竟領兵打工堯隘，只看兵士兩腋下綴紅布的，不要殺他。」趙能道：「事不宜遲，你快打點。」岑璋連忙寫一稟帖道：

歸德州知州岑璋死罪，死罪。

璋世受皇恩，矢心報國。屬逆壻之倡亂，擬率眾以除奸，豈以一女致累全家？伏乞湔⑯其寃誣，賜之策勵，祈鋤大憝⑰，以成偉功。

又封了許多金珠與趙旗牌，叫他送田副使、沈參將。趙能道：「他兩箇是不愛錢的，我且帶去賂他左右，叫他攛掇。只是足下不可失約。我悞軍機不消說是一死，却替不得足下。」岑璋道：「我就發兵。」差頭目馬京、秦鉞領兵三千，前至工堯隘。又寫書一封與岑邦彥道：

---

⑯ 湔：音ㄐㄧㄢ。通「濺」。洗。

⑰ 憝：音ㄉㄨㄟˋ。奸惡。

聞天兵抵境，託在骨肉，不勝驚惶。特選精兵二千，以當一面。幸奏奇捷，以慰老懷。

邦彥接書大喜，就留他兩箇頭目協同守隘。

出奇制勝。

這邊趙旗牌回覆，田副使與沈參將看了大喜，道：「虜入吾彀中矣。」趙旗牌將發兵打隘事說了，又獻金珠。二人道：「這不好受他的。但還他，他必生疑。你且收下，待班師時給還。」一面就議打隘事。沈參將道：「我差細作打聽，他糧餉屯在隘後一里之地，已差精勇十箇，扒山越嶺去放火焚燬，以亂他軍心。期在明日，明蚤我就進兵。」次日，三箇砲響，留五百守寨，沈參將領三千為前軍，田副使督兵一千五百為後應，徑到隘前。上邊矢石如雨，這邊各頂挨牌、滾牌，步步捱進，直逼隘口。只是大石塞定，不能前去。忽見隘後黑烟四起，火光通紅，岑邦彥忙自去救時，馬京與秦鉞大喊道：「天兵已進隘了！」先領兵一跑，田州兵也站脚不住便走，那一箇來射箭、抛打石塊？這邊沈參將傳令拆去石塊，一齊殺進。陸綬還領幾箇殘兵要來抵敵，被沈參將兵砍做肉泥。歸德兵趕不上的，都張着兩腋，執兵不動。沈參將已預先分付不殺。追去時，岑邦彥已因驚墮馬，被馬踹死。沈參將自鳴金收軍，與田副使整隊而進，一面差人督府報捷。

先時岑猛只怕得一箇沈參將，聽得他阻住工堯隘口，又聽得歸德差兵二千協守，一發道是萬全無事，日日與錢一真講些笑話兒，與群妾喫些酒，或歌或舞，且是快活。忽聽得道：「工堯隘已失，岑邦彥已死。」心膽俱碎，道：「我怕老沈，果然是他為害。」忙傳令：「土目韋好、黃笋督兵三千迎敵沈參將；羅河、戴慶把守城池。」沈參將兵已是過了險阻，望平川進發。只見前面來了一陣苗兵：

人人虎面，箇箇狼形。火焰焰紅布纏頭，花斑斑錦衣罩體。諸葛弩滿張毒矢，線桿鎗亂點新鋒。
鐺鐺鳴動小銅鑼，狠狠思量大廝殺。

那韋好、黃笋正舞動滾牌滾來，沈參將便挺着長鎗殺去。滾得忙，搠得快，一鎗往他臂上點去，韋好已倒在地下，眾軍趕上砍了。黃笋見了，倒滾轉，逃去了。這廂田副使又驅兵殺進。苗軍也是英勇，奈沒了頭目，只得走回。各路土目聞得工堯隘失，兵至城下，逃的逃了，有膽量的還來協理守城。各路官兵俱乘虛而入，都到田州，遶城子安下營壘。

岑猛登城一看，好不心驚，道：「似此怎了？要降未必容我，要戰料不能勝，守也料守不來，如何是好？」坐在府中，尋思計策。錢道士道：「三十六着，走為上着。不若且逃之夭夭，不要坐在這裡，等他拏去。」只見歸德兩箇頭目進來相見，道：「天兵勢大，不能抵當。小人們主意，且率領本部殺開重圍，護送老爺與家眷到我歸順，再圖後舉。」錢道士道：「正是。大人且去，留公子守城。到歸順借他全州人馬，再招集些各洞苗蠻來救，豈可坐守孤城？」岑猛便叫韋好與盧蘇、王受輔佐邦佐守城，自向歸順討救。將兵都留下，止帶得四五十箇家丁，收拾了些細軟，打發妻妾都上了馬，悄悄開了北門，馬京當先，秦鉞押後，岑猛居中，一齊殺出。三更天氣，巡更知覺，報得趕來，他已去遠了。止有沈參將已與歸順預定謀畫，怕他從容生變，逃向別處，一路差人放砲，又于別路虛插旌旗，使他死心逃往歸德。將到隘口，只見一支兵來，岑猛怕是官兵邀截，却是岑璋。下馬相見，道：「前日聞得工堯隘破，怕天兵臨城，特來策應，喜得相遇。」兩箇並馬進城，在公館安下。岑璋就請去喫酒，道：「賢壻，敝

軍師奇見。

落局。

州雖小，可以歇馬。你不若一邊出本辯冤，道原係泗城州讎揭，初非反畔朝廷；又一邊招集舊時部曲，還可復振；再不地連安南，可以逃至彼安身，官兵也無如何矣。」就為他覓人做本稿揭帖，次日復請他喫酒，準備發本。岑猛就帶了印去。正寫時，有人來報道：「田州已被官兵打破，羅河拒戰被殺，三公子與盧蘇一起不知去向。見在發兵四處搜捕老爺與公子。」岑猛面如土色。只見岑璋斟上一杯酒，差人送來，道：「官兵搜君甚急，不能相庇，請飲此杯，遂與君訣。」岑猛看了，却是杯鴆酒。看了大怒道：「老賊敢如此無禮！」又嘆道：「一時不深思，反落老賊計中。」四顧堂下，見帶刀劍的約有四五十人，自己身邊並無一箇，都是岑璋使計，在外邊犒賞，都已灌醉擒下。他料然脫身不得，便滿飲這杯，把杯劈臉望岑璋甩去。須臾，七竅中鮮血迸流，死于坐上。

杯酒伏干戈，絃歌有網羅。
英雄竟何在，熱血灑青莎。

岑璋叫把他首級取了，盛在匣中，着人悄悄的送與沈參將。這邊各路正在猜疑，道他走在安南，走在武靖，四處找探。田副使已艸就，露布⑱道：

工斧畫大渡之河，宋德未淪百粵；銅柱標點蒼之麓，漢恩久被夜郎。易鱗介而衣裳，化刀劍為牛

⑱ 露布：公布；宣示。

犢。白狼槃木，宜歌向化于不忘；金馬碧雞，共頌天威于不朽。素受羈羇⑲，誰外生成。今逆酋岑猛，九隆餘緒，六詔游魂。錫之鞶帶，久作在鞲之鷹；寵以軒輶⑳，宜為掉尾之犬。乃敢觸輪以纖臂，肆蠆如毒蜂。巧營燕壘，浪比丸泥；計藉蟻封，竟云磐石。包茅不入，來享不聞。陰崖朽木，甘自外于雨濡；大野槁枝，首召端于霜隕。罪與崑崙而俱積，惡同昆明而俱深。乃勤明旨，於赫天威，五道出師，一戰盡敵。幕府老謀方召，留一劍以答恩；奇略范、韓㉑，散萬金而酬士。白羽飛而纖月落，黃鉞秉而毒霧消。前茅效命，後勁揚威。戰酣轉日，糾糾貔虎之師；陣結屯雲，濟濟鸛鵝之列。或槎山而通道，或浮罌以渡軍；或借籌而樽俎折沖，或枕戈而鼓鼙起士。殺戒五伐六伐，謀深七縱七擒。尸積山平，血流水赤。首惡豈逋誅，已縣稿街之首；脅從敢逃戮，終為京觀之魂。再鼓而妖魅清，三駕而氛祲息。威靈丕振，疥癩不存。從此帝曰康哉，雨露風霆；莫非教民曰安矣，生殺予奪皆知恩。掛弓臥鼓，四郊無烽燧之驚；鼓腹含哺，百郡謳弦歌之化。地埒禹㉒服，德並堯㉓天。烈與湯武㉔而齊驅，仁並唐虞㉕而首出。

⑲ 羈羇：或寫作「羈靮」，馬絡頭和馬繮。這裡是牽制、拘束之意。靮，音ㄉㄧˊ。

⑳ 軒輶：或作「輶軒」，輕便車。輶，音ㄧㄡˊ。

㉑ 范、韓：當指項羽謀士范增、劉邦大將韓信。

㉒ 禹：亦稱大禹、夏禹。原為夏后氏部落領袖，奉舜命治水，發展農業。舜死後，擔任部落聯盟領袖。其子啟，建立了夏朝，是中國第一個奴隸制國家。

㉓ 堯：即陶唐氏，史稱唐堯。他推舉舜為他的繼承人。

㉔ 湯武：商朝的建立者。或稱商湯、成湯。他用伊尹執政，成為強國，終於滅夏。

岑猛首級解至軍門，軍門具題，把田副使與沈參將做首。聖旨重行陞賞，議改田州為流官知府。

後邊岑猛部下土目盧蘇、王受作亂，朝廷差王陽明㉖總督。陽明先平江西寧王，威名大著。這兩土目情愿投降，只求為岑猛立後。陽明把他舊管四十八甲割八甲做田州，立岑猛三子邦相。改府為田寧府，府用流官作知府，盧蘇等九人作土巡檢。又因苗夷畔服不常，議要恩威素著大將鎮守，題請把沈參將以副總兵管參將事，駐札田寧府。一應生苗、熟苗，都服他。盧蘇還率兵隨他征討，盡平藤峽八寨亂苗，立功後陞總兵，鎮廣西。他出兵神出鬼沒，凡有大夥苗夷據住高箐深洞，阻兵劫掠的，他定發兵往勦。來的奸細，都被他擒獲。平日預備兵糧，擇日討賊時，今日傳至某處駐札，明日傳至某處屯兵，莫說苗人不知道他來搗巢，連兵也不知。一日托病，眾將官問安，他道：「連日抑鬱，欲思出獵，諸君能從乎？」各將官點選精銳從行，依他將令前去，却又是搗紅華洞作亂生苗。其餘小小為寇，不安生理的，他當時黑夜差人在山崖上放上一箇砲，驚得這些苗夷逃的逃，躲的躲，跌死的跌死。家中妻子都怨悵道：「怎不學好，惹老沈？」都來投降，願一體納稅，再不敢為非，一省安戢。即岑猛，若非他有奇計，使他翁壻連兵，彼此援應，畢竟不能克。那時赦他們，威令不行；若定要勦他，他固守山險，一時不克。行軍一日，日費萬金，豈特廣西一省受害？故善用兵的，一紙書賢于十萬師。那些土官，莫看今日奢崇明作亂被誅，石柱宣撫司秦夫人被奬，也該知警。只看此一節，岑猛得死，岑璋得生，也可明乎順逆，

㉕ 唐虞：即舜，或稱虞舜。古國有虞氏部落，舜乃其領袖。

㉖ 王陽明：即王守仁（西元一四七二－一五二八年），明代哲學家、教育家。字伯安，餘姚（今屬浙江）人。曾築室故鄉陽明洞中，故稱陽明先生。後以鎮壓起義和平定宸濠之亂，官至南京刑部尚書。

思想趨避了。

雨侯曰：將不在力在智，而尤在于同心。倘當日馳檄歸德，而忌功者曰通夷、曰貪功生事，奈何？故當日吾固美沈公之能用知，而猶幸其能行其知，則吾尤致望于文臣矣。

卷七

題詞

造物何嘗弄人，人自入其顛倒。巧則巧，一事百惠迪吉，而從逆凶，滔滔汨汨之中，巧以其妻予之而不受，竟以酬拯溺之人耳！一拯人且然，益知歷年四百，天之酬神禹未為厚也。

翠娛閣主人題

第二十五回　兇徒失妻失財　善士得婦得貨

紛紛禍福渾難定，搖搖燭弄風前影。
桑田滄海只些時，人生且是安天命。
斥滷茫茫地最腴，熬沙出素眾所趨。
漁鹽共擬擅奇利，寧知一夕成溝渠。
狂風激水高萬丈，百萬生靈倏然喪。
廬舍飄飄魚鱉浮，覓母呼爺那相傍。
逐浪隨波大可憐，萍游梗泛洪濤間。
天賦強梁氣如鱷，臨危下石心何奸。
金珠已看歸我橐，朱顏冉冉波中躍。
一旦貧兒作富翁，猗頓、陶朱❶豈相若。
誰知飄泊波中女，却是強梁鴛鳳侶。

---

❶猗頓、陶朱：兩人名。猗頓，戰國時大商人，以經營鹽池、珠寶致富。陶朱，即范蠡。越滅吳後，遊齊國，到陶（今山東定陶），改名陶朱公，以經商致富。

姻緣復向他人結，訟獄空教成雀鼠。
嗟嗟人散財復空，贏得人稱薄倖儂。
始信窮達自有數，莫使機鋒惱化工。

天地間禍福甚是無常，只有一箇存心聽命，不可強求。利之所在，原是害之所伏。即如浙江一省，杭、嘉、寧、紹、台、溫都邊着海，這海裡出的是珊瑚、瑪瑙、夜明珠、硨磲、玳瑁、鮫鮹，這還是不容易得的物件。有兩件極大利、人常得的，乃是漁、鹽。每日大小魚船出海，管甚大鯨小鯢，一罟打來貨賣。還又有石首、鯧魚、鰳魚、呼魚、鰻鱺各樣，可以做鮝；烏賊、海菜、海僧，可以做乾；其餘蝦子、蝦乾、紫菜、石花、燕窩、魚翅、蛤蜊、龜甲、吐蛈、風饌、蟺塗、江蝠、魚鰾，那件不出海中，供人食用、貨販？至于沿海一帶，沙上各定了場分，撥竈戶刮沙瀝滷，熬滷成鹽，賣與商人。這兩項，魚有漁課，鹽有鹽課，不惟足國，還養活濱海人戶與客商，豈不是箇大利之藪？

不期崇禎元年❷七月廿三日，各處狂風猛雨，省城與各府縣山林被風害，堋墻壞屋，拔木揚砂；木石牌坊俱是風擺這一兩擺，便是山崩也跌倒，壓死人畜數多。那近海更苦。申酉時分，近海的人望去，海面黑風白雨中間，一片紅光閃爍，漸漸自遠而近，也不知風聲水聲，但聽得一派似雷轟虎吼般近來。只見：

❷ 崇禎元年：西元一六二八年。崇禎，明思宗朱由檢年號，西元一六二八－一六四四年。

急浪連天起，驚濤捲地來。白茫茫雪巘❸平移，亂滾滾銀山下壓。一泊兩泊三四泊，那怕你鐵壁銅垣；五尺六尺七八尺，早已是越墻過屋。叫的叫，嚷的嚷，無非覓子尋妻；氽的氽，流的流，辨甚富家貧戶。纖枝蔽水，是千年老樹帶根流；片葉隨波，是萬丈橫塘隨水滾。滿耳是哭聲悲慘，滿眼是水勢汪洋。正是：陸地皆成海，荒村那得人？橫屍迷遠浦，新鬼泣青燐。

莫說臨着海，便是通海的江河浦港，也都平長丈餘，竟自穿房入戶，飄檁流箱，那裡遮攔得住？走出去，水淹死；在家中，屋壓殺，那箇逃躲得過？還有遇着夜間時水來，睡夢之中，都隨着水赤身露體氽去。凡是一箇野港荒灣，少也有千百箇屍首，弄得通海處水皆腥赤。受害的凡杭、嘉、嚴、寧、紹、溫、台七府，飄流去房屋數百萬間，人民數千萬口，是一箇東南大害。海又做了害藪了。但是其間貧的富，富的貧，翻覆了多少人家；爭錢的，奪貨的，也惹出多少事務。內中却有箇主意謀財的，却至于失財失妻；主意救人的，却至于得人得財，這也是儘堪把人勸戒。

利害倚伏。

話說海寧縣北鄉箇姓朱的，叫做朱安國，家事也有兩分，年紀二十多歲，做人極是暴戾奸狡。兩年前曾定一箇本處袁花鎮鄭寡婦女兒，費這等兩箇尺頭、十六兩銀子，擇在本年十月做親。他族分中，却也有數十房分。有一箇族叔，叫做朱玉，比他年紀小兩歲，家事雖窮，喜做人忠厚。朱安國依着他年小家貧，時時欺侮他。到了七月廿三日，海水先自上邊一路滾將下來，東門海塘打壞，塔頂吹墮于地，四迴聚湧灌流。北鄉低的房屋、人民、牛羊、鷄犬、桑蔴、田稻、什物，氽箇罄盡，高的水也到樓板上。

❸巘：音ㄧㄢˇ。山峰。

叙致佳。

惑。

朱安國乖猾得緊，忙尋了一隻船，將家私盡搬在船中，傍着一株絕大樹纜了，叫家中小廝阿狗稍了船，他自簑衣箬帽，立在船上撈氽來東西。此時天色已晚，只見水面上氽過兩箇箱子，都用繩索聯着，上面騎着一箇十七、八歲女子，一箇老婦人也把身子撲在箱上氽來。見了朱安國，遠遠叫道：「救人！救人！救得情愿將東西謝你。」安國想道：「這兩箇女人拚命顧這箱子，必定有物。」四顧無人，他便起箇惡念，將船撥開去，迎着他手起一篙，將婦人一搠，婦人一滑，忙扯得一箇索頭。那女子早被箱子一盪，也滾落水，狠扯箱子。朱安國又是一篙，向婦人手上下老實一鑿，婦人手疼一鬆，一連兩箇翻身，早已不知去向了。他忙把箱兒帶住，只見這女子還半浮半沉，撲着箱子道：「大哥，沒奈何，只留我性命，我將箱子都與你，便做你丫頭，我情愿。」安國看看，果然好箇女子，又想道：「斬草不除根，萌芽依舊發。我若留了他，不惟問我討箱子，還要問我討人命。也須狠心這一次！」道：「我已定親，用你不着了。」一篙把箱子一拏，女人身子一浮，他篙子快，復一推，這女子也汩汩淥淥去了。

泊天波浪勢湯湯，母子萍飄實可傷。
驚是魚龍滿江水，誰知人類有豺狼。

他慢慢將箱子帶住了，苦是箱子已裝滿了一箱水，只得用盡平生之力，扯到船上，瀝去些水，叫阿狗相幫扛入船，忙了半夜，極是快活。

只是那女子一連幾滾，喫了五六口水，料是沒命了。不期撞着一張梳桌，他命不該死，急扯住他一

痴呆光景絕似。

好出脫。

好人。

隻脚，把身撲上。漾來漾去，漾到一家門首撞住。這家正是朱玉家裡。朱玉先見水來，就赤了脚；亦得脚時，水已到腿邊了，急跳上桌，水隨到桌邊，要走走不出門，只得往樓上躲。聽得這壁泥坍，那廂瓦落，房子也嚅嚅响，朱玉好不心焦。又聽得甚麼撞屋子响，道：「悔氣！現今屋子也難支撐，在這裡還禁得甚木植磕哩！」黑影子内開窗看，是一張桌子，撲着箇人在上面。那人見開窗，也嚶嚶的叫「救人」。朱玉道：「我這屋子也像在水裡一般了，再擺兩擺，少不得也似你要落水，怎救得你？罷！且看你我時運，捱得過，大家也都逃了性命出，逃不出再處。」便兩隻手狠命在窗子裡扯了這女子起來，瀝了一樓子水。那張桌子撞住不走，也撈了起來。這夜是性命不知如何的時節，一箇浸得不要，蹲在壁邊吐水；一箇靠着窗口，看水心焦。只見捱到天明，雨也漸止，水也漸退。朱玉就在樓上煨了些粥請他喫。問他住居，他道：「姓鄭，在袁花鎮住，爺早歿，止得一箇娘。昨日水來，我娘兒兩箇收拾得幾疋織下的布、銀子、銅錢、絲綿、二十來件紬絹衣服、首飾，又一家定我的十六兩財禮、兩疋花紬，裝了兩箇小黑箱，縛做一塊，我母子扶着隨水氽來。到前邊那大樹下，船裡一箇強盜，把我母親推下水去，又把我推落水中，箱子都搶去。是這樣一箇麻臉，有廿多歲後生。如今我還要認着他，問他要。只是我虧你救了性命，我家裡房屋已氽光，母親已死，我沒人倚靠，沒甚報你，好歹做丫頭伏侍你罷。」朱玉道：「那人搶你箱子，須無証見。你既已定人，我怎好要你？再捱兩日，等你娘家、夫家來尋，去罷。」朱玉在家中做飯與他喫，幫他晒晾衣服。因他有夫的，絕沒一毫苟且之心。

水退，街上人簇簇的道：「某人得采，撈得兩箇箱子」；「某人收得多少家伙」；「某人氽去了多少什物」；「某人幾乎壓死」；「某人幸不淹殺」。朱玉的緊隣張千頭道：「我們隔壁朱小官也造化，收

眾談宛然。

得箇開口貨。」眾人道：「這合不來，倒要養他。」一箇李都管道：「不妨，有人來尋，畢竟也還些飯錢，出些謝禮；沒人來，賣他娘，料不折本。」張千頭道：「生得好箇兒，朱小官正好應急。」適值朱玉出來，眾人道：「朱小官，你鼻頭塌了，這是天付來姻緣。」朱玉道：「甚麼話！這女人並不曾脫衣裳困，我也並不敢惹他。」只見李都管道：「獃小官，這又不是你去拐帶，又不是他逊來，這是天災偶湊。待我們尋他爺和娘來說一說明，表一表正。」朱玉道：「他袁花鄭家，只得娘兒兩箇，前日扶着兩箇箱子氽來，人要搶他箱子，把娘推落水淹死，只剩得他了。他又道先前已曾許把一箇朱家，如何行得這等事？」李都管道：「甚麼朱家？這潮水不知氽到那裡去了。我看後日是箇好日，接些房族親眷攏來，做了親罷。不要狗咬骨頭乾嚥唾。」正說，只見朱玉娘舅陳小橋在城裡出來望他，聽得說起，道：「外甥，你一向不曾尋得親事，這便是天賜姻緣，送來佳配。我做主，我做主！」前日朱玉撈得張抽斗桌，到也有五七兩銀子，陳小橋便相幫下帖，買了箇猪、一箇羊，弄了許多酒，打點做親。

有蠻氣。

晚矣。

只是那日朱安國奪了兩箇箱子，打開來見了許多絲布、銅錢、銀子、衣服，好不快活。又懊悔道：「當時一發收了這女子，也還值幾箇銀子。」又見了兩疋水浸的花紬、一封銀子，却有些認得，也不想到，且將來晾上一樓，估計仔麼用。只聽得外面叫聲，却是朱玉來請他喫親事酒。他就封了一封人情，到那日去赴筵。但見裡面有幾箇內眷，把這女子打扮得花花朵朵，簇擁出來，全不是當日在水裡光景了：

塗脂抹粉一時新，裊裊腰肢煞可人。
繚繞爐烟相映處，君山薄霧擁湘君。

兩箇拜了堂，謁見了親隣，放銃吹打，甚是興頭。只是這女子還有樂中之苦：

燭影煌煌照艷粧，滿堂歡會反悲傷。
鸞和❹幸得聯佳配，題起慈烏❺欲斷腸。

這些親隣坐上一屋，猜拳行令，喫箇爽快。只朱安國見這女人有些認得，去問人時，道：「水氽來的。」又問着張千頭，張千頭道：「這原是袁花鄭家女兒，因海嘯，娘兒兩箇坐着兩箇箱子氽來，撞了箇強盜，搶了箱子，推他落水。娘便淹死了，女兒令叔收得。他情愿嫁他，故此我們擡掇，叫他成親。」朱安國道：「袁花那箇鄭家？」張千頭道：「不知。」朱安國道：「我也曾定一頭親在袁花，也是鄭家，連日不曾去看得，不知怎麼？」心裡想道：「莫不是他？」也不終席趕回去。這邊朱玉夫婦自待親戚酒散，兩箇行事。恰也是相與兩日的，不須做勢得，真白白拾了箇老婆！

罵得好！

只是朱安國回去，看箱裡那幾錠銀子與花紬，正是聘物，不快活得緊。一夜不困，趕到袁花鄭家地上，片瓦一椽沒了。復身到城裡，尋了原媒張篦娘，是會篦頭絞臉、賣鬏髻花粉的一箇老娘婆。說起袁花鄭家被水氽去，張篦娘道：「這也是天命，怨不得我。」朱安國道：「只是如今被我阿叔佔在那邊，要你去一認。」張篦娘道：「這我自小見的，怕不認得！」便兩箇同走。先是張婆進去，適值朱玉不在，

❹ 鸞和：亦作「和鸞」。古代車馬所用的兩種鈴，車以鸞、和為節，以云和諧。

❺ 慈烏：烏鴉的一種。也稱慈鴉、孝鴉、寒鴉。相傳烏能反哺其母，故稱慈烏。

竟見了鄭道：「大姑娘，你幾時來的？」那鄭氏道：「我是水發那日氽來的。」張篦娘道：「老娘在那裡？」鄭氏哭道：「同在水裡氽來，被箇強人推在水裡淹死了。」張篦娘道：「可憐，可憐！如今這是那家，姑娘在這裡？」鄭氏道：「這家姓朱，他救我，眾人攛掇，叫我嫁他。」張篦娘道：「那箇大膽主的婚？現今你有原聘丈夫在那邊，是這家侄兒，他要費嘴。」鄭氏驚的不敢做聲。張篦娘喫了一杯茶，去了。朱玉回來，鄭氏對他一說，朱玉也便慌張，來埋怨李都管。李都管倒也沒法。只見朱安國得了實信，一逕走到朱玉家來，怒吼吼的道：「小叔！你收留迷失子女不報官，也有罪了。却又是侄婦，這關了倫理，你怎麼處？」朱玉正是無言，恰好鄭氏在裡面張見他模樣，急走出來道：「強賊！原來是你麼？你殺死我母親，搶了我箱子，還來爭甚親？」朱安國擡頭一看，喫一驚，道：「鬼出了！」還一路嚷出去道：「有這等事！明日就縣裡告你！你阿叔該佔侄兒媳婦的麼？」回去想了一夜，道：「我告他佔我老婆，須有媒人作証；他告我謀財殺命，須無指實。況且我告在先，他若來告時，只是攔水缺。自古道：先下手為強。」這邊親隣倒還勸朱玉處些財禮還他。他先是一張狀子，告在縣裡。道：

你也有意，莫再推別人。

好算計。

滅倫姦佔事：切某于天啟六年❻二月，憑媒張氏禮聘鄭敬川女為妻。獸叔朱玉，貪女姿色，乘某未娶，帶棍劈搶，據家淫佔。理說不悛，反行狂毆。泣思親屬相姦，倫彜滅絕；恃強姦佔，法紀難容。叩天剪除斷給，實為恩德。上告。

❻天啟六年：西元一六二六年。天啟，明熹宗朱由校年號，西元一六二一－一六二七年。

有拿捏，包兒自從重。

縣尊准了，便出了牌，差了兩箇人，先到朱安國家。喫了東道，送了箇堂眾包兒，又（叉）了後手，說自己明媒久聘，朱玉強佔。差人聽了這些口詞，逕到朱玉家來。見朱玉是小官兒，好生拿捏❼，道：「阿叔姦佔侄兒媳婦，這是有關名分的。據你說，收留迷失子女也是有罪，這也是樁大事。」朱玉忙整一箇大東道，央李都管陪他。這講公事是有頭除的，李都管為自己，倒為差人充拓，拿出一箇九錢當兩半的包兒。差人遞與李都管道：「你在行朋友，拿得出？譬如水不氽來，討這婦人也得觔把銀子，也該厚待我們些。」只得又添到一兩二錢。一箇正差董酒鬼後手三錢，貼差蔣獨桌到後手五錢。約他訴狀。朱玉央人作一紙訴狀，也訴在縣裡，道：

刼賊反誣事：切某貧民守分，本月因有水災，婦女鄭氏，眾憐無歸，議某收娶。豈惡朱安國，先乘氏避患，刼伊箱二隻，并殺伊母胡氏。懼氏告理，駕詞反誣。叩拘親族朱鳳、陳愛、李華等電鞫❽，殄賊超誣，頂恩上訴。

謝縣尊也准了，出了牌，叫齊犯人，一齊落地。

差人銷了牌，承行吏唱了名，先叫原告朱安國上去，道：「小的原于天啟六年，用段四疋，財禮十六兩，聘鄭氏為妻。是這張氏作媒，約在目今十月做親。不料今遇水災，惡叔乘機姦佔。」謝縣尊聽了，

❼ 拿捏：掌握分寸、火候。

❽ 電鞫：明查。電，舊時請人亮察的敬辭，有明照之意。鞫，音ㄐㄩˊ。審訊；查問。

便問道：「莫不是水汆到他家，他收得麼？這也不是姦佔了。」便叫張氏問道：「朱安國聘鄭氏事有的麼？」張氏道：「是婦人親送去的。」縣尊道：「這婦人可是鄭氏麼？」張氏道：「正是。」又叫朱玉：「你仔麼收留侄婦，竟行姦佔？」朱玉道：「小人七月廿三日在家避水，有這婦人汆來，說是袁花人，母子帶有兩箇黑箱，被人謀財，害了母親，剩得他，要小人救。小人救在家裡，等他家裡來尋。過了五六日，並無人來。他說家裡沒人，感小的恩，情愿與小的做使女。有親族隣人朱鳳等，說小的尚未有妻，叫小的娶了。小的也不認得他是侄婦。後來喫酒時，鄭氏認得朱安國是推他母子下水，搶他箱子的人。婦人要行告理，他便來反誣。」縣尊道：「你雖不知是侄婦，但也不該收迷失子女。」朱玉道：「小的也不肯收，婦人自沒處去。」縣尊叫鄭氏，問道：「你母親在日曾許朱安國來麼？」鄭氏道：「曾許一箇朱家，不知是朱安國，不是朱安國。」張篦娘道：「這是我送來的禮，怎說得不是？」鄭氏道：「禮是有，兩疋花紬、十六兩銀子，現在箱內，被這強賊搶去，還推我落水。」縣尊道：「你既受朱家聘，也不該又從人了。」鄭氏道：「老爺，婦人那時被這強賊刼財謀命，若不是朱玉撈救，婦人還有甚身子嫁與朱家？」縣尊道：「論理他是禮聘，你這邊私情，還該斷與朱安國纔是。」鄭氏道：「老爺，他刼婦人財，殺婦人母，又待殺婦人。這是仇家，婦人寧死不從！」縣尊道：「果有這樣奇事？」叫朱安國：「你怎謀財謀命？」朱安國叩頭道：「並沒這事。」鄭氏道：「你歇船在大樹下，先推我母親，後推我，我認得你。還有一臘梨小廝稍船，你還要賴？只怕刼去箱子與贓物在你家裡，搜得出哩。」朱安國道：「阿彌陀佛！我若有這事，害黃病死。你只要嫁朱玉，造這樣是非。」縣尊道：「也罷。」叫鄭氏：「你道是仔麼兩箇箱，我就押你兩人去取來。」鄭氏道：「是黑漆板箱二箇，一箇白銅鎖，後邊脫一塊合扇；

青天。

實話。

說得爽快。

一箇是黃銅鎖，沒一邊銅鎗。」縣尊又問道：「箱內是甚麼物件？」就叫鄭氏報，一箇書手寫：

絲一百二十兩計七車　綿布六疋　苧布二疋半　綿兜觔半　銅錢三千二百文　錠銀五兩　碎銀三兩　銀髻一頂　銀圈一箇　抹頭一圈　俏花八枝　銀果子簪二枝　玉花簪四枝　銀古折簪二枝　銀戒指八箇　銀穵一枝　銀環二雙　木紅綿紬一疋　紅絲紬襖一件　官綠絲紬襖一件　月白綿紬襖一件　青絹衫一件　紅紬裙一條　藍紬裙一條　大小青布衫三件　藍布衫二件　白布裙二條　紅布襖一件　沙綠布裙一條　聘禮紅花紬一疋　沙綠花紬一疋　聘銀四錠十六兩　田契二張　桑地契一張

虎心。

還有一時失記的。縣尊就着兩箇差人，同朱安國、鄭氏去認取：「這兩箱如有，我把朱安國定罪；如無，將鄭氏坐誣。」

真眼。

差人押了到朱安國家，果見兩隻黑箱。鄭氏道：「正是我的。」朱安國說：「不是。」差人道：「是不是，老爺面前爭。」便叫人扛了，飛跑到官。朱安國還是強爭，鄭氏執定道：「是我的。」謝縣尊道：「朱安國，我也着吏與你寫一單，你報來我查對。」朱安國道：「小的因水來，併做一處亂了，記不清。」縣尊道：「這等竟是他的了。」朱安國無奈，胡亂報了幾件。只見一打開，謝縣尊道：「不必看了，這是鄭氏的。」朱安國叩頭道：「實是小的財物，那一件不是小的苦掙的！」謝縣尊道：「且拿起來，你這奴才！你箱籠俱未失水，他是失水的。你看他那布疋、衣服，那件沒有水漬痕？你還要強爭！」

撿出銀子、銅錢，數都不差。謝縣尊叫：「夾起來！」倒是朱玉跪上去道：「小的族兄止得這子，他又未曾娶妻，若老爺正法，是哥子絕了嗣了。況且刼去財物已經在官，小的妻子未死，只求老爺天恩。」謝縣尊道：「他謀財刼命俱已有行，怎生饒得？」眾人又跪上去道：「老爺，日前水變，人家都有打撈的，若把作刼財，怕失物的紛紛告擾，有費天心。據鄭氏說，殺他母親也無見証。」朱安國又叩頭道：「實是他箱子撞了小人的船，這女子振下水去，並不曾推他，並不曾見老婦人。小的妻子情愿讓與叔子，只求老爺饒命。」縣尊道：「看你這人強梁，畢竟日後還思謀害朱玉，這決饒不得。」朱安國又叩頭道：「若朱玉後日有些長短，都是小人償命。」親族隣里又為叩頭求饒，縣尊也就將就。出審單道：

朱安國乘危射利，知圖財而不知救人，而已聘之妻遂落朱玉手矣。是天禍兇人，奪其配也。人失而寧知己得之財，復不可據乎？朱玉拯溺得婦，鄭氏感恩委身，亦情之順。第鄭氏之財歸之鄭氏，則安國之聘亦宜還之安國耳。事出異常，法難深繩，姑從寬宥，仍立案以杜訟端。

縣尊道：「這事謀財謀命，本宜重處。正是灾荒之時，鄭氏尚存，那箱子還只作撈取的，我饒你罪，姑不重究。朱安國還着他出一結狀，並不許陰害朱玉，我這裡還為他立案，通申三院。」眾人都叩謝了出來。

那邊朱玉與鄭氏歡歡喜喜，領了這些物事家去。到家，請隣舍，請宗族，也來請朱安國。朱安國自羞得沒臉嘴不去。他自得了箇花枝樣老婆，又得了一主錢，好不快活。

仁心仁言。

議論絕是。

一念慈心天鑒之，故教織女出瑤池❾。
金繒又復盈笥篋，羞殺欺心輕薄兒。

果報甚妙。

只有朱安國嘆氣如雷，道：「當初只顧要財，不顧要人，誰知道把一箇老婆送與了叔子，還又把到手的東西一毫不得，反喫一塲官司，又去了幾兩銀子，把追來的財禮，也用去一半。」整日懊恨不快。害成一箇黃病，幾乎死了。鄉里間都傳他一箇黑心不長進的名。朱玉人道他忠厚慈心，都肯扶持他。這不可見狠心貪財的，失人還失財；用心救人的，得人又得財。禍福無門，唯人自召。

故當時曾說江西楊溥❿內閣，其祖遇江西洪水發時，人取箱籠，他只救人。後來生了楊閣老，也贈閣老。這是朱玉對証。又有福建張文啟，與一姓周的，避寇入山，見一美女。中夜周要姦他，張力止，護送此女至一村老家，叫他訪他家送還。女子出釵釧相謝，他不受。後有大姓黃氏，招文啟為婿，成親之夕，細看妻子，正山中女子。是護他正護其妻，可為朱安國反証。誰謂一念之善惡，天不報之哉！

雨侯曰：錢財有命，君子落得為君子，小人落得為小人，不必衡之得失之介。然借此得失，可以醒庸人之心。

❾ 瑤池：池名。傳說中在西方昆侖山上，是西王母所在的地方。

❿ 楊溥：明建文進士。永樂時侍皇太子，官至洗馬。英宗初年進武英殿大學士，與楊士奇、楊榮並稱「三楊」。

小引

僕有嫌其妻醜者，主以金盃酌酒與之，繼酌以磁盃，問以孰美？曰：「皆美。」主曰：「如是，不必嫌其妻矣。」今之求麗色者，何見解竟出兩人下哉！聚妖麗以戕生者，楊誠齋謂以「閻羅王未嘗出勾，子何自行投到？」如此被愚者，予亦謂以「世網自疏，人何密之？」

翠娛閣主人撰

第二十六回　吳郎妄意院中花　奸棍巧施雲裡手

綽約墻頭花，分輝映衢路；
色隨煦日麗，香逐輕風度。
蛺蝶巧窺伺，翩翩競趨附；
繾綣不復離，迴環故相慕。
蛛網何高張，纏縛苦相怖；
難張穿花翅，竟作觸株兔❶。

朱文公❷有詩云：「世上無如人欲險，幾人到此誤平生。」見得人到女色上最易動心，就是極有操守的，到此把生平行誼都壞。且莫說當今的人，即如往古楚霸王，豈不是殺人不眨眼的魔君？輪到虞姬

❶ 觸株兔：言自投羅網。守株待兔故事，見韓非子五蠹。此句以兔言事。

❷ 朱文公：即朱熹（西元一一三〇—一二〇〇年），南宋哲學家、教育家。字元晦，號晦庵，別稱紫陽，徽州婺源（今屬江西）人。紹興進士，曾任秘閣修撰、寶文閣待制等。諡文，故稱朱文公。宋代理學的創始人。著作有四書章句集注、詩集傳、楚辭集注，以及後人編輯的晦庵先生朱文公文集、朱子語類等。

險矣哉！

報復之理。

身上，至死猶然戀戀。又如晉朝石崇❸，愛一箇綠珠❹，不捨得送與孫秀❺，被他族滅。唐朝喬知之❻愛一妾，至于為武三思❼所害。至若耳目所聞見，杭州一箇秀才，年紀不多，也有些學問，只是輕薄好挨光❽，討便宜。因與一箇賭行中人往來，相好得緊，見他妻子美貌，他便乘機勾搭，故意叫婦人與他首飾，着他徹夜去賭，自己得停眠整宿。還道不像意，又把婦人拐出，藏在墳庵裡。他丈夫尋人時，反幫他告狀，使他不疑。自謂做得極好，不意被自家人知覺，兩箇雙雙自縊在庵中。把一箇青年秀才倍着紅粉佳人去死，豈不可惜？又還有踹人渾水，佔了人拐帶來的女人，後來事露，代那拐帶的吃官司，吃敲吃打；奸人妻子，被人殺死；被傍人局詐。這數種，却也是尋常有的，不足為奇。如今單講的是貪人美色，不曾到手，却也騙去許多銀子，身受淩辱的，與好色人做箇模樣。

---

❸石崇：西晉人，累官至侍中。永熙元年（西元二九〇年），出為荊州刺史，以劫掠客商致富。與貴戚王愷、羊琇爭富。

❹綠珠：石崇愛妾。趙王倫專權時，其黨孫秀曾向石索取被拒。石崇被逮，她墜樓身亡。宋樂史有傳奇小說綠珠傳。

❺孫秀：人名。晉人。以事趙王（司馬倫）得寵。為人「多殺忠良，以逞私欲」（晉書趙王倫傳），逼惠帝禪位，造成八王之亂。後被殺。

❻喬知之：人名。唐代同州馮翊人。以文辭知名。武后時除右補闕，遷左司郎中。著有文集二十卷，以所修舊唐書經籍志傳於世。

❼武三思：人名。武則天侄。武則天臨朝，曾封梁王，參與國事。中宗復位後，他進開府儀同三司。後被殺。

❽挨光：「吃豆腐」之意。

不要酸
他一箇
。
妙。

話說浙江杭州府，宋時名為臨安府，是箇帝王之都。南柴北米，東菜西魚，人煙極是湊集，做了箇富庶之地，却也是狡獪之塲。東首一帶，自錢塘江直通大海，沙灘之上，灶戶各有分地，煎沙成鹽，賣與鹽商，分行各地。朝廷因在杭州菜市橋設立批驗鹽引所，稱掣放行，故此鹽商都聚在杭城。有一箇商人姓吳名爚字爾輝，祖籍徽郡，因做鹽，寓居杭城箭橋大街。年紀三十二三，家中頗有數千家事。但做人極是嗇吝，真是一箇銅錢八箇字，臭猪油成罈，肉却不買四兩。憑你大熟之年，米五錢一石，只是吃些清湯不見米的稀粥。外面恰又粧餙體面，慣去闖寡門，喫空茶，假躭風月。見一箇略有些顏色婦人，便看箇死。苦是家中撞了箇嫗人，年紀也只三十歲，却是生得胖大，雖沒有晉南陽王保身重八百觔，却也重有一百廿。一箇臉大似面盤，一雙脚夫妻兩箇可互穿得鞋子。房中兩箇丫鬟：一箇秋菊，年四十二；一箇冬梅，年三十八。一箇髻兒長歪扭在頭上，穿了一雙靸鞋，日逐在街坊上買東買西，身上一件光青布衫兒，齷齪也有半寸多厚。正是：

何處生來窈窕娘，懸河口闊劒眉長；
不須輕把裙兒揭，過處時聞醬醋香。

只因家中都是羅刹婆、鬼子母❾，把他眼睛越弄得餓了，逢着婦人，便出神的看。時嘗為到鹽運司去，往猫兒橋經過。其時橋邊有箇張二娘，乃是開機坊王老實女兒，哥哥也在學，嫁與張二官，叫名張轂。

❾鬼子母：罵人的話，意同「羅刹婆」。羅刹婆，鬼婆。羅刹，梵文，惡鬼名。

張家積祖原是走廣生意，遺有帳目。張轂要往起身進廣收拾，二娘阻他，再三不肯，止留得一箇丫鬟桂香伴他。不料一去十月有餘，這婦人好生思想。正是：

曉窗睡起靜支頤，兩點愁痕滯翠眉；
雲鬢半鬆慵自整，王孫芳草係深思。

思婦圖不過如此。

當時沒情沒緒的倚着樓窗看。一日，恰值着吳爾輝過，便釘住兩眼去看他。婦人心有所思，那裡知道他看？也不躲避。他道這婦人一定有我的情，故此動也不動，賣弄身分。以後粧扮得齊齊整整，每日在他門前幌，有時遇着，也有時不遇着。心中嘗自道：「今日這一睃，是丟與我的眼色；那一笑，與我甚是有情。」若不見他在窗口時，便踱來踱去，一日穿梭般走這樣百十遍。

痴情。

也是合當有事，巧巧遇着一箇光棍，道：「這塌毛甚是可惡，怎在這所在，哄誘人良家婦女。」意思道他專在這廂走動，便拿他鵞頭⑩。不料一打聽，這婦人是良家，丈夫雖不在家，卻極正氣，無人走動。這光棍道：「待我生一計弄這蠻子。」算計定了，次日立在婦人門首，只見這吳爾輝看慣了，仍舊這等側着頭、斜着眼，望着樓窗走來。光棍卻從他背後，輕輕把他袖底一扯，道：「朝奉⑪。」吳爾輝正看得高興，吃了一驚，道：「你是甚人？素不相識。」這光棍笑道：「朝奉，我看你光景，想是看想

⑩ 鵞頭：俗稱痴人為鵝頭。

⑪ 朝奉：或叫「奉朝請」，本是一種政治待遇。後世用作對富戶、商人和店鋪管事人等的稱謂，叫「朝奉」。

極態。

不怕不誤認作他妻。

語漸入港。

□來。

落局。

這婦人。」吳爾輝紅了臉道：「並沒這事。若有這事，不得好死，遭惡官司。」光棍道：「不妨，這是我房下⑫，朝奉若要，我便送與朝奉。」吳爾輝道：「我斷不幹這樣事。」板着臉去了。次日，這箇光棍又買解，仍舊立在婦人門前，走過來道：「朝奉，舍下喫茶去。」吳爾輝道：「不曾專拜，叨擾不當。」那光棍又倍着他走，說：「朝奉，昨日說的，在下不是假話。這房下雖不曾與我生有兒女，却也相得。不知近日為些甚麼，與老母不投，兩邊時常鬬氣，老母要我出他。他人物不是獎說，也有幾分。性格待我極好，怎生忍得？只是要做孝子，也做不得義夫。況且兩硬必有一傷，不若送與朝奉，得幾十兩銀子，可以另娶一箇。他離了婆婆，也得自在。」吳爾輝道：「恩愛夫妻，我仔麼來折散你的？況且我一箇朋友，討了一箇有夫婦人，被他前夫累累來詐，這帶箭老鴉，誰人要他！」光棍道：「我寫一紙離書與你是了。」吳爾輝道：「若變臉時，又道離書是我逼勒寫的，便畫把刀也沒用。我仔麼落你局中？」光棍道：「這斷不相欺。」吳爾輝道：「這再處。」自去了。到第三日，這光棍打聽了他住居，自去相見。吳爾輝見了，怕裡面聽得，便一把扯着道：「這不是說話處。」倒走出門前來。那光棍道：「覆水難收，在下再無二言。但只是如今也有這等迷痴的人，怪不得朝奉生疑。朝奉若果要，我便告他一箇官府執照，道他不孝，情愿離婚，聽他改嫁，朝奉便沒後患了。」吳爾輝沉吟半日，道：「怕做不來。你若做得來，拿執照與我時，我兌二十兩；人到我門前時，找上三十兩，共五十兩，你肯便做？」光棍道：「少些。似他這標致，若落水，怕沒有二百金？但他待我極恩愛，今日也是迫於母命，沒柰何，怎忍做這沒陰隲事？好歹送與朝奉，一百兩罷。」吳爾輝道：「太多，再加十兩。」兩邊又說，說到七

⑫ 房下：舊指妻妾。

十兩，先要執照為據兌銀。此時光棍便與兩箇一般走空騙人好伙計，商量起來，做起一張呈子，便到錢塘縣。此時本縣缺官，本府三府署印，面審詞狀。這光棍遞上呈子，那三府接上一看：

具呈人張青

呈為懇恩除逆事。切青年幼喪父，依母存活。上年蹇娶悍婦王氏，恃強抵觸，屢訓不悛，忤母致病。里隣陳情、朱吉等證，痛思忤逆不孝，事關七出⑬。軀婦不去，孀母不生。叩乞批照離嫁，實為恩德。上呈。

如此口才，不是納粟三府。

那三府看了呈，問道：「如今忤逆之子，多係愛妻逆母。你若果為母出妻，可謂孝子。但只恐其中或是夫妻不和，或是寵妾逐妻，種種隱情，駕忤逆為名有之，我這邊還要拘兩隣審。」光棍道：「都是實情。老爺不信，就着人拘兩隣便是。」三府便掣了一根籤，叫一箇甲首分付道：「拘兩隣回話。」

如此粧點，明者不識。

這甲首便同了光棍，出離縣門。光棍道：「先到舍下，待小弟邀兩隣過來。」就往運司河下便走。將近肚子橋，只見兩箇人走來，道：「張小山，仔麼這樣獃？」光棍便對甲首道：「這是我左隣陳望湖，這是右隣朱敬松。」那敬松便道：「小山，夫妻之情，雖然他有些不是，衝突令堂，再看他半年三月處置。」光棍道：「這樣婦人，一日也難合夥，說甚半年三月。」陳望湖道：「你如今且回去，再接他阿

⑬ 七出：亦作「七去」。舊時休棄妻子的七種理由。大戴禮記本命：「婦有七去：不順父母去，無子去，淫去，妒去，有惡疾去，多言去，竊盜去。」

又敲緊。

語語傳神。

自是衙門口吻。

搜索極矣。

哥，同着我們勸他一番。又不改，離異未遲。」光棍道：「望湖，我們要做人家的人，不三日五日大鬧，碗兒、盞兒甩得沸反，一月少也要買六、七遭，便一生沒老婆，也留他不得。如今我已告准，着這位老牌來請列位面審，便准離了。」敬松道：「只可打攏，仔麼打開？我不去，不做這沒陰隲事。」甲首道：「現奉本縣老爺火籤拘你們，怎推得不去？」陳望湖道：「這也是他們大娘做事拙，實的虛不得。」光棍道：「今日我們且同到舍下坐一坐，明日來回話。」甲首道：「老爺立等。」敬松道：「這時候早堂已退了，晚堂不是回話的時節，還是明日罷。」陳望湖道：「巧言不如直道，你畢竟要了落老牌。屋裡碗碟昨日打得粉碎，令正⓮沒好氣，也不肯替你安排，倒不如在這邊酒店裡坐一坐罷。」四箇便在橋邊酒店坐下，一頭喫酒，一頭說。敬松道：「看不出，好一箇人兒，仔麼這等狠？」陳望湖道：「令堂也瑣碎些，只是逆來順受，不該這等放潑，出言吐語，教道鄉村。」甲首道：「這須拿他出來，槮他一槮，打他二十箇巴掌，看他怕不怕。」光棍道：「倒也不怕的。」敬松道：「罷，與他做甚冤家。等他再嫁箇好主顧。」差人道：「不知甚麼人悔氣哩！」喫了一會，光棍下樓去了一刻，稱了差使錢來。差人不喫飯，寫了一箇飯票。這三箇都喫了飯，送出差使錢來，差人捏一捏，道：「這原不是鬬毆戶婚出土，講得差使起的。只是也還輕些。」敬松道：「這裡想有三分銀子，明日回話後，再找一分。」差人道：「再是這樣一箇包兒罷。」陳望湖道：「酌中，找二分罷。」差人道：「明日我到那邊請列位。」望湖道：「沒甚湯水，怎勞你遠走？明日絕早，我們三箇自來罷。」差人道：「這等明早懊來橋邊會，火籤躭延不得的。」

⓮ 令正：對別人妻子的尊稱。

次早，差人到得橋邊，只見三箇已在那邊，就同到縣中。伺候升了堂，差人過去繳籤，禀道：「帶兩隣回話的。」三府便道：「仔麼說？」光棍道：「小人張青，因妻子忤逆母親，告照離異，蒙著喚兩隣審問，今日在這邊伺候。」三府道：「那兩隣仔麼說？」只見這兩箇道：「小人是兩隣。這張青是從小極孝順的，他妻子委是不賢，常與他母親爭兢，前日失手推了母親一交，致氣成病，以致激惱老爺。」三府道：「這還該拿來處。」光棍便叩頭道：「不敢費老爺天心，只求老爺龍筆賜照。」三府便提起筆寫道：

王氏不孝，兩隣證之已詳，一出無辭矣。姑免拘究，准與離異。

批罷，光棍道：「求老爺賜一顆寶。」三府便與了一顆印。光棍又用了一錢銀子，掛了號，好不欣然。來見吳爾輝，吳爾輝看了執照道：「果然。你肯把他嫁我？」光棍道：「不嫁你，告執照？」爾輝滿心歡喜，便悄悄進去，拿了一封銀子，十七兩搖絲，三兩水絲。光棍看了道：「兌准的麼？後邊銀水還要好些，明日就送過來。」爾輝道：「我還要擇一日。今日初七，十一日好，你可送到葛嶺小庄上來。」那光棍已是誆了二十兩到手了。樂極。

第二日，央了箇光棍，穿了件好齊整海青，戴了頂方巾，他自做了伴當，走到張家來。那光棍先走到坐啟布簾邊，叫一聲：「張二爺在家麼？」婦人在裡邊應道：「不在家。」光棍便問道：「那里去了？」裡邊又應道：「一向廣裡去，還未回。」只見戴巾的對光棍道：「你與他一同起身的，怎還未

如此正添他疑。

似含似吐，鈎人之法。

伶牙利齒，語語有針線。

越見得是實。

回？」光棍道：「我與他同回的，想他不在這邊，明日那邊尋他是了。」戴巾的轉身便去。那婦人聽了，不知甚意，故忙叫：「老爹請坐喫茶，我還有話問。」那人已自去了。婦人道：「桂香，快去扯他管家來問。」此時這光棍故意慢走，被桂香一把拖住，道：「娘有話問你。」光棍道：「不要扯，老爹還要我跟去拜客。」桂香只是拖住不放，扯到家中，婦人問道：「你們那家，幾時與我二爺起身？如今二爺在那邊？」這人趦趄不說。婦人叫桂香拿茶來，道：「一定要你說箇明白。」光棍道：「我姓俞，適纔來的是我老爹，叫我在廣東做生意。你們二爺一同起身，因二爺缺些盤纏，問我借了幾兩銀子，故此我老爹來拜。」婦人道：「他仔麼沒盤纏？」光棍道：「他銀子都買了蘇木、胡椒與銅貨，身邊剩得不多，故此問我們借。」婦人道：「他幾時起身？」光棍道：「是三月初三。」婦人道：「你幾時到的？」光棍道：「前月廿八。」婦人道：「怎同來，他又不到？你說明日那邊尋，是那邊？」光棍道：「我說明日再尋他，不曾說那邊。」婦人道：「我明明聽得的。好管家，說了我謝你。」光棍道：「說了口面⑮狼藉，又是我的孽。」又待要走，婦人便趕來留，說：「桂香，我針線匾裡有一百銅錢，拿來送管家買酒喫。」光棍道：「說便說，二娘不要氣。」婦人道：「我不氣便了。」光棍道：「你二爺在廣時，曾闞（闞）一箇楊鸞兒，與他極過得好，要跟二爺來。二爺不肯，直到臨起身，那楊鸞哭哭啼啼，定要嫁他，身邊自拿出一主銀子，把二爺贖身，二爺一厘不曾破費。因添了一箇內眷，又討了一箇丫頭，恐怕路上盤纏不彀，問我借銀十兩同來。」婦人道：「既同來，得知他在那裡？」光棍道：「這不好說。」婦人道：「這一定要說。」光棍道：「這內眷生得也只二娘模樣，做人溫柔，身邊想還有錢。二爺怕與

⑮ 口面：爭吵。

二娘合不來，路上說要尋一箇庄，在錢塘門外與他住。故此到江頭時，他的貨都往進龍浦、赤山埠湖裡去，想都安頓在庄上。目下也必定回了。」婦人道：「如何等得他回？一定要累你替我去尋他。」光棍道：「我為這幾兩銀子，畢竟要尋他，只是不好領二娘去。且等明日，尋着了他，來回覆。」這光棍騙了一百錢去了。

這婦人氣得不要，人上央人，去接阿哥王秀才來。把這話一說，連那王秀才弄得將信將疑，道：「料也躲不過，等他自回。」婦人道：「他都把這些貨發在身邊發賣，有了小老婆，又有錢用，這黑心忘八還肯回來？好歹等那人明日回覆，後日你倍我去尋他。」兄妹兩箇喫了些酒，約定自去。等到初十下午，只見這光棍走將來，桂香看了，忙趕進去道：「那人來了。」這婦人忙走出道：「曾尋着麼？」光棍道：「見了，在錢塘門外一箇庄上。早起老爹去拜，你二爺便出來相見，留住喫飯。這貨雖發一半到店家，還未曾兌得銀子，約月半後還。姨娘因我是同來熟人，叫我到裡面，與我酒喫。現成下飯，饒（燒）鴨、煸蹄子、湖頭鯽魚，倒也齊整。姨娘不象在舡中穿箇青布衫，穿的是玄色水紗衫，白生絹襖，襯水紅胡羅裙，打扮得越嬌了。二爺問我道：『你曾到我家麼？』我道：『不曾。』他說：『千定不可把家中得知。』昨日不曾分付得，我又尖了這遭嘴。」這婦人聽了，把脚來連頓幾頓，道：「有這忘八，你這等穿喫快活，丟我獨自在家，明早央你替我同丟尋他。」光棍道：「怕沒工夫，況且我領了你去，張二爺須怪我，後邊不好討這主銀子。」婦人道：「你只領我到，我自進去罷。日後銀子，竟在我身上還，沒銀子我便點他貨與你。」又留他吃了些酒，假喃喃的道：「沒要緊，又做這場惡。」婦人又扎縛他道：「我們明日老等你，千定要來。」光棍去了。婦人隔夜約定轎子，又約了王秀才，清晨起來，賷了飯，

婦人急性如此。

有理，有理。

語語動火。

筆有化工。

安排了些魚肉之類。先是轎夫到，次後王秀才來，等了半晌，這光棍洋洋也到。那婦人好不心焦，一到便叫他喫了飯，分付桂香看家，婦人上了轎，王秀才與光棍隨着，一行人望錢塘門而來。

痴想。

這廂吳爾輝自得了執照，料得穩如磐石，只是家中嫗人不大本分，又想張家娘子又是不怕阿婆的，料也不善，恐怕好日頭爭競起來。他假說蕪湖收帳，收拾了鋪陳，帶了箇心腹小郎歡哥、一箇小廝喜童，來到湖上，賃了箇庄，稅了張好涼床、桌椅，買了些動用家伙，碗盞簇新，做頂紅滴水月白胡羅帳，綿細被單，收拾得齊齊整整，只等新人來。只見這張家轎夫擡箇落山健，早已出錢塘門，光棍與王秀才走了一身汗，也到城外。婦人推開簾兒問道：「到也不曾？」光棍道：「轉出湖頭便是。只是二娘這來，須見得張二爺好說話。若他不在，止見得姨娘，他一箇不認帳，叫我也沒趣。況且把他得知了，移了窠，叫我再那裡去尋？如今轎子且離着十來家人家歇，等我進去先見了，我出來招呼，你們便進去；我不出來，你們不要沖進。我直要騙他到廳上，叫他躲不及你們方好。」王秀才連聲道：「有理，有理。」就歇下轎，王秀才借人家門首坐了。光棍公然搖擺進去，見了吳爾輝。吳爾輝道：「來了麼？」光棍道：「轎已在門前，說的物可見賜。」吳爾輝說：「待人進門着。」光棍道：「這吳朝奉，轎在門前，飛了去？只是在下也有些體面，就是他令兄，也是箇在庠朋友，見在外邊送。當面在這裡兌銀子，不惟在下不成模樣，連他令兄也覺難為。如今我自領了銀子去，等他令兄進來。只是他令兄，朝奉須打點一箇席兒待一待，也是朝奉體面。」吳爾輝便叫小廝去看，道：「果然轎子歇在十來家門前。」爾輝便叫小廝去叫厨子，將銀子交出，都不是前番銀子，一半九二三逼沖，一半八程極逼火。光棍道：「朝奉不忠厚，怎拿這銀子出來？要換過。」吳爾輝道：「兄胡亂用一用罷。這裡寓居，要換不便。」光棍定要換，吳

是，是。

□是□□好□。

巧言。

他道是會討便

宜，誰知究竟不曾佔得。

爾輝便拿出一兩逼火，道：「換是沒得換，兄就要去這兩作東罷。」光棍恐怕躭延長久，婦人等不得趕進來，便假脫手道：「罷，罷，再要添也不成體面。」作辭去了。走到轎邊，道：「兩箇睡得高興，等了半日纔起來。如今正在廳上與箇徽州人說話，快進去。」婦人聽了，忙叫轎夫，一箇偏在那裡繫草鞋帶不來，婦人恨不得下轎跑去，便與王秀才一同闖進庄門。

各說自話，有趣有趣。

吳爾輝正穿得齊齊整整的，站在那邊等王秀才。這婦人一下轎道：「欺心忘八，討得好小！」那吳爾輝愕然道：「這是你丈夫情愿嫁與我，有甚欺心？」婦人一面嚷，王秀才道：「舍妹夫在那裡？」吳爾輝道：「學生便是。」王秀才道：「混帳！舍妹夫張二兄在那裡？」吳爾輝道：「他收了銀子去了，今日學生就是妹夫了。」王秀才道：「他收拾銀子躲了麼？聞他娶一箇妾在這裡。」吳爾輝道：「娶妾的便是學生。」王秀才道：「妹子不要嚷，我們差來了，娶妾的是此位，張二已躲去了，我們且回罷。」吳爾輝道：「仔麼就去？令妹夫已將令妹嫁與學生，足下來送，學生還有箇薄席，一定要寬坐。」王秀才道：「這等，叫舍妹夫出來。」吳爾輝道：「他拿了銀子去了，還在轎邊講話。」此時說來，都是驢頭不對馬嘴，婦人倒弄得打頭不應腦，沒得說。王秀才道：「纔方轎邊說話的，是俞家家人，是領我們來尋舍妹夫的，那裡是舍妹夫？」吳爾輝道：「正是你前邊令妹夫。他道令妹不孝，在縣中告了箇執照，得學生七十兩銀子，把令妹與學生作妾。」王秀才道：「奇事！從那邊說起？舍妹夫在廣東不回，是這箇人來說與他同回，帶一箇妾住在這廂，舍妹特來白嘴。既沒有妾在此，罷了，有甚得你銀子？嫁你作妾事？」吳爾輝道：「拿執照來時，兌去二十，今日兌去五十，明明白白。令妹夫得銀子去，仔麼沒人得銀？」扯了王秀才道：「學生得罪！宅上不曾送得禮來，故尊舅見怪，學生就補來。桶兒親，日後正

還自認後邊妹夫。

妙，妙。

要來往，恕罪，恕罪！」王秀才道：「仔麼說箇禮？連舍妹早喪公婆，丈夫在廣，有甚不孝，誰人告照？」吳爾輝道：「尊舅歪廝纏，現有執照離書在此。」忙忙的拿出來看。王秀才看了道：「張青也不是舍妹夫名字。是了，你串通光棍，誆騙良人妻子為妾。」一把便來搶這執照。吳爾輝慌忙藏了，道：「你搶了，終不然丟去七十兩銀子？這等是你通同光棍，假照誆騙我銀子了。」王秀才道：「放屁！」一掌便打過去，吳爾輝躲過，大叫道：「地方救人！光棍圖賴婚姻打人！」王秀才也叫道：「光棍強佔良人妻子，歐辱斯文！」鬨了一屋的人，也不知那箇說的是。王秀才叫轎夫且擡了妹子回去：「我自與他理論。」吳爾輝如何肯放，傍邊人也道：「執照真的，沒一箇無因而來之理。」兩下甚難解交。

巧巧兒按察司湖舡中喫酒回，一聲屈，叫鎖發錢塘縣審。發到縣來，王秀才說是秀才，學中討收管。吳爾輝先在鋪中受享一夜。次日，王秀才排了破靴陣，走到縣中，行了箇七上八落的庭參禮。王秀才便遞上一張是「假照誆佔事」，道：「生員有妹嫁與張轂，土豪吳爚乘他夫在廣，假造台臺執照，強搶王氏，以致聲冤送臺，伏乞正法。」你一句，我一句，那三府道：「知道，我一定重處。」就叫這一起。只見吳爚也是一張狀子，道「誆刼事」，道：「無子娶妾，遭光棍串同王氏，誆去銀七十兩。」那三府道：「王生員，你那妹子沒箇要嫁光景，怎敢來佔？」王秀才道：「生員妹子原有夫張轂，在廣生理。土豪吳爚貪他姿色，欺他孤身，串通光棍，假稱同夥，道生員妹夫娶妾在吳爚家，誆生員妹子去。若不是生員隨去，竟為強佔了。」三府叫吳爚道：「你怎敢強佔人家子女？」吳爚道：「小人因無子要娶妾，王氏夫張青拿了爺臺執照，說他妻子不孝，老爺准他離異，要賣與小的。昨日他送這婦人到門，兌七十兩銀子去，却教這王生員道小人強佔，希圖白賴。」就遞上抄白執照。三府道：「王生員，這執照莫不

不得一夜快活，先受一夜凄涼。

是果有的事？」王秀才道：「老大人，舍妹並無公婆，張轂未回，兩隣可審，見在外邊。」三府道：「叫進來。」只見眾鄰里一齊跪在堦下。三府道：「叫一箇知事體的上來。」一箇趙裁縫便跪上去。三府道：「張青可是你隣里麼？」趙裁道：「小的隣舍只有張轂，沒有張青。」三府道：「是張轂麼？」趙裁道：「是，是。」三府道：「如今在那裡？」趙裁道：「舊年八月去廣裡未回。」三府道：「王氏在家與何人過活？」趙裁道：「他阿婆三年前已死，阿公舊年春死在廣東，家中止有一箇丫頭桂香。」三府道：「他前日為甚麼出去？」趙裁道：「是大前日，有箇人道他丈夫討小在錢塘門外，反了兩日趕去的。餘外小的不知。」三府道：「你不要謊說！」趙裁道：「謊說前程不吉。」三府道：「你莫不是買來兩隣？」趙裁慌道：「見有十家牌，張轂過了，趙志裁縫生理便是小的。」三府討上去一看，上邊是：

一冒也過。

學說話，小人的本色。

周仁酒店　吳月織機　錢十淘沙　孫經挑脚　馮煥篦頭　李子孝行販　王春縫皮　蔣大成摩鏡

共十箇，並沒箇陳清、朱吉，心裡也認了幾分錯。就叫吳爚道：「執照是你與張青同告的麼？」吳爚道：「是張青自告的。」三府道：「你娶王氏，那箇為媒？」吳爚道：「小的與他對樹剝皮，自家交易的。」三府道：「兌銀子時，也沒人見了？」吳爚道：「二十兩搖絲，五十兩沖頭，都是張青親收。」三府道：「在那家交銀？婦人曾知道麼？」吳爚道：「昨日轎子到門交的銀子，原說瞞着婦人的。」三府道：「好一箇兀突蠢材！娶妾須要明媒，豈有一箇自來交易的？」吳爚道：「小的有老爺執照為據。」三府道：「拿上來。」吳爚道：「小的已抄白在老爺上邊，真本在家裡。」三府便叫前日拘張青兩隣差人。那甲

再處都好。

拿倒。

開門。

如此歸結王氏，簡而盡。

首正該班，道：「是小的。」三府道：「張青住在那裡？」答應道：「說在荐橋。」三府道：「你仍舊拘他與兩隣來。」甲首道：「那日是他自來的，小的並不曾認得所在。」三府道：「又是一箇糊塗奴才！」三府便叫：「王生員，我想，你兩家都為人賺了。你那妹子原無嫁人的事，不消講了。」便叫吳爚：「你這奴才，若論起做媒沒人，交銀無證，坐你一箇誆騙人家子女，也無辭。」吳爚便叩頭道：「老爺冤枉。」「只是你還把執照來支吾，又道見婦人到門發銀，也屬有理。如今上司批發，不可遲延。限你五日內，與那差人這奴才尋獲張青。若拿不到，差人三十板，把這朦朧告照、局騙良人婦女罪名坐在你身上。」叫討的當保，王生員與王氏、隣里暫發寧家。

可笑這吳爚，在外吃親友笑，在家吃嫗人罵，道：「沒廉耻入娘賊，瞞我去討甚小老婆。天有眼，銀子沒了，又吃惡官司。」耐了氣，只得與差人東走西闖，賠了許多酒食，那裡去尋一箇人影兒？到第四日，差人對吳爚道：「吳朝奉，我認晦氣，跑了四日了，明朝該轉限。我們衙門裡人，匡得伸直脚打兩腿，你有身家的人，怎當得這拷問？況且『朦朧』、『誆騙』都是箇該徒的罪名，須尋得一箇分上纔好。」吳爚原是一箇臭吝不捨錢的，說到事在其間，也嗇吝不得，便與他去尋分上。正走間，一箇人道：「張二倒回來了，王秀才妹子着甚鬼，東走西跑打官司。」差人道：「我們也去看看，莫不是張青？」去時只見張家堆上許多貨，張彀還立在門前收貨，婦人立在簾邊。這張二且是生得標緻，與張青那裡有一毫相像。吳爚見了，越覺羞慚。正是：

柳姬⑯依舊歸韓子，叱利⑰應羞錯用心。

差人打合吳爚，尋了一箇三府鄉親，倒討上河，說要在王氏身上追這七十兩銀子。分上進去，三府道：「他七十兩銀子，再不要提起罷了。只要得王秀才不來作對，說你誆騙，還去惹他？但是上司批發，畢竟要歸結，止可為他把事卸在張青身上，具由申覆。」只這樣做，又費兩名水手。三府為他具由，把誆騙都說在張青身上，照提緝獲。吳爚不體來歷，罰穀，事完也用去百十兩。正是：

羊肉不喫得，惹了一身羶。

當時街坊上編上一箇掛枝兒道：

吳朝奉，你本來極臭極吝。人一文，你便當做百文。又誰知，落了煙花穽。人又不得得，沒了七十金。又惹了官司也，着甚麼要緊！

總之，人一為色欲所迷，便不暇致詳，便為人愚弄。若使吳君無意于婦人，棍徒雖巧，亦安能誆騙得他？只因貪看婦人，弄出如此事體，豈不是一箇好窺瞷⑱良家婦女的明鑒？古人道得好：「他財莫要，

---

⑯ 柳姬：傳奇小說人物名。見唐許堯佐柳氏傳，本事詩情感第一，亦有記載。柳氏傳敘柳氏與韓生（韓翃）的愛情故事，歷經磨難，終歸團圓。

⑰ 叱利：傳奇小說人物名。即柳氏傳中劫掠柳氏的番將沙叱利。

他馬莫騎。」這便是箇不受騙要訣。

雨侯曰：告照必審兩隣而後准，縣令亦精明矣，而卒售其欺。說者曰：「惜不拘婦人一審。」不知兩隣可假，婦人亦何不可假之有？甚哉！聽訟之難也。吳朝奉戀色亡財，却又散財免罪，黃金有用，竿牘有權，不其然乎！呵，呵。

冷眼郎曰：騙吳朝奉，則曰告照，是從徽人怕事處打入。誆張二娘，則曰娶妾，是從女子妬忌處想出。妙處更在有意無意，令人自墮其術中。此等機械，真是顛倒一世。使籌邊悟主者而具此作用，又何患主威不奮，邊患不寧耶？

⑱ 窺瞷：窺視；偷看。瞷，音ㄐㄧㄢˋ。

序

師之體尊矣，今日尋館、固館。嗟乎，患得患失，何所不至哉！得此可醒貪夫之娛（誤）人子弟、瞎漢之自誤其子弟者。此型謂作愚蒙之教師也可。

翠娛閣主人識

第二十七回 貪花郎累及慈親 利財奴禍貽至戚

莫笑迂為拙，須知巧是窮。奇謀秘計把人蒙。浪向纖纖蝸角，獨稱雄。　儉險招人忌，驕盈召鬼惘。到頭輸巧與天公。落得一身蕭索，枉忡忡❶。

右調南柯子

可與坡老西江月並。

這調是說巧不如拙。我嘗道拙的計在遲鈍，尺寸累積，鳩巢燕壘，畢竟成家；巧的趨在便捷，一旦繁華，海市蜃樓，終歸消滅。況且這天公又憐拙而忌巧。細數從來，文中巧的莫如班、馬，班固❷死于獄中，史遷❸身下蠶室；武中巧的莫如孫、吳，孫臏❹被龐涓刖足，吳起被楚宗室射死；詩中巧的莫如

妙喻。

說來悒鬱。

---

❶ 忡忡：音ㄔㄨㄥ　ㄔㄨㄥ。憂慮不安。

❷ 班固：人名。東漢史學家、文學家。字孟堅，扶風安陵（今陝西咸陽）人。曾任蘭臺令史，典校祕書。曾被告發私修國史而下獄，後獲釋。永元元年（西元二九年），因大將軍竇憲擅權罪，被牽連，死於獄中。所撰漢書，開創了中國斷代史的體例。

❸ 史遷：即司馬遷。西漢史學家、文學家、思想家。字子長，夏陽（今陝西韓城）人。曾任太史令，因替投降匈奴的李陵辯解，遭下獄，受腐刑。出獄後任中書令，完成史記，又稱太史公書，一百三十篇。是中國第一部紀傳體通史。

李、杜，李白身葬采石，杜甫客死四川；遊說中巧的莫如蘇、張，蘇秦車裂齊國❺，張儀笞辱楚相❻。就是目今，巧竊權是閹宦魏忠賢，只落得身磔家藉，子侄死徙；巧趨附是崔尚書一流，崔宦戮屍，其餘或是充軍，或是問徒，或是罷職。看將起來，真是巧為拙奴，巧為拙笑。就我耳中所聞，却有箇巧計賺人，終久自害的。

讀至此，又痛快矣。

說話浙江紹興府山陰縣，有一箇鄉宦姓陳，自進士，歷官副使。因與稅監抗衡，致仕回家。夫人鄭氏，生有一子，止得九歲。到是初中時，在楊州娶得一箇如夫人，姓杜，生有一子，已是十七歲了，喚名陳鑣，字我閑，已娶李侍御次女為妻。陳副使為他求師，畧在親友面前講得一聲。只見這邊同年一封薦書、幾篇文字，道「此人青年篤學，現考優等，堪備西席」。這相知一封薦書、幾篇文字，道「此人老成忠厚，屢次觀場，不愧人師」。又有至親至友薦的。陳副使擺撥不下，道：「青年的文字畢竟合時，但恐怕他輕佻沒坐性；老成的畢竟老于教法，但恐怕筆底違時。」正遲疑間，適值李親家李侍御薦一箇先生，姓錢名流，字公布，前道幫補❼，新道又是一等第六，是箇時髦。陳副使道：「丈人為女婿訪求，

好考語。

偏不然。

❹ 孫臏：人名。戰國時兵家。齊國人，孫武的後代。與商鞅、孟子同時。魏將龐涓忌其才，施以臏刑。後孫臏任齊威王軍師，大敗魏軍於桂陵與馬陵。

❺ 蘇秦車裂齊國：蘇秦約趙等五國聯合攻秦，趙封蘇秦為武安君。五國乘勝迫秦廢帝號，歸部分韓、魏侵地。齊國乘機滅宋。後燕將樂毅聯合五國攻齊，蘇秦反間計暴露，在齊國被車裂而死。

❻ 張儀笞辱楚相：張儀未得志時遊楚國，與宰相飲。宰相失璧，眾門下意謂為貧而無行的張儀所竊，掠笞數百，儀終不服。

❼ 幫補：幫助；彌補。

必定確的了。」便自家去一拜，就下了一箇請書。只見這先生年紀三十多歲，短鬚，做人極是謙虛，言語吶吶不出口，叩他經史，却又響應。陳副使道：「小兒雖是痴長，行文了兩年，其實一竅不通。今遇老師，一定頓開茅塞。」錢公布道：「末學疎淺，既蒙老先生、李老先生重托，敢不盡力！」陳副使想道：「我最怕如今秀才，纔一考起，便志氣囂，逞才傲物。似這先生，可謂得人了。」誰知這錢公佈，他筆底雖是來得，機巧甚是出人。他做秀才，不學這些不肖，日夕上衙門自壞體面，只是往來杭州代考。包覆試三兩一卷，止取一名，每篇五錢；若只要黑黑卷子，三錢一首。到府間價又高了。每考一番，來做生意一次。及至幫補了，他却本府專保冒籍，做活切頭。他自與杭、嘉、湖富家子弟包倒，進學三百兩。他自去尋有才有膽不怕事秀才，用這富家子弟名字進試，一百八十兩歸做文字的，一百二十兩歸他。覆試也還是這箇人，到進學却是富家子弟出來，是一箇字不做，已是一箇秀才了。回時大張旗皷，向親隣道：「冒籍進學。」又捱一兩年，待宗師新舊交接時，一張呈子，改回原籍，怕不是箇秀才？是　箇大手段人。陳副使不知道，送了張五十金關書，擇日啟館，却在陳副使東庄上。但見：

色莊者乎？

此價遍聞天下矣。

翠竹敲風，碧梧蔽日。疎疎散散，列幾樹瑤草琪葩；下下高高，出幾座危樓高閣。曲房臨水倚，朱欄碧檻水中浮；孤館傍山開，碧瓦紅簷山畔出。香拂拂花開別徑，綠陰陰樹滿閒堦。蕭條草滿少人來，一鳥不鳴偏更寂。

這先生初到館，甚是勤謹，每日講書講文，不辭辛苦，待下人極其寬厚。陳公子是公子生性，動不

先生派頭。

語足動人。

自知之明，妙。

一奇。

二奇。

動打罵，他都為他委曲周旋勸解，以此伏侍僮僕沒一箇不喜歡。就與陳公子或稱表字，或稱老弟，做來文字只是圈，說來話只是好。有時園中清話，有時庄外閑行，陳公子不是請箇先生，到是得箇陪堂❽，兩邊殊是相安。

忽一日，對陳公子道：「我閑，知道令岳薦我來意思麼？」陳公子道：「不知。」錢公布道：「令岳聞知令尊有箇溺愛嫡子之意，怕足下文理欠通，必至為令尊疎遠。因我是他得意好門生，故此着我來教足下。足下可要用心，不可負令岳盛意。」陳公子道：「正是。連日家父來討文字，學生自道去不得，不敢送去。」錢公布道：「足下文字儘清新，送去何妨？」陳公子道：「這等，明日送去罷。」錢公布道：「這且慢。令尊老甲科，怕不識足下新時調，還得我改一改拿去。」次早將來細細改了，留得幾箇之乎也者字，又將來圈了，加上批語送去。果然陳副使看了大喜，道：「這先生有功。」對如夫人說。這如夫人聽得兒子文理通，也大歡喜，供給極是豐厚。後邊陳副使誤認了兒子通，也曾大會親友面課，自在那邊看做，錢公布却令小廝將文字粘在茶盃下送與他，照本謄錄。一次，陳公子詐嫌筆不堪寫，館中取筆，把文字藏在筆管中與他，把一箇中外都瞞得陳公子是箇通人了。但是錢公布這番心，一來是哄陳副使，希圖固館；二來意思要得陳公子感激，時嘗齎助。不料止博得一箇家中供給齊整，便是陳公子也忘記了自己本色，也在先生面前粧起通來，譚文說理。先生時常在他面前念些雪詩兒，道：「家中用

火爐氷。

度不足，目下柴米甚是不給，欲待預支些修儀，不好對令尊講。」陳公子不過答應得聲「正是呢」，也不說是學生處先那幾何。幾番又道缺夏天衣服，故意來借公子衣服，要動他，公子又不買。錢公布心中便

❽ 陪堂：陪客；幫閒。

堪聽。

便撥過來。

可思，可思。

也怏怏，道：「這不識好的，須另用法兒敲他。」

一晚步出庄門，師徒兩箇緩緩的走，打從一箇皮匠門首過，只聽得一聲道：「打酒拿壺去！」這聲一似新鶯出谷、嬌鳥啼花，好不嚦嚦可聽。師徒二人忙擡頭看時，却是皮店厨邊，立着一箇婦人，羞羞縮縮，掩掩遮遮，好生標緻：

髻擁輕雲墮，眉描新月灣；
嫣然有餘媚，嬝娜白家蠻❾。

天下最好看的婦人，是月下、燈下、簾下，朦朦朧朧，十分的美人，有十二分。況村庄之中，走出一箇年紀不上二十來，眉目森秀，身體嬌柔，怎不動人？錢公布道：「這婦人是喫鍾兒的。」陳公子道：「先生怎知道？」錢公布道：「我只看見他叫打酒，豈不喫鍾兒？」陳公子道：「那秋波一轉，甚是有情。」錢公布道：「誰教你生得這等俏。」也是合當有事，陳公子走不過十數間門面，就要轉來，來時恰好皮匠打酒已回，婦人伸手來接，青苧衫內露出隻白森森手來，豈不可愛？陳公子便是走不動般，佇了一會方去。回到庄中，道：「好一箇苧羅西子，却配這箇麥粞包❿。」錢公布道：「只因老天配得不勻，所以常做出事來。你想這樣一箇婦人，配這樣一箇蠢漢，難道不做出私情勾當？」陳公子道：「只怕也有

❾ 蠻：似應作「孌」，美好貌。

❿ 麥粞包：粗糙之物。粞，音ㄒㄧ。碎米。

窮漢小影。

道學。

說王興二不過如此。

貞潔的。」錢公布道：「我閑，那箇人心不好高？只因他爹娘沒眼把來嫁了這廝，帽也不戴一頂，穿了一領油膩的布衫，補洞的水襪，上皮灣的宕口草鞋，終日手裡拿了皮刀，口中啣了苧線，成甚模樣；未必不厭他。若見一箇風流子弟，人物齊整，衣衫淹潤，有不輸心輸意的麼？雖然是這樣說，我們讀書人須要存些陰德，不可做這樣事。」誰知陳公子悔氣到了，恰是熱血在心，不住想他，撇開先生，常自覷望。似此數日，皮匠見他光景，有些惱了，因是陳公子，不敢惹他。

只見這日錢公布着了一雙舊鞋，拿了十來箇錢，去到他家裡打掌，把鞋脫與他，自坐着等。巧巧陳公子拜客回來，見了道：「先生在這裡做甚麼？」錢公布道：「在這裡打掌。」陳公子便捱到先生身邊，連張幾張不見。錢公布道：「你先回去。」那陳公子笑一笑道：「讓你罷。」去了。那皮匠便對錢公布道：「箇是高徒麼？」錢公布道：「正是。是陳憲副令郎。」皮匠便道：「箇娘戲！阿答⑪雖然不才，做箇樣小生意，阿答家叔洪僅八三，也是在學，洪論九十二舍弟見選竹溪巡司。就阿答房下⑫，也是張堪輿小峯之女。咱日日在箇向張望，先生借重對渠⑬話話，若再來張看，我定用打渠，勿恠麄魯。」錢公布道：「老兄勿用動氣，箇愚徒極勿聽說，阿答也常勸渠，一弗肯改，須用本渠一介大手段。」洪皮匠道：「學生定用打渠。」錢公布道：「勿用，我儂有一計，特勿好說。」便沉吟不語。皮匠道：「駝茶⑭來，先生但說何妨。」錢公布道：「渠儂勿肯聽教誨，日後做向事出來，陳老先生畢竟見恠。渠儂

⑪ 阿答：自稱。
⑫ 房下：妻妾。
⑬ 渠：他。

心不在此。

伏案。

好話。

公子，你儂打渠，畢竟喫虧。依我儂，只是老兄勿肯。」（讀作孔。）皮匠道：「但話。」錢公布道：「箇須分付令正哄渠進，老兄拿住子要殺，我儂來收扒，寫渠一張服辨⑮，還要詐渠百來兩銀子，渠儂下次定勿敢來。」皮匠歡天喜地道：「若有百來兩銀子，在下定作東，請老先生。」錢公布道：「箇用對分。」皮匠道：「便四六分罷。只陳副使知道咱伊？」錢公布道：「有服辨在東，怕渠？」此時鞋已縫完，兩箇又附耳說了幾句分手。

到得館中，陳公子道：「先生今日得趣了？」錢公布道：「沒甚趣。女子果然好箇女子，拿一鍾茶出來請我，一發潔淨噴香。」陳公子道：「果然。」錢公布道：「真當。」陳公子道：「這先生喫醋，打發我回，便同喫鍾茶也不妨。」錢公布道：「婦人倒是有情的，只是這皮匠有些簏魯，不好惹他。」陳公子道：「先生，你本怕我括上手，把這話來挫我。」錢公布道：「我好話，若惹出事來，須不關我事。」陳公子一笑，自回房去了。

次日，把脚下鞋子拆斷了兩針線脚，便借名縫綻，到他家來。只見皮匠不在，叫了兩聲，婦人出來，道：「不在家。」陳公子看時，越發俊俏，道：「要他做些生活，不在，大娘子胡亂替我縫一縫罷。」那婦人笑道：「不會。」公子便脫下來遞去，道：「大娘子看一看，不多幾針。」婦人來接時，公子便揑上一把，甚是軟滑柔潤。那婦人臉上一紅，道：「相公，斯文家不要簏魯。」公子也陪笑了一笑。婦人道：「明日來罷。」公子道：「明日晚來。」婦人道：「晚，他在隣家喫酒未得回，餉午罷。」公子

⑭ 駝茶：茶名。緊壓茶，一般為黑色。比喻心黑口緊。

⑮ 服辨：認罪供狀；認罪文據。

趦趄出門，婦人也丟一箇眼色，縮進去了。陳公子巴不得天明，又巴不得天晚，打扮得齊齊整整，戴了玉簪、金穵⑯，金茉莉筌⑰，一身紗羅衣服，袖子內袖了二三兩小錁兒，把一條白紗汗巾包了，對小廝道：「我出去就來，不必跟我。」逕到皮匠家來。此時局已成了，聽得他叫，皮匠便躲了，教婦人在裡面回報「不在」。陳公子聽得聲「不在」，便大踏步跳來。婦人已憐他落局，暗把手搖道：「不要來。」那公子色膽如天，怎肯退步？婦人因丈夫分付，只得往樓上便跑。陳公子也跟上，一把抱住，便把銀子渡去。那婦人接了，道：「且去，另日約你來。」陳公子道：「放着鐘不打，待鑄？」一連兩箇「親親」，伸手去扯小衣，只聽得樓門口脚步响，回頭看時，皮匠已拿了一把皮刀趕來了。公子急了，待往樓窓跳下，一望樓又高，捨不得性命，心又慌，那不得脚步，早被皮匠劈領一把，拏在地下。忙把刀來切時，却被婦人一把搶去，道：「王大哥！做甚賊勢？」那皮匠便將來騎住，劈臉墩上兩拳，公子便叫「饒命！」婦人又道：「打殺人也要償命，不要蠻。」公子又叫：「娘子救命！」只見欖上放着這婦人一雙雪白好裹脚，被皮匠扯過來，將手脚綑住。這公子嬌細人，驚得莫想掙一掙。

□□獨做。

情極。

正綑時，只聽得先生高高的唱着「本待學」過來，公子便高叫：「先生救我一救！」皮匠道：「我也正要捉這蠻子，一同送官。」便跳起身來，往下便走。却好先生正到門前，這皮匠一把揪住，便是兩掌。錢公布道：「這廝這樣可惡。」皮匠道：「你這蠻子，教學生強奸人婦女，還要強嘴！」錢公布道：「那那有有這這樣樣事？」陳公子又叫：「先生快來！」一結一紐，兩箇一同上樓。錢公布道：「我教

布置都趣。

⑯ 穵：挖的本字。

⑰ 筌：同「荃」，香草。

筆有化工。

你不要做這樣事，令尊得知，連我體面何在？」那皮匠又趕去陳公子身上狠打上幾下，道：「娘戲箇，我千難萬難討得箇老媽，你要戲渠！」公子熬不得，道：「先生快救我！」

野花艷偏奇，狂且着貪想；

浪思赤繩⑱繫，竟落青絲網。

忙中一字。

開門了。

伏案也好。

□救他□□□□。

先生便問道：「老兄，高姓？」皮匠道：「我是洪三十六。」先生便道：「洪兄，愚徒雖然弗好，實勿曾玷污令正。如今老兄已打了渠一頓，看薄面，饒了渠，下次再弗敢來。」皮匠道：「蒼蠅戴網子，好大面皮。雖是不曾到手，也喫渠親了兩箇嘴，定用打殺。」錢公布道：「罷！饒了渠，等渠再陪老兄禮罷。」皮匠道：「打虎不倒被虎咬。我弗打殺，定用送官立介宗案。」錢公布道：「到官也須連累尊正。」皮匠搖得頭落，道：「也顧勿得。」虧得婦人道：「我寧可死，決勿到官箇。你怕後患，寫渠一張，放子渠去罷。」公子道：「一憑娘子。」錢公布道：「洪兄，放渠起來寫。」皮匠只不做聲。錢公布道：「你還有甚題目話麼？」皮匠道：「我還要三百兩銀子，饒渠性命。」錢公布道：「那得多呵？送五兩折東陪禮。」皮匠便跳起道：「放屁！你家老媽官與人戲，那三、五兩便歇？」錢公布道：「不要麄糙。」公子綑縛不過，便道：「先生加他些。」自十兩起，直加至一百兩。皮匠還做腔，又虧得婦人道：「沒廉耻，把老婆騙錢，還只顧要。」皮匠與公布怕做出馬脚來，便住手。一時沒現錢，把身上

⑱ 赤繩：紅色繩子。傳說月下老人用此繩繫男女之足，使成夫婦。事見唐李復言續玄怪錄定婚店。

衣服、頭上簪空都除去，先生又到舘中，將他衣被，有七八十兩玩器手卷，都押在他家，限三日內銀贖，纔放陳公子起來，手脚已麻了。又拿了一枝爛頭筆、一張紙，要他寫。公子沒奈何，只得隨着皮匠口裡說寫去：

立服辨人陳某，不合于今四月廿三日，窺見隣人岑氏頗有姿色，希圖姦宿，當被伊夫洪三十六拿住，要行送官，是某情極央求親人錢某求釋，如或不悛，仍行窺伺，聽憑告理。立此服辨是實。

文理頗通，應出宿構。

寫到「聽憑告理」處，皮匠還念兩句道：「如岑氏遭逼不憤，致生事端，亦某抵償。」陳公子也待下筆，倒是錢公布道：「這事斷沒有得，不消寫，不寫了。」公子與錢公布俱押了字，方得出門。

嫩人。

那陳公子滿臉慚惶，錢公布又路上動喃道累他受氣，累他陪口分拆，後生家幹這樣沒要緊事。陳公子默默無言。到得房中，房中已收拾得罄盡，只得回家，對他妻說：「某好友要將田戤銀百兩」，騙得出來。果是先生去了半日，隨着人把衣服、書玩都一一搬來，只說婦人留住了金空、玉簪，說不曾有。次日連皮匠夫婦俱已搬去，公子甚是歡喜，道：「省得拿這張服辨在此刼持我。」不知裡邊有許多委曲。廿四日，陳公子回家去設處銀子，他就暗地到皮匠家去分了這些物件，只檢好玉瓶、古爐、好手軸，袖回舘中，又喫了他一箇肥東。到了廿五日，陳公子拿了銀到舘，交付錢公布，道：「先生，銀子已有了，快去贖來。怕老父到舘，不見這些玩物生疑。」公布道：「我就去。只是你忒老實，怎都是紋銀？你可收去十兩，我只拿九十兩去，包你贖來。」打發他出房，就將九十兩銀子收入書箱，把這幾件玩物帶到

一箇痴

極，一箇詐極。

皮匠家，慌慌張張的逕入裡邊。皮匠道：「銀子來了麼？」錢公布道：「還要銀子？那日我這節事，眾小廝都分付了，獨不曾分付得一箇，被他竟對主母說了。主母告訴了陳副使，昨日便叫了陳公子回去，說他不肖，今日親自府間下狀，連公子都告在裡邊，說你設局誆詐，明日準準差公來。我想這事怎好？我得錢，累你受害，故此把這些物件都歸了你，把你作官司本，只不要扯我在裡邊。」皮匠便跌腳道：「這原是你教我的，如今這些物件，到官都要追出去，把我何用？」婦人道：「我叫你不要做這事，如今咱伊？還是你儂同我，將這多呵物件，到陳衙出首便罷。」錢公布道：「這拿頭套枷戴，勿可，勿可。陳老先生只為錢，你不若把箇些物件還了陳公子，等渠還子爺，便無話哉。便公差來，你暫躲一躲便了。」皮匠還沒主意，到是婦人立定主意交還，止落得幾兩陳公子暗與他的銀子，錢公布自着人搬回了。他夫妻兩箇計議，怕一到官要難為，苦使家私無些，便收拾做一擔兒，兩箇逃往他鄉，實何嘗得這九十兩銀子，勒他簪、空？到午節邊，先生回，陳公子把存下十兩銀子分五兩送他，又送幾件玩器，彼此相忘。直至午節後，復到館，師生越加相得。

或先或後，文情煞是錯綜。亦是套。

一日，兩箇在竹陰中閑譚，只見花徑兩箇人走將進來，要見錢相公與陳相公。錢公布道：「是甚麼人？」兩箇俱披着衫兒，與他相見。那兩人道：「小人是本府刑廳，有事來見二位相公。」錢公布道：「刑廳有甚事來見我們？」那兩人道：「小可唐突。錢相公不諱流，陳相公不諱鑣麼？」錢公布道：「正是。」兩人道：「這等小可來得不差了。本主奉有按院批准洪三十六告詞，特來奉請二位相公。」錢公布道：「我們並不曉這人。」陳公子早已臉色驚白了。只見年紀老成公差道：「昨日那原告來請封條去封屍棺，兩在下曾會來，道是箇皮匠，陳相公倚勢姦他妻岑氏，以致身死。」錢公布道：「捉姦見雙，

刺心。

常態。

鋪排亦似。

口角宛然。

有何憑証？」那後生公差道：「豈有無証之理？他道有陳相公的服辨、買求的銀子，與錢相公過付。這事二位相公自與他分理，不干二在下事。」陳公子聽得事逼真，低了頭思想，不發一言。公布道：「官差吏差，來人不差，且備飯。」陳公子叫擺飯在水閣，問他兩箇姓名，一箇姓吳名江，號仰坡；一箇姓馮名德，號敬溪。兩箇畧謙一謙，便坐上邊。在席上假斯文，不大喫，又掉文淡，道：「敝廳主極是公明，極重斯文，二位去見必定周旋。況有令尊老爺分上，這蠻子三十板，一名老徒穩穩，二在下沒有箇不効勞。就是兩班門上一應人，若是兩在下管的，便沒敢來做聲。就是仵作，也聽兩在下說的。」喫了半日，假起身告辭。錢公布假相留，馮敬溪道：「正是。擾了半日，牌也不送看一看，倒是白捕了。夥計看牌，雖有箇例，如今二位相公體面中，且先送看。」吳仰坡便在牌包中檢出一張紙牌來，雙手遞與錢公布，公布便與陳公子同看。上寫道：

紹興府理刑廳為姦殺事：本月初六日，蒙浙江巡按御史馬，批准山陰縣告人洪三十六告詞到廳，合行拘審。為此，仰役即拘後開人犯，赴廳研審，毋違。須至牌者。

計拘：

陳　鑣　錢　流 俱被犯

張德昌　岑　岩 俱干証

洪三十六 原告

差人吳　江

究然。

好拿法。

錢公布看了，將來送還，道：「張、岑兩箇，是甚麼人？」吳仰坡道：「是他親隣。」說罷，師生兩箇計議，送他差使錢，是六兩作十兩。錢公布道：「拿不出。」加到九兩作十五兩，錢公布遞去。那吳仰坡遞與馮敬溪道：「夥計，二位相公盛意，你收了。」那馮敬溪揑在手中道：「多謝二位相公。不知是那一位見惠的？兩在下這一差，非是小可。原是接老爺長差，又央門官與管家襯副，用了一二十兩，纔得到手，怎輕輕易易拿出這箇包兒來？也須看『理刑廳』三箇字。」吳仰坡道：「夥計，這是看牌包兒，若說差使錢，畢竟我你二人一人一箇財主。」陳公子聽了木呆，錢公布附耳道：「口大，怎麼處？」陳公子道：「但憑先生，今日且打發他去。」錢公布道：「這不是甚差使錢，因館中有慢。」吳仰坡便插一句道：「這等明日陳爺那邊去領賞罷。」陳公子忙道：「不要去，只到這厢來。」錢公布道：「因慢，以此折東，差使後日了落。」吳仰坡道：「敝主甚是性急，洪三十六又在那厢催檢屍，二位相公投到了，若不出去，敝主出文書到學道申請，恐兩在下也扶持不得。」錢公布道：「且躭延兩日。」兩箇差人便起身作別，道：「這等後日會。」

飲若長鯨吸，貪如碩鼠⑲能。
從教挽大海，溪壑正難平。

⑲ 碩鼠：大鼠。詩魏風有碩鼠篇，譏刺了橫徵暴斂、不勞而獲的統治者。全詩三章，每章八句。第一章：「碩鼠碩鼠，無食我黍。三歲貫汝，莫我肯顧。逝將去汝，適彼樂土。樂土樂土，爰得我所。」

難之以所不敢。

餘波。

痴絕。

說來實話用。

買解。

可懼。

送了兩箇差人出去，錢公布連聲嘆氣道：「罷了。這前程定用送了。」又對陳公子道：「這事弄得拙，須求令岳、令尊解紛。」陳公子道：「家父知道，定用打殺。還是先生周支。」公布道：「我怎周支得？須求孔方⑳。如今若是買上不買下做，推官向貼肉揌，少也得千金。檢屍仵作也得三百。箇日鋪堂也要百來兩，再得二三百兩買囑這邊隣里，可以勝他，這是一着。恐怕他又去別處告。若上和下睦做，上邊央了分上，下邊也與洪三十六講了，討出了那張服辨，買了硬証，說他自因夫妻爭毆身死，招了誣，可也得千餘金。」陳公子道：「怎不見官，免致父親得知方好。」錢公布咬指道：「這大難。」想了又想道：「有箇機會。目今李節推行取，你如今匡得二百時銀與差人，教他回你在京中令岳處，我游學蘇州。裡邊還要一箇三百金分上，不然節推疑我們脫逃。書房中也得二百時銀，教他擱起莫催。洪三十六也得五七百金，與他講絕私和，不要催狀。待到新舊交接，再與差人與書房講，竟自抹殺。這可以不見官，但這項銀子就要的，如何是好？還再得一箇衙門中熟的去做事方好。」陳公子道：「又去央人彰揚，只累先生罷。但急切如何得這銀子？」錢公布道：「這須不在我，你自家生計策。或者親友處借貸些？」陳公子道：「如今這些鄉紳人家，欠他的如火之逼，借與他其冷如冰，誰人肯借錢？」公布道：「自古道：兒女之情，夫妻之情。你還到家中計議，或者令堂有些私房，令正嫁貲少可支持，後日差人就來了，被他逼到府前，四尊有令尊體面，討保這也還好，若道人命事大，一落監，這使費還多，你自要上緊。」陳公子思量無計，只得回家。

走到房，拿來茶水，只是不喫，悶悶昏昏，就望床中睡去。他夫婦是過得極恩愛的，見他這箇光景，

⑳ 孔方：錢。因銅錢中間有方孔，故云。

好揹勒。

點染絕佳。

便來問他道：「為着甚事來？」只見陳公子道：「是我作事差，只除一死罷。」李小姐道：「甚事到死的田地？說來。」陳公子只是拭淚不說。李小姐道：「丫鬟，叫書童來，我問他。」陳公子道：「不要叫，只是說來，你先要恠我。」李小姐道：「斷不恠你。」陳公子便將前日被皮匠逼詐，如今他妻死告狀，與先生計議事，都說了。李小姐也便驚呆道：「因姦致死，是要償命的，如何是好？」陳公子越發流淚，道：「我只是一死。」李小姐道：「若說丈人在家，教他與你父親去講，還是白分上好做。若說要二三千銀子，便我有些，都將來生放，箱中不過一二百，首飾一時典換不及，母家又都隨任，無可掇那，怎生來得？不若先將我身邊銀子且去了落差人，待我與婆婆再處。」可笑陳公子是嬌養慣的，這一驚與愁，便果然病起，先將銀子寄與錢公布，教他佈置。自己夫妻在家中暗地着人倒換首飾，一兩的也得五錢，折了好些。那邊錢公布又雪片般字兒來，道：「洪三十六又具狀弔屍棺，房裡要出違限。」真是焦殺。

這邊陳公子生母杜氏，聞得他病，自到房來。媳婦迎着，問道：「為甚忽然病起來？」李小姐道：「是箇死症，只是銀子醫得。」杜氏道：「是甚話！」來到床邊，看了兒子，道：「兒，你甚病？」陳公子也只不應。李小姐要說時，他又搖頭。杜氏道：「這甚緣故？」李小姐道：「嫡親的母親，便說何妨。」便將前事，細細說了一遍，道：「故此我說是死症，只要銀子。」杜氏聽了，不覺喫了一驚，道：「兒子，你真犯了死症了。我記得我隨你父親在關內做巡道時，也是一箇沒要緊後生，看得一箇寡婦，生得標緻，串通一箇尼姑，騙到庵中，欺姦了他，寡婦含羞自縊。他家告狀，縣官審實，解到你父親，那邊也有分上，你父親恠他壞人節，致他死，與尼姑各打四十，登時打死。這是我知道的，怎今日你又做這事？你要銀子，你父親向做清官，怎有得到我？就你用錢掙得性命出來，父親恠你敗壞他門風，料也不輕放你。」嘆一口氣，道：「我也空養了你一塲。」立起身去了。到晚間千思萬想，一箇不快活起來，竟自懸梁縊死。正是：

舐犢心空切，扶危計莫籌；
可憐薄命妾，魂繞畫梁頭。

到得次日，丫鬟見了，忙報陳副使。陳副使忙來看時，果是縊死，不知甚麼緣故。忙叫兩箇伏侍丫鬟來問時，道：「不知。」再三要拷打，一箇碧梧丫頭道：「日間歡歡喜喜的，自看大相公回來，便這等不快。喫晚飯時，只嘆一口氣道：『看他死不忍，要救他不能。』只這兩句話。」陳副使想道：「為兒子病，也不必如此。」正坐在樓上想，此時陳公子俱在房中來看，陳公子撫着屍，在那邊哭。只見書房中小廝書童走到陳公子身邊，見他哭又縮了開去，直待哭完了，蹴到身邊，遞一箇字與他。不期被陳副使看見，問道：「是甚麼字，這等緊要？」書童道：「沒甚字。」問公子，公子也道沒有。陳副使便疑，拿過書童要打，只得說錢相公字兒。陳副使便討來看，公子道：「是沒緊要事。」副使定要逼來，却見上邊寫道：

差人催投文甚急，可即出一議。

做出來。

正氣。

情語。

□只有□□。

有理。

陳副使見了道：「我道必有甚事。」問公子時，公子只得直奏。陳副使聽了大惱，將公子打上二三十，要行打死，不留與有司正法。却是李小姐跪下，為他討饒，道：「亡過奶奶，只這一點骨血，還求老爺留他。」陳副使哭將起來，一面打點棺木殯殮，一面便想救兒子之計。問公子道：「婦人是本日縊死的麼？」公子道：「事後三日搬去，那時還未死。初十日差人來說，是死了告狀。」副使道：「若是婦人羞憤自縊，也在本日，也不在三日之後。他如今移在那裡，可曾着人打聽麼？」公子道：「不曾。」副使道：「痴兒，你一定被人局了！」教把書童留在家中，要去請一箇陪堂沈雲巒來計議。

恰好此人因知如夫人歿了來望，陳副使忙留他到書房中。那雲巒問慰了，陳副使便道：「雲老，近日聞得不肖子在外的勾當麼？」沈雲巒道：「令郎極好，勤學，再不見他到外邊來，並沒甚勾當。」陳副使道：「雲老，不要瞞我。聞得不肖子近日因姦致死一箇婦人，現告按院，批在刑廳。」沈雲巒道：「是幾時事？」陳副使道：「是前月。」沈雲巒道：「這斷沒有的。一箇霹靂天下响，若有這事，堦坊上沸反，道陳鄉宦公子因姦致死了某人家婦人，怎耳朵裡並不聽得？」陳副使道：「不肖子曾見牌來。」沈雲巒道：「這不難。晚生衙門極熟，一問便知。」就接陳公子出來，問了差人名姓、模樣，原告名字、硃語，便起身別了陳家父子。逕到府前，遇着刑廳書手、舊相知徐蘭亭。沈雲巒道：「蘭老一向！」兩箇作了揖。沈雲巒道：「連日得采？」徐蘭亭道：「沒事。」沈雲巒道：「聞得陳副使乃郎人命事，整百講公事不興？」徐蘭亭道：「沒有。」沈雲巒道：「是按院批的。」徐蘭亭道：「目下按院批得三張：一張是強盜，上甲承應；一張是家財，中甲承應；我甲是張人命，是箇爭地界打殺的。沒有這紙狀子。」雲巒道：「有牌，差一箇甚吳江，老成朋友。」蘭亭道：「我廳裡沒有箇吳江，只有箇吳成，年紀三十來歲，麻子；一箇新進來的吳魁，也只廿五六歲，沒有這人。莫不批在府、縣？」沈雲巒說：「是貴廳。」蘭亭道：「敝廳實是沒有。」沈雲巒得了這信，便來回覆陳副使。副使道：「這等是光棍設局誆我犬子了。」雲巒道：「這差不多。看先生狠主張用錢，一定也有蹺蹊。」陳副使道：「他斯文人，斷無這事。」雲巒道：「老先生不知。近日衙門打發，有加二除的，怕先生也便樂此。如今只拿住假差，便知分曉。」

知面不知心。

這是三日開喪。先生見書童不來，自假弔喪名色來催。這邊陳公子因父親分付，假道：「有銀幾百兩，與先生拿去，却有弔喪的人，不得閑。」先生便一邊陪喪，一邊守銀。不期這陳副使與沈雲巒帶了幾箇家人在書房中，巧巧這兩箇假差走來，管園的道：「相公去見公子便來，二位裡面請坐。」一進門來，門早關上。兩箇撞到花廳，只見陳副使在那廂罵道：「你這兩箇光棍，便是行假牌，逼死我夫人的麼？」那小年紀的倒硬，道：「官差吏差，來人不差。現奉有牌。」副使道：「拿牌來看。」那小年紀的道：「廳上當官去看。」沈雲巒道：「你兩箇不要強。陳爺已見刑廳，道沒有這事，仔麼還要爭？」這兩箇聽了這一句，臉色皆青，做聲不得。陳副使便問：「洪三十六在那邊？」兩人答應不出。沈雲巒道：「這等，你二人仔麼起局？」陳副使叫聲：「打！」這些管家將來下老實一頓，衣帽盡行扯碎，搜了紙牌。陳副使問他：「詐過多少銀子？」道：「止得六十兩。」沈雲巒道：「令郎說一百二十，可見先生到得六十兩。」陳副使道：「這是先生串你們來的麼？」兩箇被猜着了，也不回言。陳副使教拴了，親送刑廳，一邊教公子欵住先生。到得府前，陰陽生㉑遞了帖，陳副使相見。陳副使道：「有兩箇光棍，

青天霹靂。

㉑ 陰陽生：亦指陰陽家。即以「擇日」、「星相」、「占卜」、「風水」為業的人。並特指「風水」、「擇日」者為風

手持公祖這邊假牌，說甚人命，嚇要小兒差使，詐去銀一百二十兩，西賓錢生員付証。如今又要打點衙門，與了落書房銀三百兩，小兒因此驚病，小妾因此自縊。要求公祖㉒重處。」那四府唯唯。副使遞過假牌，便辭起身。四尊㉓回廳，就叫書房，拿這牌與看，道：「這是那箇寫的牌？」眾書吏看了，道：「廳中原沒這事，都不曾寫這牌。便是花押也不是老爺的。甲首中也沒吳江名字。」四府聽了，便叫陳鄉宦家人與送來兩箇光棍帶進，道：「這牌是那裡來的？」兩人只叫：「該死！」四府叫：「夾起來！」這些衙門人原不曾得班裡錢，又聽得他假差詐錢，一人奉承一副短夾棍，夾得死去。那年紀小的招道：「牌是小的，硃筆是舅子錢生員動的。」四府問：「那洪三十六在那邊？」道：「並不曾認的，十証也是詭名。」四尊道：「這等，你怎生起這詐局？」道：「也是錢生員主張。」四尊道：「詐過多少銀子？」道：「銀子一百二十兩，錢生員分去一半。」四尊道：「有這衣冠禽獸！那一名是吳江？」道：「小人也不是吳江，小的是錢生員妹夫楊成，他是錢生員表兄商德。」四尊道：「錢生員是箇主謀了，如今在那裡？」道：「在陳副使家。」四尊叫把這兩人收監，差人拿錢生員。

陳管家領了差人，逕到家中，先把問的口詞對家主說了，然後去見錢公布，道：「錢相公，外邊兩箇刑廳差人要見相公。」錢公布道：「仔麼來到這裡？」起身來別陳公子，道：「事勢甚緊，差人直到這裡。」公子也只無言。陪賓送得出門，卻不是那兩人。錢公布道：「二位素不相識。」兩箇道：「適

的真。

□□定□□。

水先生。

㉒ 公祖：舊時士紳對知府以上地方官的尊稱。位較高者，亦稱老公祖等。

㉓ 四尊：主掌刑廳者。

纔陳副使送兩箇行假牌的來，扳有相公，特來奉請。」錢公布慌了道：「我是生員，須有學道明文纔拿得我。」差人道：「拿是不敢拿相公，只請去見一見兒。」錢公布左推右推，推不脫，只得去見四尊。四尊道：「有你這樣禽獸！人家費百餘金請你在家，你駕婦人去騙他，已是人心共惡。如今更假官牌去，又是官法不容，還可留你在衣冠中？」錢公布道：「洪三十六事，生員為他解紛，何曾騙他？」四尊道：「假牌事仔麼解？」公布道：「假牌也不是生員行使。」四尊道：「硃筆是誰動的？且發學收管，待我申請學道再問。」錢流再三懇求，四尊不理，自做文書申道。次日，陳副使來謝，四尊道：「錢流薄有文名，不意無行一至于此！可見如今延師，不當狗名，只當訪其行誼。如夫人之死，實由此三人，但不便檢驗，不若止坐以假牌。令郎雖云被局，亦以不撿招孼，這學生還要委曲。」陳副使道：「公祖明斷。只小犬還求清目㉔。」四尊道：「知道，知道。」過了數日，學道批道：「錢流設局穽人，假牌串詐，大干行止。先行革去衣巾，確審解道。」四尊即拘了錢流，取出這兩箇假差，先問他要洪三十六，楊成、商德並說不曾見面。問錢流，錢流道：「搬去，不知去向。」四尊要衛護陳公子不行追究，單就假牌上定罪，不消夾得。商德認了寫牌，錢流也賴不去僉押，楊成、商德共分銀一半，各有三十兩贓；錢流一半，都一一招成。四尊便寫審單道：

罵得痛快！

語凜凜可聽。

妙法。

錢流，宮墻蹻跖㉕也。硃符出之掌內，弄弟子如嬰孩；白鏹斂之囊中，蔑國法如弁髦。無知稚子，

㉔ 清目：亦作「青目」，關照；優待。

㉕ 蹻跖：即莊蹻、盜跖，古代兩個大盜。亦泛指盜賊。

床頭之骨欲支；薄命隹人，梁上之魂幾繞。即贓之多寡，乃罪之重輕。宜從偽印之條，以懲奸頑之咎。商德躬為寫牌，楊成朋為行使，罪雖末減，一徒何辭。陳鑣以狂淫而召釁，亦匍匐之可矜，宜傒洪三十六到官日結斷。張昌、岑岩俱係詭名，無從深究。

空說。

四尊寫了，將三人各打三十。錢流道：「老爺，看斯文分上。」四尊道：「還講斯文？讀書人做這樣事？」畫了供，取供房便成了招。錢流准「行使假牌，嚇詐取財」律，為首，充軍；楊成、商德為從，擬徒。申解，三箇罪倒輕了。當不得陳副使各處去講，提學、守、巡三道，按察司代巡各處討解，少也是三十，連解五處，止商德掙得命出。可憐錢公布用盡心機，要局人詐人，錢又入官，落得身死杖下。

煞可警人。

正是：

穽人還自穽，愚人秪自愚；
青蚨㉖竟何往，白骨委荒衢。

回波生紫瀾。

後來陳副使課公子時，仍舊一字不通，又知先生作弊誤人。將來關在家中，從新請一箇老成先生另教起。且喜陳公子也自努力，得進了學，科考到杭。一日，書童叫一箇皮匠來上鞋子，却是面善。陳公子見了道：「你是洪三十六？」那皮匠一擡頭，也認得是陳公子，便搗蒜似叩頭，道：「前日都是錢相

㉖ 青蚨：蟲名，也叫「魚伯」。後人亦稱錢為「青蚨」。

公教的。相公這些衣服、香爐、花瓶各項，第三日錢相公來說老爺告了狀，小人一一央錢相公送還，並不曾留一件。」陳公子道：「我有九十兩銀子與你。」皮匠又磕頭道：「九厘也不曾見，眼睛出血。」書童道：「你阿媽弔死了麼？」皮匠道：「還好好在家，相公要就送相公，只求饒命。」陳公子笑了又笑，道：「去，不難為你。」皮匠鞋也不縫，挑了擔兒飛走。書童趕上，一把扯住。皮匠道：「管家，相公說饒我了，管家你若方便，我請你呷一壺。」書童道：「誰要你酒喫。只替我縫完鞋去。」似牽牛上紙橋般，扯得轉來。書童又把錢公布假牌事一一說與，那皮匠道：「這賊娘戲，他到得了銀子，驚得我東躲西躲兩三年。只方纔一驚，可也小死，打殺得娘戲好。」陳公子又叫他不要喫驚，叫書童與了他工錢去了。方知前日捉姦，也是錢公布設局。

常人類然。

一等。

又一等。

品斯下矣。

可見從今人果實心為兒女，須要尋好人，學好樣。若只把耳朵當眼睛，只打聽他考案，或憑着親友稱揚，尋了箇倨傲的人，不把教書為事，日日奔走衙門，飲酒清譚，固是不好；尋了一箇放蕩的人，終日把頑耍為事，遊山玩水，宿娼賭錢，這便關係兒子人品；若來一箇奸險的，平日把假文章與學生哄騙父兄，逢考教他倩人懷挾，干預家事，挑撥人父兄不和，都是有的。這便是一箇榜樣，人不可不知。

雨侯曰：昔子瞻戲章子厚曰：一肚皮謀反家事。若胸中無經緯，也是一箇迂儒；若不以機權禦人，而以機詐欲穽人，吾恐鬼神忌之矣。

小引

窮達會有時，英雄豈無淚！驂騏驥而服軛，宜為昂首之鳴；息鯤鵬於水涯，終見凌風之舉。時習兮行見遄發，蹌行者浸成蹶趨。何事蠅營，遽從狗竇？履危機而自快，入奇彀而不知。筆墨無靈，漫乞靈於鐘磬；文章無用，思見用於梵吟。不倚人而倚天，良可醜也；不信己而信鬼，或承羞乎？且成筆底之花，笑破傍人之口。

翠娱閣主人撰

第二十八回　痴郎被困名韁　惡髡竟投利網

壯夫志匡濟，蠹簡為津梁。
朝耕研田雲，暮擷藝圃芳。
志不落安飽，息豈在榆枋❶。
材借折彌老，骨以磷逾強。
寧逐輕薄兒，肯踵銅臭郎。
七幅豁❷肓者，三策驚明王❸。
杏園❹舒壯遊，蘭省❺含清香。
居令愆❻繆格，出俾凋瘵❼康。

---

❶榆枋：木名。枋，檀木。

❷豁：音ㄏㄨㄛ。拚棄；捨著。

❸三策驚明王：即言武侯隆中對。諸葛亮出山前對劉備獻了三條計策：占荊州，取益州，聯吳抗曹（魏），來振興漢室。明王，指劉備。

❹杏園：園名。唐時與慈恩寺南北相直，在曲江池西南，為新進士遊宴之地。因也用以比喻進士及第。

❺蘭省：即蘭臺。本為漢代宮廷藏書處，置蘭臺令史掌書奏。班固曾為蘭臺令史。故後世也稱史官為蘭臺。

斯不愧讀書，良無慙垂黃。
窮達應有數，富貴真所忘。
毋為貪心熾，竟入奸人韁。

右五言排律

男兒生墮地，自必有所建立，何必一頂紗帽？但只三考道是奴才官，例監道是銅臭，這些人借了一塊九折五分錢重債出門，又堂尊處三日送禮，五日送禮，一念要捉本錢，思量銀子，便沒作為。貢舉❽又道日暮途窮，歲貢❾捱出學門，原也老邁；恩選孝廉❿，豈無異才？却薦剡十之一，彈章十處八，削盡英雄之氣。獨是發甲⓫可以直行其志，盡展其才，便是招人忌嫉，也還經得幾遭跌磕，進士斷要做的。雖是這樣說，也要盡其在己，把自己學問到識老才雄，悟深學富，氣又足，筆又銳，是箇百發百中人物，却又隨流平進，聽天之命，自有機緣。如張文忠⓬五十四中進士，遭際世廟⓭，六年拜相，做許多事業，

❻ 愆：音ㄑㄧㄢ。過失；罪咎。

❼ 瘵：音ㄓㄞˋ。病。

❽ 貢舉：科舉制度。即鄉舉里選之制。也包括官員向皇上舉薦人員，泛稱貢舉。

❾ 歲貢：每年從各府、州、縣學中，選送廩生入國子監讀書，稱歲貢。

❿ 恩選孝廉：漢代選拔官吏的科目之一。皇帝下令地方推薦賢才，即「孝順親長，廉能正直」者，稱為舉孝廉。可看作求仕進者的必由之路。明清時，孝廉是對舉人的雅稱。

⓫ 發甲：科考中式。

何妨晚達。就是嘉興有箇張巽解元，文字紕繆，房官正袋在袖中，要與眾人發一番笑話，不期代巡⑭見了討去，看做箇奇卷，竟作榜首，是得力在誤中。後來有一起大盜，拿銀三千，央他說分上。在賓館中遇一吏部，是本府親家。吏部譚文，將解元文字極其指摘唾罵。罵了請教姓名，他正是解元。自覺慚惶，竟一肩為他說了這分上，是又得力在誤中。人都道可以倖勝，又見這些膏粱子弟、銅臭大老得中，道可以財勢求，只看崔鐸，等到手成空。還有幾箇買了關節，自己沒科舉，有科舉又病進不得場，轉賣與人。買得關節，被人盜去，乾賠錢。買關節，被中間作事人換去，自己中不着，還有事露。至于破家喪身被哄，銀子被搶，都是一點躁心，落了陷穽。又有一箇也不是買關節，只為一念名心未淨，被人賺掇，不唯錢財被誆，抑且身家幾覆。

一貼清涼散。

話說湖州有箇秀才姓張，弱冠進了學。家裡田連阡陌，廣有金銀，呼奴使婢，極其富足。娶妻沈氏也極有姿色，最妙是箇不妬。房裡也安得兩箇有四、五分姿色丫頭，一箇叫做蘭馨，一箇叫做竹翠。還有兩箇小廝，一箇叫做綠綺，一箇叫做龍紋，伏侍他。有時讀書，卻是：

柔綠侵窗散曉陰，牙籤滿案獨披尋。

---

⑫張文忠：即張孚敬。正德十六年（西元一五二一年）進士，累官華蓋殿大學士。為人剛明果斷，持身特廉。有張文忠集十九卷。

⑬世廟：指明世宗朱厚熜。

⑭代巡：官名，巡撫。明代指京官巡查地方。

飛花落研參硃色，竹响蕭蕭和短吟。

倦時花徑閒步：

苔色半侵屐，花梢欲罥人。
阿誰破幽寂，嬌鳥正鳴春。

客來時一室笑譚：

對酒恰花開，詩聯巧韻來。
玄詮隨麈落，濟濟集英才。

禍種。

也是箇平地神仙，豈是寒酸措大。一日，只見其妻對着他道：「清庵王師父，說南鄉有箇道睿和尚，曉得人功名遲早、官職大小，附近鄉官、舉、監都去拜在門下。你也去問一問。」張秀才道：「仔麼這師姑與這和尚熟，我停日去看他。」恰好一箇朋友也來相拉，他便去見他。不知這和尚是箇大光棍，原是南京人，假稱李卓吾⑮第三箇徒弟，人極生得齊整，心極玲瓏，口極快利，常把些玄言悟語打動鄉紳，

⑮ 李卓吾：即李贄，明思想家、文學家。號卓吾，又號宏甫，別號溫陵居士，泉州晉江（今屬福建）人。做過

書畫、詩詞打動文士，把些大言利嘴誑惑男婦。還有箇秘法，是奉承結識尼姑。尼姑是尋老鼠的猫兒，沒一處不鑽到。無論貧家、富戶、宦門，借抄化為名，引了箇頭，便時常去闖。口似蜜，骨如綿，先奉承得人喜歡，却又說些因果，打動人家，替和尚游揚贊誦。這些婦女最聽哄，那箇不背地裡拿出錢，還又攛掇丈夫護法施捨？但他得了這訣，極其興了，還又因這些妖嬈來拜師的、念佛的，引動了色火，便得兩箇行童徒孫，終不濟事。只得重賄尼姑，叫他做脚勾搭。有那一干或是寡婦，獨守空房，難熬清冷；或是妾媵，丈夫寵多；或是商賈之婦，或是老夫之妻，平日不曾饜足他的慾心，形之怨嘆，便為奸尼乘機得人。還有喜淫的借此解淫，苦貧的望他濟貧，都道不常近婦人面，畢竟有本領，畢竟肯奉承，畢竟不敢向人說。有這幾件好，都肯偷他。只這賊禿見援引來得多，不免揀精揀肥；慾心熾，不免不存形迹。那同寺的徒弟徒孫，不免思量踹渾水、捉頭兒，每每敗露，每每移窠，全無定名。這翻來湖州，叫做道睿，號穎如，投了箇鄉紳作護法，在那村裡譚經說法。

這王師姑拜在他門下，因常在張家打月米，順口替他薦揚。又有這朋友叫做鍾闇然，來尋他同去。好一箇精舍：

徑滿松杉日影微，數聲清梵越林飛。
花烹梭水禪情雋，菜煮鑽蔬道味肥。
天女散花來艷質，山童面壁發新機。

雲南姚安知府。著有焚書、續焚書、藏書、李溫陵集等。

不□三妙。

一堂寂寂閑鐘磬，境地清幽似者稀。

先見了知客，留了茶，後見顯如。看他外貌極是老成鎮重：

滿月素涵色相，懸河小試機鋒。
凜凜泰山喬嶽，允為一世禪宗。

敘了些閑文，張秀才道：「聞得老師知人休咎、功名早晚，特來請教。」顯如道：「二位高明，這休咎、功名只在自身，小僧不過畧為點撥耳。這也是貴鄉袁了凡老先生已事。這老先生曾遇一孔星士，道他命中無子，且止一歲貢，歷官知縣。後邊遇哲禪師指點，叫他力行善事，他為懺悔。後此老連舉二子，發甲，官至主政。故此，小僧道在二位，小僧不過勸行懺悔而已。就是這善行，貧者行心，富者行事，都可行得。就如袁了凡先生寶坻減糧一事，作了萬善，可以準得。故此和尚也嘗嘗勸行，嘗嘗有驗，初不要養供小僧，作善行也。」鍾闇然道：「張兄，你尚無子，不若央顯老師起一願，力行千善，祈得一子，這只在一年之間，就見曉報的。況且你們富家，容易行善。」張秀才道：「待回家計議。」鍾闇然道：「這原是你兩箇做的事，該兩箇計議。」兩箇別了，一路說：「這和尚是有光景的，我自積我的陰德，他不騙我一毫，使得，使得。」鍾闇然道：「也要你們應手。」

果然張秀才回去計議，那尊正先聽了王師姑言語，只有攛掇，如何有攔阻？着人送了二兩銀子、兩

語似有理。

所謂大派頭。若一說施捨，人便疑了。

石米，自過去求他起願。頴如道：「這只須先生與尊正在家齋戒七日，寫一疏頭，上邊道願力行善事多少，求一聰明智慧、壽命延長之子就是了，何必老僧。」張秀才道：「學生不曉這科儀，一定要老師親臨。」頴如見他已着魔了，就應承他。到他家中，只見三間樓上，中懸一幅賜子白衣觀音像，極其清雅，他尊正也過來相見。頴如就為他焚符起緣，燒了兩箇疏頭，立了一箇疏頭。只是這和尚在樓上，看了張秀才尊正與這兩箇丫頭，甚是動火。

嚦嚦一群鶯囀，嬝嬝數枝花顫。
司空見慣猶閑，攪得山僧魂斷。

人定勝天。

這邊夫妻兩箇也應好日起願，那邊和尚自尋徒孫洩火。似此，張秀才夫妻遂立了一箇行善簿，上邊逐日寫去：今日饒某人租幾斗，今日讓某人利幾錢，修某處橋助銀幾錢，砌某處路助銀幾錢，塑佛、造經、助修寺、助造塔、放魚蝦、贖龜鱉，不上半年，用去百金。一千善立完，腹中已發芽了，便請他完願。張秀才明有酬謝，其妻的暗有酬謝。自此之後，常常和尚得他些兒，只是和尚志不在此。

不期立願將半年，已是生下一箇兒子。生得滿月，夫妻兩箇帶了到精舍裡，要頴如取名，寄在觀音菩薩名下。頴如與他取名觀光，送了幾件出鄉的小僧衣、小僧帽，與他齋佛、看經，左右都出豁在張秀才身上。夫妻兩箇都在庵中喫齋，王師姑來賠。回家說勸，勸行善有應，不若再尋他起一箇願，求功名。

老實語。

張秀才道：「若說養兒子，我原有些手段，湊得來。若說中舉、中進士，怕本領便生疎，筆底窒滯[16]，

究然。

口吻肖極。

妙筭。

應不得手。」其妻道：「做看。」巧是王師姑來，見了他夫婦兩箇，道：「睿老爺怠慢相公、大娘。」沈氏道：「出家人甚是攪他。」王尼道：「前日不辛苦麼？」沈氏道：「有甚辛苦？正在這裡說，要睿師父一發為我們相公立願，保祐他中舉，我們重謝他。」王尼道：「保祐率性保箇狀元。中了狀元，添了箇護法了，還要謝，只是要奶奶看取見尼姑。這事實搭搭做得來，上科縣裡周舉人，還有張狀元、李狀元，都是他保的。我們出家人，怎肯打誑語？我就去替相公說。只是北寺一尊千手千眼觀音要裝，溪南靜舍一部法華經缺兩卷，我庵裡伽藍不曾貼金，少一副供佛銅香爐，這要相公、親娘發心發心，先開這行善簿子起。」沈氏道：「當得，當得。」喫了些齋，就起身來見顯如。一箇問訊道：「佛爺好造化！前日立願求子的張相公，又要求箇狀元，要你立願。他求箇兒子，起發他布施酬謝，也得二三十兩；這箇願心，怕不得他五七十金。」顯如道：「我這裡少的那裡是銀子？」王尼道：「是，是，是，少箇和尚娘。」顯如道：「就是箇狀元，可以求得的？」王尼道：「要你的，求不來，要你賠？把幾件大施捨難他。一時完不來的，便好把善行不完推；這科不停當，再求那科，越好牽長去，只是架子要搭大些。」顯如道：「不是搭架子，實是要他打掃一所淨室，只許童男童女往來。恨我沒工夫，我也得在他家同拜禱三、七日纔好。」王尼道：「你沒工夫我來替。」顯如：「怕你身子不潔淨。」王尼道：「你倒身子潔淨麼？有些符咒文疏，這斷要你去的，只是多謝你些罷了。」他兩箇原有勾搭，也不必定要在這日，也不必說他。去回覆道：「去說滿口應承，道要禮拜三、七日，怕他沒工夫。我道張相公仔麼待你，便費這二十日工夫，張相公料不負你。」

⑯ 坌滯：阻滯；不流暢。坌，音ㄅㄣˋ。聚。

好大銜。

□歸于哄，哄的豈特神道？

張秀才夫婦欣然，打掃三間小廳，側首三間雪洞，左首鋪設一張涼床、羅帳、淨几、古爐、蒲團等項；右首也是床帳，張秀才自坐。擇了日，着人送了些米、銀子，下一請書，去請他來。廳內中間擺設三世佛、玉皇、各位神祇，買了些黃紙，寫了些意旨，道「願行萬善，祈求得中狀元」。只見顯如道：「我見道家上表，畢竟有箇官銜，甚麼『上清三洞仙卿』、『上相九天採訪使』，如今你表章上，也須署一箇銜纔好。」張秀才道：「甚麼官銜？填箇某府某縣儒學生員罷。」顯如道：「玉帝面前表章，是用本色了，但這表要直符使者傳遞，要進天門，送至丘、吳、張、葛各天師⑰，轉進玉帝，秀才的勢怎行得動？須要假一箇大官銜僉署封條牒文，方行得去。」張秀才道：「無官而以為有官，欺天了。」顯如道：「如今俗例，有借官勘合，還有私書用官封打去，圖得到上官前，想也不妨。」張秀才道：「這等，假甚麼官？」顯如道：「聖天子百靈扶助，率性假箇皇帝。」張秀才道：「這怎使得？」顯如道：「這不過一時權宜，止得你知我知，哄神道而已。」兩箇計議，在表亟上寫一箇道：「代天理物、撫世長民、中原天子、大明皇帝張某謹封」，下用一箇圖書。牒上寫道：「大明皇帝張」，下邊一箇花押，都是張秀才親筆。放在顯如房中，先發符三日，然後齋天進表。每日顯如作箇佛頭，張秀才夫婦隨在後邊念佛，做晚功課。王尼也常走來，拱得他是活佛般。苦是走時，張秀才隨着，丟些眼色，那沈氏一心只在念佛上，也不看他。夜間沈氏自在房中宿，有箇相見不相親光景。到了焚表，焚之時，顯如都將來換過了。

⑰ 丘、吳、張、葛各天師：是道教史上四位重要的人物。即張道陵、葛洪、丘弘濟、許遜。許遜生於吳赤烏，或亦稱吳姓。

堪笑痴儒浪乞恩，暗中網罟落奸髡⑱。
茫茫天遠無從問，尺素何緣達帝閽⑲。

鬼混了幾日，他已拿住了把柄，也不怕事。況且日日這些孌童艷婢，引得眼中火發，常時去撩撥這兩箇小廝，每日龍紋、綠綺去伏侍他。一日，他故意把被丟在床下，綠綺鑽進去拾時，被他按住，急率走不起，叫時，適值張秀才在裡邊料理家事，沒人在，被他弄一箇像意。一箇龍紋小些，他哄他作福開襠，急得他哭時，他道：「你一哭，家主知道，畢竟功德做不完，家主做不得狀元，你也做不成大管家。」一破了陣，便日日戲了臉，替這兩箇小廝纏。倒每日張秀才夫婦兩箇齋戒，他却日日風流。就是蘭馨、竹秀，沈氏也嘗使他送茶送點心與他，他便對着笑吟吟道：「親娘，替小僧作一箇福兒。」兩箇還不解說。後來蘭馨去送茶，他做接茶，把蘭馨捏上一把，蘭馨放下碗，飛跑，對沈氏道：「顯如不老實。」沈氏道：「他是有德行和尚，怎幹這事？你不要枉口拔舌。」蘭馨也便不肯到他房裡，常推竹秀去。一會竹秀去，他見無人，正在那邊念經，見了竹秀，笑嘻嘻趕來，一把抱定。那竹秀倒也正經，道：「這甚模樣！我家裡把你佛般樣待，仔麼思量做這樣事！」顯如笑道：「佛也是做這樣事生出來的，姐姐便做這好事。」竹秀道：「你這賊禿無禮！」劈頭兩箇栗暴⑳。顯如道：「打憑你打，要是要的。」

□風。

有理，

有理。

⑱ 髡：音ㄎㄨㄣ。古代剃去頭髮的一種刑罰。這裡指和尚。

⑲ 帝閽：天帝的守門人。

⑳ 栗暴：握拳用突出的中指敲頭。

涎着臉兒，把身子去迭，手兒去摸。不料那竹秀發起性來，乘他箇不備，一掀把顯如掀在半邊，跑出房門，「千賊禿、萬賊禿，對家主說，叫你性命活不成！」顯如道：「我活不成？你一家性命真在荷包裡。」竹秀竟趕去告訴沈氏。顯如道：「不妙，倘或張秀才知機，將我打一頓，搜了這張紙，我却沒把柄。」他就只一溜走了。

竹秀去說，沈氏道：「他是致誠人，別無此意，這你差會意，不要恠他。」只聽得管門的道：「睿師太去了。」張秀才夫婦道：「難道有這樣事？一定這丫頭衝撞，且央王師姑接他來，終這局。」不知他先已見王師姑了。王尼道：「佛爺，張家事還不完，怎回來了？」顯如道：「可惡張家，日久漸漸怠慢我，如今狀元是做不成了，他如今要保全身家，借我一千銀子造殿。」王尼道：「一千銀子？好一樁錢財，他仔麼拿得出？」顯如道：「你只去對他說，他寫的表與牒都在我身邊，不曾燒，叫他想一想利害。」王尼道：「這是甚話！叫我怎麼開口？」只見張家已有人來請王尼了。王尼便邀顯如同去，顯如道：「去是我斷不去的，叫他早來求我，還是好事。」顯如自一逕回了。這王尼只得隨着人來，先見沈氏。沈氏道：「睿師太在這裡怎經事不完去了？」王尼道：「正是，我說他為甚麼就回？他倒說些閑話，說要借一千兩銀子，保全你們全家性命。」沈氏道：「這又好笑。前日經事不完，還要保禳甚的？」此時張秀才平日也見他些風色，去盤問這兩箇小廝，都說他平日有些不老成。張秀才便惱了，見了王尼道：「天下有這等賊禿，我一樁正經事，他却戲顛顛的，全沒些致誠。括我小廝，要拐我丫頭，是何道理？」王尼道：「極好的呢。坐在寺裡，任你如花似玉的小姐、奶奶，拜他，問他，眼稍也不擡。」沈氏道：「還好笑，說要我一千銀子，保全我一家性命。」張秀才聽到這句，有些喫驚，還道是文牒都已燒去，

好正經。

只是色身不動。

沒蹤跡，道：「這禿驢這等可惡，停會着人捉來，打上一頓送官。」王師姑：「我也道這借銀事開不得口，他道你說不妨，道相公親筆的表章文牒都不曾燒，都在他那裡，叫相公想一想利害。」張秀才道：「胡說！文牒我親眼看燒的。你對他說，莫說一千，一錢也沒得與他，還叫他快快離這所在。」沈氏道：「這樣貪財好色的和尚，只不理他罷了，不必動氣。」

王師姑自回了，到庵裡去回覆，怨暢顯如道：「好一家主顧，怎去打斷了？張相公說你不老實，戲弄他小廝、丫鬟。」顯如道：「這是真的。」王尼道：「阿彌陀佛！這只好在寺裡做的，怎走到人家也是這樣？就要也等我替你道達一道達纔好，怎麼生做！」顯如笑道：「這兩箇丫頭，究竟也還要屬我，我特特起這釁兒，你說的怎麼？」王尼道：「我去時，張相公大惱，要與你合嘴，虧得張大娘說罷了。」顯如笑道：「他罷我不罷，一千是決要的。」王尼道：「佛爺，你要這銀子做甚？」顯如道：「我不要銀子，在這裡做甚？和尚如今便讓他些，八百斷要的。再把那兩箇丫鬟送我，我就在這裡還俗。」王尼道：「炭塹八百九百，借銀子這樣狠？」顯如道：「我那裡問他借，是他要送我的買命錢。他若再做一做腔，我去一首，全家都死。」王尼道：「甚麼大罪，到這田地？我只不說。」顯如道：「你去說，我把你加一頭除，若不說，把你都扯在裡邊。」王尼道：「說道和尚狠，真箇狠。」只得又到張家來，把顯如話細細告訴。

毒禿。

真心逼露。

沈氏對張秀才道：「有甚把柄在他手裡麼？」張秀才又把前事一說。沈氏道：「皇帝可假得的？就燒時也該親手燒，想是被他換去，故此他大膽。你欠主意，欠老成。」張秀才道：「這都是他主謀。」沈氏道：「須是你的親筆。這仔麼處？」張秀才道：「豈有我秀才反怕和尚之理？他是妖僧，哄我何

痴儒。

妨。」嘴裡假強，心中也突突的跳。那王尼聽了「頭除」這句話，便扯着沈氏打合，道：「大娘，這和尚極是了得的，他有這些鄉官幫護，料不輸與相公。一動不如一靜，大娘勸一勸，多少撒化些，只當布施罷。常言道：做鬼要羹飯喫。」沈氏道：「他要上這許多，叫我怎做主？況這時春三、二月，只要放出去，如何有銀子收來與他？」王尼道：「我不曉得這天殺的，絕好一箇好人，怎起這片橫心。他說造殿，捨五十兩與他造殿罷。」張秀才道：「沒這等事。捨來沒功德。」沈氏道：「罷！譬如舊年少收百十石米，賞與這禿罷！」王尼只得又去，道：「好了，喫我只替他雌兒纏，許出五十兩。」顯如道：「有心破臉，只這些兒？」王尼道：「你不知道，這些鄉村大戶，也只財主在泥塊頭上，就有兩箇銀子，一兩九折五分錢，那箇敢少他的？肯藏在箱裡？得收手罷，人極計生。」顯如道：「銀子沒有，便田產也好。五百兩斷斷要的。」王尼道：「要錢的要錢，要命的要命，倒要我跑。」趕來朝着沈氏道：「說不來，憑你們。再三替你們說，他道便田產也定要足到五百。張相公打意得過，沒甚事不要理他，作腔作勢，連我也厭。」張秀才道：「沒是沒甚事。」沈氏道：「許出便與他，只是要還我們這幾張紙。」王尼道：「若是要他還甚麼幾張紙，他須要拿班兒。依我五十兩銀子、十畝田，來我庵裡交手換手罷。」張秀才假強，搖頭；沈氏口軟，道：「便依你，只是要做得老到。」跑了兩日，顯如只是不倒牙，王尼見張家夫婦着急，也狠命就敲緊。敲到五十兩銀子、四十畝田，賣契又寫在一箇衙院名下，約定十月取贖。臨時在清庵裡交，他又不來，怕張秀才得了這把柄去，變臉要難為他。又叫徒弟法明臨下一張，留着做把柄，以杜後患。張秀才沒極奈何，只得到他靜室。他畢竟不出來相見，只叫徒弟拿出這幾張紙來。王尼道：「相公自認仔細，不要似那日不看清白。」張秀才果然細看，內一張有些疑心。法明道：「自

布施秘法。

蘇、張之舌。

好炫惑。

如是不辱。

己筆跡認不出，拿田契來比麼。」張秀才翻覆又看一看，似寶一般收下袖中，還恐又變，流水去了。王尼却在那邊逼了十兩銀子，又到張家誇上許多功。張秀才與了他五兩銀子、五石米，沈氏背地又與他五、七兩銀子、幾疋布。張秀才自認悔氣，在家嘆氣叫屈，不消說了。潁如也怕張秀才陰害他，走到杭州。他派頭大，又騙着一箇瞎眼人家，供養在家，已是得所了。

　　只是潁如還放不這兩箇丫頭下，又去到王尼庵中道：「我當日還留他一張牒文做防身的，我如今不在這邊，料他害我不着，不若一發還了他，與他一箇了斷。如今他家收上許多絲，現在賣絲，我情愿退田與他，與我銀子。這只完得舊事，新事只與我兩箇丫頭罷了。」王尼道：「這做過的事，怎又好起浪？明明白白交與他這四張紙，怎又好說還有一張？」潁如道：「當日你原叫他看仔細，他也看出一張不像，他却又含糊收了。他自留的酒碗兒，須不關你我事。」王尼道：「是倒是，只是難叫我啟口。就是你出家人，怎帶這兩箇丫頭？」潁如道：「我有了二、三百銀子，又有兩箇女人，就還了俗，那箇管我？」王尼道：「一日長不出許多頭髮。」潁如道：「你莫管我，你只替我說。」王尼道：「不要。你還寫幾箇字腳兒與我，省得他疑我撮空。」潁如道：「不難。我寫，我寫。」寫道：

> 張秀才謀做皇帝文字，其真蹟尚在我處。可叫他將丫頭蘭馨、竹秀贈我，併將前田俱還價，我當盡還之。不則出首莫怪。

寫了道：「歇半月，我來討回覆。」去了。王尼道：「也是不了事件，還與他說一說。」又到張家來。

□入門訣。

趣。

恰是沈氏抱着兒子喫乳，張秀才搭着肩頭在那廂逗他耍。只見王尼走到，相喚了。王尼對着張秀才道：「好不老成相公，當日仔麼替你說，又留這空洞兒等和尚鑽。」張秀才道：「甚空洞兒？」王尼道：「你當日見有一張疑心，該留住銀子，問顯如要真的。怎胡亂收了？等他又起浪。」便遞出這張字兒。其時蘭馨在面前，王尼故意作耍景他，道：「難道這等花枝樣一箇姐兒，叫他去伴和尚？」沈氏道：「便與他，看他仔麼放在身邊。」王尼道：「放在身邊，包你還兩箇姐姐快活！」張秀才看字待扯，沈氏笑道：「且慢，我們計議，果若斷絕得來，我就把蘭馨與他。」只見蘭馨便躲在屏風後哭去了。

雨餘紅淚滴花枝，慘結愁深不自持。
羞是書生無將畧，和戎却自倩蛾眉。

趣。

是有手段人。

正說時，却遇舅子沈爾謨來，是箇義烈漢子，也是箇秀才。見他夫妻不快，又聽得蘭馨哭，道：「妹子，將就些，莫動氣。」沈氏道：「我做人極將就，他哭是怕做和尚婆。」張秀才忙睞一眼，沈氏道：「何妨得？我哥哥極直，極出熱，只為你掩耳偷鈴，不尋箇幫手，所以欺你。」便把這事認做自家錯，道：「是我誤聽王尼姑，他又不合聽和尚哄，寫甚官銜，遭他揑住，詐去銀子五十兩，併田四十畝。如今又來索詐，勒要蘭馨、竹秀，故此我夫婦不快，蘭馨這裡哭。」沈爾謨道：「痴丫頭！人人尋和尚，你倒怕他。」又大聲道：「妹子！這妹夫做拙了，要依他。他不要田，便與他銀子，沒有我那邊拿來與他。丫頭他也不便，好歹再與他二十兩罷。不要刀口上不用，用刀背上錢。」張秀才忙搖手叫他不要說

一對狠人。

時，那裡攔得住，都被王尼聽了。須臾整酒在書房，三箇在那邊喫。沈爾謨道：「妹子，這是老未完，詐不了的。畢竟要斷送這和尚纔好。如今我特把尼姑聽見，說我們肯與他銀子，哄他來。縣尊我與妹夫都拜門生，不知收了我們多少禮，也該為我們出這番力，且待此禿來動手。」兩箇計議已定，只等頴如來。

不期這和尚偏不失信，到得月盡來了。王尼把事說與他，道：「他舅子肯借銀子，丫頭與你二十兩，自討。」頴如道：「怕討不出這等好的。」王尼道：「看他勢頭，還掯得出，多勒他幾兩就是，定要這絆脚索？」頴如道：「也是，省得有了他，丟了你。叫他明日我庵中交銀。」王尼來說，沈氏故意把銀子與他看了，約在次日。

這邊郎舅兩箇去見縣尊，哭訴這節情事。縣尊道：「有這等光棍和尚！」便分付四箇差人，叫即刻拿來，併取他行李。張秀才便拿出二十兩，送了差人，自己還到庵裡。只見王尼迎着道：「在這裡等了半日。」頴如倚着在自己庵裡，就出來相見。只見駝拜匣的兩箇後生，放下拜匣，將頴如縛住。頴如忙叫徒弟時，張秀才逕往外跑，又領進六箇人來，道是縣裡訪的，搜了他出入行囊。這些徒弟都各拿了他些衣鉢走了，那箇來顧他？帶至縣裡，適值晚堂。縣尊道：「你這禿廝，敢設局詐人？」頴如道：「張生員自謀反，怕僧人發覺，買求僧人。」縣尊道：「有甚麼証據？」道：「拜匣中有他文牒。」忙取出來看了，道：「這又不干錢穀刑名，是箇不解事書生胡寫的，你就把來做詐端？」便拔籤叫打四十。一聲「打！」，早拿下去。張秀才用了銀子，尿浸的新猫竹板子，着着實打上四十下，文牒燒燬，田契與銀子給還。頴如下監，徒弟逊去，沒人來管。不二日，血脹死了。嘗戲作一頌子云：

睿和尚，祝髮早披緇。夜衆三更分行者，菩提㉑清露洒妖尼，猶自起貪痴。

睿和尚，巧計局痴迷。貪想已看盈白鏹，淫心猶欲摟嬌姿，一死赴泥犂。

在監中擱了兩日，直待禁子先遞病呈，後遞絕呈，纔發得出來，也沒箇人收葬。這便是設局害人果報。張秀才也因事體昭彰，學道以行撿退了前程。若使他當日原是箇書獃子，也只朝玩夜讀，不能發科甲，也還作秀才。只為貪而愚，落人機穽，又得縣令憐才，知他不過一時愚呆，別無他想，這身家纔保得，詐端纔了得。還又至狀元不做得，秀才且沒了。不然事正未可知，不可為冒進的鑒戒麼！雨侯曰：秀才不會自取功名，假錢神，借權要，甚而乞靈和尚，羞之極矣！愚受局而貪得死，都可作今笑柄。

㉑ 菩提：梵語。意譯正覺，即明辨是非、覺悟真理之意。

卷八

題詞

禹惡旨酒，湯不邇聲色、不殖貨利，文王徽柔懿恭，此皆先四者絕之也。然聖人能絕之於先，庸人悔之於後，智者鑒之已往，慎之將來，使能三復於敗轍。吾知四者祇為人用，不為人禍已。此回大可令人警惕。

翠娛閣主人撰

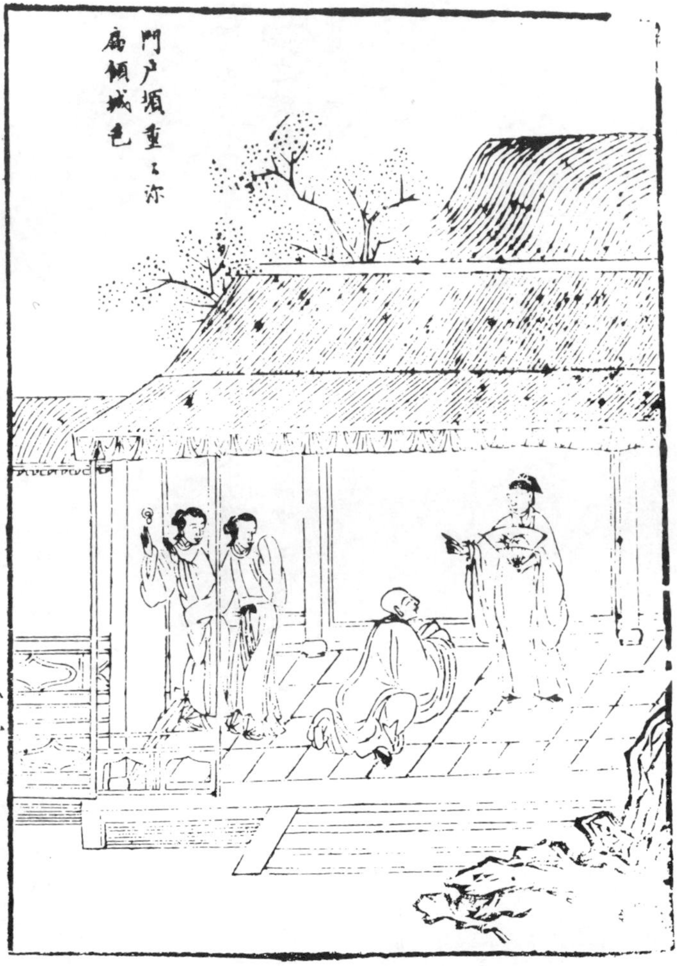
門户擴重重亦
扃傾城色

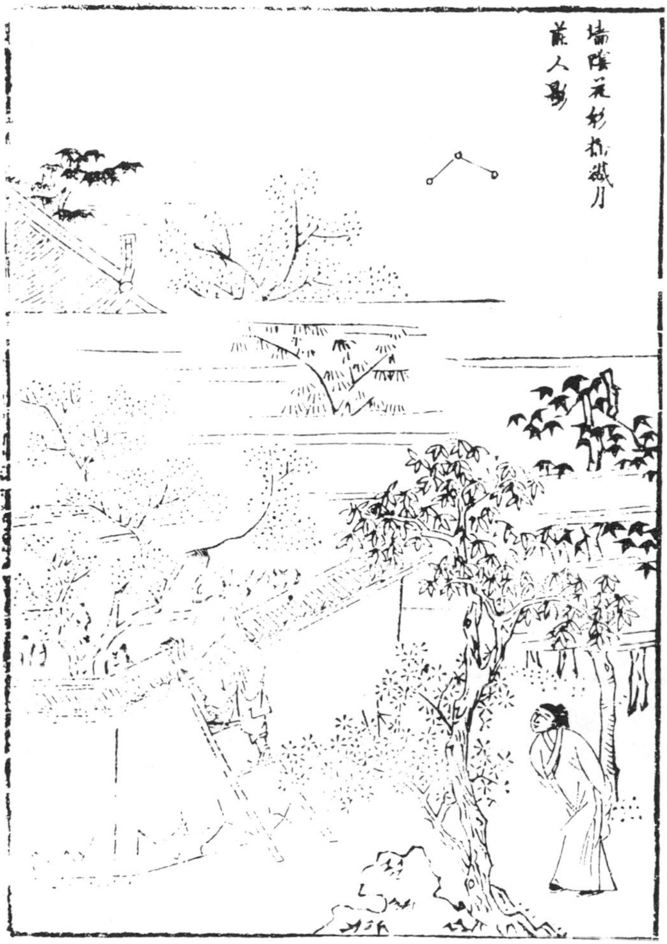
墻陰花影斷纖月
蔽人影

第二十九回　妙智淫色殺身　徐行貪財受報

酒為悞基，色為禍資。
唯貪招愆，氣亦似之。
展轉糾纏，寧有已時，
桀殞妹喜，紂喪酒池。
回洛亡隋，舉世所媸❶。
剛愎自庸，莽❷也陳尸。
覆轍比比，曷不鑒茲。
聊付管彤，明者三思。

世上稱為累的，是酒、色、財、氣四字。這四件，只一件也彀了，況復彼此相生。故如古李白乘醉，

❶ 媸：音ㄔ。同「蚩」。醜惡；相貌醜陋。
❷ 莽：即王莽。新王朝的建立者。西元八—二三年在位。西漢末年，外戚掌權。初始元年（西元八年）王莽稱帝，國號新。

喪身采石，這是酒禍；荀倩愛妻，情傷身斃，這是色禍；慕容彥超❸聚斂吝賞，兵不用力，這是財禍；賀拔岳❹尚氣，好爭被殺，這是氣禍。還有飲酒生氣被禍的是灌夫❺，飲酒罵坐，觸忤田蚡❻，為他陷害。因色生氣被禍的是喬知之，與武三思爭窈娘，為他謗殺。因財生氣被禍的是石崇，擁富矜奢，與王愷❼爭高，終為財累。好酒漁色被禍的是陳後主，寵張麗華、孔貴嬪，沉酣酒中，不理政事，為隋所滅。重色愛財被禍的是唐莊宗❽，寵劉后，因他貪黷，不肯賞賚軍士，軍變致亡。這四件甚是不好，但傳聞中一事，覺件件受害，都在裡邊，實可省人。

話說貴州有箇都勻府，轄下麻哈州，也是蠻夷地方。州外有座鎮國寺，寺中兩房和尚。一邊東房，主僧悟定。這房是守些田園花利，喫素看經，杜門不出，不管閒事的。西房一箇老僧悟通，年紀七十多歲，老病在牀不出。他有箇徒弟妙智，年紀四十，喫酒好色，剛狠不怕事的。徒孫法明，年紀三十來歲，一身奸狡。玄孫圓靜，年紀十八、九，標致得似一箇女人。他這房悟通，會得經營筭計，田產約有千金，現銀子有五、七百兩，因富生驕，都不學好。有了一箇好徒弟，他還不足，要去尋婦人。本地有箇極狡猾、畧有幾分家事的土皇帝，叫做田禽，字有獲，是本州的禮房吏，常來寺裡扯手，好的男風，倒把圓

❸慕容彥超：五代後漢人。黑色鬍鬚，號「閻昆侖」。拜鎮寧軍節度使，徙鎮泰寧，被周太祖所破，被殺。

❹賀拔岳：北魏人，鮮卑族。軍事首領。被高歡所殺。

❺灌夫：人名。西漢潁陰（今河南許昌）人。吳、楚七國之亂時，任中郎將。後因侮丞相田蚡被族誅。

❻田蚡：西漢大臣。漢景帝王皇后同母弟。武帝初年封武安侯，為太尉。後任丞相，驕橫專斷。

❼王愷：人名。西晉東海郯縣（今山東郯城）人。司馬昭妻弟，官至後軍將軍。性豪侈，曾與石崇鬥富。

❽唐莊宗：即李存勗。李克用長子。後唐開國皇帝，西元九二三－九二六年在位，年號同光。

靜讓他。把一箇禪居造得東灣西轉，曲室深房，便是神仙也尋不出。

這悟通中年時，曾相處一箇菩提菴秋師姑，年紀彷彿，妙智也去踹得一腳渾水。當日有一箇秋尼徒弟管淨梵與妙智年紀相當，被秋尼喫醋，管得緊，兩箇有心沒相。虧得秋尼老熟病死，淨梵得接腳，與妙智相往。法明又搭上他徒弟洪如海，彼此往來，已非一日。只是兩箇禿驢得隴望蜀，怪是兩箇尼姑年紀相當，生得不大有顏色，又光頭光腦，沒甚趣向，要尋一箇婦人。師徒合計，假道人屠有名出名，討了箇官賣的強盜婆，叫做鈕阿金，藏在寺中，輪流受用。那屠有名有些不快，他便貼他幾兩銀子，叫他另討。這屠有名挐去便鬭便喫，喫得稀醉，就闖進房裡尋阿金，道：「娼婦躲在那裡？怎撇了我尋和尚？」妙智定要打他，法明出來兜收。屠有名道：「罷！師父沒有箇有名沒實的，便四箇一牀夾夾兒。」法明連道：「通得。」便挐酒與他。他道：「酒，酒，與我好朋友。」挐住鍾子不放。一面說，一面喫，道：「師父，不是我沖撞你，都是這酒。故此我怪他，要喫他下去。」緜緜纏纏，纏到二三更，灌得他動不得，纔得脫身去快活。如此不止淘他一日氣了。畢竟妙智狠，做一日灌他一箇大醉，一條繩活活的斷送了他。

三杯壯膽生讎隙，一醉昏沉赴杳冥。
浪道酒中能証聖，須知荷鍤笑劉伶❾。

---

❾劉伶：人名。西晉「竹林七賢」之一。曾為建威參軍，主張無為而治。晉武帝時策問，嗜酒，作酒德頌。

描神寫景酷盡。

自家寺裡的人，並無親戚，有了箇地老虎管事，故沒人來說他。擱兩日，撞到寺後，一把火燒了。這番兩箇放心作樂。就是兩箇尼姑因他不去，就常來探訪他，他只留在外邊自己房裡，不令他到裡軒，也都不知。爭奈兩箇人供一箇人，一上一落，這箇人倒不空。這邊兩箇合一箇，前邊到任，後邊要候缺。過去佛却已索然興盡，未來佛耳朵裡聽的，眼睛裡看的，未免眼紅耳熱難熬。要讓一邊，又不怯氣，每日定要滾做一牀。只是妙智雖然年紀大些，却有本領；法明年紀雖小，人兒清秀，本事也只平常。況且每日一定要讓妙智打頭，等了一會，慾火動了，臨戰時多不堅久，婦人的意思不大在他。他已識得，道：「三脚蝦蟆無尋處，兩脚婆娘有萬千。」便留心了。去到人家看經，便去涎臉，思量勾搭。

妙品。

一日在城裡一家人家看經，隔壁簾裡幾箇內眷，內中有兩箇絕色。他不住偷眼去看他，那婦人惱了，折拽他，故意丟一眼，似箇有情。他正看經時，把他袖底一扯，他還不解。又扯一扯，低頭去看，是一箇竹箬⑩包的包兒，簾裡遞來的，偷便輕輕的丟在袖裡。停會看時，兩箇火熱饅頭，好不歡喜。坐定又扯，又遞一箇火熱箬包，他又接了，回頭一看，却是那最標致的這箇。口裡喃喃假念，心裡只想如何近他。一會，眾人道：「那裡燒布衣臭？」彼此看，沒有。又一會，法明長老袖子烟出，看時袖裡一塊大炭，把簇新幾件衣服燒穿。連聲道：「適間剪燭落下箇燈煤。」忙把手掣水潑，幾件衣服都是醬了。

難禁眼底饞光，惹出身邊烈焰。

⑩ 箬：音ㄖㄨㄛˋ。筍皮；箬竹。

那邊女人歡笑，他就滿面羞慚，不終事去了。

只是這色心不死，要賭氣尋一箇。恰好遇着箇姓賈的寡婦，原住寺中房子，法明討房租嘗見的，年紀廿二、三，有五、六分顏色，掙得一副老臉。催修理，要讓租，每常撩口。法明也嘗做些人情，修理先是他起，銀子是他後收，便七成當八成，九分半作一錢，把這些私恩結他。丈夫病時，兩箇就有些摸手摸脚，只不得攏身。沒了丈夫，替他看經，襯錢都肯賒，得空便做一手兒。這些鄰舍是他房客，又道這是狠過閻羅王的和尚，兇似夜叉的婦人，都不敢來惹他。況且房子臨着他寺中菜園，極其便當。死不滿百日，他便起更來，五鼓去，嘗打這師父偏手。他還心裡道：「我在這裡雖是得手，終久賊頭狗腦，不得箇暢快。莫若帶他進寺中，落得闊他一闊，不要等阿金這狗婦，只道獨他是箇奇貨，粧憨。」這賈寡婦原是沒有娘家，假說有箇寡居姑娘，要去搭住，將家伙盡行賣去。一箇晚出了門，轉身從寺後門中，竟到了西房。進了小廳，穿過佛堂，又進了一帶側房，是悟通與圓靜房。轉一小衕，一帶磚墻小門，是妙智、法明內房。當中坐敞，兩邊僧房，坐敞後三間小軒，面前擺上許多盆景，朱欄紗窓，是他飲酒處，極其幽雅。又轉側邊，一帶白粉門，中有一扇暗門，開進去是過廊，轉進三間雪洞，一間原是阿金住，一間與賈氏。兩箇相見，各喫一驚。妙智道：「一家人不要疑忌。」四箇都坐在一堆，喜得這兩箇女眷恰好老臉，便欣然喫了一會，四箇滾作一牀：

> 桃徑遊蜂，李蹊聚蝶。逞着這紛紛雙翅，纔驚嫩蘂，又入花心；憑着這嬝嬝嬌姿，乍惹蜂黃，又沾蝶粉。顫巍巍風枝不定，溫潤潤花露未晞。戰酣人倦，菜園中倒兩箇葫蘆；興盡睡濃，綠沼裡

□弄。

敘出房子曲折似閑，實與後徐公子處相關。

亂一群鴛鷺。正是：那管穢汙三摩地⓫，直教春滿梵王宮⓬。

兩箇好不快活。

只見一日，圓靜忙忙的走來，神色都失。妙智問他是甚緣故，圓靜道：「不好說得。我一向在田有獲家，兩邊極是相好，極是相知。他的老婆懷氏與妾樂氏都叫我小師父，都是見的。有兩箇丫頭，大的江花十八歲，小的野棠十三歲，時常來書房裡眈茶送水。江花這丫頭極好，常道：『小師父，你這樣標致，我嫁了你罷。』又替他裡邊的妾挐香袋與我，挐僧鞋與我，逼着要與我好。我一時間不老成，便與他相處。後來我在那邊歇時，田有獲畢竟替我喫酒，頑到一二更纔去。去得他就蹴出來陪我，後邊說田有獲妾喜我標致，要我相見。我去時，他不繇分說一把抱住，道：『小寃家，莫說他愛你，我也愛你。前日你替他在書房中做得好事，教我看得好不氣。如今你搶了我的主顧去，依然要你賠。』我見他比江花生得又好，一時間進去，出不得來，只得在那邊歇了，纏了一夜，辛苦。出來得遲，撞了野棠，又慌忙落了一箇頭上搭兒。不料野棠拾了，遞與他懷氏，懷氏收了。昨日與樂氏爭風，他便挐出來道：『沒廉恥，你有了箇小和尚彀了，還要來爭！』江花來對我說，喫我走來。他來白嘴怎處？」妙智道：「不妨！他也弄得你，你也弄得他小阿媽，兌換。」法明道：「不是這樣說。我們做和尚的，有一件好，只怕走不進去。走了進去，到官便說不得強奸，自然替我們遮蓋。田有獲是箇有手段光棍，他為體面，斷

男風的看樣。

報復相尋。

有識。

⓫ 三摩地：又作三昧、三摩提等，漢譯為定，即住心於一境而不散亂的意思。是禪宗的修行法門。

⓬ 梵王宮：即梵宇。指大梵天王的宮殿。

不認帳。只是你已後不要去落局，來是斷不來說的。」圓靜道：「既然如此，他丫頭江花要跟我逃來，索性該領來，他決不敢來討。」法明道：「這却使不得。」果然田有獲倒說野祟造謗，打了幾下。後來見圓靜不來，知是實事。他且擱起，要尋事兒弄他。

無可奈何。

恰值本州州尊陞任，一箇徐州同署事，是雲南嵩明縣人，監生出身，極是貪狠。有箇兒子徐行，字能長，將二十歲。妻真氏標致，恩愛得緊，患了箇弱病。醫人道：「須得蕭散幾時纔好。」田有獲就薦到寺裡來。徐州同道：「我見任官，須使不得。」田有獲道：「暫住幾日不妨。」就在西房小廳上暫住，撥了箇門子、一箇甲首服事。

田有獲不時來望，來送小菜。他當日圓靜與田有獲相好時，已曾將寺中行徑告訴他，他就在徐公子面前道：「徐公子，你曾散一散，到他裡邊去麼？絕妙的好房，精緻得極。」公子道：「怎不借我？」田有獲道：「這借不得的。」便在徐公子耳邊，附耳說了一會。徐公子笑道：「有這等事？」兩箇別了。田有獲故意闖到圓靜房裡，抱住一連做了幾箇嘴，道：「狗才！丟得得我下？一向竟不來看我，想是我沖突了你，不知是師公喫醋，還是新來收南貨的徐相公，忘了我？」兩箇抱着笑。只見妙智怕田有獲來尋圓靜甚事，也趕來，却是抱住取笑。田有獲忙叫：「妙公走來，你莫怪我，我兩箇向來相與的。只為他見怪，向來不肯望我，特來整箇東道賠禮。」便拏出三錢一塊銀子，道：「妙公，叫道人替我做東道請他。」正說，法明走來道：「這怎要田相公作東？圓靜薄情，不望相公，該罰圓靜請纔是。」妙智道：「也不要田相公出，也不要圓靜罰。田相公到這裡，當家的請罷了。」大家一笑，坐下。說起徐公子，田有獲道：「這些薄情的」，把手抄一抄，道：「又惡又狠，好歹申府申道，極惡的惡人。他兒子須好待

埋个要

錢的脚跟。

他些。」須臾擺上酒肴，田有獲且去得此貨，四箇人猜拳行令，喫箇熱鬧，扯住了妙智的耳朵灌，捏住了法明的鼻頭要他喫，插科打諢，都盡開懷。

杯中浮綠蟻，春色滿雙頤。
爭識留連處，箇中有險巇。

大家喫酒，不知這正是田有獲縋住這兩箇，使徐公子直走魏都。果然這徐公子悄悄步入佛堂，蹴過僧房，轉入墻門，闖入小軒：

靜几餘殘局，茶爐散斷烟；
蕭蕭簷外竹，寫影上囪間。

真是清雅絕人。四顧軒側小几上，菖蒲盆邊，一口小金磬，他將來「精精」三下，只聽得劃然一聲，開出一扇門，笑嘻嘻走出兩箇女人來，道：「是那一箇狗禿走來？」跑到中間，不隄防徐公子凹在門邊，早把門攔住，道：「好打和尚的，試打一打我。」擡眼看這兩箇：

正是和一箇奶大胸高，一箇頭尖身小。一箇胖憨憨，好座肉眠牀；一箇瘦伶伶，似隻痾鴨子。一箇濃描

尚貨。

眉，厚抹粉，粧點箇風情；一箇散挽髻，斜牽袖，做出箇窈窕。這是蘼蕪隊裡蓬蒿樹，餓鬼叢中救命王。

這兩箇正要進去，不得進去，徐公子戲着臉去猷他。這邊行童送茶，不見了徐公子，便趕來尋着田有獲道：「徐相公在麼？」田有獲假醉，瞪着眼道：「一定殿上散心去了。」把法明一推道：「你去陪一陪。」法明走得出去，只見行童慌慌張張的道：「徐相公在軒子裡了。」田有獲道：「也等他隨喜一隨喜。」那妙智聽了，是有心病的，竟往裡面跑來。只見徐公子把門攔住，阿金與賈寡婦截定在那裡，驚得呆的一般。徐公子道：「好和尚，做得好事！我相公在這裡，也該叫他陪我一陪，怎只自快活！」叫門子：「拴這狗禿去！」妙智一時沒箇主意，連忙叩頭，道：「只求相公遮蓋。」

門戶鎖重重，深閉傾城色；
東風密相窺，漏洩春消息。

那徐公子搖得頭落要處。那田有獲假粧着醉，一步一跌，撞將進來，道：「好處在，我一向也不知道！」見了兩箇婦人，道：「那裡來這兩箇尿精？想是公子叫來的妓者。相公不要穢汙佛地！」徐公子道：「他這佛地久汙的了，我今日要與他清淨一清淨。」田有獲又一把去扯妙智起來：「我這徐相公極脫灑的。」那妙智還是磕頭。徐公子對田有獲道：「這兩箇禿驢，不知那邊奸拐來的，我偶然進來遇見，一定要申上司究辠⑬，燬這寺。」田有獲連連兩箇揖道：「公子，不看僧面看佛面，再不看學生狗面，饒了他罷。」徐公子道：「這斷難饒的。」田有獲道：「學生也賠跪，饒了他，等他送五十兩銀子買果子喫。」徐公子道：「我那裡要他錢，我只要驅除這禿！」田有獲道：「我就拜，一定要相公寬處。」一踵跌了一交。妙智道：「田相公處一處。」田有獲道：「相公，待他盡一箇禮罷了。」徐公子道：「既是田先生說，送我一千。」田有獲道：「來不得，來不得。喫得把這幾箇和尚、兩箇婆娘稱，好歹一百。」徐公子道：「他一房性命都在我手，怎只一百兩？我只叫總甲與民壯拏他。」折身就走。妙智死命扯住。田有獲道：「相公，實是來不得，便二百罷。」這公子如何肯，一揣揣到五百兩。訴窮說苦，先送二百兩。田有獲做好做歹，收了。

謾喜紅顏入掌，那堪白鏹⑭歸人。

田有獲道：「和尚，料不怕他再敢生變，且到明日來了帳。」不期到晚，妙智嘆氣如雷。終是法明有些見識，道：「師父，我們只藏過這兩箇，沒了指實，就不怕他了。他現任官兒子，該在僧房裡住、詐人麼？」妙智道：「是。」忙進裡邊，與這兩箇敘別，連夜把這兩箇婦人戴了幅巾緇衣，不敢出前門，怕徐公子有心伺候，掇條梯子扒墻，法明提了燈籠遠遠先走，妙智隨了，送到菩提菴來。敲門，淨梵開門，

---

⑬ 辠：同「罪」。

⑭ 鏹：錢串，引申為成串的錢。多指銀子或銀錠。

見了法明道：「甚風吹你來?」道：「送兩箇師父與你。」淨梵到裡頭一相，道：「怪見有了這兩箇師父，竟不採我。我這裡庵小，來往人多，安身不得。」妙智再三求告，許他三錢一日，先付現銀十兩。後邊妙智為事，淨梵見他久住，銀子絕望，瑣聒起來，兩箇安身不牢，只得另尋主顧去了。

妙智師徒兩箇，如今放心。早起田有獲來，要足五百兩數，這兩箇和尚你推我攮，道：「我們和尚錢財，十方來的，得去也難消受，怎要得我們的?如今只有兩條窮命在這裡。他現任子弟，怎該倚官詐人?」田有獲挑一句：「昨日是他拏住把柄，所以我只得替你許他。若要賴他的，須得移窠纔好。」法明道：「我們原沒甚的。」田有獲道：「若是閃了開去，可以賴得了。只是他爺在這裡做官，怕有後患。」妙智道：「我還要告他。」田有獲道：「告他須用我証見。不打緊，我打發他去，只要謝我。」來見徐公子道：「昨說僧人一時來不及，求公子相讓。」徐公子道：「昨日我因先生說，饒了他一房性命。申到上司，怕他一房不是死，怎麼還說讓?」田有獲把椅移一移近，道：「把柄沒了，他不知藏在何處去，如今還在那邊油嘴。可即回與令尊商議，擺佈他。」徐公子假道：「這都是公哄我了。公緩住我，叫和尚賴我錢。」田有獲道：「公子，得放手時須放手罷。」公子道：「公欺我，公欺我!」便竟自帶人起身去了。田有獲道：「如今他使性走去，畢竟說與乃尊，還修飾纔是。」妙智道：「我們和尚『錢財性命，性命卵袋』，那二百兩也是多的。只等他陞任，田相公，你作作硬証，這二百兩定要還我。」田有獲道：「是，是。」那廂徐公子回去，果然把這樁事說與徐州同。州同道：「怎不着人來通知我?可得千金。輕放了，輕放了。」公子道：「他昨日送得二百兩，講過今日還有三百，他竟然賴了。」徐州同頓足道：「你不老到，你不老到。不妨，有我在。」叫一箇皁隸，封了一兩銀子，道：「老

□□語。

要錢聲口宛然。

仇在此報。

痛快。

報復。

爺說公子在這廂攪擾，這些須薄意謝你的薪水之資。公子還喫得你們這裡的泉水好，要兩瓶。」這兩箇和尚得志得緊，道：「薪水不收。要水，圓靜領他去打兩弔桶。」差人回覆。徐州同還望他來收火，發出水去，道：「這水不是泉水，要換。」他端只將這水拏兩瓶去，徐州同看了大惱。田有獲原要做和尚一襠兒報讎，自己要索他百來兩謝。見事走了滾，故意在徐州同面前攛他道：「他還要上司告公子。」徐州同越惱，要尋事擺佈。正值本州新捉着一夥強盜楊龍等，就分付獄卒，教「攀他做窩家，我饒他夾打」。楊龍果然死口攀了。登時出牌，差人拏妙智、法明兩箇。先用了一塊差使錢，一到，不由分剖就夾，要他招賍。兩箇抵死不招，下了重監。田有獲道：「他還有箇圓靜，是行財的，決該拏來，要他身上出豁。」徐州同即便拘來一夾，討保，教田有獲去赴水，要他一千。圓靜只得賣田賣地，苦湊五百，央田有獲送去。田有獲乘此機會，也寫得十來畝田。不意徐州同貪心不滿，又取出來一夾。這妙智是箇狠和尚，氣得緊，便嚷道：「我偷婦人辠有所歸。你兒子詐了我二百，你又詐我五百，還不如意？得這樣錢，要男盜女娼！」徐州同體面不像，便大惱道：「這刁禿驢，你做了強盜，怪老爺執法，汙衊我！」每人打了四十收監。與兒子計議道：「刁僧留不得。」取了絕呈。可憐這兩箇淫僧，被獄卒將來上了匣牀，臉上搭了濕毛紙。獄卒道：「這不關我事。冤有頭，債有主，你只尋徐爺去。」一時間活活悶死，倒還不如屠道人，也得一醉。

脂香粉膩惹袈裟，醉擁狂淫笑眼斜。

今日朱顏何處在，琵琶已自向他家。

又：

披緇只合演三車，眷戀紅妝造禍芽。
怨氣不歸極樂國，陰風圜土鬼燐斜。

寺中悟通年紀已老，因念苦掙衣鉢，一朝都盡，抑鬱身死。圓靜因坐窩贓，嚴追自縊。起根都只為一箇圓靜奸了田有獲的妾，做了火種。又加妙智、法明拐婦人做了釁端，平白裡把一箇好房頭，至于如此。徐州同為此事，道間把做貪酷逐回。在任發狠詐人，貼狀的多，倒贓的亦不少。衙門幾箇心腹却被拏問。田有獲因署印時與徐州同過龍⑮說事，問了徒。百姓又要搶徐州同行李，徐州同將行李悄悄的令衙役運出，被人乘機竊去許多。自己假做辭上司，一溜風趕到船邊，只見四箇和尚立在船邊，擡頭一看，一個老的不認得，這三箇一箇妙智，一箇法明，一箇圓靜。這一驚非同小可，慌忙下船。數日來驚憂悒鬱，感成一箇怔忡，合眼便見這四箇和尚。自家口裡說道：「他臯不至死，就是賴了公子的錢，可惱。但我父子都曾得他錢，怎就又傷他性命？原也欠理。」時常自言自語。病日重，到家便作經事超度禳解，濟得甚事？畢竟沒了。臨沒對兒子道：「虧心事莫作，枉法錢莫貪。」

醒點。

空來巧去。

人之將死，其言也善。

笑是營營作馬牛，黃金浪欲滿囊頭；

⑮ 過龍：指過付賄賂。

誰知金喪人還喪，剩有汙名奕世流。

喜得宦囊還好，徐公子將來從厚安葬。却常懊悔自家得了二百兩，如何又對父親說，惹出如許事端，漸覺心性乖錯。向娶一妻真氏，人也生得精雅，又標致，兩箇甚是和睦。這番因自己心性變得不好，動輒成爭。家裡原有兩箇人，如今打發管庄的管庄，管田的管田，家裡只剩得一房家人徐福，年紀三十四五；一箇丫頭翠羽，十五歲；一箇小廝婉兒，十三歲。自己功不成，名不就，遊嬉浪蕩，也喜去闞，丟了一箇真氏在家，甘清守靜。還又道自在外闞，怕他在家闞，日漸生疑。沒要緊一節小事，畧爭一爭，就在自己書房捧了箇翠羽，整整睡了半月，再不到真氏房中。真氏只因當他不得的暴戾，來不來憑他。他倒疑心，或時將他房門外灑灰記認，或時暗將他房門粘封皮。那真氏覺得，背地冷笑。偏古怪，粘着封兒，常被老鼠因是有漿咬去；地下灰，長因猫狗走過踏亂，他就胡言枉語來爭。這真氏原是箇本分人，先着了氣，不和他爭。他便道有虛心事，故此說不出。這是一疑無不疑。

一日，從外邊來，見一箇小和尚，一路裡搖搖擺擺走進來。連忙趕上，轉一箇灣就不見了，竟追進真氏房中，只見真氏獨坐刺綉。真氏見他豎起兩道眉，睜起兩隻眼，不知着甚頭由，倒也一慌。他自趕到牀上張一張，帳子掀一掀，牀下望一望，把棍子搠兩搠，牀頂上跳起一看，兩隻衣厨打開來尋，各處搜遍。真氏尋思倒好笑他，他還道：「藏得好！藏得好！」出去又到別處尋。叫過翠羽要說，翠羽道：「寔沒有。」拶婉兒，婉兒說是沒人。還到處尋覓嚷叫，從此竟不進真氏房中。每晚門戶重重，自去關閉記認。真氏見這光景，心中不快，道：「遇這等丈夫，無故受他這等疑忌，不如一死罷了。」倒是徐

冤哉，冤哉！

福妻子和氏道：「大娘，你若一死，倒洗不清。耐煩再守三頭五月，事決明白。他回心轉意，還有和美日子。自古道得好：好死不如惡活，且自寬心。」可憐那真氏呵：

愁深日似深填黛，恨極時將淚洗妝；
一段無辜誰與訴，幾番刺繡不成行。

徐公子書房與真氏臥房隔着一墻。這日天色已晚，徐公子無聊無賴，在花徑閑行。只見墻上一影，看時却是一箇標致和尚，坐起墻上，向着內房裡笑。徐公子便怒從心起，抉起一塊磚打去，這磚偏格在樹上落下，和尚已是跨落墻去了。徐公子看了大怒：

墻陰花影搖，纖月落人影；
遙想孤幃中，雙星應耿耿。

想是圓靜。

道：「罷，罷！他今日真賍實犯，我殺他不為過了。」便在書房中，將一口劍在石上磨，磨得風快。趕進房來，又道：「且莫造次，再聽一聽。」只聽得房中大有聲响，道：「這淫婦與這狗禿正高興哩！」一脚踢去，踢開房門，真氏在夢中驚醒，問：「是誰？」徐公子早把劍來牀上亂砍。真氏不防備的，如何遮掩得過？可憐一箇無辜好女人，死在劍鋒之下。

身膏白刃冤難白，血與紅顏相映紅。

案上一燈，欲明欲滅。徐公子拏過來照時，只見牀上止得一箇真氏，擁着一條被，身中幾劍氣絕。徐公子道：「不信這狗禿會躲。」又聽得牀下有聲，道：「狗禿在了！」灣着腰，忙把劍在牀底下搠去，一連兩搠，一隻狗捹命劈臉跳出來。徐公子驚了一跌，方知適纔聽响的是狗動。還痴心去尋這和尚，沒有。坐在房中，想這事如何結煞？想一想道：「如今也顧不得醜名，也顧不得人性命。」竟提了劍走出中堂來，叫：「徐福！徐福！」和氏道：「相公昨日打發去庄上未回。」徐公子道：「這等怎處？沒處擺佈，這做婉兒不着。」趕到灶前來叫婉兒，叫了八九聲，只見他應了，又住。等了一會，帶着睡踵將出來。徐公子等得不耐煩，一劍砍去，便砍死了。一連殺了兩箇人，手恰軟了。又去擂了半日，切下兩箇頭，已是天亮。

和氏與翠羽起來，看見灶下橫着婉兒的尸，房中卓上擺着兩箇頭，公子提着一把劍呆坐。牀裡真氏血流滿牀。和氏暗想：「自己丈夫造化，不然就是婉兒了。」忽然見徐公子喫了些早飯，提頭而去。兩箇看着真氏痛哭，替他叫冤說苦。這徐公子已趕到縣間去，哄動一城人，道：「徐家殺死奸夫、奸婦。」也有到他家看的，也有到縣前看的，道：「真是箇漢子！」連真家也有兩三箇秀才，羞得不敢出頭，只着人來看、打聽。

須臾，縣尊陞堂。姓饒，貴州人，選貢，精明沉細，是箇能吏。放投文，徐公子就提了頭過去道：「小人徐州同子徐行，有妻真氏，與義男婉兒通奸，小人殺死，特來出首。」那饒縣尊就出位來，道：

「好一箇勇決漢子！只不是有體面人家做的事。」一眼看去，見一顆頭，一點兒的，便叫取頭上來。却見一箇婦人頭，頗生得好；一箇小廝頭，髮纔到眉。縣尊便道：「這小廝多少年紀了？」徐行道：「十四歲。」那縣尊把帶掇了一掇，頭側了一側，叫打轎相驗。竟到他家，轎後擁上許多人。縣尊下轎進去，道：「尸首在那邊？」徐行道：「在房裡。」進房，却見牀上一箇沒頭女尸，身上幾劍，連被砍的，身上還緊緊裹着一條被。縣尊看了道：「小廝尸怎不在一處？」道：「在灶前。」到灶前，果見小廝尸橫在地上，身中一劍，上身着一件衣服，下身穿一條褲子。縣尊叫扯去褲子一看，叫把徐行鎖了，并和氏、翠羽都帶到縣裡，道：「徐行，你這奴才！自古撒手不為奸。他一個在牀上，一箇在灶前，就難說了。況且你那妻子尚緊擁着一條被，小廝又着條褲，這奸的事，越說不去了。若說平日，我適纔驗小廝尚未出幼，你仔麼誣他？這明明你與妻子不睦，將來殺死，又妄殺一箇小廝解說，你欺得誰？」叫：「取夾棍！」登時把徐行夾將起來。徐行道：「實是見一和尚扒墻進真氏房中，激惱殺的。」縣尊道：「這等，小廝也是枉殺了。你說和尚，你家曾與那寺和尚往來？叫甚名字？」徐行回話不來，叫丟在丹墀內。叫和氏道：「真氏平日可與人有奸麼？」和氏道：「真氏原空房獨守，並沒有奸。只是相公因鬭，自己不在家，疑心家中或者有奸情，鎮日鬧炒。昨晚間就是婉兒，並不曾進真氏房中，不知怎的殺了真氏，又殺小廝。」叫翠羽，翠羽上去與和氏一般說話。縣尊道：「徐行，你仔麼解？」徐行只得招了：「因疑殺妻，恐怕償命，因此又去殺僕自解。」縣尊大惱道：「既殺他身，又汙他名，可惡之極！」將來重打四十。

□駁絕精。

該惱，該惱。

這番真家三兩箇秀才來討命，道：「求大宗師正法抵命，以洩死者之冤。」縣尊道：「抵命不消講了。」隨出審單道：

又有知己。

真氏當傲狠之夫，恬然自守，罟無怨尤，賢矣！徐行竟以疑殺之，且又牽一小童以汙衊，不慘而狡歟？律以無故殺妻，一絞不枉。

把徐行做了除「無故殺死義男、輕辜不坐」外，準「無故殺妻」律，該秋後處決。解道院，復行本府刑廳審。徐行便去央分上，去取供房用錢，要圖脫身。不知其情既真，人所共惡，怎生饒得？刑廳審道：

徐行無故慘殺二命，一絞不足以謝兩冤。情辜俱真，無容多喙。

累次解審，竟死牢中。

冤冤相報不相饒，圜土游魂未易招；
猶記兩髡當日事，囹圄⑯囊首也蕭條。

這事最可憐的是一箇真氏，以疑得死；次之屠有名，醉中殺身。其餘妙智，雖死非辜，然陰足償屠有名；

⑯囹圄：音ㄌㄧㄥˊ ㄩˇ。亦作「囹圉」，牢獄。

徐行父子，陰足償妙智、法明。法明死刑，圓靜死縊，亦可為不守戒律、奸人婦女果報。田禽淫人遺臭，詐人得辠，亦可為貪狡之警。總之，酒、色、財、氣四字，致死致禍，特即拈出，以資世人警省。

雨侯曰：此回一派奸人，轉轉死于四字之中。非四字之為孽奸，人自作之孽也。就此事悟其非，則入于賢矣。觀者莫負提斯苦心。

序

士人屈首於二句「子曰」，一篇八股，俗情大似夏蟲於氷。況一頂進賢冠，便有花酒耗其精，簿書勞其神，奔兢疲其體。奸在旁而不得知，即知而不果剔，愚侮玩弄，有必至矣。斯集其鬼窟中之秦鏡，士大夫之指南乎！謂宜人誦一通於入政之初。

翠娛閣主人題

片時金璧返

第三十回　張繼良巧竊篆　曾司訓計完璧

衽席❶藏戈，蠆蜂有毒，不意難防。嚬笑輕投，威權下逮，自惹搶攘。英雄好自斟量，猛然須奮剛腸。理破柔情，力消歡愛，千古名芳。

右調柳梢青

真抉根。

歷代嘗因女色敗亡，故把女色比做兵，道是女戎。我道內政不出壼❷，女人幹得甚事？若論如今做官能剝削我官職，敗壞我行誼，有一種男戎。男戎是甚麼？是如今門子❸。這些人出來是小人家兒子，不大讀書，曉得道理，偶然虧得這臉兒有些光景，便弄入衙門。未得時時節，相與上等是書手、外郎，做這副膩臉，捱他些酒食；下等是皂隸、甲首，做這箇後庭，騙他銀子。耳朵裡聽的，都是奸狡、瞞官作弊話；眼睛裡見的，都是詭詐、說謊騙錢事。但只是初進衙門，膽小怕打，畢竟小心，不過與轎夫分幾分押保認保錢，與監生員遞呈求見的，騙他箇包兒，也不壞事。嘗恐做官的喜他的顏色，可以供得我

❶ 衽席：臥席。衽，音ㄖㄣˋ。

❷ 壼：宮中之巷。引申為宮內。

❸ 門子：官衙中從事看門、傳達、站班等雜務的差役。

情弊歷歷指出。

玩弄；悅他的性格，可以順得我使令，便把他做箇腹心。這番他把那一團奸詐，藏在標緻顏色裡邊；一段兇惡，藏在溫和體度裡面。在堂上還存你些體面，一退他就做上些嬌痴，插嘴幫襯。我還誤信他年紀小，沒膽，不敢壞我的事。把他徑竇已熟，羽翼已成。起初還假我的威勢騙人，後來竟盜我威勢弄我，賣牌、批狀，浸至過龍、撞木鐘❹，無所不至。這番把一箇半生燈窗辛苦，都斷送在他手裡了。故有識的到他，也須留心駕馭，不可忽他。我且道一箇已往的事。

我朝常州無錫縣，有一箇門子，姓張名繼良。他父親是一箇賣菜的，生下他來，倒也一表人材。六、七歲時，家裡也曾讀兩句書，到了十四、五歲，越覺生得好：

雙眸的的凝秋水，臉嬌宛宛荷花蕋；
柳眉瓠齒絕妖妍，貫玉却疑陳孺子❺。

恰也有好些身分，淺顰低笑，悄語斜身，含情弄態，故故撩人，似怨疑羞，又頻頻拒客：

徙倚類無骨，嬌癡大有心；
疑推復疑就，箇裡具情深。

❹撞木鐘：比喻做沒有效果的事；欺詐蒙騙。
❺陳孺子：即陳平，西漢政治家。

可惜一箇標緻的小廝，也到絕時年事。但處非其地，也不過與些市井俗流、遊食的光棍，東凹西靠，賺他幾分錢罷了。不料十五歲上，娘亡；十六歲上，爺死。這樣人家穿在身上，喫在肚裡，有甚家事？却也一貧徹骨。況且爹親娘眷都無，那裡得人照管？穿一領不青不藍海青，着一雙不黑不白水襪，拖一雙倒根鞋，就是如花似玉，顏色也顯不出了。房錢沒得出，三飡沒人責，便也捱在一箇朋友家裡。不期這朋友是有妻小的，他家婆見他臉色兒有些丰艷，也是疑心，不免高興時也幹些勾當兒，張繼良不好拒得。

這斷容不得。

淺房窄屋，早已被他知覺，常在裡邊喃喃罵道：「沒廉耻！上門湊！青頭白臉好後生，捱在人家，不如我到娘家去，讓你們一窠一塊。」又去罵這家公道：「早有他，不消討得我。沒廉沒耻，把閑飯養閑人。」就茶不成茶，飯不成飯，不肯拿出來，還饒上許多絮聒。張繼良也立身不住，這朋友也難留得。又捱到一家朋友，喜是光棍，日間彼此做些茶飯兒過日，夜間是夫婦般。只是這人且會喫寡醋，張繼良在窮，也便趁着年紀濫相處幾箇，他知得便尋鬧，又安不得身。虧得一箇朋友道：「錫山寺月公頗好此道，不若我薦你在那邊棲身。」便領他去寺中，見月公道：「我這表弟，十六歲父母雙亡，要在上剎出家，我特送來。」月公道：「我徒弟自有，徒孫沒有，等他做我徒孫罷。」就留在寺中。這張繼良人是箇極會得的，却又好溫性兒，密得月公魂都沒，替他做衣服，做海青。自古道：人要衣裝，馬要鞍裝。這一裝束，便弄得絕好了。

也是他該迹。本縣何知縣，忽一日請一箇同年遊錫山。這何知縣是箇極好男風，眼睛裡見不得人的。在縣裡吏書皂快，有分摸樣的，便一齊來，苦沒箇當意的。這時同年尚未來，他獨坐甚是無聊，偶然見張繼良一影，他見是箇扒頭，便道：「甚麼人？」叫過來問時，是本寺行童。何知縣道：「不信和尚有

和尚偏

有造化。
慈悲佛主，如何忘得？
偏見藏奸。
提醒處。
招之。

這等造化。我老爺一向尋不出一箇人。」問他：「有父兄麼？」道：「沒有。」那答應的聲兒嬌細，一發動人。就道：「你明日到縣伏侍我罷，我另眼看你。」他自喫酒去了。月公得知，甚是不快活，道：「仔麼被他看見了？父母官須抗他不得。」兩箇叙別了一夜，只得送他進縣，分付叫他小心伏侍，閑暇時也來看我一看。一進衙門，何知縣道：「你家中無人，你就在後堂側邊、我書房中歇落。」本日就試他，是慣的，沒甚畏縮，還有那些媚態，何知縣就也着了迷。着庫上與他做衣服，渾身都換了細綾。每日退堂，定要在書房中與他盤桓半日，纔進私衙。他原識兩箇字，心裡極靈巧，凡一應緊要文書、詞狀、簡札，着他收的，問起都拿得來，越發喜他有才。又道他沒有親眷，沒人與他兜攬公事；又向在和尚寺裡，未免曉得在衙門作弊；況且又在後堂歇落，自己不時叫在身邊，也沒人關通；凡事託他做腹心，叫他尋訪。

不知這衙門中，書吏、皂甲極會鑽。我用主文，他就鑽主文；我用家人，他就鑽家人。這番用箇門子，自然尋門子。有那燒冷竈的，不曾有事尋他，先來相處他，請酒送禮，只揀小官喜歡的香囊、扇子、汗巾之類送來，結識他做箇靠山。有那臨渴掘井的，要做這件，大塊塞來，要他攛掇。皂甲要買牌討差，書吏要討承行，漸漸都來叢他。內中也有幾箇欺他暴出龍，騙他，十兩公事做五兩講；又有那討好的，又去對他講，道這件事畢竟要括他多少，這件事不到多少不要與他做，他不乖的也教會了。況且他原是箇乖的人。但是官看三日吏，吏看三日官。官若不留些顏色，不開箇空隙把他，他也不敢入鑿。先是一箇何知縣，因他假老實，問他事再不輕易回覆，側邊點兩句，極中窾，便喜他，要擡舉他。一日，僉着一張人命牌，對張繼良道：「這差使是好差，你去，那箇要的，你要他五兩銀子，僉與他。」一箇皂隸莫用知得，就是五兩時銀來討。正與張繼良說，一箇皂隸魏匡一箇眼色，張繼良便回莫用道：「少。」這邊魏匡就是五兩九成銀遞去。張繼良見光景可掯，道要十兩，魏匡便肯加一兩。這邊一箇李連忙央一箇門子，送八兩與張繼良。魏匡拿得銀子來，這廂已僉了李連，張繼良已將牌遞與了。一日，有張爭家私狀子，原燒冷竈的一箇吏房書手陳幾，送他兩疋花紬，要他稟發。張繼良試去討一討，不料何知縣欣然。

也是實景。

這番衙門裡傳一箇張繼良討得差，討得承行。有一箇好差，一紙好狀子，便你三兩，我五兩，只求得箇他收。他把幾件老實事兒結了何知縣，知縣說着就依，他就也不討。講定了，見僉着這牌，便道：「原差某人，該差某人，某人接官該與，某人効勞該與。」何知縣信得他緊，也就隨他說寫去。呈狀也只憑他道是原行，或是該承。還有巧處，該這人頂差，或該他承應，他把沒帳差牌呈狀。踏在前面，僉與了他，便沒箇又差又批的理，這就是奪此與彼的妙法。到後他手越滑，膽越大，人上告照呈子，他竟袖下，要錢纔發。好狀子他要袖下，不經承發房掛號，竟與相知。莫說一年間他起家，連這幾箇附着他的吏書、皂甲，也都發跡起來。何知縣也道：「差使承行，左右是這些衙門裡人，便顛倒些也不是壞法。」故此不在意。不知富的有錢買，越富；窮的沒錢買，越窮。一箇官，一張呈狀，也不知罰得幾石穀，幾箇罪。若撞着上司的，只做得白弄，他却承行、差使，都有錢賺，他倒好似官了。

賣差狀弊，一盤托出。

其時一箇戶房書手徐炎，見他興，便將一箇女兒許與他，一發得了箇教頭，越會賺錢。却又衙門人，無心中又去教他，乘有一箇人有張要緊狀子，連告兩紙不准，央箇皂隸送二兩，叫他批准。皂隸因而就討這差，自此又開這門路。書手要承應，皂隸要差，又兜狀子來與他批，一、二兩講價。總之，趁着這

准狀之弊。

又是一箇弊。

門役之赫奕，一至于此！

一愛愚弄，何所不至。

何知縣，嘗與他做些歪事，戲臉慣了，倚他做箇外主文。又信他得深了，就便弄手腳，還不曾到刑名上。爭奈又是獄中有獄卒、牢頭，要詐人錢，打聽有大財主犯事，用錢與他，要他發監。他又在投到時，叫寫監票，可以保的竟落了監，受盡監中詐害。人知道了，便又來用錢，要他方便。至于合衙門人，因他在官面前說得話，降得是非，那箇不奉承？那箇敢沖突他？似庫書庫吏收發上有弊，吏房吏農充參，戶房錢糧出入，禮房禮儀支銷，兵房驛遞工食，刑房刑名，工房造作工價，那一房不要關通他？那一處不時時有餽送？甚至衙頭書房裡都來用錢，要批發，二、三、四衙都有禮送他，闔縣都叫他做「張知縣」。

先時這何知縣也是箇要物的，也有幾箇過龍書吏，起初不曾合得他，他却會得冷語，道：「這事沒天理，不該做的。」那何知縣竟回出來。或時道這公事值多少，何知縣捏住要添，累那過龍的費盡口舌，況且事又不痛快，只得來連他做。連着要打那邊三十，斷不是廿五下；要問他十四石，斷不是一兩三；要斷十兩，斷不是九兩九錢。隨你甚鄉官濶宦，也拗不轉。外邊知道消息，都不用書吏，竟來投他。他又乖覺，這公事值五百，他定要五百；值三百，定要三百。他裡邊自去半價兒，要何知縣行。其餘小事兒，他拿得定，便不與何知縣，臨審時三言兩語，一點掇都也依他。外邊撞太歲、敲木鐘的事，也做了許多，只有他說人是非，那箇敢來說他過失？把一箇何知縣，竟做了一箇傀儡。

簡書百里寄專成，閭里須教誦政聲；
線索却歸豪滑手，三思應也愧生平。

不及張娘好面皮。

溺處。

溺□。

凡是做官，不過愛民禮士，他只憑了一箇張繼良，不能為民辨明冤枉；就是秀才、舉監有些事，日日來討面皮，博不得張繼良一句。當時民謠有道：「弓長❻固可人，何以見君王？」又道：「錫山有張良❼，縣裡無知縣。」鄉官紛紛都要等代巡來，講他是非。虧得一箇同年省親回來的周主事，知道這消息來望他，見一門子緊捱在身邊。他看一看道：「年兄，小弟有句密語。」何知縣把頭一側，門子走開。周主事道：「年兄，這不是張繼良麼？」何知縣道：「是。年兄仔麼認得？」周主事道：「外邊傳他一箇大名。」何知縣道：「傳他能幹麼？」周主事說：「太能了些，幾乎把年兄官都壞了。」何知縣道：「他極小心，極能事。」周主事道：「正為年兄但見其小心，見其能事，所以如此。若覺得便不如此了。外邊士民都說年兄寵任他，賣牌准狀，大壞衙門法紀。」何知縣道：「這一定衙門中人恠他，故此謗他。」周主事道：「不然，還道他招權納賂，大為士民毒害。」何知縣道：「年兄，沒這樣事。」周主事道：「年兄，此人不足惜，還恐為年兄害。外面鄉紳雖揭他的惡，卻事都關着年兄，小弟是極力調停。只恐陳代巡按臨，上司有話，怎麼處？」何知縣顏色不怡，周主事也別了。

只見何知縣走到書房中，悶悶不悅。張繼良捱近身邊道：「老爺，適纔周爺有甚講？」何知縣一把捏住他手道：「我不好說得。」張繼良道：「老爺那一事不與小的說？這事甚麼事，又惹老爺不快？」何知縣把他扯近，附耳道：「外邊鄉紳恠我，連你都謗在裡邊。周爺來通知，故此不快。」張繼良便跪了道：「這等，老爺不若將小的責革，以舒鄉紳之憤，可以保全老爺。」何知縣一把抱起，放在膝上，

❻ 弓長：即張字，指張繼良。

❼ 張良：漢初大臣，字子房，封留侯。這裡是喻指張繼良。

語可惑人。

刁語。

何君痴情，歷歷可笑。

穵頭作披髮，考中常態。

虎之噬也，先伏□。

道：「我怎捨得。他們不過借你來污衊我，關你甚事？」張繼良道：「是老爺除強抑暴，為了百姓，自然不得鄉紳意。要害老爺，畢竟把一箇人做引証，小的不合做了老爺心腹，如今任他鄉紳流謗，守巡申揭，必定要代巡自做主。小的情愿學貂蟬❽，在代巡那邊，包着保全老爺。」何知縣道：「我進士官，縱使他們謗我，不過一箇降調，經得幾箇跌磕，不妨。但只是你在此，恐有禍，不若你且暫避。」張繼良道：「小的也不消去，只須求老爺仍把小的作門役，送到按院便是。」何知縣道：「我正怕你在此有禍，怎還到老虎口中奪食？倘知道你是張繼良，怎處？」張繼良道：「不妨。老爺只將小的名字改了，隨各縣大爺送門役送進，小人自有妙用。」何知縣還是搖頭。

過了半月，按院巡歷到常州，果然各縣送人役，張繼良改做周德，何知縣竟將送進。也是何知縣官星現，這陳代巡是福建人，極好男風。那張繼良已十七歲了，反把頭髮放下做箇披肩。代巡一見，見他矬小標緻，竟收了。他故意做一箇小心不曉事光景，不敢上前，那代巡越喜，道是箇篤實人，伏侍斟酒時，便低着頭，問他道：「你是無錫那裡人？」道：「在鄉。」他臉也通紅。代巡道：「你是要早晚伏侍我的，不要怕得。」晚間就留在房中。這張繼良本是箇久慣老手，倒假做箇畏縮不堪的模樣，這代巡早又入他彀。

纔離越國又吳宮，媚骨夷光應與同。

❽貂蟬：小說三國演義中的人物。係司徒王允家的歌妓，她獻身自己，離間董卓和呂布，最後借呂布之手除掉董卓。

尺組竟牽南越頸，奇謀還自壓終童。

初時先把一箇假老實愚弄他，次後就把嬌痴戲戀他，那代巡也似得了箇奇寶。凡是門子進院幾時，一得寵，不敢做別樣非法事？若乞恩加賞，這也是常情。他在那邊木木訥訥，有問則答，無問則止，竟不乞恩討賞。陳代巡自喜他，每次賞從厚。要賞他承差，他道日後不諳走差，不願。道辦也不願。道是無錫人，求賞一箇無錫典吏。陳代巡竟賞。閑時也問及他本地風俗，他直口道：「鄉官兇暴，不肯完納錢糧，又狠盤筭百姓，日日告債告租。一縣官替他管理不了，畧畧不依，就到上司說是非，也不知趕走多少官，百姓苦得緊。」已自為何知縣解釋。又得查盤推官，與本府推官，都是何知縣同年，也為遮葢，所以考察過堂，得以幸全。及至代巡考察、審錄、比較、巡城、閱操各事都完，因拜鄉宦，只見紛紛有揭。代巡有了先入之言，只說鄉宦多事。後邊將復命糾劾有司，已擬定幾箇，內中一箇因有大分上來，要改入薦，只得把何知縣作數。取寫本書吏，要待寫本，張繼良見了，有些難解，心裡一想道：「我叫他上不本成。」恰值這日該書辦眾人發衣包，先日把陳代巡弄箇疲倦，乘他與別門子睡，暗暗起來，將他印匣內關防取了，打入衣包裡邊。次日早堂竟行發出這關防，先寄到他丈人徐炎家，徐炎轉送了何知縣。

只說鄉官不是，知縣自見。得力。

篆文已落段司農⑨，裴⑩令空言量有容。

⑨ 段司農：即段秀實。字成公，唐代名將，唐德宗時大司農。為官清正廉潔，主削藩鎮。

⑩ 裴：裴度。貞元進士。唐憲宗時宰相。率師攻破蔡州，生擒吳元濟，有力地維護了中央集權。

始信愛深終是禍，變興肘腋有奇兇。

次早用印，張繼良把匣一開，把手一摸，又假去張一張，只見臉通紅，悄悄來對陳代巡道：「關防不見。」陳代巡喫了一驚，還假學裴度模樣，不在意，一連兩箇腰伸了，道：「今日困倦，一應文書都明日印。」坐在後堂不悅。張繼良倒假做慌忙，替他愁。陳代巡道：「不妨。這一定是我衙門中盜去印甚文書，追得急，反將來燬了。再待一兩日，他自有。」等了兩三日，不見動靜，這番真是着急。知是門子、書辦中做的事，一打拷追問，事就昭彰，只得粧病不出，叫掌案書辦計議。書辦聽得也呆了，只教且在衙門中尋。這四箇門子、兩箇管夫、八箇書辦着鬼的般，在衙門裡那一處不尋到？還取夫淘井，也不見有。

尋思無計，內中一箇書辦道：「如今尋不出，實是不好。聞得常州府學曾教官，是箇舉人出身，極有智謀，不若請他來計議。」果然小開門，請曾教官看病。他是泰和人，極有思筭、有手段的。曾教官道：「甚麼人薦我？我從不知醫。」一到傳鼓，請進川堂相見了，與坐留茶，趕去門子，把這失印一節告訴他。那教官也想一會，道：「老大人，計是有一箇，也不是萬全。老大人自思，在本府嘗與那箇有隙？曾要參何人？」陳代巡也想一想，附耳道：「我這裡要參無錫何知縣。」曾教官道：「這印八分是他，如今老大人只問他要。」陳代巡道：「我問他要，他不認怎生？」曾教官道：「也只教他推不得。目下他也在這廂問安，明日老大人暗將空房裡放起火來，府縣畢竟來救，老大人將勑交與別縣，將印竟交與他。他上手料不敢道看一看內邊有關防沒有，他不得已，畢竟放在裡。他若不還，老大人說是他沒

智人。

的，也可分過。這是萬或可冀之策，還求老大人斟酌行之。」陳代巡道：「這是絕妙計策，再不消計議得，只依着做去。」曾教官道：「教官還有一說。觀此人既能盜印，他把奸人已佈在老大人左右了。此事不能中傷，必復尋他事。況且今日教官之謀，他也畢竟知道，日後必啣恨教官。這還祈老大人赦他過失，使他自新。這在老大人可以免禍，在教官可以不致取怨。」代巡點頭道：「他若不害我，我也斷不害他。」留了一盃茶，就送了教官出來。還倚張繼良做箇心腹，叫與一箇掌案書辦行事。在裡邊收拾花園中一間小書房，推上些柴，燒將起來。

這邊何知縣自張繼良進了院去，覺得身邊沒了箇可意人，心中甚是不快。到參謁時，畧得一望，相見不相親，越覺懊惱。喜得衙門中去了他，且是一清，凡有書信，都託徐炎送與何知縣，考察過堂無事。何知縣滿心歡喜：「這一定是張繼良的力，好一箇能事有情的人。」這日只見徐炎悄悄進見，何知縣知有密事，趕開人叫他近來，只見遞出一箇信併印。何知縣見了訪欵，倒也件件是真，條條難解，又見關防，笑道：「這白頭本也上不成。」收了，重賞徐炎。打聽甲首報按院有病不坐，他又笑道：「是病箇沒得出手。」也思量要似薛嵩⑪送金盒與田承嗣⑫般，驚他一箇兩邊解交，恐怕惹出事來。且自丟起，將關防密密隨着身子。此時也只因問代巡安，來到府中。這日正值張知縣來拜，留茶，兩箇閑譚。只見一箇甲首汗雨淋淋趕來，道：「稟老爺，察院裡火起，太爺去救去了。」這知縣連忙起身，何知縣打轎

⑪ 薛嵩：唐代宗時潞州節度使。

⑫ 田承嗣：唐代宗時魏博節度使，曾兩度叛亂，薛嵩遣婢女紅線夜盜田承嗣床頭金盒而返，使田知懼，從而消弭了一場兼併之爭。

相隨。那知府已帶了火鈎火索，趕入後園去了。這兩箇趕到，却早代巡立在堂上，在那裡假慌。見他兩箇道：「不要行禮，不要行禮，不知仔麼空屋裡熇起來，多勞二位。」忙取過勑寄與張知縣，把印匣遞與何知縣，道：「賢大尹，且為我好收。」遞得與他，自折身裡面去了。

烟火暗庭除，奔趨急吏胥；
片時令璧返，畫策有相如。

須臾火熄，分付道：「一應官員晚堂相見。」那張繼良見何知縣接了印匣，已自跌脚道：「你是知道空的，仔麼收他的？如今怎處？」這何知縣掇了箇空印，到下處好生狐疑，道：「這印明明在我這裡，他將印匣與我，我又不好當面開看。如今還了印，空費了張繼良一番心；若不還時，他賴我盜印，再說不明，如何是好？」想了半日，道：「沒印，兩箇一爭就破臉，不好收拾；有印，或者他曉得我手段，也不敢難為我，究竟還的是。」將印放在匣內，送到院前。先是知府進見，問慰了，留茶。次得張知縣交勑，何知縣交印，就問候，代巡也留茶送出。這班書辦曉得匣裡沒印，不敢拿文書過來用印，倒是代巡叫：「連日不曾僉押用印。文書，拿過來。」眾人倒驚道：「印沒了，難道押下寫一印字的理？把甚麼搭？難道這兩日那裡弄得方假印來？被人辨認出也不像。」都替代巡踟躕。只見文書取到，批僉了，叫張繼良開匣取印。只見一顆印宛然在裡邊，將來印了。書辦們已知這印如何在何知縣身邊，周德原是何知縣送來的人，一定是他弄手脚了。次日，何知縣辭回，巡按留飯，道：「賢大尹好手段。」何知縣道：

故緩之，令何即還印。

「不敢。」便謅一箇謊道：「知縣未第時，寄居在本地能仁寺讀書。隣房有一人，舉止奇秘。知縣知他異人，着實加禮。一日在家，他薄晚扣門，携着一人首，道『在此有仇已報，有恩未酬』，問知縣借銀二十兩酬之。知縣將銀餙相贈，許後有事相報。別來音信杳然。數日前忽中夜至衙，道『奸人謗你，代巡有意信讒，我今取其印，令不得上疏，可以少解。』知縣還要問箇詳細，只見他道『脫有緩急，再來相助』，已飛身去了。知縣細看，果是代巡的。要送來，怕惹嫌疑不敢。昨蒙老大人委管印匣，乘便呈上。」代巡道：「有這等事！前已知無錫鄉紳豪橫，作令實難，雖有揭帖，本院這斷不行的。賢大尹賢能廉介，本院還入薦剡，賢大尹只用心做官，總之不忤鄉紳，便忤了士民了。」何知縣謝了，自回縣。

語似而情不合。

陳代巡初時也疑張繼良，印來到時，竟疑了八分，但是心愛得他緊，不肯動他。何知縣又說這一篇謊，竟丟在水裡。果然復命舉劾，不惟不劾，何知縣又得薦；曾教官也在教職內薦了，得陞博士。一縣鄉紳都盡驚駭，道：「是神鑽的？若是這樣官薦，那一箇不該薦？這樣官不劾，那一箇該劾？如此作察院，也負了代巡之名。」有的道：「如今去了箇張門子，縣中也清了好些，應是這緣故。」不多幾時，只見按院批下一張呈子，是吏農周德的。道：「在院効勞，乞恩賞頂充戶房吏農王勤名缺。」是箇現缺，那箇敢來爭他的？這是陳代巡復命，要帶張繼良進京。張繼良想道：「自為何知縣進院，冷落了幾時不賺錢，如今還要尋着何知縣補，若隨去，越清了。」故此陳代巡要帶他復命，他道「家有老母」，再三懇辭，只願在本縣効役，可以養母。陳代巡便叫房裡查一箇本縣好缺與他，還批賞好些銀兩。送至楊州，陳代巡還戀戀不捨，他記掛縣中賺錢，竟自回了。

計就西施應返越，謀成紅線⓭自歸仙。

他一到縣，做了親，尋了大宅住下。參見了何知縣，喜得不勝，感得不勝。縣裡這些做他羽翼的，歡喜他靠山復來，接風賀喜，奉承不暇。這些守本分的，箇箇攢眉。向來吏書中，有幾箇因他入院，在這廂接脚過龍；門子有幾箇接脚得寵，不惟縮手，也還怕他妬忌。知機的也就出缺告退，不識勢的也便遭他陷害。先時在縣，還只當得箇知縣，凌轢一縣的人。如今自到了察院去，也便是箇察院了，還要凌轢知縣。說道：「他這箇官虧我做的，不然這時不知是降是調，趕到那裡去了。」六房事，房房都是他。打官司沒一箇不人上央人來見他，官司也不消何知縣問得，只要他接銀子時仔麼應承，他應承就是了。一箇何知縣，只在堂上坐得坐，動得動筆罷了。一年之間，就是有千萬家私的，到他手裡，或是陷他傜役，或人來出首，一定拆箇精光，留得性命也還是絕好事。縣裡都傳他名做「拆屋斧頭」、「殺人劊子」。何知縣先時溺愛他，又因他救全他的官，也任着他。漸漸到後來，立緊桌横頭，承應吏捧得一宗卷過來，他先指手劃脚，道這該打，這該夾，這該問罪，竟沒他做主，也覺不成體面。又是他每事獨提，不與何知縣，又不與裡邊主文連手。裡邊票擬定的，他都將來更亂。向來何知縣也得兩分，自此只得兩石穀、兩分紙，他還又來說免。更有他作弊處：凡一應保狀，他將來裁去，印上狀格，填上告詞，日子是何知縣親標，就作准出牌。來買便行擱起，和息罰穀，自行追收，不經承發掛號，竟沒處查他。何知縣甚是

⓭ 紅線：傳奇小說中人物。紅線盜盒成功後辭去。薛嵩宴於堂，「紅線拜且泣，因偽醉離席，遂亡其所在。」事見唐袁郊甘澤謠紅線。

可憐。

不堪，道：「周外郎，你也等我做一做。你是這樣，外觀不雅。難道你不怕充軍徒罪的？」他也不采，只是胡行。何知縣幾次也待動手，但是一縣事都被他亂做，連官不知就裡，一縣人都是他心腹，沒一箇為官做事的。那周德見他憤憤的，道：「先下手為強，莫待他薄情，反受他的禍。」挽出幾箇舉人、生員，將他向來受贓枉法事，在守道府官處投揭。這番裡邊又沒箇張繼良，沒人救應，竟謫了閑散。

更可憐。

私情不可割，公議竟難逃；
放逐何能免，空為澤畔號⓮。

張繼良自援了兩考，一溜風挈家到京，弄了些手脚，當該官辦劾勞，選了一箇廣州府新會縣主簿，到家鬧哄哄上了任。有的人道：「沒天理，害了這許多人，却又興，得官。」他到任又去厚拱堂官，與堂官過龍。執行准事慣了，又仍舊作惡害人，靠了縣尊。有一箇生員家裡極富，家中一箇丫頭病死，娘家來告他定要扭做生員妻打死，要詐他，又把他一箇丫頭夾拶。秀才哄起來，遞了揭，三院各處去講，百姓乘機來告發。刑廳會同查盤官問。這查盤是韶州府推官，自浙江按察司照磨陞來的，正是何知縣。知是張繼良，當日把他壞事、又揭害他的事，一一說與廣州推官。兩箇會問時，拏定他幾件實事，坐了他五百贓，問了充軍，着實打了他二十。在廣州府監裡坐得箇不要，家眷流落廣州，這的是張繼良報應。

冤根。

⓮ 放逐二句：言好人不得好報。戰國楚國愛國詩人屈原，被楚頃襄王放逐沅、湘間。終因不能挽救楚國的危亡，實現自己的政治理想和抱負，而投汨羅江而亡。但與小說中的何知縣被謫事，不能同日而語。

但是這些人有甚人心？又有一班狡猾的，駕着有錢要撰，有勢就使，只顧自飯碗裡滿，便到充軍擺站，敗壞甚名撿？做官官職謫削事小，但一生名撿已壞，仔麼不割一時之愛？至如養癰一般，癰潰而身與俱亡，此是可笑之甚。故拈出以佐仕路觀感。

雨侯曰：虎敗于猾，官敗于門蠹，甚矣！剛之易柔，而藏剛狠于柔，正莫遏也。窒欲防微，敢為當道借箸。

敘

富貴功名之借途，今且為貪淫之資、驕奢惡薄之漸。仕籍纔掛，輒求傾城、搜佳麗，便作鄙夷糟糠之思。未幾變起閨闥，為憤爭、為忌疾，一身宛轉其間。不得，便以身與官隨之，是亦仕途中胡相士也。薄倖何必賣妻？得報何必在一死？人自思之。

翠娛閣主人識

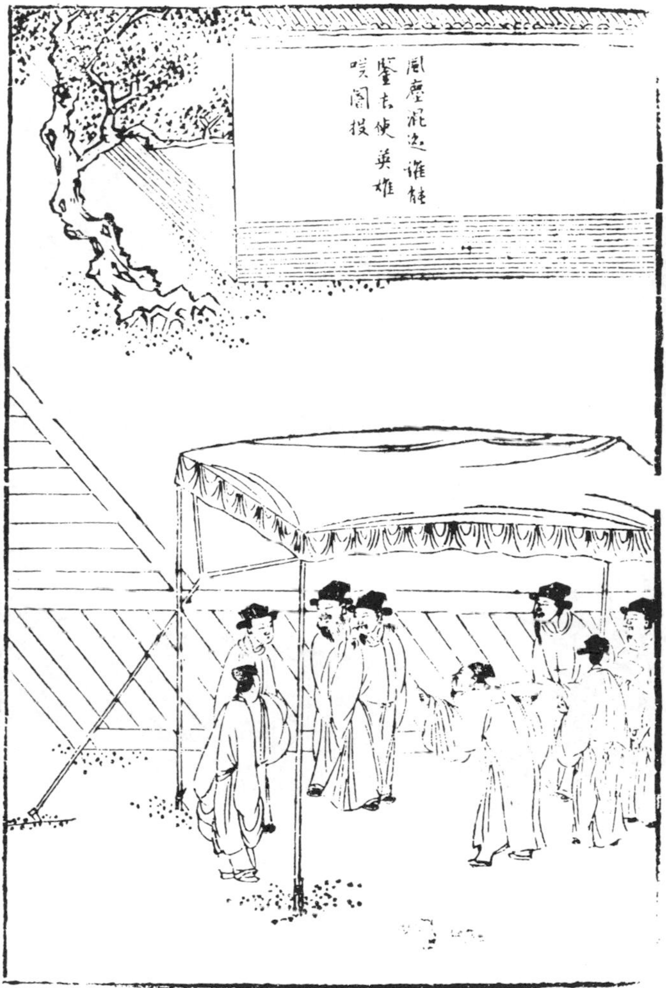
闈塵泥迹誰推
鑒去使英雄
哭闈投

孝生又向豪門乞

金竹辭視之美鬨次

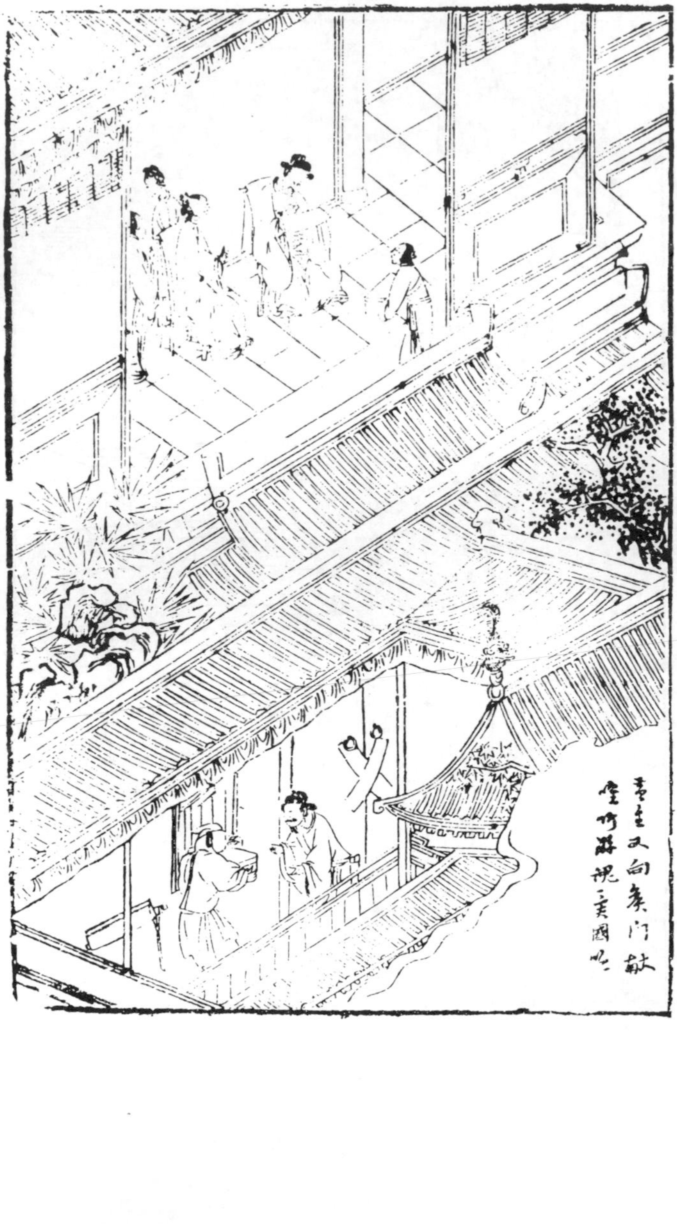

第三十一回　陰功吏位登二品　薄倖夫空有千金

新紅染袖啼痕溜，憶昔年時奉箕箒；
茹荼衣垢同苦辛，富貴貧窮期白首。
朱顏衹為窮愁枯，破憂作笑為君娛；
無端忽作附炎想，棄我翻然地上蕪。
散同覆水那足道，有眉翠結那可掃；
自悔當年嫁薄情，今日翻成不自保。
水流花落兩紛紛，不敢怨君還祝君；
未來光景竟何在，空教離合如浮雲。

右去婦詞

眉公❶云：福厚者必忠厚，忠厚而福益厚；薄福者必輕薄，輕薄而福益薄。真是薄倖空名，營求何

❶ 眉公：即明代陳繼儒。華亭人，字仲醇，號眉公，又號麋公。絕意仕途，隱居崑山，專心著述。著有眉公全集等。明史有傳。

在？笑是吾人，妄作思想，天又巧行窺伺，徒與人作話柄而已。「富易交，貴易妻」，這兩句不知甚麼人說的，如今人作為口實。但是「富易交」之人，便是不可與友的人。我先當絕他在臭味未投之先，也不令他絕我在驕倨之日。只是一箇妻，他苦樂依人，窮愁相守，他甘心為我同澹泊❷，可愛；就是他勉強與我共貧窮，可憐。怎一朝發跡，竟不惜千金買妾，妾生愛憎。是我處繁華，他仍落莫？倒不如貧賤時，得相親相愛。我且試把一箇妄意未來之錢，竟去久婚之配，終至錢物不得，客死路傍的，試說一說。

話說直隸江陰縣有一箇相士胡似庄，他也是箇聰明伶俐人兒，少年師一箇袁景庄先生學相，到胡謅得來。娶一箇妻叫馬氏，生相矬小，面色紫膛，有幾點麻。喜得小家出身，且是勤儉得緊，自早至晚，巴家做活，再不肯躲一毫懶。這胡似庄先在人叢中擺張軸兒，去說天話勾人。一日去騙得幾箇鄉裡人，分得兩三張紙，也不過賺得二三分銅錢銀子，還有扯不人來時。只是他在外邊行術，畢竟也要披件袍仗兒動人，這件海青是穿的。立了一日，肚餓，也到麵店中喫碗。苦是馬氏在家，有裙沒褲，一件衫七補八湊，一條腳帶七接八接，有一頓沒一頓在家捱。喜是甘淡薄性兒，再沒箇怨丈夫光景。那胡似庄弄到一箇沒生意，反回家來賊做大，嘆氣連聲道：「只為你的相貧寒，連我也不得發達。」馬氏再也不應他，真箇難捱。虧得一箇房主楊寡婦，無子，止得一女，尚未適人。見馬氏勤苦，不來討他房錢，還又時常周濟。一日，楊寡婦偶然到他家中，急得馬氏茶也拿不一鍾出，却是胡似庄回來，母子去了。胡似庄問道：「方纔那女子那家？」道：「是房主人家。」胡似庄道：「也似一箇夫人，等我尋箇貴人與他，報他的恩。」不題。

似此婦人，那得棄之！

有眼力。

❷澹泊：恬靜寡欲。澹，音ㄉㄢˋ。

相訣。

他行術半年，說些眼前氣色，一般也喫他闖着幾箇，生意畧興。他道：「我們方術❸人，要鋪排人，方動得人。」積趲得一百七、八十塊銀子，走到銀店裡一銷，銷得有五錢多些，買了三疋稀藍布，幾枝細竹竿，兩條繩，就在縣前撐了。憑着這張嘴，一雙眼睛，看見衣服齊整的拱上一篇，衣衫藍縷的醬上幾句。一兩句討不馬來，只得葫蘆提收拾。虧他嘴活，倒也不曾喫大沒意思。

面有十重鐵甲，口藏三寸鋼鈎；
慣釣來人口氣，亂許將相公侯。

一日立在縣前，只見縣裡邊走出幾箇外郎來。內中一箇道：「我們試他一試。」齊環住了這帳兒下。一箇捱將近來，他箇箇拱上幾句，道：「一定三尹❹」、「一定二尹」、「可發萬金」、「可發千金」。將次相完，有這等一箇外郎，年紀二旬模樣，也過來一相。他暗暗稱奇，道：「此位却不是吏道中人。他兩顴帶殺，必總兵權；骨格清奇，必登八座❺；虎頭燕頷，班超❻同流；鶴步熊腰，蕭何❼一輩。依在下相，

---

❸方術：指醫、卜、星、相之術。後漢書方術列傳列有華佗、左慈、費長房等三十五人。後來的道教承襲了它的巫祝祭祀和煉丹採藥之法。

❹尹：古代官的通稱。

❺八座：舊時俗稱坐八人肩輿者為八座。能坐八人抬的大轎者，必當是高官顯貴。

❻班超：東漢名將，史學家班固之弟。永平十六年（西元七三年）首次赴西域，北擊匈奴，從此開始在西域活動達三十一年，保護絲綢之路的暢通。永元三年（西元九一年）任西域都護，封定遠侯。

輕薄。

一妻到老，二子送終；壽至八旬，官為二品。目下該見喜，應生一箇令郎。」一箇外郎道：「小兒尚未有母，娶妻罷！」胡似庄道：「小子並無妄言，老兄請自重。」這人笑道：「我如今已在吏途中混了，有甚大望。」胡似庄道：「老先生高姓大名？後日顯達，小生要打抽豐。」這人道：「說他仔麼？」却是一箇同伴要扯他同走，恠胡似庄纏住，道：「是兵房徐老官，叫做徐晞，在縣裡西公廨住。」

風塵混迹誰能鑒，長使英雄嘆闇投；
喜是品題逢識者，小窻噓氣欲沖牛。

老到。口角可笑。

本日虧這一起人來，胡似庄也賺了錢數騷銅❽，回到家中道：「我今日撞得一箇貴人，日後要在他身上討箇富貴。」正說，只見一箇丫鬟拿了些鹽菜走來，道：「親娘見你日日淡喫，叫我拿這些菜來。」恰是楊家。胡似庄道：「多謝奶奶、親娘，承你們看顧，不知親娘曾有親事麼？我倒有一頭絕好親事，還不曉要甚人家。」丫頭道：「不過是過當得人家，只是家裡要入贅。」胡似庄道：「我明日問了來說。」丫頭去了。胡似庄道：「妙，妙！後面抽豐！且慢，先趁一宗媒錢。」馬氏道：「媒不是好做的，如今楊奶奶且是好待，不要因說媒討打喫。」胡似庄道：「不妨。」次日拿了一箇錢，買了箇帖子，來拜徐晞。恰值官未坐，還在家下。徐外郎道：「昨承先生過獎。」胡似庄道：「學生這張嘴，再不肯奉

❼ 蕭何：漢初大臣，任丞相。定律令制度，協助劉邦消滅諸侯王，為漢王朝的建立和鞏固，起了重要作用。

❽ 銅：古謂之赤金。

欣動處。

理語。

不穩。

的真，的真。

承，再不差。依學生還該讀書纔是。」徐外郎道：「這不能了。」正說間，堂上發梆，徐外郎待起身，胡似庄一把扯住道：「還有請教。昨聞老先生未娶，不知要娶何等人家？」徐外郎道：「學生素無攀高之心，家事稍可存活，只要人是舊家，女人齊整罷了。」胡似庄道：「有一寡居之女，乃尊二尹，歿了。家事極富，人又標緻，財禮斷是不計的。公若入贅，竟跌在蜜缸裡了。」徐外郎道：「學生意在得人，不在得財。」胡似庄道：「先生，如今人說有賠嫁，瞎女兒也收了。只是這女兒，房下見來，極端莊豐艷，做人又溫克。」徐外郎要上堂，忙忙送他。他又道：「學生再不說謊的。」別了，來縣前騙了幾分銀子，收拾了走到楊家。楊家小廝楊興道：「胡先生來還房錢麼？」道：「有話要見奶奶。」其時楊寡婦已聽丫鬟說了，便請進相見。胡似庄先作五七八箇揖，謝平日看取，就道：「昨日對阿姐說，有一箇本縣徐提控，年紀不上二十歲，才貌雙全，本縣大爺極喜他，家事極好。我前日相他，是大貴之人，恰與令愛相對。學生待要作伐，若奶奶肯見允，明日他來拜學生，可以相得。這人溫柔，極聽在下說，可以成得，特來請教。」楊寡婦道：「老身沒甚親眷，沒箇打聽。先生，他根脚也清，家事果好麼？」胡似庄道：「學生不打聽得明白，怎敢胡說？」寡婦道：「不是過疑。只這些走街媒婆，只圖親事成，便人家義男，還道是舊族人家；一文錢拿不出，還道是財主；四、五十歲，還道廿來歲後生；有疾的，還道齊整。更有許一百財禮，行聘時只得五、六十兩哄人。事到其間，不得不成，就是難為了媒人，女兒已失所了，故此要慎重。」胡似庄道：「奶奶，須知學生是學做媒的，那裡有這些奸狡？這徐老官，是出得錢起，現參，日日有鈔括。若說人品年紀，明日便見。」喫了盃茶出來。次日，徐外郎果然來拜，楊寡婦先在裡邊張望。胡似庄又在徐外郎前，極口贊揚一翻。去後，又在楊寡婦前讀上幾句相書，說他

實景。

必貴。這楊寡婦已是看中了人物，徐外郎處，胡似庄一力攛掇，竟成了這親，徐外郎就入贅他家。胡似庄也得了兩家謝禮，做了通家往還。

一日，徐外郎在家，只見這胡似庄領了一箇人來見，衫藍褸得緊。徐外郎與他相見坐了。胡似庄道：「這一箇是我表外甥，他叫史溫，是廿三都裡當差的。本都裡有一戶史官童，他為三丁抽一事，在金山衛充軍，在籍已絕，行原籍勾補。他與史官童同姓不親，各立戶頭的。里長要詐他丟兒，他沒有，要卸過來。這事在貴房，特來相懇。」徐外郎道：「既是戶絕，自應免勾，豈有把別戶代人當軍之理。你只明日具呈，我依理行。」正說了，送出門。那楊興悄悄走來，把胡似庄一拽，要管家包兒。胡似庄笑道：「連相公怕還脫白，你的在我身上補來。」楊興道：「你招得起，不少房錢了。」大家分手。次日，果然史溫具呈，他便為清查，原係別籍，正在做稿回衛。却是胡似庄又來道：「舍親要求清目，特具一杯奉屈，這是芹敬❾。」徐外郎道：「令親事，我已周支，只要回衛了，也不須得酌。」胡似庄道：「脫一名軍小事。若沒有提控，這時僉妻起解。炒菜當肉香，提控不要嫌怠慢罷。」一把扯了，步出城，見破屋一間，桌櫈器具，那史溫忙出來相迎。茶罷，便是幾盤下飯，也不過隻鷄、魚肉而已，却也精潔。酒不上三巡，那胡似庄放開肚皮，大嚼一陣，喫得盤碟將完，忙失驚道：「忘了，忘了，今日縣裡鄒都堂家成一塊墳地，要我作中，為邀徐提控跑來，講久纔成，仔麼有煮成飯與他人喫的，不得奉陪了。」立起便走。徐外郎也待同行，胡似庄道：「如此是學生得罪了，一定還要一坐。」徐外郎只得坐下。史溫相送出門，把門帶上。二人一去不來，天色又將晚，徐外郎躊躕，沒箇不別而行之理。只見裡邊閃出

❾ 芹敬：微薄的敬意。

一箇婦人來：

容色難云絕代，嬌姿也可傾城；
不帶汙人脂粉，偏饒媚客神情。
臉琢無瑕美玉，聲傳出谷新鶯；
雖是村庄弱質，妖嬈絕勝雙成❿。

這婦人向前萬福了，走到徐外郎身邊。看他也是不得已的，臉上通紅，言語羞縮，說不出來。一會道：「妾夫婦蒙相公厚恩，實是家寒無可報答，剩有一身，願伏侍相公。」徐外郎頭也不擡，道：「娘子，你是冤枉事，我也不過執法任理，原不曾有私于你，錢也不要，還敢污衊你麼？」言罷，起身。婦人一把扯住道：「相公，我夫婦若被勾補，這身也不知喪在那裡。今日之身，原也是相公之身。」徐外郎道：「娘子，私通苟合，上有天誅，下有人議。若我今日雖保得你一身，却使你作失節之人，終為你累。你道報德，因你我虧了心，反是敗我德了。」婦人道：「這出丈夫之意，相公不妨俯從。不然恐丈夫嗔我不能伏侍相公。」徐外郎道：「這斷不可，我只為你就行罷了。」忙把門拽，門是扣上的，着力一拽纔開，連道：「娘子放心，我便為你出文書。」趕了回來。

嫩處也是老處。

不有其功。

侃侃。

❿ 雙成：即董雙成，女仙名。西王母侍女。見漢武帝內傳。

方寸有真天，昭然不容晦；
肯戀瞬息歡，頓令紅粧浼。

史溫是與胡似庄串通的，在一箇附近古廟裡捱了一夜，直到早飯時纔回，道：「去了麼？沒奈何，沒錢做身子着。」其妻的道：「他昨晚不肯，就去了。」史溫道：「沒這等事。這事原是我強你的，也不妨。」其妻的道：「實是沒事，苦留不依。」史溫便呆了道：「不好了。這些拖牢洞的狗吏，原是食在嘴頭，錢在心頭。見錢歡，見你不見錢，就不歡，一定做出來。」其妻的道：「他說就行。」史溫道：「正是，沒錢就行出來？且走趲幾錢銀子，再央胡似庄去求求他。」走到縣前，胡似庄叢緊許多人，說不得話。直待人散，悄悄扯胡似庄道：「昨日事不妥，怎處？」胡似庄道：「美人局是極好的，難道畢竟是錢好？」史溫道：「如今東那西湊，設處得五錢銀子，央你去再求。」史溫留胡似庄在店中喫了兩壺，走去見徐外郎。只見楊興在門前道：「不在。」胡似庄道：「提控昨日出去，幾時回的？」道：「傍晚就回。」這番兩箇信他真沒事。史溫道：「管家，提控在那邊？」楊興道：「不知道。」胡似庄曉得，便在史溫身邊取出銀子，與他一幌道：「招的在這邊。」楊興道：「我買物事纔回，我與你去問一聲。」胡似庄道：「史大官，你道何如？畢竟要錢。昨日沒錢，自然沒幹。」只見楊興走來道：「在，是我不曾回，他先回的。」兩箇就進去相見。徐外郎道：「日昨多擾。」胡似庄道：「昨日得罪，失陪！」徐外郎道：「所事今早已僉押用印，我親手下了封筒，交與來勾差人，回是戶絕了。」胡似庄看一看史溫道：「拿出來！」史溫便將出那五錢銀子，道：「昨日提控見棄，今日有箇薄意。」徐外郎道：「這斷

常人之想。

□口快。

吏員中那得這樣人？

不收。老丈當貧困之時，又是誣陷，學生可以與力便與力，何必索錢！」胡似庄道：「意思是不成的，看薄面。」徐外郎道：「若我收，把我一團為人實心都埋沒。兄自拿回。」胡似庄道：「恭敬不如從命。徐提控是賺大錢的，那在些須。」史溫便下拜道：「這等愚夫婦只立一生位，保佑提控前程遠大罷了。」別了出來，楊興趕來扯住要錢，胡似庄打合，與他一箇三分包兒。史溫又稱一箇二錢銀子，謝了胡似庄。

本年一考役滿，轉參又得兵房。凡有承行，都做些陰隲。似此三年，兩考了進京。考功司撥在工部營繕司當該。不期皇木廠被焚，工部大堂與管廠官心焦，道：「將甚賠補？」只得呈堂轉題。此時大堂姓呂名震，做成本稿，正與管廠主事，看稿計議。此時徐當該恰隨本司在堂上，看見本上道「燒燬大木三千株」，也是他福至心靈，過去稟大堂道：「這本上，恐聖旨着管廠官吏賠補，畢竟貽害。不若將大木上加『揀存』二字，或者可以饒免。」呂尚書道：「這也說得是。你叫甚名字？」道：「營繕司當該徐晞。」呂尚書道：「好，倒也有識見。」依此具題，只見聖旨道：「既是揀存的，免追補。」這番一部都道：「好箇徐當該了得。」呂尚書也奇他。恰值着九卿薦舉人材，呂尚書就薦舉了他，陞了箇兵部武庫司主事。

材生豈擇地，人自多拘牽；
素具蕭曹⓫才，何妨勒凌烟。

⓫ 蕭曹：蕭何、曹參。曹參，漢初大臣。沛縣人。漢惠帝時繼蕭何任丞相。「舉事無所變更，一遵蕭何約束」，有「蕭規曹隨」之稱。

一邊去取家眷。胡似庄也來賀喜，因是他做媒，在楊奶奶面前，說得自己相術通神，作嬌要隨行。道：「縣間生意蕭條，差不多這幾箇人都騙過了，還到京中覓封薦書，東跑西走，可以賺塊大錢。」徐奶奶道：「我老爺雖做了主事，却終久吏員出身，人不重他，恐你去不大得力。不若等轉外官，來請你。」胡似庄道：「只恐貴人多忘事。」徐奶奶道：「斷不。」又厚贈了他，起身。他也勉強尋些贐禮，還與楊興送行。臨行，他妻馬氏也借了兩件衣服來相送，楊奶奶母子也有私贈。

一行到了北京，果是徐主事出身吏員，這些官員輕他，道：「我們燈窗下，不知喫了多少辛苦，中舉中進士。若是僥倖中在二甲，也得這箇主事。殿了三甲，選了知縣、推官，戰戰兢兢，要守這等六年，能得幾箇吏部、兩衙門？十有八九得箇部屬。還有悔氣，遇了跌磕降調，六年也還巴不來。怎他日逐在我們案前跑走驅役的，也來夾在我們隊裡。」有一箇厲主事，他是少年科第的，一發不奈煩，常在他面前，故意把吏員們來罵，道：「你這狗吏長，狗吏短。」徐主事恬然，絕不在意。眾人也向厲主事道：「既做同僚，也存些體面。」厲主事道：「那裡是我們同袍，我正要打狗與猢猻看。」常是這樣作獃，無奈徐主事反謙恭歡笑，倒也覺沒意思纔歇。本年厲公病死。他須不似徐主事，須有三百箇同年，却也嗔他暴戾，也不過體面上弔賻罷了。倒虧得徐主事憐他少年，初任京官，做人也清，宦囊涼薄，為他經理賫助，送他棺櫬還鄉。人上見這箇光景，都道他量大能容，又道他忠厚、肯恤孤憐寡。在部數年，轉至郎中，實心任事，諳練邊防。宣德十年⑫九月，朝議會推，推他兵部右侍郎、都察院右僉都御史、巡撫甘肅等處地方。前任巡撫得知命下，便差了箇指揮，率領軍士至京迎接。因未起身，夫人在私寓說起

□話。

管家原要鑽的。

何苦乃爾。

□□怨難□。

⑫ 宣德十年：西元一四三五年。

胡似庄相術頗通，未曾看他，如今到任，等他來說一箇小小分上，也是一番相與。徐撫臺便也點頭。夫人就差了楊興，還與他一箇公幹小票，叫他同胡似庄到任所相見。他自與夫、楊奶奶一齊離京。一路呵：

旌干搖日影，鼓吹雜鴻聲。林開繡帳，與寶幰而交輝；風蹙紅塵，逐香車而並起。打前站，詐得驛丞叫屈；催夫馬，打得徒夫呼冤。席陳水陸，下馬飯且是整齊；房滿㡩⑬帷，上等房極其整肅。

正是紛紛武士擁朱輪，濟濟有司迎節鉞。

一到任，那一箇守巡參遊，不出來迎接？任你進士官，也要來庭參謁見他。金帶豸繡，好不整齊。

這邊楊興有了小票，是陸路馬二疋，水路船一隻，口糧二分，他都折了一半，來到家中。此時胡似庄年已四十多歲，生意蕭條，正是難過。一日，把原先畫的各樣異相圖粘補一粘補，待要出去，只聽得外面叫一聲：「胡相公在麼？」胡似庄在門裡一張，連忙走將出來，道：「楊大叔幾時回來的？小弟不知，風也不接。」楊興道：「不消。」胡似庄就一連兩箇揖，請來上坐，道：「老爺、奶奶、太奶奶好麼？」道：「都好。老爺已陞甘肅巡撫。」胡似庄道：「一發恭喜。學生因家寒，不曾問候。」楊興道：「正是，老爺、夫人也道你薄情。」胡似庄慌道：「這老爺上明不知下暗，我們九流說謊騙人，只好度日，那裡拿得三兩出來做盤纏上京？況且又要些禮儀，實是來不得，不是不要來。」楊興道：「我也似這樣替你解。如今老爺叫請你任上相見。」胡似庄又驚又喜道：「果有這事麼？」楊興道：「果然。只

⑬ 㡩：音ㄌㄨㄢˊ。㡩帶。

是說來分上，要三七分分。」胡似庄道：「既承老爺不忘舊，大叔提携，但憑，但憑。」楊興道：「這等，停五六日與先生同行。」胡似庄忙叫馬氏打點飯。馬氏在裡邊也替他歡喜，忙脫一箇布衫，把胡似庄去當，買魚買肉。自立在中門邊，問老爺、奶奶的萬福。須臾，胡似庄買了酒食回來，胡似庄與楊興對酌，灌得楊興一些動不得，還未住。兩箇約了日期起身，只見這胡似庄倒不快活起來。馬氏道：「好了，徐老爺這一來請，少也趁他十來兩，我們有年把好過。」胡似庄道：「正是，正是。」一頭且想道：「我這一去，少也得湖紬二疋、湖綿一觔。楊奶奶所好是蘇州三白、火腿、白鮝，還再得些好海味，還要路上盤費，要得十來兩纔好，這那裡得來？」翻翻覆覆，過了一夜。將天亮，生出一箇計來道：「我想我這妻子生得醜，又相也相得寒，連累我一生不得富貴。況且我此去，要措置那邊去的盤纏，又要打點家裡安家，越發來不得。不如賣了他，又有盤纏，又省安家。出脫了這寒乞婆，我去賺上他幾百兩，往楊州過，討了一箇絕標緻的女子，回到江陰，買一所大宅子，再買上百來畝肥田，呼奴使婢，快活一快活，料他也沒這福。」便四處兜人。

空歡喜。

窮婦聲。

好算計，只是忍些。

巧是史溫夫婦勤儉，家事已好了。不料其妻病亡，留下兩箇兒女，沒人照管，正要尋親。他去見道：「史大哥，我前相你，目下該有刑剋，令正也該身亡，果然。只是丟下兩箇兒女，你男人照管不來，怎處？」史溫道：「正是。如今待將就娶一箇重婚的作伴罷了。」胡似庄道：「我到有箇表妹，年紀已近三十，人兒生得不如令正，恰是勤儉。也因喪偶，在我舍下，親族無人，我做得主。他也不要甚財禮，只有十多兩債，是要還人。這是極相應的，我料不要你媒錢。」史溫道：「可以相得麼？」胡似庄道：「不消得，我學生斷不肯誤人。你看我為你脫軍一節，拿定做得與你做。」史溫倒也信他，說道：「來

靈應還是踏脚影？

你肯他不肯。

不得。」與了十二兩銀子。他纔說：「這是房下，不是表妹。窮得緊，要到徐都院任上去，沒錢，只得如此。我與你原是朋友，沒甚名分，娶得的。」此時史溫倒心中不快，却聞得他老婆勤儉，也罷了。胡似庄回到家中，對馬氏道：「我如今設處得幾兩銀子，要往徐老爺任上。你在家中無人養贍，我已寄你在一箇史家，我去放心。明早叫轎送你去。」馬氏道：「你去不過半年，我獨自箇熬清受淡過罷，又去累人。」胡似庄道：「罷！你只依我。」夜間兩箇叙別，只說叙箇數月之別，不期倒也做箇永別。第二日，轎已在門，馬氏上轎來到史家，只見點着花燭，不解其意。不意進門，史溫要與交拜，馬氏不肯。史溫道：「胡先生要到甘肅去，已有離書，退與我了。」馬氏氣得啞口無言，道：「這薄情的，你就拿定一時富貴，就把我撇去了。我也須與你同有十來年甘苦，並沒一些不好，怎生下得。」要轉去時，也沒得把他做主，只得從了史溫。

薄命似驚花，因風便作家；
纔悲沾淺草，又復寄枯槎⑭。

胡似庄一溜風，與楊興去了。楊興知道，也恠他薄情。一路行着這張小票，到也不消盤纏。來到甘州，此時徐僉都已到任半年了。他與楊興在外先尋了兩箇人情：一箇是失機指揮，只求免過，鐵不要翻黃，子孫得蔭襲的，肯出三千兩；一箇要補嘉峪關管兵把總，三百兩，都應了。心裡想道：「大的說不

⑭ 槎：音ㄔㄚˊ。同「楂」，用竹木編成的筏。

來，說小的。」封停當了物，私自許楊興一箇加三。兩箇進見，送了些禮，就留在裡面書房中。晚間小酌，那胡似庄把身子畧在椅上沾得一沾，橫一躬，竪一躬，道：「老爺威望一路遠播，這兵部尚書，手掌上的了。」徐僉都道：「到此已是非望，還敢得隴望蜀！」胡似庄道：「不然。當日蕭何也曾作丞相，一定還要大拜。」滿口奉承而已。徐僉都問他家事，極道涼薄。問他妻子，也含糊道好。不知裡頭徐夫人母子，在楊興前問起家中親眷，也問起馬氏。楊興道：「因要來沒盤纏，要買禮沒錢，賣與史溫了。」徐夫人道：「我這裡也不消得禮，倒是我要看他夫妻，反拆他夫妻了。」楊興道：「他也原主意，要在楊州討箇標緻的，故此賣了。」徐夫人聽到這句，也大惱道：「未見風，先見雨，怎就見得打帳富貴了？把一箇同甘苦的妻子賣去，這真薄情人。如今我們盛來趨我，若是寥落，也不在他心上了。」就不與相見。過了兩日，說起這分上，徐僉都道：「把總事小，率性聽了你那指揮的，你也得二三千金，家中夫婦好過。」次日升堂，正值外邊解審，將來一造板子打死，免了揭黃。胡似庄怕外邊賴了他的銀子，就辭了要回。徐僉都也送了他五、六十金。因他有銀子，路上不便，假認他作親，還分付一箇浙直採買馬市官，叫帶他回家。他一出衙門，央分上的，已置酒交還銀兩。貧人驟富，好不快活，一連在甘州闞上幾夜，東道歇錢已去幾兩。

不數日，馬市官起行，他也趕着同走。一路筭計道：「有心這樣快活，率性在楊州做，三百兩不着，討二箇小、兩箇丫鬟。縣裡吳同知房子要賣，倒也齊整，也得八百。還又張小峯他有田八十畝，央我做中出賣，沒有主子，好歹回去買了。衣服、首飾、酒器、動用家伙，也得三百。餘下一千，開箇小小當兒，我那婦人那有這等福消受！」一路筭計，可也一夜沒半夜睡。馬市官又因他是都院親，極其奉承，

□□派頭。

言出薄情。

誰知輪不着他尊正。

□□不容□筭計。

每日上坐喫酒，說地譚天。這一夜快活得緊，大六月喫上許多燒刀子，一醉竟醉死在驛裡。

囊中喜有三千，籌筭不成一夢；
那知薄命難消，竟作道傍孤冢。

此時已離甘州五、六日，馬市官只得拿銀子出來，為他殯殮。又道他辭撫臺時好端端的，如今死了，怕撫臺見疑，將他行李點明固封，差人繳上。還將病故緣因併盤出銀兩數目，具一密揭，報與徐撫臺。一日，撫臺正坐，外面投文，遞有稟揭，併有行李。看揭是胡似庄已故，繳他的行李，喫了一驚。分付擡進私衙，拿了揭來見夫人道：「我本意欲扶持胡似庄，不料倒叫他死在異鄉。」開他行李箱籠，見自己贈他的，與外面參遊、把總送他程儀贐禮，也不下八百餘金。又有銀三千，內中缺了十二兩，查他的日用使費帳，却是闕去。徐僉都道：「我着意作興他一場，不意只用得十二兩銀子，反死異鄉，想銀子這等難消受。」只見徐夫人方纔道：「只這十二兩是償他的。他這樣薄倖人，也該死哩！」徐僉都道：「夫人何所見，道這兩句？」徐夫人道：「胡相士極窮，其妻馬氏極甘淡泊，真是衣不充身，食不充口，守他。幸得相公這廂看取，着人請他，他妻喜有箇出頭日子，他却思量楊州另娶，將他賣了與人。可與同貧賤，不與同安樂，豈有人心的所為？原賣馬氏十二兩盤費，故我道十二兩是償他的。纔將得志，便棄糟糠，故我道他薄倖。」徐僉都也嘆息道：「可見負心的天必不佑。若使胡似庄不作這虧心事，或者享有此三千金，也未可知。」

說來可
惱。

富貴方來便易心，蒼蒼豈肯福貪淫；
囊金又向侯門獻，剩有遊魂異國吟。

將銀子收了，差一箇管家，與他些盤纏，發遣他棺木回家，封五十兩為他營墳，一百兩訪他妻馬氏與他。這管家到家，胡相士又無弟男子侄，只得去尋他妻，道在城外史家。去時，家裡供着一箇徐僉都生位，正是他因脫軍時供的。見說與他妻銀子，不勝感激，道他時犬馬相報。管家就將胡相士棺木託他安葬，自己回話。

後來徐僉都直陞到兵部尚書，夫妻偕老。只可笑胡似庄能相人，不能相自；能相其妻不是財主的，怎不相自己三千金也消不起？馬氏琵琶再抱，無夫有夫；似庄客死他鄉，誰憐誰惜？如今薄情之夫，纔家溫食厚，或是須臾崢嶸，同貧賤之妻，畢竟質朴少容華，畢竟節嗇不驕奢，畢竟不合。遂嫌他容貌寢陋，不是富貴中人；嫌他瑣屑，沒有大家手段，嫌疑日生，便有不棄之棄。記舊恨，問新歡，勢所必至。那婦人能有幾箇有德性的？爭鬧又起了，這也不可專咎婦人之妬與悍，還是男子之薄。故此段我道薄情必不看，却正要薄情的一看。

雨侯曰：暗室不欺，徐尚書何常責天之報？糟糠不顧，胡相士豈計身之亡？造化自巧為償，人宜善為趨避。

局匝。

題詞

語云：「在德不在鼎。」一鼎古而其經家之覆、國之亡，不知凡幾矣。猶且以為奇物，畢智殫力以為圖，得之逆，失之不愈速乎？「子不磨墨，墨且磨子」，智哉其言已！

翠娛閣主人撰

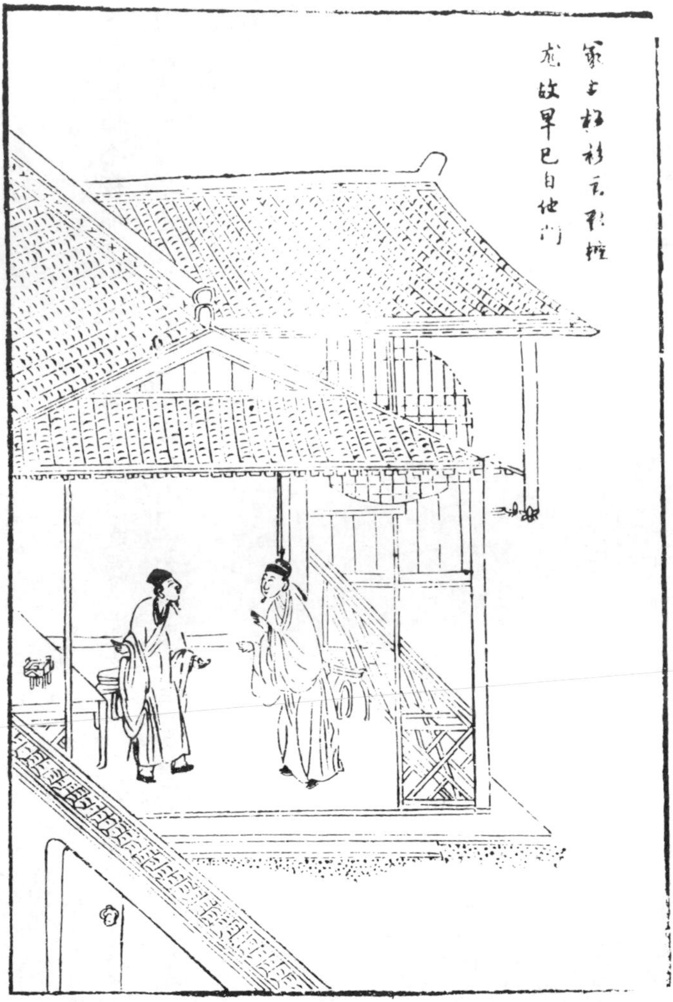
故早已自他門

竹郵之情和天子

發地野擾秋養六

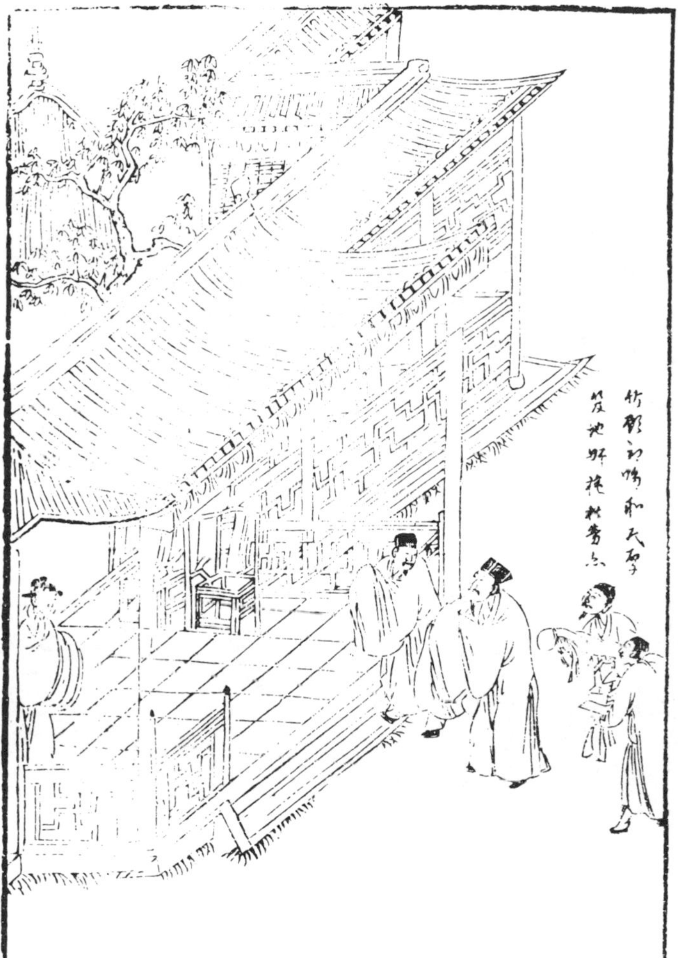

第三十二回　三猾空作寄郵　一鼎終歸故主

世情變幻如雲亂，得失興亡何足嘆。
金人十二別秦宮❶，又見銅仙❷泣辭漢。
緜來富貴是皇家，開落須臾春日花。
且將虛衷任物我，放開眼界休嗟呀。
鬼蜮紛紛滿世路，相爭却似荷盤露。
方圓離會無定所，勸君只合狗天❸賦。

❶ 金人十二別秦宮：言秦亡，銅人亦不在宮中了。金人，銅鑄之人像。史記秦始皇本紀：言其「收天下兵，聚之咸陽，銷以為鐘鐻，金人十二，重各千石，置廷宮中。」正義引三輔舊事云：「聚天下兵器，鑄銅人十二，各重二十四萬斤。」

❷ 銅仙：銅鑄之仙人像。漢武故事云：漢武帝時祭太乙，升通天臺以俟神靈。上有承露盤，仙人掌擎玉杯，以承雲表之露。據三國志魏書明帝紀：景初元年（西元二三七年）八月，魏明帝（曹叡）詔宮官牽車西取漢孝武捧露盤仙人，欲立置前殿。宮官既拆盤，仙人臨載，乃潸然淚下。又漢紀春秋：「帝徙盤，盤析聲聞數十里，金狄（銅人）或泣，因留於霸城。」唐代詩人李賀作有金銅仙人辭漢歌。

❸ 狗天：以身殉天。狗，通「殉」。

快語。

這（造）化小兒，嘗把世間所有，顛弄世間，相爭相奪，逞智逞強，得的喜，失的憂，一生肺肝，弄得不寧。不知識者看來，一似一場影戲。人自把心術壞了，機械使了。我觀人最可無，人最要聚的，是古玩。他饑來當不得食，寒來當不得衣，半箇銅錢不值的，被人哄做十兩百兩。富貴時十兩百兩謀來的，到窮來也只做得一分、二分。如唐太宗❹，要王羲之❺蘭亭記❻，直着御史蕭翼扮做商人，到山陰在智永❼和尚處賺去，臨死要殉入棺中。後被溫韜❽發陵，終又不得隨身。桓玄❾見人有寶玉，畢竟賺他賭，攫取他的。及至兵敗逃亡，兵士拔刀相向，把隻碧玉簪導要買命。可笑！殺了你，這玉簪不是他的麼？我朝有一大老先生，因權奸託他覓一古畫，他臨一幅與之，自藏了真蹟，竟為權奸知得，計陷身死。還有一箇大老先生，聞一鄉紳有對碧玉杯，設局迫取了。後來他子孫還禮，也畢竟奪去此杯，還至

❹ 唐太宗：即李世民，西元六二七－六四九年在位。

❺ 王羲之：東晉書法家。字逸少，山東臨沂人。出身貴族，官至右軍將軍、會稽內史，故人稱王右軍。後定居會稽山陰（今浙江紹興）。他書法上的成就，為歷代學書者所推崇，影響極大。

❻ 蘭亭記：又稱蘭亭序，行書法帖。東晉穆宗永和九年（西元三五三年）三月三日，王羲之作於山陰修禊會上，內容記蘭亭山水之美和聚會之歡，抒發人生感慨。共三百二十四字。唐時為唐太宗所得。

❼ 智永：陳、隋間書法家。名法極，晉王羲之七世孫。山陰永欣寺僧，人稱「永禪師」。今有所書真草千字文墨跡本與刻本。

❽ 溫韜：五代後唐華原人。初為華原鎮將，後出為耀州刺史。降梁後，梁以為靜勝將軍。在鎮發掘唐諸陵。

❾ 桓玄：東晉人，字敬道。桓溫子。襲爵南郡公。元興元年（西元四〇二年）率兵攻入建康，殺司馬元顯，專擅朝政。次年，代晉自立，國號楚。後兵敗被殺。

子孫受他淩辱。這都是沒要緊，也不過與奸人、小人同做一機軸，令人發一場笑便了。

試說直隸徐州有箇秀才，姓任名杰字天挺。祖也曾做雲南副使，父是一箇監生，纔選得一箇湖廣都司副斷事，未到任病亡，援納等項費去銀千餘兩，無處打撈，還揭下許多債負。任天挺只得將田地推抵，子然一身，與一箇妻惠氏，苦苦過日。喜得任天挺勤學好問，沉心讀書，早已進學本州。只是家事寥落，不能存濟，又沒箇弟兄為他經營。惠氏娘家也好，又因時常去借貸無還，也沒臉嘴再說。衣衫典盡，漸漸家伙也難留。這年恰值大比，滿望得名科舉，或者還望一箇中。不期遇了一箇酒糊塗，考時也是胡亂。到出案時，儘了些前道前列、兩院觀風，自己得鈔的與守巡批發，做了一等；其餘本地鄉紳春元、自己鄉親開薦，衙門人役稟討，都做二等；倒剩下真材。任天挺早已在剩數裡邊，只得與這起穿了衣巾、拿了手本，捱去求續。門上又推攮不放，伺候得出來，他傘一遮，一跑去了。眾人情急，等得他回時，遠遠扯住轎損，也有求的，也有嚷的，也有把手本夾臉甩的，只不放他進門。知州被纏不過，道撿卷續取，喜得續出一名來。不意學院截下，不得赴考，只得悶坐家中。

一幅極秀才圖。

適遇一箇父親手裡的幫閑水心月來，道：「官人，如今時勢，只論銀子，那論文才？州中斷要分上，若靠文字，便是錦繡般，他只不看，怎處？這還該文、財兩靠！」任天挺道：「不是我不央分上，奈家中柴米不敷，那得銀子請託？」水心月道：「瘦殺牯牛百廿觔！你們這樣人家，莫說衣飾，便書畫古玩，可也有百兩銀子。」任天挺道：「衣飾苦已當完，書是要的，畫與古玩也都當去，不甚有了。」又想道：「還有一箇鼎。」水心月道：「不是那龍紋鼎麼？這我經手，竇尚書家賣與你們的。討一百二十兩，後邊想三十兩買的。」任天挺道：「這是六十兩。」水心月道：「是，想是加到六十兩。這樣物件還留在

如今文字全不濟事。

有志之士。

就欺心。

家，真看米餓殺！只是這件東西也是窮憎嫌，富不要，急難脫手的。拿來我看一看。」任天挺果然去取出來，却是瑪瑙座，沉香蓋，碧玉頂，一座龍紋方爐，放在一箇紫檀匣內：

點點硃砂紅暈，紛紛翡翠青紋。微茫欵識滅還明，一片寶光瑩瑩。　嗅去泊然無氣，敲時啞爾無聲。還疑三代鑄將成，豈是今時贗鼎。

說得中病。

水心月看了道：「好一箇鼎，倒也粧餙得好，打扮價錢多似鼎。」仔細看了一看道：「任相公，也不知甚人騙了寶尚書，如今又轉騙令尊。凡古銅入水千年則青，入土千年則綠，人世傳玩則有硃砂班。如今都有，便是偽做了。」任天挺道：「我先君眼力不錯，嘗道可值三百。」水心月道：「這些貴公子識古董，也只三脚猫，看得是紅紅綠綠便好了。自道在行，偏不在行。如今虧得這粧點，可以得十來兩銀。」任天挺道：「怎這等天淵相隔？這等我且留著。」水心月道：「正是，正是。」去了。倒是他妻惠氏道：「這些東西，當不得羹，做不得飯，若是你得了科舉，中得舉，做得官，怕少這樣東西？」任天挺道：「也有理。」次日來見水心月道：「那鼎我甚不捨，倒是房下說：『不若且賣去，成名再置。』」水心月道：「好說。如今放在家裡也沒要緊，只是我也認不真。南門有箇詹博古，不若拿到他家一估，就知真假了。我在門邊候。」任天挺去取鼎時，他已與詹博古說定，博古一上手，彈一彈，看一看，道：「可惜！好箇模樣兒，却是假的。」水心月道：「這他令尊估過幾處纔買，都道值一百多兩。」詹博古笑一笑道：「零頭是值，如今賣馬的賣鞍罷。這箇座兒，蓋與頂、匣兒，倒也值幾兩。騙得着，騙他十來兩；

騙不着，五、七兩罷了。」水心月道：「我不信，不信！」任天挺拿了對水心月道：「有甚主兒麼？可拿去賣一賣看。」道：「州前有箇孫家，他家倒收古玩，相公相託，我拿去與一看。」任天挺道：「你拿去，便二、三十兩罷。」遞與水心月，自己回家。

水心月去見孫家，也是箇監生。見了這鼎，道：「好一箇鼎！要多少？」道：「要三百兩。」孫監生道：「六十兩。」水心月道：「不肯。若要，實得一百五十兩。一百兩到他，五十兩我的後手。」孫監生只肯八十，道：「留着再估。」他一竟來見任天挺，道：「恭喜，有了主兒了。先尋周參政家，不要。又到邵御史家，還得四兩。王公子家，也還八兩。臨後到孫監生家，被我一哄，也到十二兩了。留在那壁，候相公分付。」任天挺道：「實是六十兩買的，便三十兩罷。」水心月搖頭道：「不能。」只見裡邊惠氏叫任天挺道：「便十二兩。把六兩央了府考，六兩盤纏應試罷了。」任天挺道：「好歹廿四兩事完，送兄加一。」水心月道：「我巴不得為你多要些，也是相處分上。這些財主，便宜了他，他也不知，只說是他有錢，殺得人落。我去與你做，做不來只看得。」正回家，恰見詹博古在家，道：「水兄得采！」水心月道：「沒甚興頭。」詹博古道：「州前孫監生是我賭場中最相知，他適纔接我去看一箇古鼎，正是早間估的。我就極力稱贊。只是早間那主兒是箇敗落人家，又不識貨的，料得二、三十兩可以打倒。兄裡邊可坐小弟一脚兒。」水心月道：「兄來遲了，我已回覆賣主，道孫家止肯八十，他還不肯，怎打得落？兄再去稱揚一稱揚，八十之外，與兄八刀⑩。」詹博古辭了，心裡想：「這廝央我估做假的，豈有與他八十之理。他要獨捉，不肯分些兒把我。記得在我店裡估時，挑水的張老兒也來看一

識破奸心。

⑩八刀：八刀錢。刀，古錢幣名。其形如刀，故云。

富貴須臾事，可勝長嘆。

兩便宜。

拿定。

看，與他嘆口氣，畢竟有因。我去問他。」將次到家，適值張老兒挑擔水別家去。詹博古忙叫一聲，張老兒歇下，博古道：「老張，早間拿香爐來看的人，你可認得麼？」老張道：「他便是任副使孫子。這香爐，我還認得，是我舊主人竇公子的。賣時，我還披着髮，我捧去。那時他父親好不興，如今他却自捧出來要賣，故此我見了嘆氣。」詹博古道：「如今住在那裡？」老張道：「督稅府東首，一所破落房子內。」詹博古問了，逕來。任天挺正在家等水心月，詹博古叫了聲：「有人麼？」任天挺出來相見。詹博古道：「早間那爐，相公實要多少？」任天挺道：「原價六十，如今少些罷。」詹博古：「曾對一箇敝友講，他是少了宦債，要拿去推的，出不起大錢，只可到十五、六兩之數。相公假的當了真的賣，他少的當了多的推，兩便益些，不知肯麼？」任天挺道：「水兄在此已還我十六兩了，兄要，好歹三十兩罷。」詹博古道：「相公再讓些，我叫那人添些，明早過來。」這邊去後，那水心月去與孫監生殺到一百，還假不肯，拿了鼎來。心裡想道：「孫監生是決要的了，任天挺是急要賣的了，不若我賤打了他的，得老孫高價。」家中原有自己積下銀八兩，又當了三兩，出些八九成銀，做十二兩，連晚來見任天挺，道：「那人不肯，只肯十二兩，銀子與鼎都在這裡，憑你要那一件！」任天挺道：「再十二兩罷。」水心月道：「十二厘也不能彀，寧可我白効勞罷！」任天挺暗想：「賣與詹博古，已還了十六兩；不賣，怕詹的不來，走了稍。」道：「天晚了，銀子兄且帶回，明日再議。」水心月道：「正是，這也不可強你，夜間再與令正商議一商議。」夫妻兩箇正商議不下，早起詹博古已同一人來了，拿出鼎去。那人再三憎嫌，詹博古再三攛掇，兌出二十兩。任天挺看看，銀子比水心月多八兩，又拴整，不似昨日的，便假喫跌道：「這廿四兩斷要的！」詹博古道：「這事成，相公也畢竟要謝我兩數銀子，如今我不要罷。」

任天挺收了銀子，詹博古捧着鼎去了。

馬牛役役豈言煩，居積深思及後昆。
塚上松杉方欲拱，龍紋已自向他門。

早飯時，水心月拿定決肯的，來時，惠氏回報：「糴米去了，不在。」水心月道：「這窮鬼那裡弄得丟兒來？」午後又去，道：「香爐的事，肯不肯？如不肯，我好還他銀子。」只聽得裡邊道：「不賣了！」倒喫了一驚，想道：「他要賣，沒這樣快，想是那裡那得一、二兩銀子，就潤起來。少不得是我囊中之物。」只見路上遇着任天挺贖當回來，水心月還拿着這銀子道：「所事如何？不要，我好將銀子還孫家。」任天挺道：「價太少。」水心月道：「這是足價，一厘也加不得。你再尋人看。」任天挺故意要塞他嘴，道：「倒虧得古董店，出二十兩拿去了。」水心月道：「不是那姓詹的麼？」道：「正是。」水心月道：「那銀子莫不有假？」任天挺道：「都是好的。早間糴米，如今贖當，都是他。」水心月木呆了半日，道：「也不知騙着那箇？」別了去。一路想道：「一箇白老鼠趕去與老詹，自己銀子不賺得。」去見詹博古，一見，道：「老詹好道化，你倒得采了，也虧我領來！」詹博古道：「待我尋着主兒，一百兩之外，與兒八刀。」

却也不然。

窮態。

水心月一箇掃興來回報孫監生道：「被詹博古搶買去了。」孫監生道：「我昨日一百兩還不肯，他那有這主大錢？」水心月道：「不曉得。」那孫監生便恠了詹博古，心裡想一想道：「他是有箇毛病的。

便宜却是不便宜。

前日贏了二十多兩，想是把來做揎頭⑪，奪買我的。我如今有箇處，我做一百博他罷。」原來這詹博古收些古董，在清行裡，也常在大老裡邊頑耍，不過是助助興兒，是箇有贏臉沒輸臉的。贏了二三十兩便快活；一輸就發極，就慌。孫監生筭定了，邀了箇舅子惠秀才、外甥鈕勝，合夥要局詹博古。着人去道：「相公聞得你買了箇好鼎，要借看一看。」這詹博古原只思量轉手，趁人些兒，巴不得要釣上孫監生，少也有一百。把來揩磨了半日，帶到孫家。大家相見，孫監生看了看，道：「好箇鼎！正是我前日見的，你多少買了？」詹博古道：「照相公價。」孫監生道：「百兩？」詹博古道：「差不多。」孫監生連聲道：「好！」坐了一會，孫監生道：「舍親在此，同到書房小酌。」坐在書房裡，可有一箇時辰，不見酒來。鈕勝道：「沒興，我們擲一擲，詹老兄也來。」詹博古道：「沒管。」包秀才道：「鼎就是管了。」詹博古也想幾次贏了，就技癢，打了籌馬。不料這三箇做了一路，只揀手硬的與他對。詹博古不敢大注出，這三箇偏要大注庄，他早已輸了二十多兩。詹博古心慌，把骰子亂甩。眾人又趁他手低，一趕，到晚輸下六十兩，這鼎也就留在孫家作當頭了。大家喫了一會，散訖。次早，詹博古急急來翻籌，不期膽怯，又輸了二十兩。做幾日，連輸弄到一百八十兩，只得把爐歸了孫監生。孫監生應銀打發，原議輸只獨召，贏時三七分分，孫監生出不過四五十兩。却好水心月走來，見了道：「詹兄便宜，二十兩買的，做一百八十輸，有甚不好？」

莫作得時歡忭⑫，休為失處嗟呀。

⑪ 揎頭：露頭；出頭。揎，音ㄒㄩㄢ。捋袖；出臂。

須信世間尤物，飄流一似飛花。

詹博古也就知他們局賭他了。喜的是，虧得買時佔了便宜，故此輸時做得這許多；惱的是，連自己這二十兩也弄沒了。悶悶昏昏正在家裡坐着。只見一箇人走來，京帽、屯絹道袍，恰是督稅府王司房的小司房時必濟。走來道：「詹兄，目下稅府陳增公公壽日，王爺已尋下許多壽錦、玉杯、金卮，還要得幾件古銅瓶爐之類，我特來尋你。」詹博古道：「家下止有一箇商尊、漢牛耳鼎，兄可拿去一看。」只見去了。第二日來道：「王爺道商尊商字不好聽，牛耳鼎牛字不雅，再尋別一件。」詹博古道：「沒有。只有一箇龍紋鼎，我輸了孫監生賭錢，被他留在那裡，委是好箇鼎！」時必濟道：「要多少？我與你贖，怕不贖來！」果然時必濟去，拿出兩箇元寶道：「王爺着你去贖來，再找上。」去時巧巧遇水心月，見他來贖，故意在孫監生面前聳嘴兒道：「這鼎實值三百，他不得這價，斷不來贖。」孫監生就不肯起來，要一百八十。詹博古道：「這鼎先時，你只要用一百兩買，如今我兌一百兩，該還我了。」孫監生道：「先時推一百八十兩賭錢，我要一百八十兩。」詹博古道：「賭錢也沒討足數的。」水心月道：「兄呀，他當日看鼎分上，便把你多推些。如今論銀子，他自要一百八十兩。」往返了幾次，只是不肯。王司房因是次日要送禮，又拿出一箇元寶來，孫監生只做腔不肯，詹博古強他不過，也罷了。

大有文理。

倒惱了一箇王司房，道：「送是等不着送了，但他這等撇古，我偏要他的！」打聽得他家開一箇典舖，他着一箇家人，拿了一條玉帶去當。這也是孫監生悔氣，管當的不老成，見是玉帶，已是推說不當。

⑫ 忭：音ㄅㄧㄢˋ。喜樂。

那人道：「你怕我來歷不明麼？我是賀總兵家裡的，你留着，我尋一箇熟人來。」去得不多一會，只見一箇人閃進來，看見條玉帶道：「借過來一看。」管當的道：「他是賀總兵家要當的，還未與他銀子。」這人不容分說，跳進櫃來，拿過一看，道：「有了賊了！」就外邊走上七、八箇人來，把當裡四、五箇人一齊拴下，道：「這帶是司房王爺代陳爺買來進上的，三日前被義男王勤盜去，還有許多玩器。如今玉帶在你這裡，要你們還人，還要這些贓物！」把這箇當中人驚得面如土色，早已被拿進府中。先見兩箇小掌家內相，王司房過去講了幾句，那小內相叫：「抓過來！」先是一人一套，四十京板，一拶一夾，要他招贓。管當道：「實是賀總兵家裡人來當的，不與小的相干。」小內相便着人去問賀家，道：「家裡別沒有玉帶，別沒人去當。」兩內相道：「這等你明明是箇賊了，還要推誰？你道是當的，你尋這箇人來與咱！你偷盜御用物件，便該斬；你擅當御用物件，也該充軍。據王司房告許多贓，一件實百件實，且拿去墩了，拿他家主追！」一面把這幾箇人墩在府中，一面來拿孫監生。孫監生沒奈何，央了兩箇鄉官，王司房做了主，只不許他相見。又尋了些監生、秀才去，撞了這兩箇蠻掌家，道：「他盜了咱進御玉帶，還要抄沒他，干你雞巴鳥事？來閑管！」嚷做一團，全沒一些重斯文意思，眾人只得走了。孫監生家裡整整齊齊坐了八箇牢子，把了他八十兩差使錢，還只要拿孫監生，沒有要拿女人。逼得孫監生極了，只得央幾箇至親、惠秀才一干去拜王司房，門上不肯通報。早去伺候，他出來道：「府中事忙！」去了。直到將午後，他回來，只得相見。坐定，眾人道：「舍親孫監生，他家人不知事，當了老先生玉帶，如今被拿，實是家人不知事，與主人無干。就是餘贓，這干人不過誤當，並不知道，求老先生開恩！」王司房道：「寒家那有玉帶，是上位差學生買來進御的。有些古玩、酒器，這是家下之物，只要大題目。

還了學生這些物件，把這幾人問罪，不及令親罷了。」惠秀才道：「實是沒有！」王司房道：「我知道令親極好古董，專慣局賭人的、窩藏人盜來的。贓若不還，令親窩家也逃不去。上位還要具疏題他『偷盜御用器物』。這樣事，列公也少管！」眾人見說不入，只得辭了。來見孫監生說起，孫監生道：「是了，是了。他說我局賭，應是為龍文鼎起的禍了。」惠秀才道：「既曉得病，就要服藥。這些內官虎頭蛇尾，全憑司房撥置。放得火，也收得火，畢竟要去尋他！」孫監生道：「這等，做你不着。」惠秀才道：「我去不妥，王司房見我們正人，發不話出。」又道：「我們有前程，日後要倒贓，斷是要做腔，還只尋他家走動行財的。」孫監生道：「他先時曾叫詹博古來贖鼎，如今還去尋詹博古。」詹博古道：「不曾與他相識。」復身又央時必濟說：「情愿送鼎，要他收局。」時必濟道：「如今單一箇鼎，收不局來了。」去見王司房道：「我仔麼要這銅爐？一錢五分買了一觔。只要他還我金銀酒器罷了。」時必濟道：「委實沒有，求爺寬處罷！」王司房道：「這等，兩掌家處要他收拾。」時必濟道：「他仔麼收拾得？這還要爺分上。」王司房道：「沒有我得得一箇僊爐，却應銀了落之理，還要他自去支持。」回覆，孫監生只得送了鼎，又貼他金杯二對、銀臺盞、尺頭兩箇，內相二百兩，衙門去百金，玉帶還官，管當人問箇不應完事。這孫監生鼎又不得，還賠了好些銀子。

司房之罪，原浮于內監。

有理，有理。

龍紋翠色鬱晴嵐，觸處能生俗子貪；
誰識奸謀深似海，教人低首泣空函。

科舉只是錢穩。

實情。

□苦辣座師。

分上決要的。

允達。

這邊為鼎起上許多口面，那廂任天挺到虧了這鼎脫得這幾兩銀子，果然六兩銀子取了箇一等，到道裡取了一名遺才。剩下銀子，足備家中盤費，着實去讀，落在箇易二房。這房官是淮安府推官，要薦他做解元。大座師道：「他後場稍單弱。」止肯中在後邊些。房官不肯，要留與他下科做解元，又得易四房。這位房官道：「兄不要太執，不知外邊這人，便中六十，他也快活的。你不看見讀書的，儘有家事寒的，巴不得僥倖。一日難過，況是三年。又有因座師鱉氣不中得，一箇備卷，終身不振，有憤鬱致死的。不如且中他，與兄會場爭氣罷！」本房倒也聽了，中在中間七十名上。中後謁見座師，座師極言自己不能盡力，不能中他作元，負他奇才。不知這任天挺果是只要得中，顧甚先後。到家，夫妻兩箇好生歡喜。任天挺對惠氏道：「虧得這箇鼎，央得分上，那有場外舉人？故此人要盡人事，聽天命！」惠氏道：「莫說分上，只這幾箇月飽食煖衣，使你得用心讀書，也是鼎的功！」就兌了二十兩銀子，來見詹博古。博古備說自己奪買了這鼎，被孫監生恠恨局去，折了廿兩；孫監生又因王司房來買不肯，被他計害，也折數百金。如今已歸王司房，不能贖了。任舉人怏怏而回，對惠氏道：「可惜這鼎，是我父遺，又是我功臣，如今不能復回了。」惠氏道：「你道是功臣，看起這兩家沒福消受，便也是禍種了。」將次十一月，任舉人起身進京，不期到京聯捷，中了進士，在京觀政。一箇窮儒，頓然換了面目，選了黃州推官，却也就是鄉試房師的公祖。一路出京到家，聲勢赫奕。當日水心月這干，也就捱身幫閑趨奉。

正打點起身，只見稅監陳增身死了。這些爪牙，都是一干光棍，動了一箇本，弄他出來，也有做司房的，也有做委官的。一箇村鎮，便扯面黃旗，叫是「皇店」，詐害商民，着實遭他擾害。有司執持的，便遭參題、革任，官民皆是痛恨的。如今沒了主，被這些官民將來打死的打死，沉水的沉水。王司房是奏帶參隨，拿來監了，要着我清查經手錢糧，併陳增家私，是淮安推官審問。那王司房原做過箇主簿，家事也有數千，沒來繇貪心不足，又入這網。軍是他一做司房時，便打點做的了，他意思只求免打，少坐些贓私，可以掙出頭。曉得任推官是淮安推官的門生，又是公祖，央水心月來鑽。任推官道：「這些人蠹國、嚼商，死有餘辜，我不管。」水心月道：「如今罪料不到死，不過充軍，他也是不求減的，只怕四府重刑拷打，要求老爺說，將就些。還有給主贓，少不得要坐的，求坐少些。這也不傷陰隲事。」任推官只是不肯。又央惠氏兄弟惠及遠再三來說，道：「這干光棍，詐人錢財，原是不義的，正該得他些不為過。」講到二千分上，饒打少坐贓，先封銀一千兩，金銀酒器約有五百兩。這遭龍文鼎、白玉瓶、一張斷紋琴、端溪鴝鵒眼硯，還有手卷、雜玩封着。正要去說，恰好淮安四府把這件事做贐禮送來，叫他說。任推官就隨機發一封書，為王司房說，要少坐贓饒打。果然審時，那四府逐欵欵審過，連孫監生也在被害數內。孫監生道：「他的解京賍多，料輪不我着，省了這奔波。」不出官。四府也不來提，只就現在一問，道：「據你為害詐人，今日打死你不為過，坐你十萬贓也該，如今我從寬。」打了二十板，坐贓二萬，做撥置內臣充軍。王司房已自甘心。這邊任推官銀子、古董、酒器已自落手。任推官道：「看這些物事，我也不介意，喜得這鼎，是我功臣，今日依然還我！」惠氏道：「你曾記得賣鼎時我說，若得中舉做官，料不少這東西。此言可應麼？」

小窓往事細追尋，自是書中却有金；
指顧竟還和氏璧，笑他奸詭枉勞心。

如此分上，不妨。

後來任推官屢任，道：「財物有主，詹博古還是以財求的，孫監生便以術取，王司房却以勢奪，如今都不能得，終歸于我。財物可以橫得麼？」所至都清廉自守，大有政聲。就此一節看，如今人捐金聚古玩，把後人賤賣，為人智取，也是沒要緊。若是乘人的急，半價買他，奪人所好，用強使術，還怕不是我傳家之物，還是我招禍之媒哩！高明人為何如？

雨侯曰：黃金用盡教歌舞，留與他人樂少年，可為積聚者長嘆。至于智術攘奪，轉生報復，吾尤不願人蘊此毒種也。

卷九

叙

人道邇，天道遠。不知人易私，天最公。公則無濡滯，無漏網，不令生死含怨也。奇矣哉，雷乎！一震之下，惡者耕首就戮，而冤者不至嘆覆盆。殆與六月之霜並奇矣！

翠娛閣主人題

第三十三回　八兩銀殺二命　一聲雷誅七兇

天意豈渺茫，人心胡不臧。
陰謀深鬼蜮，奇穽險桁楊❶。
鑒朗奸難匿，威神惡必亡。
須嚴衾影懼，遮莫速天災。

暗室每知懼，雷霆恒不驚。人心中抱愧的，未有不聞雷自失。只因官法雖嚴，有錢可以錢買免，有勢可以勢請求。獨這箇雷，那裡管你富戶，那裡管你勢家？故我所聞有一箇牛，為雷打死，上有硃字，道他是唐朝李林甫❷，三世為娼、七世牛，這是誅奸之雷。延平有雷擊三箇忤逆惡婦：一箇化牛，一箇化猪，一箇化犬，這是勦逆之雷。一蜈蚣被打，背有秦白起❸三字，他曾坑趙卒二十萬，是翦暴之雷。

❶ 奇穽險桁楊：到處凶險。穽，音ㄐㄧㄥˇ。防禦或獵取野獸的陷坑。桁楊，古時繫在腳上或頸上的刑具。桁，音ㄏㄤˊ。

❷ 李林甫：唐大臣，宗室。開元二十三年（西元七三五年）任禮部尚書，同中書門下三品，旋封晉國公。對人表面友好，卻暗加陷害，稱為「口蜜腹劍」。

一人侵寡嫂之地，忽震雷縛其人于地上，屋移原界，是懲貪之雷。一婦因娶媳無力，自傭工他人處，得銀完姻。其媳婦來，不見其姑，問夫得知緣故，當衣飾贖姑，遭鄰人盜去，其媳憤激自縊。忽雷打死鄰人，銀還在他手裡，縊死婦人反因雷聲而活。這是殄賊之雷。不可說天不近。輟耕錄❹又載：一人欲謀孤侄，着婢買囑奶娘，在乳中投毒，正要放他口中，忽然雷震，婢與奶娘俱死，小兒不驚，若遲一刻，小兒必死，道是性急之雷。已是奇了。還有一雷之下，殺七箇謀財害命兇徒，救全兩箇無辜之人，更事之出奇了。

奇。

話說蘇州府嘉定縣有一疁城鄉，有一箇鄉民，姓阮名勝，行一，人取他箇號叫「敬坡」。母親溫氏，年已六十多歲。一妻勞氏，年纔二十多歲，也有幾分顏色。至親三口，家裡有間小小住屋，有五、七畝田，又租人幾畝田，自己勤謹，蚤耕晚耘，不辭辛苦。那婦人又好得緊，紡得一手好紗，績得一手好麻，織得一手賽過絹的好布。每日光梳頭，淨洗臉，炊煮三飡之外，並不肯偷一刻的閑。能得六、七家鄰舍，也住得散，他也並不肯走開去閑話。家中整治些菜蔬，畢竟好的與婆婆，次些的與丈夫，然後自喫，並不貪嘴。就是家事日漸零落，丈夫掙不來，也沒箇怨悵的意思，瑣碎話頭。莫說夫妻相安，婆婆歡喜，連鄉里鄉間也都傳他一箇名，道阮大遇得箇好家婆，又勤謹，又賢惠。但是婦人能幹，能不出外邊去，

埋伏。

---

❸ 白起：一稱公孫起，戰國時秦國名將。屢勝韓、趙、魏、楚，占據多城。秦昭王二十九年（西元前二七八年），攻克楚都郢（今湖北江陵），因功封武安君。長平之戰，大勝趙軍，坑殺趙降卒四十餘萬人。

❹ 輟耕錄：應作輟耕錄，又稱南村輟耕錄，元代筆記。元末陶宗儀撰，三十卷。雜記元代掌故、典章、文物和時事，旁及地理、歷史考證和文學藝術。

本分之苦。

可憐人。

鄉下刁民，實是如此。

聶夷中詩。

這全靠男子。無奈阮大一條忠厚怕事的肚腸，一副女兒臉，一張不會說的嘴。蘇淞稅糧極重，糧里又似老虎一般嚼民，銀子做準扣到加二、三，糧米做準扣到加四、五，又亂派出雜泛差徭，乾折他銀子；巧立出加貼幫助，科歛他銅錢。不說他本分憐他，越要擠他。還租時，做租戶的裝窮說苦，先少了幾斗，待他逼添，這等求爺告娘，一升升挐出來，到底也要少他兩升。他又不會裝，不會說。還有這些狡猾租戶，將米來着水；或是洒鹽滷，串凹穀；或是熬一鍋粥湯，和上些糠，拌入米裡，叫「糠拌粥」。他又怕人識出，不敢。輪到收租時節，或是送到鄉宦人家，或是大戶自來收取，因他本分，都把他做榜樣，先是他起。不惟喫虧，還惹得眾人抱怨，道他做得例不好，連累眾人多還，還要打他罵他，要燒他屋子，只得又去求告。似此幾年，自己這兩畝田戳與人賠光了，只是租人的種。出息越少，越越支撐不來。一箇老人家老了，喫得做不得。還虧家中勞氏能幹，只是紡紗，地上出的花有限，畢竟要買。阮大沒用，去買時只是多出錢，少買貨。紡了紗，織了布，畢竟也阮大去賣，他又畢竟少賣分把回來。日往月來，窮苦過日子，只是不彀。做田庄人，畢竟要喫飯。勞氏每日只煮粥，先鏟幾碗飯與阮大喫，好等他田裡做生活；次後把乾粥與婆婆喫，道他年老餓不得；剩下自己喫，也不過兩碗湯，幾粒米罷了。穿的衣服，左右是夏天，女人一件千補百衲的苧布衫，一腰苧布裙、苧布褲；男人一件長到腰、袖子遮着肘挂子，一條掩膝短裩，或是一條單稍。莫說不做工的時節如此，便是隣家聚會喫酒，也只得這般打扮。正是他農家衣食，甚是艱難得緊：

催耕未已復促織，天道循環無停刻。

農家夫婦何曾閑，撚月鋤星豈知息。
夜耨水沒踝，朝耕日相逼。
嗟晴苦雨愁滿懷，直是勞心復勞力。
布為他人衣，穀為他人殖。
纔復償官租，私貸又孔亟。
大兒百結悲懸鶉，小兒羹藜多菜色。
嗟彼老夫婦，身首頗黎黑。
朝暮經營徒爾為，窮年常困缺衣食。
誰進祁寒暑雨箴，剜肉補瘡訴宸極❺。
遍選循良布八方，擊壤重見雍熙❻域。

他兩箇人雖苦，倒也相安。只是鄰舍中有這兩箇光棍，一箇是村裏虎鮑雷，是箇里書，喫酒撒潑，欺善怕惡，凡事出尖，自道能的人；一箇是村中俏花芳，年紀也到二十，只是掙得一頭日晒不黃的頭髮，一副風吹不黑的好臉皮，妝妖做勢，自道好的人，與鮑雷是緊挽好朋友。這花芳見阮大窮，勞氏在家有一湌沒一湌，披一片挂一片，況且阮大憂愁得緊，有箇未老先老光景。他道這婦人畢竟沒老公的心，畢

❺ 宸極：北極星。比喻帝位。
❻ 雍熙：和樂貌。

山鬼伎有限。

神奸。

竟甘清淡不過，思量這野食。自己也是箇一表人材，要思量勾搭他。二十歲不冠巾的老扒頭❼，他自己還道小，時常假着借鋤頭、借鐵扒名色，或是假獻勤，替他帶飯到田頭去。把箇身子戤了他門拮道：「一嫂，虧你得勢，我們一日也不曾做得多呵！又要煮飯，又要紡紗織布，這人家全是你做的。」勞氏道：「不做那得喫？」花芳道：「一嫂，那不做的，倒越有得喫哩！」常這等奬他，要他喜歡。又時道：「一嫂，一哥靠得箇鋤頭柄，一嫂靠得這雙手，那做得人家起？只好巴巴結結過得日子。只是捱得熟年，怕過不得荒年，也不是常筭。」把這等替他計較的話兒，要把他打動。還有絮絮的話：「我看一哥一會子老將下來，真是可惜。後生時不曾快樂得，把這光陰蹉過了。就是一嫂也覺得蒼老些，也還是一嫂會打扮。像前村周親娘，年紀比一嫂大五、七年，每日蓬子頭、赤子脚，一發醜殺子人。且是會養兒女，替箇裡皮三哥一發過得好。那周紹江自家窮，沒得養請他，竟放他這條路！」把這榜樣撩撥他。爭奈這勞氏是懶言語的，要甚物事遞與了他，便到機上織布、車邊紡花，任他戲着臉，只當不見。說着話，一隻耳朵進，一隻耳朵出，只做不聽得一般，真是沒處入鑿。他沒處思量，不知那裡去打了一隻銀簪、兩箇戒指，拏來樣與他看，道：「這是皮三官央我打與周親娘的，加一工錢，不喫虧麼？這皮三官為周親娘破費得好錢，周親娘做這身子不着，倒也換得他多哩！首飾、衣裳，又每日大魚大肉喫。」把這私通有利益哄他，他又只是不理，掃興得緊。那痴心人偏會痴想，道：「臉兒扳扳，一問就肯。他不做聲，也只是不好開口。」他便大了箇膽，一日去帶飯，把他手掌捏上一把，只見勞氏便豎起眉，睜着眼，道：「臭小烏龜，那介輕薄！」花芳連道：「失錯！失錯！」拏了飯飛跑。勞氏也只惱在心裡，怕動丈夫的

---

❼ 扒頭：吳方言，以壯年未包網巾者為扒頭。

氣，不說。只是花芳低了頭跑時，也不顧人亂撞，劈頭撞了一箇人，飯藍兒幾乎撞翻，恰是鮑雷。鮑雷一把抱住道：「小冤家，那介慌？」花芳道：「是怕飯遲了。」鮑雷道：「賊精，遲了飯，關你事？一定有甚，要對我說！」花芳被他抱住不放，只得把揑勞氏被罵說了。鮑雷道：「這婦人阮大料也留不牢，好歹討了他的罷了，偷的長要喫驚。」花芳道：「他這樣箇勤謹家婆，又好箇兒，他肯放他？」鮑雷道：「消停，包你教他嫁你便了。」

可可天啟七年❽。這一年初夏百忙裡，阮大母親溫氏病了箇老熟。勞氏日逐去伏事，紡績工夫沒了一半。這牽常的病已費調理，不期阮勝因母親病心焦了，又在田中辛苦，感冒了風寒，又病將起來。一病病了十四日，這人便瘦得骷髏一般。此時勞氏調理病人尚沒錢，那有錢僱人下田？這田弄得一片生，也不知箇苗，分箇艸，眼見秋成沒望了。沒將息，還又困了半月，阮勝勉強掙來坐在門前。

骨瘦崚如削，黃肌一似塗。
臨風難自立，時倩杖來扶。

勞氏正叫道：「門前有風，便裡面坐罷。」不期一箇鄰舍尤紹樓、史繼江肩着鋤頭，一路說來。見了，尤紹樓道：「恭喜阮敬老好了，我們三分一箇與他起病。」史繼江道：「也是死裡逃生。只是田荒了，怎處？」正說，鮑雷插將來道：「阿呀！阮敬老好了，恭喜！恭喜！」阮勝道：「荒田沒得喫，左右是恩愛夫妻。

❽ 可可天啟七年：恰恰天啟七年。可可，同「磕磕」，恰恰。天啟七年，西元一六二七年。

巧語。　可憐。　狠。　婆心。

死數。」鮑雷道：「除了死法，有活法，只捱得今年過，明年春天就有荳，可度活了。」阮勝道：「田荒了，家中什物換米喫、當柴燒了？寡寡剩得三箇人，仔麼捱？」鮑雷道：「有了人就好設處了。譬如死了，那箇還屬你？」尤紹樓道：「他靠的是大嫂，怎說這話？」鮑雷道：「你不看祝髮記❾？『有米三口生，無米三口死，夫人奶奶也換米。』」大家散了。

過了兩日，實是支持不來，阮勝倒也想鮑雷說話有理，對着勞氏道：「我娘兒兩箇，虧你拾得這性命，但病死與餓殺總只一般，不若你另嫁一箇，一來你得喫碗飽飯，我母子僅可支持半年。這也是不願見的事，也是無極奈何！」勞氏道：「寧可我做生活供養你們，要死三箇死，嫁是不嫁的！」過了兩日，實沒來路，兩日不上喫得兩頓。只見溫氏道：「媳婦，我想我們病人，再餓了兩日畢竟死了，不若你依了丈夫，救全我們兩箇罷。」勞氏聽了，含淚不語。阮勝也就着媒婆尋人家。

花芳聽了，去見鮑雷道：「阮勝老婆嫁是實了，怎得嫁我？」鮑雷道：「不難。打點四兩銀子，包你打他箇爛泥椿！」花芳道：「只不要說我，前日調了他，怕他怪。」鮑雷道：「正該說你！曉得你是箇風月人兒，這一村也標致你不過。」鮑雷自倚着他強中硬保慣了，又忒要為花芳，道是二兩銀子、二兩票子，陸續還。阮勝道：「待我與房下計議。」勞氏道：「有心我出身，也要彀得養你母子半年，二兩銀子當得些甚事？」溫氏道：「這人四兩銀子拏不出，必是窮人。你苦了他幾年，怎又把箇窮鬼？且另尋。」阮勝便回報，阿媽不肯。鮑雷冷笑了一笑道：「且停一日，我教他湊足四兩罷。」花芳來見道：

---

❾祝髮記：明傳奇劇目。又稱孝義祝髮記。明張鳳翼作。他嘉靖四十三年（西元一五六四年）中舉，屢考進士不中。性怪誕，善作曲。祝髮記演徐孝克事。孝克事母至孝，陳書、南史均有傳。

狠極。

「哥有心周旋，便是四兩現物。只蚤做兩日親，也便好了。」鮑雷道：「不要急，要討的畢竟要打聽我們兩鄰。我只說有夫婦人，後邊有禍的，那箇敢來討？穩穩歸你，且閣他兩日。」鮑雷正計議閣他，不料前村一箇庾盈，家事也有兩分，春間斷了弦，要討親。聽得勞氏肯嫁，他已知得他是箇極勤謹婦人，竟也不打聽，着箇媒人來說。財禮八兩，又自家說要成箇體面，送了一隻鵞、一肘肉、兩隻雞、兩尾魚，要次日做親。勞氏見了，不覺兩淚交流。兩箇夜間說不盡幾年綢繆艱苦。一箇教他善事新人，一箇教他保養身體。一箇說，也是不得已，莫怨我薄倖；一箇說，知是沒柰何，但願你平安。可也不得合眼。到天明，婆媳兩箇又在那邊哭了說，說了哭，粥飯不喫，那箇去打點甚酒殽？到晚媒婆走來，三口兒只得哭了，相送出門：

情事可憐之極。

白首信難偕，傷心淚滿懷。
柴門一相送，咫尺即天涯。

這些鄰舍，鮑雷因不替花芳成得事，與花芳都不來。其餘尤紹樓、史繼江還有箇范小雲、郎念海、邵承坡都高高興興走來相送。他這邊哭得忙，竟也不曾招接，撲箇空散了。次早花芳故意去掃鮑雷道：「我來謝你這撮合山！你估計包得定，怎走了帕子外去？」鮑雷道：「不消說，我替你出這口氣，叫那討老婆的也受享不成。」知得眾人噇不酒着，偏去景他道：「昨日有事失陪，他打點幾卓奉請？」史繼江道：「昨日走去，留也不留，我自回家打得坛白酒，倒也喫了快活。」尤紹樓道：「不曉事體的，嫁

恨恨無極。

眾憨集矣。

眾人亦鹵莽。

了一箇人，得了十來兩銀子，不來送，也須請我們一請！」范小雲道：「昨日沒心想，或者在今日？」邵承坡道：「不像，葱也不見他買一箇錢，是獨喫自痾了。」郎念海道：「怕沒箇不請之理！」鮑雷道：「列位！喫定喫他的不着了，晚間到是小弟作一東罷！」果然，鮑雷擡上兩埕酒，安排兩卓，去請這五箇。邵承坡怕回席不肯來，被他一把扯住，也拖將來。猜拳行令，喫箇八六三。大家都酒照臉了，鮑雷道：「可耐阮大這廝欺人，我花小官且是好，我去說親，他竟不應承；列位去送，也不留喫這一鍾。如今只要列位相幫我，拆拽他一番，若不依的，我先結識他！」眾人見他平日是箇兇人，也不敢逆他，道：「使得，使得。只不知出甚題目？」鮑雷見眾人應了，便又取酒來，叫道：「壯一壯膽，喫了起身！」又道：「你們隨我來，銀子都歸你們，我只出這口氣！」乘着淡月微茫，趕到阮大後門邊來。

可憐這阮大娘兒兩箇，有了這八兩銀子，筭計長，筭計短，可也不睡，藏起牀頭。聽得鮑雷抉笆籬，就走起來，摸出門邊。只見鮑雷正在那廂撥門，忙叫：「有賊！」鮑雷蚤飛起一脚，踢在半邊，花芳趕上照太陽兩下。久病的人，叫得一聲，便嗚呼了。尤紹樓見了道：「鮑震宇！仔麼處？」鮑雷道：「事到其間，一發停當了婆子，拏銀子與你們。」郎念海道：「我們只依着大王就是了。」那黑影子裡，溫氏又撞將起來。大家一齊上，又結果了。鮑雷去尋時，一隻舊竹籠，裡邊是牀被綿，有兩件繇胎。又去尋，尋到牀頭，阮大枕下艸襪上，一塊破布千結萬結的包着。鮑雷拏了銀子，大家同到家中，一人一兩三錢，六箇均分。這五箇人窮不得這主銀子，也都收了。道：「你仔麼一釐不要？」鮑雷道：「原說不要。」不知他阮勝戶絕，這間屋子只當是他們的了。其時花芳道：「大哥，他這兩箇屍首怎處？」鮑雷道：「包你有人償命。若不償命，還是我們一主大財。」便指天劃地，說出這計策來。眾人聽了，齊聲道：「好，這脫卸乾淨，凡是見的就要通知，不可等他走了。」一行計議了，自行安息。

却說勞氏雖然嫁了，心裡不忘阮大母子兩箇，道：「原約道三日，婆婆拏兩箇盒兒來望我，怎不見來？」要自去望看。庾盈道：「你是他家人，來的兩日又去，須與人笑話。我替你去，看箇消息。」戴了一頂瓦楞帽，穿了一領葱色緜紬衢袍，着雙宕口鞋，一路走將過來。花芳迎着道：「庾大哥來回郎麼？」庾盈笑道：「房下記念他母子，叫我來望一望。」花芳道：「好，不忘舊！」便去尋鮑雷去了。庾盈自向阮家來。見門關得緊緊的，心裡道：「這時候還睡着，想只為沒了這婦人，兩個又病，便沒人開門閉戶。」要回去，不得箇實信，便敲門，那裡得應？轉到後門邊，只見這笆籬門半開，便趁步走進去，纔把門推，是帶攏的，一推豁達洞開。看時，只見門邊死着阮大，裡邊些死着溫氏，驚得魂不附體，轉身便走。將出柴門，聽一聲道：「庾大郎，望連聯麼？好箇一枝花娘子，沒福受用，送與你！」就一把扯着手道：「前日送來的雞、鵞還在，可以作東，怎就走去？待小弟陪你，也吹箇木屑⑩。」扯了要同進去。庾盈道：「來望他娘兒兩箇，不知仔麼死了。」鮑雷笑道：「昨日好端端的，怎今日死得快？不信！」扯了去看，只見兩箇屍首挺着。鮑雷道：「這甚緣故？」庾盈道：「我並不知道。」鮑雷道：「你在他家出來，你不知道，那箇知道？兄來得去不得了！」便叫：「尤紹樓在麼？」一叫却走過兩三箇來。鮑雷道：「昨日阮家娘兒兩箇好端端的，今日只有庾盈走出來，道他娘兒兩箇已死了。列公，這事奇麼？」尤紹樓道：「這事古怪，庾仰仔麼說？」庾盈道：「我房下教我來望，前門敲不開，我轉進後門去，只見兩箇死人在地下，我並不曉得甚緣故，並不關我事。」史繼江道：「只是仔麼死得快，恰

奸。

⑩ 吹箇木屑：帶個頭。

好你來見？也有些說不明。」范小雲道：「如今做庾仰不着，等他收拾了這兩箇罷。」花芳道：「還要做箇大東道，請我們！」鮑雷道：「這小官家不曉事，這須是兩條人命，我們得他多少錢，替他掩？做出來我們也說不開箇同謀！」邵承坡道：「庾仰仔麼？」庾盈道：「叫我仔麼？這天理人心，虛的實不得。我多大人家，做得一箇親，還替人家斷送得兩箇人？」鮑雷道：「只要你斷送，倒便宜了。」花芳道：「兄，也是你悔氣。若我討了他的老婆，我也推不脫。庾仰處好。」庾盈道：「我處？終不然我打殺的？」鮑雷道：「終不然我打殺的？」鮑雷見庾盈口牙不來，中間沒箇收火的，料做不來，兜胸一把結了道：「我們到縣裡去！」這些人聽他指揮的，便把一箇庾盈，一齊扛到縣裡。正是：

高張雉網待冥鴻，豈料翩翩入彀中。
任使蘇張⓫搖片舌，也應難出是非叢。

此時勞氏聽得，要尋人來救應，也沒箇救應，蚤被這些人扯了，送到縣中。縣官是寧波謝縣尊，極有聲望，且是廉明。鮑雷上去稟道：「小的們是嘐城鄉住民。前日有鄰人阮勝，因窮將妻子嫁這庾盈。昨夜阮勝母子俱是好的，今日小的們去看時，只見庾盈在他家走來，說道阮勝母子都死了。小的們招集排隣去看時，果然兩箇都死在地下。小的們因事關人命，只得拏了庾盈，具呈在臺前。」縣尊道：「你叫甚名字？」道：「小人鮑雷。」縣尊道：「那兩箇是他緊鄰？」尤紹樓道：「小的尤賢，與那史應元，

⓫蘇張：即指蘇秦、張儀。

利口。

是他相近。委是他家死兩個人，庾盈說與鮑雷，小的們知道的。」縣尊道：「仔麼一箇近鄰，不知些聲息？」尤賢道：「小的與他隔兩畝緜花地。」史應元道：「小的與他隔一塊打稻場，實不聽得一毫動靜。」叫庾盈道：「你仔麼說？」庾盈道：「小人前日用銀八兩，娶阮勝妻為妻。今日小人妻子教小人去望，小人見前門不開，去到後門邊，推進去，只見他母子已死。」縣尊道：「你進去，有人見麼？」道：「沒人見。」縣尊便委三衙去相尸，回覆道：「阮勝陰囊踢腫，太陽有拳傷，死在後門內。溫氏前後心俱有拳傷，死在中門邊，俱係毆死。已着地方收尸。」縣尊見了回覆手本，道：「我道沒箇一齊暴亡之理。我想這一定是八兩銀子為害了。那夜莫不有甚賊盜麼？」尤賢道：「並不聽見有。」縣尊道：「這還是你兩箇緊鄰，見財起意，謀財害命。」尤賢與史應元道：「老爺！小的與他老隣舍，極過得好的，怎為這八兩銀子害他兩條性命？這明是庾盈先奸後娶了勞氏，如今雖討了有夫婦人，怕有後患，故此來謀害他，要移禍把小的們鄰里。老爺，不是光棍，敢討有夫婦人？老爺只問他來做甚麼，仔麼前門不走，走後門？這是天網恢恢，撞了鮑雷。不然他打殺人，小的們替他打沒頭官司。」一片話却也有理。縣尊便道：「庾盈，我想婦人既嫁，尚且與他義絕，你仔麼倒與他有情？」庾盈道：「實是小的妻子記念，着小的去望。」縣尊道：「就望，怎不由他前門，却由後門？這都可疑！這一定假探望之名，去盜他這幾兩銀子，因他知覺，索性將他謀害，這情是實了！」庾盈道：「爺爺冤枉！實是去時已死在地下了。」鮑雷道：「看見他死，也該叫我們地方，為何把他門層層帶上竟走？不是我撞見問起，直到如今，我們也不得知。殺人償命，理之當然，不要害人。」庾盈道：「其實冤屈，這還是你們謀財害他的！」鮑雷道：「我還得知你來，推與你！從直認了，省這夾打！」謝知縣叫：「把庾盈夾起來！」夾了把來丟在丹墀下。半日，叫敲。敲上五、六十，庾盈暈了去。只得招是打殺的。教放了夾棍，又叫：「爺爺，寔是無辜，被這一干傾陷的，寧可打死不招！」謝知縣疑心，教將將庾盈收監，尤賢等討的當保再審。這些人雖是還懷鬼胎，見光景道也不妨，却稱讚尤紹樓會話，鮑雷幫襯得好，一齊回到家中。苦只是苦了箇庾盈，無辜受害。那勞氏只在家拜天求報應。

這日還是皎日當天，晴空雲淨。只見：

燦爍爍火飛紫焰，光耀耀電閃金蛇。金蛇委轉繞村飛，紫焰騰騰連地赤。似塌下半邊天角，疑崩下一片山頭。怒濤百丈泛江流，長風弄深林虎吼。

一會子天崩地裂，一方兒霧起天昏，却是一箇霹靂過處，只見有死在田中的，有死在路上的，跪的、伏的，有的焦頭黑臉，有的偏體烏黑。哄上一鄉村人，踏壞了田，擠滿了路，哭兒的，哭人的，哭爺的，各各來認。一箇是鮑雷，一箇是花芳，一箇是尤紹樓，一箇史繼江，一箇范小雲，一箇邵承坡，一箇郎念海，却是一塊兒七箇。

奇極，快極。

忖人乃忖己，欺人難欺天。
報應若多爽，舉世皆邪奸。

里遞做一樁奇事呈報，勞氏也去替庾盈出訴狀，道「遭鮑雷等七人陷害，今七人俱被天譴，乞行審豁。」縣尊見了，事果奇特，即拘七人家屬。只見尤賢的兒子正拏了這分的一兩三錢銀子去買材，被差人拏住，一齊到官。縣尊一嚇，將鮑雷主謀，花芳助力，眾人分贓，一一供出。縣尊因各犯都死，也不深究，止將銀子追出，將庾盈放了，房屋給與勞氏，着他埋葬溫氏。庾盈雖是一時受誣，不數日便已得白。笑是鮑雷這七兇，他道暗室造謀，神奇鬼秘，又七個証一個，不怕庾盈不償命。誰知天理昭昭，不可欺昧。故人道是問官的眼也可瞞，國家的法也可骫，不知天的眼極明，威極嚴，竟不可躲。若使當日庾盈已成獄也不奇，七人剩一個也不奇，誰知昭昭不漏如此乎！可以三省。

雨侯曰：今之邑令，有威者多，稱明者少。故懾于威者，猶欲炫其明。安得神雷遍天下乎？吾知奸風少戢矣！

叙

嘗讀顛仙傳，而不勝起敬也。不作丹鉛之外道，不為吐納之自守，置身于李韓國、劉誠意之間，不倚功成拂衣，不至有弓藏狗烹之嘆。噫，知與知機，勝郭璞輩多矣。其顛也，同希夷之卧，兩人真足並峙仙藉。

翠閣主人識

第三十四回　奇顛清俗累　仙術動朝廷

有腹皤然❶，有髮卷然。鬚蕭蕭而如戟，口瀝瀝而流涎。下涸犬豕，上友聖賢。心炯炯兮常雯，是其顛也而猶仙。

右周仙贊

天地以正氣生聖賢豪杰，餘氣生仙釋之流。釋不在念佛看經，仙豈在燒丹弄火？但釋家慈悲度人，要以身入世；仙家清淨自守，要以身出世。先把一箇身子如痴如狂，斷絕妻子、利名之想。然後把箇身子處清，高臥山林也使得；把箇身子處濁，棲遲玩世也得。把箇身子在市井，友豬侶犬，人也不能糜我以衣食；把箇身子在朝廷，依光近日，人也不能豢我以富貴。却又本性常存，色身難朽，常識帝王在將達未達之間，又超然遠舉，不受世染，這便是真仙。若那些煉丹養氣，也只旁門；斬妖縛邪，還是術士。

在宋，識宋太祖❷在塵埃之中，許他是做紫薇帝星。聞他陳橋兵變，即位稱帝，撫掌歡慶，道：「天下自此定矣！」因而墮驢。後來三聘五召，不肯就官；賜他宮女，潔然不近。這是陳摶❸。我朝異人類出世根基。

❶ 皤然：大腹。皤，音ㄆㄛˊ。

❷ 宋太祖：即趙匡胤，宋朝的開國皇帝，西元九六〇－九七六年在位。

聚。一箇冷謙❹，憐友人貧，畫一門，一鶴守着，令他進去取錢。後來內庫失錢，却見他友人遺下一張路引，便來拏友人。友人急了，供出他來。他現做協律郎，聖旨拘拏，到路上他要水喫，喫了，一脚插入水瓶中，後邊和身隱在瓶裡。拏的人只得拏這瓶去見聖上。問時，他在瓶裏應，只不肯出來。聖上大怒，擊碎此瓶，問時片片應，究竟尋不出。一箇金箔張，在聖上前，能使火炙金瓶，瓶內發出蓮花。又剪紙作採蓮舟，在金水橋河下，許多嬌女唱歌，他也躍身在舟，須臾風起，船并金箔張俱不見。這也是漢左慈❺一流。若能識太祖在天下未定時，有箇鐵冠道人❻，有箇張三丰❼。至能識天子，又能救天子在疾病之中，終飄然高逝，天子尊禮之，不肯官爵，這箇是周顛仙。顛仙家住江西建昌縣。江西山有匡廬，水有鄱陽。昔許旌陽仙長嘗于此飛昇，是箇仙人之藪。他少年生得骨格崚嶒，氣宇蕭爽，也極清雅。

---

❸ 陳摶：宋初道士。字圖南，自號扶搖子，亳州真源（今河南鹿邑）人。舉進士不第，隱居華山。宋太祖賜號希夷先生。摶，音ㄊㄨㄢˊ。

❹ 冷謙：人名。明武林人。字啟敬，道號龍陽子。洪武初以善音律仕為太常協律郎。元末已壽百歲，永樂中仙去。

❺ 左慈：東漢末方士。字元放，廬江（今屬安徽）人。葛洪抱朴子金丹篇說他是葛玄之師：「葛玄從慈受之。」後漢書有左慈傳。

❻ 鐵冠道人：真名傳中，明臨川人，字景華。少習儒，料事多奇中。曾從太祖征陳友諒。嘗戴鐵冠，人因號「鐵冠道人」。

❼ 張三丰：明道士。名全一，一名君寶，號元元子。又以其不修邊幅，號張邋遢。曾在武當山幽棲。明太祖、成祖遣使求之，不遇。英宗時封「通微顯化真人」。

顛之原，仙之根。

說與眾人，人人不識。

六、七歲在街上頑耍，曾有一頭陀見了，一看，道：「好具仙骨，莫教蹉壞了。」及到了十四歲，家裡正要與他聘親，忽然患起顛病來：

眼開清白復歪斜，口角涎流一似蝸。
曉乞街坊驚吠犬，晚眠泥滓伴鳴蛙。
千絲縷結衣衫損，兩鬓蓬鬆鬒髮髿。
潦倒世間人不識，且將鸞鳳混烏鴉。

風狂得緊，出言誑誕。家中初時也與他藥喫，為他針灸，後來見他不好，也不採他，任他顛進顛出。他漸漸在南昌市上乞起食來，也不歸家。人與他好飲食，喫；便與他穢汙的，也喫。與他好說，笑；打罵他，也是笑。在街上見狗也去弄他，晚來又捧着他睡。嘗時在人家猪圈、羊棚中，酣打得雷一般。人還道他是賊，後邊人都認得他是周顛，也不驚異。

此時我太祖起兵滁、和，開府金陵了。他不拘與人說話、乞食，先說了「告太平」，庸人那解其意？一日，忽然在街上叫道：「滿城血！滿城血！」好事的道他胡說，要打他，他不顧而去，一路乞食到南京。不多時，降將祝宗復反，殺箇滿城流血。游到金陵，適值太祖建都在那廂，他披着件千補百湊、有襟沒裡的件道袍，赤了脚，蓬了頭，直撞到馬前，一箇大躬，道：「告太平！」太祖喫了一驚。問人，是顛的，也不計較他。他便日日來馬首纏道：「告太平！」手下扯不開，趕不退。太祖道：「這顛人打也不知痛，拿燒酒來與他喫。」他却：

一杯復一杯，兩碗又兩碗。那管甕頭乾，不怕鍾中滿。何須餚和饌，那問冷和煖？放開大肚喫，開着大口嚥。篩的不停篩，灌的不停灌。面皮不見紅，身子不見軟。人道「七石缸」，我道「漏竹管」。人道「醉酩酊」，他道「纔一半」！李白讓他海量，劉伶輸他沉湎。他定要吸乾瀚海濤千尺，方得山人一醉眠。

酒仙圖。

他斜着眼，歪着箇身，似灌老鼠窟般，只顧喫。看那斟酒的倒也斟不過了，他道：「也罷，難為你了，把那壺賞與你喫。」那人正待拏去，他跳起奪住道：「只道我量不濟，要你替，還是我喫！」一箇長流水，又完了。跳起身道：「不得醉！不得醉！」把張口向太祖臉上一呵，道：「一些酒氣也沒，那一箇再捨些？」太祖道：「再喫便燒死！」道：「燒不死！燒不死！內燒燒不死，你便外燒！」太祖道：「仔麼外燒？」道：「把缸合着燒。」太祖道：「不難。」叫取兩隻缸，取柴炭來。他欣然便坐在缸中，兵士將缸來葢上，攢了好些炭，架上許多柴，一時燒將起來。只聽烘烘般的柴聲，逼剝是炭聲，可也煉了一夜，便是銅鐵可烊，石也做粉。這些管添炭的道：「停會要見，是箇田雞乾了。」又箇道：「還是灰。」比及太祖升帳，只聽得缸一聲响，爆做兩開，把炭火打得滿地是，缸裡端然箇周顛。他舒一舒手，叩一叩齒，擦一擦眼，道：「一覺好睡，天蚤亮了。」這些兵士看了倒好笑，道：「莫說他皮膚不焦，連衣摺兒也不曾熻壞一些，真是神仙。」先時太祖還也疑他有幻術，這時也信他是箇真仙，也優待他。

景。

一語破迷。

帳下這些將士都來拜師，問他趨避。周顛道：「你們問趨避，活也是功臣，死也是箇忠臣。」平章邵榮來見，周顛道：「莫黑心，黑心天不容！」邵榮不聽，謀反被誅。

一笑。

趣。

打得妙！

其時，太祖怕他在軍中煽惑了軍心，把他寄在蔣山寺，叫寺僧好待他。住持是吳印，後來太祖曾與他做山東布政。因太祖分付每日齊整齋供他。他偏不去喫，偏在偏寺偏山跳轉。走到後山樹林裡，看見微微烟起，他便闖去。見是一坛狗肉，四圍蘆柴、艸鞋片熩❽着，道：「我前熩不熟你，今日却被這禿熩熟了。」雙手拏了，竟趕到講堂，「扑」地一甩，眾僧見了，掩口。周顛道：「背面喫他，當面怕他！」幾箇哈哈走了。眾僧自在那廂收拾。到了夜，眾僧在堂上做箇晚功果，摟了箇沙彌去房中睡。他到中夜，把他門鼓一般擂，道：「你兩箇幹得好事，還不走下來！」去驚他、攪他。見僧人看經，就便要他講，講不出，大箇栗暴打去。說是入定，他偏趕去，道：「你悟得甚麼？悟得婆娘那箇標致、銀子仔麼賺？」說止靜，他偏去把那雲板敲。今日串這和尚的房，那日串那箇和尚的房，藏得些私房酒兒，都拏將出來，一氣飲乾無滴。佛殿日痾屎，方丈屢溺尿。沒箇饑，沒箇飽，拏着就喫。偏要自上竈，趕將去，把他鍋裡飯喫上半鍋。火工道人來說他，便拏着火叉打去。其時還是元末，各寺院還照着元時風俗，婦人都來受戒。他便拍手道：「一陣和尚婆！」扯住那些男子道：「不識羞，領妻子來打和尚！」婦人們到僧房去受戒，他也捱將去。一寺那一箇不厭他？却沒擺佈他。

一日走到竈前，見正煮着一鍋飯，熬上大鍋荳腐，竈上竈下忙不及。只見他兩手拏了兩件道：「我來與你下些椒料兒。」兩隻手一頓撚，撚在這兩箇鍋裡，却是兩撅乾狗屎。這些和尚道人見了，你也唾

❽熩：音ㄏㄨˋ。光；燒意。

快事。

唾，我也掩嘴，一陣去了。他一跳坐在竈欄上，拏一箇木杓兜起來，只顧喫。眾和尚見他喫了一半，狗屎末都喫完了，大家都拏了淘籮、瓦鉢，一齊趕來。他道：「你這些禿驢，藏着粧佛錢、貼金錢、買燭錢、燒香錢，還有襯錢、開經錢、發符錢，不拏出來買喫，來搶飯？」坐得高，先「霹栗扑碌❾」把手一掠，打得這些僧帽滿地滾。後邊隨即兩隻手如雨般，把僧頭上栗暴亂鑿。却也喫這些僧人搶了一光。還有兩碗來飯，一箇小沙彌半日夾不上，這番撲起竈上來盛，被他扯住耳躲，一連幾箇栗暴，打得沙彌大哭，道：「這風子，你要喫，我要喫，怎蠻打我？」這些和尚也一齊上道：「真獃子，這是十方錢糧，須不是你的，怎這等佔着不容人？」

餐松茹朮神仙事，豈樂蠅營戀俗芬。
却笑庸僧軱腐鼠，橫爭蟻穴故紛紜。

周顛笑道：「你多我喫來，我便不喫你的！」此後莫說粥飯不來喫，連水也不來喫。眾僧怕太祖見怪，只得拏去與他喫。他只是不喫，厨頭道：「好漢餓不得三日，莫採他，他自來！」故意拏些飲食在他面前喫，他似不見般。似此半月。主僧只得來奏與太祖。太祖知他異人，分付：「再餓他」。這些和尚怪得他緊，得了這句，把他鎖在一間空房裡，粥飯、湯水纖毫不與。他並不來要，日夜酣酣的睡。太祖常着人來問，寺僧回官道：「如今餓已將一月，神色如故。」太祖特一日自到寺中，舉寺迎接。只見他伏在

❾ 霹栗扑碌：象聲詞，說明快、急又乾淨的意思。

奇謀仙見。

馬前，把手在地上畫一箇圈兒，道：「你打破一桶，再做一桶！」這明明教道：陳友諒、張士誠這兩箇大寇，使他連兵合力，與我相殺，我力不支；若分兵攻戰，也不免首尾不應；只該先攻破了一箇，再攻一箇。正是劉軍師⑩道：「陳友諒志大而驕，當先取之；張士誠是自守虜，當後邊圖他。」也是此意。太祖到寺中，見他顏色紅潤，肌膚悅澤，聲音洪亮，絕不是一箇受餓的，叫撤御饌與他喫。隨行將士帶有飲食，與他的可也數十人喫不了。他也不管饅頭、饊蒸、乾糧、煤炒，收來喫箇罄盡。這班僧人道：「怪道餓得，他一頓也喫了半箇月食了，只當餓得半月。」又一箇道：「只是這肚皮忒寬急了些。」太祖依然帶他在軍中。他對這些和尚道：「造化了你們！如今拐徒弟也得箇安穩覺兒，喫酒、喫狗肉也不管了。」

決機之神。

其時陳友諒改元稱帝，率兵圍住南昌。太祖在廬州領兵來救，叫他來問道：「陳友諒領兵圍住南昌，我如今發兵去救，可好麼？」他連把頭顛幾顛道：「好！好！」太祖道：「他如今已稱帝，況且他勢強，我勢弱，恐怕對他不過。」那周顛伸起頭，看一看天，搖手道：「上面有你的，沒他的，不過兩箇月狂活，休要怕他！」太祖一笑。擇日興師時，只見他拏了根拐杖，高高的舞着，往前跳去，做一箇必勝模樣。太祖整兵十萬，下了船，沿江向南昌進發。只一路都是逆水，水勢滔滔，汩汩滾下來，沿江都是蘆葦，沒處扯牽，一日不過行得幾里兒。太祖心焦，着人來問周顛，道：「此行去幾時得遇順風？」周顛道：「有，有，有，就來了！只是有膽行去，便有風助你；沒膽不去，便沒風。」差人回覆。太祖催督各軍船隻前進。行不上二、三里，只見：

⑩ 劉軍師：即劉基，字伯溫，浙江青田人，元末進士。明初大臣。

天角亂移雲影，船頭急濺浪花。虛飄飄倒捲旗旛，聲晰晰响傳蘆葉。前驅的一似弩乍離絃，布帆斜掛；後進的一似泉初脫峽，篷扇高懸。山迴水轉，入眼舟移；浪激波分，迎耳水瀉。正是：雀舫急如梭，沖風破白波；片時千里渡，真不愧飛舸。

點染敘致佳絕。

初時微微吹動，倏突然風勢大作。各隻兵船，呼風發哨，都放了撓楫，帶着篷脚索，隨他前進，飄飄一似泛葉浮槎。一會纔發皖城，早已來至小孤山了。風湧浪起，江中癩頭黿，隨水洋洋漾將來；那江豬水牛般大，把張蓮蓬嘴「鋪鋪」的吹着浪，一箇翻身，拱起身子來，一箇翻身，漾起頭來，在江心作怪。這時周顛正坐在兵船上，看見了道：「這水怪出現，前頭畢竟要損多人。」不期太祖不時差人來聽他說話的，聽了這句，大惱，道他煽惑軍心，分付：「把這顛子撇在江裡，祭這些水怪！」帳下一箇親軍都指揮韓成，便領了鈞旨，也不由分說，趕將來夾領子一把，扯住道：「先生，不關我事，都是你饒舌惹的禍！你道損人多，如今把你做箇應夢大吉罷！」周顛道：「你這替死鬼，要淹死我麼？你淹，你淹！只怕我倒淹不死，你不耐淹！」早被他「朴洞」一聲，甩下水去。眾人道：「這兩箇翻身，不知那裡去了。」却又作怪，上流頭早漾下一箇人來，似灼龜人家畫的畫兒，人坐在大龜背上模樣，正是周顛坐在一箇大白蓋癩頭黿身上來了。眾人都拍手笑道：「奇！」韓成分付叫：「推！」軍士一齊把篙子去推，果然兩箇水窩兒，又下去了。眾人道：「這番要沉到底了。」正看時，却又是騎牛的牧童，跨在一箇江豬身上，又到船邊，衣服也不曾沾濕。眾人道：「他是道家，學的水火煉，前日火煉不死，今日水煉一定也不死。」一箇好事的水手道：「三遭為定。這遭不死，再不死了。」劈頭一篙打去，那周顛又側了下水。眾人道：「這番一定不活。」那知他又似達磨祖師⓫般，輕輕立在一枝蘆上，道：「列位承費心了！」眾人道：「真神仙！」韓成道：「周先生，我如今與你見殿下，若肯饒便饒了你，不要在這邊弄障眼法兒哄人。」周顛道：「去，去，去！」那蘆柴早已浮到船邊，周顛舉身躍上船來，韓成與他同見太祖。太祖道：「仔麼同他來？」韓成道：「推下水三次，三次淹不死。」只見周顛伸了箇頭，向太祖道：「淹不死，你殺死了罷！」太祖笑道：「且未殺你。」適值船中進膳，太祖就留他在身邊，與他同喫，他也不辭。到了第二日，他駝了拐杖，着了艸鞋，似要遠去的模樣，向着太祖道：「你殺了麼？」太祖道：「我不殺你，饒你去。」周顛看一看，見劉伯溫站在側邊，道：「我去！我去！你身邊有人，不消得我。此後二十五年，當差人望你。還有兩句話對你說。」道：

有亮可以無瑜。

臨危不是危，叫換切要換。

他別了，便飄然遠去，行步如飛。這廂太祖與陳友諒相持，舟湊了淺，一時行不得，被漢兵圍住。正危急之時，得韓成道：「願為紀信誑楚！」就穿了太祖衣服自投水中。漢兵就不來着意。又得俞通源等幾隻船來，水涌舟活，脫了這危難，這是「臨危不是危」。韓成的替死，又已定了，「叫換切要換」。這也在鄱陽湖中。正兩邊相殺，忽然劉伯溫在太祖椅背後，連把手揮道：「難星過度，難星過度，快換船！」太祖便依了。正過船時，一箇砲來，原坐船打得粉碎。他又見在劉伯溫先了。此後他踪跡秘密，

⓫ 達磨祖師：又稱達摩、菩提達摩。禪宗稱為天竺禪宗第二十八祖，中華始祖。

並不來乞食入城。但認得的，常見他在匡廬諸山往來。本年太祖破陳友諒，定江湖；又平張士誠，取蘇杭；分兵取元都，執陳友定，有福建；降何真，有兩廣；滅明玉珍，取四川；滅元梁王，取雲貴，天下大定。從此盡去胡元的腥膻，舉世的叛亂，纔見太平。他逢人「告太平」的，正是先見。

完前事。

到二十五年，太祖忽患熱症，太醫院一院醫官都束手，滿朝驚惶。忽然一箇和尚：

面目黑如漆染，鬍髮一似螺卷。
一雙鐵臂捧金函，赤脚直趨玉殿。

赤着一雙脚，穿件破偏衫，竟要進東長安門來。門上擋住，拏見閣門使劉伯溫之子劉璟道：「小僧奉周顛分付，道聖上疾病，非凡藥之所能治，特差小僧進藥二品。他說曾與令尊有交，自馬當分手，直至今日。」劉閣門道：「聖上一身，社稷所繫，諸醫尚且束手，不敢下藥，你藥不知何如，怎生輕易引奏？」赤脚僧道：「君君父臨危，臣子豈有不下藥之理？況顛仙不遠千里差山僧送藥，若閣門阻抑不奏，脫有不諱，豈無後悔？」劉閣門為他轉奏，舉朝道：「周顛在匡廬，仔麼知道聖上疾病？這莫非僧人謊言？」只是太祖信得真。取函一看，內封道：

當慎重。

溫涼石一片其石紅潤，入手涼沁心骨。
溫涼藥一丸圓如龍眼，亦淡紅色，其香撲鼻。

道：「用水磨服。」又寫方道：「用金盞注石，磨藥注之，沉香盞服。」聖上展玩，已知奇藥，即叫磨服，醫官如法整治。只見其藥香若菖蒲，釅底凝朱，紅彩迥異。聖上未刻進藥，到酉未遍體抽掣，先覺心膈清涼，繁燥盡去。至夜遍體邪熱皆除，霍然病起，精神還比未病時更好些。道：「朕與周顛別二十五年，不意周顛念朕如此。」次日設朝，延見文武臣寮，召赤脚僧見，問他：「周顛近在何處，幾時着你來？」那僧道：「臣天眼尊者侍者。半年前，周顛仙與臣師天眼尊者同在廣西竹林寺，道紫微大帝有難，出此一函，着臣齎⑫捧到京投獻。臣一路托鉢而來，至此恰值聖上龍體不安，臣即恭進。」聖上道：「如今還在竹林寺麼？」僧人道：「他神游五岳三山，踪跡無定，這未可知。期臣進藥後，還于竹林寺相見。」聖旨着禮部官陪宴，着翰林院撰御書，道：「皇帝恭問周神仙。」差一箇官，與赤脚僧同至竹林寺，禮請周神仙詣闕。差官與赤脚僧一路夫馬應付，風飡水宿，來至竹林寺。寺僧出來迎接了，問：「周顛仙在麼？」道：「在竹林裡與天眼尊者談玄。」那差官齎了御書，同赤脚僧前去。但見：

滿前蒼翠，一片筀竿。清影離離，綠鳳乘風搖尾；翠稍歷歷，青鸞向日梳翎。蒼的蒼，紫的紫，海底琅玕；低的低，昂的昂，澄湖翻浪。梢含剩粉，青女理粧；笋茁新苞，佳人露指。因烟成媚色，逐風鬬奇聲。迎日弄金暉，麗月發奇影。鬱鬱清涼界，冷冷仙佛林。

只見左首石欖上，坐着一位：

⑫ 齎：音ㄐㄧ。帶著；抱著。

捲髮半垂漆，雙眸微墜星。金環常挂耳，玉麈每隨身。蠶眉獅鼻稀奇相，十八阿羅⑬第一尊。

右首坐着一箇：

長髯飄五柳，短髩聳雙峰。坦腹蟠如斗，洪聲出似鐘。色身每自溷泥沙，心境蓮花渾不染。

不顛，

不顛。

赤脚僧先過來問訊了，次後差官過來，呈上御書。周顛將來置在石几上，恭誦了。差官道上意，說：「聖躬藉先生妙藥，沉疴頓起，還乞先生面詣闕庭。」周顛道：「山人麋鹿之性，頗厭拘束，向假佯狂玩世，今幸把臂入林。若使當日肯戮力豎奇，豈不能與劉伯溫竝驅中原？今日伯溫死而山人生，真喜出世之早，寧復延頸以入樊籠哉！就是日前託赤脚侍者致藥，也只不忘金陵共事之情，原非有意出世，妄希恩澤也。使者幸為山人善辭！」差官道：「聖上差下官敦請，若先生不往，下官何以復命？下官分付驛遞，明日整齊夫馬，乞先生束裝同行。」周顛道：「山人一杖、一履，何裝可束？亦斷不僕僕道途，以煩郵傳。往是斷不往的了。」次日，差官整備夫馬復往，只見竹林如故，石几宛然，三人都不見影。止在石几上

⑬ 十八阿羅：佛教名詞。阿羅，阿羅漢的省稱。羅漢是小乘佛教的最高果位。十六羅漢是釋迦的弟子，其名為：賓度羅跋囉惰闍、迦諾迦伐蹉、迦諾迦跋厘墮闍、蘇頻陀、諾距羅、跋陀羅、迦理迦、伐闍羅弗多羅、戍博迦、半托迦、囉怙羅、那迦犀那、因揭陀、伐那婆斯、阿氏多、注荼半托迦。宋時有人於十六羅漢外加賓頭盧與慶友，或加迦葉與軍徒缽嘆，也有加達摩多羅和布袋和尚為十八羅漢的。

有一書，是答聖上的。忙叫寺僧問時，道：「三人居無牀褥，行無瓢笠，去來無常，蹤跡莫測。昨夜也不知幾時去的，也不知去向。」

雲想飄然鶴想踪，杯堪涉水杖為龍。
笑人空作鴻冥慕，知在蓬萊⓮第幾峰。

差官只得齎書復命，道：「已見顛仙，他不肯赴闕，遺書一封，飄然遠去。」聖上知他原是不可招致的，也不辜差官。後來又差官訪張三丰兼訪顛仙，名山洞府無不歷遍，竟不可得。至三十一年⓯，赤腳僧又賫書到闕下，也不知道些甚麼，書在宮禁，不傳。聖上念他當日金陵夾輔之功，又念他近日治疾之事，親灑翰墨，為他立傳，道周顛仙傳，與御製諸書，並傳不刊。

雨侯曰：聖主之興，不特謀臣雲，猛將雨，更有方外之士備帷幄，所謂神道設教，豈徒狐鳴魚書之偽乎！而仙以顛名，正以不顛。婚宦之障不絕，塵俗之染不清，此我太祖號之以仙，而復加之以顛，真窺其微。顛于塵埃中識天子，太祖于尋常見而識至人，法眼盍相同。

⓮ 蓬萊：仙山名。傳說是神山仙府收藏密錄、典籍之地。位於膠東半島最北端，自古被譽為「人間仙境」。

⓯ 三十一年：當指洪武三十一年，西元一三九八年。

引

禪之足珍，以其悟也，以其再生能不失其真也。故如真西山、蘇子瞻，我朝王陽明諸大儒，悉根禪來，饒大解悟，不謂無垢一髡，歷再生而不亡如此。嗟嗟，度越覺闍黎遠矣！

翠娛閣主人題

第三十五回　前世怨徐文伏辜　兩生冤無垢復讎

報，非幽，非杳。謀，固陰，亦復巧。白練橫斜，游魂縹渺。漫云得子好，誰識冤家到？冤骨九泉不朽，怒氣再生難掃，直教指出舊根苗，從前怨苦方纔了。

右一七體

天理人事，無往不復，豈有一人無辜受害，肯飲忍九原❶，令汝安享？故含冤負屈，此恨難消。報讎在死後的，如我朝太平侯張輗❷與曹吉祥❸、石亨❹，計害于忠肅，波及都督范廣❺。後邊路見范廣

❶ 九原：墓地。春秋時晉國卿大夫的墓地。後亦泛指墓地。

❷ 張輗：明朝軍事人物。英宗復辟後，因其迎立有功，封文安伯，食祿千二百石。

❸ 曹吉祥：明宦官。景泰八年（西元一四五七年）與石亨發動奪門之變，迎英宗復辟，遷司禮太監，總督三大營。後因叛變被處死。

❹ 石亨：明將，陝西渭南人。正統十四年（西元一四四九年）從于謙守京師，擊退瓦剌軍，封鎮朔大將軍。後迎英宗復辟，殺害于謙。因恃功驕橫被處死。

❺ 范廣：明將。遼東人。英宗正統中為寧遠衛指揮僉事，進指揮使。升遼東都指揮僉事。土木堡之役，力守北京，後與于謙同被害。

夙有善根。

身死，借刀殺人，忠良飲恨。報讎在數世後的，如漢朝袁盎❻，譖殺晁錯❼，後過數世，袁盎轉世為僧，錯為人面瘡以報，盎作水懺而散。還有報在再生，以誤而報以誤的，如六合卒陳文，持鎗曉行，一商疑他是強盜，躲在荊棘叢中。陳文見荊棘有聲，疑心是虎，一鎗刺去，因得其財。遂棄鋪兵，住居南京。一晚見前商走入對門皮匠店，他往問之，道：「生一子。」他知道是冤家來了，便朝妻子說：「我夢一貴人生在對門，可好看之！」視之如子。九歲，此人天暑晝臥，皮匠着兒子為他打扇，趕蒼蠅。此子見他汗流如雨，以皮刀刮之。陳文夢認作蠅，把手一記打下，刀入于腹。皮匠驚駭，他道：「莫驚，這是冤業。」把從前事說之，將家貲盡行與他，還以一女為配。這是我朝奇事。

不知還有一箇奇的，能知自己本來，報讎之後，復還其故。道是天順❽間，英山清涼寺一箇無垢和尚。和尚俗姓蔡，他母親曾夢一老僧，持青蓮入室，摘一瓣令他喫了，因而有娠。十月滿足，生下這兒子，却也貌如滿月，音若洪鐘，父母愛如珍寶。二歲斷了乳，與他葷都不喫，便哭；與他素，便歡喜。到三歲，不料身多疾病，纔出痘花，又是疹子，只見伶仃，全不是當日模樣了。他母親求神問佛。一日，見一箇筭命的過來：

---

❻ 袁盎：即爰盎。西漢大臣，與晁錯不諧。曾因御史大夫晁錯告發，被降為庶人。後吳、楚七國之亂時，向景帝進言，誅殺晁錯。

❼ 晁錯：西漢大臣、政治家。景帝時任御史大夫。他堅持「重本抑末」以及削藩、防禦匈奴等政策。吳、楚七國以誅殺晁錯為名發動叛亂，其時他被袁盎所譖，慘遭殺害。所著政論有論貴粟疏、論募民徙塞下書等。

❽ 天順：明英宗復辟後的年號，西元一四五七－一四六四年。

頭戴着倒半邊三角方巾，身穿着新漿的三鑲道服。白水襪有𥛚無底，黃艸鞋出頭露跟。青布包中，一本爛叢頭似百中經⑨；白紙牌上，幾箇鬼畫符似課命字。

他在逐家叫道：「筭命起課，不準不要錢！」可可走到蔡家。蔡婆道：「先生會筭命？」道：「我是出名蘭谿鄒子平，五箇錢決盡一生造化！」蔡婆便說了八字。他把手來輪一輪道：「婆婆，莫怪我直嘴，此造生于庚日，產在申時，作身旺而斷。只是目下正交酉運，是財、官兩絕之鄉，子平叫做『身旺無依』，這應離祖。況又生來關殺重重：落地關、百日關，如今三歲關，還有六歲關、九歲關，急須離祖，可保長生。目下正、五、九月，須要仔細。」蔡婆道：「不妨麼？」道：「這我難斷。再為你起一課，也只要你三釐。」忙取出課筒來，教他通了鄉貫，拏起且念且搖，先成一卦，再合一卦。道：「且喜子孫臨應，青龍又持世，可以無妨。只嫌鬼爻發動，是未爻，觸了東南方土神。他面黃肚大，須要保禳，謝一謝就好。」蔡婆道：「這等，要去尋箇火居道士來！」子平道：「婆婆，不如我一發替你虔誠燒送，只要把我文書錢，我就去打點紙馬土誥，各樣我都去請來。若怕我騙去，把包中百中經作當。」就留下包袱。蔡婆便與了二分銀子，嫌不彀，又與了兩箇銅錢。蔡公因有兩箇兒子，也不在心，倒是蔡婆着意，打點了禮物。他晚間走來，要甚麼鎮代替銀子，祭蟲鴨蛋。鬼念送半日，把這銀子、鴨蛋都收拾袖中。還又道：「文書符都是張天師府中的，要他重價。」蔡公道：「先生，你便是仙人，龍虎山一會也走箇往回？」還是蔡婆被纏不過，與了三分騷銅，一二升米去了。

⑨ 百中經：星命術士所用書。見元陶宗儀輟耕錄卷之二十九日家安命法、四庫全書總目提要子部術數類存目二。

醋意。

這病越是不好，還聽這鄒子平要離祖，寄在清涼寺和尚遠公名下。到六歲，見他不肯喫葷，仍舊多病多痛，竟送與遠公做了徒弟。那師祖定公甚是奇他，到得十歲，教他誦經吹打，無般不會。到了十一、二歲，便無所不通。定公把他做活寶般似，凡是寺中有人取笑着他，便發惱，只是留他在房中，行坐不離。喜得這小子極肯聽說，極肯習學經典，人却脫然換了一箇，絕無病容。看看十三，也到及時來。不期定公患了虛癆，眼看了一箇標致徒孫，做不得事，懨懨殆盡，把所有衣鉢交與徒弟遠公，暗地將銀一百兩與他，道：「要再照管你幾年也不能彀，是你沒福；我看了你一向，不能再看一、兩年，也是我沒福。」又分付徒弟：「我所有衣鉢，都與你了，只有這間房，與些動用家伙，與了這小徒孫，等他在裡邊焚修，做我一念。二年後便與他披剃了，法名叫無垢。」不數日涅槃⑩了。

轉眼韶華速，難留不死身。
西方在何處，空自日修焚。

無垢感他深恩，哭泣盡禮。這遠公是箇好酒和尚，不大重財，也遵遺命，將這兩間房兒與他。他把這房兒收拾得齊齊整整，上邊列一座佛龕，側邊供一幅定公小像，側邊一張小木几，上列金剛、法華⑪

⑩涅槃：佛家語。或稱「入滅」、「圓寂」。用來稱佛和僧人的死亡。佛教認為，信佛的人經過長期修為，即能「寂滅」人間一切煩惱，具備一切「清淨功德」，這種境界即「涅槃」。

⑪金剛、法華：均為大乘佛經。金剛經，佛經名。金剛般若經或金剛般若波羅蜜經的簡稱。般若，為智慧。波

說自話，却也借勢打人。

語語入妙。

諸經，梁王⑫各懺，朝夕看誦，超薦師祖。尚有小屋一間，中設竹牀紙帳，極其清幽。小小天井，也有一二碧梧紫竹，盆艸卷石，點綴極佳。只是無垢當時有個師祖管住，沒人來看相他。如今僧家規矩，師父待徒弟極嚴的，其餘鄰房、自己房中長輩同輩，因他標致，又沒了箇喫醋的定公，却假借探望來纏。一箇鄰房無塵，年紀十八、九，是他師兄，來見他誦經資薦師公，道：「師弟，有甚好處想他？我那師祖，整整淘了他五六年氣。記得像你大時，定要我在頭邊睡，道：『徒孫，我們禪門規矩，你原是伴我的。我的衣鉢，後來畢竟歸你，凡事你要體我的心。』就要我照甚規矩，先是箇一壓，壓得臭死。到那疼的時節，我哭起來。他道：『不妨，慢些！慢些！』那裡肯放你起來。一做做落了規矩，不隔兩三日就來。如今左右是慣的，不在我心上，只是看了一日經，身子也正困倦，他定要纏。或是明早要去看經，要將息，見他又不肯。況且撞着我與師兄、師弟，眾人夥裡說說笑笑，便來炒鬧。師弟，你說我們同輩，還可活動一活動，是他一纏住，他到興完了，叫我們那裡去出脫？如今你造化了，脫了這苦，又沒他來管，可以像意得！」無垢道：「我也沒甚苦，師祖在時也沒甚纏。」無塵道：「活賊，我是過來人，哄得的？」就捱近身邊去，道：「你說不苦，我試一試看，難道是黃花的？」就去摸他。無垢便不快道：「師兄，這箇甚麼光景？」無塵道：「我們和尚沒箇婦人，不過老的尋徒弟，小的尋師弟。如今我和你兌罷，便讓你先。」無垢道：「師兄不要胡纏。」無塵道：「師弟，兩方便。」又扯無垢手去按他陽物，

羅蜜，為渡彼岸。般若之體，不變不移，譬如金剛般之堅實。法華經，佛經名。妙法蓮華經的簡稱。經中宣揚三乘歸一之旨，自以其法微妙，如蓮花居塵不染，故名妙法蓮華經。

⑫梁王：梁王懺，佛經名。慈悲道場懺法傳的簡稱。相傳梁武帝懺悔皇后郗氏往業，命法師撰經文，成十卷。

道：「小而且細，須不似老和尚粗蠢。」無垢道：「師兄不來教道我些正事，只如此纏，不是了！」無塵道：「師弟，二婚頭，做甚腔！」直待無垢變臉纔走。一日又來道：「師弟，一部方便經⑬，你曾見麼？」無垢道：「不曾。」無塵便將出來。無垢焚香禮誦，只見上面寫道：

如是我聞：佛在給孤獨園⑭，比丘、比丘尼、優婆塞、優婆夷⑮，一切天人咸在。世尊⑯放大光明，普照恒河⑰沙界。爾時阿難⑱于大眾中，離坐而起，繞佛三匝，偏袒右肩，右膝着地，叉手長跪，而白佛言：「我聞眾僧，自無始劫來，受此色身，即饒慾想。漸染延灼，中夜益熾，情根勃興，崛然難制。乃假祖孫，作為夫婦，五體投地，腹背相附，一葦翹然，道岍直渡，闢彼悟門，時進時止，頂灌甘露，熱心乃死。此中酣適，彼畏痛楚。世尊何以令脫此苦？」世尊：「阿難，人各有欲，夜動晝伏，麗于色根，展轉相逐。悟門之開，得于有觸，勇往精進，各有所樂。玄銓。

⑬方便經：大約是不正經的僧人杜撰的一部佛經書。

⑭給孤獨園：佛家園林名。也稱祇樹給孤獨園或祇園，為佛說法地。

⑮比丘句：均為佛教僧人名稱。比丘，俗稱和尚。比丘尼，俗稱尼姑。優婆塞，指依照佛的戒律受持五戒的在家男性信徒。為佛教七眾（其餘六眾為：比丘、比丘尼、式叉摩那、沙彌、沙彌尼、優婆夷）之一。優婆夷，指依照佛的戒律受持五戒的女性信徒。

⑯世尊：佛家對釋迦牟尼的尊稱。

⑰恒河：河名。中國佛經或譯為「恒水」等多名。發源於喜馬拉雅山南麓，流經印度、孟加拉，匯入孟加拉灣。

⑱阿難：阿難托的省稱，釋迦牟尼的從弟和十大弟子之一。中國禪宗說他是傳承佛法的第二代祖師。

心地清涼，身何穢濁？積此福田，勉哉相勗！」大眾聞言，皆忘此苦，皆大歡喜。作禮而退，信受奉行。

謔浪精絕。

無垢念了一遍，道：「我從不曾見此經，不解說。」無塵道：「不惟可講，還可兼做。師弟只是聰明孔未開！」又來相謔。無垢道：「師兄何得歪纏，我即持此經送我師父。」無塵道：「這經你師父也熟讀的。」無垢便生一計，要師父披剃，要坐關三年，以杜眾人纏繞。師父也憑他，去請位鄉紳，替他封關、出示。他在關中，究心內典，大有了悟。因來往燒香的，見他年紀小，肯坐關，都肯捨他。他坐關三年，施捨的都與師父，止取三十餘兩并師祖與他的，要往南京印大乘⑲諸經，來寺中公用，使自得繙閱。師父也不阻他。他便將房屋封鎖，收拾行李就起身。師父道：「你年紀小，不曾出路，這裡有箇種菜的聾道人，你帶了他去罷。」無垢道：「一瓢一笠，僧家之常，何必要人伏事？」竟自跳船到南京。各寺因上司禁遊方僧道，不肯容他，只得向一箇印經的印匠徐文家借屋住宿。

一到，徐文備齋請他，無垢就問他各經價數。徐文見他口聲來得闊綽，身邊有百來兩之數，聽了不覺有些動火。想道：「看這和尚不出，倒有這一塊，不若生箇計弄了他的。左右十方錢財，他也是騙來的。」晚間就對老婆彭氏道：「這和尚是來印經，身邊倒有百來兩氣候。他是箇孤身和尚，我意欲弄了他的，何如？」彭氏道：「等他出去，抉進房門，偷了他的，只說着賊便了。」徐文道：「我須是箇主

---

⑲ 大乘：大乘教，相對小乘教而言。佛教認為，開一切智、盡未來際眾生化益之教為大乘。比喻修行法門為乘大車，故云。金剛經、法華經等皆為大乘佛經。

如今要錢的，原也不管妻子。

招之來。

他肯不老到，無奈和尚老到。

狠□。

人家！我看這小和尚，畢竟有些欠老成，不若你去嗅他。」彭氏道：「好！你要錢，倒叫我打和尚！」徐文道：「困是不與他困，只嗅得他來調你，便做他風流臯過，打上一頓，要送。他脫得身好了，還敢要錢？哄得來大家好過！」彭氏到點頭稱是。次早，見無垢只坐在房中不出來，彭氏便自送湯送水進去，嬌着聲兒去撩他。那無垢只不擡頭，不大應聲，任他在面前裝腔賣俏。彭氏道：「小師父，怎只呆坐？報恩寺好箇塔，十廟觀星臺也去走一走！」無垢道：「小僧不認得。」彭氏道：「只不要差走到珠市樓去。」笑嘻嘻去了。午間拏飯去，道：「小師父，我們家主公，他日日有生意，不在，只有我，你若要甚麼，自進來拏，我們小人家沒甚內外的。」無垢道：「多謝女菩薩！小僧三湌之外，別不要甚的。」捱到下午，假做送茶去，道：「小師父，你多少年紀？」無垢道：「十八歲了。」彭氏道：「好一箇少年標致師父。」說道：「師公替徒孫，是公婆兩箇一般，這是有的麼？」無垢道：「無此事！女菩薩請回，外觀不雅。」彭氏道：「這師父還臉嫩。我這裡師父們見了女人，笑便堆下來，好生歡喜哩。也只是年紀小，不知趣味！」無垢紅了臉，只把經翻。人不得港，去了。

一日，徐文道：「何如？你不要欠老到，就跌倒！」彭氏道：「胡說！只是這和尚假老實，沒處入港，仔麼？」徐文想想道：「這和尚嗅不上。我想他在我家已兩日，不曾出外，人都不知。就是美人局，他一箇不伏，經官也壞自己體面，倒不如只是謀了他罷！再過兩日，人知道他在我家下，銀子散了，就大事去了。」夫婦兩箇便計議了。到次日，是六月六日，無垢說了法，念了半日經，正睡。只見他夫婦悄悄的做下手脚，二更天氣，只聽得他微微有鼾聲，徐文先自己去抉開房門，做了箇圈，輕輕把來套在頸上，夫妻兩箇各扯一頭，猛可的下老實一扯。只見喉下這一箍緊，那和尚氣透不來，只在牀上掙得幾掙，早已斷命。他夫妻尚緊緊的扯了一箇時辰，方纔放手。放時只見和尚眼突舌吐，兩脚筆直。

疎月綺窗回，金多作禍媒。
游魂渺何許，清夜泣蒿萊。

徐文將他行李收拾到自己房中，又將鋤頭掘開地下，可二尺許，把和尚埋在那小房牀下，上面堆些坛甕。把他竹籠打開來，見了一百二十兩銀子，好不歡喜，不消得說。

只此時彭氏見有娠了，十月將足。這日夜間，只聽得徐文魘⑳起來，失驚裡道：「有鬼！有鬼！」彭氏問時，道：「我夢見那無垢直趕進我房中來，因此失驚。」彭氏也似失驚般。一會兒身子困倦，肚腹疼痛，一連幾次痛陣，緊生下一箇小厮來。倒也生得好。徐文仔細一看，與無垢無二，便要淹死。彭氏道：「當日你已殺他一命，如今淹死，是殺他二命了。不若留他，做我們兒子，把這一主橫財，仍舊歸了他，也是解冤釋結。」徐文也便住了手。彭氏便把來着實好看待他。只是這小厮真性不移，也只喫胎裡素，母親抱在手裡，見着佛堂中供養，原是他的經，他便撲去要看。他看見他原帶來竹籠尚在，常撲去看。徐文心知是冤家，也沒心去管理他，自把這宗銀子，暗暗出來，合箇夥計在外做些經商生意。彭氏因沒子，倒也顧念他。更喜得這小厮一些瘡毒不生，一毫病痛沒有。不覺已是六歲，教他上學讀書。他且是聰明，過目成痛（誦），叫名徐英。只是這徐英生得標致，性格兒儘是溫雅，但有一箇：出門歡

幸矣哉，無垢。

⑳ 魘：音一ㄢˇ。夢魘；做惡夢。

喜、入門惱。在學中歡歡喜喜，與同伴頑，也和和順順的；一到家中，便焦燥。對着徐文也不曾叫箇爺，對着彭氏也不曾叫箇娘，開口便是「老奴才」、「老畜生」、「老淫婦」、「老養漢」。幾次徐文捉來打，他越打越罵，甚至拏着刀，便道：「殺你這兩箇老強盜纔好！」那徐文好不氣惱。間壁一箇吳婆道：「徐老爹，虎毒不喫兒，仔麼着實打他？這沒規矩也是你們嬌養慣了。比如他小時節，不曾過滿月，巴不得他笑，到他說叫得一兩箇字出，就教他罵人，『老奴才』、『老畜生』、『老養漢』、『小養漢』，罵得一句，你夫妻兩箇快活。抱在手中，常引他去打人，打得一下，便笑道：『兒子會打人了！』做椿奇事。日逐這等慣了，連他不知罵是好話，罵是歹話；連他不知那箇好打，那箇不好打。也是你們嬌養教壞了他，如今怎改得轉？喜得六歲上學，先生訓他，自然曉得規矩。你看他在街上走，搖搖擺擺，好箇模樣。替這些學生也有說有道，好不和氣，怎你道他不好？且從容教道他，恕他箇小！」彭氏道：「不知他小時節也好，如今一似着傷般，在家中就劣崛起來，也是我老兩口兒的命！」吳婆道：「早哩，纔得六七歲，那裡與他一般見識得！」彭氏也應聲道：「正是。罷了！」無奈這徐英一日大一日，在家一日狠一日，拏着把刀道：「我定要砍死你這老畜生、老淫婦！」捉着塊石頭，道：「定要打死你這老忘八、老娼根！」也曾幾次對先生講他，他越回家嚷罵不改。隣舍又有箇唐少華，也來對徐英道：「小官，爺和娘養兒女也不是容易得的，莫說十箇月懷着這苦，臨產時也性命相搏。三年乳哺，那一刻不把心對？忙半日不與乳喫，怕餓了小厮；天色冷，怕凍了小厮；一聲哭，不知為着甚麼，失驚裡忙來看，揩尿抹屎、哺粥喂飯，何曾空閑？大冷時，夜間一泡尿出屎出，怕不走起來收拾？還推乾就濕，也不得一個好覺兒。你不聽得，那街上唱歌兒的道：『奉勸人家子孫聽，不敬爹娘敬何人？三年乳哺娘辛苦，十月懷躭受母

說盡嬌養之病。

又是一番高論。

俗腐之

態可掬。

恩。』學生，這句句都是真話。學生，你要學好，不可胡行！」徐英道：「我也知道，不知仔麼見了他，便生惱？」唐少華又道：「沒有不是父母，你要聽我說！」這徐英那裡得箇一日好，到得家裡，便舊性發了。

似此又五、六年，也不知被他嘔了多少氣。這日學中回來，道飯冷了，便罵彭氏。彭氏惱了，趕來正要打他，被他一掀一箇翻筋斗，氣得臉色如土。復身趕來，一把要撏他頭髮，被他臂上一拳，打箇縮手不及。徐文正在外面與這些鄰舍說天話，聽得裡面爭嚷，知是他娘兒兩箇爭了，正提了一根棍子，趕將進去，恰遇他跑出來時一撞，也是一交。徐英早是跳去門外了。眾人看見徐英，道：「做甚麼？做甚麼？」隨即見徐文夫婦忙趕出來，道：「四鄰八舍，替我拏住這忤逆賊！」徐英道：「我倒是賊？我不走！我不走！」彭氏道：「我養了他十四歲，不知費了多少辛苦，他無一日不是打便是罵，常時駄刀弄杖要殺我。適纔把我推一交，要去撏他頭髮時，反將我臂膊上打兩下。老兒走來，又被他丟一交。列位，有這等打爺罵娘的麼？」徐文道：「我只打死了這畜生罷，譬如不養得！」徐英道：「你還要打死我？」便就地下一抶兩抶，抶了一塊大石頭，道：「我先開除你這兩箇老強盜！」

怒氣填胸短髮支，夙冤猶自記年時。
擬將片石除兇暴，少洩當年繫頸悲。

正待打來，虧得一箇鄰舍來德搶住了，道：「你這小官真不好！這須是我們看見的。教道鄉村箇箇是你，也不要兒女了。」唐少華道：「學生，我們再要如何勸你？你不肯改，若打殺爺娘，連我們鄰舍也不好。你走過來，依我，爹娘面前叩箇頭陪禮，以後再不可如此。」徐英道：「我去磕這兩箇強盜的頭？不是他死，我死！今日不殺，明日殺，決不饒他！」眾人聽了，都抱不平。跳出一箇鄰舍李龍泉道：「論起不曾出幼，還該恕他箇小。但只是做事忒不好得緊，我們不若送他到官，也驚嚇他一番，等他有些怕懼。不要縱他，弄假成真，做人命干連！」便去叫了總甲。這時人住馬不住，徐英道：「寧可送官，決不陪這兩箇強盜禮！」

眾人便將他擁住了，來見城上御史。這御史姓祁：

冠頂神羊㉑意氣新，閑邪當道譽埋輪㉒。
霜飛白簡㉓古遺直，身伏青蒲今諍臣㉔。
輦轂㉕妖狐逃皎日，郊圻驄馬沐陽春。
何須持斧矜威厲，已覺聲聞自軼塵。

㉑神羊：神明。羊，通「祥」。
㉒埋輪：固守不退；堅決不離開。
㉓白簡：古御史有所彈奏用白簡。簡本以竹和木為之，後紙書亦稱簡。
㉔諍臣：直言諫諍之臣。
㉕輦轂：天子的車輿。用以指代天子。

他夜間忽夢一金甲神道：「明日可問他六月六日事，不可令二命受冤也！」早間坐堂，適值地方解進，道：「地方送忤逆的。」御史問時，道：「小的地方，有箇徐文的子徐英，累累打罵父母，昨日又拿石塊要打死他兩箇，小的拿住，送到老爺臺下。」御史叫徐文道：「這是你第幾箇兒子？」徐文道：「小的止得這一箇。」御史道：「若果忤逆，我這裡正法，該死的了。你靠誰人養老？」徐文道：「只求爺爺責治，使他改悔。」御史便叫徐英。徐英上去，御史一看：

好問。

　短髮如雲僅覆肩，修眉如畫恰嫣然。
　瓠牙櫻口真堪愛，固是當今美少年。

御史心裡便想道：「他恁般一箇小廝，怎做出這樣事來？」便叫：「徐英，你父親止生得你一箇，你正該孝順他，況你年紀正小，該學好，怎忤逆父母，是甚緣故？」徐英道：「連小的也不知甚緣故，只是見他兩箇，便心裡不憤的。」御史把鬚撚上一撚，想了一會，就叫彭氏道：「這不是你兒子，是你冤家了。他今年十幾歲？」彭氏道：「十四歲。」御史道：「你把那十四年前事細想一想，這一報還一報。」連把棋子敲上幾聲，只見彭氏臉都失色。御史道：「你快招上來！」這些鄰舍聽了，道：「這官好糊塗！怎告忤逆，反要難為爹娘？」只見那御史道：「昨日我夢中，神人已對我說了。快將那事招來！」彭氏只顧回頭看徐文，徐文已是驚呆了。御史又道：「六月六日事！」這遭彭氏驚得只是叩頭道：「是，神明老爺！這事原不關婦人事，都是丈夫主謀。」御史叫徐文道：「六月六日事，你妻已招你主謀了，快

妙。

夙根自在。

快招！不招看夾棍伺候。」徐文只得把十四年前事，一一招出。說：「十四年前，六月初四，有個英山清涼寺和尚，叫做無垢，帶銀一百二十兩，來南京印經。小人一時見財起意，于初六日晚將他絞死，這是真情。」御史道：「尸骸如今在那裡？」徐文道：「現埋在家中客房牀底下。」御史隨着城上兵馬發驗。又問：「這徐英幾時生的？」徐文道：「就是本月初九生的。」御史道：「這就是無垢了。」就叫：「徐英，你忤逆本該打死，如今我饒你。你待做些甚麼？」徐英道：「小的一向思量出家。」御史點一點頭，道：「也罷，我將徐文家產盡給與你，與你做衣鉢之資。」只見徐英叩頭道：「小人只要原謀的一百二十兩，其餘的望老爺給彭氏，償他養育的恩。」御史又點頭道：「果是箇有些來歷的，故此真性不迷。」這些鄰舍聽了，始知徐文謀殺無垢，徐英是無垢轉世，故此還報要殺。若使前世殺他，今世又枉殺他，真不平之事，所以神人託夢，又得這神明的官勘出。須臾兵馬來報，果然于徐文家取出白骨一副。御史就將徐文問擬「謀財殺命」斬辠，參送法司。又于徐文名下追出原謀銀一百二十兩，當日隨身行李。其餘鄰里，因事經久遠，免究。

徐英出衙門，彭氏便于房中取出他當日帶來竹籠，并當日僧鞋、僧帽、僧衣、經卷還他。他就在京披剃了，仍舊名無垢，穿了當日衣帽，來謝祁御史伸冤救命大恩。那御史道：「你能再世不忘本來，也是有靈性的了，此去當努力精進，以成正果。」仍又在南京將這一百二十兩銀子，印造大乘諸經，又在南京各禪剎，參禮名宿。他本來根器具在，凡有點撥，無不立解。小小年紀，也會講經說法。

真性皎月瑩，豈受浮雲掩。

翻然得故吾，光明法界滿。

一時鄉紳富戶，都說他是箇再來人，都禮敬他，大有施捨。在南京半年，他將各部真經裝造成帙，盛以木函，拜辭各檀越名宿，復歸英山。只見到寺山麓，光景宛然舊遊。信步行去，只見寺宇雖是當年，却也不免零落。見一箇小沙彌，道：「你寺裡一箇無垢和尚，你曉得麼？」道：「不曉得。」一箇老道人道：「有一箇無垢師父，是定師太徒孫，遠師太徒弟。十來年前，定師太死，把他七、八箇銀子，他說要到南京去印經，一去不來，也不知擔這些銀子還俗在那邊，也不知流落在那邊？如今現現關鎖着一所關房，是他舊日的。」無垢道：「如今遠師太好麼？」道：「只是喫酒，一坛也醉，兩坛也醉，不去看經應付，一發不興。」無垢聽了，便到殿上，禮拜了世尊，把經卷都挑在殿上，打發了這些挑經的。這各房和尚都來看他，道：「那裏來這標致小和尚？」他就與這干和尚和南了，道：「那一位是遠師父？」一箇和尚道：「師祖在房中。」無垢道：「這等，煩同一見。」眾人道：「酒鬼那裡來這相識？」無垢竟往前走，路徑都是熟遊，直到遠公房中。此時下午，他正磁壺裡裝上一壺淡酒，一碟醃菜兒，拏隻茶甌兒在那邊喫。無垢向前道：「師父，稽首！」把一箇遠公的酒鍾，便驚將落來，道：「師父那裡來？」無垢道：「徒弟就是無垢。」遠公道：「出家人莫打誑語！若是我徒弟，去時還了俗，可也生得出你這樣箇小長老哩。」無垢道：「師父，我實是你再生徒弟，你把這行李、竹籠認一認。」遠公擦一擦摸糊醉眼，道：「是，是，是！怎落在你手裡？」無垢便將十四年前，往南京遭徐文謀害，後來託生他家，要殺他報讎，又得神託夢與祁御史，將徐文正法，把原帶去銀一百二十兩盡行給我，我仍舊將來造經，以完前願，如今經都帶在外邊。連忙請遠公在上，參拜了。遠公道：「這等，我與你再世師徒了！只是自你去後，我貪了這幾鍾酒，不會管家，你這些師弟、師侄，都是沒用的，把這一箇房頭，竟寥落了。那知你在南京喫這樣苦，死了又活。如今好了，龍天保祐，使你得還家，你來我好安躭了。只是你的房，我一年一年望你回來，也不曾開，不知裡面怎麼的了。」無垢來開時，鎖已銹定，只得敲脫。開門裡邊，但見：

佛廚面蛛絲結定，香几上鼠矢堆完。蓮經零落有風飄，琉璃無光唯月照。塵落竹牀黑，苔生石欖青。點頭翠竹，如喜故人來；映日碧梧，尚留當日影。

無垢一看，依然當日棲止處在。就取香燭在佛前叩了幾箇頭，又在師祖前叩了幾箇頭。各房遍去拜謁，敘說前事，人人盡道稀奇。相見無塵，道：「前日師弟標致，如今越標致了。年紀老少不同，可也與無垢師弟面龐相似，一箇塑子塑的。」無垢又在寺中打齋供佛，謝佛恩護祐，併供韋馱尊者㉖，謝他託夢。又將南京人上施捨的，都拏來修戢殿宇，裝彩殿中聖像。每日在殿上把造來經諷誦解悟。其時蔡老夫婦尚在，也來相見。說起也是再生兒子，各各問慰了。闔城知他這託生報讎，又不忘本來，都來參謁、施捨。他後來日精禪理，至九十二歲趺坐而終。葢其為僧之念，不因再生忘，却終能遂其造經之願，

㉖韋馱尊者：佛教護法神名。為八大將軍之一。保護佛法，驅除邪魔，著甲冑，捧金剛杵，貌作童子相。即前文所謂「金甲神」者。

這事也極奇，僧人中也極少。

雨侯曰：無垢生雖有兩，其為僧造經之心則一。此所以終于有成。若一紗帽，就作兩截人，當是此髡不若。

序

聰明誤人，作吏者猶甚。一逞聰明，驅人就我，箠楚之下，何求不獲哉！聰明得誤，於是世反以模稜為是，而不知亦為失也。杜請託，破成見，沉心巽志，進兩造而審克之，百不一失矣。毋令無辜籲我不得而籲天！

翠娛閣主人題

第三十六回　勘血指太守矜奇　賺金冠杜生雪屈

天理昭昭未許蒙，誰云屈抑不終通。
不疑❶豈肯攘同舍，第五❷何嘗撻婦翁。
東海三年悲赤地❸，燕臺❹六月覯霜空。
繇來人事久還定，且自虛心聽至公❺。

忠見疑，信見謗，古來嘗有。單只有箇是非終定，歷久自明。故古人有道：

周公恐懼流言日，王莽謙恭下士時。

❶ 不疑：或作不夷，姓氏。
❷ 第五：複姓。戰國齊諸田之後。
❸ 赤地：指旱災造成遍地不生五穀。
❹ 燕臺：即黃金臺。故址在今河北易縣東南。燕昭王築臺以招賢士，故稱賢士臺，又稱招賢臺。
❺ 至公：極公正。

假若一朝身便死，後來真假有誰知？

不知天偏教周公不死，使居東三年之後，曉得流謗說他謀害成王❻的，是他兄管叔、弟蔡叔❼。成王不能洗雪他，天又大雷電疾風，警動成王。這是無屈不伸。就如目下魏忠賢，把一箇「三案」❽一網打盡賢良，還怕不彀，又添出「封疆行賄」❾一節，把正直的扭作奸邪，清廉的扭做貪穢，防微的扭做生事，削的削，死的死，戍的戍，追贓的追贓。還有一干巧為點綴，工為捃摭，一心附勢，隻手遮天，要使這起忠良決不能暴白。不期聖主當陽❿，覆盆盡燭，忠肝義膽，終久昭然天下。這是大事。還有小事，或在問官之糊塗，或事迹之巧湊，也沒有箇一時雖晦，後來不明之理。

話說我朝處州府有一箇吏，姓杜。他原是本府龍泉縣人，納銀充參在本府刑房。家裡有三、五十畝

---

❻ 成王：西周國王。名誦，武王之子。武王死時他年幼，由周公攝政，後歸政於他。

❼ 蔡叔：周初三監之一，名度，武王之弟。武王滅商後封於蔡（今河南上蔡）。武王去世後，他不滿周公攝政，與管叔和武庚一起叛亂，失敗被逐。

❽ 三案：晚明宮廷中梃擊案、紅丸案、移宮案的總稱。三案本身並不重要，而是太監魏忠賢借此為名，編三朝要典一書，借機打擊東林黨人。

❾ 封疆行賄：蓋指天啟五年（西元一六二五年）魏忠賢製造楊鎬、熊廷弼失守封疆，並賄賂大臣的冤案。株連楊漣、左光斗等多人被殺。

❿ 當陽：指天子南面向明而治。左傳文四年：「昔諸侯朝正於王，王宴樂之，於是乎賦湛露，則天子當陽，諸侯用命也。」

田，家事儘可過得。妻王氏生有一箇兒子，因少乳，僱一箇奶娘金氏。還有小廝阿財，恰倒是箇守本分的。住在府二門裡。西邊公廨，有一馮外郎，是在兵房的，也有家私。母邵氏，妻江氏，出入金冠金髻，嘗請人專用些銀杯之類。兩家相近，杜外郎後門正對着馮外郎前門，兩家嘗杯酒往來，內裡也都相見，是極相好的。故此杜家這奶娘，每常抱了這哇子，闖到他家。各家公廨都也不甚大，房中竟是奶子嘗走的。

一日，只見馮外郎有箇親眷生日，要闔家去拜賀，這奶子便去幫他戴冠兒，插花兒，攛掇出門。馮外郎倚着在府裡，因不留人照管，鎖了門，竟自去了。不期撞出他一箇本房書手張三來。這人年紀不多，好的是花哄鬭賭，爭奈家中便只本等，娶得一箇妻小，稍稍頗有些兒賠嫁，那裡彀他東那西掩？就是公事，本房也少，講時節又有積年老先生做主；打後手，他不過得箇堂眾包兒，講了一、二兩，到他不過一、二錢，不彀他一擲。家裡妻子時常抱怨他，他不在心上。今日出幾錢分子，在某處串戲；明日請某人遊山，在某處小娘家鬭。也是小事。只壞事是箇賭，他却心心念念，只是在這邊。不知這賭塲上，最是難賭出的。初去到贏一、二錢銀子，與你箇甜頭兒，後來便要做弄了。如「鉗紅捉綠」，數籌馬時添水，還有用藥骰子，都是四五六的。昔日有一箇人善賭，善用藥骰子，一箇公子與他賭，將他身邊搜遍，只見賭到半闌時，他小廝拏一盤紅柿賣尊，他就把一箇撮在口裡，出皮與核時，已將骰子出在手中，連擲幾擲，已贏了許多。他復身又裹在柿皮裡，撇在地下，那箇知得？所以都出不得積賭手。他自道聰明，也在賭行中走得的，鑽身入去。不期今日輸去毡帽，明日當下海青。輸了當去翻，先是偷老婆衣飾，及到後頭沒了，連家中銅杓、鏇子、錫壺、燈臺一槩偷去。管頭少不彀賭，必至縮手縮脚沒膽，自然越輸。誤事處。

這日輸得極了，意思要來衙門裡摸幾分翻籌。走到門上，見一老一少女人走出來上轎，後邊隨着一箇帶駿方巾，大袖藍紗海青的，是他本房馮外郎。後面小廝琴童挑着兩箇糕桃盒兒。張三道：「這狗蠻倒潤，不知那裡去？」走進房裡，只見一人也沒。坐了一會，想道：「老馮這蠻子，向來請我們，他賣弄兩件銀器。今日全家去喫酒，料必到晚纔回。我只作尋他，沒人時做他一襠，決然彀兩日耍。公事這兩分騷銅，那當得甚事！」從來人極計生，又道「近賭近賊」。走到他門前，見是鐵將軍把門，對門沒箇人影，他便將鎖扭着力一扭，拳頭扭斷，劃了指頭，鮮血淋漓。心裡想道：「出軍不利！」又道：「是血財，一定有物。」反拴了門，直走進去。指上血流不止，拾得一條布兒，將來纏了。徑入房中，撬開箱子，裡邊還剩得一頂金冠、兩對銀杯、一雙金釵、幾枝俏花。他直翻到底，有一封整銀，又幾兩碎銀，都放在身邊。心忙手亂，早把手上布條落在箱中，他也不知。走出來，竟往外邊一溜。

素有狗偷伎倆，喜得錢財入掌。
只顧一時不知，恐怕終成磨障。

又想：「我向來人知我是箇骯鬼，那得這許多物件？況六月單衣單裳，喫人看見不雅。」轉入房中，趁沒人，將金冠、釵花、銀杯，放入一箇多年不開的文卷箱內，直藏在底裡，上面葢了文卷，止將銀子腰在身邊，各處去快活。

只是馮外郎在那箱喫酒看戲，因家中無人，着琴童先回來看家。琴童貪看兩折戲不走，直至半本回家，看見門上鎖已沒。一路進去，重重門都開，直到裡邊，房門也開的，箱子也開的，急忙跑出門來，報知家主公。偶然杜家奶子開出後門，見他慌慌的，問道：「琴童，甚麼忙？」回道：「着了賊！着了賊！」一徑走到酒席上，對馮外郎道：「爺，家下着賊了，着賊了！」馮外郎道：「不沒甚麼？」琴童道：「箱子都開了。」馮外郎丟了酒鍾便走，兩箇內眷隨即回來。外面銅杓、火鍁都不失，走到房中，只見打開兩隻箱子，裡邊衣服都翻亂到底，不見了金冠、釵花、酒杯、銀兩。這兩箇內眷又將衣服逐件提出來查，却見這布條兒，圓圓筒着，上邊有些血痕。兩箇道：「衣裳查得不缺，這物是那裡來的？」馮外郎道：「這一定是賊手上的，且留着。」隨即去叫應捕來看。應捕道：「扭鎖進去，不消得說，像不似箇透手兒。只青天白日，府裡失盜，外賊從何得來？這還在左右前後踹。」馮外郎就在本府經歷司遞了張失單。杜外郎也來探望，亦勸慰他。但是「失物怨來人」，馮家沒了物事，自然要胡猜亂猜。又是應捕說了句府中人，因此只在鄰近疑猜。

晚間三箇兒喫酒，忽然馮外郎妻江氏道：「這事我有些疑心。對門杜家與我門緊對門，莫不是他奶子？平日在我家穿進穿出，路徑都熟，昨日又來這邊攛掇我們穿戴，曉得我們沒人，做這手脚。路近搬去，所以無一人看見。」琴童立在那邊篩酒，聽得這話，便道：「正是。我昨日出門來說的時節，那奶子還站在後門邊看。說道箱子裡尋出甚縛手布條兒，我記得前日他在井上破魚，傷了指頭，也包着手，想真是他！」邵氏道：「這些奶子，鄉下纔來的還好，若是走過幾家的過圈猪，那裡肯靠這三、四兩身錢？或是勾搭男人，偷寒送煖；或是奉承主母，搬是挑非。還又賊手賊脚，偷東摸西，十箇中間，沒一兩箇好。故此我說這些人，不要把他穿房入戶。那小廝阿財，鷹頭鶻腦，一發是箇賊相。一箇偷，一箇

冤，冤
。

奇。

遞，神出鬼沒，自然不知不覺。」馮外郎道：「這事不是作耍的，說不着，冤屈平人，反輸一帖。況且老杜做人極忠厚，料不做這事。」邵氏道：「老杜忠厚，奶子與阿財須不忠厚。應捕也說是腳跟頭人！」馮外郎道：「且慢慢着應捕踹他。」又道琴童不早回看家，要打他。

次早，琴童帶了氣，認了真，即便對着杜家後門罵道：「沒廉恥的，銀子這等好用？帶累我要打。若要銀子，怎不養些漢？你平日看熟路正好掏，掏去的只怕不得受享！」走出走進，只在那廂罵。後門正是杜家廚房，這奶子平日手腳絕好，只是好是與人對嘴兒。聽了道：「這小廝一發無禮，怎對着我家罵？」王氏道：「他家裡不見物事，家主要打他，也要罵，不要采他。」捱到晚，奶子開門出去潑水，恰好迎着這小廝在那裡，神跳鬼跳，越發罵得兇。道：「沒廉恥，養漢精！你只偷漢罷了，怎又來偷我家物事？金冠兒好戴，怕沒福！銀子好用，怕用不消！」奶子不好應。他不合罵了，來把奶子手一扯道：「奶阿姆，我記得你前日手上破魚傷了，縛條白布條，我家箱裡也有這樣一條白布條！」奶子聽他罵了半日，聲聲都攔絆着他，心中正惱，聽了這一句，不覺臉兒通紅，一掌打去道：「你這小賊種，在此罵來罵去，與我無干，我並不理你，怎說到我身上來？終不然我走熟路徑，掏你家的？」琴童捏住手道：「真贓實物現在，難道我家裡做箇箍兒冤你？」奶子動氣，兩箇打做一團。兩家主人與鄰舍都出來看。一箇道：「你冤人做賊！」一箇道：「你手上現現是箇證見！」再折不開。杜外郎道：「我這阿姆，他手腳極好，在我家一年，並不曾有一毫腳塌手歪，莫錯冤了人！」馮外郎道：「事值湊巧，怪不得我小廝疑心。」兩下各自扯開自己的人，只是兩邊內裡都破了臉。杜家道：「他自在衙門，不曉法度，賊怎好冤人？這官司怕喫不起！」馮家道：「沒廉耻！縱人做賊，還要假強！」兩邊罵箇不歇。杜家阿財也

真情，真景。

惱了，就趕出來相罵，漸漸成塲。眾人都暗道馮家有理。連這兩箇男人，一箇要捉賊，一箇要洗清，起初還好，夜來被這些婦人一說，都翻轉面來。馮外郎告訴兩廊，却道再沒這湊巧的。張三也每日進衙門看些動靜，看看卷箱，夾在人夥裡道：「這指頭便是『此處無銀』。」兩箇外郎一齊擁到經歷司。經歷出來，兩箇各執一說，你又「老公祖」，我又「老公祖」。這經歷官小，壓不伏，對了馮外郎道：「這原有些形迹。」對杜外郎道：「賊原是冤不得的。」分理不開，道：「這事大，我只呈堂罷了。」不敢傷及那邊，只將馮外郎原遞失單，并兩家口詞錄呈。

只圖自脫，那管害人。

早間知府陞堂時，兩邊具狀來告，一箇告是「窩盜」，一箇告是「誣陷」。知府先問馮外郎，道：「小的本府吏，前日舉家去拜壽，有賊抉入公廨，盜去金冠、銀兩等物，箱內遺有帶血布一條。小廝琴童見杜外郎家奶子，常在小的家出入，他指上帶有傷痕，去問他，兩邊爭鬧，激惱老爺。」又問杜外郎，道：「小的也是本府吏，家裡有奶子金氏，平日極守分。前日實在家中，並不曾到馮外郎家。遭他誣陷不甘，具告。」知府道：「我這府裡嘗告失盜，我想門上把守甚嚴，內外一清如水，誰敢進來作賊？一定是我衙門人役！」叫拏那布條來看，原是裹在指上，筒得圓圓的。知府看了，叫皁隸：「看奶子指上果有傷麼？」皁隸看了，道：「有傷。似劃開的，將好了。」叫拏這布條與他套。皁隸走去，扯過指頭只一拏，果然拏上，道：「套得上的。」知府笑了一笑，道：「這明是平日往來，輕車熟路，前日乘他無人，盜他財物，慌忙把這物落在箱中。再不消講得，不然天下有這等湊巧的事？拶起來！」一拶拶得殺猪般叫，道：「實是不曾！」知府道：「他一箇女人也沒膽，他家還有人麼？」馮外郎道：「他家還有箇阿財。」叫：「拏來！」捉到，要他招同盜。阿財道：「前日金氏在家，並不曾出門，說他偷真是冤枉，怎干連

尋根。

冤，冤。

天下偏這等湊巧的。

得小人？」知府道：「你說得他乾淨，說你也乾淨，正是同謀！」一夾棍不招，再一夾棍，夾得阿財暈去，脚都夾折。那邊奶子一夾棍，當不得，早已招成盜了。問：「是與阿財同盜？」他又招了。只有賍，指東話西，推阿財，阿財推奶娘，招得糊塗。知府問他兩人家住那裡，一箇是龍泉，一箇是宣平，都是外縣。知府道：「這不消說，賍還在杜外郎家。」要夾起來。杜外郎道：「他兩箇胡打亂招，賍實是沒有。」知府道：「他兩箇沒你做窩主，怎敢在我府中為盜？決要在你身上追賍給主！」擱上夾棍，一箇杜外郎嘆口氣道：「這真是冤屈無伸，枉受刑罰。」只得認箇賠賍。知府已將來打了二十，擬做窩盜，免刺發徒，前程不消說了。阿財竊盜，刺徒；金氏贖徒。把阿財監了，杜外郎、金氏召保。

世多有之。

一府書吏，都道這事是真，杜外郎不該來爭，惹火燒身。有怪他的，道：「府裡常常着賊，杜外郎坐地分賍，應該吐些出來。」又有憐他的道：「人是老實人，或者是這兩箇做賊，賍必是他兩箇人寄回家去。沒奈何，只得認賠。」那刻毒的又道：「有在一家不知的？拏賍出來，實搭搭是賊，賠賍還好解說。這是後來辨復前程巧法！」可憐一箇杜外郎，本是清白的人，遭這冤枉，在府中出入，皁甲們都指搠道：「是箇賊頭！」候缺典吏道他緣事，要奪他缺；各公廨道他窩家，要他移出府去。氣不憤，寫一張投詞，開出金氏生年月日，在本府土穀、併青面使者祠前，表白心事。又有那惡薄的，在投詞後標一筆道：「窩賊為盜，本府太爺審確，無冤可伸，不必多說！」

世事紛紛，須如此，常使英雄淚滿胸。

可恨，可恨！

事成弓影⓫只生疑，眾口尋聲真是迷。

⓫ 弓影：「杯弓蛇影」的省稱。把杯中的弓當成了蛇。比喻因疑神疑鬼而自驚自怕。事見晉書樂廣傳。

獨恃寸心原不枉，冥冥好與老天知。

智婦。

又粘幾張招帖，寫道：「馮家失物，有人獲着，情愿謝銀十兩。」人都道「胡說」。還惹得一箇奶娘，在家枉躭了賊名，只要尋死覓活。虧得王氏道：「你看我家無辜，擔了一箇窩家臭名，還在這裡要賠賍。你如今死了，有事在官，料詐他不得，人還說你懼辠尋死。這都是天命，莫把性命錯斷送。天理昭彰，日久事明！」時刻只在家求神拜佛，要辨明冤枉，洗雪他一身行止。審單已出，取供房一面做稿，中解守巡。

果然。

只便宜了張三。今日這坊裡賭，明日那家裡闞，每日只進來看一看卷箱，他自心照去了。那裡顧杜外郎為他負屈含冤，為他乾受辠？只是沒本心的銀子，偏不彀用，隨手來，隨手去，不多幾日，弄得精光。如今要來思量金冠之類，只是幾次進來時，或是撞着有人在那裡書寫，不好去翻動。自己不動筆，痴呆般在那裡坐又不像，只得回去。這日等得人散，連忙揭開卷箱，取出金冠，放在袖中。正要尋紙包，恰值本房一箇周一官，失落一把扇子，走來東張西望。扇在卓下，低頭拾時，却見張三袖中突然。兩箇取笑慣的，便道：「張三老，你今日得采，要做箇東道請我！」伸手去捏他的。張三忙把袖子灑了開去，道：「捏不得的！」周一道：「甚麼紙糊的？」道：「不是，是箇親眷要主銀子用，把一頂金冠央我去兌換。若換得有茶錢，我請你！」周一道：「我姑娘目下嫁女兒，他說要結金髻，供給費事，不如換了現成的省事。你多少重？要幾換？我看一看。若用得着，等我拏去換了！」扯住定要看。張三道：「是舊貨，恐不中意，不要看他。」周一道：「我姑姑娘原也不接財禮，聊且將就賠嫁。你但拏我一看，難

好細。

□的是。

道便搶了去？」只得把與周一看了，道：「這箇倒是土貨，不是行貨，怎口都鏨匾了？梁上捏了兩箇凹，又破了一眼。」張三道：「少不得要結鬏髻的盔洗，不妨得。」周一道：「是，是。」又看了看，裡邊有箇花押，是馮外郎的一般。因對張三道：「料你不肯相託，我問姑娘挐銀子來，只是要讓他些。」張三道：「自然。」流水裡去了。周一是一箇伶俐人，想道：「張三這賭賊，抓得上手就要賭，便是老婆的，也不肯把他，怎有這瞎眼親眷挐與他？左右是送了！」後邊又想道：「既是央他換，怎的分兩曉不得？口都弄匾了，其中必有蹺蹊！」正沉吟時，却見馮外郎帶了箇甲首來，道：「早間簽下一張撥馬的牌，你尋一尋與他。」尋與了甲首，那周一忽然觸起，道：「馮老官，你前被盜去金冠，是五梁兒、半新，當面又破着一眼的麼？」馮外郎道：「破一眼我原不知，只是五梁暗雲，在家裡結的，不上戴得三、四年。」問：「裡邊有甚花字麼？」馮外郎道：「是舊年我因爭缺要用，將來當在府前當裡，誠恐調換，曾打一花押在圈邊，就與平日一樣的。」周一道：「我只為花押有些疑心。這人要換，不若你有銀子挐十兩來，我替你押來細看。」馮外郎道：「是那箇？」周一道：「若是說出這箇人，不是道我冤他，那人知道怪我。」馮外郎道：「你莫哄我！」周一道：「我你一房人，肐膊離不得腿，難道哄你這幾兩銀子？只是尋着自己原物，須大大請我一箇東道。」果然馮外郎去挐了一封四錠沖頭付與周一，周一便來尋張三。不料張三又等不得，在大街上當鋪內，已是當了五兩銀子，趕去一箇時辰都送了。周一到張三家，他妻子道：「早間府裡去未回。」周一只得走轉，不上走了十間門面，張三悶悶的恰好撞來。周一道：「方纔已對姑娘說，挐十兩銀子押去一看，中意公估兌換。」張三道：「遲了些，他因會錢要緊，當了五兩，票子在我身邊。」周一道：「既是當了，我替你同到當中抵去兌換，也免得後日出利錢。」

屈到底。

張三想道：「換得。又多兩兩，可以翻籌。」就同他去。走到當裡，道：「這冠不止十兩。」周一道：「你只要估值五兩當頭。」當中只得註了票子，將金冠付與周一。周一道：「這事只在明日定奪，你明日在家等我。」兩箇別了，周一竟到府前來尋馮外郎。馮外郎正在家裡等回報，見了周一道：「物來了麼？」周一道：「八分是你的。脚跡像，還是一張寫壞的牌花包著。」遞與馮外郎。馮外郎看冠兒倒不大的確，見了花字，連聲道：「是！」周一道：「這不可造次，你還拏進裡邊一看。」進去，只見江氏認得的真，道：「正是我家的！面前是小女兒不曉得，把簪脚掰破一眼。」馮外郎見了真贓，便留住周一喫酒，問是那箇：「莫不是老杜？」周一道：「不是，是本房賭賊張三。」馮外郎道：「一定是老杜出不得手，央他兌換的了。」周一道：「老杜與張三不熟。」馮外郎道：「莫管他，明日捉了張三，便知分曉。」周一自去了。

金歸篋底何從識，怨切淪肌孰與伸。
誰料傍觀饒冷眼，不教抱璞泣荊人⓬。

此時杜外郎招成，只待起解。因要人、贓起解，沒有原贓，只得賣田，得銀八十兩。急于脫手，折了一箇加三。在家裡嘆息道：「有這樣命運，人只破財不傷身罷了，如今打了又賠錢，還擔了一箇賊名，沒了一箇前程。後日解道，少則十五板，還添班裡、門上杖錢，要今日設處。」好生怨恨，道：「有這

⓬ 荊人：亦作「拙荊」，對人稱自己妻子的謙詞。

屈，屈。

理直氣壯。

纔省得。

樣歪官！」只見這廂馮外郎早堂竟稟府尊道：「前日盜贓，已蒙老爺判價八十兩，批着杜外郎賠償，見在候解。昨日適有吏員本房書手張三，拏金冠一頂，央同房書手周一兌換，吏員看見正是吏員的。伏乞老爺併究。」知府道：「這就是杜外郎一夥了！」叫張三，房裡回覆：「不在。」知府就差人去拏。到他家裡時，他正等老周，聽得叫一聲，便道：「周一哥麼？」走出來，却是一箇皁隸，道：「老爺叫你。」張三道：「沒甚事？」就分付老婆道：「周一老來，叫他在這裡等我。」皁隸道：「他在府前等你哩！」張三便往府前。知府還未退堂，皁隸道：「張三帶到。」知府道：「你是我這邊書手麼？昨日金冠是那裡來的？」張三道：「是小的親眷央小的換的。」知府道：「是那一家的？」張三答應不來。知府道：「是杜外郎央你換的麼？」張三便含糊道：「是。」只見杜外郎正在家設處解道班裡錢，聽得說馮外郎家金冠是他本房張書手偷，便趕出來看。聽得張三含糊應是他央換，便跪下去道：「張三，天理人心！你做賊，害得我奶子被夾，小廝腿都夾折，我壞了前程，喫打賠贓！如今天近做出來，你還要害人？是我那隻手、那邊與你的？沒的有不得！」張三要執，執不住，只是磕頭。知府叫：「夾起來！」一上夾棍，張三只得招承：「原在府門首，見他夫婦出外，乘他無人，前往竊取。扭門進去，開他箱子，盜有金冠一頂、金釵一雙、珠花六支、銀杯四隻、銀十六兩。俱自盜，並不與奶娘、阿財相干。」問他贓物，道：「銀子已經與周一鬮賭花費，金冠抵付周一，銀杯、釵花藏在本房卷箱內。」即時起出，馮外郎都認了。知府問那箱中血染布條，道：「因扭鎖傷指裹上，隨即脫落箱中。」知府點頭道：「事有偶然如此！若非今日張三事露，豈不枉了奶子與小廝，杜外郎枉賠了許多錢鈔，壞了一箇前程？」叫：「着實打！」打了廿五，畫招，擬他一箇「竊盜」。便叫杜外郎道：「是我一時錯認，枉了你了，幸得尚

也覺汗顏。

未解道，出缺文書還未到布政司，你依舊着役。」把馮外郎小廝琴童，打了十五板，自己給二兩銀子與阿財，還着馮外郎出銀將養，即時釋放。又叫六房典吏道：「他兩箇典吏原無釁隙，只因一邊失盜，急于尋賍，却有這湊巧事，便至成訟。中間實是難為了杜典吏，我如今一一為他洗雪，還要另眼看他。那馮典吏也須賠他一箇禮。這在你們同袍，也該與他處一處。」又對馮外郎道：「我當日原據你告詞勘問，若到上司，你該坐誣。你不可不知機！」馮典吏連叩頭道：「只憑老爺分付。」

暫爾浮雲蔽太陽，覆盆冤陷痛桁楊。
中天喜見來明鑒，理直須知久自彰。

那周一雖是無心為杜外郎，却像使他洗雪。只是張三恨他，扯做賭友，道他贏去銀五兩，費了好些唇舌。

這番閫衙門纔方信天下有這樣冤枉事。奶子原是箇好人，連阿財是箇無辜，杜外郎乃老實人，賠贓

該，該。

是冤枉。他家神（裡）拜佛求神，果然報應。事一明白，奶子要趕到馮外郎家，與他女人白嘴，道冤他

。

做賊，害他出醜受刑；阿財也癱去，要馮外郎賠這雙脚。奶子老公與阿財父母先前怕連累，不敢出頭，

方得吐氣。

如今一齊趕來替老婆、兒子出色，登門嚷罵。喜得一箇馮外郎，躲了不敢出頭，央人求釋。那杜外郎量大，道：「論起他這等不認得人，誣人做賊，夾拶壞了我的家人，加我一箇賊名，一箇前程幾乎壞了，還破費我幾兩銀子，該上司去告他，坐他一箇誣陷，纔雪我的氣。但只是怕傷了本府太爺體面。況且是

吠聲者

我年命，只要列位曉得我不是箇窩盜養賊，前日投詞上都是真情罷了！」眾人道：「當日我們都說你原

知羞。

侃侃有丈夫氣。

是箇正直的人，到是太爺當了真，救解不來。如今日久見人心了。馮老官原是你相好的，便將就些罷！」馮外郎即便自己登門謝辠，安排戲、酒，央兩廊朋友賠老杜的話。馮外郎道：「小弟一時誤聽小价⑬、老母與房下，道奶娘頻來，事有可疑，得辠了老丈！」杜外郎道：「老丈，小弟如今說過也罷了。只是纔方說誤聽阿价與內人，差了！我們全憑着這雙眼睛認人，全憑着肚裡量人，怎麼認不出老杜不是窩盜的？量不出老杜不肯縱人為非的？却憑着婦人、女子之見，婦人、女子能有幾箇識事體的？凡人多有做差的事，大丈夫不妨直認，何必推人！」馮外郎連聲道：「是。」眾人都道：「說得有理！」大家歡飲而散。又將息阿財，求釋奶子，結了箇局。

後來張三解道、解院，發配蓬萊驛擺站。杜外郎，太尊因他正直受誣，着實看取，諸事都託他，倒起了家。只是這事，杜外郎受枉，天終為他表白；奶子慣闖人家，至有取疑之理。但天下事何所不有？馮外郎執定一箇偶湊之事，幾至破人家，殺人身。若一翻局，自己也不好。做官要明、要恕，一念見得是，便把刑威上前，試問：已死的可以復生，已斷的可以復續麼？故清吏多不顯，明吏子孫不昌，也脫不得一箇「嚴」字。故事雖十分信，還帶三分疑；官到十分明，要帶一分恕。這便是已事之鑒。

雨侯曰：「竊鐵」一疑，無之而非竊鐵，天下受枉寧可勝紀乎？吾願世之恕存心而虛取衷，无為作聰明，令人抱冤也。

⑬ 小价：僕人。价，音ㄐㄧㄝˋ。

卷十

小引

噫！日有此變，而世悉變而女，妖淫陰晦之氣遍宇內矣。昔人謂三代之下皆魑魅，予則曰：今日之朝野多妾婦。倘能清夜自恥乎，又妾婦而鬚眉，變亦何必傷夫！

翠娛閣主人識

第三十七回　西安府夫別妻　郃陽縣男化女

舉世趨柔媚，憑誰問丈夫？
狐顏同妾婦，蝟骨似侏儒❶。
巾幗滿縫掖，簪笄盈道塗。
莫嗟人異化，寓內儘模糊。

我嘗道：人若能持正性，冠笄中有丈夫；人若還無貞志，衣冠中多女子。故如今世上有一種變童，修眉曼臉，媚骨柔腸，與女爭寵，這便是少年中女子。有一種佞人❷，和言婉氣，順旨承歡，渾身雌骨，這便是男子中婦人。又有一種蹐躬踽步，趨羶附炎，滿腔媚想，這便是衿紳中妾媵。何消得裂去衣冠，換作簪襖？何消得脫却鬚眉，塗上脂粉？世上半已是陰類，但舉世習為妖婬，天必定與他一箇端兆。嘗記宋時宣和❸間，奸相蔡京、王黼、童貫、高俅等專權竊勢，人爭趨承。所以當時上天示象，汴京❹一

幾令世人無處生活。

❶ 侏儒：身材特別矮小的人。

❷ 佞人：善於花言巧語、阿諛奉承之人。佞，音ㄋㄧㄥˋ。

❸ 宣和：宋徽宗趙佶年號。西元一一一九－一一二五年。

箇女子，年紀四十多歲，忽然兩頤癢，一撓撓出一部鬚來，數日之間，長有數寸。奏聞，聖旨着為女道士，女質襲着男形的徵驗。又有一箇賣青菓男子，忽然肚大似懷孕般，後邊就坐蓐，生一小兒，此乃是男人做了女事的先兆。我朝自這干閹奴王振、汪直、劉瑾與馮保，不雄不雌的，在那邊亂政。因有這小人磕頭搬脚、搽脂畫粉去奉承着他，昔人道的「舉朝皆妾婦也」。上天以災異示人。此隆慶年間，有李良雨一事。

這李良雨是箇陝西西安府鎮安縣樂善村住民，自己二十二歲。有箇同胞兄弟李良雲，年二十歲。兩箇蚤喪了父母。良雲生得身材瑰瑋，志氣軒昂；良雨生得媚臉明眸，性格和雅，娶一本村韓威的女兒小大姐為妻。兩箇夫婦呵：

男子風流女少年，姻緣天付共嫣然。
連枝菡萏❺雙雙麗，交頸鴛鴦兩兩妍。

這小一（大）姐是箇風華女子，李良雨也是箇俊逸郎君，且是和睦。做親一年，生下一箇女兒，叫名喜姑。纔得五箇月，出了一身的疹子，沒了。他兄弟兩箇原靠田庄為活，忽一日李良雨對兄弟道：「我想，我與你終日弄這些泥塊頭，納糧當差，怕水怕旱，也不得財主。我的意思，不若你在家中耕種，我向附

❹ 汴京：北宋都城。今河南開封。
❺ 菡萏：音ㄏㄢˋ ㄉㄢˋ。荷花的別稱。

近做些生意，倘撰得些，可與你完親。」良雲道：「哥，你我向來只做田庄，不曉得生理，怕不會做。」李良雨道：「本村有箇呂達，他年紀只與我相當，到也是箇老江湖，我合着他，與他同去。」李良雲道：「不是那呂不揀麼？他終年做生意，討不上一箇妻子，那見他會撰錢？況且過活得罷了，怎丟着青年嫂嫂，在外邊闖？」韓氏便道：「田庄雖沒甚大長養，卻是忙了三季，也有一季快活，夫妻、兄弟聚做一塊兒。那做客飡風宿水，孤孤單單，誰來照顧你？還只在家！」那李良雨主意定了，與這呂達合了夥，定要出去。在鄰縣郃陽縣生理，收拾了箇把銀子本錢。韓氏再三留他不住，臨別時再三囑付道，自己孤單，叫他蚤蚤回家。良雨滿口應承，兩兩分別。

客路暮煙低，香閨春草齊。
從今明月夜，兩地共淒淒。

韓氏送出了門，良雲恰送了三、五里遠，自回家與嫂嫂耕種過活。

這邊李良雨與呂達，兩箇一路裡帶月披星，來至郃陽，尋了一箇主人閔子捷店中安下。這李良雨雖是一箇農家出身，人兒生得標致，又好假風月。這呂達日在道路，常只因好闞花哄，所以不做家。兩箇落店得一兩日，李良雨道：「那裡有甚好看處，我們同去看一看。」此時呂達在郃陽原有一箇舊相與妓者欒寶兒，心裡正要去望他，道：「這廂有幾箇妓者，我和兄去看一看何如？」李良雨道：「我們本錢少，經甚闞？」呂達道：「闞不闞由我。我不肯倒身，他仔麼要我闞得？」兩箇笑了，便去闖寡門❻。

去看就要闞了。

未必。

一連闖了幾家。為因生人，推道有人接在外邊的，或是有客的，或是幾箇「鍋邊秀❼」在那廂應名的。落後到欒家，恰值欒寶兒送客，在門首見了呂達，道：「我在這裡想你，你來了麼。」兩邊坐下，問了李良雨姓，喫了一杯茶。呂達與這欒寶兒兩箇說說笑笑，打一拳，罵一句，便纏住不就肯走起身。李良雨也插插趣兒，鬼溷半餉。呂達怕李良雨說他一到便鬮，假起身道：「我改日來望罷。」那欒寶道：「我正待作東，與你接風！」呂達道：「仔麼要姐姐接風？我作東，就請我李朋友。」李良雨叫聲：「不好叨擾！」要起身，呂達道：「李兄，你去便不溜亮❽了。」欒寶兒一面邀入房裡，裡面叫道：「請心官來！」是他妹子欒心兒。出來相見，人材不下欒寶兒，却又風流活動。

冶態流雲舞雪，欲語鸎聲鸝舌。
能牽浪子肝腸，慣倒郭家❾金穴。

便坐在李良雨身邊，溫溫存存，只顧來招惹良雨。半酣，良雨假起身，呂達道：「寶哥特尋心哥來陪你，

❻ 寡門：妓家的別稱。

❼ 鍋邊秀：擺設；不重要的角色。

❽ 溜亮：漂亮；光彩。

❾ 郭家：即郭解。西漢河內人。少常以細事殺人，或為人報仇。後年長，折節為儉，以德報怨，仗義不伐，人爭慕附，黨徒甚眾。史記、漢書皆有傳。

怎捨得去？」良雨道：「下處無人。」呂達道：「這是主人干係，何妨！」兩箇都歇在樂家。次日，就是李良雨回作東，一纏便也纏上兩三日。

不期李良雨遍身發起寒熱來，小肚下連着腿，起上似饅頭兩箇大毒。呂達知是便毒了，道：「這兩箇一齊生，出膿出血，怎好？連喫上些清涼敗毒的藥，遏得住！」不上半月，只見徧身發瘰⑩，起上一身廣瘡。客店眾人知覺，也就安不得身，租房在別處居住。只有呂達道：「我是生過的，不妨。」日逐服事他。李良雨急于要好，聽了一箇郎中，用了些輕粉等藥，可也得一時光鮮。誰想他遏得蚤，毒畢竟要攻出來，作了蛀梗，一節節兒爛將下去，好不奇疼。呂達道：「這是我不該留兄在娼家，致有此禍！」李良雨道：「我原自要去，與兄何干！」並沒箇怨他的意思。那呂達盡心看他，將及月餘。李良雨的本錢用去好些，呂達為他不去生意，賠喫賠用。見他直爛到根邊，呂達道：「李大哥，如今我與你在這邊，本錢都弄沒快了。這也不打緊，還可再闖，只是這本錢沒了，將甚麼賠令正？況且把你一箇風月人乾鱉殺了！」李良雨在病中，竟發一笑。不上幾日，不惟蛀梗，連陰囊都蛀下。先時李良雨嘴邊髭鬚雖不多，也有半寸多長，如今一齊都落下了。呂達道：「李大哥，如今好了，絕標致一箇好內官了！」那根頭還爛不住，直爛下去。這日一疼，疼了箇小死，竟昏暈了去。只見恍惚之中，見兩箇青衣人，一把扯了就走。一路來惟有愁雲黯黯、冷霧淒淒，行了好些路，到一所宮殿。一箇吏員打扮的走過來見了，道：「這是李氏麼？這也是無錢當枉法，錯了這宗公案！」須臾，殿門大開：

苦中樂。

⑩瘰：音ㄌㄨㄛˇ。頸項間結核之總稱。俗稱淋巴腺結核。

當殿珠簾隱隱，四邊銀燭煌煌。香烟繚繞錦衣旁，珮玉聲傳清响。　武士光生金甲，仙官風曳朱裳。巍巍宮殿接穹蒼，尊與帝王相抗。

莫須有。

良雨偷眼一看，堦上立的都是馬面、牛頭，下邊縛着許多官民、士女。逐箇箇都唱名過去。到他，先是兩箇青衣人過去道：「李良雨追到！」殿上道：「李良雨，查你前生合在鎮安縣李家為女，怎敢賄囑我吏書，將女將男？」李良雨知是陰司，便回道：「爺爺，這地方是一箇錢帶不來的所在，吏書沒人敢收，小人並沒得與。」一會殿令傳旨：「李良雨仍為女身，與呂達為妻。承行書吏，免其追賍，準以『錯誤公事』擬皐。李氏發回。」

廿載奇男子，俄驚作女流。
客窓閑自省，兩頰滿嬌羞。

就是兩箇人，將他領了，走有幾里，見一大池，將他一推，霍然驚覺。開眼呂達立在他身邊，見了道：「李大哥，怎一疼竟暈了去？叫我躭了一把干係。同你出來，好同你回去纔是。」忙把湯水與他。那李良雨暗自去摸自己的，宛然已是一箇女身，倒自覺得滿面羞慙。喜得人已成女，這些病痛都沒了。當時呂達常來替他敷藥，這時他道好了，再不與他看。

將息半月，臉上黃氣都去，髭鬚都沒，唇紅齒白，竟是箇好女子一般。那呂達來看道：「如今下面

今非昔比。

仔麼了？」李良雨道：「平的。」呂達道：「這等是箇太監模樣麼？」出他不意，伸手一摸，那裡得平？却有一線，似女人相似。李良雨忙把手去掩了。呂達想道：「終不然一爛，仔麼爛做箇女人不成？果有此事，倒是天付姻緣，只恐斷沒這理。」這夜道天色冷，竟鑽入被中。那李良雨死命不肯，緊緊抱住了被。呂達道：「李大哥，你一箇病，我也盡心伏事，怎這等天冷，共一共被兒都不肯？」定要鑽來。那李良雨也不知仔麼，人是女人，氣力也是女人，竟沒了。被他捱在身邊，李良雨只得背着他睡。他又摸手摸脚去撩他，撩得李良雨緊緊把手掩住胯下，直睡到貼牀去。呂達笑了道：「李大哥，你便是十四、五歲小官，也不消做這腔。」偏把身子逼去，逼得一夜不敢睡。呂達自鼾鼾的睡了一覺，心裡想：「是了，若不變做女人，怎怕我得緊？我只出其不意，攻其無備。」倒停了兩日，不去擾他。這日打了些酒，買了兩樣菜，為他起病。兩箇對喫了幾鍾酒，那李良雨酒力不勝，早已：

新紅兩頰起朝霞，艷殺盈盈露裡花。
一點殘燈相照處，分明美玉倚蒹葭⓫。

正是酒兒後，燈兒下，越看越俊俏。呂達想道：「我聞得南邊人作大嫩，似此這樣一箇男人，也饒他不過。我今日不管他是男是女，捉一箇醉魚罷！」苦苦裡掗他酒。那李良雨早已沉醉要睡。呂達等他先睡了，竟捱進被裡。此時李良雨在醉中不覺，那李（呂）達輕輕將手去捫，果是一箇女人。呂達滿心歡喜，

⓫ 蒹葭：音ㄐㄧㄢ ㄐㄧㄚ。水草。比喻微賤。蒹，荻。葭，蘆葦。

如此也應如教。

說得妙，也應心肯。

語語有韻。

一箇翻身竟跳上去。這一驚，李良雨早已驚醒，道：「呂兄，不要囉唣！」呂達道：「李大哥，你的光景，我已知道。到後就是你做了婦人，與我相處了三、四箇月，也寫不清。況我正無妻，竟可與我結成夫婦，你也不要推辭。」李良雨兩手恨命推住，要掀他下來時，原少氣力，又加酒後，他身子是泰山般壓下來，如何掀得？急了，只把手掩。那呂達緊緊壓住，乘了酒力，把玉莖亂攻。李良雨極了道：「呂大哥，我與你都是一箇頂天立地的男子，今日雖然轉了女身，怎教我羞搭搭做這樣事？」呂達道：「你十五、六歲時，不曾與人做事來？左右一般。如今我興已動了，料歇不得手。」李良雨道：「就是你要與我做夫妻，須要拜了花燭，怎這造次？」呂達道：「先後總是一般。」猛力把他手扯開，只一挺，李良雨把身子一縮，叫一聲：「罷了！」那呂達已喜孜孜道：「果然就是一箇黃花閨女。事已到手了，我也不要輕狂，替你溫存做。」渾了一會，那李良雨酒都做了滿身汗，醒了。道：「呂大哥，這事實非偶然。我在那日暈去時，到陰司裡，被閻王改作女身，也曾道該與你為夫婦，只嫌你太急率些。」呂達道：「奶奶！見佛不拜，你不笑我是箇呆人麼？我今日且與嫂嫂報仇！」自此之後，兩箇便做了人前的伙計，暗裡夫妻。呂達是久不見女人的男子，良雨是做過男子的婦人，兩下你貪我愛，燈前對酌，被底相勾，銀燭笑吹，羅衫偷解，好不快樂。

杯傳合巹燈初上，被擁連枝酒半酣。
喜是相逢正相好，猛將風月擔兒擔。

有理。

呂達道：「李大哥，我與〔你〕既成夫婦，帶來本錢用去大半，不曾做得生意。不如且回，待我設處些銀兩，再來經營。」李良雨道：「我也思量回家。只是我當初出來，思量箇發跡，誰知一病，本錢都弄沒了，連累你不曾做得生意。況且青頭白臉一箇後生走出來，如今做了箇了人，把甚嘴臉去見人？況且你我身邊，還剩有幾兩銀子，不若還在外生理。」呂達道：「我看如今老龍陽，剃眉絞臉，要做箇女人，也不能彀。再看如今，呵卵泡、捧粗腿的，那一箇不是婦人，笑得你？只是你做了箇女人，路上經商須不便走，你不肯回去，可就在這邊開一箇酒店兒罷。」李良雨道：「便是這地方，也知我是箇男人，倏然女扮，豈不可笑？還再到別縣去。」兩箇就離了郃陽，又到鄠縣。路上李良雨就不帶了網子，梳了一箇直把頭，脚下換了蒲鞋，不穿道袍，布裙短衫，不男不女打扮。一到縣南，便租了一間房子，開了一片酒飯店。呂達將出銀子來，做件女衫，買箇包頭，與些脂粉。呂達道：「男是男扮，女是女扮。」相幫他梳箇三柳頭，掠鬢戴包頭，替他搽粉塗脂，又買了裹脚布，要他纏脚。

綰髮成高髻，揮毫寫遠山⑫。
永辭巾幘面，長理佩和環。

自此，在店裡包了箇頭，也搽些脂粉，狠命將脚來收，箇把月裡收做半攔脚，坐在櫃身裡，倒是一箇有八九分顏色的婦人。

⑫ 遠山：眉毛。用黛畫眉，如遠山。

伏下知兩人在鄆縣。

兩箇都做經紀過的，都老到。一日正在店裡做生意，見一箇醫生，背了一箇艸藥箱，手內拏着鐵圈，一路搖到他店裡買飯，把李良雨不轉睛的看。良雨倒認得他，是曾醫便毒過的習太醫，把頭低了。不期呂達在外邊走來，兩箇竟認得。這郎中回到郃陽，去把這件事做箇奇聞，道：「前日在這裡叫我醫便毒的呂客人，在鄆縣開了酒飯店，那店裡立一箇婦人，却是這箇生便毒的男人，這也可怪！」三三兩兩播揚開去，道呂達與李良雨都在鄆縣。只見李良雲與嫂嫂在家，初時接一封書，道「生毒抱病」，後來竟沒封書信。要到呂達家問信，他是箇無妻子光棍，又是沒家的。常常在家心焦，求籤問卜，已將半年。捱到秋收時候，此時收割已完，李良雲只得與嫂嫂計議，到郃陽來尋哥哥。一路行來，已到郃陽，向店家尋問，道：「有箇李良雨，在這裡因鬫生了便毒廣瘡，病了幾箇月，後來與這姓呂的同去。近有一箇郎中，曾在鄆縣見他。」李良雲只得又收拾行李，往鄆縣進發。問到縣南飯店裡邊，坐着一箇婦人：

頭裹皁包頭，霏霏墨霧；面搽瓜兒粉，點點新霜。脂添唇艷，較多論少，啟口處香滿人前；黛染眉修，鎖恨含愁，雙蹙處翠迎人面。正是麗色未云傾國⓭，妖姿雅稱當壚⓮。

李良雲定睛一看：「這好似我哥哥，却嘴上少了髭鬚。」再復一眼，那良雨便低了頭。李良雲假做買飯，

⓭ 傾國：指美人。漢書外戚傳李延年歌：「北方有佳人，絕世而獨立；一顧傾人城，再顧傾人國。寧不知傾城與傾國，佳人難再得。」

⓮ 當壚：即卓文君。

趣語。

坐在店中，只顧把良雨相上相下看。正相時，呂達恰在裡面走將出來。李良雲道：「呂兄一向？」呂達便道：「久違。」李良雨倒一縮，竟往裡邊走。李良雲道：「呂兄，前與家兄同來，家兄在那廂？」呂達道：「適纔婦人不是？他前因病蛀梗，已變作一箇女身，與我結成夫婦。他因羞回故里，只得又在此開箇店面。」良雲道：「男自男，女自女，閹割了也只做得太監，並不曾有了做女人的事，這話恐難聽！」正說時，只見那婦人出來道：「兄弟，我正是李良雨。別來將近一年，不知嫂嫂好麼？西安府都有收成，想今年收成儘好。我只因來到郃陽時，偶然去闞，生了楊梅瘡。後因爛去陽物，又夢到陰司，道我應為女，該與呂達為夫婦，醒時果然是箇女身，因與他成了夫婦。如今我那有嘴臉回得？家裡遺下田畝，竟歸你用度，嫂嫂聽他改嫁。」良雲道：「纔方道因蛀梗做了箇女人，真是沒把柄子的說話！又說陰司判你該與呂兄作妻，只係搗鬼。身子變女子，怎前日出門時有兩根鬚，聲音亮亮的，今髭鬚都沒，聲音小了？」呂達道：「他如今是箇女人，沒了陽氣，自然無鬚、聲小，何消說得？」良雲道：「這事連我對面見的尚且難信，怎教嫂嫂信得？你須回去，說箇明白。」良雨道：「我折了本，第一件回不得；變了女人，沒箇嘴臉，第二件回不得；又與呂達成親，家裡不知，是箇苟合，第三件回不得。你只回去，依着我說，教嫂子嫁人，不要躭悞他。兄弟，你疑心我是假的。我十四歲沒娘，十八歲死爹，二十歲娶你嫂嫂韓氏，那一件是假的？」良雲只是搖頭。次日起身，良雨留他不住。呂達叫他做「舅舅」，贈他盤纏銀兩，又寫一紙婚書，教韓氏另嫁。

良雲別了，竟到家中。一到，韓氏道：「叔叔曾見哥哥來麼？」良雲道：「哥哥不見，見箇姐姐。」韓氏道：「尋不着麼？」良雲道：「見來，認不的！」韓氏道：「你自小兄弟，有箇不認得的？」良雲

一言而決。

過來人說山下路。

道：「如今怕嫂嫂也不肯認，也不肯信！嫂嫂，我哥說是箇女人。」韓氏道：「這叔叔又來胡說！哥是女人，討我則甚？前日女兒是誰養的？」良雲道：「正是奇怪！我在郃陽尋不着，直到鄠縣纔尋着他。呂達和着一箇婦人在那廂開酒飯店，問他哥哥，他道這婦人便是。」韓氏道：「男是男，女是女，豈有箇婦人是你哥哥的？」良雲道：「我也是這般說。那婦人死口認是我哥哥，教我認。我細認，只差得眉毛如今絞細了，髭鬚落下，聲小了，脚也小了，模樣只差男女，與哥不遠。道是因生楊梅瘡爛成了箇女人，就與呂達做了夫婦。沒臉嘴回家，叫田產歸我用度，嫂嫂另嫁別人。」韓氏道：「叔叔，我知道了。前次書來說他病，如今一定病沒了，故此叔叔起這議論。不然，是那薄情的另娶了一房妻小，意思待丟我，設這一箇局。」良雲道：「並沒這事。」韓氏道：「叔叔，你不知道，女人自有一箇穴道，天生成的，怎爛爛得湊巧的？這其間必有緣故。還是呂達謀財害命是實，殺了你哥哥，躲在鄠縣，一時被你尋着，沒得解說，造這謊！若道是女人，莫說我當時與他做的勾當，一一都想得起，就是你從小兒同大，怎不見來？變的這說，一發荒唐！」李良雲聽了，果然可疑，便請韓氏父親韓威，又是兩箇鄰舍：一箇高陵，一箇童官，把這事來說起。一齊搖頭道：「從古已來，並不曾見有箇雄雞變作雌的，那裡有箇男人變作女的？這大嫂講得有理，怕是箇謀了財，害了命，計得一箇老婆，見他容貌兒有些相像，造這一篇謊。既真是李良雨，何妨回來，卻又移窠到別縣？李老二，你去他把帶去本錢與你麼？」李良雲道：「沒有。因將息病用去了，只叫這廂田產歸我，嫂子嫁人。」高陵道：「沒銀子與你，便是謀了財了。哥不來，這田產怕不是你的？嫂子要嫁，也憑他這張紙何用？老二便告，竟告他『謀財殺命』，同府的怕提不來？」果然把一箇「謀財殺命事」告在縣裡。縣裡竟出了一張關，差了兩箇人，來到鄠縣關提。那

妙。

呂達不知道，不隄防，被這兩箇差人下了關。

鄠縣知縣見是人命重情，又添兩箇差人，將呂達拏了。呂達對良雨道：「這事你不去說不清。」就將店頂與人，收拾了些盤纏，就起身到鎮安縣來。這番李良雨也不脂粉，也不三柳梳頭，仍舊男人打扮，却與那時差不遠了。一到，呂達隨即訴狀，道：「李良雨現在，並無謀死等情。」知縣叫討保候審。審時，李良雲道：「小的哥子李良雨，隆慶元年⑮四月間，與呂達同往郃陽生理，去久音信全無。小人去尋時，聞他在鄠縣。小人到鄠縣，止見呂達，問他要哥子，却把一箇婦人指說是小的哥子。老爺，小的哥子良雨，上冊是箇壯丁，去時鄰里都見是箇男子，怎把箇婦人抵塞？明係謀財害命，却把一箇來歷不明婦人遮飾。」知縣叫：「呂達，你仔麼說？」呂達道：「小人上年，原與李良雲兄李良雨同往郃陽生理。到不上兩月，李良雨因闞得患蛀梗，不期竟成了箇婦人。他含羞不肯回家，因與小人做為夫婦，在鄠縣開店。原帶去銀兩，李良雨因病自行費用，與小人無干。告小人謀命，李良雨現在。」知縣道：「豈有一箇患蛀梗，就至為女人的理？」叫李良雨：「你是假李良雨麼？」李良雨道：「人怎麼有假的？這是小的兄弟李良雲。小的原與呂達同往郃陽，因病蛀梗暈去，夢至陰司，道小人原該女身，該配呂達，醒來成了箇女人。實是真正李良雨，並沒有箇呂達謀財殺命事。」知縣道：「陰司一說，在我跟前還講這等鬼話！這謀李良雨事，連你也是知情的了？」李良雨急了，道：「李良雲，我與你同胞兄弟，怎不認我？老爺再拘小的妻子韓氏，與小的去時左鄰高陵、右鄰童官，辨認就是。在郃陽有醫便毒的葛郎中，醫蛀梗的溫郎中，老爺跟前怎敢說謊？」知縣便叫拘他妻韓氏與鄰佐。

⑮ 隆慶元年：西元一五六七年。

此時都在外邊看審事，一齊進來。知縣叫韓氏：「這是你丈夫麼？」韓氏道：「是得緊，只少幾根鬚。」李良雨便道：「韓氏，我是嘉靖四十五年正月二十討你，十二月十一日生了女兒。我原是你親夫，你因生女兒生了箇乳癰，右乳上有箇疤，我怎不是李良雨？」叫兩鄰，李良雨道：「老爺！這瘦長沒鬚的是高陵，矮老子童官，是小人老鄰舍。」兩箇鄰舍叩頭道：「容貌、說話果是李良雨。」知縣又叫韓氏：「你去看他是男是女。」韓氏去摸一摸，回覆道：「老爺！真是丈夫，只摸去竟是一箇女人。」知縣道：「既容貌辨驗得似，他又說來言語相對，李良雨是真，化女的事也真了。良雨既在，呂達固非殺命，良雨男而為女，良雲之告似不為無因。他既與呂達成親已久，仍令完聚。韓氏既已無夫，聽憑改嫁。男變為女，這是非常災異，我還要通申兩院具題。」因是事關題請，行文到郃陽縣，取他當日醫病醫生結狀，并查郃陽起身往鄠縣日期，經過宿店，及鄠縣開店，兩鄰結狀回來，果患蛀梗等病，在郃陽是兩箇男人，離郃陽是一男一女，中間別無謀殺等事。這番方具文通申府、道兩院：

道出真情。

鎮安縣為災變異常事：本月准本縣民李良雲告詞，拘審間，伊兄李良雨于上年六月中，因患楊梅瘡病，潰爛成女，與同賈呂達為妻，已經審斷訖。竊照三德有剛柔，權宜互用；兩儀曰陰陽，理無互行。故牝鷄鳴而唐亡，男子產而宋覆。妖由人興，災云天運。意者陰侵陽德，柔掩剛明，婦寺乘權，奸邪骫政。牝牡淆于賢路，晦昧中于士心。邊庭有畔華即夷之人，朝野有背公死黨之行。遂成千古之奇聞，宜備九重⑯之警省。事干題請，伏乞照詳施行。

這官有許胆量。

⑯ 九重：指天。漢書禮樂志顏師古注：「天有九重。」

申去，兩院道：「果是奇變」，即行具題。聖旨修省。

揮戈回日馭，修德滅妖桑。
君德咸無玷，逢災正兆祥。

這邊縣官將來發放寧家。良雨仍與呂達作為夫婦，後生一子。李良雲先為兄弟，如今做了姊弟，親眷往來。就是韓氏，沒有守他的理，也嫁了一箇人，與良雨作姊妹相與。兩箇嘗想起當日雲情雨意，竟如一夢，可發一笑。在陝西竟作了一箇奇聞，甚至紀入皇明從信錄中，却亦是從來所無之事。

雨侯曰：妖不遽興，必有其徵。今紅紫載道，丈夫而女子其飾；妖冶自好，丈夫而女子其容；至諂媚承順，則丈夫而女子其心。浸而士林，浸而仕路，浸而一雌奸秉政，群雌伏附之，陰妖遍天下矣，直一李良雨哉！奈良雨知羞，而朝野不知羞，反又良雨不若。使非聖明應河清、鳳見、麟遊之期，一新朝宁，妖不勝書也。

應笑。

題詞

世有男狐，又有女狐；有真狐，亦有僞狐。總之，一有狐氣，便能以媚為魅。昂昂六尺軀，多半死狐穴中，蔣郎其最幸者矣。然識者終曰：「倖不可邀。」

翠娛閣主人撰

第三十八回　妖狐巧合良緣　蔣郎終偕伉儷

破壁搖孤影，殘燈落紅燼。旅邸蕭條誰與伴？衾兒冷。更那堪風送，幾陣砧聲緊。　打門剝啄，隱隱驚人聽。猛然相接也，多嬌靚。喜蕭齋❶裡，應不恨更兒永。又誰知錯認，險落妖狐穽。為慇懃寄語少年，須自省。

右調陽關引

劉晨、阮肇天台得遇仙女，向來傳做美譚。獨有我朝程燉篁學士道：「妖狐拜斗成美女，當日奇逢得無是？」他道深山曠野之中，多有妖物，或者妖物幻化有之。正如海中蜃，噓氣化作樓閣，飛鳥飛去歇宿，便為吸去。人亦有迷而不悟，反為物害者。如古來所載，孫恪❷秀才遇袁氏，與生二子，後遊山寺，見數獮猴，吟詩道：「不如逐伴歸山去。」因化猿去，是獸妖。王榭❸入烏衣國，是禽妖。一士人

❶蕭齋：書齋的別稱。又，兼取蕭瑟之義，猶言寒齋。

❷孫恪：傳奇小說人物。見唐裴鉶傳奇。言舉子孫恪在魏王池邊，遇到猿猴變成的美女袁氏，結為婚姻。十餘年後育有二子。孫恪至南康赴任，途經端州山寺，袁氏見到昔日的同伴，遂「撫二子，咽泣數聲」，裂衣化猿而去，「將抵深山，而復返視」。元代劇作家鄭廷玉據此作孫恪遇猿雜劇。

為長鬚國婿；謝康樂❹遇雙女，曰：「我是潭中鯽。」是水族之妖。武三思路得美人，後令見狄梁公❺不從，迫之入壁中，自云花月之妖。檇李僧湛如遇一女子，每日晚至曉去，此僧日病，眾究問其故，令簪花在他頭上，去時擊門為號。眾僧宣咒隨逐之，乃是一柄敝帚，是器用之妖。物久為酉，即能作怪，無論有情無情，或有遇之而死，或有遇之而生，或有垂死悟而得生。其事不一，也都可做箇客坐新譚，動（勸）世人三省。

話說湖廣有箇人，姓蔣名德休，字日休，家住武昌。父親蔣譽，號龍泉。母親柳氏，止生他一人，向來隨父親做些糴糶❻生理。後來父親年老，他已將近二十歲。蔣譽見他已歷練老成，要叫他出去，到漢陽販米。柳氏道：「他年紀小小兒的，沒箇管束他，怕或者被人哄誘去花酒，不惟折了本錢，還恐壞了他身子。不若且為他尋親事，等他有箇羈絆。」蔣譽道：「你不得知，小官家一做親，便做準戀住，那時若叫他出去，畢竟想家，沒心想在生意上。還只叫他做兩年生意做親。」柳氏道：「這等，二、三

父母心腸。

亦一見。

❸王樹：宋代傳奇小說人物。見宋代傳奇小說王樹，收入青瑣高議別集。敘唐金陵人王樹航海遇風浪，舟破抵烏衣國。與翁媼之子結親，乃燕子也。後王樹返家，二燕隨行。燕子秋去春來，並有詩歌相酬。

❹謝康樂：即謝靈運。南朝宋詩人，謝玄之孫，晉時襲封康樂公，故稱謝康樂。入宋，曾任永嘉太守等職，後被殺。

❺狄梁公：唐大臣。即狄仁傑。字懷英，太原人。武則天即位初年，任地官侍郎同鳳閣鸞臺平章事，後被來俊臣下獄。神功元年（西元六九七年）復相。睿宗時追封梁國公。武則天當政時期，不畏權勢，並推薦張柬之等人，後均成名臣。

❻糴糶：音ㄉㄧˊ ㄊㄧㄠˋ。買賣糧食。糴，買進糧食。糶，賣出糧食。

百兩銀子，也是干係。我兄弟柳長茂，向來也做糴糶，不若與他合了夥計同做，也有箇人鈐束他。」蔣譽連聲道：「有理！」便請柳長茂過來，兩邊計議，寫了合同，叫蔣日休隨柳長茂往漢陽糴米。只看行情，或是團風鎮，或是南京攛糶。漢陽原有蔣譽舊相與主人熊漢江，寫書一封，叫他清目❼。甥舅兩箇便渡江來，到漢陽尋着熊漢江寓下。

這熊漢江住在大別山前，專與客人收米，與蔣譽極其相好。便是蔣日休也自小兒在他家裡歇落，裡面都走慣的。他無子，止有一箇女兒，叫做文姬，年紀已十七歲，且是生得標緻：

一段盈盈，妖紅膩白多嬌麗。晚山烟起，兩點眉痕細。　斜嚲烏雲，映得龐兒媚。聲兒美，低低悄悄，鶯囀花陰裡。

右調秋波媚

生得工容雙絕，客店人家，少不得要幫母親做用，蔣日休也是見的。只是隔了兩年，兩下都已長成，豈但容貌覺異，抑且知識漸開。蔣日休見了，有心于他，趕上前一箇肥喏，文姬也回箇萬福，四目交盼，覺都有情。只是文姬雖是客店人家，却甚端重。蔣日休嘗是借些事兒，要鑽進去，他是不解一般，每見蔣日休辭色有些近狎，便走了開去。蔣日休雖然訝他相待冷落，却也重他端莊。一日，乘看兩杯酒照了臉，道：「娘舅，我有一事求着你，不知你肯為我張主麼？」柳長茂道：「甥舅之間，有甚事不為你張

❼ 清目：看顧；照看。

善于審度。

痴情。

主？」蔣日休趦趄❽了半日，說一句出來，道：「娘舅，我如今二十歲了，還未有親。我想親事揀得人家好，未必人好；若是人好，未必家事好。我看熊漢江這箇女兒標緻穩重，我要娘舅做主，在這裡替我向熊漢江做媒，家中還要你一力攛掇，我日後孝順娘舅。」只見這柳長茂想了一想道：「外甥，這事做不來。你是獨養兒子，他是獨養女兒，你爹要靠你，決不肯放你入贅；他要靠他，如何肯遠嫁？賢甥，這事且丟下罷！」蔣日休聽了，也只唯唯，甚是有些不快活。在漢陽不上半箇月，柳長茂道：「外甥，目下米已收完一半，若要等齊，須誤了生意。不若我先去，你催完家來。只你客邊放正經些，主人家女兒切不可去打牙撩嘴，惹出口面，須不像樣。我回家中，教你爹娘尋一頭絕好親事與你罷。」蔣日休相幫娘舅，發貨上船，自家回在店中。情眼裡出西施，他自暗暗裡想像這文姬，生相仔麼好，身材仔麼好，性格仔麼好。又摸擬道：「我前遇着他，這眼睛一睃，也是眼角留情；昨日討茶，與我一鍾噴香的茶，也是暗中留意。」行裡的沉吟，坐着的想像，睡時的揣摸，也沒一刻不在文姬身上。欲待瞞着娘舅，央隣房相好客人季東池、韋梅軒去說親，又怕事不肯成，他父母反防閑他，也不敢說。幾遭要老臉替文姬纏一番，終久臉嫩膽小，只是這等鎮日呆想不了。

自古人心一邪，邪物乘機而入。不期來了一箇妖物。這妖是大別山中紫霞洞裡一箇老狸。天下獸中，猩猩猿猴之外，狐狸在走獸中能學人行，其靈性與人近。內中有通天狐，能識天文地理。其餘狐狸，年久俱能變化。他每夜走入人家，知見蔣日休痴想文姬，他就在中山拾了一箇骷髏，頂在頭上，向北斗拜了幾拜，宛然成一箇女子，生得大有顏色：

❽ 趦趄：音ㄗ ㄐㄩ。忽前忽後，猶豫不進。

着眼。

朱顏綠鬢色偏嬌，就裡能令骨髓消。
莫笑狐妖有媚態，須知人類更多妖。

明眸皓齒，蓮臉柳腰，與文姬無二。又聚了些木葉在地，他在上面一箇觔斗，早已翠襦紅裙，穿上一身衣服，儼似文姬平日穿的，準擬來媚蔣日休。只見日休這日坐在房中，寂寞得緊，拿了一本吳歌兒❾，在那邊輕輕的嘲道：

風冷颼颼十月天，被兒裡氷出那介眠？姐呀，你也孤單我也獨，不如滾箇一團團。
相思兩好介便容易成，那介郎有心來姐沒心。姐呀，猫兒狗兒也有箇思春意，那為鐵打心腸獨拄門。

正在那廂把頭顛，手敲着桌，謾謾的謳。只聽得房門上，有人彈上幾彈：

月弄一窓虛白，燈搖四壁孤青。
何處數聲剝啄，驚人殘醉初醒。

側耳聽時，又似彈的聲。他把門輕輕拔開，只見外面立着一箇女子：

❾ 吳歌兒：吳地的民間情歌。

輕風拂拂羅衫動，髮鬆斜溜金釵鳳。
嬌姿神女不爭多，恍疑身作襄王夢。

好腔拍。

把一箇蔣日休驚得神魂都失，喜得心花都開。悄語低聲道：「請裡面坐。」那女子便輕移蓮步，走進房來。蔣日休便把門關上，女子搖手道：「且慢，妾就要去。」兩箇立向燈前，日休仔細一看，却是文姬。日休見了，便一把抱住，放在膝上道：「姐姐甚風吹得你來？我這幾日為你飲食無心，睡臥不寧。幾次要與你說幾句知心話，怕觸你惱；要進你房裡來，又怕人知覺。不料今日姐姐憐念，這恩沒世不忘！」便要替他解衣同睡。文姬道：「郎君且莫造次！我只為數年前相見，便已留心。如今相逢，越發留念，意思要與你成其夫婦，又不好對父母說，恐怕不從。你怎生計議，我與你得偕伉儷？」日休道：「天日在上，我也原要娶姐姐，與我母舅計議，他道你爹娘斷斷不肯。後來欲央他人，又恐事不成，反多一番不快，添你爹娘一番疑忌，故此遲疑。喜得今日姐姐光降，一訴心事。」文姬道：「這等，我且回。」日休道：「今日奇遇，怎可空回？」定要留住合歡。那文姬嘆息道：「我今日之來，原非私奔，要與你議終身之計。今事尚未定，豈可失身，使他人笑我是不廉之婦！且俟六禮行後，與君合巹。」蔣日休急忙跪下，發誓道：「我若負姐姐，身死盜手，屍骨不得還鄉！」文姬道：「我也度量你不是薄倖的，只恐你我都有父母，若一邊不從，這事就不諧。那時欲從君不能，欲嫁人其身已失，如何是好？」日休道：「我有誓在先，畢竟要與姐姐成其夫婦，姐姐莫要掯⑩我！」文姬道：「還怕後日說我就你！」日休千

半就。

⑩ 掯：音ㄎㄣˋ。強迫；留難。

好箇會溫存佳婿。

說誓，萬罰咒，文姬就假脫手，側了臉，任他解衣。將到裡衣，他揮手相拒。蔣日休曉得燈前怕露身體，忙把燈吹了，竟抱他上床，自己也脫衣就寢。一隻手把文姬摟了，又為他解裡衣。文姬道：「我一念不堅，此身失于郎手了。只是念我是箇處子，莫要輕狂！」日休道：「我自深加愛惜，姐姐不要驚怕。」此時淡月入幃，微茫可辨，只見他兩箇呵：

粉臉相偎，香肌相壓。交摟玉臂，聯璧爭輝；緩接朱唇，清香暗度。喜孜孜輕投玉杵，羞答答半蹙翠眉。羞的側着臉兒承，風緊柳枝不勝擺；喜得曲着身而進，春深錦韉不停抽。低低微笑，新紅片片已掉漁舟；宛宛嬌啼，柔綠陰陰未經急雨。偎避處金釵斜溜，倉卒處香汗頻流。正是：乍入巫山夢，雲情正自稠；直教飛峽雨，意興始方休。

假乖話。戲謔而真文姬怒，則事敗矣。

兩箇頑勾多時，一箇用盡欵欵輕輕的手段，一箇做盡嬌嬌怯怯的態度。文姬低低對日休道：「今日妾成人之始，正歡好之始，願得常同此好！」日休道：「旅館凄涼，得姐姐暫解幽寂，正要姐姐夜夜賜顧！」文姬道：「這或不能。但幸不與爹娘同房，從今以後，倘可脫身，斷不令你獨處。只是我你從今倒要避些嫌疑，相見時切不可戲謔。若為人看出，反成間阻。待從容與你商量諧老之計。」未天明，悄悄送出房門，日休叮囑他：「晚間早來！」文姬點頭去了。日休回到房中，只見新紅猶在，好不白喜得計。

自此因文姬分付，也不甚進裡邊去，遇着文姬時，倒反避了，也不與他接譚。晚間或是預先日裡悄悄藏下一壺酒，或是果菜之類，專待他來。把房門也只輕掩，將房內收拾得潔潔淨淨，床被都熏得噴香。

誰無致誠。

快事。

語足鈎其□。

着鬼。

傍晚先睡一睡，息些精神，將起更聽得各客房安息，就在門邊蹴來蹴去等候，纔彈得一聲門，他早已開了。文姬笑道：「有這樣老實人！明日來遲些，叫你等哩！」日休一把摟住道：「寃家，我一喫早飯就巴不得晚，等到如今，你還要耍我！」就將出酒來，臉兒貼了臉兒，你一口我一口，喫得甚是綢繆。那文姬作嬌作痴，把手搭着他肩，並坐說些閑話。到酒興濃時，兩箇就說去睡，你替我脫衣服，我替你脫衣服，熟客熟主，也沒那些懼怯的光景。蔣日休因見他慣，也便恣意快活，真也是魚得水，火得柴，再沒一箇脫空之夜。有時文姬也拿些酒餚來，兩箇對飲。說起，文姬道：「我與你情投意合，斷斷要隨你了。如今也不必對我爹娘說，只待你貨完，我是帶了些衣飾，隨你逃去便是。」蔣日休道：「這使不得！倘你爹娘疑心是我，趕來，我米船須行得遲，定然趕着。那時你脫不得箇淫奔，我脫不得箇拐帶，如何是了？且再待半月，我舅子來，畢竟要他說親，我情願贅在你家便了。」文姬道：「正是。爹爹不從，我誓死不嫁他人，也畢竟勉強依我。」蔣日休是箇小官兒，被他這等牢籠，怎不死心塌地？只是如此二十餘日，沒有箇夤夜來就，使他空回之理。男歡女不歡，把一箇精明強壯後生，弄得精神恍惚，語言無緒，面色漸漸痿黃。

裊裊是宮腰，婷婷無限嬌。
誰知有膏火，肌骨暗中消。

這箇隣房季東池與韋梅軒，都是老成客人。季東池有些耳聾，他見蔣日休這箇光景，道：「蔣日休，

好摸寫。

我看你也是箇少年老成，慣走江湖的，料必不是想家，怎這幾日，這等沒留沒亂，臉色都消瘦了？欲待同你到妓館裡去走走，只說我老成人，哄你去闞。你自病還須自醫，客邊在這裡，要自捉摸。」蔣日休道：「我沒甚病。」韋梅軒道：「是快活出來的！我老成人不管閑事，你每日房裡唧噥些甚麼？」蔣日休紅了臉道：「我自言自語，想着家裡！」季東池側耳來聽，道：「是甚麼？」韋梅軒大聲道：「說是想家！」季東池道：「又不曾做親，想甚的？」韋梅軒又道：「日休，這是拆骨頭生意，你不要着了魔，事須瞞我不過！」午後，韋梅軒走到他房中來，蔣日休正痴睡。韋梅軒見他被上有許多毛，他動疑道：「日休，性命不是當耍的。我夜間聽你房中有些响動，你被上又有許多毛，莫不着了甚恠？」日休道：「實沒甚事。」韋梅軒道：「不要瞞我，趁早計較。」日休還是沉吟不說。韋梅軒也是有心的，到次早鐘响後，假說肚疼解手，悄悄出房躲在黑影子裡，見日休門開，閃出一箇女子來。他隨趁脚進去，日休正在床中。韋梅軒道：「日休，適纔去的甚麼人？」日休失驚，悄悄附韋梅軒耳道：「是店主人之女。切不可露風，我自做東道請你。」梅軒搖頭道：「東道小事，你只想，這房裡到裡邊，也隔幾重門戶，怎輕易進出？怎你只一、二十日，弄到這嘴臉？一定着鬼了。仔細！仔細！」日休小夥子沒甚見識，便驚慌，要他解救。韋梅軒道：「莫忙！你是常進去的，你只想你與店主人女兒仔麼勾搭起的？」日休道：「並不曾勾搭，他半月前自來就我。」梅軒道：「這一發可疑。你近來日間在裡邊遇他，與你有情麼？」日休道：「他叫日間各避嫌疑。」梅軒道：「這越發蹊蹺。你且去試一試，若他有情，或者真的；沒情，這一定是鬼。」果然日休依他，逕闖進去。文姬是見慣的，也不躲他，他便戲了臉，叫道：「文姬！」文姬就作色道：「文姬不是你叫的。」日休道：「昨夜夜間辛苦，好茶與一碗。」文姬惱惱的道：「干我甚事！要茶，臺子上有。」便閃了進去。

日休見了光景，來回覆梅軒。梅軒道：「你且未可造次。你今晚將稀布袋盛一升芝蔴送他，不拘是人是鬼，明日隨芝蔴去，可以尋着。」日休依了。晚間戰戰兢兢，不敢與他纏。那文姬捱着要顽，日休只得依他。臨去與他這布袋作贈，道：「我已是病了，以此相贈，待我病好再會。」文姬含淚而去。天明，日休忙起來看時，沿路果有芝蔴，却出門往屋後，竟在山路上，一路洒去。一路或多或少，或斷或連，走有數里，却是徑道，崎嶇嶮峋，林木幽密。轉過山岩，到一洞口，却見一物睡在那壁：

一身瑩似雪，四爪利如錐。
曾在山林裡，公然假虎威。

是一箇狐狸，頂着一箇骷髏，齁然而睡。芝蔴布袋還在他身邊。蔣日休見了，便喊道：「我幾乎被你迷殺了！」只見那狐驚醒了，便作人言道：「蔣日休，你曾發誓不負我。你如今不要害我，我還有事報你，你在此等着。」他走入紫霞洞中，啣出三束草來，道：「你病不在膏肓，却也非庸醫治得。你只將此一束草煎湯飲，可以脫然病愈。」又啣第二束道：「你將此束暗地丟在店家屋上，不出三日，店主女子便得奇病，流膿作臭，人不可近。他家厭惡，思要棄他，你可說醫得，只要他與你作妻子。若依你時，你將此第三束煎湯與他洗，包你如故。這便是我報你。只是我也與你相與二十日，不為無情，莫對新人，忘却昔日。」不覺淚下。日休也不覺流涕。將行，那狐狸又啣住衣道：「這事你要與我隱瞞，恐他人知

錦囊三計，竟得了賢夫人。

深心。

得害我！」日休便帶了這三束草下山，又將剩下芝蔴亂撒，以亂其迹。回時暗對梅軒道：「虧你絕了這鬼。」梅軒道：「曾去尋麼？」道：「尋去，是在山上，想芝蔴少，半路就完了，尋不去。」韋梅軒道：「只要你識得破，不着他道兒罷了，定要尋他出來做甚？」當晚日休又做東道請韋梅軒，道：「不虧你，幾乎斷送性命，又且把一箇主人女子名來污衊。還只求你替我隱瞞，莫使主人知道，說我輕薄。」到次日，依了狐狸，將一束草來剉碎，煎湯服了。不三日，精神強壯，意氣清明，臉上黃氣也脫去了。

意氣軒軒色相妍，少年風度又嫣然。
一朝遂得沉痾脫，奇遇山中雲雨仙。

季東池道：「我說自病自醫。你看我說過，想你會排遣，一兩日便好了。」

此時收米將完，正待起身，他舅子來道：「下邊米得價，帶去盡行賣完。如今目下收完的，我先帶去，身邊還有銀百餘兩，你再收趕來。」也是姻緣，竟把他又留在漢陽。日休見第一束草有効，便暗暗將第二束草撇在店家屋上試他。果是有些古怪，到得三日，那文姬覺得遍身作癢，不住的把手去搔，越搔越癢，身上皮肉都抓傷。次日，忽然搔處都變成瘡，初時纍纍然是些紅瘰兒，到後都起了膿頭兒。家中先時說是疥瘡，後來道是膿窠瘡，都不在意。不期那膿頭一破，遍身沒一點兒不流膿淌血，況且腥穢難聞。一床蓆上，都是膿血的痕；一床被上，都是膿血的迹。這番熊漢江夫妻着急，蔣日休却暗暗稱奇。先尋一箇草頭郎中，道：「這不過溜膿瘡，我這裡有絕妙沁藥，沁上去一箇箇膿乾血止，三日就褪下瘡麼，依然如故。」與了他幾分銀子去，不驗。又換一箇，道：「這血風瘡，該用敷藥去敷。」遍身都是敷藥，並無一些見効。這番又尋一箇郎中，他道是大方家，道：「凡瘡毒皆因血脈不和，先裡邊活了血，外面自然好。若只攻外面，反把毒氣逼入裡邊，雖一時好得，還要後發。還該裡外夾攻，一邊喫官料藥和血養血，一邊用草藥洗，洗後去敷，這纔得好。」却又無幹。一連換了幾箇郎中，用了許多錢鈔，那裡得好？一箇花枝女子，頭面何等標緻，身體何等香軟，如今却是箇沒皮果子，宛轉在膿血之中。莫說到他身邊，只到他房門口，這陣穢污之氣，已當不得了。熊漢江生意也沒心做，只是嘆氣。他的母親也只說他前生不知造甚業，今在這裡受罪。文姬也懨懨一息的，道：「母親，這原是我前生冤業，料也不得好了。但只是早死一日，也使我少受苦一日。如今你看我身上，一件衣服都是膿血漿的一般，觸着便疼，好不痛楚。母親可對爹爹說，不如把我丟入江水中，倒也乾淨，也只得一時苦。」母親道：「你且捱去，我們怎下得這手？」那蔣日休道：「這兩束草直恁靈驗，如今想該用第三束草了。」來問熊漢江道：「令愛貴恙好了麼？」熊漢江道：「正是不死不活，在這裡淘氣。醫人再沒箇醫得，只自聽天罷了！」蔣日休想道：「他也厭煩，要他的做老婆，料必肯了。」此時季東池、韋梅軒將行，日休來見他道：「我一向在江湖上走，學得兩箇海上仙方，專治世間奇難疾病。如今熊漢江令愛的病，我醫得。只是醫好了，要與我作妻室。」季東池道：「這一定肯。若活得，原也是箇拾得的一般。只是他不信你會醫。你曉得他是甚麼瘡，甚麼病？」蔣日休道：「藥不執方，病無定症。我只要包醫一箇光光鮮鮮女子，還他便了。」東池道：「難說！」韋梅軒道：「或者有之。他前日會得醫自，必然如今醫得他。我們且替你說說看。」兩箇便向店主道：「熊漢江，適纔蔣日休說他醫得令愛。只是醫好了，就要與他作阿

如是好郎中，不可思議。

婆吻。

可憐。

伶牙。

老成。

老謀。

趣。

正⓫，這使得麼？」熊漢江道：「有甚麼使不得！只怕也是枉然。」韋梅軒道：「他說包醫。」熊漢江道：「這等，我就將小女交與他，好時再賠嫁送便是。」韋梅軒道：「待我們與他計議。」那蔣日休正在那裡等好消息，只見他兩箇笑來，對着蔣日休道：「恭喜！一口應承，就送來，好了再贈粧奩。」蔣日休道：「這等，待我租間房，着人擡去，我自日逐醫他罷了。」韋梅軒道：「日休，這要三思！他今日『死馬做活馬醫』，醫不好料不要你償命。但是不好，不過賠他一口材，倒也作事爽快。若是一箇死不就死，活不就活，半年三箇月耽延起來，那時丟了去不是，不丟他不得，仔麼處？終不然我你做客的，撇了生意，倒在這裡伏侍病人？日休，老婆不曾得，惹箇『白虱子頭上撓』。故此我們見他說送與你包醫，便說『再計較』，都是開的後門。你要自做主意，不要後邊懊悔！」日休見前邊靈驗，竟呆着膽道：「不妨！我這是經驗良方，只須三日，可以脫體。只怕二位行期速，喫不我喜酒着。」季東池道：「只怕我再來時，足下還在這裡做郎中不了！」蔣日休道：「我就去尋房子，移他出去，好歹三日見功。」兩箇冷笑，覆了熊漢江。

可可裡對門一間小房子出了，他去租下。先去鋪了床帳，放下行李，來對熊漢江道：「我一面叫轎來請令愛過去。」熊漢江道：「苦，我小女若走得動，坐得轎，可也還有人醫。蔣客人且到我樓上看一看。」兩箇走到樓上，熊漢江夫婦先掩了箇鼻子，蔣日休擡頭一看，也喫了一驚：

滿房穢氣，遍地痰涎。黃點點四體流膿，赤瀝瀝一身是血。面皮何處是，滿佈了蟻壘蜂窠；肢體

⓫阿正：即令正，嫡妻；正室。

是痴般，盡成了左癱右瘓。却也垂頭落頸勢㦖㦖，怕扁鵲倉公⓬難措手。

蔣日休心裡想道：「我倒不知，已這光景了。怎麼是好？叫聲一箇醫不得，却應了他們言語。」文姬母親道：「蔣客人，扶是扶不起，不若連着蓆兒扛去罷！」蔣日休道：「罷！借一床被，待我裹了駝去便是。」店主婆果然把一床布被與他。他將來裹了，背在肩上，下邊東池與梅軒也立在那廂，看他做作。只見背着一箇人下樓，熏得這些人，掩鼻的，唾唾的，都走開去。他只憑着這束草，逕背了這人去。熊漢江夫妻似送喪般，哭送到門前。

大膽處也吃得定。

病入膏盲未易攻，阿誰妙藥起疲癃⓭。
笑看紅粉歸吾手，泣送明珠離掌中。

蔣日休駝了文姬過來，只見季東池也與韋梅軒過來。東池道：「蔣日休，賠材是實了！」韋梅軒道：「日休，只是應得你兩日急。買材，譬如出闕錢，如今乾折。」蔣日休道：「且醫起來看。」送了兩箇去。他把第三束草煎起湯來，把絹帕兒揩上他身上去，洗了一回，又洗一遍。這女子沉沉的憑他洗滌。

相謔。

⓬ 扁鵲倉公：扁鵲，戰國時醫家。姓秦，名越人，渤海郡鄚（今河北任丘）人。學醫於長桑君，擅長各科，有豐富的醫療經驗，聲音甚著。倉公，即淳于意，漢初醫家。

⓭ 癃：音ㄌㄨㄥˊ。衰弱多病。

却可煞作恠，這一洗，早已膿血都不出了。

紅顏無死法，寸草著奇功。

蔣日休喜得不要，道：「有此效驗？」他父母來望，見膿血少了，倒暗暗稱奇。到第二日，畧可聲言，可以着得手。他又煎些湯，輕輕的扶他在浴盆裡，先把湯淋了一會，然後與他細洗。只見原先因膿血完，瘡靨乾燥，這翻得湯一潤，都趫起靨來。蔣日休又與他拭淨了，換了潔淨被褥，等他歇宿。一夜瘡靨落上一牀，似雪般，果然身體瑩然，似脫換一箇，仍舊是一花枝樣女子。

雲開疑月朗，雨過覺花新。
試向昭陽⑭問，應稱第一人。

真是只得三日，表病都去。只是身體因瘡累，覺神氣不足。他父母見了，都道蔣日休是箇神仙。因日休不便伏侍，要接女子回去。女子却有氣沒力的說道：「這打發我出來，爹娘也無惡念。只怎生病時在他家，一好回去？既已許為夫婦，我當在此，以報他恩。」倒是蔣日休道：「既是姐姐不背前言，不妨暫回。待我回家與父說知行聘，然後與姐姐畢姻。」文姬因他說，回到家中。

輸情輸意。

⑭ 昭陽：宮殿名。漢武帝、漢成帝時均有其殿。後世小說、戲劇多以「昭陽」為皇后之宮。

這漢陽縣人，聽得蔣日休醫好了熊漢江女兒，都來問他乞方求藥，每日盈門。有甚與他？只得推原得奇藥，今已用盡。那不信的，還纏箇不了。他自別了熊漢江，發米起身，一路到家，拜見父母，就說起親事。蔣譽夫婦嫌遠。蔣日休道：「是奇緣，決要娶他。」這邊熊漢江因無子，不肯將女遠嫁。文姬道：「我當日雖未曾與他同宿，但我既為他背，又為他撫摸、洗濯，豈有更辱身他人之理？況且背約不信。」不肯適人。恰好蔣日休已央舅子柳長茂來為媒行聘，季、韋兩人復來，道：「盟不可背！」熊漢江依言允諾，文姬竟歸了蔣日休。自此日休往來武昌、漢陽間，成一富戶。文姬亦與偕老，生二子，俱入國學⓯。人都稱他奇偶，虧大別狐之聯合。我又道：「若非早覺，未免不死狐手！」猶是好色之戒。

雨侯曰：此事殊不經，然而鴻書嘗載之。意六合中何事不有乎？然狐能自悔而贖過，猶是獸中之有人心者。

⓯國學：國家設立的學校。明清時僅設國子監。

序

禹使庚辰制淮渦神無支祈，至唐猶在，原非妄也，人自不相信耳。不然，方術之士猶能以符咒制物之死命，而吾儒不能以精忱走瞬息之風雷，將吾儒不方術若歟？天地間奇事，亦天地間庸事，無詡然奇驅鱷之韓、殪蛟之夏。

翠娛閣主人

第三十九回 蚌珠巧乞護身符 妖蛟竟死誅邪檄

剛直應看幽顯馴，豈令驅魖獨稱神？
龍潛羅刹尊君德，虎去昆陽❶避令仁。
表折狐妖搖媚尾，劍飛帝子❷泣殘鱗。
憑將一點精忱念，鬼火休教弄碧燐。

吾儒斡全天地❸，何難役使鬼神？況妖不勝德，邪不勝正，乃理之常。昔有一婦人，遭一鬼，日逐纏擾，婦人拒絕他，道：「前村羊氏女極美，何不往淫之？」曰：「彼心甚正。」婦人大怒道：「我心獨不正麼？」其鬼遂去不來。此匹婦一念之堅，可以役鬼，況我衿紳之士乎？則如唐郭元振❹為秀才時，

❶昆陽：地名。漢劉秀（光武帝）以兵三千大破王莽軍數十萬於昆陽，使王莽新朝從此不振，劉秀即將建東漢王朝。

❷帝子：皇帝子女的通稱。這裡指堯的女兒湘水女神娥皇、女英。

❸斡全天地：經天緯地之意。斡全，斡旋。

❹郭元振：唐大臣。魏州貴鄉人。名震，字元振。咸亨四年（西元六七三年）進士。為人任俠使氣，不拘小節。武后時官涼州都督，進安西大都護。睿宗立，出為朔方軍大總管。施以兵部尚書復進同中書門下三品。因功

有經濟。

夜宿野廟，有美女鎖于小室悲泣。問之，道村人把他來祭賽烏將軍，恐遭啖食，故此悲哭。頃刻，烏將軍到來，從人道：「郭相公在裡邊。」一元振出來相見，乘機斷其臂，乃是猪蹄。天明，竟搜得殺之，焚其廟。又韓文公❺謫潮州刺史，州有鱷魚，嘗在水邊，尾有鉤，能鉤人去到深水處，食之。有老嫗子被喫，訴于文公，文公作檄文，驅之。次日，潭水盡乾，鱷魚竟自入海。宋孔道輔❻為道州知州，州有野廟，要生人祭他，不然就烈風雨雹，擾害地方。他將死囚縛在廟中，見有蛇在神像後來，將食其人。道輔奮笏擊之，蛇逃入柱。他竟放火焚廟，燒死妖怪。我朝林俊❼，按察雲南鶴慶府，有一寺，每年要出金塗佛的臉，若不便有風雹傷損人田地。他道妖僧惑眾，竟架柴要燒佛，約有風雹就住。竟被他燒燬，那得風雹？不惟省每年糜費，還得向來金子，助國之用。這都是以正役邪，邪不能勝正，也是吾儒尋常之事。更有我朝夏忠靖公，名原吉，字維喆，湘陰人。他未中舉時，縣中有箇召紫仙姑的，他在桃箕❽，會得作詩作賦，決人生死，指人休咎。却不似如今召仙人，投詞時換去，因而寫幾句鶻突詩答應，故此其門如市。他有箇友人易信，邀他去問。去時正是人在那邊你拜我求，桃丫上寫詩、寫賦時節。夏維喆

封代國公。

❺韓文公：即韓愈。唐文學家、哲學家。字退之，河南南陽（今河南孟縣南）人，自謂郡望昌黎，故世稱韓昌黎。貞元進士，卒謚文公，又稱韓文公。唐宋八大家之首。

❻孔道輔：字原魯。曾任右諫議大夫權御史中丞。性鯁挺特達，遇事彈劾無所避。後出知鄆州。

❼林俊：明代官員。福建莆田人。成化進士，歷官刑部主事、員外郎等。經成化、弘治、正德、嘉靖四朝，剛毅直諫，廉正忠誠。

❽桃箕：占卜用具。箕，音ㄐㄧ。

仙。□實鬼

一到，桃箕寂然，一連燒了八、九道符，竟沒些動靜。夏維喆一笑而去。去後，桃箕復動，道：「夏公貴人，將來富至一品。」眾人道：「他來時原何不寫與他？」道：「他正人，我不可近。」這是他少年事。他後來由舉人做中書，歷陞戶部主事、員外郎中，再轉侍郎，永樂中陞戶部尚書，相視吳、浙水利。還有一樁奇事。

話說浙江有箇湖州府，府有道場、浮玉二山，列在南，卞山峙于北，又有昇山、莫干環繞東西，王、湖、苕、霅四處縈帶，山明水秀，絕好一箇勝地。城外有座慈雲寺，樓觀雄杰，金碧輝煌。寺前有一座潮音橋，似白虹挂天，蒼龍出水。橋下有一箇深潭：

紺色靜浮日，青紋微動風。
淵淵疑百尺，只此是鮫宫。

水色微綠，深不可測。中間產一件物件：

似蟹却無脚，能開復能合。
映月成盈虧，腹中有奇物。

他官名叫做「方諸」，俗名道做「蚌」，是箇頑然無知、塊然無情的物件。不知他在潭中，日裡潛在水底，夜間浮出水上，採取月華，內中生有一顆真珠，其大如拳，光芒四射。不知經過幾多年代，得成此寶。每當陰天，微風細雨之際，他把着一片殼，浮在水面，一片殼做了風篷，趁着風勢，倏忽自西至東，恰似一點漁燈，飛來飛去，映得樹林都有光。人只說這漁船華得快，殊不知是一粒蚌珠。漸漸氣候已成，他當月夜也就出來。却見：

隱隱光浮紫電，瑩瑩水漾朱霞。金蛇線繞逐波斜，飄忽流星飛灑。　疑是氣沖獄底，更如燈泛漁槎❾。煇煌芒映野人家，堪與月明爭射。　右西江月

各舟看見這光，起自潭中，復沒于潭中，來往更捷，又貼水而來，不知何物。有的道是「鬼火」，有的猜做「水光」，仔細看來，却是箇蚌。蚌殼中有一粒大珠，光都是他發出來的，爍人目光，不可逼視。彼此相傳，都曉得他是顆夜明珠，都有心思量他。湖州人慣的是沒水❿，但只是一來水深得緊，沒不到底；二來這蚌大得緊，一箇人也拿不起。況是他口邊快如刀鈚，沾着他就要破皮出血，那箇敢去惹他？用網去打，總只奈何他不得深，只好看一看罷了。好事的就在那地方造一庄亭子，叫「玩珠亭」，嘗有許多名人題詠。只是他出入無時，偏有等了五、七日不見的，偶然就見的，做了箇奇緣。

❾ 槎：音ㄔㄚˊ。木筏。

❿ 沒水：潛水。

貪之為害。

但難得之貨，令人行妨。珠中有火齊、木難、九曲、青泥各樣，這赤蚌之珠，光不止照乘，真叫做明月珠，也是件奇寶。不特人愛他，物亦愛他。物中有蛟龍，他畏的是蠟，怕的是鐵，好喫的是燒鷰，貪的是珠。故梁武帝⑪有箇杰公，曾令人身穿蠟衣，使小蛟不敢近；帶了燒鷰，是他所好；又空青函，亦是他所喜；入太湖龍宮求珠。得夜光之珠，與蛇珠、鶴珠石餘。蛟龍喜珠，故得聚珠。湖州連着太湖、風渚湖、苕溪、霅溪、罨畫溪、箬溪、餘石溪、前溪，是箇水鄉，真箇蛟龍聚會的所在，緣何容得他？故此洪武末革除年，或時乘水來取。水自別溪浦，平湧數尺；或乘風雨至潭，疾風暴雨，拔木揚沙。濃煙墨霧裡邊，嘗隱隱見或是黃龍，或是白龍，或是黑龍，挂入潭裡，半餉擾得潭裡如沸，復隨風雨去了。

一日，也是這樣烏風、猛雨、冰雹，把人家瓦打得都碎，又帶倒了好些樹木，煙雲罩盡，白晝如夜。在這一方，到第二日，人見水上浮着一箇青龍爪，他爪已探入蚌中，將摘取其珠，當不過蚌殼鋒利，被他夾斷。龍負痛飛騰，所以壞了樹木，珠又不得，只得禿爪而去。却這些龍終久要奪他的。還有一日，已是初更，只聽得風似戰鼓一般响將來，搖得房屋都動。大膽的在囪縫中一張，只見風雨之中，半雲半霧，擁着一箇金甲神，後邊隨了一陣奇形異狀的勇猛將士，向東南殺來：

烏賊搴旗，鼉兵撾鼓。龜前部探頭撩哨，鯉使者擺尾催軍。團牌滾滾，黿使君舞着奮勇沖鋒；斧鉞紛紛，蟹介士張着橫行破陣。劒舞刀鰍尾，鎗攢黃鱔頭。妖鰻飛套索，怪鱷用撓鉤。

⑪ 梁武帝：即蕭衍。南朝梁王朝的建立者。西元五〇二—五四九年在位。長於文學，精通音律，並善書法。

還有一陣蝦魚之類，飛跳前來。這廂水中也煙霧騰騰，波濤滾滾，殺出三箇女將，恰有一陣奇兵：

白蛤為前隊，黃蜆作左沖。蝺揮利刃奏頭功，蚶奮奮空拳冒白刃。牡蠣粉身報主，大貝駝臂控弓。田螺滾滾犯雄鋒，簇擁着中軍老蚌。

兩邊各率族屬相殺。這邊三箇女子六口刀，那邊一箇將官一枝鎗，那當得他似柳葉般亂飛，霜花般亂滾。他三箇三面殺將來，這一箇左支右吾，遮攩不住，如何取勝？

妄意明珠入掌來，轟轟鼉鼓响如雷。
誰知一戰功難奏，敗北幾同垓下灾。

這邊蜆、蛤之類，騰身似砲石、彈子般一齊打去，打得那些龜鼊縮頸，鰍鱔蜿蜒，金甲神只得帶了逃去。這地方早起，看附近田中禾稼，却被風雹打壞了好些，這珠究竟不能取去。這方百姓都抱怨這些龍，道這蚌招災攬禍，却是沒法處置他。

其時永樂元年⓬，因浙、直、嘉、湖、蘇、松常有水災，屢旨着有司濬治，都沒有功績。朝旨着夏維喆以戶部尚書，來江南督理治水。他在各處相看，條陳道：「嘉、湖、蘇、松四府，其地極低，為眾

⓬ 永樂元年：西元一四〇三年。

水所聚。幸有太湖綿延五百里，杭州、宣、歙各處溪澗都歸其中，以次散注在澱山湖，又分入三泖⑬入海。今為港浦壅閘⑭，聚而不散。水不入海，所以潰決，所至受害。大勢要水患息，須開浚吳淞南北兩岍，安定各浦，引導太湖之水，一路從嘉定縣劉家港出海，一路常熟縣白茆港到江。上流有太湖可以容留，下流得江海以為歸宿，自然可以免患。」奉旨着他在浙、直召募民夫開濬。夏尚書便時常巡歷四府，相度水勢，督課工程。

一日，出巡到湖州，就宿在慈感寺中，詢問風俗。內有父老說起這橋下有蚌蛛，嘗因蛟龍來取，疾風暴雨，損禾壞稼。夏尚書尋思，却也無計。到晚只見鍾磬寂然，一齋蕭瑟，夏尚書便脫衣就枕。却見一箇婦人走來：

> 髮覆烏雲肌露雪，雙眉蹙翠疑愁絕。
> 緇衣冉冉逐輕風，司空⑮見也應腸絕。

後邊隨着一箇女子，肌理瑩然，燁燁有光：

---

⑬ 泖：音ㄇㄠˇ。湖塘。

⑭ 閘：音ㄏㄢˋ。門；牆垣。

⑮ 司空：官名。掌水土、建築、車服事。類後世「工部」。這裡似指夏尚書。

燦燦光華欲映人，瑩然鮮潔絕纖塵。
莫教按劒驚投暗，自是蛟宮⑯最出羣。

鷸蚌相持。武帝去蚌□。□變有致。

夏尚書正待問他何人，只見那前邊婦人愁眉慘目，斂袂長跪道：

妾名方諸，祖應月而生，曰蜆、曰蛤、曰蛃、曰蠣、曰蚶，皆其族屬，散處天下。妾則家于濟，以漫藏誨盜。有鷸生者來攫，輒搏執之。執事者欲擅其利，竟兩斃焉，因深藏于碧潭。昔漢武帝游河上，藻兼因東方朔⑰獻女侑觴，蓋予女赤光也。既復家于此，堅確自持，緘口深閉，蓋有年所。唯有一女，瑩然自隨，容色淨潔，性復圓轉，光焰四射，燁燁逼人，火齊、木難，當不是過。羞于自炫，同妾韞藏，避世唯恐不深。不意近邇強隣，恣其貪淫之性，憑其爪牙之利，覘女姿色，強欲委禽，屢起風波，橫相恐嚇。妾女自珍，不欲作人玩弄，妾因拒之。郎猶巧為攫奪，妾保抱雖固，恐勢不支。願得公一帖，可以慴伏強鄰，使母子得終老嵓⑱穴，母子深願。

尚書道：「女子生而願為之有家，倘其人可託終身，何必固拒？」婦人泣曰：「氏胎此女，原與相依，

⑯ 蛟宮：龍宮。蛟，龍類。
⑰ 東方朔：西漢文學家。字曼倩。武帝時為大中大夫。性詼諧滑稽。善辭賦，答客難較有名。
⑱ 嵓：同「岩」、「巖」、「喦」。

寧共沉淪，不願入人之手。」後面女子也垂着泣道：「交郎貪淫，聚我輩無限，猶自網羅不已。妾寧自湛深淵，以俟象罔⑲之求。不能暗投，遭人按劍。唯大人憐之！」夏尚書夢中悟是蚌珠，因援筆作詩一首與之：

偷閑暫爾憩祇林⑳，鈴鐸琳琅和苦吟。
投老欲從猿作伴，抒忱却有蚌傾心。
九重已見敷新澤，薄海須教奉德音。
寄語妖蛟莫相攫，試看剖腹笑貪淫。

書罷，付與婦人，道：「以此為你母子護身符驗。」婦人與女子再拜謝道：「氏母子得此，可以無患，與人無爭矣。」悠然而去。

夏尚書醒來，却是一夢。但見明月在囱，竹影動搖，一燈欲燼，四壁悄然。自笑道：「蠢然之物，也曉我夏尚書！倘從此妖邪不敢為禍，使此地永無風雨之驚，乃是地方一幸。」想得蛟龍畏鐵，把鐵牌寫了此詩，投在橋下潭中，自此地方可少寧息。

不知幾次來爭的，不是箇龍神，却是一條前溪裡久修煉的大蛟。他也能噓氣成雲，吸氣成雨，得水

⑲ 象罔：指天象之神異。

⑳ 祇林：即祇園，也稱祇樹林。如來在此居之說法。後泛稱寺院。

一飛，可數里。又能變成幻相。累次要取蚌珠，來爭不得。後邊又聽得蚌珠在夏尚書那廂求有一詩，道「妖蛟莫相擾」。「夏公正人，我若仍舊興雲吐雨，擾害那方，畢竟得辠。若就不去，反為老蚌所笑。他去賺得夏公詩，我亦可去賺得夏公詩。若有了夏公的手跡，這蚌珠不動干戈，入我掌中了。」此時夏尚書巡歷各府，自蘇州到松江，要相度禹王治水時，三江入海故道。這夜宿在郵亭裡邊，聽得臥房外，簌簌似有人行的一般。只見有一箇魚頭的介士，禀道：「前溪溪神見。」夏尚書着了冠帶出來相見。只見這神人：

烈焰周身噴火光，魚鱗金甲耀寒芒。
豹頭環眼多英猛，電舌雷聲意氣強。

他走向前一躬道：「某，溪神也。族類繁多，各長川瀆。某侍（待）辠前溪，曾禮聘鄰女。不意此女奸詭異常，向尚書朦朧乞一手札，即欲親迎，借此相拒。乞賜改判，以遂宿心。」夏尚書道：「所聘非湖州慈感寺畔女人乎？他既不願，則不得強矣！豈可身為明神，貪色強求？」金甲神道：「聘娶姬侍，不特予一人為然。予于此女，誓必得之。如尚書固執，不唯此女不保，還恐禍及池魚。尚書不聞錢塘君怒乎？神堯之時，一怒而九年洪水；涇水之戰，一怒而壞稼八百里，大陸成池，滄田作海。竊恐尚書黨異類，而貽百姓之憂耳！」他意在恐喝。只見尚書張目道：「聖明在上，百神奉令。爾何物妖神，敢爾無狀！昔澹臺滅明㉑斬蛟漢水，趙昱㉒誅蛟于嘉陵，周處㉓殺蛟于橋下，其難脯爾乎？吾且正爾湖州荼毒詞嚴義正。

之辠，當行天誅，以靖地方，以培此女。還不速退！」大叱妖神，憤憤而去。夏尚書憤怒驚醒，道：「適來是個龍神，他若必欲蚌珠，畢竟復為地方之擾，不得不除！」遂艸檄道：

張官置吏，職有別于崇卑；抑暴懲貪，理無分于顯晦。故顯干國紀，即陰犯天刑，勢所必誅，人宜共殛。唯茲狡虯，敢肆貪婪，革面不思革心，黷貨兼之黷武。興風雷于瞬息，豈必暴姬公㉔之誣；毒禾稼于須臾，自爾冒涇河之罰。霅苕㉕飲其腥穢，黎庶畏其爪牙。咸思豫且㉖網羅，共憶劉累㉗馴狎。唯神東洋作鎮，奉職恭王，見無禮者必誅，宜作鷹鸇逐兔。倘有犯者不赦，毋令鯨鯢漏誅。一清毒穢，庶溥王仁，佇看風霆，以將威武！

㉑ 澹臺滅明：孔子弟子。字子羽。貌醜，但品行端正，「行不由徑，非公事不見卿大夫」。（史記仲尼弟子列傳）斬蛟事出後人杜撰。

㉒ 趙昱：隋蜀人。隱青城山，煬帝聞其賢。昱至京師，乞為蜀太守。帝從之，拜嘉州太守。曾斬潭中老蛟，為民除害。

㉓ 周處：義士。西晉義興陽羨（今江蘇宜興南）人，字子隱。少時橫行鄉里，父老把他與蛟、虎合稱「三害」。後斬蛟殺虎，發憤改正。晉時任新平太守，遷御史中丞，糾劾不避權貴。

㉔ 姬公：指周公姬旦。

㉕ 霅苕：即指霅溪、苕溪。

㉖ 豫且：春秋時宋國漁人。豫且漁於泉陽，舉網而得神龜。白龍下冷清之淵，化為魚，豫且射中其目。

㉗ 劉累：人名。夏朝人。陶唐氏之後。學訓龍術於豢龍氏。事帝孔甲，夏后嘉之，賜姓御龍氏。

右檄東海龍神。准此。

寫畢，差一員聽事官，打點一副猪羊，在海口祭獻，把這檄焚在海邊。是夜，也不知是海神有靈，也不知是上天降鑒，先是海口的人，聽得波濤奮擊，如軍馬驟馳；風雷震盪，似戰鼓大起，倏忽而去。前溪地方住的但聽：

霹靂交加，風雨並驟。响琅琅雷馳鐵馬，聲吼吼風振鼓鼙。揚沙拔木，如興睢水之師；振瓦轟雷，似合昆陽之戰。怒戰九天之上，難逃九地之踪。銛牙到此失雄鋒，利爪也疑輸銳氣。正是：殘鱗逐雨飛，玄血隨風灑。貪淫干天誅，竟殪轟雷下！

風雷之聲，自遠而近，溪中波濤上射，雲霧上騰，似有戰伐之聲。一會兒霹靂一聲，眾聲都息，其風雨向海口而去。這些村民道：「這一箇霹靂，不知打了些甚麼？」到得早間，只聽得人沸反，道：「好一條大蛇！」又道：「好一條大龍！」又道：「是昨夜天雷打死的！」

蜿蜒三十丈，覆壓二、三畝。鱗搖奇色，熠燿與日色爭光；爪挺剛鈎，戽科與戈鋒競銳。雙角崢嶸而臥水，一身偃蹇而橫波。空思銳氣噓雲，祇見橫尸壓浪。

貪之害事。

警醒。

絕妙爐錘。

仔細看來，有角有瓜，其色青，其形龍，實是一條大蛟。眾人道：「這蛟不知有甚罪過，被天打死？」有些道：「每年四、五月間，他在這裡發水，淹壞田禾，都是他皋過。今日天開眼，為民除害。」不知他也只貪這蚌珠，以致喪身，死在夏公一檄。里遞申報縣官，縣官轉申，也申到夏尚書處。夏尚書查他死這一日，正夏尚書發檄之夜。尚書深喜海神效命，不日誅殛妖蛟。這妖蛟，他氣候便將成龍，只該靜守，怎貪這蚌珠，累行爭奪，竟招殺身之禍。嘆息道：「今之做官的，貪賍不已，干犯天誅的，這就是箇樣子！」又喜蚌珠可以無患，湖民可以不驚，自己精忱，可以感格鬼神。

後來因為治水，又到湖州，恍惚之中，又見前婦人携前女子，還有一個小女子，向公斂衽再拜道：「前得公手札，已自縮強隣之舌，後猶呶呶不已。公投檄海神，海神率其族屬，大戰前溪。震澤君復行助陣，妖蛟無援勢孤，竟死雷斧之下。借一警百，他人斷不復垂涎矣。但我母子得公鋤強助弱，免至相離，無以為報。茲有幼女朗如，光艷圓潔，雖不及瑩然，然亦稀世之珍，願侍左右。」夏尚書道：「妖蛟以貪喪身，我復利子次女，是我為妖蛟之續耳。這斷不可！」婦人道：「妾有二女，留一自衛，留一事公。脫當日非公誅鋤，將妾驅殼亦不能自保，況二女乎？實以公得全。故女亦輸心，願佐公玩。」公曰：「據子之言，似感我德。今必欲以女相汙，是浼我非報我了。且奪子之女不仁，以殺蛟得報不義。」却之再三。婦人見公意甚堅，乃與二女再拜泣謝：「公有孟嘗㉘之德，妾不能為隋侯㉙之報，妾愧死矣。唯有江枯石爛，銘德不休耳！」荏苒而去。公又嘆息：「一物之微，尤思報德，今世多昧心之人，又物

㉘ 孟嘗：人名。即戰國齊孟嘗君田文。善養士，食客數千。

㉙ 隋侯：諸侯國君。漢高誘淮南子覽冥訓注：「隋侯，漢東之國，姬姓諸侯也。」

有功不居。

類不若了！」

在浙、直三年，精心水利，果然上有所歸，下有所洩，水患盡去，田禾大登。功已將竣，京中工部尚書郁新又卒，聖旨召公掌部事。公馳驛回京。此時聖上嘗差校尉採訪民情吏治，已將此事上奏。公回，召對便殿。聖上慰勞公，又問：「前在湖州，能使老蚌歸心；在吳淞，檄殺妖蛟。卿精忱格于異類，竟至如此！」公頓首道：「聖上威靈，無遠不格。此諸神奉將天威，臣何力之有？」侍臣又請此事宣付史館，公又道：「此事是真而怪，不足取信于後，不可傳。」聖上從之，賜宴賞勞。所至浙、直諸處，皆為立祠。後公掌部事，本年聖駕北巡順天，掌吏、禮、兵、都察院事。北征沙漠，總理九卿事。十九年諫征北虜，囚于內官監。洪熙元年㉚，陞戶部尚書，階少保。宣德元年㉛，力贊親征，生擒漢王。三年，聖上三賜金銀圖書，曰「含弘貞靜」，曰「謙謙齋」，曰「後天下樂」。生日，聖上為繪壽星圖，為詩以賜。卒贈太師，謚「忠靖」。

蓋公以正人，膺受多福。履煩劇而不撓，歷憂患而不驚，何物妖蛟能抗之哉？若使人而鬼物得侵，當亦是鬼之流，不能驅役妖邪，當亦是德不能妖勝！

雨侯曰：神見豢于人，以其欲也。而曾知欲更足以殺神龍乎？忠靖能使老蚌歸心，妖蛟碎首，則其精忱自可與異類通。至于不欲以此事汙史筆，其與虎北渡河，劉昆對以「偶然耳」大同，世莫詡詡為驅鱷頌也。

㉚ 洪熙元年：西元一四二五年。

㉛ 宣德元年：西元一四二六年。

敘

人謂弄猢猻者為猢猻弄，不知猢猻弄人，終亦自弄。大巧若拙，大智若愚。矜巧逞知，則足以殺其軀，天下獨一河間猴哉！

翠娛閣主人撰

第四十回　陳御史錯認仙姑　張真人立辨猴詐

藏奸笑沐猴，預兆炫陳侯❶。
巧洩先天秘，潛行掩日謀。
鏡懸妖已露，雷動魄應愁。
何似安泉石，遨遊溪水頭。

嘗讀晉書張茂先❷事，冀北有狐，已千歲。知茂先博物❸，要去難他。道他耳聞千載之事，不若他目擊千年之事。路過燕昭王墓，墓前華表也是千年之物，也成了妖，與他相辭，要往洛陽見張茂先。華表道：「張公博物，恐誤老表。」這狐不聽。却到洛陽，化一書生，與張公譚。千載之下，歷歷如見；

❶ 陳侯：即指後文陳騮山。因其官居御史，故尊之以「侯」。

❷ 晉書張茂先：晉書，書名。紀傳體晉代史，一百三十卷。唐房玄齡等撰。修於唐貞觀十八年至二十年間。張茂先，即張華，晉著名文學家、政治家。字茂先，范陽方城（今河北涿縣）人。魏末曾任太常博士、佐著作郎、中書郎。入晉，任度支尚書。因平吳之功，封廣武縣侯。著有博物志一書。

❸ 博物：博古通今；博聞多識。

千載之上，含糊未明。張公疑他是妖物，與道士雷煥計議，道：「千年妖物，唯千年之木可焚而照之。」張茂先道：「這等，止有燕昭王墓前華表木，已有千年。」因着往取之。華表忽然流涕道：「老狐不聽吾言，果誤我。」伐來照他現身，是一老狐，身死。又孫吳時，武康一人，入山伐木，得一大龜，帶回要獻與吳王。宿于桑林，夜聞桑樹與龜對語，道：「元緒，元緒，乃罹此禍。」龜道：「縱盡南山之薪，其如我何？」桑樹道：「諸葛君博物，恐不能免。」進獻，命烹之，不死。問諸葛恪❹，諸葛恪道：「當以桑樹煮之，即死。」獻龜的因道夜間桑樹對語之事。吳王便伐那桑烹煮，龜即潰爛。我想這狐若不思逞材，猶可苟活；這龜不恃世之不能烹他，也可曳尾塗中。只因兩箇有挾而逞，遂致殺身。

我朝也有箇猢猻，他生在鳳陽府壽州八公山。此地峯巒層叠，林木深邃，饑飡木實，渴飲溪流。或時地上閑行，或時枝頭長嘯。這件物兒雖小，恰也見過幾朝開創，幾代淪亡。

金陵王氣聳南唐，又見降書入洛陽❺。
壘蟻紛爭金氏❻覆，海鷗飄泊宋朝亡。

逞材的看樣。

與下張真人、千歲老猴應。

❹ 諸葛恪：人名。字元遜，諸葛瑾子。嘉禾三年（西元二三四年）任吳國撫越將軍、丹陽太守。孫權死，輔立孫亮，任大將軍，專國政。

❺ 金陵二句：言興亡在轉瞬之間。金陵（今南京）有王氣，曾是南北朝時期南朝宋、齊、梁、陳建都之地。南唐亦於西元九三七年在此建國，史稱南唐。共歷三主，三十九年，即被北宋所滅。

❻ 金氏：即金朝。西元一一一五年女真族完顏部落領袖阿骨達所建，建都會寧（今黑龍江哈爾濱阿城區）。太宗天會三年（西元一一二五年）滅遼，次年滅北宋，先後遷都中都（今北京）、開封等地。天興三年（西元一二

是非喜見山林隔，奔逐悲看世路忙。
一枕泉聲遠塵俗，迥然別自有天壤。

自唐末至元，已七百餘年。他氣候已成，變化都會，常變作美麗村姑，哄誘這些樵採俗子，採取元陽。這人一與交接，也便至懨懨成疾；若再加一痴想，必至喪亡。他又道這些都是濁人，雖得元陽，未證仙果。待欲化形入鳳陽城市來。恰遇着一箇小官，騎着一匹馬，帶着兩箇安童，到一村庄下馬。生得丰神俊逸，意氣激昂，年紀不過十六、七歲：

脣碎海底珊瑚，骨琢崑岩美玉。
臉飛天末初霞，鬓染巫山新綠。

却是浙東路達魯花赤阿里不花兒子，阿里帖木兒。他來自己庄上催租。這猴見了，道：「姻緣事非偶然，我待城中尋箇佳偶，他却走將來湊。」當日，阿里帖木兒在庄前後閑步，這猴便化箇美女，恍他一恍：

乍露可餐秀色，俄呈炫目嬌容。

三四年）在蒙古和宋聯合進攻下滅亡。共歷九帝，一百二十年。這裡說它因內部腐敗、爭權奪利而亡。

花徑半遮羞面，苔堦淺印鞋踪。

玉笋纖纖，或時拈着花兒嗅；金蓮緩緩，或時趁着草兒步。或若微吟，或若遠想；遮遮掩掩，隱隱見見。那帖木兒遠了怕看不親切，近了又怕驚走了他，也這等鳧行鶴步，在那廂張望。見他漸也不避，欲待向前，却被荊棘鈎住了衣服，那女子已去。回來悒怏，睡也睡不着。次日打發家僮往各處催租，自己又在庄前後搖擺。那女子又似伺候的，又在那廂。兩箇斜着眼兒瞧，側着眼兒望，也有時看了低頭笑，及至將攏身說句話兒，那女子翩然去了。似此兩日，兩下情意覺道熟了。這日帖木兒乘着他彎着腰兒，把纖手彈鞋上污的塵，不知道他到，帖木兒悄悄凹在他背後，叫一聲：「美人！」那女子急立起時，帖木兒早已膩着臉，逼在身邊了。此時要走，也走不得。帖木兒道：「美人高姓？住在何處？為何每日在此？」那美人低着頭，把衫袖兒啣在嘴邊，只叫讓路。問了幾次，道：「我是侯氏之女，去此不遠，因採花至此。」帖木兒道：「小生浙東達魯花赤之子，尚未有親。因催租至此，可云奇遇。」這女子道：「閃開，我出來久，家中要尋。」帖木兒四顧無人，如何肯放？道：「姐姐若還未聘，小生不妨作東床。似小生家門、年貌，却也相當，強似落庸夫、俗子之手。」女子聽了，不覺長嘆道：「妾門戶衰微，又處山林，常有失身之慮。然也是命，奈何！奈何！」帖木兒道：「如姐姐見允，當與姐姐偕老！」女子道：「輕諾寡信。君高門，煞時相就，後還棄置。」帖木兒便向天發誓道：「僕有負心，神明誅殛！」一把摟住了，要在花陰處頑耍。女子道：「不可！雖係荒村，恐為人見不雅。如君不棄，君庄中兒幼時往來最熟，夜當脫身來就。」帖木兒道：「姐姐女流，恐膽怯，不能夜行，怕是誑言。」女子道：「君不負心，妾

迷人處。

牙來。

猿態。

可想，可想。

好覷。

真心。

豈負言？幸有微月，可以照我。」帖木兒猶自依依不釋，女子再三訂約而去。

帖木兒回來，把催租為名，將兩箇安童❼盡打發在租戶人家歇宿，自己託言玩月，佇立庄門之外。也聽盡了些風聲、樹聲，看盡了些月影、花影。遠遠望見一箇穿白的人，迤迤邐邐來。烟裡邊的容顏，風吹着的衣裾，好不丰艷、飄逸。恠是狗趕着叫。帖木兒趕上去，抉幾塊石片，打得開，道：「驚了我姐姐。」忙開了門，兩箇携手進房。這女子做煞嬌羞，也當不得帖木兒慾心如火：

笑解翡翠裳，輕揭芙蓉被。緩緩貼紅腮，欵欵交雙臂。風驚柳腰軟，雪壓花稍細。急雨不勝支，
點點輕紅瀉。

兩箇推推就就，頑句多時。到五皷，帖木兒悄悄開門相送，約他晚來。

似此數日，帖木兒在庄上只想着被裡歡娛，夜間光景，每日也只等箇晚，那裡有心去催租！反巴不得租收不完，越好躭延。不期帖木兒母親記念，不時來接。這兩箇安童倒當心把租催完。捱了兩日不起身，將次捱不去了。晚間女子來，為要相別，意興極鼓舞，恩情極綢密，却不免有一段低回不快光景。女子知道了，道：「郎君莫不要回，難于別離，有此不怡麼？」帖木兒道：「正是。我此行必定對母親說，來聘你。但只氷人徃復，便已數月，我你朝夕相依，恩情頗熱，叫我此去，寂寞何堪？」那女子道：「郎君莫驚訝，我今日與郎暫離，不得不說。我非俗流，乃蓬萊仙女，與君有宿緣，故來相就。我仙家

❼ 安童：年幼的僮僕。

出有人無，何處不到？郎但回去，妾自來陪郎。」帖木兒道：「我肉眼凡胎，不識仙子。若得仙子垂憐，我在家中掃室相待，只是不可失約。」兩箇別了。

帖木兒自收拾回家，見了母親，自去收拾書房，焚了香，等俟仙子。却也還在似信不信邊，正對燈兒，把手支着腮，在那廂想。只見背後簌簌有似人脚步，回頭時，那女子已搭着他肩，立在背後。帖木兒又驚又喜道：「真是仙子了，我小生真是天幸。」夜去明來，將次半月。帖木兒要對母親說聘他，他道：「似此與你同宿，又何必聘？」帖木兒也就罷了。

奈是帖木兒是一箇豐膩極伶俐的人，是這半箇月，却也肌骨憔悴，神情恍惚，漸不是當時。這日母親叫過伏侍的兩箇梅香，一箇遠岫，一箇秋濤，道：「連日小相公仔麼憔瘦了？莫不你們與他有些苟且？」遠岫道：「我們是早晚不離奶奶身伴的，或者是這兩箇安童治奴、逸奴？」那老夫人便叫這兩安童道：「相公近來有些身體疲倦，敢是你兩箇引他，有些不明白勾當麼？」治奴道：「相公自回家來，就不要我們在書房中歇宿，奶奶還體訪裡邊人麼！」兩邊都沒箇形迹罷了。這晚遠岫與秋濤道：「他怎道奶奶體訪裡邊人，終不然是咱兩箇？我們去瞧這狗才，拿他奸。」秋濤道：「有心不在忙，相公與他的勾當，定在夜麼？」遠岫不聽，先去了。不期安童也在那邊緝探。先在書房裡，見遠岫來，道：「小淫婦兒，你來做甚的？」遠岫道：「來瞧你，你這小沒廉耻！你道外邊歇，怎在這廂？」兩箇一句不成頭，打將起來，驚得帖木兒也跑出房外，一頓嚷走開。遠岫不見隻環，在那廂尋。秋濤後到，說相公房裡有燈，怎不拿來照？闖入房中，燈下端端嚴嚴坐着一箇穿白的美人。這邊遠岫已尋着環，還在那廂你羞我，我羞你。秋濤道：「不消羞得！也不關我們事，也不關你們事，自有箇人。」把燈遮與治奴道：

緊要語。

是，是。

「你送燈進相公房，就知道了。」帖木兒那裡容他送燈，一頓狠都趕出來，他自關了門進去，道：「明日對奶奶說，打！」

遠岫進去，奶奶問他：「為甚在書房爭鬧？」遠岫道：「這兩小廝誣了咱們，去拿他，兩箇果在相公房裡，倒反來打我。」奶奶道：「果是這兩奴才做甚事麼？」秋濤道：「不是。遠岫脫了環，我去書房中拿燈，房裡自有一箇絕標緻女人，坐在燈下。」奶奶道：「果然？」秋濤道：「我又不眼花，親眼見的！」奶奶道：「這也是這兩箇奴才勾來的娼婦了！」次早，帖木兒來見奶奶，奶奶道：「帖木兒，你昨房內那裡來的唱的？」帖木兒道：「沒有。」秋濤道：「那穿着白背子的？」帖木兒知道賴不得了，道：「奶奶，這也不是娼妓，是箇仙女。孩兒在庄上遇的，與孩兒結成夫婦。正要禀知母親。」奶奶道：「這一定鬼恠了。你遇了仙女，這般模樣？」帖木兒道：「他能出有入無，委是仙女。」奶奶道：「痴子！鬼恠也出有入無。你只教他去，我自尋一箇門當戶對女子與你。」帖木兒道：「我原與他約為夫婦的，怎生辭得！」奶奶道：「我斷不容！」這帖木兒着了迷，也不肯辭他，辭時也辭不去。着小廝守住了房門，他也不消等開門，已是在房裡了；叫在房中相陪帖木兒，他已是在帳中，兩箇睡了，無法驅除。奶奶心焦，要請箇法官和尚。帖木兒對女子道：「奶奶疑你是妖恠，要行驅遣，如之奈何？」女子笑道：「郎君勿憂，任你通天法術，料奈何不得我，任他來！」先是一箇和尚來房中念咒，他先撮去他僧帽；尋得僧帽，木魚又不見了。尋東尋西，混了半日，只得走去。又接道士。到得，不見了劍；正坐念經，一把劍却在頸項裡插將下來。喜得是箇鈍，道士驚走了。似此十餘日，反動街坊，沒箇驅除得他。

巧遇着是劉伯溫先生，為望天子氣來到鳳陽。聞得，道：「我會擒妖。」他家便留了飯，問是夜去

具眼。

明來，伯溫叫帖木兒暫避，自在房中。帖木兒怕伯溫佔了女子，不肯，奶奶發作纔去。伯溫就坐在他床上，放下羅帷。將起更時，只見香風冉冉，「呀」地一聲門响，走進一箇美女來：

氷肌玉骨傲寒梅，淡淡霓裳不惹埃。
坐似雪山凝瑩色，行時風送白雲來。

除却眉髮，無一處不白。他不見帖木兒在房中，竟到帳中道：「郎君，你是身體疲倦，還是打熬精神？」不知伯溫已做準備了，大喝一聲道：「何方潑怪，敢在此魅人！」劈領一把揪住，按在地下，仗劍要砍下來。這女子一驚，早復了原身，是箇白猴，口叫：「饒命！」伯溫道：「你山野之精，此地有城隍、社令管轄，為何輒敢至此？」白猴道：「金陵有真主，諸神前往護持，故得乘機到來。大人正是他佐命功臣，望大人饒命，從此只在山林修養，再不敢作怪！」伯溫道：「你這小小妖物，不足污我劍。饒你去，只不許在此一方。」白猴道：「即便離此，如再為禍，天雷誅殛！」伯溫放了手，叩上幾箇頭去了。次日，伯溫對阿里不花妻道：「此妖乃一白猴，我已饒他死，再不來了。」贈與金帛不收，後來竟應了太祖聘，果然做了功臣。

小試經綸之手。

後果為雷誅。

這猴逕迯往山東，又近東嶽，只得轉入北京地方，河間中條山藏身。奈是每三年遇着張天師入覲❽，一路除妖捉怪，畢竟又要躲往別處。他道不是了期，却生一計，要弄張真人，竟搖身一變，變作一箇老

❽入覲：入朝拜見皇帝。

婦人：

一身踡曲恰如弓，白髮蕭疎霜裡蓬。
兩耳轟雷驚不醒，雙眸時怯曉來風。

持着一根拐棒，乞食市上。市人見他年老，也都憐他。他與人說些勸人學好、誡人為非的說話。還說些休咎❾，道這件事該做，好；這件事不該做，有禍；這病醫得，不妨；這病便醫也不愈。先時人還道他偶然，到後來十句九應，勝是市上這些討口氣、踏脚影課命先生。一到市上，人就圍住了，向他問事。他就搗鬼道：「我曾得軍師劉伯溫數學，善知過去未來。」人人都稱他是「聖姑」。

就有一箇好事的客店，姓欽名信，請在家裡，是待父母一般供養他，要借他來獲利。一日，對欽信道：「今日有一位貴人，姓陳，來你家歇。我日後有事求他，你可從厚欵待。」果然，這家了洒掃客房，整治飲食等候。將次晚了，却見一乘騾轎，三疋騾子，隨着到他家來下。却是廬州府桐城縣一箇新舉人，姓陳號騮山，年紀不及三十歲。這欽信便走到轎邊道：「陳相公，裡邊下。」陳騮山便下了轎，走進他家，只見客房一發精潔得緊。到掌燈，聽道：「請陳相公喫晚飯。」到客座時，主人自來相陪。先擺下一箇攢匾兒，隨後果子、餚饌，擺列一桌，甚是齊備。陳騮山想道：「一路來客店，是口裡般般有，家中件件無。來到鎮上，攔住馬道：『相公我家下，喫的肥鵝、嫩鷄、鮮魚、猪肉、黃酒、燒酒都有。』

❾ 休咎：吉凶。

宛如面譚。

及至到他家，一件也討不出。怎這家將我盛欵？莫不有些先兆？」便問主家姓，主家道：「小人姓欽，外面招牌上寫的『欽仰樓安寓客商』，就是在下了。」陳騮山道：「學生偶爾僥倖，也是初來，並未相識。怎老丈知我姓，又這等厚欵？」欽仰樓道：「小人愚人，也不知。家下有一位老婆婆，敝地稱他做『聖姑』，他能知過去未來，不須占卜，曉得人榮枯生死。早間分付小人道：『今日有一位貴人陳騮山到此，你可迎接。』故此小人整備伺候。」陳騮山道：「有這等事，是箇仙了。可容見麼？」欽仰樓道：「相公要見，明早罷了。」

次日，陳騮山早早梳洗，去請見時，却走出一箇婆婆來：

分明一箇猴移小影。

兩耳尖而查，一髮短而白。額角聳然蹱，雙腮削且凹。小小身軀瘦，輕輕行步怯。言語頗侏儒，
慣將吉凶說。

那陳騮山上前深深作揖，道：「老神仙，學生不知神仙在此，失于請教。不知此行可得顯榮麼？」聖姑道：「先生功名顯達，此去會試當得會試第一百八十二名，殿試三甲一百一名，選楚中縣令。此後再說。」陳騮山歡喜，辭了聖姑，厚酬主人上路。

白髮朱顏女偓佺，等閑一語指平川。
從今頓作看花想，春日天街快着鞭。

訬訣。

豈不感激！

此官上和下睦，官□心輿。

一路進京，投文應試。到揭曉這日，報人來報，果是一百八十二名，騮山好不稱奇。到殿試，又是三甲一百一名。在禮部觀政了三箇月敘選，却得湖廣武昌府江夏縣知縣。過後自去送聖姑的禮，相見問向後榮枯。聖姑道：「先生好去做官，四年之後又與先生相見，當行取作御史，在福建道。若差出時，千萬來見我，我有事相煩你。」騮山便應了，相辭到家祭祖，擇日上任。

一到任，倒也是箇老在行。厚禮奉承上司，體面去結交鄉宦，小惠去待秀才，假清去御百姓。每遇上司生日、節禮，畢竟整齊去送。凡有批發，一紙畢竟三、四箇罪，送上十餘兩銀子。鄉官來講分上，心裡不聽，却做口頭人情，道這事該問甚罪，該打多少；某爺講改甚罪，饒打多少，端只依律問擬，那鄉官落得撮銀子。秀才最難結，一有不合，造謠言，投揭帖，最可恨。他時嘗有月考、季考，厚去供給，婚喪有助。來說料不敢來說大事。若小事，委是切己，竟聽他；不切己的，也還他一箇體面。百姓來告狀，愿和的，竟自與和。看是小事，出作不起的，三五石谷也污名頭，竟立案免供。其餘事小的，打幾下逐出，免供。人人都道清廉，不要錢。不知拿着大事，是箇富家，率性詐他千百，這叫「削高堆」，人也不覺得。二、三衙日逐收他的禮，每一告狀日期，也批發幾張，相驗踏勘，也時常差委。閑時也與他喫酒，上司前又肯為他遮蔽。衙門中吏書、門皂，但不許他生事詐錢，壞法作弊。他身在縣中服役，也使他得騙兩分書寫錢、差使錢。至于錢糧沒有拖欠，詞訟沒有未完，精明與渾厚並行，自上而下，那一箇不稱揚贊誦？巡撫薦舉是首薦，巡按御史也是首薦。四年半，適值朝覲，歷俸已合了格，竟留部考選。這也是部議定的。卷子未曾交完，某人科，某人道，某人吏部，少不得也有一箇同知之類。他却考了箇試御史，在福建道。先一差巡視西城，二差是巡視十庫。差完，部院考察畢，復題他巡按江西。

命下出京，記得聖姑曾有言，要他出差時相見，便順路來見聖姑，送些京絹、息香之類。那聖姑越齊整：

肌同白雪雪爭白，髮映紅顏顏更紅。
疑是西池老王母，乘風飛落白雲中。

相見之時，那聖姑抓耳撓腮，十分歡喜，道：「陳大人，我當日預知你有這一差，約你相會。不意大人能不失信。」一箇出差的御史，那有箇不奉承的？欽仰樓大開筵席，自己不敢陪，是聖姑奉陪。聖姑道：「大人巡按江西，龍虎山張天師也是你轄下，你說也沒箇不依。嘗見如今這千念佛的老婦人，他衣服上都去討一顆三寶印，我想這些不過是和尚胡說的，當得甚麼？聞道天師府裡有一顆玉印，他這箇說是箇至寶，搭在衣服上須是不同。我年老常多驚恐，要得他這顆印鎮壓。只是大人去說，他不敢不依。怕是大人忘了。」陳御史道：「既蒙見託，自必印來。」聖姑道：「大人千萬要他玉印。若尋常符錄上邊的，也沒帳。」陳代巡道：「我聞得大凡差在江西的，張真人都把符錄作人事。我如今待行事畢，親往拜他，着他用印便了。」聖姑道：「若得大人如此用心，我不勝感激！」自去取出一箇白綾手帕來：

有□□
提。

瑩然雪色映朝暾，機抒應教出帝孫⑩。

⑩帝孫：星名，即織女星。一稱天孫。

倩雅。

組鳳翩翩疑欲舞，綴花灼灼似將翻。

好箇手帕，雙手遞與陳御史道：「只在這帕上，求他一粒印。」陳御史將來收了。辭別到家，擇日赴任。

來到江西，巡歷這南昌、饒州、廣信、南康、九江、建昌、袁州、贛州、臨江、瑞州、撫州等府，每府都去考察官吏，審錄獄囚，觀風生員，看城閱操，捉拿土豪，旌表節孝，然後拜在府鄉官。來到廣信府，也狗例做了這事。拜謁時因見張真人名帖，想起聖姑所託之事，道：「我凡忘了！」先發了帖子到張真人府去，道代巡來拜，然後自己在衙，取了這白綾手帕，來問張真人乞印。人役逕往龍虎山發道，只見一路來：

山宿曉烟青，飛泉破翠屏。
野禽來逸調，林蕚散餘馨。
已覺塵襟滌，還令俗夢醒。
丹丘⓫在人世，到此欲忘形。

來至上清宮，這些提點都出來迎接，張真人也冠帶奉迎。這張真人雖係是箇膏粱子弟，却有家傳符錄，

⓫丹丘：亦作丹邱，傳說神仙所居之地。楚辭遠遊：「仍羽人於丹丘兮，留下死之舊鄉。」王逸注：「丹丘，晝夜常明也。」

素習法術。望見陳御史，便道：「不敢唐突，老大人何以妖氣甚濃？」陳御史却也愕然。坐定獻了茶，叙些寒溫，陳御史道：「學生此來專意請教，一來更有所求。老母年垂八十，寢睡不寧，常恐邪魔為祟。聞真人有玉印可以伏魔，乞見惠一粒，這不特老母感德。」因在袖子裡拿出白綾汗巾，送與真人，道：「此上乞與一印。」真人接了，反覆一看，笑道：「適纔所云妖氣，正在此上。此豈是令堂老夫人之物？」陳御史見他識貨，也不敢回言。真人道：「此帕老大人視之似一箇帕，實乃千年老白猴之皮變成，以愚大人，併愚學生的。此猴歷世已久，神通已大，然終是一箇妖物。若得了下官一印，即出入天門，無人敢拘止了。這猴造惡已久，設謀更深，不可不治。」陳御史道：「真人既知其詐，不與印便是，何必治之？」真人畧畧有些叱咤之聲，只見空中已閃一天神：

頭戴束髮金冠，光耀日；身穿綉羅袍，綵色飄霞。威風凜凜似哪吒，恠物見時驚怕。

天師道：「河間有一妖猿為祟，汝往擒之！」天神喏喏連聲而去。此時白猿還作箇老婦，在欽家譚休說咎，不隄防天神半風半霧，逕趕入來，一把抓住，不及舒展。這一會倒叫陳御史不安，道：「此帕出一老婦人，他在河間也未嘗為害，不意真人以此督過！」須臾，早聽得一聲响喨，半空中墜下一箇物件來：

兩眼輝輝噴火光，一身雪色起寒芒。
看來不是人間物，疑是遐方貢白狼。

找足前截。

□□□不□□。

又挽伯溫。

睜着兩眼道：「騮山害我。」又道：「騮山救我。」望着天師，只是叩頭，說：「小畜自劉伯溫軍師釋放，便已改過自新，並不敢再行作惡，求天師饒命！」陳御史也立起身為他討饒道：「若真人今日殺他，是他就學生求福，反因學生得禍了。」真人道：「人禽路殊，此牲以猴而混于人中，恣言休咎，漏洩天機。今復欲漏下官之印，其意叵測。就是今日下官欲為大人赦之，他前日乞命于劉伯溫時，已有誓在先，天不肯赦了。」言尚未已，忽聽一聲霹靂，起自天半，屋宇都震，白猴頭顱粉碎，已死于堦下。

山鬼技有限，浪敢肆炫惑。
唯餘不死魂，矻矻空林哭。

細看綾帕，果是一白猴皮。陳御史命從人葬此猴。後至河間，欽仰樓來見，問及，道：「一日旋風忽起，捲入室中，已不見聖姑，想是仙去了。」問他日期，正是拜天師這日。就此見張真人的道法世傳，果能攝伏妖邪。這妖邪不揣自己力量，妄行希冀，適足以殺其軀而已矣！

雨侯曰：為惡不悛，巧思弄人，用計雖深，能惑明眼人哉？柢自取殺身之禍耳。予敢以告沐猴而冠者。

附錄

三刻拍案驚奇回目

別本二刻拍案驚奇回目

西湖佳話

墨浪子／編撰　陳美林、喬光輝／校注

杭州西湖以具有靈秀之氣聞名於世，歷來與西湖有關的人物事蹟，早已膾炙人口，廣為流傳。成書於清朝初葉的擬話本小說《西湖佳話》，即以此為主題，它集西湖名勝導覽、歷史典故與人物傳奇於一身，不僅取材廣泛，描寫人物個性鮮明，且傳奇色彩濃郁，十分引人入勝，其中如白居易、蘇東坡之文章，岳飛、于謙之忠烈，濟顛、蓮池之道行，小青、蘇小之風流……，一書在握，不僅可臥遊西湖，傳奇人物、風流事蹟也盡在眼底。

三民網路書店 會員
獨享好康
大放送
通關密碼：A8851

憑通關密碼
登入就送100元e-coupon。
(使用方式請參閱三民網路書店之公告)

生日快樂
生日當月送購書禮金200元。
(使用方式請參閱三民網路書店之公告)

好康多多
購書享3%～6%紅利積點。
消費滿350元超商取書免運費。
電子報通知優惠及新書訊息。

三民網路書店
www.sanmin.com.tw
超過百萬種繁、簡體書、原文書5折起